Verena Juli 9[illegible]

Nach Kriegsende kehrt Gottfried Jerschek als britischer Offizier in seine österreichische Heimat zurück; zurück in die trostlos verregnete Steiermark, deren fäkalbraune Erdfärbung er als ebenso widerlich empfindet wie die immer noch fortwährende Nazi-Gesinnung der Bergbewohner. Jerschek beschließt, daß seine Halbschwester Hilde mit der ihn eine inzestuöse Haßliebe verbindet und die noch immer stolz ist auf ihre Karriere als ehemalige KZ-Aufseherin, nicht mehr weiterleben darf. Mit seinem Roman ›Der Feuerkreis‹, der sich eng an das Wagnersche ›Nibelungen‹-Thema anlehnt, und vor allem an seinen Roman ›Die Wolfshaut‹, hat Lebert alle Konventionen des bis dahin in Österreich üblichen Heimatromans gesprengt. Literaturwissenschaftler und -kritiker stellen Leberts Werk an die Seite von Broch, Bernhard und Musil. Wiens tonangebende Zeitung ›Der Standard‹ nannte Lebert in ihrem Nachruf »kompromißloser Entlarver der Heimatidylle«.

Hans Lebert, geboren 1919 in Wien, Neffe Alban Bergs; begann mit siebzehn Jahren zu schreiben, widmete sich dann aber dem Gesangsstudium und trat 1943 bis 1950 vor allem als Wagner-Sänger auf. 1941 Anklage wegen Wehrkraftzersetzung; entzog sich, nach dreimonatiger Untersuchungshaft, durch Vortäuschung einer psychischen Krankheit der Einberufung in die deutsche Wehrmacht. Verbrachte die letzten Kriegsjahre in den steirischen Bergen. Lebte seit 1956 zurückgezogen in Baden bei Wien. Lebert starb 1993.
Von Hans Lebert außerdem im Fischer Taschenbuch-Programm: ›Die Wolfshaut‹ (Bd. 11497).

Hans Lebert
Der Feuerkreis
Roman

Fischer
Taschenbuch
Verlag

Herausgegeben und mit einem Nachwort
versehen von Jürgen Egyptien.

Veröffentlicht im Fischer Taschenbuch Verlag GmbH,
Frankfurt am Main, Februar 1995

Lizenzausgabe mit freundlicher Genehmigung des
Europa Verlags GesmbH, Wien

Druck und Bindung: Clausen & Bosse, Leck
Printed in Germany
ISBN 3-596-11891-3

Gedruckt auf chlor- und säurefreiem Papier

Introduktion

Mit einem Jeep der britischen Besatzungsmacht sind sie klar und sachlich unter dem klaren Spätsommerhimmel, unter diesem großen, etwas angerußten Herbstblau über der Hauptstadt (sagen wir) um elf Uhr vierzig aufgebrochen.

Sie nehmen den üblichen Weg, queren die Sowjetzone auf der in dem Abkommen vorgesehenen Route; sie fahren auf der Bundesstraße Nr. 17 südwärts, fahren durch das halbzerstörte Industriegebiet: zwei Mann; ein Sergeant, der den Wagen lenkt, und rechts von ihm ein Captain in Zivil.

Sie kommen von Norden; noch sind sie fern, doch ihr Wagen fährt gut. Mit Einbruch der Dunkelheit werden sie angelangt sein. Und sie werden ihr Ziel erreichen, das ist gewiß, denn der eine der beiden Männer hat einen Auftrag.

Und er hat nun seine Baskenmütze abgenommen und auf den Rücksitz neben die Reisetasche gelegt. Und er weiß noch nichts von seinem Auftrag. Er ist kein Hellseher; nein, er ist nur ein Captain des Königs; ein Mann an die Vierzig ist er, abgebrüht und erfahren, ein Soldat, der zur Zeit seine Uniform abgelegt hat, so daß er nun barhaupt unter dem Himmel dahinfährt und nur noch durch den Schnitt und durch die Farbe seines Regenmantels an die Armee und an den Sieg gemahnt.

Und sie haben bereits den größten Teil des Parcours hinter sich; sie haben Neunkirchen passiert, haben soeben auch Gloggnitz passiert. Ein Zwischenfall ist theoretisch nach wie vor noch möglich, und ein solcher könnte bei entsprechend schweren Folgen, fände er statt, dem Schicksal noch in diesen paar Minuten eine Wendung geben, jedoch es kommt zu keinem Zwischenfall; denn: allerorts läßt man den Wagen passieren, beachtet ihn gar nicht; schon brummt er die Kurven der Semmeringstraße hinan; von seiner flachen, grauen Motorhaube starrt sein Zeichen, das weiße Pentagramm, zum Himmel auf; er gelangt auf den Paß, südliche Luft kommt von jenseits des Passes, ein Indianersommer, der nach Harz und wildem Honig duftet; der Beauftragte kostet es plötzlich wie einen Abschied und wundert sich drüber, denn nicht an Abschied denkt der Heimgekehrte. Dann ist es soweit, sie durchfahren den Kurort, der Heerlager ist, fahren in der Sonne unter einem Jahrmarktshimmel roter Sterne, sehen sekundenlang Stalins und Lenins riesiges Doppelprofil, halten beim Posten kurz an, der Schlagbaum öffnet sich ihnen, der Sergeant gibt Gas; eine Rotarmistin, die auf dem Parkplatz gestiefelt herumsteht, sehr lieblich, und Zwetschken verspeist, schleudert den Waffenbrüdern zum Andenken noch einen Kern nach; und in diesem Moment passieren die beiden die Demarkationslinie, rollen das kurze Stück Straße durch Niemandsland nunmehr bergab, voraus schon den Union Jack und den britischen Schlagbaum – o. k.! Es ist jetzt vierzehn Uhr vier, und man schreibt den 20. September 1947.

Zum gleichen Zeitpunkt erschienen im äußersten Süden des Landes zwei Vögel, erschienen einherfliegend vor dem Gewölk, das von Westen her aufzog. Denn an diesem Tage nähert sich ein Nordmeertief mit seinen Wolkenfeldern, und diese beiden Vögel fliegen ihm voran.

Aufklärern gleich schwebten sie plötzlich, wie aus dem Nichts gekommen, über dem Bergzug; der Aufstrom der Luft vibrierte ihnen unter den Schwingen; von ihm emporgetragen, überflogen sie den Grat und sanken nun talwärts: zwei. Zwei riesenhafte Tiere. Blauschwarz und lautlos. Tief in der Tiefe begleitet von ihren vorausgeworfenen, lautlosen Schatten, so kamen sie an; keine Eile war in ihrem Flügelschlag; und hinter ihnen – noch jenseits der so überschrittenen Grenze – schwoll die graue Nebelwand ins Blau.

Sie spähten in die Tiefe. Bald gewahrten sie den Ort, nach dem sie suchten. Sie zogen eine Schleife um das fahle Viereck; schräg und langsam drehte es sich zu ihnen empor. Es war ein abgeernteter Erdäpfelacker, nichts weiter. Lautlos fielen sie in seine Furchen ein. Sie ducken sich flatternd; sie sind in den Furchen verschwunden. Da ist es vierzehn Uhr und fünf Minuten.

Jedoch: es ist ein Tag wie jeder andere; es scheint sich nichts Besonderes an diesem Tage zu ereignen. Der Luftdruck fällt, das ja; schon in den Morgenstunden hat er zu fallen begonnen, das wohl. Man registriert es, ausnahmsweise, gewiß, doch wahrscheinlich nur deshalb, weil das Wetter in den letzten Wochen ungewöhnlich schön war, denn das war es. Allerdings! Ein Telegramm ist zugesprochen worden, das allerdings; wer kann es sein, der sich da angesagt hat? Nicht zu erraten! – Die Wirtin klopft mit dem Fingernagel gegen das Glas und sieht den blauen Zeiger einen Sprung nach links tun; und sie sieht: Das Barometer ist rapid gefallen; doch da die Saison vorbei ist, so sagt sich die Wirtin, wird das Gastgewerbe kaum betroffen werden.

Sie geht durch den Schankraum, in welchem sich augenblicklich, außer ihr selbst, nur ein paar bläulich schimmernde Schmeißfliegen befinden; und sie hört das Gesumm dieser Fliegen; und sie hört, da sie den Raum durchschreitet, das Knarren der Dielen, hört auch das leise Rumoren des Essens in ihrem Magen, verspürt auch den schalen Geruch der längst erledigten Mahlzeit; und so tritt sie – gelangweilt und unter krampfigem Aufsperren des Mundes – an eines der kleinen, quadratischen Fenster und glotzt.

Vor ihren Augen liegt das Nest wie ausgestorben, und still auch verhält sich der Bergrücken, auf welchem es kauert. Die Wirtin gähnt; der Anblick ödet sie an: Vor ihren Augen liegt die Langeweile. – Was steht bevor? – Der Herbst? Der zählt nicht. Also der Winter. Einige Skifahrer, einige Schwarzmarktgeschäfte; schon alles! – Sie sieht das Nest, die wenigen Stroh- und Schindeldächer des Dorfes (immer dieselben!), sieht das trübe Sonnenlicht auf diesen Dächern, sieht den Leitungsmast mit den zwei weißen Isolatoren, sieht die eine Ecke des hölzernen, grau verwitterten Stadels, sieht den alten, schmutzbedeckten Traktor, der dort steht, sieht auf dem Stadel wie immer das Schild mit der Aufschrift REININGHAUSBIER, sieht ein schwarzbraunes Huhn, das auf der Straße im Pferdemist scharrt und herumpickt, sieht weiter links die halbzerstürzte Kegelbahn, gewahrt auch den Lichtstaub, der dort durch das reglose Laub zweier Birnbäume wie durch ein Sieb fällt, sieht ein Stück der steil zum Graben abstürzenden Äcker ... Und sie sieht: Es wird noch heute Regen geben. Die Luft ist leblos; tot hängt das ledern gewordene Laub an den Bäumen; um die Sonne hat sich eine Corona gebildet, und überhaupt: Dort oben geht es kreuz und quer; den ganzen Himmel überwächst schon ein Gespinst zerraufter, grauer Haare, welches gegen Westen immer dichter wird und immer dunkler, ein Wolkenvorhang, der sich dort drüben herabsenkt, den Hauptkamm des Gebirges mehr und mehr verhüllend, so daß die Gipfel dort auf einmal wie geköpft umherstehen; noch eben hat man sie sehen können, schon sieht man sie nicht mehr.

Und auch das ist für die Wirtin ein gewohnter Anblick, der sie nicht beeindruckt, den sie aber dessen ungeachtet registriert, registriert mit ihren geübten Wirtinnenaugen, denen nichts entgeht und die nicht leicht zu täuschen sind. Und sie sieht, daß die obere Hälfte des Bildes nun unsichtbar ist, und denkt: ›Aha! Jetzt wird das Wetter schlecht!‹ Und gleich darauf gewahrt sie vor der Wirtschaft auch das Fräulein, das die Straße quert – und schon, ohne links und ohne rechts zu schauen, weitergeht.

Also verläßt sie mit einer fahrigen Wendung das Fenster, greift nach dem Zettel, der auf der Schank bereitliegt, eilt mit ihm hinaus und ruft dem Fräulein, das schon weit ist, nach. »Fräulein Brunner!« ruft sie. »Sie haben ein Telegramm!«

Die Angerufene macht kehrt und kommt zurück. Sie hat die Brauen etwas hochgezogen, geht aber so, als sei sie nicht sonderlich interessiert, diese oder jene Nachricht zu erhalten. Die Wirtin ihrerseits geht ihr ein wenig entgegen (nur ein paar Schritte, mehr ist nicht nötig), und am Himmel schreitet inzwischen die Eintrübung fort; das Licht der Sonne verkümmert, es nimmt eine unappetitliche Staubfarbe an; es liegt jetzt nur noch wie eine dünne, fleckige Schicht fahlen Straßenstaubes auf den Dingen.

Die Wirtin hält den Kopf gesenkt. »Es ist zugesprochen worden«, sagt sie muffig. Sie betrachtet den Zettel in ihrer Hand, auf dem sie mit Tintenblei und in staksiger Schulmädchenschrift den Text des Telegrammes festgehalten hat. »So um zehn herum«, sagt sie, indem sie ein letztes Mal die Nachricht studiert, an deren Herkunft sie den Vormittag herumgerätselt hat; und plötzlich spürt sie hinter sich den abgeernteten Erdäpfelacker, der mit seinen Furchen nach der Straße zielt.

Dann hebt sie den Kopf und blickt auf die hochgewachsene, junge Person, die große Augen macht, sonst aber wurschtigen Landsknechtsschrittes herankommt. »Hoffentlich«, sagt sie und hält ihr dabei den Zettel entgegen, »hab ich's erraten. Es hat derart gekracht in der Leitung, daß ich kaum was verstanden hab.«

Die andere hat, fast unwillig (will es ihr scheinen), den Zettel genommen und steht nun da und entziffert das bleiche Gekritzel der Wirtin. Ihr Gesicht bleibt reglos, und dennoch verändert es sich: Die Züge werden auf einmal um einiges härter und älter, die Lippen zugleich um einiges schmäler und herber; und als sie nun aufschaut und über die Wirtin hinweg oder durch sie hindurchschaut (was weiß man!), sind auch ihre Augen plötzlich schmal.

Die Wirtin späht ihr mit lauer Antipathie und einer geduldig lauernden Neugier direkt ins Gesicht.

»Was Unangenehmes?«

»Nein. – Warum?«

»Sie kriegen Besuch. Nicht wahr?«

»Hm«, macht das Fräulein. Es verzieht zum Zeichen verächtlicher Gleichgültigkeit ein wenig den Mund; der Zettel jedoch scheint in der braunen, sehnigen Hand, die ihn hält, in dieser Hand, die von der Arbeit auf dem Feld noch voller Schmutz ist, für die Dauer eines Atemzugs zu zittern.

In diesem Moment wächst das Gewölk vor die Sonne, und sein Schatten verbreitet sich dunkler und dunkler werdend über der Gegend. Es ist, als wische ein großes, bleigraues Wischtuch den letzten Rest von Farbe aus der Landschaft fort. Die Wirtin verschränkt ihre nackten Arme und reibt sie ein wenig, denn sie hat auf einmal eine Gänsehaut. Wahrscheinlich verspürt sie auf ihrem Rücken den naßkalten Hauch, der hierzulande hin und wieder aus den Schluchten aufsteigt. Auch bemerkt sie plötzlich, daß sie nach und nach nervös wird, und das wundert sie, denn für gewöhnlich weiß sie gar nicht, daß sie Nerven hat. Sie schielt nach der Hand, die den Zettel hält; sie schielt abermals auf zu den schmal gewordenen Augen. Sie versucht, deren Blick zu begegnen, aber umsonst. Das Fräulein starrt nach wie vor über sie weg (oder durch sie hindurch) nach dem Acker, so, als folge es dort hinten irgendeinem Vorgang, als folge es gespannt und aufmerksam einer heimlichen Feindbewegung im Rücken der Wirtin. Und:

»Vielen Dank!« sagt es und knäult nun den Zettel zusammen.

»Bitte«, sagt die Wirtin. »Nichts zu danken.« Sie könnte jetzt gehen, möchte auch; aber sie kann nicht. Sie muß diese wehrhaft zusammengekniffenen Augen belauern, die – zwei Schlitze, in denen es merkwürdig schillert und flimmert und gleißt – nach etwas blicken, das sie nicht erraten kann, denn:

Da hinten ist der Acker und sonst nichts. Steht dort jemand? – Nicht anzunehmen. Wer sollte das sein? Von dort hinten aber kommt jetzt abermals dieser Eishauch und –: Etwas bewegt sich. Geräuschlos. ›Was geht da vor?‹ fragt sich die Wirtin, und:

»Regen kommt«, sagt sie.

»Hm«, macht das Fräulein.

»Das Barometer ist . . .« Sie unterbricht sich, lauscht. In ihrem

Rücken ist plötzlich ein leises Pfeifen zu hören, als peitsche etwas in rascher Folge mehrmals die Luft.

Sie runzelt die Brauen; dann wendet sie jäh den Kopf: (Na, was ist denn?) und – starrt: – Nichts. – Ödnis. – War es etwas? – Was ist es gewesen? – Nur ein Huschen im Schatten der Wolke nimmt sie noch wahr, nur eine Art von restlicher Unruhe über den Furchen, eine flüchtige Luftbewegung über dem Acker, der von der Straße steil zum Graben abstürzt.

Ein Frösteln überrieselt ihren Körper. »Also dann: auf Wiederschaun!« sagt sie rasch, und wie jählings in Eile wendet sie sich ihrem Haus zu, denkt dabei: ›Da war doch gar nichts. Was hat die gesehen?‹

Nun, sie würde enttäuscht sein, wenn sie es wüßte. Der Anblick hätte ihr nicht viel gesagt. Denn nicht ihr, der anderen war es bestimmt, die hat den Schlüssel; ihr hat das Signal gegolten; auf sie zeigen die Totenfinger. – Gewiß: Die Leute haben manchmal »Pech«, den Leuten stoßen gelegentlich »Unfälle« zu. Sie werden bald dahin, bald dorthin getrieben, man weiß nicht wozu, werden hinweggefegt, hinweggespült wie trockenes Herbstlaub; der Zufall spielt mit ihnen, das ist traurig; sie werden nicht angesehen, auch nicht gezählt, und das ist ihr Glück. Doch wo Schmach geschieht, sind einige ausgenommen, und sie sind gezählt. Beispiel sollen sie sein, Modelle sollen sie schaffen. Sie werden ausgezählt; sie haben den Auftrag, auf sie schaut das Aug.

Und nach ihnen schlägt die große Pranke aus dem Dunkel.

Es wird gezählt

I

Kurz vor Einbruch der Dunkelheit geriet der Jeep in den Bannkreis der Stille. Captain Jerschek ortete dieses Ereignis etwa zwanzig Meter hinter der alten Holzbrücke über die Laßnitz, also auf der Höhe der um die Jahrhundertwende stillgelegten Brauerei, demnach – stellte er mit Befriedigung fest – an der nämlichen Stelle, an der man auch schon seinerzeit in diesen Bann geriet, hier, wo nun das Schild mit der Aufschrift »Ortsende« prahlte und die unverhofft wiedererkannte, immer noch rettungslos schlechter werdende Straße, jäh sich verengend, einen zähen Sog ins Zwielicht bildete. Seltsam: Noch eben hatten sie durch den Lärm hindurch, den der Wagen erzeugte, auch andere Laute gehört, oder zumindest zu hören vermeint, beispielsweise von einem der peripheren, schon in das Nichts entglittenen Höfe das öde Gekreisch einer Kreissäge auffangen können; natürlich ebenso auch andere alltägliche Geräusche dieser soeben durchfahrenen letzten größeren Siedlung, die wenig früher etwas angeschlagen, wie es schien, und leicht verwahrlost, sonst aber unverändert im Rückspiegel geschrumpft war. Auch den Bach, der hier aus der Enge zwischen zwei halbkugelförmigen Bergen hervor in die Ebene ausbrach, hatten sie für einige Sekunden toben hören und gleich darauf (und es hatte noch immer geklungen wie damals) das dumpfe Rumpeln der Brückenbohlen unter den Rädern. Jetzt aber, da die Straße (besser gesagt der Fahrweg), nach Durchquerung eines schmalen Streifen Buchenwaldes, die Muskeln spannte und plötzlich in einer einzigen himmelstürmenden Kurve dem ersten Bergriegel gleichsam mit einem Satz auf den Buckel hinaufsprang, jetzt auf einmal – und dies, obwohl nun der Sergeant, erschrocken über die jäh auf ihn zustürzende Rutschbahn, den ersten Gang einlegte und auch sogleich gewaltig aufs Gas trat – jetzt auf einmal hörte man die Stille (ja, wahrhaftig: hörte sie!), und siehe: Sie war größer als der Lärm des Motors. Captain Jerschek, aufhorchend, brach das Gespräch ab. Er lauschte – lauschte durch das Motorengeräusch hindurch nach der Stille und hörte sie – horch! Die Stille kauerte beiderseits in den gelblichen Wiesen, kauerte rechts an der Böschung, spähte von links aus dem Graben herauf, ein großes, graues, unfaßbares Etwas, das plötzlich alle Laute aufzufressen schien. ›So groß ist sie noch nie gewesen‹, dachte er. ›Ich kann mich nicht erinnern, daß sie je so groß gewesen wäre. Blaugrau. Eine Narkose aus regloser Luft. Ein Geruch erloschener Feuersbrünste wie etwas Verkohltes. Und der Himmel darüber, flach auf die schwärzlichen Zacken des Waldes gelegt, ein bleierner Deckel, scheint‹, dachte Jerschek, ›mit alldem allein bleiben zu wollen. Mit den Bergen da, diesen sich langsam höher und höher aufrichtenden Rücken, geschwärzt von der Zeit.‹ Er konnte sich nicht erinnern, sie jemals so dunkel und traurig gesehen zu haben.

›Sehen aus‹, dachte er, ›wie Spiegelungen in schwarzem Lack oder Glas. Und wir sind doch meistens gegen Abend angekommen. Und wie oft bei trübem Wetter oder gar bei Regen! Und manchmal noch spät im Jahr, Ende Oktober, Anfang November!‹ – Er wandte die Schultern, den Kopf noch um etliches mehr, und spähte nach hinten. Sein Blick glitt mißtrauisch über die schwarzen, wie Speerspitzen starrenden Wipfel. Stimmte schon! Jenseits der Schluchten, jenseits der steil gegen Norden stürzenden Hänge entfaltete sich das nunmehr schon tief unter ihnen liegende Flachland, erschien dort mit wenigen, fern in der Dämmerung schwebenden Lichtern (sie blinzelten bleich wie Reflexe winzigster Sterne herauf), blieb so sekundenlang sichtbar und ward dann aufs neue verhüllt und gelöscht von den Wolken des aschfahlen, hinter den Rädern rastlos aufbrodelnden Staubes.

›Dieser Staub!‹ dachte er. ›Dieser Schieferstaub! Dauernd hat sie ihn beim Gehen aufgewirbelt! Mit ihren Sandalen aufgeschaufelt und in ganzen Wolken in die Luft geschleudert! Verbohrt. Verbissen. Aus purem Mutwillen! Eine Besessene.‹ Man hatte sie ermahnt, hatte sie angebrüllt; man hatte ihr Ohrfeigen angetragen und zum guten Ende meistens auch ein paar verabreicht, alles umsonst! Den ganzen Spaziergang hatte man Staub schlucken müssen; so war sie gewesen. ›Na, man wird ja sehen!‹ dachte er.

Die Straße ebnete sich, dann stieg sie schon wieder steil an; abermals reckte der Jeep seine Schnauze nach oben. Wald. Fichtenwald. Waldwege mündeten ein, brachten Dunkel herbei; Gerüche von Pilzen, Humus und moderndem Holz überschwemmten den Wagen. Jerschek atmete die immer dünner und leichter werdende Luft des Gebirges zugleich mit der moosigen Kühle, die auf ihn zukam. Rechts gewahrte er den ersten Steinbruch, wenig später den zweiten, der völlig verwachsen war und nach feuchtem Gestein roch. ›Hinter dem dritten!‹ dachte er. ›Freilich. Dort zweigt der Steig ab; dort laß ich ihn umkehren. Wenn ich quer durch den Wald hinaufgeh, bin ich genauso schnell oben wie mit dem Wagen. Besser so. Wir sind nicht so befreundet. Man muß sie nicht gleich alles wissen lassen.‹

In der ihm noch reichlich unklaren Situation und in Anbetracht seiner recht unzulänglichen Informationen, fand er es klüger, den Fünfstern mitsamt dem Vehikel, auf das er gemalt war, alsbald wieder im Dunkel verschwinden zu lassen. Das Dunkel aber, das schon zusammenwuchs wie ein wegloses Dickicht, hellte sich, als sie den Rücken des Höhenzuges erreichten und der Sergeant nun endlich umschalten und aufatmen konnte, noch ein letztes Mal auf und wich einem kalten, bleigrauen Dämmern. Sie fuhren jetzt frei über allem und nahezu eben zwischen Weideplätzen auf einem gewaltigen Sattel, fuhren mit dem Gefühl, sich ducken zu müssen, schon dicht unter der finsteren Bleiplatte des Himmels und sahen, hindurchspähend zwischen Gewölk und Gebirge, nun Berg hinter Berg mit gesträubter Mähne in den Nebel tauchen und darin verschwinden. Dann entwuchsen aufs neue die Speerspitzen der Tiefe. In dichten Reihen stachen sie beiderseits wieder empor; links schnellte ein Steilhang hoch, bäumte sich auf, eine jählings überbordende Woge, und warf von seinem gezackten, sekundenlang scharf in die Wolken gezeichneten Rand einen Hochwald als nachtschwarze Sturzflut, als plötzlich hereinbrechende Finsternis quer in den Weg.

Der Sergeant gab Gas und schaltete nun – spät genug, fand Jerschek – die Scheinwerfer ein. Grell und blendend schoß die Straße auf den Wagen zu, die Straße, nur noch ein vertrackter Hohlweg am Ende der Welt, nichts anderes mehr als eine wüste Rinne voll Sand und Gestein, voll morscher Schieferplatten, die unter den Rädern krachend zersprangen; plötzlich lebendig geworden, schoß sie den Männern entgegen, eine Schlange, welche dort vorn ihren schlauchhaften Leib drohend aufbog und darbot, die bleiche Innenseite eines Leibes zeigte, der zerfressen und ausgehöhlt war von den Wolkenbrüchen des Sommers; der Jeep bewältigte die neuerliche Steigung noch im Schwung; der Strahl seiner Lichter trieb unterirdische Gänge in die Bereitschaft des Waldes, Säulengänge, die geheimnisvoll im Nichts verschwanden und im nächsten Moment schon wieder verschüttet wurden vom Erdreich des Dunkels. Und da: der dritte Steinbruch! Feuchtigkeit atmend, ein felsiger Rachen. Linker Hand gähnte er ihnen entgegen. ›Hier!‹ dachte Jerschek. ›Dort zweigt der Steig ab!‹ und »Stop!« sagte er. Der Sergeant sah ihn flüchtig von der Seite an und stoppte.

Captain Jerschek verharrte vielleicht eine Viertelminute wortlos und reglos; dann stieg er aus, nahm seine Reisetasche vom Rücksitz, ebenso die Baskenmütze, die dort lag und die er nunmehr, um sie los zu sein, in den Mantel stopfte; er nickte seinem Fahrer, der ihn lässig, aber immerhin noch militärisch grüßte, zu; dann wandte er sich, die Scheinwerferkegel durchquerend, nach links und kletterte, zunächst unter Zuhilfenahme der freien Hand, hart am Rande des Steinbruchs die Böschung hinan. Oben im Dickicht, wo er sich ohne Gefahr wieder aufrichten konnte, warf er einen letzten Blick zurück. Der Jeep, jetzt nur noch ein dunkles, verschwommenes Etwas, schattenhaft, als sei er niemals Wirklichkeit gewesen, wurde gerade ebenso rasch wie geschickt reversiert, und seine Lichter richteten sich talwärts. Captain Jerschek spähte durch die Zweige, die ihn schon verbargen, und sah gerade noch den weißen Fünfstern in dem weißen Kreis, das letzte Zeichen, das er an dem hinweggleitenden Schatten noch ausnehmen konnte, und auf einmal verspürte er einen Druck auf der Brust und reckte sich auf – und ›Stern der Sieger!‹ dachte er (aber warum?). ›Stern in der Nacht meines Landes, verlasse mich nicht!‹

Die Nacht war da; sie hatte sich schon bereitgehalten, nun war sie da, und nun, als sei dieser Zeitpunkt vereinbart gewesen, setzte sich auch die Vorhut des Regens in Marsch. Vereinzelte schwere Tropfen begannen zu fallen; sie fielen durch das sich sparrig sträubende Astwerk und weckten auf den federnden, hohl klingenden Schichten von Nadeln und Humus einen Laut, wie ihn die Schlegel auf dem Kalbfell einer fernen Trommel wecken, dumpf, monoton, irgend etwas signalisierend. Gleich darauf war es wieder vorbei; nichts rührte sich mehr. Auch das letzte entfernte Geräusch des Wagens war nun verstummt. Die Nacht war abermals dicht verwachsen und reglos, und nur ihr feiner, dunkel summender Ton, vielleicht der Orgelpunkt, der Grundton jeder Stille, nistete sich im Ohr ein, unüberhörbar. Jerschek stieg steil hinan zwischen mächtigen Stämmen, deren Flechten noch ein schwaches Licht zu reflektieren schienen; er hörte den Ton, er hörte sich atmen, hörte dürre Zweige unter seinen Sohlen knacken, hörte auch das öde, regelmäßige Geräusch, mit dem die Reisetasche seinen Mantel streifte; und er sagte sich: ›Jetzt bist du also da. Jetzt bist du eingetreten in das Labyrinth.‹ Auf dem Hang, der ihm schroff vor den Augen stand, schimmerte etwas bleich wie verrottete Knochen. Er hielt es erst für weggeworfenes Papier: Dann sah er, daß es ganze Banden weißer Pfefferschwämme waren – und ›Hast du noch den Ariadnefaden?‹ dachte er. ›Sieh dich vor in diesem Labyrinth, das Heimat heißt! In seinen Gängen fault das Aas des Minotaurus. Gib acht, mein Freund, daß du in seinem Gestank nicht erstickst.‹

Die Höhe erreichend, verließ er das grau durchsickerte, hölzerne Wirrwarr und hatte nun freie Sicht nach der anderen Seite. Hier oben war es noch immer um einiges heller als unten im Wald, man lief also nicht Gefahr, sich die Glieder zu brechen. Die Wolken, die mit herniederhängenden Bäuchen die Wipfel berührten, verbreiteten ein rätselhaftes graues Licht, und das genügte. Haftete ein Rest von Dämmerung an ihnen? Oder durchdrang sie der Schimmer eines versteckt gehaltenen Mondes? Deutlich erkannte man etwas hangab die verfallene Hütte (noch immer dieselbe) mit dem vielfach durchlöcherten, steil emporklagenden Giebel, desgleichen den alten Fahrweg, der von Südosten die Lehne heraufkroch und sich hier in einem stumpfen Winkel westwärts wandte. Dort drüben, ungefähr vierzig Minuten von hier, befand sich die Ortschaft, und dort verbarg sich auch der Hauptkamm des Gebirges, dort lag er, in Wolken gehüllt, und stellte sich schlafend, dort lag er, eingewachsen in die Wolken und mit ihnen eins geworden, eine aufgedunsene, finster verschwommene Masse, die den halben Horizont versperrte.

Jerschek stand da und atmete gierig die trächtige Luft, die erregend nach nahendem Regen und nächtlichem Gras roch. Dann lauschte er. Auf einem der Einschichthöfe kläffte ein Hund, fern, jedoch in der Stille noch deutlich vernehmbar, und nach kurzem schlug in noch größerer Ferne und Höhe ein anderer an; und nun tauschten die Köter verschlüsselte Meldungen aus. »Achtung! Feindbewegung!« entschlüsselte Jerschek – und die Antwort: »Haben verstanden! Sind in Bereitschaft« – Na, schön! –

Er wandte sich ab, ließ Gebell und Gebirge links liegen, folgte dem Weg die wenigen Schritte bis an die Biegung und stieg nun am Waldrand die moosig federnde Wiese hinan, immer geradeaus und immer bergauf, wobei er bisweilen seitlings nach jener verschwommenen Masse zurücksah, die sich dort drüben wie plattgequetscht ausbreitete und in ihrem wattig schwarzen Inneren noch anderes Gebell bereit zu haben schien. Dann befand er sich wieder im Wald. Abermals umschloß ihn die Dunkelheit dichter. Das Ende eines verdorrten Zweiges schrammte ihn an der Schläfe; verflucht! Den Arm in einigem Abstand vor dem Gesicht, ging er weiter. Die Bäume standen zwar schütter, doch war es auf einmal schwierig, ihre Entfernung zu schätzen. Dem einen wich man beizeiten aus, um hernach zu entdecken, daß er noch weit entfernt und überdies abseits vom Weg stand, während man einen anderen, den man für abseits und fern hielt, schon im nächsten Moment mit der Hand berührte, etwa wie diesen: Jerschek stand da und befühlte den schmächtigen Stamm, befühlte an dessen Wetterseite die trockene Flechte. Sie schien noch einen Rest von Tageswärme zu bewahren und knisterte leise unter dem Druck seiner Finger.

Die Hand auf dem Stamm, verhielt er für Augenblicke den Atem. Unter der Rinde – das fühlte er plötzlich – stieg langsam und stetig das Harz empor und quoll sodann (und das glaubte er nunmehr zu hören) irgendwo mit einem leisen Klagelaut aus einer der vielen winzigen Wunden des Baumes.

Er lauschte atemlos. Die Stille war laut geworden. Auf einmal wurden Geräusche hörbar, die sonst nicht zu hören waren. Zum Beispiel dieses feine Rieseln wie in einer Sanduhr! Wind war es nicht; Regen war es im Augenblick auch nicht, was mochte es sein? Den Kopf im Nacken, starrte er in das Dunkel hinauf, aus dem das Geräusch kam. Waren es Millionen dürrer Nadeln, die fast lautlos von den Zweigen niederrieselten?

Er riß sich los, kletterte tastend weiter, von Wurzel zu Wurzel. Farnkraut umraschelte ihm die Knie; unter Moos und Gestein gluckste verborgenes Wasser; ein Vogel schrak aus dem Schlaf auf und floh mit klatschendem, pfeifendem Flügelschlag durch die finsteren Gänge. Immer wieder schallte den Hang herauf das Geläut eines Baches. Der Bach strömte nahezu fünfhundert Meter tiefer durch eine der Schluchten. Jerschek lauschte befremdet. So deutlich hatte er den Laut noch nie heraufgehört. ›Liegt es an einer besonderen Luftströmung?‹ fragte er sich. ›Oder sind meine Ohren feiner geworden in diesen zehn Jahren?‹ Angelangt an dem oberen Ende des steilen Gehölzes, sah er, daß er nicht vom Wege abgekommen war. Links am Waldrand mußten die beiden Bergbuchen stehen (wenn sie noch standen), und von dort bis zur Straße waren es nur noch wenige Schritte.

Er warf einen Blick auf das Leuchtzifferblatt seiner Uhr. Zwanzig Minuten. Na ja, man wurde nicht jünger. Er ging an den Buchen vorbei; er sah sie zwar nicht, das war nicht gut möglich; sie waren mit anderen Bäumen zu einem einzigen lichtlosen Klumpen zusammengewachsen; doch er spürte den kühlen Hauch, den sie ausatmeten, desgleichen den herbstlich bitteren, seltsam berükkenden Duft ihres Laubes; dann gewahrte er vor sich das helle Band, welches zu gewahren er erwartet hatte, und hörte auch im gleichen Augenblick an seinem rechten Ohr das monotone Klingen einer Telegraphenstange.

Da stand sie! – hier, an dem vorläufig höchsten Punkt dieses Rückens. Da hielt sie ihre beiden Drähte in die Nacht empor. Da sang sie einsam mit einer leisen, metallisch schwingenden Stimme; und das war eigenartig, denn es rührte sich kein Hauch. Jerschek hörte sie einen Atemzug lang, dann sprang er von der etwas überhängenden Böschung hinab und befand sich nunmehr wieder auf der Straße, die, nach einem weiten Umweg um die schroffen Schattenhänge, an dieser Stelle den Scheitel des Berges endlich erreichte und von jetzt an, beiderseits frei und bisweilen leicht fallend, gegen das westlich gelegene Dorf weiterführte.

Captain Jerschek folgte ihr in dieser Richtung. Vor seinen Augen schälte sich das Grundstück aus der Nacht, die jähe Erhebung mit ihren hohen, wild emporragenden Bäumen. Er fand die Zufahrt, die hier in die Straße einmündete, und stieg sie hinan. Gleich darauf erkannte er auch den Umriß der Villa.

Verschlossen, abweisend (ein Anachronismus) und in ihrer Arroganz gewiß ein wenig lächerlich, auf jeden Fall vom Leben abgeschrieben, doch vermutlich noch immer den Neid gewisser Provinzler erregend, so sah sie mit ihren schwärzlichen hölzernen Wänden und Giebeln, mit ihren bleichen Hirschgeweihen und dem kleinen spitzen Glockenturm aus einem Buschen zerraufter Fichten über das Hochland, jetzt im Dunkel von den Bäumen kaum zu unterscheiden. Nirgends Licht! Kein helles Fenster, kein Schein auf den Zweigen. In diesem raben- und pechschwarzen Kasten sollte wer wohnen?! ›Hat was von einer Brandstätte‹, dachte er plötzlich. So unbeleuchtet wie jetzt war sie ihm nie ganz geheuer erschienen.

Tastend folgte er dem überwucherten, stellenweise bereits zusammengebrochenen Zaun, schob sich langsam durch die Erlenbüsche und das Tannendickicht, blieb sekundenlang lauschend stehen, ging wieder weiter. Er verspürte eine leichte Atemklemme. Angst? – Wovor? Er brauchte, bei Gott, nichts zu fürchten, er nicht. Und dennoch: Die Freude, das Haus und die Gegend wiederzusehen, war unversehens einem dumpfen Angstgefühl gewichen.

Da war der Eingang! Fast zugewachsen. Brennesseln. Disteln. Aus den Angeln gerissen, lehnte die Gartentür im Gestrüpp. Im Finstern tastend, betrat Captain Jerschek seinen Besitz; hohe, dürre Gräser raschelten und knickten ab.

›Wer immer auch da sein sollte‹, sagte er sich, ›empfangen wie den verlorenen Sohn wird man dich kaum. Aber‹, dachte er weiter, ›vielleicht ist auch alles versperrt; das wär noch das beste. Dann bleibst du die Nacht im Gasthaus, und morgen läßt du dir die Tür aufbrechen. Und jetzt mach schon!‹

Wieder begann es zu regnen. Tropfen, schwer wie MG-Kugeln, klatschten ins Gras; sie durcheilten den Garten, schlugen sekundenlang Lärm auf einem verdrehten Stück Blech, das sich tierhaft und drohend im Unkraut aufreckte, als er darauf trat. Wo er den Rest eines Pfades mehr ahnte als wahrnahm, tappte er zwischen den Bäumen den Hügel hinan. Aus schwarzen Augenhöhlen stierte ihm das Haus entgegen, ein hohler Kopf mit einem Steirerhut von mürben Schindeln. Dann stand er der Veranda gegenüber. Schneller und immer dichter fielen die Tropfen. Sie fielen lotrecht aus der Nacht herab, trommelten auf dem Verandadach – und: Horch! Trommeln werden im Dunkel gerührt! Trommelwirbel kommen durch das Dunkel auf dich zu! Und plötzlich glaubte er, seine Mutter erscheinen zu sehen: Eine hohe Gestalt war aus dem Schatten des Hauses getreten. Hergehext aus dem Jenseits, stand sie dort oben bereit.

»Hilde?« fragte er leise.

»Ja?« sagte Hilde.

Bewegungslos, die Hände in den Taschen eines nächtlich bleichen Morgenmantels, stand sie in einigem Abstand dort vorn auf dem Weg. Ihr langes Haar dämmerte fahl wie verblichenes Stroh; in schweren Wellen fiel es ihr auf die Schultern und schräg in die Stirn. ›Das ist sie doch‹, dachte er. ›Ja, das ist sie! Groß, schlank, muskulös, gerade gewachsen. Oder‹, dachte er, ›ist sie es nicht?

Ist sie es nicht mehr?‹ Warum rührte sie sich nicht? Was hatte sie? – Er stieg hinan. ›So straff gegürtet!‹ dachte er. ›Kriegerisch!! Wie geht das jetzt weiter? Wartet sie ab?‹ – »Ich bringe euch mieses Wetter«, sagte er scherzend, und sie darauf (kurz): »Scheint so.« Und aus. Nichts weiter. Sonst sagte sie nichts. Vor den Kopf gestoßen von ihrem Ton, verhielt er den Schritt – ›eine Fremde!‹ dachte er, ›und obendrein noch unsympathisch! Na, ich danke!‹ – verhielt für Sekunden den Schritt und setzte sich neu in Bewegung, denn ihre Stimme, die hatte er wiedererkannt, diese rauhe, dunkle und dennoch glockenhaft klingende Lausmädchenstimme, die, obgleich sie nur gering vom Dialekt gefärbt war, etwas Ordinäres, etwas unbeschreiblich Lästerliches hatte: herrlich! (Herdenschellen schallten ihm fern in den Ohren, vielleicht auch ein Wildbach) – und »Mein Telegramm habt ihr erhalten«, sagte er, doch keine Antwort kam. Keine Glocken mehr, nur seine Schritte und seinen Atem hörte er noch. »Hast du da gewartet?« fragte er, mit einemmal nervös, und sie darauf endlich (impertinent): »Was sonst? Man muß doch den Hauseigentümer würdig empfangen. Noch dazu, wenn er als ›Sieger‹ heimkehrt.«

Er zögerte, hielt abermals an, strapazierte die Augen. Ihr Gesicht war im Dunkel ein heller, randloser Fleck, den Augen ein Rätsel. Hilde. Was wollte sie? Stand sie da vorn, ihm den Weg zu versperren, den Krieg zu erklären? Oder hatten sie andere Leute als Provokateur vorgeschickt? – »Wer wohnt denn da jetzt alles?« fragte er gereizt und lauernd und gewahrte nun im Dunkel ihren Blick, der ihn erwartete. Nein, das waren nicht die sanften Lichter seiner Mutter: Das waren zwei gefällte Bajonette – oder? »Ich«, sagte sie ruhig und verschränkte die Arme. »Ich, wenn du gestattest. Ich ganz allein.« – Also gut. Er tat noch zwei Schritte, dann machte er halt. Ihr Gesicht nahm langsam Form und Züge an; jawohl, das war sie.

»Nicht sehr erfreut, mich wiederzusehen«, sagte er boshaft und stellte nun fest, daß sie anders aussah, als er sie in Erinnerung hatte. Verrückt!

Und sie: »Vielleicht doch. Ich weiß nicht. Irgendwas freut sich in mir trotz allem. Wahrscheinlich mein Blut.«

»Das germanische! Was?!«

»Das gleiche, das auch du hast, Gottfried«, sagte sie.

Er gab ihr keine Antwort; er starrte sie an, starrte, jäh verzaubert, in ihre sonderbar glitzernden Augen, die nun mit einem Mal groß und unverwandt auf ihn gerichtet waren; schweigend starrten sie einander in die Augen.

›Blonde, dunkle Schwester‹, dachte er (und hörte nun die Front des Regens näherrücken), ›Halbschwester, die mich so fremd und doch so vertraut aus dem Halbdunkel anschaut!‹ Und nun hörte er rings in den Wäldern das Aufbrausen der Böen, das Lostrommeln der Güsse; und plötzlich blickte er erschüttert auf die junge Frau, die immer noch reglos inmitten der dichter und dichter fallenden Tropfen verharrte, die geheimnisvoll wie etwas Halbvergessenes im Dunkel stand, ihm so nahe, daß er ihren Atem hören konnte, und dennoch wie für immer von ihm abgeschnitten, wie für stets verbannt in eine kalte, regnerische Ferne . . . Und – schau an! – nun hob sie ihm ihre Arme entgegen, trat einen Schritt auf ihn zu, faßte ihn bei den Schultern (nanu?); deutlich empfand er den bohrender werdenden Druck ihrer Finger; die Trommelwirbel schwollen jäh in seinem Ohr – Alarm! – und »Schuft!« flüsterte sie – und noch einmal: »Schuft!« Er spürte ihren heißen Atem auf den Lippen. »Verräter!« flüsterte sie, und der bohrende Druck ihrer Finger, die sich verkrallten, nahm plötzlich etwas von einer wilden, grausamen Zärtlichkeit an, und »Schwein!« flüsterte sie und stieß ihre Augen in ihn; und – schau! – ihr Gesicht stand nun, bleich und von Wasser glänzend, dicht vor dem seinen; er sah es, erkannte es wieder und sah, es war älter geworden, herber und schmäler; hart war es nun, geprägt von der Zeit und gehärtet in ihr, gezeichnet war es, voller Spuren, voller beunruhigender Male; aber noch immer war es das kühne, verwegene Mädchengesicht, das er liebte und haßte; und erst jetzt schien es von einer bestürzenden Schönheit zu sein, einer Schönheit, die weh tat, die einen schrecklich bitteren Geschmack im Munde weckte – oh, verflucht! »Und so was ist am Leben! Unbegreiflich«, sagte sie und schüttelte den Kopf und ließ dabei die Hände wie erschöpft an seinem Mantel niedergleiten und dann (indem sie plötzlich mürrisch von ihm abließ): »Na, komm! Gehn wir schon hinein! Wir werden patschnaß!«

Sie wandte sich entschlossen der Veranda zu, den wenigen Stufen zu einem noch dichteren, engeren Dunkel, und schon im nächsten Augenblick (als habe sie ihn hergepfiffen) stand, jede Ferne, ja sogar Nahes und Nächstes auslöschend, ringsum der Regen, eine kompakte, fast reglose Mauer aus grauem Geprassel, aus einem vertikalen Trommelfeuer harter Tropfen, unter denen das Haus, welches die beiden nun aufnahm, zu dröhnen begann wie Noahs Arche unter den Wolkenbrüchen der Sintflut.

II

Unsagbares Gefühl: Er stand in der Villa! Im Haus seiner Mutter stand er, im Haus seines Vaters, im Haus seiner Kindheit. In einer Finsternis, welche Dezennien älter war als er selbst, in einer Finsternis, die immer unauslotbar bleiben würde; und in seinem Rücken fiel das Haustor zu; und die Mauer des Regens hatte sich ringsum geschlossen.

Sekundenlang war ihm zumute, als sei er erblindet. Er befand sich hier im Flur, das wußte er. Rechter Hand mußte die Treppe zum Dachgeschoß sein, links davon der schmale Durchgang nach der Küche – ja, natürlich. Begierig sog er den Geruch des Hauses in sich ein, diesen guten Geruch von ausgetrocknetem Holz und alten Tapeten, der ihn beglückte, beruhigte. Was hatte man vor mehr als hundert Jahren hier beim Bau verwendet? Tannen? Fichten? Föhren? Lärchen? – vor allem wohl Lärchen. Hilde bewegte sich dicht neben ihm, das konnte er hören; auch glaubte er, den warmen Atem ihres Körpers zu verspüren. Auch sie verbreitete, wie er schon draußen bemerkt hatte, einen Geruch, doch dieser Geruch, obwohl er nicht stark war, beunruhigte ihn. Sie sagte: »Moment! Ich muß erst die Zündhölzer finden.« Ihre Finger tasteten suchend auf der Kommode herum. Draußen prasselte der Regen nieder; es klang, als stürze fuhrenweise Schotter auf das Dach. Sie sagte: »Ich hab sie da hergelegt, wie ich hinaus bin. Damit ich nachher nicht lang suchen muß!« Sie lachte auf. An den Giebeln begannen die Kehlen der Wasserspeier zu gurgeln; Erde und Himmel waren auf einmal erfüllt vom Gesang dieser Kehlen. Sie sagte: »Ich muß mit den Kerzen sehr knausern, drum laß ich nie brennen; es sind kaum mehr welche zu bekommen. – Außerdem kosten sie auch was, und allmählich läppert sich auch das zusammen.«

Sie machte dabei eine fahrige Wendung und prallte auf ihn. Es war, als knistere zwischen den Körpern, die sich berührten, ein Funke. »Ach so, du stehst da!« sagte sie. »Entschuldige! – Na, wo sind denn die Scheißdinger? So was!«

Ihm war mittlerweile eingefallen, daß etwa hier – an einem zierlichen Gestell von Bambusstangen – stets ein großer Gong gehangen war, viel bestaunt, doch anscheinend niemals benützt. Er streckte wie ein Blinder auf gut Glück die Hand vor und stieß mit den Fingerspitzen auf kaltes Metall (wahrhaftig! da war er!); es gab einen hellen, nachschwingenden Klang, der jedoch alsbald unterging in dem Brausen des Regens.

»So wart doch!« sagte Hilde. »Ich mach ja schon Licht.« Sie hatte die Streichholzschachtel endlich ertastet. »Du wirst dich an den Möbeln stoßen!« sagte sie.

»Hast du sie umgestellt?«

»Nein. – Warum?«

Sie entflammte das Streichholz, das sie hervorgekramt hatte, ließ in der Hut ihrer Hände die Flamme gedeihen und zündete nun eine Kerze an, die im Dunkel bereitstand. »Komm, wir gehen in die Küche«, sagte sie und hob den Leuchter.

Sie ging voran. Licht- und Schattenkeile wanderten durch das Gebälk und über die Wände, Speichen eines sich langsam drehenden Rades; der Schein stöberte Hausrat aus finsteren Winkeln, warf ihn zurück, zeigte Bilder auf, warf sie wieder zurück in die Unsichtbarkeit, zerlegte dabei das Muster der altersschwarzen Tapete, Arabesken, die Jerschek nun allesamt wiedererkannte; Zierleisten funkelten auf, wiesen den Weg; Hirschgeweihe spreizten sich verrenkt ins Ungewisse; und – schau! – ihre Schatten verzogen sich schwankend an sämtlichen Wänden und an der Decke, wuchsen vor ihm empor und schrumpften wieder hinter ihm zusammen, einen flüchtigen, gespensterhaften Aufruhr bildend, wie die Schatten kahler, geräuschlos niederstürzender Bäume.

Er folgte Hilde durch den Korridor. Ihre Holzpantoffeln klapperten, klatschten ihr hart an die Fersen. Als Silhouette deckte sie das Licht ab, schwarz und eilig, und nur ein paar periphere, flatternde Locken, in denen sich der Schein verfangen hatte und sich brach, umloderten sie in kupfernen Protuberanzen. Und dann: War sie schon damals so groß und so stämmig gewesen? Oder war sie noch gewachsen? Nicht gut möglich. Dabei war sie gertenschlank, namentlich um die Mitte. Mit zwei Händen hätte man sie dort umfassen können.

»Wie bist du eigentlich heraufgekommen?« fragte sie.

»Ein Auto hat mich mitgenommen«, sagte er. »Bis zum Steinbruch. Von dort an bin ich gegangen.«

»Ja, eben! Ich hab nämlich weit und breit keinen Wagen gehört.«

Sie war stehengeblieben und öffnete nun die Tür nach der Küche. »Kennst du dich noch aus hier?« fragte sie, indem sie eintrat.

»Wie in meiner Tasche«, sagte Jerschek und stellte seine Tasche bei der Tür nieder.

Der heimliche Raum tat sich im schwankenden Licht vor ihm auf, vertraut und dennoch eigenartig verfremdet, kleiner und dunkler geworden, nachgedunkelt, eingegangen, als sei er verkohlt und zusammengeschrumpft in dem Ofen der Zeit.

»Komm weiter!« sagte sie und setzte ihren Leuchter auf den Küchentisch neben eine große, grüne Flasche, die dort stand. »Willst du nicht den Mantel ausziehen?« fragte sie. »Behalt ihn lieber an; es ist nicht sehr warm hier.«

Die kupferne Kuchenform. Der Schneekessel aus Messing. Die nilgrünen Kacheln des Herdes: Alles noch da! Auch sie, der Fratz – in hellblauer, naß auf den Schultern klebender Seide – zwar nicht gealtert, aber um zehn Jahre älter (das sah er nun deutlich) und einigermaßen verwahrlost (das sah er nun auch). Sie rückte einen Stuhl für ihn zurecht. »Setz dich doch!« sagte sie. »Ich lehne mich da an den Herd. Der hat von Mittag noch etwas Wärme. Oder bild ich's mir nur ein. Kann auch sein.«

Er sah sich erst ausgiebig um, dann setzte er sich. »Hier hat sich nichts verändert«, sagte er.

»Hier nicht«, sagte sie. »Hier in der Villa ist alles beim alten.« Sie schnitt ein Gesicht. »Die Möbel stehen noch an ihrem Platz. Die Bilder hängen noch an ihrem Platz.« Sie schüttelte ihre Pantoffeln ab und schob sie beiseite; auf dem Rande der Herdplatte sitzend, streckte sie ihre nackten Füße von sich und bewegte die Zehen. »Nur wir stehen plötzlich woanders; weiß nicht recht, wo. Auf jeden Fall irgendwo, wo wir nicht hinpassen; findest du nicht?«

»Ja. Den Eindruck hab' ich auch, seitdem ich wieder hier bin«, sagte er.

»Bist du schon lange hier?«

»Seit Juni«, sagte er. »1945 bin ich auch schon einmal dagewesen.«

»Und hast dich nicht gerührt?«

»Ich war nur kurz herüben.«

Sie sah nicht auf; sie hielt den Kopf gesenkt, so, als beobachte sie das Spiel ihrer Zehen. Sie bewegte sie, als spiele sie mit ihnen auf einem Klavier, große, kräftige Zehen, an großen, kräftigen und schöngeformten Füßen.

»Ich hab damals zuwenig Zeit gehabt«, fuhr er fort. »Und – wenn ich ehrlich sein soll – auch wenig Lust. Beim Notar bin ich gewesen; und ein paar Bekannte habe ich getroffen, das war alles.«

»Du lebst in England, nicht wahr? – Oder in Amerika?«

»In England«, sagte er. »In London.«

»Hm.«

Eine Pause trat ein. Man hörte hinter dem Fenstervorhang das Brausen des Regens. Hilde blickte unverwandt auf ihre Füße nieder, schien mit sich zu kämpfen. »Und?« fragte sie schließlich. »Wie war's?« fragte sie. »Ist es dir gut gegangen? Hast du den Krieg dort gut überdauert? – Lebt man angenehm als – Emigrant?«

Das letzte Wort war aus dem Schatten, der ihre Züge verhüllte, aus dem dämmernden Hinterhalt unter den überhängenden Haaren wie ein kleiner, aber wohlgezielter Peitschenhieb hervorgeschnellt, nicht unerwartet: Jerschek hatte sich bereits gewappnet – und:

»Doch«, sagte er. »Zumindest mit gutem Gewissen. Und ohne, daß man sich verstellen muß. Und sobald die Leute wissen, wo man steht, sind sie ausgesprochen nett und helfen einem auch.«

Nun schaute sie auf. Nun warf sie das Haar aus der Stirn. Das Kerzenlicht widerspiegelnd, traf ihn ihr Blick, hellblau und eisig. »Ein gutes Gewissen«, sagte sie lächelnd, »haben wir auch. Und verstellen haben wir uns auch nicht müssen«, sagte sie. »Sonst natürlich war es nicht sehr schön.« Sie lächelte. »Jaja, mein Lieber, uns hier ist es nicht so fein gegangen wie dir, schon gar nicht den Männern. Die waren an der Front; die haben ihre Pflicht getan. Und sind gefallen oder sind als Krüppel heimgekommen.«

Er beherrschte sich, unterließ es, ihr eine entsprechende Antwort zu geben, denn er wollte keinen Streit heraufbeschwören. Sonderbar: Gerade war sie ihm ganz nahe und vertraut gewesen, und auf einmal war sie wieder fremd und fern.

»Aber lassen wir das!« sagte sie plötzlich.

»Ja«, sagte er. »Reden wir lieber von dir.«

»Von mir?! Oje!« Sie lachte trocken auf. »Da gibt es auch nichts Schönes zu erzählen! Leider, leider!«

Sie hatte abermals den Kopf gesenkt; nun sprach sie weiter.

»Ich hab auch so einiges abbekommen«, sagte sie tonlos. »Mama ist tot; das weißt du ja, nehme ich an. Günther, mein Leutnant, auch – an der Ostfront gefallen. Und –«, das Kinn vorgeschoben, den Mund leicht geöffnet, rang sie nach Atem, »falls es dich interessieren sollte, aber wahrscheinlich interessiert es dich gar nicht – auch mein Vater ist tot. Hast du es schon gewußt?«

Er schlug die Augen nieder: »Nein«, sagte er.

»Na und ich . . .« Sie unterbrach sich, starrte vor sich hin. »Ich leb' noch«, sagte sie schließlich. »Ich bin noch da.«

Die Kerze flackerte. Der Regen fiel mit einem monotonen Brausen auf das Haus, und man wußte es trefflich verborgen hinter den Mauern aus niederprasselnden Tropfen, gut verdeckt von all diesen rauschenden, vielschichtigen Wänden stürzenden Wassers, die sich dicht und kalt und unfaßbar an seine Balken drängten; doch in dieser Sintflut schien es plötzlich nicht nur von der Außenwelt, nicht nur von sämtlichen Orten und Wegen des Landes, sondern gleichermaßen auch von der Zeit abgeschnitten zu sein, so, als herrsche in ihm eine andere Zeit als dort draußen. Jerschek blickte unwillkürlich nach der Küchenuhr. Ihre Zeiger wiesen auf drei Viertel vier. Er lauschte. Nichts. »Ist sie kaputt?« fragte er geistesabwesend. »Ach wo! Nicht aufgezogen«, sagte Hilde.

Die Arme verschränkt, den Oberkörper etwas vorgebeugt, starrte sie erneut auf ihre Füße nieder. Jerschek betrachtete sie eine Weile; dann stand er, ohne recht zu wissen, was er wollte, auf; er trat vor die Uhr hin, hob (fast noch gewohnheitsmäßig) den Arm und ertastete alsbald auf dem verstaubten Gehäuse den Schlüssel zum Aufziehen. »Bist du hier ganz allein?« fragte er sanft und bemerkte aus dem Augenwinkel, wie sie nickte.

Zerstreut zog er die Uhr auf und stellte die Zeit. Er fragte: »Was tust du eigentlich? Hast du einen Verdienst?«

Sie hob ihre kräftigen Schultern und ließ sie wieder sinken. »Landarbeit mach ich«, sagte sie in das auf einmal vorhandene Ticken hinein.

Er kehrte zum Tisch zurück und setzte sich wieder. ›Arm‹, dachte er. ›Die Jugendträume ausgeträumt, der Schmelz dahin!‹

»Ich hab dafür mein Essen«, sagte sie. »Ich bring mich durch. Kann man heutzutage mehr verlangen?«

Plötzlich sah sie ihn erschrocken an. »Mein Gott!« sagte sie. »Du hast doch sicher einen Mordshunger. Ich richte dir schnell ein Nachtmahl, ich hab grad was da.«

»Laß nur!« sagte er. »Ich hab' bereits gegessen.«

»Wirklich –?«

Ihr Blick war zweifelnd, fast besorgt, fast mütterlich auf ihn gerichtet; und auf einmal war sie auch wieder zugegen und kam ihm sehr nahe. »Aber trinken wirst du was wollen«, sagte sie voller Eifer, froh, wie es schien, auf das Elementare gestoßen zu sein: auf Hunger und Durst.

»Ein Glas Milch«, sagte sie. »Oder Tee? – Ich gieße uns Tee auf! Kräutertee! Ja?«

»Ach, laß doch!«

»Oder willst du Schnaps –?« Sie schien sich zu beleben. »Einen Obstbrand.« Sie wies mit dem Kopf nach der Flasche, die auf dem Tisch stand. »Gut ist er nicht. Aber stark. – Probier!«

Sie stieß sich mit ihrem Hinterteil von der Herdplatte ab, langte ein Wasserglas aus der Küchenkredenz, kam damit an den Tisch, entkorkte mit sehnigen Fingern die Flasche und füllte das Glas so schwungvoll, daß es fast überlief.

»Da!« Sie hielt es ihm hin, Triumph in den Augen.

»Du spinnst wohl!« sagte er. »Das soll ich alles trinken?!« Er nahm es und trank ein paar Schlucke. »Schauerlich!« stellte er fest; doch alsbald fühlte er die Hitze seinen Leib durchdringen, und das war ihm im Augenblick gar nicht so unangenehm.

Hilde stand dicht neben ihm und schaute ihm zu. Er nahm noch einen kleinen Schluck, dann hielt er inne. »Genug«, sagte er und wollte das Glas auf den Tisch stellen; sie aber nahm es ihm rasch aus der Hand. »Gib her!« sagte sie; das Haar aus der Stirn geschleudert, den Kopf in den Nacken geworfen, goß sie schon das scharfe Zeug in sich hinab.

»Fusel!« Sie schüttelte sich. »Aber besser als nichts.« Sie stellte das Glas beiseite. »Hast du Zigaretten?« fragte sie. Er holte ein frisches Paket aus der Tasche und öffnete es. »Ich rauche nämlich schon seit Tagen Tschick«, erklärte sie.

Mit Fingern, die vor Gier zu zittern schienen, zog sie eine Zigarette aus der Packung.

»Du qualmst wohl fleißig?«

»Ach ja, wenn ich's hab.«

»Und saufen tust du obendrein?«

»Nach Tunlichkeit.«

Er sah, daß ihre Finger wirklich zitterten. Die Nägel waren abgestoßen und dunkel gerändert; das sah er nun auch. »Soll ich denn gar nichts haben?« fragte sie bitter. Sie setzte sich dicht vor ihm auf die Kante des Tisches; er gab ihr Feuer, sie beugte sich ein wenig vor, und wieder spürte er (und zwar diesmal ganz deutlich) diesen schlanken, nadelscharfen Schweißgeruch, der ihn faszinierte und zugleich erschreckte.

›Blonde, dunkle Schwester‹, dachte er. ›Was ist mit dir geschehen?! Du riechst wie ein Raubtier!‹ Sie hatte die Augen schmal gemacht, als sei ihr Rauch hineingeraten; doch schien das nicht der Grund zu sein; glitzernden Blickes sah sie ins Leere; ihre Lippen zuckten, und ihre Finger zitterten.

»Wie die Mama umgekommen ist, das weißt du«, sagte sie plötzlich.

»Ja. – Bei einem Fliegerangriff. Mehr weiß ich auch nicht.«

Sie blickte dem Rauch nach, den sie energisch von sich blies. »Es gibt darüber nicht viel zu erzählen«, murmelte sie. Und dann: »Sie war bettlägerig. Wollte nicht um die Welt in den Keller. Das ganze Haus ist mit ihr eingestürzt. – Ich selbst war nicht dabei; ich hab's nicht miterlebt. Ich weiß auch nur das, was mir mein Vater erzählt hat.«

Captain Jerschek steckte plötzlich etwas in der Kehle. »Hat man sie gefunden?« fragte er gepreßt.

»Ach wo!« sagte sie. »Man wird es auch gar nicht versucht haben, nehme ich an. Was soll man unter einem Berg von Schutt noch finden?! Lächerlich!«

Sie schnippte die Zigarettenasche vor sich auf die Dielen. Ihre Worte hatten schrecklich roh geklungen. Jerschek sah zu ihr auf; er betrachtete sie, und auf einmal fing in ihm der Haß zu kochen an, der Haß auf jenen hochgekommenen Provinzproleten, jenen stiernackigen, ewig halbwüchsigen Kraftlackel, der ihm die Jugend versaut, der ihm das Bild der Mutter verunreinigt hatte, und der nun offenbar in dieser blonden Hünin weiterlebte, der nun mit ihrem Hintern auf dem Eßtisch saß und Mist verstreute, womöglich auch mit ihrem Munde auf den Boden spuckte und dabei mit größter Unverschämtheit posthum aus ihren Achselhöhlen stank.

»Dein Vater aber war im Keller; dem ist nichts geschehen«, sagte er.

»Er war Luftschutzwart. Er mußte unten sein.«

Ihm lief die Galle über. »Luftschutzwart! Der Herr Ingenieur! Was war er denn sonst noch?! Ortsgruppenleiter! SA-Mann! Wichtigtuer! Denunziant! Was noch?!«

Hilde blickte beharrlich an ihm vorbei ihren Rauchschwaden nach. »Sei nicht so gehässig!« sagte sie leise. »Er ist jetzt genauso tot wie unsere Mutter.«

»Na, hoffentlich hat er ein ebenso scheußliches Ende gehabt.«

Wieder trat eine Pause ein. Die Kerzenflamme flackerte auf; dann duckte sie sich. Ein leises Knistern irrte durch das Gebälk des Hauses. Aus schmalen Augenschlitzen starrte Hildegard ins Leere. Lauschte sie dem Regen? Lauschte sie dem Knistern im Gebälk? Oder dem lautlosen Zittern in ihren Händen? Und merkte nicht, daß ihre Zigarette schon so kurz war, daß sie ihr die Finger sengte?

Ohne ihre Haltung zu verändern, sagte sie: »Soll ich dir erzählen, wie Papa gestorben ist?«

»Wozu denn?« sagte er. »War er Soldat? Hatte er einen so glorreichen Tod? Ist er auch ›vor dem Feind gefallen‹, so wie sein Führer?«

»Hör auf!!« sagte sie.

Mit einem Ruck löste sie sich vom Tisch, warf den Rest der Zigarette in den Herd und ging sodann auf ihren bloßen Sohlen auf und ab, ging mit großen, schweren Schritten auf und nieder; ihre Schenkel erschienen zwischen den Falten des aufklaffenden Schlafrocks, und in der Kredenz begannen die Gläser zu klingen.

Plötzlich blieb sie stehen und sah Jerschek drohend an. »Warum bist du eigentlich heraufgekommen?« fragte sie. »Willst du mich hier hinausschmeißen? Ja? – Das Recht dazu hast du. – Bitte! Wenn du willst, so zieh ich morgen aus; ich komm schon wo unter.«

Er gab ihr keine Antwort, hielt den Atem an, denn auf einmal roch der ganze Raum nach wildem Tier. »Oder bist du nur gekommen, um mir weh zu tun?« sagte sie. »Um meinen toten Vater zu beleidigen? Um dich auf unsere Kosten jetzt lustig zu machen?!«

Sie wartete. Ihre Züge waren gespannt und ihre Augen vorübergehend ganz dunkel vor Wut. ›Sieht gut aus!‹ dachte er. ›Sieht eigentlich gut aus.‹ – »Na, mach schon!« sagte sie. »Warum bist du gekommen?«

Er betrachtete sie gelassen. »Ich wollte einmal sehen, was hier los ist«, sagte er. »Wie es dir geht, was du hier treibst, in welchem Zustand sich die Hütte da befindet – ob irgendwelche Reparaturen notwendig sind . . .«

Und sie: »Du siehst: Die Hütte steht noch da. Sie ist nicht

abgebrannt und auch nicht eingestürzt. Und was mich betrifft: Ich lebe, und es geht mir gut. Aber – wie schon gesagt – ich werde auch anderswo Unterschlupf finden.«

Er senkte resigniert die Lider; dann stand er langsam auf und wandte sich zur Tür. Plötzlich drehte er sich wieder um; die Hände in den Taschen seines Mantels, stand er da.

»Komm her!« sagte er. »Näher! – Noch näher!«

Hildegard schritt widerwillig auf ihn zu.

Ihr Blick belauerte ihn. Ihr Gesicht war unbewegt, als sei es aus Marmor.

»Und?« fragte sie kalt. »Was willst du?« fragte sie und verschränkte die Arme.

Frech, eisern und breitbrüstig stand sie vor ihm und behexte ihn mit ihrem Blick und ihrem Tiergeruch.

Er hielt ihr stand und: »Schau mich an!« sagte er ruhig. »Seh ich aus wie einer, der eine Verwandte einfach hinaussetzt? Seh ich so aus?« Geduldig ertrug er ihr Starren, ertrug geduldig dies Forschen in seinem Gesicht; ungerührt, die Hände in den Manteltaschen, hielt er still, und sie, vor ihm hoch aufgerichtet, impertinent, aber zum Glück noch immer um einige Zentimeter kleiner als er, schaute ihm auf eine Art und Weise in die Augen, aufmerksam, als könnte sie tatsächlich dort ihr Schicksal lesen und Verstellung sehr deutlich von Aufrichtigkeit unterscheiden; dabei nahm ihr Blick einen erregenden Glanz an, ähnlich dem Flirren der Sonnenreflexe auf einem Wildbach, eine himmlische Helligkeit, ein großes, lebendig vibrierendes Leuchten, das in Jerschek wie mit vielen kleinen Widerhaken eindrang. Das war ihr Silberblick; den kannte er. Den hatte sie bereits als Vierzehnjährige gehabt. Damals freilich, noch ohne ihn wissentlich anwenden zu können; doch mittlerweile schien sie die Kunst erlernt zu haben und gut zu beherrschen.

»Nein«, sagte sie langsam (es klang überzeugt und vorbehaltlos). »Hinausschmeißen wirst du mich nicht – das nicht. Aber du tust mir mit Absicht weh. Das hat dir immer Spaß gemacht. ›Das turnende Fleisch‹, wie du mich einmal genannt hast! Ich bin beruhigt: Du bist noch ganz der alte.«

Jerschek wandte sich ab. »Na also«, sagte er. »Na also! – Hast du mir ein Bett gerichtet?« – »In der Kabuse«, sagte sie. Er zog das Päckchen Zigaretten aus der Tasche. »Ist es nicht recht?« fragte sie. »Dort hast du doch immer geschlafen.« – »Natürlich«, sagte er. »Ich sehe, du weißt noch Bescheid. Da! Die laß ich dir gleich da; die brauchst du doch.«

Er warf die Zigaretten auf den Tisch. »Danke«, sagte sie. »Wenigstens das!« Sie griff nach dem Päckchen. »Auf die hab ich ohnehin schon gespitzt«, sagte sie; mit flinken Fingern steckte sie sich eine ins Gesicht. – »Laß das jetzt!« sagte er. »Gehen wir lieber hinauf.« – »Möchtest du nicht doch was essen?« – »Nein«, sagte er. Sie nahm die Zigarette wieder aus dem Mund und tat sie weg. »Na, dann komm halt!« sagte sie und ging an ihm vorüber und strich ihm dabei mit dem Handrücken über die Wange.

An der Tür griff sie nach seiner Tasche. »Toll!« sagte sie. »Schweinsleder! Nicht wahr? – Die reinste Diplomatentasche!« sagte sie. »Das gibt ein Gefühl von Macht und Größe, wenn man die trägt.«

Über die Schulter grinste sie unverschämt her. »Nimm die Kerze!« befahl sie, indem sie die Tür öffnete. Da sie die Tasche geschnappt hatte, nahm er den Leuchter vom Tisch und folgte ihr nach; wie ein Hotelstubenmädchen schritt sie voran. »Ist das dein ganzes Gepäck?« – »Im Augenblick ja. Aber ich kann mir was nachschicken lassen.« – »Von wem?« Sie hatte sich am Fuß der Treppe umgewandt und schien zu lauern; das honiggelbe, ruhelose Licht der Kerze reflektierend, blitzten ihre Augen aus der Dunkelheit.

Er gab ihr keine Antwort. »Ein Geheimnis!« sagte sie und öffnete die Tür zur Treppe; geräuschlos mit ihren bloßen, geschmeidig sich spannenden Füßen stieg sie die hölzerne Wendeltreppe hinan, und er, den Leuchter tragend, folgte ihr dicht auf den Fersen, die reichlich schmutzig waren, wie er nunmehr zu bemerken glaubte.

»Bist du verheiratet?« fragte sie.

»Nein.«

»Warum nicht? Ist die Richtige nicht aufgekreuzt?« – Ohne ihre Frage aufzufassen, sah er ihr zu, wie sie mit seiner Tasche die Treppe hinanstieg, sehnig und schlank, mit den weichen, spielerisch glatten und dennoch angespannten Bewegungen eines Raubtiers, sah dem Gleißen zu, das über ihren Schlafrock huschte, ihren biegsamen Rücken entlang wie über das Fell einer mächtigen Katze, und er sah auf dem offenen Fächer knarrender Stufen, der sich kreisend in das Dunkel spreizte, ihre nackten, geräuschlos aufwärts steigenden Sohlen, die sie ihm zeigte, pechschwarz, und hörte über sich den Regen trommeln; die Kerze schwankte in seiner Hand, heißes Wachs lief ihm über die Finger; um sich nicht anzutropfen, hielt er sie weit von sich ab; dabei gewahrte er Hildes auf einmal ins Riesenhafte gewachsenen Schatten. »Was treibst du denn?!« fragte sie. »Du wirst mir den Hintern anbrennen!« Sie spähte unter ihrem freien Arm hindurch nach ihm zurück. Ihr Schatten aber reckte sich auf, dem Getrommel entgegen, knickte an den Kanten, verzerrte sich an den Schrägungen und bewegte dort oben zwischen den Balken des Dachstuhls seine Schultern wie in einem Käfig.

Dann war man oben, und das Licht versickerte im Dunkel. »Wo ist der Christus hingekommen?!« fragte Jerschek überrascht. Am anderen Ende des reichlich verwinkelten, aber geräumigen Bodens war Jahrzehnte ein nahezu lebensgroßer hölzerner Christus gehangen. Er hatte hier im Haus ein Ausgeding gehabt, nachdem ihn dort, wo er früher Wache gehalten hatte, am Eingang des Dorfes, im Verlaufe eines in die Ortsgeschichte eingegangenen Gewitters ein Blitz zerspalten und vom Kreuz gerissen hatte. War man hier mit einer Kerze aufgetaucht, so hatte einem aus der Finsternis dort drüben sein weißer, notdürftig wieder zusammengeleimter Leichnam entgegengeschimmert; jetzt aber schimmerte nichts mehr: Die Stelle war leer.

Und Jerschek: »Habt ihr ihn am Ende gar verheizt?!«

»Er lehnt dort rechts im Wandschrank«, sagte sie seufzend. »Ich hab ihn abgehängt. Nimm's mir nicht übel. Er ist mir unsympathisch. – Und er war mir auch nicht ganz geheuer«, sagte sie.

Mit energischem Griff öffnete sie die Tür zur Kabuse. Eine lebendige Kühle kam ihnen entgegen, eine Kühle, die nach Wind und Regen roch und sonderbar an die Weite des Meeres gemahnte. Die Kerzenflamme hob zu flackern an, dann duckte sie sich. Hildegard folgte dem eigenen jählings zusammenschrumpfenden Schatten. Der verängstigte Schein fiel auf altertümliche Möbel, hölzerne Wände, van-Dyck-braune Ledertapeten; an den Scheiben des nächtlichen Fensters glitzerten Tropfen.

»Ah!« machte Jerschek. »Ah!« Und atmete auf, beglückt und erschüttert, sein Zimmer so unversehrt wiederzufinden, diesen weltabgewandten Raum im westlichen Giebel, dem Wetter benachbart, dicht unterm Dach: eine Warte, wartend auf die geheimen Signale des Windes.

»Ja! So war es immer, wenn ich hier heraufgekommen bin. Meistens war es spät am Abend«, sagte er. »Herrlich! Wie in Träumen: fast gespenstisch«, sagte er. »Ein kleines Stückchen Heimat ist noch da.«

Hilde setzte seine Tasche auf den Tisch. »Ich beneide dich, daß du nach Hause kommen kannst«, sagte sie traurig. »Ich hab oft Heimweh . . .«

»Nach der Stadt?«

»Ach was; nur so. Weiß nicht, wonach.« Sie zuckte die Achseln. »Ich bin ja eh daheim. Das ist es ja.«

Lächelnd nahm sie ihm den Leuchter aus der Hand und stellte ihn auf das Nachtkästchen neben dem Bett. »Der bleibt da«, sagte sie. »Der letzte Silberleuchter soll bei dir stehen. Ich bleib im Finstern«, sagte sie geheimnisvoll.

Sie warf einen kritischen Blick auf das Bettzeug, sie strich es zurecht. »Ich hoffe«, sagte sie, »daß du genug zum Zudecken hast; es wird schon recht kühl.« Die Fäuste gegen die Hüften gestemmt, sah sie sich um. »Der Krug ist gefüllt. In der Flasche ist Trinkwasser. Glas ist auch da. Handtuch. Zünder . . . Ich glaub, ich hab nichts vergessen«, sagte sie stolz. »Nachttopf hast du auch.« Sie grinste wie ein Lausbub.

»Na also!« sagte er. »Da kann ja nichts passieren.«

»Hoffentlich!« sagte sie, und ein lautloses Lachen begann sie zu schütteln.

»Ein Miststück!« sagte er. »Noch immer ein Miststück!« Er trat an den Tisch, öffnete seine Tasche – und unvermittelt: »Aber etwas anderes: Würdest du mich verpflegen? – Natürlich bezahl ich.«

Sie biß sich, jäh erschrocken, auf die Lippen. »Ja, schon –«, sagte sie. »Aber den Fraß, den ich mir zusammenkoch, den frißt du doch nicht. – Allerdings, beim Wirt bekommst du auch nichts Besseres. – Na ja, wenn du willst. Es ist nur das: Wenn ich grad wo in der Arbeit bin, komm ich oft den ganzen Tag nicht heim.«

Er schlüpfte aus seinem Mantel und warf ihn aufs Bett. »Nun, da wirst du eben einmal streiken«, sagte er. »Was meinst du?« Er zog sein Portefeuille heraus und suchte darin. »Da sind Marken – Reisemarken«, sagte er. »Und da! Schau her!« Er zählte ein paar Scheine auf den Tisch. »Streikgeld! Das nimm fürs erste!« Er schob ihr die Scheine über die Tischplatte zu.

»Du trägst überhaupt keinen Ring«, sagte sie geistesabwesend. »Ich auch nicht.«

»Paß lieber auf!« sagte er. »Recht so? Einverstanden?«

Sie schien sein Angebot zu überdenken. Sie starrte auf die Scheine – oder nur auf seine Hand? Dabei war es, als lausche sie plötzlich angestrengt in die Tiefe des Hauses. Oder lauschte sie nur dem Regen, der auf das Dach fiel? Der war ja nichts Neues.

»Also gut«, sagte sie dann. »Auf Verrechnung.«

»Quatsch!« sagte er.

»Na schön!« Sie griff nach dem Geld und steckte es ein. »Ich kann's gut brauchen, bin ohnehin vollkommen stier. Aber Rechnung werde ich dir trotzdem legen.«

Abgewendet wühlte er in seiner Tasche. »Da! Das ist für dich! Fang auf!« sagte er.

Ein flacher Karton war zum Vorschein gekommen, den warf er ihr zu.

»Strümpfe?«

»Was sonst?«

»Toll! Gleich ein ganzes Paket voll! Bist lieb.«

»Wie viele sind denn drinnen?« fragte er. »Drei Paar?«

»Ein halbes Dutzend!« sagte sie. »Da bin ich versorgt.« Sie war ans Licht getreten und befingerte die Strümpfe. Der Regen prasselte; die Wasserspeier sangen in der Nacht; der erwachte Wind schleuderte einige schwere Tropfen ans Fenster.

Jerschek ging zum Waschtisch und verteilte dort den Inhalt seines Necessaires. ›Ich muß sie doch nach ihrem Vater fragen‹, dachte er. ›Ich will nicht, daß sie mich für einen Rohling hält, der bin ich ja gar nicht.‹ Auch war er, wenngleich nur aus Schadenfreude, auf einmal begierig, Näheres über das Ende des Ingenieurs zu erfahren.

Er spähte in den schon stellenweise erblindeten Spiegel, darin er sie sah. »Was war mit deinem Vater?« fragte er behutsam. Der Spiegel zeigte ihm Hildes abgewandtes Gesicht. Sie schaute nicht auf, reagierte nicht; sie betrachtete noch immer ihre Strümpfe.

»Du willst es ja nicht wissen«, sagte sie endlich. »Du haßt ihn ja. – Noch immer haßt du ihn. Und mich haßt du auch.«

»Manchmal«, sagte er. »Manchmal schon. Das gebe ich zu. Muß das unbedingt das Gegenteil von Sympathie sein?«

Sie zog die Brauen hoch und blickte ihn nun auch im Spiegel an. »Jaja«, sagte er. »Ich spreche von meinen Gefühlen zu dir.« Er kehrte an den Tisch zurück und packte seine Tasche weiter aus. »Also, was war? Erzähl schon!« sagte er sanft.

Sie zögerte noch. Sie trat langsam und schwer an das Fenster. Sie verschränkte die Arme, starrte ins Dunkel hinaus. War sie eingeschlafen? Nein; sie schien mit sich zu kämpfen; Jerschek hörte sie nach Atem ringen, wartete; ein paar Tropfen prallten mit hartem Aufschlag gegen die Scheiben; es klang, als peitschten ferne Schüsse durch die Nacht – und:

»Partisanen haben ihn ermordet«, sagte sie.

»Wo?!«

»Hier. – Hier in der Villa. Vor meinen Augen.«

Die Arme verschränkt, den Kopf nach hinten gezerrt in den Sturz ihres Haares, stand sie bleiern und breitbeinig dort und starrte ins Nichts. Ihre Schultern aber schienen unter der Glanzseide plötzlich zu beben; und ihre Stimme klang auf einmal wie das Rascheln dürren Grases.

»Zwei von den Lumpen haben mich festgehalten«, sagte sie mühsam. »Ein dritter hat mir die Pistole ins Genick gedrückt. Und die andern haben meinen Vater vor mir abgeschlachtet. Als erstes haben sie ihm die Ohren heruntergesäbelt.«

Wie eingeschlafen stand sie da und starrte, und auch Jerschek starrte – starrte auf ihren Rücken und wußte nichts zu ihrem Trost zu sagen und schämte sich fast der leisen Genugtuung, die er empfand.

»Jugoslawen? – Tito-Partisanen?« fragte er.

»Ja. – Jugoslawen. Auch Österreicher, auch Deutsche waren dabei. Deserteure. Sogenannte Freiheitskämpfer«, sagte sie. »Mit dem rotweißroten Wappen statt dem Hoheitszeichen auf der Brust. Ö. F. K., ›Österreichische Freiheitskämpfer‹!« sagte sie heiser.

Jerschek blickte immer noch auf ihren Rücken. Aufgerichtet war der, daß es einem weh tat. Gerade und schlank entwuchs er den weiblich stämmigen Hüften, wuchs auf und verbreiterte sich zu diesen fast männlich wirkenden Schultern ›in stolzer Trauer‹, in qualvoll aufrechter Haltung. ›Armes Luder!‹ dachte Jerschek. ›Armes, ausgepeitschtes Luder!‹, und:

»Er muß sich das selber eingebrockt haben«, murmelte er. »Wahrscheinlich hat er fleißig angezeigt und so . . . Du weißt schon. – Außerdem war es ein ausgesprochener Wahnsinn von ihm, zum dicken Ende ausgerechnet hier heraufzukommen.«

Sie schnupfte auf. »Wo hätte er denn hin sollen?« sagte sie.

»Wir waren ausgebombt; er hat doch in Wien keine Wohnung gehabt. Und hier war das vollständig eingerichtete Haus. Und zu essen hat es hier heroben auch noch was gegeben.«

Langsam wandte sie sich wieder her, kehrte sich langsam und schwerfällig wieder dem Licht zu. Jerschek erschrak, sah ihr erschüttert entgegen, faßte es nicht: Ihr Gesicht war mit einem Mal um zehn Jahre älter geworden.

»Eigentlich«, sagte er, »müßte dir das genügen.« Er starrte ausweglos in dies gealterte, gezeichnete Gesicht, in welchem plötzlich Schatten auf der Lauer lagen wie die Flecken einer heimlichen Verwesung.

Gesenkten Kopfes blickte sie auf ihre Strümpfe nieder. »Was meinst du?« fragte sie und streichelte über das Nylongewebe.

»Du weißt, was ich meine.«

»Nein«, sagte sie sanft und zuckte die Achseln. Dann verschloß sie die Schachtel und klemmte sie unter den Arm.

Plötzlich schaute sie mit ihrem Silberblick auf ihn. Sie sagte: »Nein, ich weiß es wirklich nicht.« Sie sah ihn an, als wollte sie ihn bannen, bändigen und wich dabei mit einem kleinen Lächeln nach der Tür zurück. »Schlaf gut!« sagte sie leise und klinkte die Tür auf. »Gute Nacht!« Sie tat einen lautlosen Schritt in den Schatten. »Und träum was Schönes!« sagte sie, die Hand auf der Klinke. »Und ich dank dir für die schönen Strümpfe.«

Er hörte, wie sie sich draußen im Finstern hinwegtastete (»ich bleib im Finstern«, hatte sie gesagt, es hatte sonderbar geklungen), hörte das Knarren der Treppe unter dem Druck der bloßen, geräuschlos abwärtsschleichenden Sohlen und dachte: ›Wie seltsam!‹ – und gleich darauf nur noch das Rauschen des Regens, das Fauchen des Windes, nichts anderes mehr: das große Geräusch, das Erde und Himmel erfüllte, sonst nichts mehr. Schlaf gut! Gute Nacht. Und träum was Schönes!

III

Er hält den Atem an. – Warum? – Rufen Stimmen? Heulen irgendwo Sirenen? – Blonde, dunkle Schwester! Kind meiner Mutter. Reglos und atemlos steht er inmitten des Zimmers und lauscht, steht also gebannt in dem zusehends enger und ängstlicher werdenden Lichtkreis der Kerze, ein Mann an die Vierzig, abgebrüht und erfahren, und fühlt auf einmal das, was er vergessen möchte, wieder nahe, fühlt es im Dunkel lauern, unhörbar hinter den hörbaren Mauern des Regens, fühlt es zum Greifen, das Ungeheuer, das hohe Gebirge verrotteter Knochen, das nach Heraklit der Vater aller Dinge sein soll; und plötzlich weiß er: Eines von diesen Dingen hat ihn soeben gestreift, unerkannt, huschend wie Zugluft aus einer verborgenen Ritze, ein heimlicher Pesthauch. War es in ihrem Blick enthalten? – in ihrem Lächeln? – in einer Bewegung? – im Klang eines Wortes? Er will es nicht erforschen, will auch nicht erfahren, was es war, beileibe nicht! Denn dies hat er wahrgenommen: Es ähnelt geheimnisvoll ihrem Geruch, diesem schlanken, nadelscharfen Geruch, der beängstigt und anlockt, und von dem noch immer ein geringer Rest zu spüren ist, so daß man eigentlich das Fenster öffnen sollte.

Er tritt an das Fenster, um es zu öffnen, bemerkt jedoch, mit welcher Heftigkeit der Regen an die Scheiben schlägt, und kehrt daher, nach flüchtiger Prüfung der Situation, resigniert zu seinem Ausgangspunkt zurück. – Was weiter? Er tastet in seine Reisetasche, ob sie nun leer ist; sie ist es, jawohl. Er ertastet darin nichts anderes mehr als seine Pistole, seine Dienstpistole, Kaliber 9 mm, welche er am Morgen bei der Abfahrt noch getragen und nun auf diese Art in seinen Urlaub eingeschleppt hat, wahrhaftig so ähnlich, wie man an den Händen eine Seuche einschleppt. – Nun, sie mag da in der Tasche bleiben, da wird sie noch am sichersten verwahrt sein. Er holt seinen Schlüssel hervor, versperrt die Tasche und tut sie dann zuunterst in den Kleiderschrank. Erledigt!

Er kehrt sich dem Zimmer zu, wirft einen Blick nach der Kerze. – Horch? Was klopft da? Abermals lauscht er mit angehaltenem Atem. Das ganze Haus knistert unter dem Ansturm des Windes, und von oben tappen die Fichtenzweige wie Finger aufs Dach. – Zum Schlafengehen aber ist es noch zu früh. Er setzt sich also in seinen alten, gepolsterten Lehnstuhl, stopft die Pfeife und beginnt zu rauchen, denkt: ›Der Rauch wird den Bocksgeruch allmählich verdrängen.‹ So weit, so gut. Links hat er das Fenster, die Nacht und den Regen, rechts das Bett und die Kerze, die auf dem Nachtkästchen flackert. Hm. Die Tapete! Die bekannten Arabesken! Eigenartig! Das alles hat sich in den vielen Jahren nicht verändert, eigenartig! Doch gerade weil es so geblieben ist, sich nicht verändert hat, kommt es ihm plötzlich fremd, mumienhaft und völlig entseelt vor. Wie geht das zu? Der Ring läßt sich nicht schließen, indem man zurückkehrt. Offen bleibt er; haarscharf ist man danebengeraten. Der Weg verläuft, wie es scheint, in einer Spirale; man selber ist anders geworden, man findet sich selbst nicht wieder, das ist es.

Captain Jerschek kommt sich plötzlich alt und müde vor. Alt ist er ja nicht gerade, doch müde, das ist er tatsächlich (schon lange!); er gähnt. Wird er mit einem Luftdruckgewehr in den Wald gehen und Eichhörnchen jagen? Gewiß nicht. Doch was hat das alles dann für einen Sinn? – Oft und oft hat er in den vergangenen Jahren von dieser geliebten Gegend und dieser geliebten Villa geträumt. Aber seltsamerweise ist es fast immer ein Angsttraum gewesen; das Haus wurde abgerissen, während man noch darin saß, oder so ähnlich, es war dann meistens nur noch ein Gerippe, ein Gerüst, ein Käfig aus Balken; man saß darin mit Kind und Kegel wie in einem Vogelbauer, und draußen stand Volk und sah einem zu, wie man da wohnte, so der Wände beraubt und unter den Füßen nichts anderes als einen schwankenden Rost.

Er zieht an seiner Pfeife, merkt, daß sie ausgeraucht ist, und tut sie beiseite; ihm zu Häupten klopfen die Fichtenfinger, trommeln die Tropfen. Vorsicht! Auch eine Brandruine ist es bisweilen gewesen. Alles schwarz; alles versengt, verkohlt und zu Asche zerfallend; auch sehr erfreulich. Da es – wie alle Häuser hier – aus Holz gebaut war und das Wasser auf dieser Erhebung des Bergrückens immer sehr knapp, hatte man (er konnte sich noch gut daran erinnern) ständig in heimlicher Angst vor Feuer und Blitzschlag gelebt; das war nur begreiflich. – Er sollte sich auf andere Gedanken bringen. Er greift nach der Times von gestern, die er sich mitgebracht hat, und blättert darin. Oder das Haus war durch Umbauten derart verändert, derart entstellt, daß man darin in die Irre lief, sich nicht mehr zurechtfand.

Das Labyrinth! Resigniert gleitet sein Auge von Titel zu Titel (schon alles gelesen!) und bleibt schließlich abermals an dem Artikel über die Konzentrationslager hängen. – Nein! – Genug! – Er wirft die Zeitung fort und schließt die Augen, denkt dabei: ›Herrgott! Was bin ich denn so müde?!‹ Hat ihn die Fahrt so mitgenommen? Oder die Luftveränderung? – Oder das Wiedersehen mit dieser Person? Geht ihm ihr ›Silberblick‹ noch immer unter die Haut?

›Eigentlich sieht sie phantastisch aus!‹ denkt er. ›Faszinierend! Auch ungewaschen! Auch noch in Dreck und Speck faszinierend! – Aber‹, denkt er weiter, ›sie hat sich auch merkbar verändert; worin eigentlich? – Gewiß? Älter ist sie geworden, reifer und ernster; das auch, das natürlich.‹ Aber das kann es nicht sein, was ihn bedrückt und beunruhigt. ›Blonde Schwester‹, denkt er, ›was irritiert mich an dir? Warum seh' ich dich dunkel?‹ – Vielleicht ist es so: Sie ähnelt bisweilen in einer bestürzenden Weise der Mutter, zugleich jedoch, und zwar ebensosehr, auch ihrem Vater; und das ist peinlich: das verursacht Captain Jerschek ein Gefühl, als werde in ihr, in diesem fatalen Bastard, in dieser verrückten, doch anscheinend reizvollen Mischung aus Geist und Gemeinheit, seine Mutter noch posthum geschändet. Denn . . . Er beißt sich auf die Lippen, reißt die Augen auf: Jäh erkennt er, daß der mütterliche Schatten in Gefahr ist, erkennt, daß dieser geheiligte, strenggehütete Schatten in die Ähnlichkeit und Wirklichkeit der Tochter einzusickern anfängt, daß er völlig aufzugehen droht in dieser Tochter, also allem Anschein nach dazu verurteilt ist, in deren Erscheinung nun ebenso untrennbar wie unappetitlich mit dem schmutzigen Schatten des Herrn Ingenieurs zu verschmelzen.

›Freilich, die Ohren‹, denkt Jerschek, ›die hätten sie ihm am Kopf lassen können; das mit den Ohren war eine Lausbüberei.‹ Und auf einmal, befallen von jenem ziehenden Schmerz im Genick, den er bei Wetterstürzen fast immer zu spüren bekommt, biegt er den Kopf nach hinten und hat in demselben Moment die Empfindung, rücklings in den Humus der Vergangenheit zu sinken. Jedoch er gelangt nicht in tiefergelegene Schichten hinab, dringt nicht durch bis dorthin, wo es still und dunkel würde wie im Mutterleib. ›Ob man ihm die Ohren mit ins Grab gelegt hat?‹ denkt er. ›Wer hat ihn überhaupt begraben? Sie vielleicht?‹

Er starrt zur Decke auf, dann schließt er abermals die Augen. Ihm zu Häupten rasselt die dumpfe Rührtrommel des Regens. ›Das gleiche Geräusch‹, denkt er, ›wie damals in jenen Tagen und Nächten in London, als wir auf die Stunde X gewartet haben.‹

Damals hatte er seltsamerweise bisweilen gefühlt, daß er seine Mutter nicht mehr wiedersehen würde. Er hatte zwar nicht allzuoft an sie gedacht, auch nicht immer mit einer geradezu übermäßigen Sehnsucht, nachts jedoch, in jenen dichten, regenverwachsenen Nächten am Anfang des Juni, in denen sein Schlaf bleiern gewesen war wie niemals zuvor, hatte sie sich – wie es schien – von fern an ihn geklammert, denn zu wiederholten Malen hatte er von ihr geträumt, geträumt, wieder mit ihr in der Villa zu wohnen, mit ihr allein in dem unveränderten Haus seines Vaters, inmitten der vertrauten, unveränderlichen Landschaft, wie in den Jahren, als der Ingenieur noch nicht dabeigewesen war. ›Der Himmel‹, denkt er, ›war in diesen Träumen immer glatt und grau und das Gebirge darunter von einem erlösenden Ultramarinblau. Und nirgends war ein Geräusch zu hören! Es ist in diesen Träumen still gewesen wie im Jenseits.‹

Der Schmerz, den die Erinnerung in ihm hervorruft, macht ihn noch ein letztes Mal hellwach. ›Ich bin schuld‹, sagt er sich. ›Nein. Unsinn! – Oder etwa doch? – Sie ist bei einem Fliegerangriff umgekommen, aber . . .‹ Unter seinen gesenkten, leise vibrierenden Lidern ist unversehens die Küste aus dem Morgennebel aufgetaucht. Großer Tag! Die Landungsboote sind klar. Denn das Maß ist voll, und geschehen wird, was geschehen muß, zu der Stunde des Henkers: Acht Schlachtschiffe! Zweiundzwanzig Kreuzer! Dreiundneunzig Zerstörer! Langsam drehen sie ihre Gefechtstürme gegen die Küste; langsam richten sie ihre Rohre gegen die Küste. Man zählt. Es wird gezählt. – Wer zählt da?

Dann hat ihn die Schläfrigkeit in Form eines Schwindelgefühls überwältigt, hat ihn ergriffen wie ein Mahlstrom, der ihn aus der Welt nach innen saugt. Eingesaugt wird er unter die Wölbung des eigenen Kopfes; er bemerkt noch, daß ihm der Mund aufklappt, registriert noch sekundenlang das Flackern der Kerze, das Brausen des Regens; dann ist er endgültig abgeschnitten von seiner Umwelt, hört heisere Stimmen, die auf ihn einreden, hört ein Gezischel; Zählen hört er, Disteln werden abgezählt, damit er einschläft, und närrische Bildmontagen treten vor seine nach innen gerichteten Augen.

Es schien sich zunächst um einen Spaziergang zu handeln; und es hieß, wie schon so oft, man gehe nach St. Jakob. Mama trieb besorgt zur Eile an und erklärte, bis zum Abendessen müsse man wieder zurück sein. Auch sah es ganz so aus, als ziehe ein Gewitter auf; allerorts herrschte ein seltsames, leichenfarbenes Zwielicht, und in dieser Beleuchtung stimmte die Landschaft nicht mehr so recht; ihre Höhenzüge hatten sich erstaunlich umgruppiert; auch die Straße schien auf einer neue Trasse zu verlaufen, und an den Hängen ragten nunmehr wolkenkratzerartige Gebäude aus Beton,

Türme, die sich allerdings, sobald man näher kam, nur als hohle, unbewohnte Attrappen erwiesen.

Hilde rannte mit fliegenden Zöpfen dauernd voran und gebärdete sich wild und ungezogen wie schon lange nicht mehr. Sie schnitt Grimassen, streckte die Zunge heraus, spuckte um sich, schluckte Luft und rülpste dann Mama was vor, sprang auch mit Schwung und Wucht in sämtliche Pfützen, die sie entdeckte, oder schleuderte dort, wo es trocken war, mächtige Staubwolken auf; schließlich warf sie ihr plissiertes Röckchen hoch und ließ gereckten Hinterns einen kapitalen Furz.

Doch auf einmal war sie nirgends mehr zu sehen; wahrscheinlich hatte sie sich in einem jener Gebäude versteckt. »Paß auf, jetzt will sie uns erschrecken!« sagte Mama, und dann, nach einer Weile: »Wir müssen sie suchen. Wer weiß, was passiert ist.«

Man kletterte durch eine leere Fensterhöhle und gelangte unversehens in einen Wald. Jerschek wurde nervös. »Du hättest den Fratzen niemals zur Welt bringen dürfen«, murmelte er.

»Nicht? – Du knutschst ihn doch dauernd, den Fratzen; ich hab's doch gesehen«, sagte Mama.

»Trotzdem«, sagte er. »Sie wird noch einmal etwas Fürchterliches anstellen; wart nur ab!«

»Hätte sie dein Vater nicht gezeugt, so hätte ich sie nicht geboren«, sagte Mama.

Er wurde zornig. Da Verstorbene bekanntlich keine Kinder zeugen, fauchte er, werde wohl der Ingenieur dies große Werk getan haben, überdies mit ihr im besten Einvernehmen, wie es scheine. Wenn *das* nicht Rassenschande sei – was dann?

Seine Mutter betrachtete ihn mit aufgerissenen Augen, blickte ihm sekundenlang mit Hildes Augen mitten ins Gesicht; dann kippte sie um, fiel um, wie eine Puppe, die man plötzlich losgelassen hat, und lag nun als umgekippte Madonnenfigur auf dem Boden. Er rüttelte sie, dachte: ›War sie das wirklich, diese Figur?‹ Und nun bemerkt er, daß sie unter seinen Fingern immer dunkler wird und immer kleiner; er sieht sie langsam schrumpfen und sich krümmen und dabei sich schwärzen, als verkohle sie in einem großen, unsichtbaren Ofen.

Infolge des Schocks kommt er vorübergehend zu sich, vermag jedoch das Schlaf- und Traumgespinst nicht abzuschütteln; mit Mühe gelingt es ihm, etwas die Lider zu heben; die Hand zu heben gelingt ihm dagegen schon nicht mehr. Was ist los mit ihm? Ist er auf einmal gelähmt? ›Dieser Fusel!‹ denkt er. ›Dieser sogenannte Obstbrand! Der Liebestrank, mit dem sie dich vergiftet hat, die Bestie!‹ Und im nächsten Augenblick verliert er wieder das Bewußtsein.

Ja, richtig! Eichhörnchen wollte er jagen! Das war's doch. Oder hätte er nach Hilde sehen sollen? Wo kann sie sein? Er tastet tief in seine Reisetasche, jedoch seine Finger stoßen auf kaltes Metall. ›Das Friedhofsglöckchen!‹ denkt er. ›Mama wird beerdigt; muß mich schwarz anziehen.‹ Und nun verspürt er einen gräßlichen Geruch, der gleichfalls schwarz ist. Er schaut um sich; durch kahle, angekohlte Stämme wälzen sich Wolken von stinkendem Qualm auf ihn zu.

Er zieht seine Waffe hervor und hält sie gefaßt. Er entsichert sie; er lädt sie durch. Blau blitzt sie auf in der fahlen Beleuchtung des Weltuntergangs, blitzt auf in dem Licht einer nirgends erkennbaren Unterweltsonne. Und auf einmal sitzt vor ihm im Holz ein alter Mann, der auf geheimnisvolle Weise Hilde ähnelt. Ihr allein. Nicht ihrer Mutter, und dem Ingenieur schon gar nicht, dem überhaupt nicht, denn der alte Mann dort sieht gefährlich aus. Er hält sein Antlitz hinter einem grauen Bart und im Schatten eines altersgrauen Hutes halb verborgen; das eine seiner Augen blickt auf eine Taschenuhr, das andere ist nicht zu sehen, ist verhüllt von einer schwarzen Binde.

Er sagt: »Ich warte noch. Ich warte bis neun.« Mit diesen Worten klappt er den Uhrdeckel zu und löst sich in Nichts auf. Und zur gleichen Sekunde erhebt sich ein Brüllen und ein Getöse, als eröffneten fünfzehnzöllige Schiffsgeschütze das Feuer.

Dann aber wird es mit einem Mal still, so still, daß man aufhorcht. – Jerschek lauscht. Er hat sich aufgerichtet. – Ist im Haus eine Tür zugefallen? – ein Schlüssel umgedreht worden? Was für ein Geräusch hat ihn geweckt? – Es ist der Augenblick totaler Stille, der nach einer großen Katastrophe eintritt. Und Jerschek weiß nicht, ist er nun tatsächlich wach, oder träumt er noch immer, ist er *in* sich oder *außer* sich. Er hat sich aufgerichtet wie ein Somnambule, hart an der Demarkationslinie zwischen Diesseits und Jenseits; er steht genau auf jenem schmalen Streifen Niemandsland, auf welchem zu verweilen in der Regel nicht gestattet ist. Und er weiß nicht, hat er die Lider heruntergeklappt, oder hat er sie offen, und bewegt er sich tatsächlich, oder sitzt er nach wie vor bewegungslos in seinem Lehnstuhl? Er sieht zwar wieder, wo er sich befindet; er kann die Wände seines Zimmers sehen, wenn er will; aber gleichzeitig sieht er sich auch noch an einem anderen Ort, so, als habe er sich von sich selbst gelöst, sich plötzlich verdoppelt.

Es ist eine Brandstätte, auf welcher er steht, eine kahle Anhöhe in einer Gegend, die er nicht kennt. Das Feuer muß hier viele Hektar Wald vernichtet haben: verkohlte Stämme, verkohlte Stümpfe, Haufen von Asche! Und nun ahnt er, daß man beraten hat und ein Urteil gefällt hat und daß dies Urteil jetzt verkündet werden soll. Und plötzlich steht ihm Hilde gegenüber. Überraschend und dennoch wie etwas Erwartetes steht sie vor ihm und lächelt ihm zu.

Sie trägt ein schäbiges, am Halse weit offen stehendes Hemd und dazu eine nachtblaue, nahezu hautenge Hose mit deutlichen Nähten. Sie ist noch sehr jung; aber auch sonst sieht sie anders aus, als sie tatsächlich aussieht; sie erinnert irgendwie an jene Rotarmistin auf dem Semmering, und dennoch: Sie ist es.

»Hast du auf mich gewartet?« fragt er.

»Was sonst?« sagt sie ernst. »Man muß doch den Sieger würdig empfangen.«

Er winkt verbittert ab. »Ich bin kein Sieger«, sagt er.

Und sie: »Doch. Du bist durch das Feuer gegangen. Ich bin dein Sieg.«

Sie streckt ihm die Hand entgegen, öffnet sie langsam; ein bohnengroßes Stück Metall wird in der Höhlung sichtbar – und: »Da! Erinnerst du dich? Das hast du mir damals zu unserer Hochzeit geschenkt. Meine Erkennungsmarke: unser Geheimnis.«

In diesem Moment der Erleuchtung erwachte er vollends. Er lauschte. Nichts. Auch kein Regen mehr. Nichts mehr. Nur noch von draußen das regelmäßige Pochen der restlichen Tropfen, die vom Dach und aus den Wasserspeiern niederfielen. Mißtrauisch spähte er nach der Kerze hinüber und sah, daß sie nicht sonderlich weit heruntergebrannt war. Er lauschte abermals, lauschte erhobenen Kopfes, als gelte es jetzt erst, die verschlüsselte Nachricht, die er erhalten hatte, zu hören. – Nichts. Nur die Luft floß wie ein Gewässer über das Dach und weckte einen dunklen Flötenton in den Kaminen. Das alte Haus klagte im nächtlichen Wind, das war alles. Dann aber hörte er dennoch etwas; dann hörte er sprechen.

Er hielt den Atem an und beugte sich vor. Er unterschied zwei

Stimmen, die eines Mannes und die einer Frau. Gesprochen wurde, wie es schien, im Garten, vielleicht vor der Haustür, denn die Laute kamen gleichsam um das Haus herum.

Er stand also auf und öffnete leise das Fenster, nicht aus Neugier, sondern weil er sich von seinem Traum beunruhigt fühlte. Er beugte sich in den Wind. Hilde. Natürlich! Aber verstehen konnte er weder sie noch ihren Partner.

›Es war ein Geschoß‹, dachte er. ›Ja, wahrhaftig! Es war ein Geschoß! – Möglicherweise Kaliber 9 mm. Ein Projektil, von dem ein kühles, blaues Leuchten ausging wie ein rätselhaftes Glück. Und – wahrhaftig! – es war von dem Drall eines Laufes gezeichnet.‹

Er lauschte. – Vergebens. Beide sprachen sehr leise. ›Gott sei Dank!‹ dachte er. ›Das braucht sie. Das gönne ich ihr. Von Herzen sogar.‹ Und auf einmal hörte er nur noch die Tropfen fallen, als werde gezählt.

›Man zählt‹, dachte er. ›Wer zählt da? Und – was wird gezählt?‹

Das Wild und sein Jäger

I

Der Wecker hatte die Stunden gezählt und im vorherbestimmten Augenblick sein Läutwerk ausgelöst. Sie war wie stets davon zu sich gekommen und hatte ihn, ohne deswegen die Augen zu öffnen, durch einen ungezielten, seitlings geführten Schlag ihrer Rechten zum Schweigen gebracht, unbekümmert, ob er die Behandlung überstehen werde oder nicht. »Kusch! – Ruhe!« Aber der Wecker kuschte bereits, und sie zog ihren nackten Arm unter die Tuchent zurück. Nun war es wieder still, bedeutend stiller, als es eben noch in ihrem Traum gewesen war; denn ihr Traum – dies sei gesagt – war selten still und selten angenehm: Schreckensszenen mischten sich in ihm mit wüsten Schweinereien; auch spielte sich immer wieder etwas wie eine Flucht in ihm ab, und hin und wieder träumte sie sogar, sie müsse sterben. Aber daran dachte sie jetzt nicht. Nein, sie dachte überhaupt noch nichts. Sie lag flach auf dem Rücken, die Augen geschlossen, den Mund leicht geöffnet, und bemühte sich, fürs erste nichts zu denken. Mit Zeige- und Mittelfinger der nun in der Beuge des Schenkels ruhenden Hand strich sie, ohne damit ein besonderes Ziel zu verfolgen, über ein steifes Büschel zusammengeklebter, verkrusteter Haare, das ihr Tastsinn dort gefunden hatte. Dabei verspürte sie in ihrer Magengrube ein zwar noch gestaltloses, aber beharrlich wachsendes Grauen vor jenen Gedanken, die sich, erweckt durch die neue Situation, nun bald einstellen mußten, auch wenn sie derzeit in ein feines Lügenhäutchen eingesponnen waren. Spielend und nunmehr unter Hinzuziehung des Daumens, versuchte sie, die rauhe Kruste loszulösen. Doch bereits nach kurzem ließ sie davon ab, rieb die Finger flüchtig an dem Saum des kurzen Unterhemdes und schlug sodann, noch immer in der gleichen Lage, groß und hoffnungslos die Augen auf.

Ihr Blick stieß gegen die finster vernagelte Decke, die ihr hin und wieder wie ein Kistendeckel vorkam. Er tastete die altersdunklen Bretter ab und entschlüsselte, wie schon so oft, jene regungslosen Gesichter dort oben, die nunmehr, reduziert auf primitive Zeichen, sogar den Stämmen unschuldvoller Bäume innewohnten, so daß man sie bei Zwielicht und ein wenig Phantasie aus der Maserung des Holzes gaffen sah. Sie war denen allen schon einmal im Leben begegnet, und nicht allein in Träumen, auch in Wirklichkeit; denn nahm man's genau, so waren es völlig normale Gesichter, diese menschlichen Tierschnauzen, tierische Menschenvisagen. Ein dunkler Fleck, zwei bis drei Astlöcher, schon war er da! Schon sah Herr Jedermann auf sie herab: Vertreter der arischen Rasse ebensogut wie des Weltjudentums und seiner Verschwörung: ein Auswurf und Vorwurf von faulendem Fleisch und schwärender Bosheit.

Sie merkte, daß sie unter den Armen zu schwitzen begann, und wußte nun, daß sie sich länger nichts vormachen konnte. Sie war jetzt vollends wach, und die Gedanken würden alsbald kommen und das Verlangen zu rauchen und das Verlangen zu trinken; und ihr Schweiß würde fließen, langsam, kleinweis, aber beharrlich, bis sie abends, stumpf vor Ermüdung, wieder ins Bett fallen würde. – Sie starrte angewidert zu der Täfelung empor, konnte aber plötzlich keines der Gesichter mehr erkennen. Also schleuderte sie die Tuchent zurück und setzte sich auf. Im Fenster fröstelte der junge Tag.

Obwohl es erst dämmerte, sah man schon alles deutlich genug: Es war ein Tag, durchströmt von einem flachen Westwind, ein Tag unter schweren, im Tiefflug dahintreibenden Wolken, durch deren plumpe Leiber da und dort ein dunkles Leuchten brach. Sie saß auf dem Bettrand und glotzte verdrossen hinaus. Los! befahl sie sich, eins nach dem andern! Aber was zuerst? – sie überlegte. Vor allem mußte sie den Motti wissen lassen, daß sie heute morgen nicht zur Arbeit kommen konnte und, sofern er sich damit einverstanden erklärte, die Sache auf den Nachmittag verschieben. Also gut; das war das erste; und das zweite war, daß sie für Gottfried ein Frühstück herstellen sollte. Sie biß sich auf die Lippen. Türkensterz? Nein. Wie sah das aus?! – Nicht heute, nicht gleich am ersten Tag, den er wieder daheim war. Was aber sonst? – Sie stand auf und stellte, da sie sich räkelte, ihren Geruch fest. Mädchen, du stinkst! Püh! Sie trat vor den eisernen Waschtisch, griff nach dem Krug und: leer! Der Stier hatte wieder einmal alles Wasser verbraucht. Alles! Sogar das Trinkwasser aus der Karaffe!

In ihrem Ärger schickte sie sich unverzüglich an, die Spuren des Zusammenseins zu tilgen. Mit einem Ruck riß sie das Leintuch von den Matratzen, desgleichen die Unterlage, welche nicht minder befleckt war, arretierte auch ein Taschentuch, das übel aussah, las sodann vom Boden ihre Hose auf und schleuderte all das mitsamt einem tropfnassen Handtuch in den Winkel hinter der Kommode: Weg damit! Dann hielt sie an. Das war's wohl, oder noch was? Forschend ging ihr Blick im dunklen Zimmer um und um. Der Aschenbecher! Der noch! Sie nahm ihn vom Tisch und leerte ihn in den mit Seifenwasser und Urin gefüllten Kübel. Auf dem Nachtkästchen lag ihr Pessar. Als sie den Aschenbecher zurückstellen wollte, bemerkte sie es. Noch ungläubig, aber bereits mit erschrocken sich weitenden Augen, starrte sie sekundenlang darauf. Doch sie sah schon recht; verwirrt, wie sie gewesen war, hatte sie vergessen, es sich einzusetzen – ja, wahrhaftig! Da lag es, ein kleiner, silberner Walkürenhelm, oxydierend, regenbogenfarben schillernd. – »Na servus!« flüsterte sie und stellte den Aschenbecher an seinen Platz. Dann nahm sie das treulose Ding, zog die Schublade auf, verstaute es dort – und machte sich schon keine Sorge mehr, hatte jetzt nur noch das Verlangen, sich schleunigst zu waschen.

Sie schlüpfte in ihren Schlafrock, gürtete ihn und eilte hinaus, eilte barfuß auf den Zehenspitzen durch den Gang; ihr Tritt war nicht zu hören, nur die Dielen knarrten, und auf der Kommode vibrierte der zinnerne Teller. ›Denn in England beliebt man ja lange der Ruhe zu pflegen!‹ sagte sie sich. ›Man lasse ihn also der Ruhe pflegen, den Schuft.‹ Dann aber quietschten, wie schon vorausgesehen, die Angeln der Tür; man mußte sie noch heute alle schmieren, die hier besonders. – In der Küche lebte nun wieder das Ticken der Uhr. Darauf war sie nicht gefaßt gewesen. Es irritierte sie; es ärgerte sie. Das alles kam ihr wie ein frecher Eingriff in ihr Leben vor. Sie langte nach den beiden emaillierten Wasserkannen und war nicht weiter überrascht, sie gleichfalls leer zu finden. Ihr Blick glitt mißmutig über den Bretterboden voll schmutziger Tappen und blieb sodann an ihren Holzpantoffeln hängen. ›Es wird saukalt sein‹, dachte sie, schon im Vorgefühl bibbernd, ließ jedoch, da sie im Haus keinen Lärm machen wollte und ihre Hände mit den beiden Kannen schon genug zu tun hatten, Pantoffeln Pantoffeln sein und beeilte sich, Wasser zu holen. ›Daß der daherkommt, hat mir noch gefehlt zu meinem Glück‹, so dachte sie. ›Und ausgerechnet gestern abend muß er kommen! Th!‹ Sie huschte abermals auf ihren nackten Sohlen durch den Gang. ›Was geb ich ihm denn? Tee? Pfefferminztee? Kräutertee? – Scheiße!‹ – Sie setzte die Kannen kurz ab und öffnete das

Haustor; durch die Veranda lief sie schon weniger leise, stieß deren Schwingtür mit der Schulter auf, wobei sie mit den Kannen an den Rahmen anschlug, und patschte schon, während in ihrem Rücken die Tür wieder zufiel, im Sturmschritt treppab in den triefenden, tropfenregnenden Garten, in dessen dichtverwachsenem Gestrüpp sich noch ein guter Rest von Nacht verborgen hielt.

Der Wind roch nach nassem Wald und nach Regen und Schnee. Er fiel sie von hinten an und blies ihr den Schlafrock zwischen die heftig schreitenden Beine. Umflattert von dem blauen, ausgebleichten Seidenstoff, desgleichen von ihren noch ungebändigten Haaren, lief sie durch sprühendes Gras und quellenden Schlamm, durch große Pfützen voller brauner Tannennadeln und über das glänzende, nässegeschwärzte Schiefergestein zu dem abseits zwischen den Bäumen gelegenen Brunnen. Aus den Tälern ringsum klang das Läuten früher Herdenschellen, und dieser so irdisch dunkle und dennoch jenseitig klingende Laut ließ für Augenblicke ihren ganzen übernächtigen Körper in einem rätselhaften Schmerz zusammenschaudern. Sie stellte ihre Kannen auf den Rost des Troges, rückte die eine von ihnen unter dem Rohre zurecht und begann, indem sie ihre blondbehaarten Arme aus den Ärmeln reckte, den Pumpenschwengel auf und ab zu schwenken. Im Osten leuchtete ein schmaler Streifen Horizont, pfirsichfarben wie die Wange eines Kindes. Das Land dort war weit und offen, ein riesiges Aufmarschgebiet; hier aber war das Gebirge, das stand hinter ihr, steinern und eisern. Sie ließ den Schwengel fahren, vertauschte die Kannen und fing abermals zu pumpen an; ihr Körper straffte sich, ihre kräftigen Arme hoben und senkten sich rhythmisch, und der Schwengel ging mit einem leisen Quietschen in der winddurchströmten Morgenweite auf und nieder. Nein, sie wollte keine Ebene; sie wollte die Berge mit ihren Verstecken und Gängen. Berge hatten immer noch das Rüstzeug großer Festungswerke: Gräben, Wälle, Mauern, Türme, Kasematten. Von ihnen blickte man ins Land hinaus, von hier aus konnte man ein Land beherrschen; und konnte man es nicht mehr, mußte man den weißen Fetzen hissen, so blieb einem hierorts noch immer die Möglichkeit, unterzutauchen.

Beide Kannen waren nun gefüllt. Sie hob sie vom Trog und schleppte sie langsam zur Villa hinauf. Jäh emporgetragen von der Stille und der Flut des Windes, drängte sich das Läuten wieder an ihr Ohr. Ergriffen lauschte sie, während sie tappenden Trittes hinanstieg. Sie liebte dies Geräusch, das oft in ihr ein letztes Heimweh weckte. Und sie liebte die moosgrünen, abgründig hallenden Täler und Schluchten, aus denen es den ganzen Sommer lang zu ihr empordrang. Wenn sie draußen auf den Feldern schuftete, hielt sie manchmal in ihrer Arbeit inne, um ihm zu lauschen; und dann stellte sie sich bisweilen vor, sie sei noch ein Kind oder zumindest noch immer die halbverwilderte Halbwüchsige, und in Wirklichkeit sei nichts geschehen, alles sei ein böser Traum gewesen.

Wieder angelangt vor ihrer Tür, setzte sie die eine Kanne auf dem Gange nieder, mit der anderen trat sie ins Zimmer, füllte den Krug, das Lavoir und auch die Karaffe; dann warf sie hastig ihren Schlafrock und das Hemd ab und fing auch schon an, sich in fliegender Eile zu waschen. Sie stank! Das ganze Zimmer stank bereits! Pfui Teufel! Manchmal graute ihr vor ihrem Duft. Immer dann, wenn sie erneut die Beobachtung machte (und zuzeiten war dies täglich vorgekommen), daß er ihr – so ähnlich wie ihr Silberblick – die Macht verlieh, Geschöpfe männlichen Geschlechtes zu behexen. ›Also, was geb ich ihm wirklich? Das muß ich jetzt wissen!‹ dachte sie weiter. ›Was geb ich ihm zu trinken, dem Geschöpf dort oben auf dem Ausguck? – diesem Stück Malheur, das männlichen Geschlechtes ist, obzwar sein Verhalten nicht unbedingt darauf hinweist?‹ Die Achselhöhlen waren ausgewaschen; nun stellte sie das Lavoir auf den Boden und hockte sich drüber. Sie langte die Seife vom Waschtisch, öffnete die Schenkel, werkte mit geübten, flinken Fingern. ›Damals hat es mir noch Spaß gemacht‹, so dachte sie. ›Nach dem Turnen hat man sich erfrischt und hübsch frisiert; und wenn man dann fertig war und sauber und appetitlich, hat bereits die ganze Villa nach Kaffee geduftet.‹ Sie richtete sich auf und wußte plötzlich, was für ein Getränk sie Gottfried geben konnte. Kaffee. Natürlich! Er war auf Kaffee ganz versessen, genauso wie sie. Und sie besaß noch ein Achtel, wasser- und luftdicht verpackt, für besondere Feste. Für Feste, die man niemals feiern würde.

Flüchtig rieb sie ihren Körper trocken, erst jetzt bemerkend, daß sie sich von Kopf bis Fuß gewaschen hatte. Ja, dies Opfer wollte sie ihm bringen. Sie wollte eine gute Schwester sein; trotz allem.

Sie schleuderte das Handtuch fort – avanti! – und mühte sich nun, ihre Haare in Ordnung zu bringen. Ruckweis und rasch fuhr sie mit einem groben Hartgummikamm durch den Schwall ihres

Haares, wobei sie, wie immer bei so einer Hetzjagd, recht rauh mit sich umging. Der Kamm blieb knirschend stecken, wollte ihrer Hand enthüpfen. Sie wurde zornig, zerrte brutal an der Widerstand leistenden Mähne und fetzte hindurch. Es knisterte. Herrje! Sie war elektrisch aufgeladen (auch jetzt noch!). Dabei das Scheiß-Strohdach eh schon vom Biestern verfilzt, daß die Läuse erstickten, verdammt noch einmal! Im Spiegel das wüste, schattenhaft sich bewegende Weibstrumm fixierend, sah sie zwischen den Zähnen des rücksichtslos Haare ausreißenden Kammes bläuliche Funken wie fernes Wetterleuchten im Halbdunkel geistern, aufsprühen wie unter dem Marschtritt genagelter Stiefel bei Nacht. Ja! Da schau dich an! Verficktes Luder! Buama-Mensch! Bäh! (Sie zeigte ihrem Spiegelbild die Zunge.) Stinkbock! Nicht mehr ganz knusprig, aber pikant. Falten! Da! Und die Deutschmeister unter den Augen! Na, herrlich! Sie heiterte sich auf; es machte ihr viel Spaß, dem Bürgermädchen, das noch immer in ihr steckte, so die Zunge meterlang herauszustrecken, sich vor der Kuh da schauerlich zu machen. Und dennoch: So, wie sie war, so war sie schon richtig; das war ihr bekannt. Männer (wirkliche Männer) flogen auf sie. Und sie hatte ihr Lebtag nur wirkliche Männer gehabt: Männer, hart wie Eisen! Helden! Jawoll! Sie zupfte ein Gewirr von ausgerauften Haaren aus dem Kamm und ließ es in den Kübel niederschweben: Da schwimm in der Jauche! ›Komisch!‹ dachte sie. ›Auch auf ihn hab' ich Eindruck gemacht. Doch! Ich hab's genau gesehen. Eigentlich komisch.‹ – Sie putzte sich die Zähne, bleckte ihrem Spiegelweib die großen, kräftigen, fast makellosen Zähne. ›Daran hat sich also nichts geändert‹, dachte sie, indem sie fleißig bürstete, und fand es plötzlich närrisch, daß sich nichts daran geändert hatte, ja, fand es plötzlich völlig widersinnig, völlig pervers, daß es jemals so gewesen war, denn ›Wieso?‹ dachte sie. ›Er ist doch kein Mann. Er war niemals einer, wird nie einer werden; sollte er sich so verwandelt haben? Nicht gut möglich. Oder sollte er überhaupt anders beschaffen sein, als ich gemeint hab? Das wäre ja toll!‹ – Sie verzog ihren Mund, der jetzt rundum mit Zahncreme verschmiert war, zu einer wüsten, weißen Clownerie. Dann spuckte sie aus. »An ihren Weibern sollt ihr sie erkennen«, sagte sie und dachte: ›Einmal war ich ja total verrückt nach ihm. Na ja. Als Backfisch.‹

Sie wusch noch die Zahncreme ab, dann zog sie sich an. Sie brauchte nicht erst zu gustieren, denn sie hatte keine Auswahl. Bei kühlem Wetter: Rock und Sweater; so war es schon Brauch. Erst eine frische Hose, dann in den Rock, dann in den Sweater: erledigt. ›Wie mag sie sein, die er sich erkoren hat? Denn irgendeine wird er sich ja wohl erkoren haben‹, dachte sie. Verstohlen äugte sie in den Spiegel, an dem sie gerade vorbeiging, und sah dort die aschblonde Mähne im Morgenlicht leuchten. ›Gekommen ist er, seinen Triumph zu feiern!‹ dachte sie giftig, ›in Besitz zu nehmen, was ihm von Rechts wegen gar nicht gehört, aufgetaucht bei Einbruch der Nacht wie das Unheil persönlich! Dabei sieht er blendend aus, so gereift, so gealtert. Mit seiner Hakennase! Und den angegrauten Schläfen! Hassenswert!! Was jetzt?‹

Da sie durch die Schlammflut, die in dieser Nacht entstanden sein mochte, wohl oder übel würde hindurchschwimmen müssen, holte sie die Goiserer hervor und die dazugehörenden schafwollenen Socken. »Ich hasse ihn!« flüsterte sie und setzte sich hin, um die Socken und die Schuhe anzuziehen. »Macht mich zum Dienstboten hier! Macht mich zur Köchin! Legt mir Geld hin, und ich stecke es wahrhaftig ein! Befiehlt mir ganz einfach: Komm her! Näher! Noch näher! Und ich gehorche wie auf dem Kasernenhof! Th!« – Abwesend schlüpfte sie in die Socken, dann in die Schuhe; ihr Blick fiel ohne Interesse durch das Fenster ostwärts. Sekundenlang blitzte die Sonne am Horizont auf, ein zusammengekniffenes, rötlich entzündetes Auge: auch nicht sehr reizvoll! Wie durch den Spalt einer vorsichtig angehobenen Falltür lugte es unter den Wolken hindurch und verschwand nun in ihnen, tauchte in sie ein, auf Nimmerwiedersehen, so, als habe sich nunmehr die Falltür vollends geschlossen.

›Und was er für gepflegte Hände hat, der Schuft! Schöne Hände und – männliche Hände – grausame Hände!‹ dachte sie plötzlich. ›Das sind Hände, die nicht nur streicheln, sondern auch zuschlagen können. Ich hab Weiberhände, wenn sie auch groß sind, wenn sie auch hart sind. Aber trotzdem: was für eine Ähnlichkeit!‹

Sie beugte sich vor und begann ihre Schuhe zu schnüren. Der Geruch des getranten Waterproofleders stieg zu ihr auf. Sie hatte ihn auf einmal unabwendbar in der Nase, und das Häutchen vor ihren verdrängten Gedanken wurde sehr dünn. ›Er hat gesagt: Schau mich an!‹ dachte sie. ›Und wir haben uns lang in die Augen geschaut. Und da war es in seinen Augen! Da hab ich's gesehen. Das, was er wahrscheinlich selber noch nicht weiß.‹

Sie fuhr empor, stand plötzlich da und blickte um sich wie

jemand, der, von Schreck gelähmt, nach einem Ausweg sucht. Das Ungeheuerliche aber kam schon auf sie zu; und sie wußte es auf einmal von sich selber, genau das gleiche, was sie von dem Schuft zu wissen wähnte, wußte sie auf einmal von sich selbst – und wußte, daß es weitaus schlimmer war als damals, und schon damals war es fast bis zum Inzest gediehen; also . . .? Sie tat die paar Schritte zur Tür, griff nach der Klinke, erwischte sie noch – und fühlte sich schon brutal um die eigene Achse gedreht – gedreht von einem Schwindel, der sie erfaßt hatte mit einem Sausen, als sauge er sie jählings in den Tod hinab – und in dieser Sekunde zerplatzte das dünn gewordene Häutchen: der erste der ungern gedachten Gedanken war da.

Das erste, was er bei seinem Erwachen verspürte, war abermals dieser alte und unverwechselbare Geruch. Es roch nach Holz: nach ausgedörrtem Lärchenholz, dem Holz verstorbener und dennoch geheimnisvoll weiterlebender Bäume; nach Balken roch es, die die Feuchtigkeit von hundert Herbsten in sich aufgenommen hatten und in hundert Sommern wieder ausgetrocknet waren; nach Vergangenheit roch es; nach Wänden, an denen man Spuren, Zeichen und Monogramme entschwundener Menschen entdeckte, Notizen, Chiffren wie in einem Logbuch. Doch nicht die Schreiber roch man, sondern deren Lebensfreude: die hundert lichten Sommer, die sie hier gefeiert hatten.

Dann hörte er den Wind, hörte das breite, drängende Strömen des Windes, der über das Dach floß, hörte es, als höre er das Strömen eines Flusses, die Zeit, die Jahreszeiten: Frühling, Sommer, Herbst und Winter, und fühlte plötzlich, wie das Haus inmitten dieses Strömens ragte, souverän: unabhängig von denen, die darin hausten, wie es ganz einfach »da war« und ausharrte, alt und allein, in der windigen, silbrig leuchtenden Weite des Landes.

Um sich nichts zu verderben, ließ er die Augen zunächst noch geschlossen. Es gelang ihm für Sekunden, sich der Täuschung hinzugeben, daß er glücklich sei; für Sekunden empfand er ein Glück, das er wiedererkannte und das es auch gab, von dem er aber wußte, daß es ihn verlassen hatte, und wieder einmal wurde ihm erschreckend klar, daß es Dinge gab, die ihren Schöpfer, den Menschen, still überragten: eine Heimstatt, zum Beispiel: Ihr war es einerlei, wer sie bewohnte, Freund oder Feind, und ob sie überhaupt bewohnt war oder ob sie leerstand.

Langsam und noch immer ein wenig zögernd hob er die Lider. Er gewahrte vor sich das leuchtende Rechteck des Fensters; und ohne sonderliche Überraschung stellte er nun fest, daß es längst nicht so groß, weder so hoch noch so breit war, als es ihn oft aus der wachsenden Tiefe der Zeit durch die wachsenden Schichten vermodernder Jahre angestarrt hatte.

›Die Jugend‹, dachte er, ›pflegt durch Vergrößerungsgläser zu schauen. Das ist verständlich, und es ist vielleicht auch gut so.‹ Er stand auf, schlüpfte in seinen Bademantel und trat an das Fenster; die Kühle des Morgens umfaßte ihn wie ein Gewässer. Durch die Scheiben, die unter dem steten Drängen der Luft in ihrem Rahmen knisterten und leise klangen, erblickte er die Landschaft, wie sie nun regengesättigt und dunkel und in ein seltsam submarines Licht getaucht, unter diesem weiten, taubengrauen Himmel lag, ein nasses Fell, vom Wind gestriegelt und metallisch glänzend: fern, fast unglaubwürdig: unverbindlich und schmerzlos: so, als gehe sie ihn nichts mehr an. Die Buche rechts vor dem Fenster war höher geworden, das sah er; alles andere erschien ihm noch wie eh und je: die Birken, die Föhren, die Ebereschen mit ihren zinnobernen Beeren und schließlich der Blick über die schwankenden Wipfel des Waldes, die Rücken der Berge . . . Es war das alte, lang herbeigesehnte Bild; er betrachtete es, besah es mit nüchternen Augen, fern jeder Rührung; und – schau an! – er fand es längst nicht mehr so überwältigend wie einst, eher arm, als habe es die Macht, das Grenzenlose zu beschwören, eingebüßt: Es war nun wahrhaftig ein Bild, ein Bild hinter Glas, vielleicht das Abbild eines wohlbekannten Traumgeländes, und dies, obwohl man tatsächlich weder eine Veränderung daran feststellen konnte noch jene Schrumpfung, die man an anderen Dingen beobachtete. Er dachte: ›Das Ganze sieht vorläufig aus wie eine Attrappe; aber das gibt sich. Geh hinaus, laß dir vom Wind ein paar Ohrfeigen geben, und gut wird es sein!‹ Er wandte sich entschlossen seinem Waschtisch zu und sah dort im Spiegel aufs neue (nun gleichsam als Hintergrund seines Porträts), doch nunmehr zu Recht verfremdet, weil logisch verfremdet, das aus den Wolkenfetzen lugende Gebirge: unsympathisch! – Er dachte: ›Aber manchmal wird das Bild auch transparent, durchscheinend wie eine Hinterglasmalerei. Dann ist es, als schimmerten alle vergessenen Träume und Schrecken und Ängste als verdeckte Malschicht durch seine Oberfläche hindurch.‹

Unter leisem Frösteln goß er Wasser in die Schüssel und fing an, sich gewissenhaft und ohne Eile einzuseifen. Er ließ sich Zeit, denn die hatte er nun: abscheulich viel Zeit; er fühlte sich von ihr umgeben, wie von einer großen Kälte. Sein Tagwerk war getan, desgleichen sein Nachtwerk; der König brauchte ihn nicht mehr; auch Esther brauchte ihn nicht mehr; krank war er auch (das kam noch hinzu): Er war der Mohr, der seine Schuldigkeit getan hat und also gehen konnte – und zur Zeit noch nicht wußte, wohin und wozu er noch irgendwohin gehen sollte: der Mohr, der sich von nun an selbst gehörte. Doch er selber brauchte sich ebensowenig, wie ihn die anderen brauchten. Haha!

Er spannte eine Klinge in den Apparat und ließ ihn in das schaumbedeckte Wasser gleiten. ›Und manchmal‹, dachte er, ›ahnt man sich selber hinter dem allen, als stecke man selber unter der Oberfläche des Bildes, als spähe man selber aus der Vergangenheit her; man wäscht sich also, rasiert sich, putzt sich die Zähne, na ja, und so weiter . . .‹

Wieder schaute er auf zu seinem Gesicht, dessen obere Hälfte, nun, da die untere eingeseift war, wie sonngebräunt aussah, beruhigend gesund: ›Ja! Da schau dir in die Augen! Schuft! Verräter! Schwein!‹ Grimmig grinsend, nickte er seinem Spiegelbild zu. – Die Leute schienen wirklich nichts dazuzulernen. Mit fast den gleichen Worten hatte sie ihm seinerzeit ade gesagt, die holde Kampfmaid. Ein ganzer Lebensabschnitt – und sicher der schwierigste, der der Bewährung – stand nun eingeklammert zwischen diesen Worten. Immerhin, es war beachtenswert, mit welcher Hinterlist sie es verstanden hatte, ihre alten Worte nun in das Sadistisch-Masochistische zu transponieren und sie mittels dieser neuen Tonart zu entschärfen. War ihr Glaube nicht mehr ganz so unerschütterlich wie damals? Oder verhielt es sich so: Hatten da tatsächlich zweierlei Kräfte zusammengewirkt? Ihr verjährter, nunmehr dennoch neu erblühter Haß und noch immer jenes andere, Verborgene, Verbotene . . .? Er griff nach dem Apparat, setzte ihn an und ließ die Frage, die auf einmal brennend wurde, lieber fallen. Dies wußte er: Allein schon an ihr konnte man sich die Finger verbrennen, und die mußten jetzt wohl heil sein, wenn er sich nicht schneiden wollte.

Achtsam hob er an, sich zu rasieren, begann auch wie stets auf der rechten Hälfte seines Gesichtes; doch schon nach kurzem fühlte er im Handgelenk ein leises Zittern – Donnerwetter! Er entspannte also den Arm und fing abermals an. (Nicht daran denken!)

Jetzt ging es etwas besser. Die Frage aber stellte sich aufs neue; die war zäh; und keine Antwort, doch eine Erinnerung kam, und die brannte nicht minder; und er konnte sich des Brennens nicht erwehren. Die erste Nächtigung in seinem Hause schien ihm irgendeine leichte Hautverletzung zugefügt zu haben, und in dieser kleinen Wunde, deren Ort sich nicht ermitteln ließ, brannte die Erinnerung wie eingestreutes Salz. Gewiß, er hielt nichts von Visionen und dergleichen; dennoch fühlte er auf einmal diesen feinen Schmerz, der ihn erregte, fast beglückte, und wußte nun, daß jenes Traumerlebnis, so absurd es war, Dinge sagte, die er vor sich selbst verbarg.

Jetzt kam die linke Wange an die Reihe. Er dachte: ›Halte ihr die andere Backe hin! Schuft! Verräter! Schwein! Die Heimat begrüßt dich!‹ Verrückt! Auch Schläge, die danebengingen, konnten treffen, konnten weh tun, damals hatten sie es jedenfalls getan.

Die widerliche Szene wird ihm plötzlich wieder gegenwärtig. Sie hat sich abgespielt im Frühling 1938 (an dem Abend vor seiner Abreise nach London), und sie spielt sich jetzt aufs neue vor ihm ab. Er sieht sich wieder – so wie damals – seiner Mutter gegenüber sitzen. Er ist hergekommen, um von ihr Abschied zu nehmen. Von ihr, und auch von dieser schönen, alten Wiener Wohnung, die sein Heim gewesen ist, ehe ihn der Ingenieur hinausgeekelt hat. Sie trinken miteinander Tee. Noch sind sie allein. Sie brauchen vorerst nicht zu fürchten, daß gehorcht wird. Der Ingenieur befindet sich in der Provinz auf einem Treffen alter Kämpfer, und Hilde ist augenblicklich »im Dienst«; sie tut ihren Dienst; so nennt sie das stolz.

»Und jener?« fragt Jerschek. »Wie geht's ihm? Was macht er? Hat er schon das goldene Parteiabzeichen?« Und wenn er »jener« sagt, so meint er jenen ordinären Menschen, der ihm das Nest versaut, der ihm die Mutter verunreinigt hat, na ja, und so weiter ...

Die Mutter schweigt zunächst; sie starrt in ihre Schale, die nun leer ist. Und dann (ohne aufzuschauen): »Jener? – Jener ist in Fahrt.«

Und Jerschek: »In Fahrt. Aha! – Was macht er? Arisiert er?«

Und die Mutter: »Ach Gott, wenn's nichts anderes wäre als das ...«

Sie verstummt aufs neue, scheint sich zu genieren. Ein roter

Schein flackert auf ihrem zerquälten Gesicht. Es ist der Widerschein einer in Staubwolken untertauchenden Sonne, hereingefächelt von den stolzen Fahnen des Verrates, die dort draußen flattern – er tanzt frech im Salon, tanzt an den Wänden, tanzt an der Decke, tanzt auf den Möbeln, er verfärbt das Gesicht der früh gealterten Frau, als werde es schamrot, und er tanzt auf ihren schönen, schmalen Händen, die nun ruhe- und ziellos über die Tischdecke irren.

»Daß er«, sagt sie (und sie spricht von »jenem«, ihrem zweiten Mann), »kein besonderes Kirchenlicht ist, das weiß ich schon lange. Und daß er ein Prolet ist, weiß ich auch schon lange. Und daß ich noch allerhand mit ihm durchmachen werde, das habe ich befürchtet. Aber«, sagt sie, »daß er sich auf diese Art entpuppen wird, daß er sich eines Tages noch aufführen wird wie ein Pülcher, das – wahrhaftig, das habe ich nicht für möglich gehalten! Das nicht! Seit er den Freibrief hat, unanständig zu sein, hat er auch den letzten Rest von Anstand abgelegt.«

»Was treibt er?« fragt Jerschek.

»Sprechen wir nicht darüber!«

»Was treibt er?!«

Die Mutter lächelt. »Er tilgt seine Schulden«, erklärt sie. »Die Leute, denen er Geld schuldet, liefert er einfach ans Messer: Er beseitigt seine Gläubiger.«

Bei diesen Worten (daran erinnert er sich genau) ist Tochter Hilde überraschend heimgekehrt, früher, als man sie zurückerwartet hat, früher als üblich, vielleicht so früh, um ihn und seine Mutter in flagranti zu ertappen; möglich ist alles. Mit großen, festen Schritten ist sie eingetreten, lautstark, als lebe in ihrem athletischen Körper der Straßenlärm fort, der Lärm im Jahre des Unheils, im Jahre der Heilschreierei auf den Straßen, der Lärm, mit dem ein verblendetes Volk seinen Selbstverrat feiert. Ist das dieselbe Person, mit der er erst kürzlich Konzerte besucht hat? Ist das nicht vielmehr ein wüster, rätselhafter Wechselbalg? Das bewegt sich plötzlich wie auf dem Kasernenhof. Das rührt sich wie ein Unteroffizier, der den Rekruten schnauzend etwas vormacht. Ruckzuck: Isoldes Liebestod hat sich in Marschmusik verwandelt. Der Leib hat seine Seele vor die Tür gesetzt. Nur noch Geschrei ist in ihm, Geschrei und das Dröhnen marschierender Stiefel. Da schwillt es an in diesen Schritten, diesem Lachen, diesem Gruß der vorgereckten Hand – Sieg Heil! und explodiert nun mit dem

Knall, mit dem die Tür ins Schloß, mit dem sie zufällt hinter der Geschichte und der Ehre eines Volkes.

Hilde blickt auf ihre Mutter, dann auf ihn. »Sprecht ihr von der Nacht der langen Messer?« fragt sie süffisant.

»Ja«, sagt Jerschek. »Von der Nacht, die wir erleben müssen. Um ganz genau zu sein: von Kriminalität.«

Sie fixieren einander. Ihre Blicke sind für Sekunden wie Degen gekreuzt, und die alte Dame hält sekundenlang den Atem an, das fühlte er. Dann wendet sich Hilde ab – links um! – tut ein paar Schritte, macht kehrt, schlägt die Haken zusammen.

»Wie gefall ich dir in der Kluft?«

»In was?«

»Na, in den Klamotten da!« sagt sie.

»Ach so!«

Sie ist eingekleidet. Sie ist BDM-Führerin: Sie trägt die schmucke Uniform des BDM, den preußischblauen Rock, die Kletterweste aus braunem Duvetine, darunter die weiße Bluse, die man vor heiligem Eifer andauernd durchschwitzt. Auch sagt sie schon »Kluft« und »Klamotten«! – das kann sie bereits. Jerschek starrt, leicht angewidert, auf ihr schwarzes Halstuch und den braunen Lederknoten. »Mußt schon entschuldigen«, sagt er. »Mir ist euer Wortschatz nicht so geläufig.« – »Gebt Ruhe!« sagt Mama und faltet die Hände. »Streitet nicht an diesem letzten Abend!« Ja, und dann ...

Er strich sich über das Gesicht und fühlte, daß es glatt war. Ja. Und dann ... er wusch die Seifenreste ab; dann griff er nach dem Handtuch. Das Gebirge verbarg sich vorübergehend hinter dem Nebel, das sah er im Spiegel; für eine Weile schwebte er mit seinem Haus im leeren Raum.

Ja: »Gebt Ruhe! Streitet nicht an diesem letzten Abend!« hatte sie gesagt. Und Hilde hat erst sie, dann ihn betrachtet. Und dann (er sieht noch heute ihre Augen, die plötzlich starr und fassungslos auf ihn gerichtet sind):

»Von was für einem letzten Abend ist denn da die Rede?«

»Von *meinem* letzten Abend.«

»Wieso?!«

»Weil ich morgen verreise.«

»Wohin?!«

»Nach England.«

»Und – für wie lange?«

»Für immer«, sagt Jerschek.

»Nein!!!«

»Doch«, sagt Jerschek. »Noch ist es möglich: noch gehen Züge, noch gehen Schiffe.«

Hilde ist inzwischen Schritt um Schritt zurückgewichen, und das Weiße ihrer Augen hat sich immer mehr gerötet. »Schuft! – Verräter! – Schwein!« flüstert sie zischend. »Du, als Offizier, verrätst dein deutsches Vaterland.«

Jerschek blickt sie an. »Mein Vaterland ist Österreich gewesen«, sagt er traurig. »Es hat aufgehört, zu existieren«, sagt er. »Die, die es verraten haben, würden meine neuen Herren sein. Also gehe ich, denn mit Gesindel will ich nichts zu tun haben.«

Sie starrte noch; dann aber stürzten ihr die Tränen aus den Augen, eine Springflut! Sie drehte sich um, so heftig, daß sie fast hinfiel; dann fuhr sie hinaus, knallte die Tür hinter sich zu, und draußen heulte sie auf – vor Wut? – vor Verzweiflung? – man wußte es nicht. Seine Mutter war bei diesem Ausbruch totenblaß gewesen und hatte erst nach einer Weile wieder ihren Mund bewegen können. »Ein Glück, daß du morgen schon abfährst!« hatte sie leise gesagt. »Sonst zeigt sie dich noch an: Sie ist zu allem fähig!« Ja, das hatte sie gesagt.

Nun war er angekleidet und bereit zu gehen. Er steckte noch rasch seine Pfeife und den Tabak in die Tasche, auch ein Päckchen Zigaretten für das liebe Kind; dann ging er ans Fenster, machte es auf, befestigte es, warf einen flüchtigen Blick in den Garten hinunter, dachte dabei: ›Ja, richtig, so war das schon damals!‹ Sekunden später trat er aus dem Zimmer.

Die starke Zugluft, welche aus diesem Anlaß entstand (wahrscheinlich war auch im Parterre ein Fenster offen), ließ ihn die Tür weitaus heftiger schließen, als es ihm lieb war, mit einem harten Klatschen schlug sie hinter ihm ins Schloß, beschämend laut; und fern, aus der hölzern widerhallenden Tiefe des Hauses, hörte er nun Hilde mit dem Echo um die Wette rufen: »Bist du jetzt auf?! Kann ich dein Frühstück jetzt richten?« – »Ich bin auf«, sagte er, indem er die Treppe langsam hinabstieg.

Er stieg hinab. Die Stufen knarrten unter seinen Tritten. Freundschaftlich oder gehässig? Er wußte es nicht; und unten sah er: offen stand das Haustor; die Schwingtür der Veranda klappte also in der Zugluft auf und zu, das war's gewesen. Er dachte: ›Was für ein modrig lauerndes Halbdunkel hier! Rührt das von der Täfelung und den Tapeten her?‹ Mit einem Mal nervös und irgendwie geladen, verspürte er wenig Lust, sich der Kampfmaid zu stellen. ›Später!‹ dachte er und ging den Gang entlang und trat aus dem Tor: die Veranda! Die vergilbten Jalousien an den riesenhaften Fenstern, der mächtige Eßtisch . . . Jetzt rief sie wieder. »Soll ich's hinausbringen?!« rief sie. »Bitte!« sagte er. »Ich geh derweil ein bißchen in den Garten.«

Er verließ die Veranda, und als nun die Luft auf ihn zusprang, glaubte er, irgendwo Kinderstimmen zu hören. Etwas wie Vogelgezwitscher klang durch das Brausen der Wipfel. Auch fing jetzt Hilde in der Küche vor sich hin zu trällern an. ›So lustig?!‹ dachte er und stieg zum Garten nieder. Die Verandatreppe schwankte unter seinen Sohlen. Dann sah er die Landschaft; aber er sah sie auch jetzt wie durch Glas, so, als sei er unter einem Glassturz eingeschlossen.

Der Garten: schon lange kein Garten mehr: »grüne Natur« (um so besser!): verfilztes Gestrüpp, wehendes Gras, Heidelbeerstauden, die Spiele der Jugend: Gestein; Felsen, wie mächtige Kröten im Farnkraut kauernd, glänzend vor Nässe. Und diese hohen Bäume (Tannen, Fichten, Lärchen), die im Winde schwankten: Wald! – Er ging umher und sah sich um und sah sich um; und immer wieder drangen jene hellen Stimmen an sein Ohr. ›Was wird geschehen?‹ dachte er und fühlte seine Schritte langsam sterben. ›Etwa das Wunder, daß ich bei alldem nichts mehr empfinde?‹ – Gestern war die Begegnung ein Abenteuer gewesen, ein fast animalisches Tasten und Spüren und Wittern im Dunkel, das Ahnen einer akuten Gefahr in sämtlichen Poren und ein Schlüpfen und Kriechen, als sei man zuweilen im Innern der Dinge. Jetzt dagegen? – Nichts mehr. Nicht einmal Angst. Weder das Gefühl, daheim zu sein, noch sonst was. Wartend stand er da und strengte seine Ohren an. Umsonst. Die Stimmen waren augenblicklich nicht zu hören. Nur noch Hildes Trällern mischte sich zuweilen in den Wind. Und die Verandatüre klappte auf und zu. Und ihm zu Häupten rührten sich die nassen Wipfel. Und aus den Tälern klangen Herdenschellen. Er wartete also. Zwischen zwei unmeßbar langsam schwankenden Stämmen gewahrte er fern das Profil des Gebirges über den Wolken. Es war wieder aufgetaucht; traumblau, ultramarinblau sah es aus den Nebelfetzen her. Er stand da, wie eben ein Fremder in einer beliebigen Gegend herumsteht und gafft, und erkannte, daß es völlig sinnlos war, so dazustehen. ›Das

Alpenpanorama hilft mir einen Schmarrn‹, dachte er. ›Ein Panorama ist noch kein Zuhause.‹

Auf einmal spürte er in allen Nerven, daß hinter seinem Rücken etwas vorging. Er horchte auf und wollte sich gerade umschauen, was es sei; doch da kam es von da hinten schon herangeschwirrt und berührte ihn unter dem linken Schulterblatt leicht wie ein Finger, so, als habe ihm jemand leicht auf den Rücken getippt.

Er fuhr herum. Er hörte helles Lachen zwitschern, sah noch ein Huschen durchs Dickicht, hörte ein rasch sich entfernendes Rascheln und sah auch noch das Ding, das ihn getroffen hatte, schwerelos ins Gras fallen, einen kleinen, von Kinderhänden verfertigten Pfeil.

Mit einer fast scheuen Bewegung hob er ihn auf und betrachtete ihn. Eine Botschaft? Ein warnender Schatten, den etwas vorauswarf? Vielleicht. Seit einiger Zeit hegte er ab und zu den verrückten Verdacht, irgendein Unbekannter, irgendein Schütze, der sich versteckt hielt, könnte ihn demnächst ohne viel Lärm aus dem Hinterhalt abschießen. Nichts als ein Schwirren und Pfeifen würde man hören.

Prüfend wog er in seiner Rechten das leichte Geschoß. Ein leises Frösteln überhauchte ihn. Da stand er wie einer, der angestrengt horcht, und wußte auf einmal, daß er fasziniert dem leisen Singsang seiner Feindin lauschte.

Jetzt kam sie durch den Gang und trat auf die Veranda. »Dein Frühstück!« rief sie. »Bitte, komm gleich, sonst wird der Kaffee kalt!« Und da geschah es nun: Das Glas zerbrach. Jerschek hörte förmlich, wie es mit leisem Gesplitter ringsum entzweiging. ›Ich soll dich verraten haben?‹ dachte er. ›Nein, mein Kind! Das hast du selbst besorgt. Untreu bist *du* gewesen. Dir – und auch mir. Ich bin dir treu geblieben. Sogar als du tot warst.‹

»Und mich entschuldige!« rief sie. »Ich hab schon gefrühstückt.« Trällernd kehrte sie ins Haus zurück.

Er stand verwundert da und hielt den Pfeil wie einen Schlüssel in der Hand. Ein großes Glück war plötzlich über ihm.

II

Er verzehrte sein Frühstück; er aß, er trank, bisweilen schaute er auf zu dem Hirschgeweih über der Tür, lauschte dabei dem Wind, der draußen vorbeiflutete, und hörte Hildegard im Hause singen. Der Klang ihrer Stimme drang durch die hölzernen Wände hindurch. Er kam von oben. Brachte sie die Kabuse in Ordnung? Es schien so. Schade, daß man sie nicht ausgebildet hatte! Das leuchtende Dunkel in ihrer Stimme! Dies offene A! Ein Windstoß rüttelte an den Verandafenstern; an den Enden des Geweihs bewegte sich ein Spinngewebe. Und welches Metall! Welch eine Stimmkraft, schon damals, trotz ihrer Jugend! Man hatte viel versäumt; man hatte vieles schlecht gemacht. Er schob das Geschirr zur Seite, dachte: ›Ein Jammer!‹ Dann stopfte er seine Pfeife und rauchte sie an. Er lauschte. Was sang sie denn da? Ein Soldatenlied? Nein. Irgendein Chanson, darin der Name Johnny mehrmals vorkam. Auch ihr Vater hatte häufig vor sich hin geblödelt, vor sich hin gelärmt; gepfiffen hatte er, und obendrein noch falsch! Sie sang. Das war besser, und eigentlich klang es recht hübsch, irgendwie rührend, zumindest von fern und so eingestimmt in das Strömen des Windes. Auch ihre Schritte waren jetzt wieder zu hören. Es waren rasche, resolute Schritte. Schon als junges Mädchen war sie so gegangen, so wie jemand, der sich jäh entschlossen in Gefahr begibt.

Nun lief sie mit polternden Tritten die Treppe herab und ging in die Küche. Jerschek hörte sie mit Wasser planschen und mit Eimern klirren. Wenig später kam sie wieder durch den Gang und trat auf die Veranda. »Na?« fragte sie und stemmte die Fäuste gegen die Hüften.

In einem fadenscheinigen, fast kindlich kurzen Faltenrock und einem abgeschabten Wehrmachts-Sweater stand sie da. Ihr Haar, das sie ordentlich durchgekämmt hatte, wie er bemerkte, fiel ihr in leuchtenden Wellen auf Nacken und Schultern.

»War's gut?« fragte sie.

»Ihr habt herrliches Brot«, sagte er.

»Echter Bohnenkaffee!«

»Das habe ich gemerkt. Ihr lebt gar nicht schlecht.«

Sie gab ihm keine Antwort, schien sich zu ärgern. Sie räumte den Tisch ab, trug das Geschirr im Hui nach der Küche und haute dort herum wie mit Tschinellen. Nach kurzer Weile kehrte sie wieder, als sei nichts geschehen. »Ich muß jetzt Milch holen«, sagte sie und schwenkte eine emaillierte Kanne. »Wenn du weggehst, leg bitte den Schlüssel unter den Fußabstreifer! – Oder kommst du mit? Leistest du mir Gesellschaft?«

Er spähte hinaus, überlegte. »Wird's regnen?«

Sie zuckte die Achseln.

»Soll ich den Mantel nehmen?«

Sie lächelte nur.

»Na schön«, sagte er und stand auf. »Wo gehen wir hin?«

»Zum Lenz«, sagte sie. »Der zieht einem wenigstens nicht die Haut ab, so wie die andern.«

Als er mit ihr hinaustrat, beäugte sie ihn von oben bis unten. »Fesch!« sagte sie. »Siehst fast wie ein englischer Offizier aus.« Roch sie etwas? Sie versperrte hinter ihm die Tür und reichte ihm den Schlüssel. »Da! Steck ihn ein! Ich hab keine Tasche im Rock!«

Die Milchkanne schwenkend, stieg sie vor ihm die Treppe hinab. Unter dem Tritt ihrer Bergschuhe dröhnten die Stufen. Jerschek sah ihr nach und fing zu lachen an. Er sagte: »Du trampelst ja wie eine Pinzgauerstute!«

Sie blickte über die Schulter nach ihm zurück – und »Bin ich ja«, sagte sie. »Bin ja beschlagen. Hab Hufeisen. Bitte!« Nach ihm aushauend, zeigte sie eine von Eisen starrende Sohle und lachte hellauf. »Kaltblut! Nimm dich in acht! Bin nicht ganz ungefährlich, mein Lieber.«

Sie mußte schon weit in der Gegend herumgerannt sein, denn ihre nackten Waden waren wüst bespritzt. Doch was an einer anderen nur traurig oder komisch ausgesehen hätte, an ihr sah es aufregend aus; frech und verwegen.

Zwischen den Fichten, durch deren naßschwarze Stämme der Luftstrom emporschwoll (kühl, regenträchtig: glatt und geschmeidig wie eine Schlange), schlenderten sie hangab und erreichten die schlammigen Gleise der Straße, die breiten Pfützen, die das dunkle Licht des Himmels widerspiegelten.

»Dabei muß ich froh sein, daß ich die Treter da hab«, sagte sie. »Die einzigen Schuh, bei denen mir nicht das Wasser hineinrinnt. Ich hab doch nichts mehr. Nur Lumpen, sonst nichts mehr. Und meine Reizwäsche! Die erst! Die solltest du sehen! Damit schlag ich jeden, der sich mir in Liebe nähern möchte, in die Flucht.«

Sie schien vergnügt zu sein und ging auch so, ging etwa so, als habe sie nichts zu verlieren, ging mit gelockerten Knien, wippenden Hüften und schlenkernden Armen, ging wie jemand, der schon jenseits aller Sorgen geht. »Komm!« sagte sie. »Steig über! Morgengymnastik! Wir marschieren da über die Halte und quer durch den Wald.«

Schwungvoll raffte sie ihren Rock bis über die Hüften, und dergestalt unverfroren ein Muster ihrer soeben erwähnten Reizwäsche zeigend, schwang sie sich mit ihren muskulösen Beinen, die herrlich braungebrannt und wie die Beine eines Buben voller Schrammen waren und überdies von einem dichten Haarflaum glitzerten, der heller als die Haut war, mir nichts, dir nichts, über den Zaun zwischen Straße und Grasland.

»Und Geld, mir was zu kaufen, hab ich auch keins!« rief sie heiter; sie spähte, drüben angelangt, nach ihm zurück, überzeugte sich kurz, daß auch er mit Erfolg das Hindernis nahm, und schlenderte weiter. »Nur noch meinen etwas ramponierten Körper hab ich«, sagte sie. »Sonst nichts mehr.«

Während der moosbewachsene Zaun hinter ihnen noch schwankte und sekundenlang klapperte, als schimpfe er ihnen nach, begann unter beider Sohlen das Grasland zu federn, ein elastisches Fell auf einem verschlafenen, steinernen Leib, der sich dehnte und reckte und schließlich allerorts in breiten, herbstlich braunen Wellen in das Schwarzblau ferner Nadelwälder einging. Sie schritten dahin, aber es war nun, als schritten sie nicht mehr aus eigener Kraft: Der Berg hatte sie willig auf seinen Rücken genommen; nun trug er sie – dicht unter dem tiefen Vorbeiflug der Wolken – immer über jenen schlanken, weißen Nebelfetzen, welche jetzt rings aus den Tälern und Schluchten heraufzüngelten, oder, emporgerissen aus einer nächtlich triefenden Tiefe, in geisterleichten Drehungen zerflatterten und plötzlich wie ein Leuchten in der Flut des Windes schwammen.

»Die weißen Menscher!« sagte Hilde.

»Was?« fragte Jerschek.

»Ach nichts«, sagte sie. »Die Tiroler haben sich früher vor ihnen gefürchtet. – Aber, was ich dich fragen wollte, bleibst du jetzt hier, oder fährst du wieder nach London?«

Er zögerte. »Das wird sich erst zeigen«, sagte er dann. Sie schien aufzuhorchen. »Was machst du eigentlich, ich meine, was hast du für einen Beruf?«

»Keinen«, sagte er. »Was ich im Augenblick mache, das ist kein Beruf; das ist noch immer so was Kriegsbedingtes; lassen wir das!«

Sie schritt ein paar Sekunden schweigend vor ihm her; lotrecht ging sie inmitten des waagrecht drängenden Luftstroms, schritt auf der welligen, sanft zum Wald hin sich neigenden Weide mit federnden Schritten, eine sehnig gereckte Herausforderung, die er annehmen mußte; und er sah sie vor der hellen Linie des Horizontes und folgte verwundert den hübschen Bewegungen ihres Rükkens und ihrer Hüften, sah auch ihr flatterndes Haar und ihren wie närrisch flatternden Rock und das Spiel der Muskeln unter der glänzenden Haut ihrer Beine und überlegte plötzlich, wie sie es zuwege bringen mochte, mit so schweren Schuhen derart schwerelos dahinzuwandern. Wie alt war sie jetzt? – Wie alt war sie damals gewesen? Wann war sie geboren? – Erstaunlich! Noch immer ging sie wie jenes unbekümmerte Mädchen, wie jene wild- und hochaufgeschossene Halbwüchsige, die er stets verachtet, die er nie als seine Schwester anerkannt, die er immer nur als einen Schandfleck angesehen hatte und in die er dennoch rettungslos verliebt gewesen war.

»Schau!« sagte sie plötzlich und wies nach dem Berghang jenseits der Schlucht. »Das Gehöft dort drüben ist im Juli abgebrannt.«

»Blitzschlag?«

»Ja. Bis auf die Grundmauern. Wohnhaus und Stadel. Man hat alles versucht« (sie zuckte die Achseln), »alles umsonst! Wir haben ja nicht einmal mehr eine Feuerspritze im Dorf. Die haben auch die Russen mitgehen lassen.«

Die Einschichthöfe hockten an den Hängen, verschlagene Keuschen mit wettergeschwärzten Giebeln und finsteren Mythen, Archen, die – sofern sie nicht abgebrannt waren wie jenes Gehöft – ihre Sünden und die Sintflut überdauert hatten, Piratenschiffe, die, autark in ihrer Einsamkeit, nun fallweise hinter dem Nebel auftauchten und wieder verschwanden und Captain Jerschek ihre legendären Namen auf die Zunge legten, bis dann Hilde den einen oder den anderen tatsächlich aussprach. »Der Spenger«, sagte sie – oder: »Der Kogler.« Denn die Mythen waren ihr bekannt, und so erzählte sie nun dies und das, wo wer gestorben war, wer wen geheiratet habe, wer von den Männern gefallen oder ermordet oder verschollen oder als Halb- oder Vollinvalide heimgekehrt sei.

»Den hast du doch auch gekannt. Na, siehst du, auch der! Und sein Schwager ist noch immer in Gefangenschaft.« Von ihrem Vater aber schwieg sie ebenso wie von der Mutter. Aus Vorsicht? Möglich. Auch von sich selber erzählte sie nichts.

Sie sagte: »Dort oben ist eine Fliegerbombe gefallen.« Ihr Arm wies nach einem der fernsten, hoch im Gebirge verlorenen Höfe. »Auf dem Stück Wiese zwischen dem Wald und dem Stadel. Mit einem Fernglas kann man heute noch den Trichter sehen.«

Jerschek blickte in die angezeigte Richtung. »Die Amis haben sie beim Rückflug abgeworfen«, sagte Hilde. »Schade, daß sie nicht ins Haus gefallen ist. Mich hätt's gefreut. Bei der Sau dort oben sind die Partisanen nur so ein und aus gegangen.«

Sie folgten jetzt einem von zahllosen Hufen getrampelten Steig und gerieten mehr und mehr in eine Herde fahler Höhenrinder, von denen sich etliche in dumpfem Verlangen an einem zweiten Zaun vor einem Gattertor zusammendrängten.

»Steigen wir dort drüben über«, sagte Jerschek. Und sie: »Ach was! Warum denn kompliziert, wenn's einfach auch geht? Komm nur!« Entschlossen schritt sie auf die Tiere zu, die ihnen stumpfsinnig glotzend die Hörner zuwandten.

Plötzlich kehrte sie sich nach ihm um. »Oder hast du Angst vor Kühen?« fragte sie.

Und er: »Vor allem, was viel Kraft und keinen Verstand hat.«

Und sie (sofort): »Das hat wohl mir gegolten? Alle Achtung, Bruderherz!«

Sie sah ihn verwegen an, maß ihn von oben bis unten; für Sekunden flirrte in ihren Augen der Silberblick auf, flirrte auf, vertraut und dennoch erregend, verwirrend, als sei jählings ein Sonnenpfeil durch die Wolken gehuscht und wieder verschwunden. ›Ich hab sie geliebt, weil sie immer das vollkommen andere war‹, dachte Jerschek. ›Und eben weil ich sie geliebt hab, hab ich sie gehaßt.‹ Und: »Glaubst du, daß ich deine Kraft so überschätze?« fragte er. »Oder nicht weiß, daß du sogar ein bißchen Verstand hast?« Sie aber hatte sich in die Schlacht geworfen und schlug sich schon durch, rammte sich, Püffe austeilend, zwischen die plumpen, dampfenden Leiber. »Aber behandelt«, rief sie und wendete – mitten im Drängen der nun irritiert auseinanderstrebenden Tiere – flüchtig den Kopf her, »behandelt hast du mich immer, als wäre ich blöd.«

Dann war sie am Tor angelangt und öffnete es. »Bitte, Sir! Der

Weg ist frei. Kommen Sie weiter!« Das Tor ging auf, und seine aus Zweigen geflochtenen Angeln stießen ein paar langgedehnte Vogelschreie aus.

Sie wartete, bis er an ihr vorbei war; dann schlug sie es hinter ihm zu und holte ihn ein. Er schnupperte. »Jetzt riechst du wie ein Bauernmädl, das aus dem Stall kommt.«

»Das ist dir wohl peinlich? Was?«

»Im Gegenteil. Ich finde es sogar sehr nett.«

Sie beäugte höchst erheitert sein Profil und schien zu überlegen. »Dekadenter Heini!« sagte sie schließlich.

»Nein. Im Ernst.«

»Ich weiß schon«, sagte sie. »Ich kenn mich aus mit euch! Auch mit dir, mein Bruderleben. Kannst es mir glauben!«

Sie näherten sich dem Wald, näherten sich den ruhelos schwankenden Wipfeln. Ein hohles Brausen erfüllte die Höhe des Himmels, und in der Luft war plötzlich feiner Wasserstaub enthalten. Jerschek fühlte ihn urzeitlich auf dem Gesicht, etwas Kaltes, Fremdes, das ihn dennoch glücklich machte; und dann verspürte er den Duft des Waldes: Irgend etwas hatte sich um ihn verdichtet.

»Der Wald«, sagte er; doch Hilde, die ihm schon wieder voraustrabte, hörte es nicht. »Stell dir vor!« sagte sie. »Ich hab sogar melken gelernt!« Sie sprach von der Landarbeit, kam auf den Viehstand, kam auf die Ernte zu sprechen, stellte auch hin und wieder eine belanglose Frage: Ob er geflogen oder mit der Bahn gekommen sei und wie es zur Zeit in Wien aussehe, wollte sie wissen, und ob es wirklich stimme, daß die Mode wieder länger werde. »Um Himmels willen, wie lang denn?!«

»Bis über die Waden.«

»Haha!!«

Sie sang zwar nicht, es sang nur der Wind, der über den Berg strich, doch die Art, wie sie ging und dabei in den Wind sprach, war wie Gesang. »Bin ich froh«, sagte sie, »daß mich das alles nichts angeht! Mein Kittel wird höchstens noch kürzer, als er schon ist.«

Der Wald tat ihnen seine dämmerigen Gänge auf. Es war ein Fichtenwald, der seine Zweige triefend herabhängen ließ. Ein kühler, grüngrauer Duft von Pilzen und Humus erfüllte ihn bis in die Wipfel; man sah empor: Die Stämme waren auf der einen Seite silbergrau, auf der anderen glänzten sie schwarz von den Geißelhieben des Regens. Dann schnupperte man: Es roch nach Moos und nasser Rinde wie nach dem Fell eines naß gewordenen Tieres. Man sog den Atem ein: Die Luft, die durch die Stämme strömte, roch nach der wind- und regendurchsungenen Weite des Himmels. Auf dem abwärtsführenden, kaum mehr erkennbaren Steig, den dichten Lagen abgefallener Nadeln klangen die Schritte gedämpft, weckten nichts anderes mehr als ein wattiges Dröhnen, das in der Tiefe wie ein Echo folgte. Der Boden war aufgelockert und unterminiert von moderndem Holz, unterwandert von Quellen, von Wurzeln wie von unendlichen Schlangen durchkrochen. Da und dort erschienen sie an seiner Oberfläche, wanden sich, Fußangeln bildend, über den Weg und verschwanden dann wieder, verschwanden wie Schlangen, die ihren dunkelglänzenden Leib aus dem Wasser aufwölben und im nächsten Augenblick verschwunden sind.

Hilde übersprang sie, ohne hinzuschauen. Alle diese Fallen schienen ihr bekannt zu sein. Sie sprach jetzt vom Krieg, genauer, von seinem Ende: von den ersten Tagen nach der Kapitulation.

Das Radio habe frühmorgens die Nachricht verbreitet, und anstelle des Reichssenders Graz habe sich plötzlich ein ›österreichischer‹ Sender gemeldet. Sie habe anfangs ihren Ohren nicht getraut, habe sich gesagt, das alles sei ein Angsttraum; aber schließlich habe sie es doch begriffen, denn nach dem Tod des Führers habe man ja kaum mehr etwas anderes erwartet; und da habe sie zum ersten Mal in ihrem Leben schlappgemacht (so sagte sie); bei allem zuvor habe sie immer noch Fassung bewahrt, ja, wahrhaftig auch bei dem grauenhaften Ende ihres Vaters. Sie habe damals sogar noch die Kraft aufgebracht, ihn zu begraben.

»Du selbst hast ihn begraben?« fragte Jerschek.

»Ich ganz allein. Unten am Nordende vom Garten. Gut eine Woche habe ich herumgewühlt in dem steinigen Boden; es war zum Verzweifeln. Immer wieder bin ich auf Felsen gestoßen.«

Jerschek blickte nach einer Stelle zwischen den Bäumen, an der ein grünes Leuchten durch die Zweige sickerte. Er dachte: ›Widerlich so was!‹ Und »Warum ist er denn nicht auf dem Friedhof begraben?« fragte er mürrisch.

»Er war doch aus der Kirche ausgetreten«, sagte sie. »Auch ich bin aus der Kirche ausgetreten.«

Sie sah ihn kurz an, wahrscheinlich, um zu erkunden, wie er darauf reagierte. »Ich kann nicht heucheln. 1940 bin ich ausgetreten«, sagte sie. – Es berührte ihn nicht. Er zuckte die Achseln. »Na und?« sagte er. »Wenn mich alles so gleichgültig ließe wie das, dann könnte ich froh sein.«

Enttäuscht und leicht verärgert wandte sie die Augen ab und kam zurück auf jenen Morgen nach der Kapitulation, einen leichten, sonndurchwärmten Frühlingsmorgen, der ihr freilich wie der reine Hohn erschienen sei. Damals also sei sie, wie schon erwähnt, zusammengebrochen, sei also regelrecht aus den Latschen gekippt (so nannte sie das); und am Nachmittag des nächsten Tages, der ebenso schön war, habe sie dann die Sache mit dem T 34 erlebt.

Sie fragte: »Weißt du überhaupt, was ein T 34 ist?«

»Ich weiß es«, sagte er. »Was war mit ihm?«

»Es hätte nicht viel gefehlt, und er hätt mich zusammengefahren.«

»Ist denn einer hier heraufgekommen?«

»Na, und ob!«

Sie habe sich gerade vor dem Gasthof aufgehalten, um zu schauen, denn an diesem Tage hätten sich bereits seit Sonnenuntergang Teile der 8. Panzerarmee (oder war es die sechste gewesen? – sie wußte es nicht mehr) auf diesem Wege gegen Westen abgesetzt. Zu besagter Stunde aber sei schon nichts mehr los gewesen, nur die Gegend besät mit verlassenen Autos, weggeworfenen Waffen, Ausrüstungsstücken – na ja, und so fort; und beim Gasthof sei man noch immer beisammengestanden und habe geglotzt, doch nur noch vereinzelte Nachzügler seien vorübergehastet, zuletzt immer schneller; und auf einmal habe sie unter den Sohlen ein Zittern verspürt; und dann habe sie ihn kommen hören und auch gleich darauf gesichtet, und sei plötzlich ganz allein gewesen, sei plötzlich als einziger Mensch auf der Straße gestanden; und der T 34 habe Kurs auf sie genommen, und sie habe sich plötzlich nicht mehr vom Fleck rühren können; sie habe nur immerzu auf den Fünfstern gestarrt – und »So rot wie der, hab ich mir plötzlich gedacht«, sagte sie lachend, »genauso rot werd ich gleich auf der Straße picken.«

Jerschek riß die Augen auf. »Ja, und?!«

Sie wandte sich um. »Nichts«, sagte sie. »Sonst wär ich ja nicht mehr. Er ist knapp an mir vorbeigerollt. Ich bin dagestanden und hab Staub geschluckt.«

Die folgenden Tage seien dann russische Streifen heroben gewesen, hätten nach Waffen, Weibern und Uhren gestöbert, dann andere Truppen, Bulgaren mit Pferden, Mulis und Gulaschkanonen (ganz lustig), dann für viele Wochen Tito-Partisanen, dann abermals Russen, Jungkommunisten; und erst nach alldem und nach allen denen seien endlich die Erlöser aufgetaucht, die Tommies. »Nette, lange, blonde Kerle!« sagte sie. »Einen hab ich mir sogar einmal ins Bett genommen.«

Sie lachte Jerschek an, und er lachte zurück. »Gut«, sagte er und nickte ihr zu. »Warum nicht?«

»Eben!« sagte sie. »Das hab ich mir wahrscheinlich auch gedacht. Außerdem hatten sie Fraternisierungsverbot; das hat mich gereizt.«

Sie tat einen Sprungschritt über zwei Wurzeln hinweg, und ihr Fuß stieß lärmend gegen ein Ding, aus dem etwas spritzte; es war ein verrosteter Gasmaskenbehälter, der, mit Wasser gefüllt, in den Heidelbeerstauden versteckt lag.

»Mir war damals schon alles so Wurscht«, sagte sie. »Ein herrlicher Zustand! – Man ist nur noch Kreatur; man kämpft ums nackte Leben«, sagte sie. Und in demselben Augenblick, da sie so redete, wurde sie mit allem ringsum eins, mit dem Wald, den Wiesen, dem Wind, der Weite des Landes, dem Unglück des Landes, der Schönheit des Landes . . . und kam Jerschek auf einmal so nahe wie bisher noch nie. Er holte tief Atem – und »Wie gut es hier riecht!« sagte er. »Ich glaube, es riecht nirgends auf der Welt so gut wie hier.«

Sie schwiegen nun. Der Weg stieg an, dann fiel er wieder ab; wie planlos folgte er dem bewaldeten Rückgrat des Berges, verlief einmal westlich, dann wieder östlich des welligen Grates, und Jerschek sah durch die Stämme erst rechts und gleich darauf links jene meerblaue Tiefe, aus der vielfach gebrochen das Echo des Windes heraufdrang, angereichert mit dem Klang der Herdenschellen und dem Ruf der Bäche, und der Geruch von nassem Gras und nassem Holz und die Fasern des Nebels wie weiße, verworrene Haare emporflatterten. Er lauschte. Erinnerungen erwachten in ihm: der Wind, die Schellen, das Rufen des Wassers, das Brausen der Wipfel, das Echo, das alles; dazu das regelmäßige Geräusch der Schritte, dazu der Schlag des Herzens und die Atemzüge in der Brust, das alles; und da – fast glaubte er zu träumen, doch er träumte keineswegs – mischte sich noch eine gut bekannte Stimme in den Chor, ein klingendes Geklapper, das aus großer Ferne kam und mit einem Mal die ganze widerhallende Weite des Herbstes erschloß.

»Ein Klappotez! Das gibt es also auch noch!« sagte er beglückt.

Und sie: »Aber ja. An der Morgenseite, weit unten im Weinland, dort steht eins. Jetzt hört man es nur schwach, weil Westwind ist. Bei Südwind hört man es oft bis zur Villa herauf.«

Sie querten einen abgeholzten Streifen, schritten durch Gras, das in glänzenden Wellen hangauf flutete, und näherten sich wieder einem Zaun, den zu übersteigen sie genötigt waren. Jerschek lauschte. Das Geklapper kam und ging, klang nahe, dann wieder fern und änderte ständig Tempo und Höhe.

»Hübsch!« sagte er. Und sie: »Ja, gell, das klingt vertraut. Und so lustig klingt es, daß man am liebsten mitsingen würde.«

Er schaute, jäh verliebt, auf ihre Beine nieder, die dicht vor ihm das hohe Gras durchpflügten. »So sing doch!« sagte er. »Genier dich nicht! Du hast doch eine phantastische Stimme gehabt.«

Sie sah sich nicht um. »Gehabt«, sagte sie. »Jetzt ist sie erledigt. Verraucht, versoffen, ausgeschrien vom Soldatenliederplärren. Dabei war es immer mein Traum; du erinnerst dich doch: Die Brünnhilde wollte ich singen; die Isolde wollte ich singen; haha! Aber mein Vater hat ja das alles gehaßt«, sagte sie bitter. »Ein einziges Mal hab ich ihn in die Oper gebracht. In die ›Götterdämmerung‹!« Sie lachte auf. »Und auch nur, weil ich ihm erzählt hab, daß da drin ein Pferd auftritt und manchmal hinscheißt. Dann habe ich Reitstunden nehmen dürfen; das war der Erfolg«, sagte sie. »Als Walküre – weißt du – braucht man vor allem tüchtige Schenkel!« Die Halme mit den Schenkeln auseinanderdrängend, trat sie an den Zaun. »Deshalb kann ich jetzt so prachtvoll übersteigen. Hopp!«

Fast gleichzeitig schwangen sie sich auf die schwankenden, krachenden Stangen und saßen sich nun reitend gegenüber. »Weißt du, daß ich manchmal schreien möchte?« sagte sie leise. »Schreien, ja. Denn singen kann ich nicht mehr. Schreien wie am Spieß. Schreien, bis mir die Stimmbänder reißen.« Ihr Gesicht war plötzlich alt, und ihre Augen blickten ratlos. »Und dann – verstehst du? – müßte irgend etwas passieren«, sagte sie.

Plötzlich verstummt, sprang sie drüben ins Gras und wanderte weiter. Sie war weder laut geworden, noch hatte sie ihren Worten besonderen Nachdruck verliehen; dennoch war es ihm, als habe er in ihrem Ton eine ausweglose Verzweiflung aufbrodeln hören.

Sie durchschritten ein schütteres, leise im Winde erklingendes Lärchengehölz und traten wenig später wieder in das Licht hinaus, sie wie ein Schulmädchen einige Schritte vor ihm, munter trabend, hüftenwiegend, Milchkanne schwenkend, äußerlich heiter. Er gewahrte sie als Silhouette vor dem Nebelreich, zu welchem die gewölbte Wiese immer steiler abfiel, sah sie rank und schlank zwischen den schlanken Stämmen der Lärchen, ein Kind, das trotzig in ein weißes Nichts hinausmarschierte, und abermals empfand er jenes unbestimmte Grauen, jenen kalten, schrecklichen Anhauch von irgendwoher, als komme die gleiche Drohung, die ihn schon gestern hier angehaucht hatte, nun mit all diesen Nebelschwaden erneut auf ihn zu.

»Sag, wie alt bist du eigentlich?!« fragte er übergangslos.

Sie blickte sich nicht um, marschierte weiter – und: »Das weißt du nicht? – Na geh! Rechne dir's aus! Genau elf Jahre sind wir auseinander.«

Er rechnete: »Da bist du ... Ach, du lieber Himmel! Da bist du ja schon achtundzwanzig! Nicht zu fassen!«

Und sie: »Jaja! Ein altes Mädchen! Gut abgelegen, mein Lieber! Hab schon Hautgout!«

Das Unfaßbare der Zeit überwältigte ihn. Er sagte: »Aber anzusehen ist dir das wahrhaftig nicht. Du siehst noch immer aus, als wärst du achtzehn.«

»Ja, von hinten!« rief sie. »Oder bei Nacht! Bei Kerzenbeleuchtung!«

Mit ein paar großen Schritten holte er sie ein. »Laß dich anschauen! Renn nicht so! Bleib stehen!« befahl er.

»Bitte sehr!« Sie machte halt und hielt ihm ihr Gesicht entgegen, ihm und dem Wind, der ihr sogleich das Haar aus der Stirn striegelte. »Jetzt werde ich durchleuchtet«, sagte sie und schloß die Augen; den Kopf in den Nacken gekippt, stand sie aufrecht und breitbeinig da und schwenkte mit beiden Händen die Milchkanne vor ihrem Schoß. Um ihre zusammengepreßten Lippen zuckte ein Lächeln.

Jerschek betrachtete sie genau, doch kaum, um festzustellen, ob sie nun tatsächlich älter aussehe, als es ihm vorkam, viel eher deshalb, weil er plötzlich hoffte und zugleich auch fürchtete, in ihrem Gesicht irgendeine Entdeckung zu machen. »Sei aufmerksam!« flüsterte eine Stimme in ihm. »Laß dich nicht bluffen, laß dich nicht einlullen von dem Gesicht deiner Mutter, auch wenn es da und dort wie etwas Heiliges durch diese Züge schimmert! Die Tochter hat ihr eigenes Gesicht, und das ist anders.«

In der Tat gelang es ihm für eine kurze Weile, sie nüchtern, das heißt unter Ausschaltung jeden Gefühls, zu studieren. Er sah ihre klare, offene Stirn, sah die gerade, kühn vorspringende Nase, sah das feine, aber energisch sich reckende Kinn, sah ihre herben und dennoch sinnlich geschwungenen Lippen, bemerkte auch die Straffheit ihrer schmalen, wetterbraunen Wangen; und er sah, das alles war richtig und sinnvoll geformt und geordnet; jedoch es verriet ihm nichts, gab keinerlei Hinweis auf das, was er selbst nicht erriet; ja, es sagte ihm nicht einmal, ob er nicht halluzinierte, wenn er sie schön fand, denn auch das Widerspruchsvolle in ihren Zügen erkannte er nun, dieses üble Gemisch aus Zartheit und Brutalität, das Zwielichtige, zusammengesetzt aus Intelligenz, Sensibilität und robuster Gemeinheit. Doch das war es nicht, wonach er fahndete.

Er starrte sie an. Ihr Gesicht stand noch immer blicklos und reglos im Wind, wie ein blankgeschliffener Stein in der Strömung eines Gewässers. Und: ›Wonach suchst du in diesen Zügen?‹ fragte er sich. ›Du hast keine Ahnung, wonach. Wie willst du es da finden?‹

Und dann erschrak er, denn auf einmal sah er es. Das heißt: Er sah es gar nicht, aber entdeckte es dennoch, entdeckte es zunächst auf der entblößten Fläche ihrer Stirn und hätte es vielleicht als Blinder ebenso entdeckt und wußte, daß es die Entdeckung war, die er erwartet hatte: eine breite Fährte, welche sich unsichtbar über das ganze Gesicht zog.

»Na?« fragte sie, als habe sie auch mit geschlossenen Augen sein Schaudern bemerkt. Er gab ihr keine Antwort, starrte sie an. Nein, das war keines von jenen bekannten Malen der Zeit, kein Mal des Schmerzes oder der Strapazen und Entbehrungen. Das war eine schlimme, undefinierbare Spur, die gleichsam von innen her durch die Haut hindurch dunkelte, ein Zeichen war das, unauslöschbar eingebrannt von etwas Schrecklichem, ein Brandmal, das von einer rätselhaften inneren Verheerung zeugte.

Kind meiner Mutter, gebranntes Kind, gezeichnetes Kind!

»Was siehst du?« fragte sie und hatte die Augen noch immer geschlossen. »Zehn wüste Jahre? Einen Krieg? ›Ein Heldenleben‹? Sonst noch was?« So fragte sie; und in diesem Moment kippte in ihm etwas endgültig um. Er hob die Hand, strich Hildegard langsam und zärtlich über das Haar – und »Meine Schwester«, sagte er. »Ich sehe meine Schwester.«

Befremdet von seinem so völlig veränderten Ton, schlug sie die Augen auf und staunte ihn an. »Stiefschwester«, sagte sie. »Hast doch den Unterschied immer so wichtig genommen.«

»Schwester«, sagte er und küßte sie leicht auf die Stirn.

Sie hielt still. »Aha! Ein ›brüderlicher Kuß‹!« Es sollte lustig klingen, doch es klang nur unnatürlich und gepreßt. Reglos, die Lider wieder gesenkt, stand sie vor Jerschek, und er bemerkte, daß in ihren Wimpern etwas glitzerte.

»Leider ein stiefbrüderlicher, ein ›halb-brüderlicher‹!« sagte er leichthin, denn er spürte, daß auch er den Tränen nahe war. Doch da trat sie auf einmal zurück, riß die Augen weit auf – und: »Das?!!« Sie maß ihn mit einem herausfordernden Blick. »Mir scheint, du hast dort drüben allerhand verlernt.« Und plötzlich: »Nicht einmal mehr küssen kann der Trottel!«

Überfallsartig hatte sie ihn umhalst, so heftig, daß ihm ihre Kanne hart ans Rückgrat schlug; und da hatte sie ihn! – hatte ihn schon überrumpelt und sich wild an seinen Lippen festgesaugt.

Sie standen im Wind, und der Wind schien ihnen behilflich zu sein. Sie schmiegten sich ineinander, verwuchsen zu einem einzigen pulsenden Körper; und sie sparten nicht; sie tauschten langsam atmend ihren Atem aus, tauschten zärtlich kostend ihren Speichel. Dann aber hatten sie auf einmal keine Luft mehr. Sie ließen voneinander ab; sie taumelte zurück.

Und er: »Du bist verrückt! Soll's wieder losgehen?! Ja?!«

Und sie (verwundert): »Was denn? Was soll wieder losgehen?«

Den Kopf zur Seite geneigt, stand sie unschuldig da und ließ dabei langsam die Zungenspitze zwischen den Zähnen erscheinen.

»Hoffnungslos!« murmelte Jerschek. »Noch immer die gleiche! Um nichts gescheiter geworden! – Und feiner ja auch nicht, nicht unbedingt.«

Sie ließ ihre Zunge noch spielen, dann lachte sie schallend heraus. »Warum soll ich mich denn geändert haben?! Hast *du* dich geändert?!« Mit Schwung hatte sie ihm den Rücken gekehrt und marschierte schon weiter. »Ich bin die alte!« rief sie. »Hast du etwas anderes erwartet?!« Sie übersprang einen Kuhfladen, der ihr gerade verlockend im Weg lag, drehte sich alsdann, den Rock hoch aufwirbelnd, abermals her – und »Das alte Miststück!« rief sie. »Was denn sonst? – Und ein Nazi bin ich auch noch immer!«

In diesem Moment begann es aufs neue zu regnen. Ein Schauer

fegte über die aufbrausenden Wipfel hinweg; die Stämme bewegten sich knarrend in dem Geprassel der schräg einfallenden Tropfen; das vom Waldrand zurückgeworfene Echo war nicht mehr zu hören.

»Tut mir leid«, sagte sie, »daß du dir schlechtes Wetter mitgebracht hast. Die ganzen Tage ist es schön gewesen.«

»Mir nicht«, sagte er, indem er den Kopf etwas einzog. »Ich weiß nicht warum, aber ich hab so ein Wetter sehr gern.«

Sie hatte haltgemacht und wartete auf ihn; die Brauen hochgezogen, sah sie ihm entgegen. »Tatsächlich?« fragte sie. »Du also auch?«

»Ich finde es schön«, sagte er. »Wenn ich den Mantel anhätt, wär's noch viel schöner.«

Sie betrachtete ihn, wie er, den Kopf gesenkt, auf sie zukam. Ihre Augen schienen in seinem Gesicht nun gleichfalls nach etwas zu forschen. Und dann (als scherze sie): »Schau an, schau an! Da sind wir uns ja ausnahmsweise einmal einig!«

Sie wischte sich das Wasser aus der Stirn, dann ging sie weiter. Sie sagte: »Wer die Erde nur bei schönem Wetter liebt, der liebt sie nicht wirklich. Der weiß nicht, was die Erde ist, und weiß auch nicht, was schön ist und was groß ist. Der bleibt sein Leben lang – na ja – ein Sommerfrischler, ein Postkartensammler.«

Über die braunen, mit Herbstzeitlosen besäten Wiesen des Südhangs (sein stärker werdendes Gefälle wurde in den Kniegelenken fühlbar) trabten sie nun in beschleunigtem Tempo auf das Gehöft zu, das sich, halb verborgen zwischen grauen Birn- und Apfelbäumen, derart in einer Körperfalte des Berges festgesetzt hatte, daß man von hier oben nur zwei silbrige Schindeldächer sah.

»Wie geht's ihm denn? Was macht er denn immer, der Lenz?« fragte Jerschek. »Hat er noch weitere Kinder gezeugt?«

»Ja, natürlich.«

»Also Kinder macht er. Nach wie vor.«

»Laß ihn doch!«

»Ja, bitte. Wenn's ihm Spaß macht. Ich hab nichts dagegen.«

»Sie haben jetzt schon acht im ganzen!« sagte sie. »Drei Mädeln und fünf Buben!« rief sie begeistert. »Die beiden Ältesten sind auch im Krieg gewesen.«

»Und er selbst?«

»Er auch. Und dann noch in Gefangenschaft.«

Erst im November sechsundvierzig sei er heimgekommen. Bis

dahin habe die Frau mit den beiden erwachsenen Töchtern die Wirtschaft geführt. Jetzt natürlich seien nur noch die zwei Jüngsten da, ein Bub und ein Mädl. Alle andern seien berufstätig und in der Stadt.

»Und –«, fragte Jerschek gedehnt, »ist er auch ein . . .!« Hildes Wohlwollen machte ihm den Lenz verdächtig.

»Was denn?« fragte sie.

»Na ja – ein Nazi.«

Sie blieb stehen. »Was sonst?« sagte sie. »Er ist doch ein Deutscher.«

»Ach so?!«

Sie starrten einander an, bohrten ihre Blicke ineinander. ›Oh, du arme Närrin!‹ dachte er. ›Was muß denn noch geschehen, damit du aufwachst?!‹

»Ich glaube«, sagte sie, indem sie weiterging, »du machst dir immer noch ein falsches Bild von uns. Dieses Land hier ist für uns die deutsche Ostmark; und Nazi sind wir alle.«

»Alle?«

»Alle.«

Sie sah ihn listig von der Seite an. »Glaubst du's nicht?«

»Ich hab fürs erste nicht den Eindruck«, sagte er. »In Wien zumindest . . .«

»In Wien!!!« Sie schrie förmlich auf. »Hör mir doch auf mit dem Wien!! Wer sind denn die Wiener?! Tschechen! Polen! Ungarn! Slowaken! Kroaten!«

»Lauter Untermenschen. Nicht wahr?«

»Lauter Gesindel. Der alte Trottel, der Franz Joseph, hat sie sich als Laus im Pelz gezüchtet . . .«

»Und wegen denen habt ihr euern Krieg verloren. Was?!«

Sie biß sich auf die Lippen, schien sich auf einmal maßlos zu ärgern. Und dann: »Wien ist ein Pestgeschwür, ein feindlicher Brückenkopf auf deutschem Gebiet. Man hätte alle Wiener nach dem Osten deportieren sollen.«

»Aha! Nach Auschwitz.«

»Irgendwohin«, sagte sie.

Von links und rechts kamen jetzt Viehsteige geflossen; wie Bäche liefen sie von fernen Weiden aufeinander zu, um sich unweit eines morschen Gattertores vor einer Tränke zu vereinigen. Das Wasser, abgezapft aus der Flanke des Berges, sprudelte aus einem moosbedeckten Holzrohr; es speiste einen ebenso bemoosten

Trog, es strömte in glattem Strahl in den finsteren Spiegel und bildete vom Trog bis an das Tor hin einen schwarzen, ölig glänzenden Morast. Hilde, die auf einmal wieder weit voraus war, marschierte schon mit festen Schritten durch den Brei hindurch; ob im Zorn oder vor Übermut oder aus Gleichgültigkeit, konnte Jerschek nicht feststellen; er sah nur, daß sie sich durch nichts beirren ließ und daß sie an das Tor gelangte und es öffnete und nun mitten im hoch aufspritzenden Dreck eine Kehrtwendung machte.

»Komm doch!« flötete sie und sah ihm mit stechenden Augen entgegen.

»Hast du gedacht!« sagte er. »Hast du gedacht, meine Liebe! Ich bin ja kein Schlamm-Masochist! Und auch kein deutscher Landser. Gott sei Dank! – Und um Aufnahme in die Kanalbrigade bewerb ich mich auch nicht!«

Ostentativ an der Böschung kletternd, umging er den Pfuhl.

»So ein Feigling! So ein Drückeberger!« sagte sie.

Und er: »Mit dem Bund Deutscher Mädels kann's halt nicht jeder aufnehmen. Nebbich! Aber – wie du siehst – es geht auch so.«

Er war bei ihr, und sie knallte das Gatter hinter ihm zu. »Schad!« sagte sie. »Ich hab mich schon so drauf gefreut, dich versinken zu sehen. Hätt mir aber denken können, daß du kneifst; das ist ja deine Stärke. Du Muttersöhnchen! Du Scheiß-Wiener! Du letzter ›Österreicher‹ weit und breit!« Sie griff nach einem Apfel, der im Gras lag, holte aus und schleuderte ihn plötzlich wütend in das graue Laub empor; man hörte ihn wild durch die Blätter sausen, gegen die Äste anschlagen und schließlich irgendwo weitab zu Boden fallen. »Putzt euch!!« schrie sie – und »Die beiden Fratzen«, sagte sie. »Sie sind dort drüben auf dem Ast gesessen.« Unter den schütteren Kronen der um das Haus zusammengerotteten Bäume war gerade noch ein Huschen und das Laufen bloßer Füße wahrzunehmen.

Und dann: »Kommst du mit hinein, oder wartest du hier?«

Und er: »Warum soll ich hier warten? Ich kenn doch den Lenz.« Sie eilten den abschüssig rutschigen Wiesenhang nieder und sprangen sodann auf den zwischen Wohnhaus und Stadel verlaufenden Fahrweg.

»Ganz wie du willst«, sagte sie und schritt auf das Haus zu, das wie eine alte Bauerntruhe roch und auch so aussah. »Freuen werden sie sich sicher, aber . . .«

»Was denn – aber?«

Sie zögerte – und dann: »Na ja – ich mein nur: Daß du in England warst, das brauchst du da drinnen nicht unbedingt zu erzählen.«

Nun aber spürte auch er einen Ärger aufkommen, einen Ärger, den zu schlucken er nicht unbedingt bereit war. »Warum denn nicht?« fragte er also immer noch sanft wie ein Engel. »Wässern sie uns sonst die Milch? Oder fürchtest du, sie könnten Rattengift hineintun?«

Hilde näherte sich der offenstehenden Tür. »Das nicht«, sagte sie. »Aber sie würden es ebensowenig begreifen wie ich. – Außerdem . . .« (überraschend kehrte sie sich ihm zu, pflanzte sich auf) ». . . mag ich mich für dich nicht schämen müssen. Verstanden?!«

Es wurde still. Auch Jerschek war stehengeblieben; da stand er. Seine Augen waren plötzlich kalt und hart auf sie gerichtet; das war ihm bewußt. »Mein liebes Kind«, sagte er langsam (und dämpfte dabei auf eine bedrohliche Weise die Stimme), »wenn du die Fähigkeit hättest, Scham zu empfinden, so wärst du schon lange im Erdboden versunken.«

Dann traten sie ein, sie ein paar Schritte vor ihm, denn sie hatte sich sogleich mit einer heftigen Bewegung abgewandt. Aus der dumpfen Dämmerung, in die sie tauchten, glotzte ihnen dumpfen Blickes eine große, dicke Frau entgegen. »Grüß Gott, Frau Lenz!« sagte Hilde und hielt ihr die Milchkanne hin. »Heut brauch ich mehr. Zwei Liter, wenn's geht. Ich hab hohen Besuch.« Jerschek sah, daß ihr Ohr auf einmal knallrot war und ihre vorgestreckte Rechte etwas zitterte.

Die »Lenzin«, wie man sie in der Villa genannt hatte, griff nach der Kanne; ihr Blick jedoch betastete mißtrauisch Jerscheks Gesicht. Sie war nicht grad schöner geworden. Auch war ihr Kropf gewachsen. Doch da auch der Bauch und die Brüste gewachsen waren, glich es sich aus.

»Sie kennen ihn wohl nicht mehr«, sagte Hilde suggestiv. Die Lenzin versuchte, ein Lächeln zustande zu bringen. Ja – irgendwie komme er ihr bekannt vor, das wohl, erklärte sie stockend. Aber wo sie ihn hintun solle, das wisse sie nicht.

Jetzt huschten auch die beiden Kinder aus dem Hinterhalt hervor, um den ungewöhnlichen Besucher zu begaffen. Hinter dem urgewaltigen Sitzfleisch der Mutter noch vorerst in Deckung, lugten sie links und rechts wie um zwei Hausecken herum.

»Ihr Mann wird ihn vielleicht erkennen«, sagte Hilde. »Wo ist er denn?« – »Er muß draußen sein«, sagte die Lenzin. Den Kopf auf dem Kropfhals schwerfällig drehend, sah sie sich um, doch da erschien er bereits höchstpersönlich, der Lenz. Beschwingten Schrittes, die almblauen Augen illuminiert, kam er durch die Hintertür hereingepoltert, unverändert: noch immer der nette, lustige Kerl, mit dem man Stunden durch die Wälder streifen und hernach auch einen heben konnte.

Er wollte das Fräulein begrüßen, stutzte aber sodann und starrte auf Jerschek.

»Kennst du den Herrn da?« fragte die Lenzin – und: Pause.

»Ah . . .« Er grinste verlegen. »Das ist . . . Das ist doch . . .!« Er erriet es noch nicht, doch man merkte ihm an, daß er nahe daran war.

»Etwas schwierig. Nicht wahr?« sagte Hilde. Gespannt sah sie vom einen zum andern – und plötzlich zu Jerschek: »Setz deine Fahne auf Halbmast! Man kennt dich hier nicht mehr!« Und in diesem Augenblick erkannte ihn der Lenz.

Der Herr Jerschek! Ja, wahrhaftig! Der Herr Jerschek! Sei er also wieder einmal da! – Großes Händeschütteln. Auch die Lenzin reichte ihm die Hand, nachdem sie sie rasch an der Schürze abgewischt hatte. Jerschek sah nach Hilde, die sogleich hinweggetreten war und jetzt nur noch für die beiden Kinder Interesse zeigte. Auf den Fersen hockend, sprach sie leise auf den Buben ein, fischte dabei mit dem Finger das Rotzgehänge von seiner Nase und schnalzte es gleich auf gut Glück in den finsteren Raum, wo es so ziemlich überall hinpassen mochte.

Die Frau, der weiter nichts zu sagen eingefallen war als: »Ja, grüß Gott!«, verdrückte sich nunmehr, um lieber die Milchkanne zu füllen. Ihm dagegen schien das Wiedersehen richtig zu behagen. Das freue ihn, sagte er, das freue ihn wirklich; schon wegen dem Fräulein. Die habe viel durchgemacht und sei so allein und immer so traurig. Und der Herr Jerschek habe ja schon als verschollen gegolten. Jedesmal, wenn so von ihm geredet worden sei, habe das Fräulein gesagt: Der! Oje! Der kommt nie mehr zurück. Auch wenn er noch lebt. – Und einmal (der Lenz sah verstohlen zu Hilde hinüber und sprach nun gedämpft, denn anscheinend wollte er nicht, daß sie es höre), einmal – erst vorigen Sommer sei es gewesen, da draußen vorm Haus, und da habe sie ihm wirklich leid getan – da sei man halt wieder einmal drauf zu sprechen gekommen, und da habe sie so abgewunken und sich umgedreht, und dann auf einmal – an ihrem Rücken sei es genau zu sehen gewesen – habe es sie vor Weinen nur so geschüttelt.

»Tatsächlich?« fragte Jerschek und bemerkte, daß seine Stimme plötzlich heiser klang. »Sie hat geweint?« Er sah auf Hilde, die noch immer mit den Kindern schäkerte. »Aber bestimmt nicht um mich. Wahrscheinlich um ihren Vater«, sagte er rasch.

Dann sah er erneut auf den Lenz, und der Lenz sah auf ihn. Die Augen der beiden Männer prüften einander. »Auch um den«, sagte der Lenz. »Wohl, wohl! Auch um den.« In seinen Worten schwang plötzlich ein deutlicher Unterton von Verachtung.

Hilde hatte inzwischen dem Mädchen die Zöpfe geflochten. Jetzt kehrte die Lenzin mit der gefüllten Milchkanne wieder. »Gehts doch eini!« sagte sie zu ihrem Mann. »Laß doch den Herrn Jerschek da nicht stehen!« Sie führten ihn in die Stube, forderten ihn auf, sich doch zu setzen. »Trinken Sie ein Glas Most«, sagte der Lenz. »Gern«, sagte Jerschek. »Gern!« Und er setzte sich hin.

Hilde, die ihnen langsam gefolgt war, trat an den Tisch. »Wir müssen machen, daß wir weiterkommen«, sagte sie. Ihre Augen waren beschwörend auf Jerschek gerichtet. Die Lenzin sah es, und »Sie werden uns doch nicht den Schlaf forttragen!« sagte sie.

»Ihnen nicht«, sagte Jerschek. »Ihnen bestimmt nicht. Dann eher noch der jungen Dame da.« Er blickte Hilde in die Augen. »Setz dich!« sagte er. Sie zögerte; dann setzte sie sich zu ihm auf die Bank, sehr aufrecht, sehr steif.

Da die beiden nicht verstanden, was er meinte, lachten sie von Herzen und entfernten sich, den Most und auch ein Glas zu holen. Den Most verwahrten sie irgendwo draußen; ihn holte der Mann; das Glas dagegen befand sich in der Kredenz, und das holte die Frau. Sie rieb es mit dem Zipfel ihrer Schürze blank. »Glaubst du, daß ich schlafe?« fragte Hilde. Sie sprach sehr leise, nur für Jerschecks Ohren; die Augen halb geschlossen, blickte sie ihn durch die Wimpern an. Die Lenzin hob das gesäuberte Senfglas und spähte hindurch; sie rieb es noch an verschiedenen Stellen, dann kam sie damit. »Wenn *du* nicht schläfst, dann schlafe *ich,* dann träume *ich«,* murmelte Jerschek. »Aber ich befürchte, daß ich wach bin, Schwesterchen.«

Nun war auch der Lenz wieder da, und er brachte den Most. Er neigte den irdenen Krug und schenkte schon ein. »Gesundheit!« Jerschek griff nach dem Glas (war es noch trüb? – na ja, es war sauber); er hob es, näherte es langsam seinen Lippen. »Auf alle, die es überstanden haben!« sagte er. »Und auf alle, die es noch zu überstehen haben!« Über das Glas hinweg sah er dem Lenz ins Gesicht. Dann warf er einen Seitenblick auf Hilde und begann zu trinken.

Der Most war sauer und hatte überdies einen bitteren Stich. Schlitzig und unappetitlich floß er die Kehle hinab. Scheußlich schmeckte er; doch Jerschek trank ihn dennoch, trank ihn Schluck für Schluck und leerte so das Glas im Nu, denn in der üblen Blume dieses üblen Sudels, in der tiefsten Tiefe dieses scheußlichen Geschmacks schien wie ein Rätsel die ganze Süße der Heimat, der unerklärliche Grund allen Heimwehs zu schlummern.

Dann kam das Gespräch in Schwung. Auch die Kinder hatten sich herangepirscht; stehend lümmelten sie am Tisch, die Beine verschränkt, glotzten himmelblau und gafften einem die Worte vom Mund ab.

Also wo er denn gewesen sei die ganzen Jahre.

»Fort«, sagte Jerschek und machte dazu eine unbestimmte Bewegung, so, als weise er lässig auf etwas, das jenseits der Kimm lag, vielleicht auf das, was bei den Leuten als die große Welt galt.

Aha! Also auch er! Draußen. Wie alle. Jaja. Halt wie alle. – Wie lang denn? Und vor allem: Wo denn? Etwa auch in Rußland? Ja? – Jerschek zögerte. Er blickte auf Hilde. So! Ich hab den Tarnhelm als Scherben auf! Was jetzt? – Doch sie rührte sich nicht, starrte auf ihre Hände, die auf der Tischkante lagen, und sah ihn nicht an. ›Bitte‹, dachte er, ›wenn es dir gleichgültig ist, um so besser. Dann brauche ich nicht den Märchenerzähler zu machen. Dann nehme ich also den Tarnhelm ab. Also: Paß auf!‹

»Die meiste Zeit in England«, sagte er.

»Ja so!« Der Lenz sah ihm voller Verständnis tief in die Augen. »Hat Sie's auch erwischt! Mich auch«, sagte er. »An der Ostfront! Wohl, wohl!« Er sei in russische Gefangenschaft geraten. Schlimm!

Und: »In Rußland war er«, sagte die Frau.

Und: »In Rußland war er!« grölten die beiden Kinder.

Jerschek streifte Hilde mit einem Blick: »Na, was sagst du?« Doch ihr Antlitz war noch immer reglos wie aus Marmor.

Immerhin, er habe noch Glück im Unglück gehabt, erzählte der Lenz, Glück schon deshalb, weil er eben nichts Besonderes gewesen sei; ja, freilich, PG, das wohl, das natürlich, ein einfaches

Mitglied und bei der SA. Doch darüber habe er wohl schön den Mund gehalten, gell ja! Auch sei er damals grad marod gewesen, arbeitsunfähig, nicht interessant; und schließlich: Als Ostmärker habe man ja bei denen als ›Österreicher‹ gegolten, so war's doch. Also: Man habe ihm nett auf die Schulter geschlagen: »Du geh!« – und ihn früher laufenlassen, als das bei den Brüdern dort, bei denen Asiaten dort im allgemeinen Brauch sei; denn der Iwan sage: »Austrici gut, Germanski nix gut.« Haha! Der mache da so einen feinen Unterschied.

Jerschek fühlte plötzlich eine leise Übelkeit im Magen und wußte nicht recht, ob der Most oder diese Berichterstattung die Ursache war. Der Lenz hob aufs neue den Krug. »Trinken Sie noch einen Schluck!« – »Nein, danke!« sagte Jerschek, doch da stand das Glas schon wieder voll vor ihm. Na, schön! Er nippte daran, denn er hatte auf einmal begriffen, daß es vollkommen gleichgültig war, ob man hier trank oder nicht trank, sprach oder nicht sprach, ob man hier die volle oder nur die halbe Wahrheit sagte, ob man hier beichtete oder gleich grundsätzlich Lügen auftischte, und ob man's im nüchternen Zustand oder im Zustand der Trunkenheit tat, denn die Zunge sprach hier anders, als die Augen blickten. Er starrte auf Hilde, die sich noch immer nicht rührte. ›Nur dir, dir muß ich die Wahrheit noch beibringen‹, dachte er traurig. ›Denn wenn es stimmt, daß du in deinem Schlaf geweint hast (und ich befürchte, ja, ich fürchte, daß es stimmt), dann hab ich wohl die Pflicht, dich aufzuklären. Früher oder später. Das wird lustig werden!‹

Ja – und wann er denn zurückgekommen sei? Wohl bald. Bei den Engländern, höre man, sei es ja besser gewesen.

Jerschek fing an, sich zu ärgern. ›Nur zu!‹ dachte er, und »Jetzt«, sagte er. »Ich komm direkt aus London.« – »Gib mir eine Zigarette!« sagte Hilde in Befehlston.

Sie langte nach seinem Glas und nahm einen Schluck. Jerschek sah sie von der Seite an.

»Wie willst du wissen, daß ich Zigaretten in der Tasche hab?«

»Seh's ja. – da!« Sie zeigte auf seine Hose. »Na los!« sagte sie.

Er holte das Päckchen hervor. »Wo *du* deine Augen hast! Bitte! Bedien dich! – Sie auch?« – »Danke«, sagte der Lenz. »Ich darf nicht mehr. Wegen der Lunge.« Er gab ihr Feuer, beugte sich ungeschickt über den Tisch. »Das funkt!« sagte sie und blies ihm den Rauch genau ins Gesicht. »Und einen Aschenbecher brauch ich auch noch.« Ihre Augen blitzten aggressiv.

Der Lenz stand auf, sah sich nach etwas Geeignetem um, fand aber nichts. »Schmeißen Sie die Asche auf den Boden!« sagte er – und dann zu Jerschek: »Daß man Sie so spät entlassen hat!« Er schüttelte den Kopf. »Da sind Sie wohl Offizier gewesen. Da muß ich ja strammstehen.«

Er nahm vorübergehend Haltung an. In seinen Zügen vermischte sich Ehrerbietung mit Spott. Dann setzte er sich wieder an den Tisch. »In ihrer Familie«, sagte er, »ist das ja so Tradition.«

Jerschek lehnte sich behaglich auf der Bank zurück. »Ja, ich bin Offizier«, sagte er ruhig. »Aber deshalb brauchen Sie vor mir nicht strammzustehen, denn ob sie vor mir strammstehen oder nicht, das ist mir völlig Blunzen.«

Jetzt sah ihn Hilde an; jetzt sah sie ihn an, ließ einen Blick auf ihn los, der ein offensichtlicher Mordanschlag war, versuchte für Sekunden, ihn mit ihren Augen zu erdolchen: Stirb! Er zog die Brauen hoch. »Willst du etwas?« fragte er. Da gab sie es auf.

Der Lenz schien plötzlich nicht zu wissen, was er sagen sollte, zumal ihm niemand mehr ein Stichwort gab, und es war nicht schwierig zu erraten, daß ihm die Geschichte ungemütlich wurde. Schließlich meinte er, na eben, der Krieg sei vorbei und sei halt verloren, und daran ließe sich halt leider nichts mehr ändern. »Wieso?« fragte Jerschek und blickte dabei von einem zum andern. »Ich kann nicht finden, daß wir diesen Krieg verloren haben.«

Betretenes Schweigen. Das Ehepaar sah ihn blöd an. Es glotzte auch nicht anders, als die beiden Kinder glotzten.

Und schließlich der Lenz: »Ja so! Weil wir Österreich sind!«

Und Jerschek (mit undurchsichtiger Miene): »Glauben Sie das?«

Wieder eine Pause. Hilde blies den Rauch von sich; dann trat sie ihren Stummel auf dem Boden aus. »Es ist spät«, sagte sie. »Komm jetzt! Wachs hier nicht an! Ich muß mir noch im Wirtshaus was besorgen.«

Sie erhob sich. »Politisieren könnt ihr noch allweil«, sagte sie freundlich. »Und euch eure Kriegserlebnisse erzählen, gell ja?« Sie griff nach der Milchkanne, die auf der Bank schon bereitstand. »Ihr alten Kameraden!« sagte sie und sah auf Jerschek nieder.

Also brachen sie auf. Der Lenz erhob sich als letzter. Er hatte nachgedacht, und nicht vergeblich, wie es schien; in seiner Miene stand zu lesen, daß er nunmehr überzeugt war, die Lösung des aufgegebenen Rätsels gefunden zu haben. »Ja so!!« sagte er – während sie sich von der Lenzin verabschiedeten –, der Herr Jerschek meine halt, es sei noch nicht das letzte Wort gesprochen! Er öffnete ihnen die Tür. Das könne wohl sein; das glaube auch er, denn er sei Optimist – und die Deutschen . . . Ja, die Deutschen! Die!! – Haha!

Er begleitete sie ins Freie. An der Ecke des Gemüsegartens blieb er schließlich stehen. Jerschek wandte sich um und gab ihm die Hand, während Hilde langsam weiterging.

»Also dann – Herr Lenz – bis nach dem nächsten Krieg!«

Und der Lenz: »Ja, sei so gut! Ich bin froh, daß ich wieder daheim bin!«

Jerschek sah ihm tief in die verwirrten Augen. »Wirklich?« fragte er. »Ja, wenn das *so* ist, dann . . .«

Er holte Hilde ein. Sie schaute weg. »Du benimmst dich wie ein Rotzbub«, zischte sie.

»Wieso? – Ich hab mein möglichstes getan«, sagte er heiter. »Ich hab' dich nicht blamiert. Er ist sogar strammgestanden vor mir. Und gelogen hab ich auch nicht.«

»Nicht gelogen!!«

»Nicht, daß ich wüßte.«

Sie schnaubte. »Gibt sich als Offizier aus!«

»Bin ich das nicht?«

»Du bist schlimmer als zehn Juden«, sagte sie.

»Natürlich«, sagte er. »Weil ich ein Arier bin, ein Germane.«

Sie erwiderte nichts; sie starrte geradeaus auf den schmutzigen Fahrweg, den sie nunmehr eingeschlagen hatten, um ins Dorf zu kommen. Jerschek betrachtete sie. »Du hast ein fast klassisch schönes Profil. Überhaupt, wenn du so ernst bist«, sagte er – und: nichts. Sie würdigte ihn keines Blickes, doch er sah, daß sie plötzlich mit dem Lachen kämpfte. Sie suchte es mit aller Macht zu unterdrücken; jedoch es war stärker als sie, und da brach es bereits aus ihr aus. Sie mußte stehenbleiben, und auch er hielt an. »Warum lachst du?« fragte er grinsend und wartete ab. Da stand sie, den Kopf in den Nacken gekippt, den Mund weit geöffnet, stand da und lachte ihr entkommendes Gelächter in den Himmel, lachte es schallend über die Weiden und Zäune hinweg in die Weite, und vom Waldrand lachte ein ebenso schallendes Echo zurück.

Jerschek fühlte sich mit einem Mal sehr froh. ›Welches Licht in diesen Augen!‹ dachte er. ›Welches Spiel von silbernen und goldenen Reflexen! Es müßte diesen Tag erleuchten können!‹ Der Tag jedoch blieb gehüllt in ein stahlgraues Zwielicht, das anscheinend irgendwelchen verlorengegangenen Träumen entstammte, blieb einerseits erhellt von einem fernen Glanz am Horizont wie aus der Kindheit her, andererseits überschattet von einer dumpfen Bedrückung, von etwas, das sich irgendwann ereignet haben mußte (und sich abermals und immerfort ereignen würde), von etwas Unbekanntem, das in der Zukunft genauso bereitlag wie im Dunkel der Vergangenheit.

Sie stiegen jetzt langsam den ausgewaschenen Fahrweg hinan; rechts oben sang der nasse Wald im Hangwind, links stürzten die Wiesen steil ab in das Nichts einer Schlucht, in das man bisweilen zwischen den treibenden Nebelfetzen hinabsah. Einmal blieb Jerschek stehen und schaute zurück: Weit unten im Süden – auf einer der letzten, walddunklen Wogen – blitzte, getroffen von einer hier oben nicht sichtbaren Sonne, etwas wie ein weißes Segel an der Kimm. »In St. Jakob scheint die Sonne«, sagte er. Hilde blickte sich kurz und gleichgültig um, zuckte die Achseln; dann sah sie prüfend zu dem schweren Himmel auf. »Bis zum Abend zerreißen auch hier die Wolken«, erklärte sie kundig.

Jerschek, der ein wenig hinter ihr zurückgeblieben war, befand sich vorübergehend in seinem nächtlichen Traum. Gesenkten Kopfes zählte er die Stapfen ihrer Nagelschuhe, deutlich geprägte Spuren, die sie gerade im Kot hinterließ: Eins-zwei-drei-vier-fünf, dann kam Gestein. »Bist du jemals dort gewesen?« fragte er.

»Wo?«

»Na dort, in St. Jakob.«

»Was hätt ich dort sollen? Dort ist ja nichts los. Eine Kapelle – mitten im Wald – direkt an der Grenze.«

Da war der Wald. Da ragte er wieder vor ihnen empor, die Stämme sonderbar von unten her beleuchtet wie von Rampenlicht. Er hauchte den Wanderern Kälte und Nässe entgegen. Wenig später tauchten sie erneut in seine Finsternis.

»Komisch! Ich wollt immer hingehen«, sagte Jerschek. »Sommer für Sommer hab ich mir's vorgenommen. Vielleicht tu ich's diesmal.«

»Jetzt kann man gar nicht hin«, erklärte Hilde. »Die Gegend dort ist augenblicklich Sperrgebiet.«

Sie schwiegen wieder, denn der Weg war steil geworden. Schmal und steinig wand er sich zwischen den Bäumen hinan. Hoch oben wühlte der Wind in den schwankenden Wipfeln. Schauer schwerer Tropfen fielen von den Zweigen nieder. Es prasselte, als fegten Regenschauer durch das Dickicht, und ein Gefunkel irrte durch die grüne Dunkelheit dahin. Jerschek zog langsam die Hand aus der Tasche und wischte sich ab: Ein großer Tropfen war ihm mitten auf die Stirn gefallen.

Dann hob Hilde abermals zu fragen an. »Was hast du jetzt eigentlich vor? Willst du dich wieder in Wien niederlassen?«

»Schon möglich«, sagte er. »Kann alles sein.«

»Was willst du denn dort machen?«

»Keine Ahnung«, sagte er.

Und sie: »Du hast dich doch einmal für Antiquitäten interessiert.«

Und er: »Gewiß. Antiquitätenhandel, das wär was für mich.«

Sie hörte das und schaute schon unverschämt her. »Na geh!! Hör auf! So etwas würdest du tatsächlich machen?«

»Warum nicht?« sagte er. »Schließlich habe ich Kunstgeschichte studiert.«

Und sie: »Ja, eben! Und den Charakter bringst du ja auch mit. Jetzt tritt noch zum jüdischen Glauben über und laß dich beschneiden! Und dann machst du in der Dorotheergasse ein Geschäft auf! Herrlich!!«

Überraschend war sie dabei vom Weg abgebogen und stampfte nun quer durch die wasserversprühenden Heidelbeerstauden. »Komm!« sagte sie. »Jetzt zeig' ich dir was. Komm! Es ist nicht weit! Nur ein paar Schritte!«

Jerschek folgte ihr nur mit Unwillen nach, denn nunmehr wurden seine Schuhe völlig naß.

»Was soll da sein?« fragte er verärgert.

»Wart nur! Wirst gleich sehen«, sagte sie – und dann: »Da schau!«

In das Dunkel der Wipfel war eine Schneise gefetzt; der Wald klaffte dort plötzlich wie von der Spur eines Meteoriten, und die graue, nun jäh auf die Nacktheit der Stämme aufklatschende Helle wurde reflektiert von einem riesenhaften flachen Gegenstand, der so absurd, so fremd und glatt und glänzend in der Lichtung lag, als stamme er von einem anderen Gestirn.

»Den haben wir uns heruntergeholt«, erklärte sie stolz. Sie

stemmte den Fuß wie liebkosend gegen das unirdisch leuchtende Ding. Jerschek sah, daß es die Tragfläche eines Flugzeuges war, eines viermotorigen Bombers der Amerikaner. Weit drüben auf dem Erdäpfelacker vom Resch sei er aufgeprallt und explodiert, erzählte sie; er sei brennend angekommen, schon die Wipfel streifend; beinahe habe er die Villa weggefegt, und nachher sei der ganze Berg mit Trümmern übersät gewesen – und auch mit Leichenteilen, mit dem ›Hackfleisch der Besatzung‹, wie sie sagte; mit Mistgabeln habe man es zusammengekratzt, nicht mehr sehr viel, und dann eilig im hintersten Winkel des Friedhofs beerdigt.

Gesenkten Kopfes blickte sie auf den metallenen Flügel, der, die beschriftete Unterseite nach oben gekehrt, mit seinem Hoheitszeichen, dem weißen Stern im lichtblauen Kreisrund, zu dem Himmel aufstarrte, aus welchem er abgestürzt war. Jerschek betrachtete interessiert ihr geneigtes Profil, aus dem auf einmal irgend etwas Feierliches sprach, ein Ernst, der ihre brutalen, fast zynischen Worte auf rätselhafte Weise wieder Lügen strafte.

»Seid ihr damals schon hiergewesen?« fragte er schließlich.

Sie schaute nicht auf. »Mein Vater war schon da; ich war noch draußen«, sagte sie. »Ich bin erst fünfundvierzig heimgekommen. Ende Februar.«

»Wo warst du denn bis dahin?«

»Draußen«, sagte sie. »Im Reich. Ich war doch eingerückt.«

Wie mit Vorsicht wandte sie ihm dabei das Gesicht wieder zu. Ihre Augen waren plötzlich sonderbar verschleiert. Er starrte sie an – und: »Eingerückt –? Du meinst wohl dienstverpflichtet oder wie ihr das genannt habt.«

Und sie: »Nein. Eingerückt. Als Wehrmachthelferin.«

Eine Weile starrten sie einander wortlos an. Dann schnalzte sie mit einer energischen Kopfbewegung das Haar aus der Stirn – und: »Ja, Bruderleben! Schwesterchen war auch Soldat. Jetzt schaust du? Was? – Feldgrau«, sagte sie. »Schiffchen schief auf dem Stroh, in der Tasche das Soldbuch, jawoll! Gestiefelt und gespornt, gedrillt und abgerichtet!« sagte sie, und ihr ganzer Leichtsinn brach auf einmal wieder durch. »Fesch!« sagte sie. »Und am Hals die Erkennungsmarke mit meiner Nummer, die sogenannte ›Hundemarke‹, für den Fall des Falles.«

Jerschek stieß den Atem schnaubend aus: »Ach, du himmlische Barmherzigkeit!«

Und sie: »Warum? – Doch besser als in einer Munitionsfabrik.«

Und er: »So? – Na, ich weiß nicht. Ich hab eine Freundin beim Hilfskorps gehabt.«

Er hätte es gern noch verschluckt, doch da war es schon draußen. Und es schlug bei ihr wie eine Bombe ein. »Du!!! – Hör auf! Ein Mädel vom Hilfskorps?!« Sie wich einen Schritt zurück, stemmte die Fäuste gegen die Hüften. »So einen schäbigen Zivilisten hat die gekürt? Nicht zu fassen! – Da muß ja irgend etwas an dir dran sein, Bruder.« Sie fixierte ihn mit unverschämter Neugier und begegnete dabei der großen Traurigkeit in seinen Augen.

Sofort verschwand aus ihren Zügen jeder Spott.

»Ist sie umgekommen?« fragte sie leise.

»Nein«, sagte er.

Und sie: »Aber aus ist es trotzdem.«

Er nickte betrübt.

»Hast du sie liebgehabt?«

»Wir waren verlobt.«

»Und auf einmal war's aus. Ist sie dir untreu geworden?«

Er schwieg.

»Nimm's nicht tragisch!« sagte sie. »Du mußt das verstehen; wir waren genauso. Das hat sich so ergeben, und das war für uns so selbstverständlich und so gar nichts. Weißt du, wie man uns genannt hat? – Nein? – ›Offiziersmatratzen‹ hat man uns genannt.«

Offenbar in der Absicht, ihn heiter zu stimmen, sprang sie dabei auf die Tragfläche hinauf – und »Hättest mich sehen sollen in meiner Kluft!« rief sie lachend. »Hab toll drin ausgeschaut, hab bei den Buam viel Erfolg gehabt!« Militärischen Schrittes marschierte sie über das hallende Blech; Jerschek blickte ihr verdrossen nach. Er zeigte ungern eine wunde Stelle, und gerade das hatte er eben getan.

»Glaubst du nicht«, sagte er, »daß es auch andere Gründe gibt, sich zu trennen? – Vernunft. Rücksicht. Gegenseitiges Verstehen. Und so weiter. – Wer liebt, muß manchmal Dinge tun, die nicht wie Liebe aussehn.«

Und sie: »Aha! Aus lauter Liebe habt ihr euch getrennt.«

Sie hatte vor dem Hoheitszeichen haltgemacht, stand dicht davor.

»Hoppauf!« sagte Jerschek, »spring schon drauf mit deinen Tschernken!«

Sie betrachtete den Stern.

»Warum –? Vor einem ehrlichen, mutigen Gegner habe ich Achtung.«

Und er: »Ihr habt sie doch Gangster und Luftpiraten geschimpft.«

Sie kehrte sich ihm zu, zuckte die Achseln. »Wenn *sie* welche waren, dann waren auch wir welche«, sagte sie trocken. »Krieg ist Krieg. Wer Krieg führt, muß auch töten. – Und wer liebt, muß manchmal Dinge tun . . . Oje!«

Mit einem Satz sprang sie zurück in die Heidelbeerstauden. »Bruderherz, davon verstehst du nichts! – Oder doch?« Ihre Augen hafteten plötzlich argwöhnisch an seinem Gesicht. »Na, komm!« sagte sie schließlich. »Gehen wir weiter.«

Sie marschierte nun schweigend und schwesterlich neben ihm her, und der restliche Weg durchtrennte fast eben den restlichen Wald. An ihrem linken Bein und ihrem Rocksaum glänzten ein paar weiße Tropfen, denn bei dem stattgehabten Sprung war aus der Kanne etwas Milch herausgespritzt. Jerschek bemerkte es, denn er beobachtete ihre Beine, die nun im gleichen Schritt und Tritt an seiner Seite gingen. Dann ließ sie sich wieder vernehmen. »Aus dir wird man auch nicht gescheit«, sagte sie plötzlich. »Du erzählst so gut wie nichts. Du fragst auch so gut wie nichts.«

»Was erzählst denn *du* schon?« sagte er. »Geschichten, die du wie einen Tarnanzug anziehst, Geschichten erzählst du. In Wirklichkeit bist du nicht weniger schweigsam als ich. Und ich glaube fast, du redest nur, um nichts zu reden.«

Sie starrte aus schmalgewordenen Augen vor sich auf den Weg. »Vielleicht hast du recht«, flüsterte sie mit belegter, kaum hörbarer Stimme. Und dann, nach einer Weile: »Weißt du, ich hab einiges erlebt in diesen Jahren. – Und auch so einiges gelernt. – Vielleicht zuviel.«

Er horchte auf. Die Fährte! War sie das wieder? – Er verspürte in seinem Innern ein leises Vibrieren. Er hängte sich in Hilde ein und stellte fest, daß sie immer noch nach Kühen roch, vielleicht, um ihn zu täuschen. »Zum Beispiel?« fragte er in einer ihm selber unverständlichen Spannung und hörte plötzlich über sich das Brausen in den Wipfeln anschwellen, nahm es wahr, als habe nun eine in jener Umarmung entstandene Angst sein Bewußtsein erreicht und schwelle dort wie eine schwarze Woge an – und:

Nichts. Nichts weiter: Hilde gab ihm keine Antwort; doch sie preßte plötzlich seinen Arm an sich, als friere sie. Angeschmiegt ging sie mit ihm im Gleichschritt dahin, fest an ihn gedrückt, als suche sie Schutz. »Sprechen wir nicht davon«, sagte sie schließlich. »Dieser Tag ist so schön. Schöner, als ich zu hoffen gewagt hab. Da!« Sie versetzte ihm einen recht unsanften Stoß in die Rippen. »Schau dir lieber das Gebirge an!«

Sie waren aus dem Wald hervorgetreten. Vor ihren Augen wölbte sich ein Kahlschlag in das Nichts. Fahles Gras in hohen, phantastischen Halmen wogte metallisch glänzend unter dem Taubengefieder des Himmels. Dahinter jedoch – jenseits der Schluchten und luftigen Räume, in denen sich die weißen Wolkenweiber überschlugen – ruhte nun, den halben Horizont verriegelnd, der Gebirgszug in jenem tiefen, unbeschreiblichen Ultramarinblau des Heimwehs. Jerschek folgte den feierlichen Konturen, die er oft in seinem Traum verzerrt vor sich gesehen hatte, und – schau an! – etwas an ihnen war anders geworden und erinnerte ihn an die Beunruhigungen jener Nächte, etwa so, als habe die tatsächlich unveränderte Landschaft, diese heile Welt, und zwar gerade, weil sie so unverändert und heil war, ihr Zerrbild gewissermaßen assimiliert und nun dergestalt das Drohende des Traumes angenommen. »Komisch! Eigentlich komisch«, murmelte er und umfaßte Hildes Arm ein wenig stärker. Durch den Sweater ertastete er die elastische Festigkeit ihres Körpers. »Es gibt nichts Sonderbareres, als wieder heimzukommen«, sagte er.

Sie lehnte leicht und tierisch warm an ihm und duftete noch immer trügerisch nach Landwirtschaft. Sie sagte: »Hier bild ich mir immer ein, daß ich Musik hör.«

»Was für Musik?«

»Eine sehr schöne«, sagte sie. »Eine sehr ernste. Eine sehr große. – Streicher, Harfen; Holzbläser: Englischhorn, eine Oboe . . . Und dann die Hörner. Aber mit Dämpfer; wie aus der Ferne. – So, als hätte sich einer endgültig abgewendet – und wär schon weit fort. So . . .« (sie wies nach dem Waldrand jenseits der Blöße) ». . . als wär grad sein Rücken im Dickicht dort drüben für immer verschwunden.«

Jerschek zog die Brauen staunend hoch. »Hast du jetzt gedichtet oder nur gesponnen?« fragte er.

»Gesponnen«, sagte sie. »Ich bin nicht so talentiert und so intelligent. Oft glaub ich, ich hab's; und wenn ich's dann sagen möcht, werd ich verwirrt und find nicht die Worte, na ja: Gefühle hab ich; aber dichten kann ich nicht.«

Er lauschte ihr und sah dabei dem Spiel der Nebelfetzen zu. Seltsam! Ihre Stimme hatte wirklich etwas von dem Klang der Herdenschellen; seltsam! Eines der »weißen Menscher« hatte sich jetzt aus der Menge der anderen Menscher gelöst und schwebte mit fliegenden Haaren und wehendem Schleier den Westhang herauf. Es schleifte eine zerfransende Schleppe hinter sich her, vollführte dabei eine Art Rolle im Zeitlupentempo; es drehte sich langsam und wohlig wie eine Alge in einem Gewässer, zog sich sodann in die Länge, bekam in der Mitte ein Loch, durch das man hindurchsah, und begann schon glatt und eilig in den Wipfeln zu verschwinden, als werde es von ihnen eingesaugt.

»Aha!« sagte Jerschek. »Das ›salige Fräulein‹ hat sich verkrümelt.‹

»Es ist ihm nachgeflogen«, sagte Hilde.

Und er: »Aha! – Dem Mann, der in den Wald gegangen ist. Verstehe.«

»Irgendeinem – der auf einmal nicht mehr da ist«, sagte sie.

Er sah sie bummelwitzig von der Seite an. »Deinem Wotan. – Was? – Oder dem Turnvater Jahn?«

Sie rümpfte die Nase.

»Oder deinem Hitler? – Oder deinem Göring? – Deinem Himmler –?«

Keine Antwort.

»Dem Philosophen Rosenberg? – Dem Doktor Göbbels?«

Sie hatte sich an seiner Schulter langsam aufgereckt; atmend drückte sie ihm die Lippen ans Ohr, atmend, als hauche sie ihm eine Liebeserklärung, ein süßes Geheimnis in den Gehörgang – und:

»Du kannst mich am Arsch lecken«, flüsterte sie.

Bald darauf gelangten sie ins Dorf. Sie durchschritten das eine seiner drei wetterschwarzen Gehöfte. Sie tauchten in duftenden Holzrauch, tauchten in den Gestank von Dünger und Vieh; ein Köter verbellte sie, zerrte hochaufspringend an seiner Kette, die ihn zurückriß und würgte; in einem der Fensterlöcher erschien ein Gesicht, sah ihnen nach; und sie gingen unter dem gedeckten Steg hindurch, der sich hier von der Wiese direkt in den Heuboden schwang, und fühlten, da sie nun bei der Kapelle die Straße erreichten, immer noch die Späheraugen hinter sich.

Und Jerschek: »Neugierig sind sie noch immer.«

Und Hilde: »Mißtrauisch sind sie. Nicht ganz zu Unrecht.« Sie kehrte sich her, machte die rockaufwirbelnde Drehung, streifte ihn mit einem undeutbaren Blick, drehte sich sodann auf ihrem Absatz einmal um sich selbst herum und wandte sich so den Gebäuden der Gastwirtschaft zu. Er gewahrte die seltsame, schneckenförmige Spur, die ihr genagelter Schuh in den Kot gewühlt hatte; dann sah er die anderen Spuren, Spuren von Sohlen, Rädern und Hufen. ›Alles hinterläßt so seine Spuren‹, dachte er. Aber plötzlich waren keine mehr zu sehen, denn die breiter werdende Straße ertrank nun in Pfützen; und die meisten dieser Pfützen hatten von dem Mist, mit dem hier alles übersät war, ein dunkel leuchtendes Fäkalbraun angenommen. Und schau!: die Kegelbahn! Der hohe, verwitterte Stadel. Das verbogene Schild mit der Aufschrift REININGHAUS-BIER. Da ein paar defekte Bauernwagen und ein alter Traktor. Drüben der Leitungsmast mit den zwei weißen Isolatoren . . . Jerschek lauschte. In den Lüften geisterte ein metallisches Klingen, ein ödes Klagen wie von fernen Engelsstimmen, kalt und fremd. Er sah empor. Es rührte von den beiden Kupferdrähten her. Leben und Tod schienen einander auf einmal ganz nahe zu sein. Der eine der Drähte war zu dem Giebel des Hauses hinüber gespannt, der andere (und dieser war es wohl) zum nächsten Mast. Die Isolatoren funkelten starr in der ruhlosen Luft. Weiß. Sie waren weitaus heller als der Himmel. Und nun das Haus! Altersschwach und verlottert. – Herrje! Mit seinen zum Eingang sich auftürmenden, steinernen Stufen ragte es wie eine Insel aus den Pfützen auf; auch *seine* Tür gähnte weit offen und führte ins Dunkel.

»Was willst du eigentlich da drinnen?« fragte er.

»Was einkaufen«, sagte sie. »Muß doch was kochen. Hab ja noch nichts.« Den Schlammsee gemächlich durchwatend, schritt sie voran. Ihr zu Häupten sangen die Stimmen von Engeln oder Dämonen.

Das Haus jedoch lag da, als sei es ausgestorben. Nur das Schild verriet, daß dies ein Wirtshaus war. »Werd halt schauen, daß ich irgendeinen Brocken Fleisch organisiere«, sagte sie – und dann (so nebenbei): »Hättest du nicht Lust auf einen Slibowitz?«

Sie machte halt und sah sich lächelnd nach ihm um.

»Ich nicht«, sagte er.

»Aber ich«, sagte sie.

Er fing zu lachen an. »In Gottes Namen! Wenn du so Durst hast? Aber dann bleiben wir gleich. Dann essen wir hier.«

Ihr war es recht; sie schien sogar erleichtert aufzuatmen. Sie sagte: »Gut. Ich koch dafür am Abend. – Hast du einen Kamm? Ich bin total zerrauft.« Sie stellte die Milchkanne ab und trat auf ihn zu.

»Da in der äußeren Brusttasche hast du doch immer einen gehabt.« Sie langte in seine Tasche und stieß auf den Kamm. »Tatsächlich!« Sie lachte kurz auf und zog ihn hervor. »Bist ja irgendwo doch ein Pedant. – Und so konservativ!«

Und nun geschah es und geschah sehr schnell und geschah, obwohl er schon damit gerechnet hatte, überraschend, das heißt auf eine Art und Weise, die ihm völlig neu war: als ein Angriff auf etwas in ihm, das er selbst noch nicht kannte. Den Kopf geneigt, die Arme leicht erhoben, stand sie zwei Schritte vor ihm und kämmte sich also; unter den Brauen und unter den überbordenden Locken blickte sie dabei ein wenig zu ihm auf. Doch nun waren ihre Augen eigenartig, etwa so, als spähe sie über ihn weg oder an ihm vorbei oder durch ihn hindurch. Dennoch sah sie auf ihn; darüber bestand gar kein Zweifel. Schielte sie? Was war mit ihren Augen plötzlich los?

»Warum schaust du mich denn so an?« fragte er also, denn wieder packte ihn dies dumpfe, unbestimmte Angstgefühl. Sie fuhr fort, sich zu kämmen. »Schau ich dich an?« fragte sie ruhig. »Ich schau auf das Gebirge hinter dir.«

Und nun fühlte er die Angst wie eine Woge in sich wachsen, schwarz und lautlos, denn plötzlich wußte er in seinem Rücken das Gebirge lauern, das Ungeheuer, das schlimme Gebirge verrotteter Knochen, die hohe, unbezwingbare Mauer verrotteter Knochen; und er fühlte Hildes Blick auf sich gerichtet, unabwendbar, und hörte, da der Wind sekundenlang den Atem anhielt, das knirschende Geräusch, mit dem sie durch die Haare fetzte, und fühlte, wie die Angst nun über ihn hinauswuchs und ihn aufhob –; und in diesem Moment verspürte er Hildes Geruch: schlank und dennoch beißend: tierisch! teuflisch! – und zugleich auch ein würgendes Grauen, von welchem die Woge, sich aufbäumend, anschwoll, so daß er jäh auf deren Rücken wie auf einem Grat zu taumeln anfing; und er wußte: Auf der einen Seite war der Ekel, also Rettung; auf der anderen dagegen war ein Abgrund; und er fühlte sich schon von dem Sog dieses Abgrunds erfaßt und warf sich verzweifelt herum, um nach der Seite des Ekels zu stürzen; sie aber hatte inzwischen den Scheitel gezogen und kam nun zu

Ende; lächelnd steckte sie ihm den Kamm in die Tasche zurück. Doch da war es bereits geschehen: da stürzte er schon. Und nicht nach der Seite, wo Rettung war, sondern nach der anderen.

Er bemerkte, daß sein Mund mit einem Mal strohtrocken wurde. Er schluckte also – und »Jetzt riechst du nicht mehr wie ein Bauernmädel«, sagte er mit Mühe.

»Sondern –?« fragte sie, ohne ihn aus den Augen zu lassen.

»Anders«, sagte er.

»Wie denn?«

»Ich glaube, sehr schlimm«, sagte er.

Sie lächelte noch immer. Ja, sie lächelte, wich auch nicht zurück, wie er erwartet hatte. Im Gegenteil; sie trat auf ihn zu, reckte die Arme und legte sie sodann mit hartem Griff um seinen Nacken.

»Na und?« fragte sie. »Warum sagst du mir das? – Das weiß ich auch so.« Um ihren Mund erschienen zwei gemeine Falten. »Stört es dich vielleicht?« In ihren Augen glitzerte der Silberblick, jedoch er glitzerte auf einmal wie ein Messer. »Glaub kaum, daß dich das stört«, sagte sie zynisch, und ihre Stimme klang auf einmal wie Metall. »Dich genausowenig wie die andern Männer. Denn du bist auch nicht anders als die andern.«

›Erledigt!‹ dachte er – und »Du bist schon das Letzte!« sagte er leise.

»Bin ich«, sagte sie. »Bild mir sogar was drauf ein.« Plötzlich griff sie nach seiner Nase und rüttelte sie. »Was du mit deiner Judennasen alles riechst, du Aas!«

»Die typische arische Adlernase! So deine Worte«, näselte er. Da ließ sie von ihm ab. »Ja, damals!« sagte sie und lachte trocken. »Damals hab ich noch nicht wissen können, daß du Aas mit dem Ding da bis fünfundvierzig vorausriechst.«

Sie nahm ihre Kanne und stampfte die Stufen hinan. Ihre Beinmuskeln spannten sich unter der glänzenden Haut. Er sah ihr nach, und ›Was für Waffen!‹ dachte er. ›*Starke Waffen, stark zum Streit!* Niederträchtige Waffen!‹ Und spürte plötzlich den Geschmack von Eisen und in den Fingern plötzlich das Verlangen, sie zu würgen, und hatte in den Ohren wie ein Ohrenklingen den metallischen Gesang der Leitungsdrähte.

III

Nachmittag: Jetzt war er mit dem Haus allein. Er stand in der Küche, das Ticken der wiedererweckten Uhr in den Ohren, und schaute sich um. Er suchte nach einigen Schlüsseln, die er nun brauchte, denn vier von den sieben Zimmern, waren, wie er soeben festgestellt hatte, versperrt. ›Ich hätte daran denken sollen‹, sagte er sich und irrte umher. ›Jetzt ist sie weg, und wer weiß, wann sie wieder zurückkommt.‹ Dabei war er froh, daß sie für etliche Stunden abwesend war, denn war sie zugegen, so sah man nur sie und nichts anderes mehr. An einem Haken, der neben dem Herd aus dem Türpfosten ragte, entdeckte er bald darauf einen Ring mit fünf Schlüsseln. Das schienen sie zu sein, ja, das waren sie; und der fünfte war wohl der Kellerschlüssel, den brauchte er auch.

Das Mittagessen im Gasthof war leidlich gewesen und der Slibowitz jedenfalls besser als Hildegards Obstbrand. Sie hatten also beide ziemlich viel getrunken, und hernach war sie aufgestanden und hatte, bereits etwas lallend, erklärt, jetzt müsse sie zum Motti laufen und dort Mist ausfahren: »Den Schlüssel hast du eh; und, bitte, nimm die Milch mit!« hatte sie gesagt. – Er sah sich um. Es mußte auch ein zweiter Haustorschlüssel da sein. Früher hatte jedenfalls ein solcher existiert; und wenn er nicht gerade in Gebrauch gewesen war, so hatte er links vom Haustor an einem Nagel gehangen. Jerschek konnte sich plötzlich wieder an all das erinnern. Er ging in den Gang und sah nach: Den Nagel fand er wieder, doch von einem Schlüssel keine Spur. Er tastete instinktiv hinter den Zierteller auf der Kommode und hielt im nächsten Augenblick den Schlüssel in der Hand: den zweiten Haustorschlüssel. ›Na also!‹ dachte er und hängte ihn an den Nagel. ›Da sind wir voneinander unabhängig!‹ Dann faßte er den Schlüssel, den er für den Kellerschlüssel hielt, und trat ins Freie; durch eine außen am Haus befindliche Falltür stieg er hinab. Er sperrte auf; er öffnete die Tür: Da war der Keller. Spärliche Helle sickerte unter das Tonnengewölbe; an den Etageren links und rechts bewegten sich verstaubte Spinngewebe, und aus dem Hintergrund sah immer noch das große, alte Mostfaß her. Er atmete die erdig dumpfe Kellerkühle, die nach den Trieben der lagernden Erdäpfel roch. Komisch: Hier unten fing er mit seiner Besichtigung an, und hier unten hatte damals das Verbotene begonnen. Der Geruch der Erdäpfeltriebe weckte Erinnerungen und Bilder; auch herrschte die gleiche Beleuchtung wie damals an jenem verregneten Nachmittag Ende August, als ihn die erst Dreizehnjährige hier überfallen und ihm einen wilden Zungenkuß gegeben hatte. Dann war sie mit fliegendem Röckchen und einem dunkel klingenden Lachen wieder in das Tageslicht hinauf gerannt; und Jerschek – noch den Geschmack ihres Speichels im Munde – war ihr gefolgt; und (er erinnerte sich): Sie hatte schon damals prachtvolle Beine gehabt.

Er sperrte ab; hier war alles in Ordnung, nicht einmal die Etageren waren morsch. Durch die Veranda kehrte er ins Haus zurück und begann mit der Besichtigung der Zimmer. Erst sah er in die beiden Gästezimmer, die sich am östlichen Ende des Hauses befanden. Eines von ihnen war früher das Dienstbotenzimmer gewesen; es war versperrt; er öffnete es und trat ein. ›Und die Erde‹, dachte er, ›war wüst und leer.‹ Eine ausgeräumte Bettstatt und ein wackeliger Stuhl, sonst nichts. Doch: ein leiser, unsympathischer Geruch, der möglicherweise noch von den Dienstboten stammte. Angewidert retirierte er und wandte sich dem zweiten Gästezimmer zu, das nicht versperrt war. Die gleiche Leere, die gleiche Trostlosigkeit! Nur gab es hier noch einen Schrank und einen Tisch, und auf der Bettstatt lagen wenigstens Matratzen und ein Polster. – Er ging weiter, kam zur nächsten Tür. Dies hier war das Zimmer des Herrn Ingenieurs gewesen. Er suchte den passenden Schlüssel, dann sperrte er auf und trat ein; seine Züge verfinsterten sich und erstarrten allmählich.

Der Kitsch! Der Jägerkitsch! Der Weidmannskitsch! Überm Bett der Hirsch von St. Hubertus! Und von allen vier Wänden drohten Geweihe und Krucken; man hätte hier hundert Hüte mit Gamsbärten aufhängen können. Sonst aber war das Zimmer recht gemütlich, und es war auch alles noch erhalten und in Ordnung: der mächtige Schreibtisch, der Lehnstuhl, die Korbsessel, der Diwan, die Waschgarnitur . . . Der Gewehrschrank allerdings war leer, und das war gut so. Ein Kerl wie der Ingenieur hätte niemals auf die Jagd gehen dürfen, weder auf Hochwild noch auf Niederwild, überhaupt auf nichts; man hätte ihm nicht einmal einen Waffenschein ausstellen dürfen.

Jerschek ging nun in das Speisezimmer; ergriffen stand er da, dann ließ er sich in einen Lehnstuhl sinken, und wieder packte ihn jenes berauschende Glücksgefühl seiner frühesten Kindheit, sich hier in dem schönsten und größten Zimmer der Welt zu befinden. Ja – weiß Gott! – dies Zimmer war ein Saal! Es ragte um ein Drittel seiner Länge aus der Front hinaus; und es hatte drei Fenster, eines nach Westen, eines nach Osten und in der Mitte, also gegen Norden, eine ganze Glaswand. Von der Tür bis zu den Fenstern war es weit; man blickte über einen endlos langen Tisch hinweg, und dort drüben bei den Fenstern, wo ein kleiner Spieltisch stand, herrschte eine Helle wie in einer Lichtung. Dagegen lag der größte Teil des nicht sehr hohen Raumes in einer angenehmen Dämmerung, in einem warmen Waldesdunkel, das sich nach der Tür hin immer mehr vertiefte und die schwere Balkendecke immer schwärzer werden ließ. Jerscheks Auge glitt von Ding zu Ding, wanderte unersättlich wieder und wieder rundum, von der Kredenz, die auf der linken Seite stand, zu dem ungeheuerlichen, dunkelgrünen Kachelofen, erfaßte sodann auf der anderen Seite das Bücherregal, daneben die hohe, reglos ragende Standuhr, dann die eine von den drei gewaltigen Kommoden und blieb auf einmal haften an der derben Hundepeitsche, die zwischen der Uhr und dem Bücherregal an der Wand hing.

Ach ja, die war schon damals dort gehangen, die hatte dem Herrn Ingenieur gehört; der hatte zu seiner großen Zeit eine Dogge besessen, eine widerliche Bestie! Draußen hatte sie die Leute angefallen, hier im Speisezimmer aber hatte sie mit ihrem Herrn, dem Hundehalter, Mittagsrast gehalten und bei dieser Gelegenheit mit ihm um die Wette gefurzt, daß man es im ganzen Haus gehört und auch gerochen hatte. Jerschek stand auf, entschlossen, das scheußliche Ding zu entfernen; er ging hin und streckte schon die Hand aus, um es von der Wand zu nehmen, als er es sich plötzlich anders überlegte: Lieber nicht! Mochte die Peitsche da hängen; er wollte nicht Unfrieden stiften.

Er trat hinaus und stand nun vor der Tür zu Hildes Zimmer. Sollte er auch diesen Raum betreten? Er zögerte; doch schließlich war es ja sein gutes Recht, hier nachzusehen; also drückte er die Klinke nieder – und . . . Er traute seinen Augen nicht, verharrte etliche Sekunden reglos auf der Schwelle, erschüttert von der mehr als klösterlichen Armut, die er hier gewahrte, und bestürzt davon, daß eine junge Frau in einer solchen Armut hausen mochte. Rechts ein Schrank, dem Fenster zu das schmale Bauernbett, vor dem Fenster ein Tisch mit zwei ungepolsterten Stühlen, links ein Spiegel, ein eiserner Waschtisch, daneben ein Schubladenkasten, sonst nichts: kein Bild, keine Vase, kein Schmuck, nur die hölzernen Wände.

Es war aufgeräumt, das Bett gemacht, der Kübel ausgeleert; nichts lag herum, im emaillierten Krug war frisches Wasser, alles war in Ordnung. Woher auf einmal diese Strenge, diese Disziplin? Als junges Mädchen hatte sie hier ganz anders regiert. – Jerschek ging umher und konnte nichts Persönliches entdecken. Fast sah es aus, als sei das Zimmer unbewohnt. Dennoch schien es ganz mit Leben angefüllt zu sein; der Eindruck entstand wahrscheinlich durch den Geruch, der hier herrschte. Es roch einerseits wie in der Kammer einer jungen Bauernmagd, aber auch nach Zigarettenrauch, und diese beiden widersprüchlichen Gerüche vermischten sich mit dem beglückenden, beruhigenden Geruch des Lärchenholzes.

›Blonde, dunkle Schwester! Kind meiner Mutter!‹ Jerschek schloß sekundenlang die Augen. Plötzlich trat er zum Schrank und öffnete ihn, jäh gepackt von einem unerklärlichen Mißtrauen. Links lagen in Fächern Hemden und Hosen, Strümpfe und Socken, wollene Sachen, Pullover . . . an der rechten Seite hingen drei Kleider, zwei Blusen, zwei Röcke, eine Steppjacke, ein schäbiger Übergangsmantel – mein Gott! – und dann unter all diesem Pofel gleichsam als Prunkstück ein Steirerkostüm aus feldgrauem Tuch. Hildes umgebaute Wehrmachthelferinnenuniform? – wahrscheinlich! Captain Jerschek wollte es nicht näher untersuchen. Es überlief ihn plötzlich kalt bei dem Gedanken, daß seine Schwester praktisch sieben Jahre lang Soldat gewesen war. Erst war sie in der Uniform des BDM gesteckt, ein Jahr später dann in der des RAD und dann in dieser hier! Trauriges Steirerkostüm! Es verströmte noch den unverwechselbaren Mief der deutschen Wehrmacht!

Er schloß den Schrank; er hatte jede Lust verloren, weiter nachzuschnüffeln. Was gab es da zu entdecken? Armut, sonst nichts. Früher einmal hatte es ihm Spaß gemacht, das Gesicht zwischen Hildes Jungmädchenkleider zu wühlen. Die Armut aber war eine strenge, humorlose Herrin; sie verführte nicht zu solchen Späßen; und die Kleider, die da hingen, hatten schon zuviel erlebt; man hätte ihre Düfte nicht mehr ohne Ekel atmen können.

Irritiert, erregt, verliebt, in einer sonderbar zwielichtigen Stimmung, stieg er nun zum Dachgeschoß hinan. Der Kabuse gegenüber lag das Zimmer seiner Mutter. Er sperrte auf und trat in den nordwärts blickenden Raum. Die Tapete blau, die Möbel blond: es war das zarte, ferne, nebelbleiche Blau der Horizonte, und es war das gleiche Blond, das Hildes Haare hatten, eine schöne, helle und unaufdringliche Farbe. Auch seine Mutter hatte, ehe sie ergraut war, solches Haar gehabt, Haar, das dem Leuchten einer verschleierten Herbstsonne glich.

Von Erinnerungen überwältigt, sah sich Captain Jerschek um, bis seine Augen auf das Bildnis seines Vaters stießen. Das vergilbte Foto, welches auf dem kleinen Damenschreibtisch stand, zeigte einen hübschen jungen Mann in Leutnantsuniform. Der Erbe eines Vermögens war er gewesen; auch dieses Haus hier hatte ihm gehört; in diesem Zimmer hatte er einige glückliche Sommer verbracht, dann war er am Isonzo vor dem Feind gefallen. Er war ein Herr gewesen; Jerschek sah es wieder, und wieder einmal mußte er sich fragen, wie es seine Mutter hatte fertigbringen können, wenig später mit dem Ingenieur ins Bett zu steigen.

Er ging hinaus; er ertrug dieses Zimmer nicht länger; der Gedanke, daß Hilde wahrscheinlich hier oben gezeugt worden war, machte ihn krank. Er sperrte ab und untersuchte nun den Bodenraum, untersuchte das Dach, machte die Wandschränke auf. Im ersten standen zylinderlose Petroleumlampen, im zweiten lag ein Stoß aufgeplatzter Matratzen, im dritten fand er eine Lodenjacke, die er als sein Eigentum erkannte und herausnahm, im vierten schließlich befand sich der abgenommene Christus.

Da lag er wie ein abgestürztes Flugzeug und leuchtete bleich und geheimnisvoll aus dem Dunkel; er war unbeschädigt, und das war ein Wunder, denn man schien recht brutal mit ihm umgegangen zu sein.

Jerschek betrachtete ihn eine Weile aus schwimmenden Augen, dann drehte er sich um und spähte nach der leeren Wand hinüber. Im selben Moment fiel durch das komische Dreieckfenster über der Treppe ein schmaler Streifen Abendsonne in den Bodenraum. Und siehe: Dort, wo der Gekreuzigte gehangen hatte, war eine dunkle Spur von Staub geblieben. Es sah aus, als werfe dort ein riesenhafter Vogel einen riesenhaften Schatten an die Wand.

IV

»Es wird kalt; ich glaub, heut nacht wird's frieren«, hatte sie gesagt. Das war gewesen, als sie von der Arbeit heimgekommen war. Jetzt – er hatte sich inzwischen hingelegt und war auch, wie es schien, ein wenig eingenickt – hörte er im Halbschlaf ihren hellen Ruf. »Komm essen!« rief sie, und er öffnete die Augen und bemerkte, daß das Licht des Tages schon zu schwinden anfing.

Also stand er auf und ging hinunter. Er hörte sie im Speisezimmer, und dort war sie auch. Dort hatte sie gedeckt und auch schon aufgetragen, dort roch es nach einem ländlich derben Essen; und als er nun in ihrem Rücken arglos eintrat, kehrte sie sich mit einer tänzerischen Bewegung der Tür zu und nahm geschickt mit erhobenen Armen und einem herausfordernden Lächeln die kitschige Pose eines Pin-up-Girls ein.

Er staunte zunächst, denn sie war nun mit einem Mal größer als er. Gleich darauf erkannte er, woran es lag. Halsbrecherische Stöckel hatte sie unter den Fersen; auf wahren Irrsinnsstöckeln balancierend, stand sie dort am Tisch und demonstrierte ihre Schönheit. Sie trug jetzt ein ärmelloses, am Halse geschlossenes Kleid, ein »Chinesenkleid«, aus einem weichen, schwarzen Wollstoff, der sich knapp und straff wie eine zweite Haut um ihren Körper schmiegte und so ihre Formen drastisch herausmodellierte.

»Was sagst du?« fragte sie und verharrte noch immer in ihrer Pose. »Sogar die Lippen hab ich mir dir zu Ehren geschminkt!« Ja, gewiß; er hatte es bereits gesehen, aber in diesem Augenblick sah er es nicht; er starrte vielmehr fasziniert auf das glitzernde Blondhaar, das sich lang und kraus in ihren Achselhöhlen sträubte. Er war ja erfahren und hielt daher manches für möglich, jedoch einen solchen Haarwuchs hatte er nicht für möglich gehalten. »Weibtier! Urweibchen! Männin!« murmelte er. »Ich sehe die Leute, für die du ein Ärgernis bist, und muß lachen.«

»Hast du was gesagt?«

»Ich habe nichts gesagt.«

»Doch. Du hast was genuschelt.«

»Du hast dich verhört.«

Sie setzten sich hin und begannen mit ihrer einfachen Mahlzeit, während draußen das Leuchten der untergegangenen Sonne verglühte, ein greller Wolkenstreifen hinter den schon nächtlich schwarzen Bergen, der sich immer röter, immer dunkler färbte. Sonderbar: Auch Esthers Wälder waren dicht gewesen; und sie hatten die Farbe des Rabengefieders gehabt; dennoch hatte es aus ihnen wie ein Licht geschimmert, wie jenes Licht, dem Esther treu geblieben war. Hier dagegen verhielt es sich offenbar anders: In diesen Wäldern, obwohl sie wie goldene Föhnwolken aufgeglänzt hatten, schien ein wegloses Dunkel zu lauern, das lockte und rief: Hier schien etwas anderes im Spiel zu sein.

»Wer war denn eigentlich dieser Dieter?« fragte er plötzlich.

»Dieter –?«

»Na ja, dieser Leutnant.«

»Ach so! Du meinst Günther.« Sie zuckte die Achseln. »Halt mein Verlobter – oder mein Freund. Ganz wie du willst. Ich bin ein volles Jahr mit ihm gegangen.«

Sie schob sich einen Bissen in den Mund. »Schad um ihn! Er war ein feiner Kerl«, sagte sie, indem sie fleißig kaute. »Ordensjunker.«

»Da war er wohl bei der SS«, sagte Jerschek.

»Bei der Waffen-SS.«

»Es lebe der kleine Unterschied!« sagte Jerschek.

Sie schluckte den Bissen hinunter, dann schaute sie auf. Sie lächelte, doch ihre Augen blickten bös. »Meinetwegen mußt du diesen Unterschied nicht leben lassen«, sagte sie. »Für mich gibt's nur anständige oder unanständige Menschen.«

Er wollte sie nicht reizen, lenkte also ab. »Und jetzt?« fragte er. »Hast du jetzt gar keinen Freund?«

»Ach schon. Glaubst du denn, eine wie ich hält es ohne das aus. – Er kommt nur viel zu selten. Bestenfalls einmal im Monat.«

Sie bemerkte, daß er keine Erdäpfel mehr hatte, und fing an, ihm abermals herauszugeben. Er beobachtete ihre herrlich kräftigen Arme, die sich nackt und braun zu ihm herüberreckten. Sie wollte ihm ein zweites Stück Geselchtes auf den Teller legen. Er sah es, und »Haltaus! Genug!« sagte er eilig. Und als sie nun innehielt in ihrer Bewegung, und das Spiel der Muskeln unter der glänzenden Haut einen Augenblick ruhte, entdeckte er an ihrem linken Unterarm nahe dem Ellbogen eine gewaltige Narbe.

»Nanu!« Er zeigte mit dem Finger auf die Narbe. »Meine Kriegsverletzung«, sagte sie. »Tiefflieger, Bordwaffenbeschuß«, sagte sie leichthin; dennoch klang aus ihren Worten ein gewisser

Stolz. »Ja«, sagte sie dann und begann das Stück Fleisch nun selbst zu verzehren. »Damals hätt's mich wirklich fast erwischt. Knapp vor Torschluß – wie ich hergefahren bin – gleich da unten bei Preding. Sie haben den Zug angegriffen. Am hellichten Tag.«

Jerschek wollte Näheres erfahren, doch es war nicht viel aus ihr herauszukriegen. Sie sei halt gerannt und habe sich rasch in den Dreck hingerotzt, aber sie sei noch zu nah an der Strecke gewesen. »Seither bin ich gegen Fluggeräusch allergisch«, sagte sie. »Immer hab ich gemeint, ich hab keine Nerven!« Sie nahm sich noch die restlichen Erdäpfel auf den Teller; dabei redete sie wieder einmal »Anschluß-Deutsch«: »Mensch! Hab ich heut abend einen Kohldampf!« sagte sie und füllte schon die trockenen Erdäpfel in sich ein. Die Schüsseln waren leer. Sie hatte alle Reste aufgegessen. Sie mußte eigentlich gesättigt sein.

»Und?« fragte er. »Ist er ein guter Mann – ich meine – dein Freund?« Und er dachte: ›Das klingt ja, als habe sie plötzlich das falsche Gebiß von wem andern im Mund.‹

»Doch. Nur verheiratet ist er«, sagte sie ruhig. »Ich bin die Kebse, sein Kebsweib, um ein germanisches Wort zu gebrauchen.«

Sie nahm einen Schluck aus dem Mostkrug, stand auf, räumte ab und entfernte sich hurtigen Schrittes mit dem Tablett. Ruckweis straffte sich das Kleid um ihre Schenkel, und ihre Hinterbacken wippten provokant.

Jerschek blickte ihr neugierig nach.

Und sie: »Was ist los?« Den Schritt kurz verhaltend, sah sie sich um.

»Einen Pops hast du!« sagte er. »Einfach spektakulär!« – und: schon war sie draußen. »Wie ein Shetlandpony!!« sagte er und nickte grimmig und hörte sie draußen auflachen und dann etwas sagen.

»Was? – Ich versteh nicht!«

»Meine Kanonenkugeln!« rief sie von fern und lachte – nun schon in der Küche drüben – weiter.

Jerschek stopfte die Pfeife, rauchte sie an und hörte, während er damit beschäftigt war und das Streichholz zwischen seinen Fingern in der Dämmerung verglühte, Hildes Stöckel wieder näher kommen. Eins-zwei, eins-zwei: exakt! Es klang, als schlage man auf eine Holzbocktrommel. Schon war sie wieder da und hatte eine grüne Flasche mitgebracht, welche er vorerst für jene hielt, die er schon kannte.

Sie stellte sie vor ihn hin. »Aha! Der Fusel!« sagte er, indem er zu ihr aufsah. »Ein neuer«, sagte sie, und eine ungestüme Wendung warf ihr einen Vorhang wilden Haares vors Gesicht und – aus: Sie stand nun vor der offenen Kredenz, und da drinnen glänzten noch einige bunt zusammengewürfelte Gläser. Zwei von ihnen nahm sie heraus, spähte durch sie hindurch in das restliche Licht. »Der von gestern ist schon ausgesoffen«, sagte sie.

»Was?!«

»Was sonst?« Sie schloß die Kredenz und drehte sich her.

Jerschek starrte ihr verblüfft entgegen; er sah sie wiederkehren, zwischen den Fingern die leise zusammenklingenden Gläser, gewahrte dabei ihre belustigt auf ihn gerichteten Augen und geriet in deren Flirren wie in einen Hinterhalt.

»Der Stier hat mitgeholfen«, sagte sie und setzte sich.

»Der Stier?«

»Mein Scheich«, erklärte sie. »Er war gestern heroben. – Er ist ein ganz lustiger Stier – mit Stierlöckchen zwischen den Hörnern.«

»Soso!«

»Die ich ihm manchmal aufsetz«, sagte sie schlicht.

Sie hatte eingeschenkt; nun tranken sie und rauchten und diskurrierten über geistige Getränke aller Art. Sie zeigte sich mit der Materie vertraut, und das Thema schien ihr zu behagen. Liköre, so erfuhr er, lehne sie ab, desgleichen Südwein, alles, was in Verdacht stand, aufgezuckert zu sein. »Ich werde ein paar Flaschen White Horse kommen lassen«, sagte er verheißungsvoll, und sie darauf: »Na schön. Und wenn die ausgesoffen sind? Was mach ich dann?«

Er gab ihr keine Antwort, sah an ihr vorbei.

»Dann wird mir mein Brennabi kaum mehr schmecken«, sagte sie.

»Laß nur!« sagte er. »Es kommen auch wieder andere Zeiten.«

Sie schüttelte den Kopf. »Für mich bestimmt nicht«, sagte sie ruhig. »Ich bin jetzt Landarbeiterin. Was soll sich da für mich noch ändern?«

Er runzelte die Brauen, faßte es nicht gleich. »Ja, willst du dich hier begraben lassen?« fragte er schließlich.

Sie zögerte kurz und: »Eigentlich ja. Warum nicht?« Das Schuften mache ihr nichts; das sei sie gewöhnt. Und dann: Sie hänge eben an der Gegend hier – und an dem Haus. Obwohl es nicht ihr gehöre: Sie hänge daran.

Er betrachtete das leere Glas in seiner Hand.
»Du wirst heiraten«, sagte er.
»Bestimmt nicht«, sagte sie lachend.
»Willst du wirklich nicht mehr in die Stadt zurück?«
Und sie: »Was soll ich dort? Ich hab doch nichts gelernt.«
Er saß wie eingeschlafen da und starrte in sein Glas. »Soll ich auf die Straße gehen?« fragte sie. »Oder in eine Fabrik? – Oder in ein Büro? – Nein, da gabel ich wahrhaftig lieber Kuhmist auf die Felder.« Sie war jetzt nur noch eine Silhouette vor dem Grau der Fenster. Ihr Kleid, ihr Haar, ihr Gesicht: alles war schwarz. Er streckte den Arm aus und stellte sein Glas auf den Tisch. Dann sah er auf. »Du bist verbittert«, sagte er.
»Überhaupt nicht«, sagte sie gelassen.
»Doch.«
»Nein. – Ich will nur was Nützliches machen. Und mit irgendwas Lebendigem zu tun haben. – Wundert dich das? Nach allem, was ich erlebt hab?«
In dem langsam, aber beharrlich wachsenden Dunkel blickten sie einander unabwendbar in die Augen, lange Zeit.
»Mach Licht!« sagte er schließlich.
»Wozu?« sagte sie. »Ich find es sehr schön so. Du nicht?«
»Doch«, sagte er. »Aber ich möchte dich sehen.«
Sie beugte sich vor und strich ihm mit ihren zerschundenen Fingern über die Hand. »Wenn du nicht blind bist, siehst du mich auch im Finstern«, flüsterte sie.
Dann stand sie auf, griff nach der Zündholzschachtel, die auf dem Tisch lag, nahm ein Holz heraus und strich es an. Das Flämmchen hütend, reckte sie ihre athletische Schlankheit zur Lampe empor, hob den Zylinder ab und ließ das Flämmchen überspringen. Jerschek sah ihr zu, und plötzlich wußte er, daß es ihn nach ihrem Dunkel dürstete. ›Das Zeichen‹, dachte er, ›ich habe auf ihrem Gesicht ein Zeichen gesehen; und ich habe es bei vollem Tageslicht gesehen.‹ Sie steckte den Zylinder wieder auf und schraubte den Docht in die richtige Stellung zurück. Honigfarben fiel das Licht auf ihre nackten Arme, und für Sekunden glitzerte das Goldgewölk in ihren Achselhöhlen.
»Komm! Jetzt tanzen wir ein bißchen«, sagte sie. Entschlossenen Schrittes verließ sie den Lichtkreis der Lampe, hockte sich sodann vor einer der Kommoden nieder und kramte Platten und ein altes Koffergrammophon hervor.

Er war aufgestanden und vertrat sich nun die Füße. »Du hast überhaupt kein Radio«, sagte er plötzlich.

»Doch«, sagte sie. »Aber der Akku ist aus.«

»So laß ihn wieder laden!« sagte er.

Sie reagierte nicht gleich, war zu beschäftigt; sie suchte, wie es schien, nach einer ganz bestimmten Platte. Gespannten Rockes hockte sie auf ihren Beinen und sah sich eine nach der andern an.

»Wozu?« fragte sie schließlich und schaute kurz auf. »Soll ich mir vielleicht die Lügen anhören, die ihr über uns verbreitet? – Danke sehr!«

Er zuckte die Achseln. »Hör dir Musik an!« sagte er ruhig.

»Jazz?«

»Gute Musik. Ernste Musik.«

Sie hielt plötzlich im Suchen inne, schien zu erstarren. Dann griff sie nach irgendeiner beliebigen Platte und legte sie auf. »Ich ertrag keine ernste Musik mehr«, sagte sie leise und schob die Kurbel in den Apparat und fing zu kurbeln an.

Jerschek war an das Fenster getreten und spähte hinaus. Er blickte über die schwärzlichen Wipfel hinweg in ein dämmerndes Nichts. Er hörte Hilde kurbeln. ›Sie ist ausgestoßen‹, dachte er. ›Sie ist verbannt. *Auf hohem Felsen sie schläft. Feuer umbrennt ihren Saal.*‹ – »Auch nicht deinen hochverehrten Wagner?« fragte er und hörte das Geräusch mit einem Mal verstummen. Er wandte sich um. Sie hockte wie ein sprungbereites Raubtier neben ihrem Grammophon. »Hör auf!« flüsterte sie. »Ein Ton, und ich dreh durch!«

Sie beendete rasch ihre Arbeit, dann schnellte sie hoch, und das Grammophon begann zu dudeln. »Na, komm schon«, sagte sie. »Der Scheißdreck ist sogar ganz fesch.« Und hatte ihn schon an den Armen gefaßt und schmiegte sich schon warm und sehnig gegen ihn.

Es wurde wüst. Sie stieß ihn mit den Knien, zerrte ihn herum. »Was treibst du denn?!« fauchte sie. »Was treibst denn *du?!!«* fragte er lachend. Und sie: »Du regst mich auf! Das soll getanzt sein?! Das?!!« Sie puffte ihn. »Tritt mir meinetwegen auf die Füße! Aber tanz doch wie ein Mensch!« – »Ich kann doch überhaupt nicht tanzen«, sagte er, »das weißt du doch.« – »Ach, du lieber Himmel, ja! Das hab ich ganz vergessen.« Sie faßte ihn noch fester, preßte sich noch unverschämter an. »Komm!« sagte sie.

»Ich werde dich führen. Aber gib nach! Sei nicht so steif!« Sie schob ihn vor sich her, drängte ihm ihren Schoß auf. »Na alsdann! Jetzt geht's ja auf einmal!« Und: »Weg mit dem Haxen!!!« Sie rammte ihm ihren Schenkel direkt in den Schritt und lachte hellauf. »Wart nur!« sagte sie. »Aus dir mach ich noch was!« Ihre Bewegungen brannten ihn jäh auf der Haut, als versenge sie ihn; wie ätzende Säure brannte es ihn in den Poren. »Ich möcht schon lieber bleiben, was ich bin«, erklärte er; dabei schob er sie ein wenig von sich ab. Jetzt roch sie auch wieder. Und wie! Oh, verflucht! Eigentlich herrlich! Selbst ihr Haar verströmte einen intensiven Wildgeruch. »Gar nicht eingebildet!« sagte sie. »Wer bist du denn schon?!« Er hielt ihre Hand umfaßt, die warm und sehr fest in die seine geschmiegt war und auf deren Schwielen sich ein leichter Schweiß gebildet hatte. Er drückte sie – und »Ich entpuppe mich noch. Nur Geduld!« sagte er.

Mit einem Kratzlaut war das Grammophon verstummt. Jählings ernüchtert, lösten sie sich voneinander. »Na, du hast dich ohnehin ganz brav gehalten«, sagte sie, indem sie sich dem Tisch zuwandte. »Nur: du bist so unterkühlt. Man friert ja förmlich, wenn man an dich ankommt.«

Sie griff nach der Flasche, setzte sie rasch an die Lippen und schluckte ein paarmal.

»Sauf nicht so viel!« sagte Jerschek.

Sie zuckte die Achseln. »Wem schad ich damit? Höchstens mir selber.«

»Hast du dazu einen Grund?«

»Einen – –?« fragte sie und zog erstaunt die Brauen hoch. Mit der rechten Hand die Flasche niederstellend, fuhr sie sich mit der linken über die Lippen.

Plötzlich trat sie mit ihrer Alkoholfahne dicht vor ihn hin und strich ihm beinahe zärtlich über das Haar. »Sei lieb!« sagte sie. »Erziehe mich nicht! Damit kommst du zu spät. Der Krieg hat mich erzogen. Der gründlich. Der ja.«

In der finsteren Ecke zwischen dem nördlichen und dem westlichen Fenster stand noch immer das alte, mit moosgrünem Plüsch überzogene Sofa. Sie ging hin und ließ sich schwer auf seine Polster fallen. »Jetzt bin ich besoffen«, sagte sie grob. »Und hundsmüd bin ich auch.«

Jerschek sah, leicht angewidert, auf sie nieder.

»Wir werden jetzt schlafen gehen«, sagte er frostig.

»Noch nicht!« Sie streckte begehrlich die Hand nach ihm aus. »Komm! Da setz dich her zu mir, du Tepp! Und die Flasche bring mir auch gleich mit!«

Er holte die Flasche, stellte sie neben das Sofa und setzte sich also, denn er wollte diesen Abend nicht verderben.

»Oder ist es dir da zu finster?« fragte sie leise.

Er schwieg.

»Man muß nicht alles sehen«, sagte sie. »Es ist viel besser, wenn man einander nicht genau sieht.«

Er fühlte ihr Bein neben sich, wollig und warm, und fühlte den Widerwillen, den er noch eben empfunden hatte, wieder vergehen. Er strich ihr vom Knie bis zum Knöchel das Schienbein entlang. Er dachte: ›Strümpfe braucht sie ja wahrhaftig keine.‹

»Was soll das?« fragte sie.

»Allerhand Pelz«, sagte er.

Und sie: »Du sei ganz ruhig! Du bist behaart wie so ein Aff'; das weiß ich doch. Da auf der Brust! Da hast du Haare wie ein alter Jud. Oder sind sie dir schon ausgegangen? Laß mich nachschauen!«

Sich einen Schwung gebend, rutschte sie jäh auf ihn zu und hatte schon im nächsten Augenblick sein Hemd geöffnet. »Ah!« Sie wühlte die gespreizten Finger ein, als wühle sie dieselben kraulend in ein Tierfell.

Er packte ihren Arm und bog ihn weg.

In diesem Augenblick entdeckte sie das kleine Kreuz auf seiner Brust.

»Th!« machte sie. »Der trägt doch wahrhaftig noch immer das tepperte Kreuzl! Du glaubst doch eh an nix. Du bist doch auch nur so ein Taufscheinchrist.«

»Es tut mir nicht weh«, sagte er. »Ich bin's schon gewöhnt; und es ist von Mama.«

»Bubi!« sagte sie.

»Sei nicht frech!« sagte er streng.

Und sie (fast bös): »Ich finde so was einfach lachhaft.«

»Ich nicht«, sagte er und knöpfte sein Hemd wieder zu.

Sie war zurückgerutscht und musterte ihn. »Bist du abergläubisch? Soll das ein Talisman sein?« fragte sie mürrisch.

»Ich bin nicht abergläubisch«, sagte er.

»Ich schon. Ich bin entsetzlich abergläubisch«, sagte sie und atmete tief auf.

Er betrachtete sie überrascht. Ihr Gesicht sah auf einmal verfallen und abgezehrt aus. »Na also!« sagte er. »Da hast du es wieder. Irgendwie macht es sich Luft, das Bedürfnis zu glauben.«

Sie überlegte, schüttelte den Kopf. Ein solches Bedürfnis, erklärte sie, habe sie niemals gehabt.

»Vielleicht doch«, sagte er. »Schließlich hast du ja auch an den Führer geglaubt und an die Bewegung. Und jetzt, jetzt glaubst du eben an Rauchfangkehrer und schwarze Katzen oder an Nonnen und bist voller Hoffnung, wenn du in einen Scheißhaufen trittst.«

Sie fing zu lachen an. »Mein Lieber!« sagte sie. »Bei meiner Arbeit!! – Da müßt ich alle Tage voller Hoffnung sein. – Nein«, sagte sie dann und wurde schon wieder todernst, »es ist was anderes, woran ich glaube.«

Sie hatte sich flach auf den Rücken gelegt und starrte zur Decke. »Ich glaube an irgendeine geheimnisvolle Vergeltung«, sagte sie langsam. »Ich glaube, daß zurückgeschlagen wird. Und daß es gewisse Zeichen und Warnungen gibt.«

Jerschek strich ihr leise über die Hand. Gerechtigkeit, sagte er, übe der Mensch, und sonst niemand. Transzendente Gerechtigkeit gebe es nicht; das sei Unsinn. Und die warnenden Zeichen erhalte man offenbar aus dem Unterbewußtsein. Sie lag bewegungslos im Dunkel ausgestreckt, und es sah aus, als sei sie eingeschlafen. Aber sie war wach und hatte ihm auch zugehört, und nach einer Weile fing sie abermals zu sprechen an.

»Ich habe einmal eine große Schweinerei gemacht«, begann sie. »Nicht nur eine. Etliche. Aber das war die größte. Ich hab . . .« Sie unterbrach sich, schluckte, als fehle ihr plötzlich der Speichel. »Ach was. Warum soll ich's dir nicht erzählen?« sagte sie dann. »Ich hab meinen Leutnant, meinen Verlobten, betrogen.«

Jerschek war enttäuscht und blieb auch dementsprechend ungerührt. »Dergleichen soll schon vorgekommen sein«, sagte er.

»Sicher«, sagte sie. »So was kommt täglich tausendmal vor. Trotzdem war es eine Schweinerei von mir. – Du mußt nämlich wissen, daß wir so gut wie verheiratet waren. Wir haben miteinander schon gelebt wie Mann und Frau. Im nächsten Urlaub wollten wir uns trauen lassen, weil ich schwanger war. Dann hat man ihn abkommandiert, und kaum, daß er weg war, bin ich schon mit einem anderen im Bett gelegen.«

Jerschek zuckte die Achseln. »Na und?« fragte er.

»Na und?!« Sie lachte kurz und trocken auf. »Drei Wochen später hab ich die Nachricht bekommen, daß ich sozusagen Kriegerwitwe bin. – Er war gefallen, vor dem Feind gefallen«, sagte sie. »Für Deutschland, für uns alle. Auch für mich. – Bauchschuß. Langsam und elend ist er krepiert. Und ausgerechnet in der gleichen Nacht, in der ich ihn betrogen hab.«

Jerschek ertastete ihren Arm, der schlaff neben ihr lag. »Und das Kind?« fragte er und streichelte vorsichtig über den Haarflaum. Sie schwieg zunächst, starrte aus schmalen Augen zur Decke empor – und »Ich hab's verloren«, sagte sie schließlich. »Ein Freund von mir, ein Arzt, hat etwas nachgeholfen.«

Er hatte sich vorgebeugt, wie um besser zu hören. ›Ist es das, was ich auf deiner Stirn gesehen habe?‹ dachte er. Sie schluckte verkrampft. In der Schlankheit ihres zurückgebogenen Halses ging der Kehlkopf deutlich sichtbar auf und nieder. »Und siehst du«, sagte sie, »seither hab ich kein Glück mehr. In dieser Nacht muß irgendwas mit mir passiert sein. Als hätt ich mir mit Absicht das Genick gebrochen. Denn ich hab genau gewußt, was ich da tu: Verstehst du? – Ich hab genau gewußt, daß ich ein Schwein bin. Und ich hab mich nicht geschämt, im Gegenteil: – Es hat mir Spaß gemacht, ein Schwein zu sein und mich im Dreck zu suhlen. Aber dann war plötzlich etwas anders«, sagte sie leise.

Er glaubte zu spüren, daß sie ein Schauder durchlief.

»Es war unheimlich«, flüsterte sie. »Auf einmal war etwas da.«

»Was denn?« fragte er spöttisch.

»Weiß nicht. Es war etwas los.«

»Inwiefern?« fragte er und erkannte zur gleichen Sekunde, daß jetzt jeder Spott in seiner Frage fehl am Platz war – und »Hat's in den Möbeln gekracht?« fragte er dennoch. »Oder sind die Führer-Bilder von der Wand gefallen? – Ja?«

»Nein«, sagte sie langsam. »Aber gestunken hab ich auf einmal. – Gestunken, sag ich dir, als wär der Teufel unter meinen Achseln einquartiert.«

Er versuchte zu lachen, doch es gelang ihm nicht recht. »Bild dir nichts ein!« sagte er. »So tüchtig wie du sind auch andere Mädchen.« Sie winkte nur ab, griff nach der Flasche und nahm einen Schluck. Jerschek hörte das Getränk durch ihre Kehle glucksen. »Du auch?« fragte sie. Er schüttelte den Kopf. »Waserl!« sagte sie, indem sie die Flasche zurückstellte. »Bist ja ein Waserl!«

Die Hände im Nacken faltend, sah sie ihn an; ein schmales Lächeln leuchtete von ihren Lippen, und das goldene Gewölk der Haare unter ihren Armen schimmerte wie nächtliches Getreide aus dem Dunkel.

Ja, und von da an sei es mit ihr bergab gegangen, erzählte sie weiter, denn natürlich habe sie lustig so weitergemacht. Justament, er kenne sie ja: mit dem Kopf durch die Wand. Und sie bereue es nicht. Gar keine Spur! Es sei herrlich gewesen! »Du ahnst es nicht, wie ich's getrieben hab, was ich für ein Flittchen war!« sagte sie lachend. »Eine fix und fertige Soldatenhure war dein Schwesterchen! Jawoll! – Macht's was?« fragte sie plötzlich.

»Nein«, sagte er.

»Mir auch nicht«, sagte sie. »Was ist schon dabei?!«

Er dachte: ›Aha! Jetzt prahlt sie mit ihrer Verruchtheit. Weil sie sonst nichts hat, womit sie prahlen könnt. Spielt die Sünderin und macht sich schauerlich. Dabei ist sie das netteste Frauenzimmer, das man sich vorstellen kann.‹

Na ja, und dann sei's eben losgegangen: Schlag auf Schlag. »Erst Mama«, sagte sie. »Zwei Jahre später mein Vater. Und zum feierlichen Ausklang waren noch die Russen über mir . . .«

»Das auch noch!!«

»Ja, das auch noch«, sagte sie mit einem sonderbaren Unterton.

Jerschek klatschte die Hände vor das Gesicht. Das schien sie zu freuen. »Etwa in Kompaniestärke«, sagte sie heiter. »Die Bauernweiber waren schon gewarnt, die waren schon im Wald versteckt; und ich war hier allein und hab für sie den Winkelried gemacht.«

Er saß da, das Gesicht in den Händen, und wunderte sich, daß er anscheinend unfähig war, entsprechendes Mitleid zu spüren. War es ihr Ton, der ein solches Gefühl nicht aufkommen ließ? Sie redete fern allem Schmerz, fern jeder Klage. »Tja, es war ganz deftig«, sagte sie. »Ich halt ja was aus, aber das!? Ich hab ganz fein geblutet. Und gleich in der Früh hab ich die zwölf Kilometer zum Arzt rennen können, damit nicht noch was Ärgeres passiert.«

Nun schaute er auf und begegnete ihren Augen, begegnete im Dunkel ihrem Blick. »Aber weißt du, was das Verheerende war?« sagte sie leise. »Daß ich trotz meinem Ekel völlig normal reagiert hab.«

Er strich ihr über die Hand. »Armes Luder«, murmelte er. »Und trotzdem: Eigentlich bist du großartig«, sagte er dann.

»Wieso –?« Ihre Stimme klang heiser wie die eines Halbwüchsigen.

Er seufzte auf. »Muß ich dir jetzt erklären, wie ich das meine? Ich weiß es selber nicht. Ich weiß nur . . .«

»Du mußt es mir nicht erklären«, flüsterte sie. »Ich weiß schon, was du meinst – und auch, wie du es meinst.«

Sie schloß die Augen, lehnte sich wieder zurück und legte die Rechte offen nach oben gekehrt auf die Stirn, als empfange sie etwas. Nach einer Weile hob sie abermals zu sprechen an. Stokkend und dunkel tropfte ihr Wort um Wort von den Lippen. »Schade«, sagte sie. »Eigentlich schade. – Schade, daß du nicht genauso heimkommst wie die andern. – Auch aus dem Krieg. Aus einem Lager. Aus dem Stacheldraht. – Arm, krank, verwildert – abgerissen. Räudig und nackt.« Und dann: »Ich glaube fast, ich hätte dich geliebt. Den Bruder und auch den Mann in dir. – Und ich wär kein schlechter Kamerad gewesen, glaub mir das! Du hättest dich auf mich verlassen können.« Und dann: »Wir hätten es nicht leicht gehabt; o nein, sehr schwer. – Doch wir hätten uns schon durchgeschlagen. Sogar in der Stadt. – Schlimmstenfalls wäre ich Ziegel schupfen gegangen. Oder stehlen. – Oder auf den Strich. Natürlich: glatt! – Wenn die Welt plötzlich kopfsteht, darf man nicht zimperlich sein. Dann gibt es nur noch eines: helfen – Schmerzen lindern. – Einem Soldaten das Blut stillen«, flüsterte sie. »Einem Soldaten den Schweiß trocknen«, flüsterte sie. »Einem Soldaten die wundgelaufenen Füße verbinden . . .« (sie staute den Atem) ». . . und ihm zu trinken geben, wenn er am Verdursten ist, auch das.« Sie atmete tief auf. »Jawohl. Auch das. – Auch das hätt ich getan, Gottfried«, sagte sie. »Ich hätte deinen Durst gelöscht, wie keine andere vor mir. Und mein Leben hätte endlich wieder einen Sinn gehabt.« Und –

Aus: Er lauschte – lauschte ihren Worten nach, die in eine große Stille eingegangen waren. Noch verstand er nicht, das heißt, er wehrte sich dagegen, zu verstehen; aber sein Pulsschlag hämmerte ihm auf einmal wie toll in den Ohren. Sprach sie weiter? Nein, sie schwieg; sie war verstummt. Nur noch ihr Schweigen wuchs aus dem Dunkel, darin sie versank und aus dem sie emporsah, immer schattenhafter, immer rätselhafter, als versänke sie in einem schwarzen Wasser – rettungslos: Und nun verstand er sie und schauderte zusammen, während in seinem Innern schon alle Alarmglocken schrillten und das Schweigen, in welchem die Worte noch nachzitterten, rings um ihn zu einem unhörbaren Heulton anschwoll. ›Widerrufe, was du da gesagt hast!‹ dachte er. ›Widerrufe es, um Gottes willen!‹ Denn er fühlte jäh, daß seine Kraft zu Ende ging und daß ihn nur noch seine Kleider von dem letzten Irrsinn trennten. Gewiß: Sie war betrunken; das war klar. Und sentimental war sie schon immer gewesen. Dazu kam noch ihr Hang zum Theatralischen. Phantasie und Pathos waren also folgerichtig mit ihr durchgebrannt. Und dennoch: Was änderte das, was half es ihm, daß er dies wußte? Das Ungeheuerliche war nun ausgesprochen. Es zitterte in der Stille, es lauerte in der Luft; und es wog plötzlich schwerer als alle verbotenen Spiele der Jugend zusammen. Denn es war dies: Ihr Flüstern war irgendwoher aus dem Finstern gekommen wie das Flüstern eines großen Waldes, wenn es fern in der nächtlichen Weite erwacht und wieder verweht und die Männer im Camp die Köpfe heben und doch nichts erlauschen, schwarz wie das Flüstern vergessener Uferwälder am Rande des Diesseits, Schlaf verheißend, unstillbares Heimweh weckend, todestrunken: erschreckend fremd und dennoch warm und heimatlich wie das nächtliche Atmen der ersten und letzten Geliebten.

Mit zitternden Fingern strich er ihr über den Arm, ratlos, weil er wußte, daß er plötzlich wehrlos war. Doch in diesem Augenblick schien etwas in ihr umzuschlagen wie das Wetter. Er bemerkte das leise Zucken, mit dem sie sich seiner Berührung entzog. Und als sie ein wenig später wieder zu sprechen begann, waren ihre Stimme und ihr Ton total verändert.

»Es hat nicht sollen sein«, sagte sie hart, sagte es, immer noch flach auf dem Rücken liegend, zur finsteren Decke. »Ein Drückeberger ist als Sieger heimgekehrt«, so sagte sie zur Decke. »Als Sieger im Kampf gegen sein eigenes Volk.« Sie machte eine Pause, holte Atem – und: »Gekämpft hat er allerdings nicht; das war ihm zu dreckig, dem Herrn, und auch zu gefährlich; das haben andere für ihn besorgen müssen. Andere haben geschwitzt und haben geblutet und haben die Augen verdreht. Er hat höchstens ein bißchen Schleichhandel getrieben.« Sie reckte ihren Körper, spannte plötzlich alle Muskeln an. »Grotesk!« sagte sie, und es klang, als speie sie aus. »Seine Freundin hat in einer Uniform geschwitzt, genau wie ich, genau wie wir alle. Die Arme tut mir leid; die muß pervers gewesen sein.« Sie kreuzte die Beine und rückte dabei von ihm ab. »Das Kotzen kommt mir, wenn ich mir das so vorstell«, murmelte sie. »Und da sitzt er jetzt – und kitzelt mich am Arm, der Weltmann! Gönnerhaft! – Er, der nie in einer Uniform geschwitzt hat.«

Aus: Der Bann war gebrochen. Jerschek erwachte aus seiner Narkose und wußte wieder, wo er sich befand, an welchem Ort, zu welcher Zeit und in wessen Gesellschaft, und wußte auch, was nunmehr zu sagen war, denn nun war es fällig.

»Weißt du das so genau?« fragte er also.

»Was denn?«

»Daß ich keine Uniform getragen habe«, sagte er gedehnt.

Sie schien zu stutzen, streifte ihn mit einem kurzem Blick. »Wüßt keine, in die dein Kadaver hineingepaßt hätte«, sagte sie dann.

Er war inzwischen langsam aufgestanden und zum Tisch gegangen. In seinem Rücken hörte er sie weiterhöhnen: »Höchstens in die eines Türstehers vor einem Puff. Das könnt ich mir vorstellen. So mit goldenen Tressen. Und auf dem Kopf einen Dreispitz.«

Er nahm seine Pfeife, die noch auf dem Tisch lag, und steckte sie ein. »Du bist ordinär. Du bist widerlich«, sagte er ruhig. – »Man wird nicht feiner beim Kommiß, nur ehrlicher«, erklärte sie; in ihrer Stimme aber war plötzlich ein sonderbares Vibrato. Er horchte also, denn er stand noch immer abgewendet, und nun hörte er auch, daß die Federn des Sofas leise vibrierten – wahrhaftig! Und gleich darauf begriff er, daß sie dort in ihrem dunklen Winkel lag und am ganzen Leibe zitterte.

»Na los! Red schon!« flüsterte sie mit flackernder Stimme. »Sag mir schon, in was für einer Affenuniform du dich versteckt gehalten hast.«

Er zögerte noch einen Herzschlag lang, dann war er entschlossen. »Gut. Du sollst es wissen«, sagte er und kehrte sich ihr wieder zu. »In der einzigen, die damals einem Österreicher halbwegs angestanden hat: in der Uniform der Alliierten.«

Die Stille aber, welche nunmehr eintrat, war erschreckend. Sie war atemlos, sie war total, sie war schneeweiß. Kein Wort, kein Hauch schwang in ihr nach, nichts Verbindendes mehr. Wie eine Mauer stand sie plötzlich zwischen ihm und seiner Schwester. Er tastete nach seiner Tasche, überzeugte sich, daß er die Pfeife tatsächlich eingesteckt hatte, und hörte, während er so dastand und dies tat, die Stille, obwohl sie bereits total war, sich weiterhin aufblähen, hörte sie, obwohl sie kaum mehr größer werden konnte, absurderweise immer noch anschwellen, immer noch wachsen (schneeweiß), und dann durch ihre schon undurchdringlich gewordene Mauer hindurch (und das war ebenso absurd und überraschte ihn nicht wenig) seine Schwester plötzlich flüsternd etwas sagen, fernher wie von einem anderen Gestirn.

»Ich hab doch schon so was geahnt«, flüsterte sie. Reglos starrte sie noch einen Augenblick zur Decke auf. Dann aber schnellte sie hoch wie katapultiert, sprang auf die Beine und stand auf einmal groß und völlig aufgelöst vor ihm und schrie.

»Du Schwein!!!« schrie sie los. »Du dreckiges Schwein!!! Auf deine eigenen Landsleute hast du geschossen?!!« Wie Peitschenhiebe zischten ihre Worte auf ihn zu, mit gleicher Wut und gleicher Wucht geführt wie seinerzeit; die Peitsche aber war nun um zehn Jahre älter und derber – das hörte er jetzt –, pfeifend durchschnitt sie die Luft und straffte sich knallend; sie war jetzt gut durchtränkt mit Blut und Schweiß, das hörte er, und deftig geschmiert mit dem Kot und dem Unflat der Heerstraßen war sie, das hörte er auch. Sie war nun erstarkt an dem Schmerz und dem Haß und der Grausamkeit all dieser Jahre. Eine solche Peitsche war schon eine Sache! Hätten ihn ihre Hiebe getroffen, so wären sie tödlich gewesen. Aber sie trafen ihn nicht mehr. Sie knallten in die Luft.

»Selber geschossen habe ich zufällig nicht«, sagte er. »Das ist mir, Gott sei Dank, erspart geblieben. Freilich, in diesem besonderen Fall«, fuhr er fort und war erstaunt, mit welcher Ruhe er noch immer sprach, »hätte ich auch das getan – in Gottes Namen. Von Tollwut Befallene darf man erschießen und soll man erschießen.«

Sie starrte aus weitaufgerissenen Augen auf ihn, und ihr Atem schien für einige Sekunden auszusetzen. »Pfui Teufel!« sagte sie schließlich und wandte sich ab. »Ich schäme mich, mit dir im gleichen Haus zu wohnen«, sagte sie.

Und er: »Du kannst jederzeit gehen.«

Und sie: »Haha! Darauf hab ich gewartet.«

»Das ist nur eine Rechtsbelehrung, kein Hinausschmiß«, sagte er. »Ich mache dich nur darauf aufmerksam, daß dich niemand zurückhält.«

Sie fing an, mit wilden Schritten auf und ab zu gehen. Sie tauchte bald ins Dunkel, bald ins Licht. Gleich darauf machte sie wieder dicht vor ihm halt. »Soll ich dem Herrn Baron ins Gesicht spucken?« fragte sie grinsend. Er reagierte nicht. Sie wartete kurz, dann marschierte sie weiter. »Aber was!« sagte sie. »Steht nicht dafür. Wär schad um den Rotz.« Nahe der Tür blieb sie abermals stehen. Sie kehrte sich her. Ihr Haar flog herum. Sie fragte: »Was kann man dir eigentlich alles hineinsagen, du Arsch?«

»Nichts mehr«, sagte er. Und er sagte es immer noch ruhig, aber nun war das Eis da – sagte es ohne Betonung, auch ohne den Tonfall hörbar zu ändern; sagte es also, und plötzlich war etwas anders. Denn in seiner Stimme war das Eis gewesen.

Er hatte schon gewußt, es würde kommen, jenes schreckliche Eis, das seine Geheimwaffe war. Er brauchte es nicht zu rufen; es kam ganz von selbst, und es kam zumeist im rechten Augenblick. Er fühlte, wie es sich im Geäst seiner Adern ausbreitete, wie es vom Herzen her aufwuchs, ein gläserner, knisternder, glitzernder Baum, wie es Gehirn und Nerven mit weißen Kristallen bedeckte und die Haut mit einem starren Panzer überzog. Er dachte: ›Ich habe es nicht so gewollt. Ich wollte dich schonen. Und trotzdem ist es nun geschehen, Schwester. Denn von zweien, die mit Waffen aufeinandertreffen, ist jenem der Sieg beschieden, der es schwereren Herzens tut. Zwei Worte habe ich zu dir gesagt. Nichts weiter. Doch mit diesen Worten ist die große Kälte eingebrochen. Die Kälte, mit der mich eure Verbrechen vereist haben, bis in das Herz. Sie ist über dich gekommen. Erfriere darin!‹

Unter gesenkten Lidern sah er sie an und sah sie erstarren. »Nichts mehr?« fragte sie und hatte plötzlich keinen Atem mehr. Und dann (mit zerbröckelnder Stimme): »Das ist erst der Anfang gewesen! Ich kann dir den Dreck noch kübelweis über den Kopf schütten, du Arsch.«

Die Kälte aber wuchs und breitete sich aus; und er wußte, daß es keine Rettung vor ihr gab, daß sie schon die Welt erfaßte und in Eis verwandelte und daß er selber eines Tages in ihr erfrieren würde. »Mach's kurz!« sagte er barsch. »Was willst du? Willst du Krieg? – Wenn du Krieg willst – bitte! Erkläre ihn mir, und du hast ihn. Wir haben einen großen Krieg gewonnen, wir werden einen kleinen nicht verlieren.«

Und: Aus.

Sie stand noch ein paar Sekunden wie hypnotisiert; dann aber machte sie jäh eine taumelnde Drehung, riß die Tür auf, krümmte sich vor – und stürzte gehetzt und mit flatterndem Haar und, als sei dies die Rettung, in das Dunkel, das dort draußen schon auf sie zu warten schien.

V

Erst auf der Straße kam sie wieder zur Besinnung, wahrscheinlich weil ihr plötzlich Wasser in die Schuhe floß. Sie durchplanschte den See, in den sie hineingetappt war, und bemerkte erst jetzt, daß unter ihren Tritten eine dünne Eishaut splitterte.

Es hatte aufgeklart. Am Himmel standen teilnahmslose Sterne, tauchten flimmernd in die schwarzen Fichtenwipfel, tauchten flimmernd wieder zwischen ihnen auf. Der Frost knackte im Holz. Auch huschte ein leises Geraschel zwischen den Stämmen dahin. Es klang, als folgten ihr in einiger Entfernung leise Schritte. Dann fiel ein Zapfen lärmend durch die Zweige nieder und schlug auf.

Sie blieb stehen, hielt den Atem an. Schon einmal hatte sie Schritte zu hören vermeint. – Schlurften die Horden der Toten hinter ihr her? Schlich in ihrem Rücken der Erschossene? – Sie lauschte atemlos und hörte ihren Herzschlag hämmern. Reisig knisterte. Sand lief die Böschung hinab. – War es der Widerhall ihrer eigenen Schritte gewesen? Wie man in den Wald ruft, und so weiter ...? Jetzt hörte man nichts mehr. Nur aus der Tiefe bisweilen ein Stöhnen, als rufe der Berg, den die Quellen allmählich zernagten; als rufe das Wasser, das unter den Schieferplatten dahinfloß – und das Harz, das in den Bäumen aufwärts pulste.

›In welchem Zustand sich sein Haus befindet, will er wissen. Ob irgendwelche Reparaturen notwendig sind. Hat er vielleicht einen Auftrag? – Was wird geschehen? . . . *wer den Speer führt* . . .‹ Und plötzlich klapperten ihr die Zähne zusammen.

›Es waren zwei! Genau wie damals!‹ dachte sie. ›Zwei riesenhafte Vögel. Blauschwarz und lautlos. Und sie haben auf mich geschaut, jetzt ist es mir klar. Nicht auf irgendeine, sondern auf mich.‹

Brünnhilds Erwachen

I

Ein prima Glas!« sagte der Jäger.

»Noch von meinem Vater«, sagte Jerschek.

Sie standen am Gartenzaun, dort, wo der Weg in die Straße einmündete, und der Jäger spähte durch den Familienfeldstecher nach dem Gebirge.

»Ja eben!« sagte er. »Noch aus der Monarchie! Ich hab ein ganz ein ähnliches gehabt. So ein Glas ist heutzutag schon eine Rarität; so was wird ja gar nicht mehr erzeugt.«

Dem Nebel enttaucht, ragte jenseits der Schluchten und waldigen Rücken das Gebirge sieghaft in den klaren Morgen. »Schnee liegt dort oben!« sagte der Jäger. »Schnee liegt dort oben!« Er stellte die Drehschraube nach. »Der spekuliert herunter«, sagte er. (›Ich hab sie bei der Herfahrt nicht gesehen‹, dachte Jerschek. ›Das heißt: Ich hab sie gesehen und doch nicht gesehen. Nicht gesehen hab ich, wie sie, mit weißen Wolkenwimpeln beflaggt, aus dem Grün der Wälder ihre grauen Häupter in den Himmel stoßen und den Kriegstanz tanzen.‹) »Haben Sie's gar nicht gesehen?« fragte der Jäger. Er gab Jerschek das Fernglas zurück. »Direkt unterm Gipfel!« Nun spähte wieder Captain Jerschek durch das Glas. Wahrhaftig: In einigen Falten des Felsengesichtes lag Schnee!

»Der spekuliert herunter!« sagte der Jäger. Er stand auf der anderen Seite des Zaunes, dicht neben Jerschek. Sein grauer Lodenrock und seine grüne Weste verströmten den Duft von Rinde und harzigem Holz.

Captain Jerschek spürte diesen Duft. Er stellte die Drehschraube nach, starrte zum Gipfel. Er fragte: »Wird das Wetter wieder schlecht?« – »Kalt«, sagte der Jäger. »Auf jeden Fall kalt.«

Wieder kam Regen, und diesmal dauerte er. In stäubenden Schauern fegte er über den Rücken des Berges hinweg. Die Tropfen prasselten; die Wasserspeier sangen tagelang und nächtelang; Tag und Nacht vernahm er ihre öde Litanei. Man vertrieb sich irgendwie die Zeit, was nicht ganz einfach war, machte dies und das, und hin und wieder spitzte man die Ohren: Es prasselte, und auch die Speier sangen unbeirrbar weiter; noch im Schlaf, noch im Traume hörte man sie mit gurgelnden Stimmen das Dunkel beschwören. Jerschek begann einen Brief an Esther zu schreiben, ein Geschreibsel, von dem er schon wußte, daß er es niemals absenden würde; doch die Dämmerung brach früh herein; also gab er es bald auf und ging zu Bett. Dann war es Nacht: Er schlief, doch manchmal weckten ihn Geräusche (vermutlich auch solche, die er bloß träumte). Er richtete sich auf; er zündete ein Streichholz an, die Kerze . . . Er lauschte. Die rötliche Flamme begann in der Zugluft zu flackern, dann duckte sie sich. Er warf einen Blick auf die Uhr: Es war drei oder vier, manchmal schon fünf. Er dachte: ›Dort unten fahren jetzt Morgenzüge, gewiß. Und irgendwo dort oben fliegen noch Verkehrsflugzeuge. Doch das alles ist nicht *meine* Wirklichkeit. *Ich* bin abgeschnitten, bin allein mit dieser Kerze in der Finsternis.‹ Dann reckte er den Hals und blies die Kerze wieder aus – verspürte noch kurze Weile den Duft ihres Rauches – und hörte, während er allmählich in den Schlaf zurücksank und in ihn hinaustrieb, die nächtlichen Geräusche langsam schwächer werden, den Regen immer ferner durchs Gebirge gehen, ferner seine Schleppe durch die Wälder schleifen und schließlich nur noch jenes Klingen wie von Engelsstimmen, kalt und fremd: Harfenklänge, Äolsharfen, Telephondraht: Eine große Kälte kam geflogen; dann träumte man womöglich, es sei Schnee gefallen und es friere, das Land da draußen liege starr und weiß in einem rücksichtslosen Mond, und an den Fenstern bildeten sich sonderbare Eisgewächse. Jedoch schon im ersten Zwielicht sah Jerschek das graue Gestrichel aufs neue und hörte es wieder und sah auch nach wie vor die nächsten, nun bereits bekannten Wipfel darin schaukeln und noch immer ihre Zweige in den Böen auf und nieder schwenken, als winkten sie erregt einander zu. Sonst nichts: Die weitere Umwelt blieb ihm beharrlich verborgen, und genauso verborgen blieb ihm der Feind, blieb ihm Hildegard Brunner; nur den Boden hörte er bisweilen unter ihren Sohlen knarren, und dreimal täglich hörte er sie unten rufen. »Frühstück! – Mittagessen! – Nachtmahl!« rief sie; und im Speisezimmer fand er dann sein Essen auf dem Tisch bereitgestellt und dann in der Luft noch ein Huschen und eine Spur ihres Raubtiergeruches, so, als sei ein unsichtbares Fangnetz ausgeworfen. – Er schnupperte. Eigentlich hätte er wieder abreisen können, einen Wagen bestellen und abfahren können, good bye! Er fragte sich, warum er es nicht tat, warum er nicht einfach die Mauer des Regens durchbrach, telephonierte. Im Gasthof gab es eine »öffentliche Fernsprechstelle«; einen Jeep heraufzukommandieren war somit kein Kunststück. Im Gasthof wäre er nicht länger isoliert gewesen, dort verband ihn die Leitung mit sämtlichen Kommandanturen der Zone (ihn, Captain Jerschek); und sein Leben – ja, sein Leben hing vielleicht an diesem Haar, an diesem Kupferdraht, den er nächtens in den Weiten singen hörte, kalt und fremd, an dieser letzten Brücke zu dem helleren Gestirn der Sieger, das nirgends mehr die Finsternis durchbrach. Doch er blieb, und das, obwohl seine Spannung von Tag zu Tag wuchs und ihn mehr und mehr quälte, blieb wider Willen und zu seiner eigenen Verärgerung. ›Was ist es, was mich hier festhält?‹ fragte er sich und fand nun mitten in der Nacht auf einmal keinen Schlaf mehr und lag wach und überlegte. Widerstand es ihm einfach, mit Hilde aufs neue zerkriegt, seiner Wege zu gehen? Oder hing er immer noch so sehr an diesem Haus? Oder hielten ihn bereits die Widerhaken ihres Blickes? – War er ihr ins Garn gegangen? – Alles möglich! Auch war es ihm, als habe *sie* den Haustorschlüssel in Verwahrung, als gebe es bloß diesen einzigen Heimweg: den Weg über sie. Als vertrete nun sie jenes ihm fremd gewordene, feindliche Volk, das eines Märztags wie ein Wechselbalg im grünen Nest gelegen und geschrien hatte. Denn – weiß Gott! – da hatten alle mitgeschrien, die ganze Provinz! Auch dieser Jäger hatte zur Lederhose ein Braunhemd getragen! Jetzt verbarg er seine Heldenbrust in einer grünen Weste – widerlich! Aber war es sinnvoll, sich darüber aufzuregen? Idiotisch war es!! Hellwach starrte er in das teerschwarze Dunkel empor und fragte sich, ob nicht vielleicht auch sie so dalag und ins Dunkel starrte und Geräusche registrierte; und gelegentlich spürte er dicht über sich die Schrägung des Daches, auf das die Zweige schlugen und der Regen ohne Ende niederbrauste. Er fragte sich: ›Ist es das Haus? Ist es das Wetter? Was ist es? – Oder sind es ihre Augen? – Oder ist es etwa ihr Geruch, der wie ein Rauschgift wirkt?! Ist es das schreckliche Rauschgift ihres Geruches? Bin ich schon süchtig? – Oder ist es ihre Stimme, die dem Gurgelton der Wasserspeier ähnelt?‹ Wie ein Toter lag er in der nassen Erde dieser Nächte und lauschte dem düsteren, unerschöpflichen Chor. Irgend etwas würde er erfahren, wenn er blieb, das ahnte er; flüsternde Stimmen würden ihm bald ein Geheimnis verraten; und daß es ihm schwerfallen würde, mit diesem Geheimnis zu leben, das ahnte er gleichfalls – herrje! Erst als es Tag wurde, fiel er in einen bleiernen Schlaf. Am vierten Morgen aber weckte ihn die große Stille, die auf einmal herrschte, und welche ihn nun, da er sie nicht mehr gewohnt war, aufhorchen ließ. Er horchte also auf und hatte bald begriffen, daß es nicht mehr regnete; gleich darauf erkannte er, daß Schnee gefallen war.

Es war ein weicher, wässeriger Pappschnee, ein flüchtig greller Pelz, darin die Landschaft ohne Perspektive dalag, ein Hermelin, der bald hinwegzuschmelzen anhob und schon allen Bäumen tropfend von den Schultern glitt. Dann tauchte das Gebirge wie ein Leuchten aus den Wolken auf (erschreckend nahe und dennoch in seinen verzuckerten Wäldern geisterhaft unwirklich, unfaßbar fern); es stemmte den Schädel gegen die schieferfarbene Hochnebelschicht, und die Sonne fiel ihm auf die blendendweiße Stirn. Jerschek stieg zu seinem Frühstückstisch hinab und stellte fest, daß im ganzen Hause die Beleuchtung kopfstand; das Licht fiel plötzlich von unten her durch die Fenster herein, denn es wurde von dem schneebedeckten Boden draußen und den schneebedeckten Zweigen reflektiert. Auf dem großen Eßtisch aber lag ein weißes Tischtuch aufgebreitet, und auch dieses warf einen schneeigen Widerschein an die Decke; ein kaltes Geflacker huschte über die Balken und Bretter, weihnachtlich rein und keusch und dennoch auch wieder gespenstisch – denn unvereinbar damit und daher auch absurd blieb der Raubtiergeruch, der ganz frisch, gewissermaßen noch warm und von seltener Penetranz war; sie war wohl eben erst verduftet; ja, wahrhaftig! auch der Türkensterz und die Milch waren noch warm! Dem Fenster zugekehrt, setzte sich Jerschek zu Tisch. Er dachte: ›Wie kommt man dazu, dergleichen zu atmen?! Das geht durch meine Lungen! Das vergiftet mich!‹ Aber die Wärme des Essens versöhnte ihn wieder. Während er aß und trank, wanderten seine Augen nordwärts über die Wipfel. Weiße Wüste! Er verspürte einen Hunger wie schon lange nicht mehr! In dieser Richtung, wußte er, lag Wien. Das Wetter regte ihn auf. Jedoch auch die Umstände forderten eine Entscheidung. Er dachte: ›Wer die Wahl hat, hat die Qual. Meine Freiheit zwingt mich, eine Entscheidung zu treffen! Also gut: Ich werde mich entscheiden. Heute. Morgen. Übermorgen . . . Es hat keine Eile.‹

Schon wenig später hängte er sich den Feldstecher um und brach zu einem kurzen Rundgang auf. Er holte tief Atem: herrlich!

Das schmeckte nach nichts, was schon in den Lungen anderer gewesen war! Beschwingten Schrittes eilte er den Gartenweg hinab, links in den Zweigen die frisch gewaschene Sonne, den blitzenden Vogel, rechts das große Leuchten der verschneiten Berge durch die Schneisen brechend und ringsum das Trommeln der von den Bäumen stürzenden Tropfen. Dann, auf der Straße, wandte er sich der Ebene zu, und jetzt erst bemerkte er, daß er sich über den Wolken befand; nordostwärts gekehrt, schaute er über ein Meer von weißem Gewölk, dem fernste Höhen wie vorgelagerte Inseln entragten, sagenhaft blau, währenddem die Gegend, von der übrigen Erde derart losgelöst, nun als Küste zwischen diesem Meer und einem grünlich aufgeklarten Himmel schwebte. Er folgte der weichen, von Schmelzwasser gurgelnden Straße in östlicher Richtung bis dorthin, wo sie in Kurven talwärts zu sinken begann, und kehrte dann zurück auf einem Wald- und Wiesenweg, der durch den Hof des Jägers und zwei andere Gehöfte auf der Schattenseite führte. Der Jäger aber hatte vermutlich die Schritte gehört, denn er stand bereits vor seiner Tür parat. Mit seinem dicken Zeigefinger zielte er auf Jerscheks Brust: »Verkaufen sie mir das Glas! Ich zahl's Ihnen gut.« Jerschek grinste. »Fällt mir doch gar nicht ein«, sagte er ruhig. »Oder Sie kriegen dafür was zu essen«, sagte der Jäger. »Speck, Verhacket, Butter, Eier . . .« Seine Augen funkelten. »Danke sehr! Ich bin nicht so verfressen«, sagte Jerschek. Als er hernach beim Ährenhiesel vorbeikam, las er einen Apfel aus dem nassen Gras auf. Er biß in die kalte, harte, erstaunlicherweise noch unreife Frucht, und auf einmal schmeckte er deutlich das Ende des Sommers unter der Zunge, schmeckte den Regen, den Nebel, die Morgenfröste, den Rauhreif, die spärlicher werdende Sonne, den schärferen Wind: den ganzen herben Zauber dieser Jahreszeit: den Geist, der aus dem Sterben allen Lebens atmete, sowohl die Schwermut des Vergehens als auch dessen Heiterkeit.

Zu Hause angelangt, schrieb er sogleich an seinen Gewährsmann in Wien, einen alten Freund, auf den er sich verlassen konnte, man möge nun die beiden im Hotel bereitgestellten Koffer senden, auch die »Times«, wie überhaupt sämtliche Post, hierher dirigieren und fürs erste nicht mit seiner Rückkehr rechnen, denn er habe sich nun doch entschlossen, hierzubleiben. Er frankierte den Brief und brachte ihn später zum Gasthof, wo er ihn neben der Tür in den Briefkasten einwarf. Noch glaubte er, eine freie Entscheidung getroffen zu haben; in Wahrheit aber führte er bereits den Auftrag eines Unbekannten aus: In dem rauschhaften Zustand totaler persönlicher Freiheit gehorchte er fortan einem geheimen Befehl.

Abends, als er noch ein wenig durch den Garten schlenderte, kreuzte wie per Zufall Schwester Hilde seinen Kurs. Sie streifte ihn mit einem Blick, der einem Peitschenhiebe ähnelte. »Der Regen ist aus«, sagte sie. »Jetzt steht deiner Abreise nichts mehr im Weg.« Er gab ihr keine Antwort, ging an ihr vorbei, als sei sie gar nicht da, und auch sie ging weiter, so, als habe sie nichts anderes von ihm erwartet. Er hörte, wie sie gemächlich, doch ohne zu zögern, die Stufen hinanstieg, dann das Klappen der Verandatür, dann nichts mehr. Jetzt wandte er sich um. Sie war verschwunden. Nur das Spiegelbild des Abendhimmels in der Glastür schwankte noch ein wenig; Abendrot flackerte über die zitternden Scheiben, fahrige Brunst, und die Spiegelungen schwarzer Wipfel schwankten mit. Weiter hinten dunkelte die alte Kegelbahn, in der jetzt nicht nur Brennholz, sondern auch verschiedenes Gerümpel lagerte, und dort gewahrte Jerschek, als er nun am Haus vorbei ins Dunkel spähte, den großen alten Hackstock und die große Hacke.

In der Nacht, die reglos blieb und wie erstarrt, erwachte er mehrmals von dem Gefühl unendlichen Raumes. Er wußte plötzlich, daß sich wieder jener riesenhafte Sternenhimmel seiner Kindheit über dem Gebirge wölbte und daß dort oben eine grauenhafte Kälte lauerte. Er dachte: ›Bitte sehr! Wenn es dir Spaß macht! Ich halte durch. Eines Tages wirst auch du erfrieren.‹ Dann aber träumte er von der Vollstreckung eines Todesurteils: von einem Richtbeil und von einem Richtblock.

In den folgenden Tagen durchstreifte er unermüdlich die Landschaft, die nun in ihrem Sterben immer heller, immer weiter wurde. Ein leichter, aber steter Ostwind hatte sich erhoben, der strich den Birken durch das gelbe Laub, so daß es plapperte; er rasselte im Flachland durch den gelben Kukuruz; er ließ in den Weinbergen unten die Windräder klappern; er fuhr durch das Gras auf den Schlägen, so daß es zu rascheln begann; er fegte aus und hatte bald das Fell der Erde wieder ausgetrocknet. Eine reine und dennoch sanfter gewordene Sonne zog nun Tag für Tag ihre kürzer und kürzer werdende Bahn durch den Himmel; es herrschte ein ausgedehntes, fast ortsfestes Hoch, ein milder, honigsüßer, honiggelber Herbst voll blauem Licht; und wenn es dann dunkelte und das Leuchten erlosch und die Waldränder schwarz und erstarrt in die Dämmerung ragten, dann stieg aus jenem weißen Nebelmeer im Osten ein runder, scheunenblonder Mond herauf. Die Nächte freilich waren kalt und wurden immer kälter, jedoch in den Mittagsstunden flimmerte noch über südlichen Hängen ein Aufstrom von Hitze und Heuschreckenschrillen; erhitzte Luft stieg auf mit einem Weihrauchduft von Kräutern, heißem Holz und heißem Harz und mischte sich flirrend und flackernd in kältere Luft, in leuchtende Schwaden, die golden verrauchten; das Gebirge aber glich in diesem Gold und diesem Luftgemisch einem sagenhaften Schiff auf großer Fahrt, das mit windstraffen Segeln und schneeig flatternden Wimpeln einem unbekannten Ziel entgegenstrebte. Auch schien die Welt, durch welche es so kriegerisch dahinzog, wie ein Meer zu atmen, sich zu heben und zu senken wie ein Meer und immer wieder neue Wogen aufzutürmen, Wogen aus Wiesen, Wogen aus Wald, Wogen aus Stein, Wogenkämme, die, mit grünem Gischt bedeckt, im Winde zischten, Wogen, saphirgrün wachsend und wieder in sich versinkend, so daß man hier, wo immer man wanderte oder auch ruhte, das Gefühl nicht los ward, frei über allem zu fliegen. Außerdem: Da war das Schwarzblau eines fernen Forstes, und die Schatten der Föhnwolken huschten darüber hinweg, und manchmal rief noch eine alte Ferne, lockend, voller Abenteuer, ein großer Horizont, der immer noch zum Aufbruch mahnte und mythisch hinter den Wipfeln aufleuchtete wie eine geliebte, lange vergessen gewesene Seeräuberküste. Gewiß: Die Zäune liefen kreuz und quer, bergauf, bergab, teilten das Land in Zellen, Bezirke und Gaue für Vieh; doch Captain Jerschek schwang sich reitend über sie hinweg, wie er es bereits als Kind getan hatte. Er fahndete nach alten Lieblingsplätzen, Liebesnestern, und hatte manchmal seine Not dabei, denn viele von ihnen hatten sich derart verändert, daß man sie nur noch mit äußerstem Scharfsinn wiedererkannte. Überhaupt: die Vergänglichkeit: die Veränderungen der Gegend! In der gewohnten Masse eines Waldes klaffte jählings eine Bresche! Eine himmelblaue Bresche stieß den Heimgekehrten vor den Kopf, machte ihn unversehens zu einem Greis, der sich nicht mehr zurechtfand – wie sollte er auch? Der Jungwald war höher geworden, der Hochwald dagegen streckenweise gefällt; wo sich einst ein Schlag geweitet hatte, wucherte undurchdringliches Dickicht und sperrte den Weg. Vertraute Pfade waren zugewachsen, sie verloren sich auf einer Lichtung unterm Farnkraut, verschwanden im rostroten Schwanken und Rascheln der Kräuter, dann in Dornenranken: Himbeerstauden, Brombeerbüschen und so weiter . . . und waren plötzlich weder da noch dort und auch jenseits nicht mehr aufzuspüren. Solche Orte wirkten auf eine gespenstische Weise bekannt und beklemmend: bekannt und dennoch fremd, wie etwas, das der Traum verschoben und verzerrt hat; auch weckte ihr Anblick keine Erinnerung mehr, sondern löschte eher letzte Spuren einer solchen aus. War es hier gewesen, wo er seine Mutter angeschrien hatte? Und: *Weswegen* hatte er sie damals angeschrien? – wegen des Ingenieurs? Oder hatte es sich um Hilde gehandelt? Und in welchem Sommer hatte sich die Szene abgespielt? – In dem Morgennebel, welcher die Lichtung mit Königsblau füllte, sah er das zarte Gesicht seiner Mutter allmählich zerfließen. Doch: Wie war das? Hatte seine Mutter überhaupt so ausgesehen? So erschütternd? – War es nicht Hilde gewesen, die durch den Nebelglanz hergelugt hatte?

In diesen Tagen kam die erste Post. Hilde brachte sie herein, als er beim Frühstück saß. »Ihr Käsblatt, Captain!« Sie klatschte sechs Nummern der »Times« auf den Tisch und fuhr, umwirbelt von ihren Haaren, wieder hinaus. Jerschek grinste, denn das ganze hatte ausgesehen wie der versuchsweise Ausfall aus einer belagerten Festung. ›Alpenfestung!‹ dachte er und griff nach einem Brief, der in den Sterz gefallen war und einen hübschen Fettfleck abbekommen hatte.

Mittags lag er dann auf einem Kahlschlag, wo dürres Reisig in der Hitze knisterte und knackte und die abgeschälten Rinden, die sich krachend in der Sonne krümmten, einen intensiven Harzgeruch verbreiteten. Auf der weiten Blöße regierte nichts anderes mehr als der Himmel, ein dunkler Sog, ein dunkelblauer Abgrund, in dessen schwindelerregender Tiefe bisweilen ein Bussard ertrank oder ein weißer Kondensstreifen langsam emporwuchs. Die Luft war ruhlos; sie glich einem durchsichtig klaren Gewässer, darin die schlanken Überständer ihre Wipfel wiegten, sie kam von Süden her den Hang heraufgeströmt, sie brachte das Geläut der Bäche und der Herdenschellen mit; sie raschelte und zischelte im dürren Gras, floß wie Wasser über Jerscheks Körper hin und stieg sodann, durchzittert und verdichtet von dem Summen später Wespen, als ein leuchtendes Geflimmer in ihr Blau empor. Senkrecht nach oben schauend, lag er dann unter der runden, sengenden

Lampe, ein gefällter Baum unter dem runden, riesigen Himmel, und sah durch eine blaue Finsternis die Wolkenfetzen fliegen, so tief, daß er meinte, den Arm nur heben zu müssen, um sie zu haschen. Das waren jene großen Augenblicke, da er sich dem kreatürlichen Behagen hingab dazusein, Augenblicke, in denen er wieder zum Kind wurde, wieder zum Tier wurde, wieder zur Pflanze, wieder zum Stein und so sich selbst vergaß und dergestalt auch jede Zeit. Dann hörte er bisweilen seine Mutter locken wie ein Muttertier. »Gottfried!« rief sie ganz nahe. »Gottfried, wo steckst du?!« – »Hier«, sagte er leise (da sie ja ohnedies nah war) und amüsierte sich darüber, daß sie ihn nicht sehen konnte.

»Wo?« fragte sie.

»Daheim«, sagte er.

»Ja, wo denn? Ich kann dich nicht sehen.«

»Im Gras«, sagte er.

»Luder!« flüsterte sie; doch jetzt war es Hildes Stimme, die auf ihn zukam: Hilde Brunner beugte sich tief atmend über ihn und küßte ihn; er spürte ihre Lippen flüchtig auf den seinen ruhen, und was er dabei schmeckte, war das Salz von Tränen.

Dessen ungeachtet fuhr er fort in seinem Brief an Esther. Abend für Abend fügte er einige Zeilen hinzu. Zum Beispiel so: »Der Wald ist voller Wild und voller Fährten und die Villa voller Spuren, die ich nicht entschlüsseln kann.« Oder so: »Die Leute hier sind noch die alten. Nur: Jetzt sind sie auch noch stolz, daß sie Soldaten waren, stolz, sich für Deutschland so glorreich geschlagen zu haben, tun grad, als hätten sie den Krieg gewonnen.« Oder auch so: »Heut mittag war Kernöl auf dem Salat (das olivgrüne Öl, das man aus Kürbiskernen gewinnt). Du weißt: Ich hab dir oft davon geschwärmt. Wenn es so was auch in Palästina gibt, dann komme ich.« Aber dann – dann kamen die bewußten Koffer, und in ihnen war fast alles, was man so zum Überwintern brauchte; sie enthielten gerade jenen Ballast, der notwendig war, um Captain Jerschek hierorts weiter festzuhalten. Er packte also aus und richtete sich häuslich ein; der Tisch, der Schrank, die Fächer und die Laden wurden voll. ›Herrlich! Hilde wird zerspringen!‹ dachte er. Dann warf er die geleerten Koffer in die Bodenkammer zu dem Schmerzensmann – erledigt! Er stellte Esthers eingerahmtes Foto auf den Tisch und sah ihr lange in die dunklen Augen. ›Sie war schön!‹ dachte er. ›Mein Gott, war sie schön!!‹ Und dann erst bemerkte er, daß er bereits im Imperfekt dachte.

Unterdessen kochte Hilde weiterhin für ihn das Essen und servierte es ihm im Speisezimmer wie einem Pensionsgast; und hin und wieder kam sie dann mit seiner Post herein und überreichte ihm die »Times« als Käsblatt oder als Revolverblatt; das wechselte. Und am Ende der Woche legte sie ihm eine Abrechnung hin, also legte Jerschek einen neuen Vorschuß auf den Tisch, und bei der nächsten Mahlzeit lag bereits ein Zettel da, darauf sie den erhaltenen Betrag bestätigte. Auch fand er, wenn er heimkam, stets das Bett gemacht, die Kabuse immer gründlich aufgeräumt und die Luft dortselbst bisweilen noch erregend parfümiert: Hildegard Brunner war stolz: Hildegard Brunner ließ sich nichts schenken! So bewies sie ihm auch, indem sie auch jetzt noch Landarbeit machte, daß sie auf die finanzielle Unterstützung, die er ihr gewährte, pfiff. Sie hatte ihren Fleiß, sie hatten ihren Mut, sie hatte ihre Muskelkraft; und langte das nicht, so hatte sie einen Geschäftsmann in Graz und dazu ihr Geschlecht.

Bei diesem Gegenstand ertappte er sich manchmal; er war kein Engel, nein, er dachte an dergleichen Dinge! – meistens nach dem Nachtmahl, wenn er oben bei der Kerze saß und der Abend überhaupt kein Ende nehmen wollte – oh, du liebe Zeit! – und vom langen Lesen schon die Augen brannten und es trotzdem noch immer zu früh war, schlafen zu gehen. Dann raffte er sich bisweilen auf und floh in das Wirtshaus. Doch die Bauern, die noch sein Vater gekannt hatte, traf man dort nicht mehr. Nur solche, die den ermordeten Ing. Brunner verehrten; und mit denen wußte er nicht viel zu reden, nein, da schwieg er lieber. Aus Verzweiflung ließ er sich mit Most vollrinnen, aß auch meistens völlig sinnlos irgendeine Kleinigkeit und streute schließlich einen Slibowitz darüber; dann brach er auf und ging, da es mondscheinig war, auf dem Waldweg nach Hause.

Die Nacht war größer als der Tag, das sah er nun; ihre Räume waren sozusagen grenzenlos. Die Ebene: die Unterwelt, das Totenreich, das Reich der Schatten; das Gebirge aber schwebte irgendwo im Jenseits, irgendwo im höchsten Himmel; man sah es nicht genau, jedoch man fühlte, daß es da war, und man hörte es wie einen nebelgrauen Almhornruf, und man hörte aus den Schluchten das Geläut der Herdenschellen, denn die Rinder weideten bei Mond die ganze Nacht. Das Mondlicht aber fiel in großen Tropfen durch die Zweige, durch das löcherige Dach des Waldes; es malte silberbleiche Flecken auf die Stämme und den

Weg und glitt Captain Jerschek, der weiterging, über die Stirn und über die Schultern: Er trug eine Tarnbemalung, die sich bewegte; leuchtende Pfauenaugen huschten ihm eilig den Rücken hinab. Niemand hätte ihn in einem solchen Augenblick erkennen können; seine Identität war für bange Minuten in Frage gestellt.

Eines Morgens erwachte er zeitgerecht wie ein Bauer. Er sah hinaus und sah den Himmel, der wie blasse Seide war, und faßte unverzüglich den Entschluß, diesen Tag im Freien zu verbringen. Mit zwei Zeilen sagte er das Mittagessen ab und legte den Zettel Hilde zum Frühstücksgeschirr, dann fuhr er in den Mantel, hängte sich das Fernglas um und brach in Richtung zum Gebirge auf. Es war noch früh, er warf (besonders, wo der Weg bergab ging) einen langen Schatten vor sich her. Und auch die Bäume warfen lange Schatten auf die Hänge; und in sämtlichen Mulden bildeten Selbstschatten tiefblaue Tümpel. Ein paar Bauern krochen wie verdreckte Käfer durch das Braun der Äcker, das in der Sonne rot, im Schatten aber violett war. Sie pflügten, ernteten Erdäpfel, fuhren Dünger aus und kamen mit klirrenden Wagen und dampfenden Kaltblutpferden daher. Man sah sie fern als Silhouetten vor dem Glas des Morgenhimmels oder sah von oben her auf sie hinab. Bauer, Pflug und Pferd: eine Dreifaltigkeit (unheilig) zog eine Furche, und ein dreifacher Schatten glitt riesenhaft über den Berghang. Im Vorbeigehen wechselte Jerschek einige Worte – zuerst mit dem Spenger, dann mit dem Kogler, dann mit dem Schmuck; man war jetzt wieder gut bekannt und sprach daher vom Wetter, denn darüber war man so im allgemeinen einer Meinung.

»Wie wird's?«

»Es schlägt um.«

»Das glaube ich auch.«

Oder: »Ich glaub, es schlägt um.«

»Ach wo! Das hält noch lang!«

Oder: »Wird sich das Wetter noch halten?«

»Kaum. Das schlägt um. Wenn der Jauckwind weht, dann schlägt es um.«

»Ja, eben.«

Dann hieß es »hü«, und Pferd und Pflug und Spenger oder Kogler oder Schmuck setzten sich aufs neue in Bewegung. Ihr Schatten duckte sich in eine Mulde, streckte sich sodann hangab und wurde wie das Westwerk einer Kathedrale. Jerschek dachte:

›Interessante Gespräche kann man hier führen! – Über das Wetter, zum Beispiel, und über die Ernte und über das Vieh. Doch am besten ist es, man redet mit ihnen über das Wetter. Vom Vieh und von der Ernte ist es nur ein Schritt zur Politik.‹ Wieder kam der Hochwald (auch so etwas Kirchliches); ein Kirchenschiff nahm Captain Jerschek gnädig auf. Er schritt durch Säulengänge und die Sonne, welche draußen bleiben mußte, warf ihm ein paar grelle Strahlenbündel nach. Er dachte: ›Wahrhaftig! Ich habe mein Volk nicht gekannt, nicht in den dreißiger Jahren, nicht während des Krieges, noch niemals. Jetzt erst fange ich an, es kennenzulernen. Das Lehrgeld freilich habe ich schon im voraus bezahlt.‹ Dann schaute er auf: In der Tiefe des Kirchenschiffes saß noch die Nacht. Mit blinden Augen starrte sie stumm aus dem Unterholz her. In allen Stämmen war sie wie ein dunkler Saft enthalten – und im Wirrwarr der Zweige und unten im Wurzelgewirr – und im Heidelbeergrün und im Brombeergestrüpp; und in den grauen Felsen war sie noch enthalten (reglos) und im Moos und in den grauen und den grünen Flechten an den Bäumen. Und enthalten war sie im schlitzigen Fleisch verfaulender Schwämme sowie in den teerschwarzen Stücken und Splittern modernden Holzes. Die Beleuchtung aber und mit ihr die Stimmung änderten sich rasch, als nun das Licht in breiten Bahnen immer steiler in den Wald fiel. Aus den Schatten schwand das Starre, Frostige des Morgens; die Farben erwärmten sich, sättigten sich und begannen zu funkeln; ein Atem wie der Atem eines Lebewesens hauchte durch die Zweige; Flügel flatterten, Vogelstimmen erwachten; auf den Schlägen summten späte Bienen, zirpten Zikaden, und die Luft stieg flimmernd vor dem dunklen Violett des nächsten Waldes himmelwärts. Jerschek querte sieben Blößen, die er noch nicht kannte, und jedesmal erschien vor seinen Augen das Gebirge wie ein Traumbild, und immer wieder tauchte er in diesen golddurchwirkten Schatten und in diese Frische, und so ging er unermüdlich weiter, immer aufs Geratewohl. Er dachte: ›Wenn sie doch zurückgekommen wäre! Dort unten ist Wüste, Sand, Hitze und blendendes Licht. Gewiß: Sie mühen sich, ihr Land in einen Garten zu verwandeln; doch sie werden täglich um dies Stückchen Erde kämpfen müssen.‹ Esther tat ihm plötzlich furchtbar leid. Er wußte ja, wie sehr sie immer noch an ihrer alten Heimat hing. Auch beschämte es ihn, daß er hier in Frieden umherlaufen konnte, während es für sie noch immer Krieg gab.

Gegen Mittag kam er auf eine Wiese hinaus, die ein Stück hangab an einen Acker grenzte. Er tat ein paar Schritte über den moosig federnden Boden; dann blieb er stehen, überwältigt von der Aussicht, die sich vor ihm auftat. Das Grundstück, das, wie er wußte, dem Motti gehörte und den schönen Namen Theisel trug, stürzte gegen Süden ziemlich steil zum nächsten Graben ab, zu einer Schlucht, aus der man deutlich einen Wildbach brausen hörte, ohne ihn jedoch zu sehen . . . Überhaupt: Man sah nicht viel an diesem Ort; vor allem sah man diese riesenhafte Masse blauer Luft, hinter welcher das Gebirge schattenhaft die Schultern reckte und seine Wälder atmend in den Himmel hob. Der Blick ertrank darin, fiel über das Ocker der abgeernteten Furchen hinaus – hinaus in eine nebelhafte Unergründlichkeit; und wieder einmal hatte Jerschek das Gefühl, zu fliegen oder sich bloß von der Erde abstoßen zu müssen, um es zu tun.

Über der unauslotbaren Tiefe kreiste ein Bussard. Dort drüben zog er, getragen vom Aufwind, lautlose Kreise. Jedoch, da war noch etwas anderes zugegen und fiel auf: nämlich die Frau, die am unteren Ende des Ackers arbeitete. Die Motti war es nicht: die konnte es nicht sein; die wäre nämlich hier nicht aufgefallen. Die Motti hob sich nicht von ihrem Acker ab; wer war es also? Es ließ sich mit freiem Auge nicht feststellen – verdammt noch einmal! Jerschek griff nach dem Fernglas und richtete es auf die rätselhafte Gestalt, die sich eben wieder abgewandt in eine Furche kauerte. Sonderbar! Sie wirkte zwar nicht störend in der Landschaft (und schon gar nicht auf jene katastrophale Art wie Städter dies taten), dennoch fiel sie auf an diesem Ort und überhaupt bei einer solchen Arbeit, bei der sie mit bloßen Händen Erdäpfel ausgrub. Nun stand sie wieder auf und reckte sich, als schmerze sie das Kreuz; ihr Kopftuch zurückschiebend, fuhr sie sich mit dem Handrücken über die Stirn. Eine Magd! Gewiß! Doch hatte sie nicht das Kretin- und Pygmäenhafte des Landvolks, o nein! Sie war hochgewachsen. Aber sie war auch kein Trampel; sie war eine Tanne. Und plötzlich gab es Jerschek einen Stoß im Herzen, denn er erkannte, daß die Frau dort drüben Hilde Brunner war. Tatsächlich! Was ihm da vergrößert vor den Augen tanzte, war niemand anderer als seine Schwester Hilde.

Sie hatte sich um sechzig Grad gedreht, und er sah nun ihr ernstes, bewegungsloses Profil. Ihre Augen schienen gelangweilt dem Bussard zu folgen, der sich ihr auf seiner Kreisbahn immer wieder näherte. Dann aber wandte sie den Kopf und spähte nun zum Waldrand her, als suche sie hier oben etwas Unbestimmtes, Ungewisses; fast sah es aus, als habe sie von fernher einen Ruf vernommen und hielte nun vergeblich nach dem Rufer Ausschau. Und auf einmal blickte sie direkt auf Jerschek, blickte direkt auf ihn und bemerkte ihn nicht, blickte mit den Augen einer Blinden oder einer Schläferin durch ihn hindurch, so, als sei er in ihrem Traum nicht vorhanden.

Langsam ließ Jerschek den Feldstecher sinken. Eine fremde Frau stand auf dem Acker dort. Jäh erfaßt von einer großen Trauer, kehrte er sich ab und stapfte wieder in den Wald zurück. Er wußte plötzlich, daß er ganz vergebens einen Heimweg suchte, wußte, daß er nichts mehr wiederfinden würde, weder die tote Mutter noch die lebendige Schwester, keine Heimat und auch keinen Vater mehr. Die Sonne, die nun hoch am Himmel stand, trieb blendendblonde Keile in das grüne Dunkel; Herbstfäden glitzerten, Funken tanzten auf glänzenden Blättern, Waldwespen summten; durch das Wirrwarr der Äste huschte es flatternd, schien Jerschek zu foppen irgendein Etwas. Weglos und ziellos brach er durch Unterholz und verwachsenes Dickicht, ging weiter, wo sich die Steige im Dämmer verloren. Dürre Zweige knackten ab und ritzten ihm die Hände. Spinnweben legten sich ihm über Haar und Gesicht. Eine kleine, dumme Melodie verfolgte ihn wie ein Insekt, und er pfiff sie immer wieder vor sich hin, während ihm das Blut betäubend in den Schläfen hämmerte und die Stille rings um seinen Kopf zu einem Brausen anschwoll . . .

Und auf einmal gewahrte er Esther zwischen den Stämmen. Reglos stand sie dort drüben im flirrenden Licht und blickte ihn an. Dann wandte sie sich ab und machte eine resolute Kopfbewegung, als sage sie: »Na, komm schon! Ich zeig dir den Weg.«

In diesem Augenblick schlug eine Vogelstimme an sein Ohr. Wahrhaftig: Eine Vogelstimme lockte wie im Frühling; und im gleichen Augenblick trat Esther aus der Sonne in den Schatten, und ihre Uniform verfärbte sich, ward plötzlich feldgrau und verschwand.

Captain Jerschek schauderte zusammen. War nicht Esthers Haar vorübergehend blond gewesen? – Er starrte verstört nach der Stelle zwischen den Stämmen: Fort war das Blendwerk! Nur die Vogelstimme rief und lachte noch von fern und immer ferner.

Spätabends kehrte er heim. Auf dem finsteren Flur stieß er mit Hilde zusammen. Hatte sie ihm aufgelauert? War sie hier im Hinterhalt gelegen? »Guten Abend«, grüßte sie, als habe sie noch anderes parat. Er horchte auf – und »Guten Abend«, sagte er kühl. Dann ging er weiter und gewahrte nun im Dunkel ihre Augen. Sie hatte sich ihm zugekehrt und sah ihn an, sah ihm, da er an ihr vorbeiging, gespannt ins Gesicht, sah ihm auch nach, da er nun langsam die Treppe hinanstieg, das fühlte er deutlich, sah drein, als hoffe sie, er werde doch noch stehenbleiben, ein Gespräch beginnen oder so, dann erst, als er schon halb oben und ums Eck war, rief sie: »Einen Augenblick! Ich hab mit dir zu reden!«

»Ja, bitte?« fragte er in reserviertem Ton und machte also kehrt, stieg sogar etliche Stufen wieder hinab und sah sie nun dort unten halbwegs zwischen der Tür und der Treppe im Gang stehen, eine schlanke, reglose Säule aus atmender Schwärze. Und: »Ja, bitte?« fragte er nochmals, weil sie nun schwieg. Atmend stand sie in der Dunkelheit und schwieg noch immer. Dann aber gab sie sich einen ihm fühlbaren Stoß. »Wir haben schon Mitte Oktober; es wird immer kälter«, sagte sie mühsam. »Wenn du vorhast, zu bleiben, mußt du jetzt Brennholz kaufen – am besten beim Jäger. Außer, du willst frieren«, fügte sie hinzu.

Er lauschte gebannt ihrer Stimme, die er schon Tage nicht mehr gehört, deren wärmenden Klang er nicht mehr im Ohr hatte, wie es ihm schien. ›Verstummt sie einmal, erfriere ich‹, dachte er schaudernd – und »Schön«, sagte er, »ich werde mit dem Jäger sprechen. Gute Nacht! – Oder wolltest du noch was?«

»Ich hab schon mit ihm gesprochen«, sagte sie fern aus dem Dunkel herauf. »Zwölf, auch dreizehn Raummeter können wir haben. Dürrlingsholz. Er zeichnet uns die Stämme an. Schlägern müssen wir sie selber; aber das ist keine Sache, wenn man zu zweit ist.« Sie machte eine Pause, zögerte, als erwarte sie von ihm nun irgendeine Reaktion. Geschickt und kaum merkbar war sie zur Tagesordnung übergegangen, vermutlich hoffend, daß nun er ein gleiches tun werde. Und dann: »Es kostet nicht viel, das Normale; ich weiß es jetzt nicht. Ihm natürlich gibt man etwas extra. Kein Geld. Am besten etwas, das er so nicht kriegen kann, vielleicht das Fernglas. Du hast es ihm unlängst gezeigt; er ist darauf scharf.«

Wieder glaubte er, ihre Atemzüge zu hören, auch ihren Hauch zu spüren, ihren Duft, die Wärme ihres schwesterlichen Körpers.

›Wer hat schon Lust zu frieren?‹ dachte er. ›Am wenigsten wohl der, der schon die Morgenkälte ahnt, die große Eiszeit.‹ Er machte unwillkürlich einen Schritt treppab auf Hilde zu. Da war sie – war ganz nahe, aber nach wie vor von ihm getrennt – und »Ist in Ordnung«, murmelte er in die dichtgewordene Stille hinein. »Sag dem Erpresser, er soll sich das Fernglas hier holen.«

II

Es klappte: Der Erpresser holte sich das Fernglas schon am nächsten Abend, und eine Woche später zogen sie zum Schlägern aus. Ihr Holz befand sich am Nordhang in einem verwilderten Waldstück, wo alles modernd und mit feistem Moos bewachsen kreuz und quer lag. Man watete in einem saft- bis schimmelgrünen Matsch von Überpflanzen und in der Fäulnis, die sich unterhalb verborgen hielt; man kletterte wie durch die Sparren eines eingestürzten Dachstuhls, stolperte, glitt aus, morsche Stangen knickten unter jedem Tritt, zerfielen fast lautlos; plötzlich brach man ein, versank im Humus, in Friedhofserde, in Asche und Staub und mußte froh sein, wenn man aus dem allen wieder heil herauskam. Hilde machte den Vorarbeiter, erteilte Befehle. Sie tat es fast wortlos, ließ ihre Lippen womöglich zusammengepreßt. Unbeantwortet blieben Bemerkungen Jerscheks über das Wetter, das allerdings genauso mürrisch war wie sie und nicht der Rede wert. Schweigend wies sie auf einen der schmächtigen Stämme: »Jetzt den da!« Dann knieten sie sich nieder, setzten ihre Säge an, und das dürre Ding begann zu zittern und zu rasseln, und seine letzten braunen Nadeln rieselten herab. Sie rieselten auf die gekrümmten, sich rhythmisch bewegenden Rücken der beiden, fielen, währenddem der Atem keuchend ein und aus ging – und auch die Säge wie im Fieber keuchte, in den aufklaffenden Hemdkragen des Mannes, desgleichen auf die wie im Zorn hin und her geschleuderte weibliche Mähne. »Sieg Heil! Sieg Heil! Sieg Heil!« keuchte die Säge (es klang wie das Geschrei des Pöbels anno 1938) und: halt, genug!

Der Stamm war fast zur Gänze durchgesägt. Hilde stand auf, stemmte, gestreckten Armes, die Hand gegen ihn: Noch widerstand er ihr; dann neigte er sich zur Seite, erst langsam, dann immer schneller, und stürzte nun jählings und einen hallenden Seufzer ausstoßend dem Hang zu.

Mit dem Handrücken fuhr sich die Fällerin über die schweißnasse Stirn und schleuderte dergestalt einige Tropfen beiseite. »Scheiße!« sagte sie – mitten hinein in die plötzliche Stille, so daß es war, als spreche sie ihr erstes Wort an diesem Morgen. Jerschek kümmerte sich nicht darum. Er spähte jetzt senkrecht empor in die leer gewordene Luft, aus der ein letzter Schauer dürrer Nadeln kreisend auf ihn niederschwebte, während sie (die Luft) von jenem Klagelaut, der längst verklungen, und von einem Schmerz, der offenbar vorbei war, noch auf rätselhafte Weise nachzuzittern schien. Schon war freilich alles wieder wie zuvor. Vergaß man erst, daß hier ein Baum gestanden war, so fehlte nichts. Gerade und feierlich strebten die Stämme wie immer nach oben und hielten ihre Wipfel reglos in den grauen Himmel. Hilde hatte inzwischen den nächsten Dürrling erspäht und näherte sich ihm, wobei sie ihre Säge schwenkte. Schlaksig-schlampigen Schrittes schlenderte sie hangab auf ihn zu; morsches Holz zerbarst mit dumpfem Krachen unter ihren Sohlen. Jerschek schmerzte von der ungewohnten Arbeit schon der Rücken – oh, verflucht! – schließlich hatten sie um acht Uhr angefangen, und jetzt ging es schon dem Mittag zu, und sie hatten bereits eine Menge von diesen erbärmlichen Besen geschnitten. Er ließ sich also – ohne ein Wort der Entschuldigung oder Erklärung und gleich dort, wo er gerade stand – in das federnde Moos fallen. Sie sagte ja auch nichts und machte ja auch, was sie wollte. »Scheiße!« hatte sie gesagt; das hatte ihm genügen müssen, und es hatte ihm genügt. Er hörte weitab das Geräusch ihrer Schritte verstummen und fühlte, daß sie nun zu ihm herübersah. Ja, schau nur! Schau nur, mein Liebling! Da liege ich jetzt. Jawohl, ich liege auf der faulen Haut, im weichen Moos! – Deutlich fühlte er ihre gehässig auf ihn gerichteten Augen. Er lauschte: kein Laut! Sie starrte ihn anscheinend immer noch an. Dann aber setzte das Sieg-Heil-Gekeuch aufs neue ein: Sie verzichtete auf seine Hilfe, fuhr in ihrer Arbeit fort, gehetzt, verbissen. ›Bitte sehr!‹ dachte er. ›Jeder muß wissen, was er sich zutrauen kann. Wenn du so kräftig bist, dann bitte sehr! Ich bin es nicht mehr.‹

Er hörte das Gekeuch und schließlich abermals den schon bekannten Klagelaut, mit dem der Baum, sich alle Äste brechend, in das Dickicht hinfiel. Dann trat wieder eine große Stille ein; nur noch das Blut hämmerte in den Ohren des Lauschers. Auf dem

Rücken liegend, starrte er in die Wipfel empor, und es schwindelte ihn, denn sekundenlang fühlte er wieder, daß sich die Erdkugel unter ihm drehte. Er lauschte –: Nichts: kein Wind, kein Vogelruf, kein Flügelflattern: nichts dort oben: Der Himmel sah wie festgewordener Zement aus; die Stille hatte sich zwischen den Zweigen zu einer Masse verdichtet, die langsam erstarrte. Da – endlich – hörte er die Schritte seiner Schwester wiederkehren.

Schwer aufstampfend, kam sie durchs Holz direkt auf ihn zu. Dann stand sie da – so nahe, daß er das getrante Juchtenleder ihrer Schuhe roch, so nahe, daß er ihre Beine hätte packen können, eine Riesin, so aus der Froschperspektive betrachtet.

»Schlappgemacht?«

»Jawoll, Herr Unteroffizier!«

»Th! Und so was will ein Mann sein! Gibt sich als Soldat aus! Schimpft sich Captain!!« Verächtlich blickte sie aus ihrer Höhe auf ihn nieder und stieß an das Eis seines reglos auf sie gerichteten Blickes: Nichts da, wertes Fräulein! Das ist kalt, das ist gefroren, das ist hart: das klirrt. Ihre Bajonette, wertes Fräulein, gleiten ab! Na also: Ihre Augen irrten auf einmal zwischen den Bäumen umher, als suchten sie etwas, und fanden dann zum Glück den Rucksack, der ein Stück hangauf an einem Ast hing. Erleichtert setzte sie sich in Bewegung, um ihn zu holen. »Na, dann rasten wir, von mir aus«, sagte sie, indem sie hinanstieg. Als sie wiederkehrte, packte sie bereits den Proviant aus; in hohem Bogen warf sie Jerschek etwas zu: »Da, friß!« Er hob den Arm und erhaschte das wirbelnde Zeug in der Luft; es waren zwei in die »Times« eingeschlagene Brote. Er wickelte sie aus und fing zu essen an; dabei fiel sein Blick auf die Zeitung, die nun zerknittert im Gras lag, und dort blieb er haften.

»Ich hoffe, daß wir heute mit dem Schlägern fertig werden«, sagte Hilde. »Morgen schleppen wir das Holz zum Weg hinauf und stapeln es. Der Motti hat versprochen, daß er es noch diese Woche holen wird. He! Holla!! Hörst du mir überhaupt zu? Was liest du denn da so Interessantes?«

Jerschek schaute wie erwachend zu ihr auf. Die Schenkel weit geöffnet, saß sie dort als Landarbeiterin auf einem Stamm und kaute fleißig. Gönnte sie ihm die Aussicht? Hatte sie das berechnet? Oder war es ihr tatsächlich Wurscht, bis wohin man ihr sah? – Er blickte wieder auf die Zeitung nieder. »Etwas über die Konzentrationslager«, sagte er langsam. Sie lachte auf. »Und so was glaubst du?! Bist du wirklich so naiv? Das ist doch alles Humbug, alles Propaganda!«

Er starrte auf die Zeilen, die ihn offenbar verfolgten, die ihm nachliefen, bis in den Wald, bis in die »grüne Natur«, bis ans Ende der Welt, starrte auf das fettbefleckte, halb zerfetzte Stück Papier und brauchte nicht zu lesen, was darauf geschrieben stand, denn die Zahlen, die da standen, kannte er schon lange, und vor seinen Augen tauchten Dinge wieder auf – Dinge, die er selbst gesehen hatte – ja, er selbst! – an deren Richtigkeit zu zweifeln also nicht sehr klug gewesen wäre – und:

»Ich glaube, was ich selbst gesehen habe«, sagte er also, und als er nun merkte, daß sie zu grinsen versuchte, fuhr er sie an: »Grins nicht!!! Und überhaupt: Sitz nicht so unflätig da!«

»Bist du verrückt?! – Was willst du denn?!«

»Klapp deine Haxen zusammen! Verflucht noch einmal!«

Es wirkte. Das Gesicht von einer jähen Röte überhaucht, erhob sie sich. »Deinetwegen werd ich mir was antun!« knurrte sie beiseite. Sie würgte den Rest ihres Schmalzbrotes hastig hinunter und wischte hernach die fettigen Finger einfach am Rock ab.

Dann trat sie an Jerschek heran. »Auf! Weitermachen!« sagte sie im Befehlston. Er, der sich wieder zurückgelegt hatte, rührte sich nicht. Reglos schaute er an ihr empor, an ihr vorbei, schaute senkrecht zu dem grauen Himmel auf, der dort oben in den schwarzen Wipfeln saß, nicht minder reglos, ein mürrischer Vogel, und sie: »Na, was ist? Bist du am Ende schon müde, du Held?« Sie versetzte ihm mit ihrem Bergschuh einen spielerischen Stoß, einen Tritt, so schmeichelnd, daß man ihn als eine Zärtlichkeit betrachten konnte, wenn man so wollte, und doch so kräftig, daß es an den Rippen deutlich weh tat. Und: »Das paßt dir, da im Moos zu liegen – was? Und mir zuschauen, wie ich schufte – was!« Sie hatte die Fäuste gegen die Hüften gestemmt und stand nun groß und drohend über ihm. »Na los! – Steh auf! – Oder . . .« Bedächtig setzte sie ihm den Fuß auf die Brust, zunächst noch kaum spürbar. »Soll ich dich treten?« fragte sie lächelnd. »Lust dazu hätt ich; kannst es mir glauben. – Na –?« Langsam, ganz langsam wurde der Druck ihres Absatzes stärker.

Jerschek rührte sich noch immer nicht. Reglos und kalt begegnete er ihren flackernden Augen.

»Laß das!« sagte er. »Du machst mich schmutzig.«

»An dir kann nichts mehr schmutzig werden«, sagte sie und lächelte noch immer.

Er dachte: ›In Waldnestern sind wir gelegen, im Fell dieses Landes, im knisternden Gras. Und wie herrlich hat sich der Geruch der Mädchen mit dem Waldgeruch vermischt. Und siehe! – Von dem Flaum an ihren Beinen geht ein heimatliches Leuchten aus, ähnlich dem Glanz, der über ein windgestriegeltes Weizenfeld hinhuscht.‹ Wieder spürte er den penetranten Duft des Juchtenleders und im Halse seinen Ekel, der ihn plötzlich wie ein Finger kitzelte. »Na?« fragte sie, und der eisenbeschlagene Absatz bohrte sich ihm in die Brust. »Glaubst du, ich bring's nicht zusammen? Ich kann sehr brutal sein.«

Sie lächelte. Nun lächelte auch er. Sie fixierten einander, rangen mit den Augen hart auf hart. Plötzlich verschwand das Lächeln aus ihrem Gesicht. »Gaff mir nicht unter den Kittel, du Drecksau!« sagte sie grob. Sie stieß dabei überfallsartig den Fuß gegen Jerscheks Gesicht vor: »Da! – Riech! – Leder! Knobelbecher, Kommiß!« Vor seiner Nase lauerte das blanke, eiserne Gebiß der Nägel. Das reichte ihm. Jetzt packte er zu. Und nicht sehr behutsam.

»Laß los!« schrie sie. »Laß los!! Du brichst mir das Bein!!« Sie wankte, bewegte die Arme wie schlagende Flügel. Dann verlor sie das Gleichgewicht und stürzte hangab und hintüber ins Dickicht, wo sie einige Sekunden stöhnend liegenblieb.

Wenig später fuhren sie jedoch in ihrer Arbeit fort, als sei gar nichts geschehen; und es war vielleicht auch nichts geschehen, jedenfalls nichts Wesentliches. Der Sturz schien Hildes durchtrainiertem Körper keinen Schaden zugefügt zu haben, ein paar Kratzer hatte sie abbekommen, doch war das schon alles, verletzt war sie nicht; verletzt war höchstens ihre edle Seele, die vermutlich! – Der aber taten dergleichen Verletzungen ohnedies gut. ›Dieser edlen Seele, die ihr selbst ein Rätsel ist‹, so dachte Jerschek, ›und die auch mir ein solches bleiben möge.‹ Er warf (schon zum x-ten Male) einen gequälten Blick auf die Uhr, denn es war ihm, als gehe auf einmal die Zeit nicht mehr weiter. Tatsächlich! Erst drei Viertel drei! Er faßte es nicht. Nach seiner Müdigkeit und seinem Überdruß hätte es bereits dem Abend zugehen müssen. Immerhin: Der größte Teil der Arbeit war getan; nur noch wenige angezeichnete Stämme standen umher. Zum Glück! Er konnte das Keuchen der Säge nicht länger ertragen und die Sägespäne nicht mehr riechen und auch den schwesterlichen Schweiß nicht mehr, denn das alles wob ringsum ein lautloses, tückisches Netz in die Luft – und ›Die deutsche Wehrmacht hat sehr schlecht gerochen‹, dachte er. ›Selbst die Rote Armee war dagegen ein gutes Parfüm!‹ Er machte eine fahrige Bewegung, als zerreiße er ein unsichtbares Spinngewebe. ›Schwester!‹ dachte er und wischte sich, von jähem Ekel überrieselt, dieses unsichtbare Klebrige vom Gesicht. Sie hob den Kopf und schaute ihn von unten lauernd an; sie hatte die Augen zu glitzernden Schlitzen zusammengekniffen. »So was Feiges! Diese hundsgemeinen Griffe!!« knurrte sie. Dann wandte sie sich ab und ging zum nächsten Baum.

Schweigend und immer verbissener werkten sie weiter. »Sieg Heil! Sieg Heil!« keuchte die Säge. Die Stämme fielen, einer um den andern: Noch einer! – noch einer! – noch einer! – endlich der letzte!

»Na also!« sagte Jerschek. »Feierabend!« Aus der Hocke ließ er sich direkt zu Boden fallen, und da lag er. Unter seinem Rücken drehte sich schwindelerregend die Erde um ihre Achse, und über seinen Augen drehten sich die Wipfel und der Himmel.

Hilde richtete sich mühsam auf, auch sie am Ende ihrer Kraft, das sah man ihr an. Aber »Nur langsam!« sagte sie und machte ihren langen Hals noch etwas länger, als er war, spähte um und um, spähte hangauf, spähte hangab – und: »Dort!« Sie wies mit ausgestrecktem Arm nach einer Mulde, aus der das leise Glucksen eines Quells heraufrief. »Der dort unten! Der gehört uns auch noch!« sagte sie und trottete, die Säge schwenkend, auch schon talwärts.

Jerschek spürte wenig Lust, sich wieder zu erheben. ›Nein‹, dachte er. ›Jetzt ist es genug. Jetzt machen wir Schluß.‹ Er schaute Hilde nach, sah zu der giftgrünen Mulde hinab, gewahrte dort das hohe, steife Sumpfgras – und »Laß den!« rief er. »Der steht mitten im Morast.«

Sie tat, als habe sie nicht gehört, ging unbeirrt weiter; erst am Rande des Pfuhls verhielt sie für Augenblicke den Schritt.

»Laß den sein!« rief Jerschek. »Auf den einen kommt's nicht an!«

Und sie (verbohrt): »Wir werden doch dem Pack nichts schenken! Los!!«

»Doch!« rief Jerschek. »Ich verschenke den Scheißbesen da!!«

Und sie: »Warum denn?! Wir haben ihn schließlich bezahlt!«

»*Ich* hab ihn bezahlt!« berichtigte Jerschek.

»Schön! Dann hol ich ihn eben allein! Wenn der Herr zu bequem ist!« schnauzte sie her.

Was für ein Opfermut! Schon stampfte sie stur auf den Baumbesen zu; und dieser Besen war auch noch das Schäbigste vom Schäbigen – herrje! Krumm wie ein Almhorn wuchs er aus einer der triefenden Stufen des Abhangs, und rund um seine Wurzeln war ein ölig-schwarzes Glänzen sichtbar; und sie – die Heroische! – quatschte direkt in dies Glänzen hinein, denn sie mußte ihn von unten angehen, wenn sie seiner habhaft werden wollte – ja, so war das! Jerschek hatte sich aufgesetzt, um besser zu sehen. Ihr Treiben weckte plötzlich seine Anteilnahme und sein Interesse. Noch konnte sie auf die letzten versinkenden Moospolster treten, dann aber trat sie in Weiches, das dunkel emporquoll und schmatzend hinwegglitt und klaffte. Er sah das braune Wasser unter ihren Tritten spritzen, hörte auch die schweinischen Geräusche ihres Opfergangs, sah auch die mächtigen Stapfen, die sie zurückließ, dunkle Mäuler, welche sich mit einem dunklen Speichel füllten – und ›Sie ist total hysterisch!‹ dachte er. ›Höchste Zeit, daß dieser Geschäftsmann aus Graz wieder auftaucht!‹ – Sie, nun angelangt, setzte die Säge an, begann auch zu sägen; jedoch das Sägeblatt blieb andauernd stecken, bog sich und bockte. Nein, so ging das nicht. Sie zog die Füße aus dem zähen Schlamm, darin sie staken, und stampfte – nunmehr mit Kurs auf den Rucksack – wieder hangauf. Jerschek saß da, die Arme über den Knien verschränkt, und schaute ihr gespannt und teils belustigt, teils verärgert zu. Er dachte: ›Aha! Jetzt holt sie wahrscheinlich die Axt!‹ Und er hatte recht; sie kehrte wirklich mit der Axt zurück. Sie hatte nun die Jacke ausgezogen, denn sie troff aus allen Poren. »Faules Aas!« knurrte sie, als sie in ihren schlammschweren Schuhen vorbeitaumelte. Und er (mit einem Blick auf ihre Wehrmachtsbluse, die ihr naß am Rücken klebte): »Ich bewundere dich. Du bist eine Heldin. Ja, wirklich!« Keine Reaktion. Schon war sie wieder drinnen. Abermals begann der Sumpf zu rülpsen und zu schmatzen und zu schnalzen und zu furzen und seine Mäuler schweinisch aufzureißen, als wolle er die Eingedrungene verschlingen und auch gleich verdauen. ›Ganz wie in den neuen russischen Romanen‹, dachte Jerschek. ›Da waten die Heldinnen ständig im Dreck; das gehört dort zum Ethos. Bei ihr natürlich handelt es sich um die zweckfreie Ethik der edlen Nazisse.‹ »Nicht wofür wir kämpfen, ist das Wesentliche, sondern wie wir kämpfen, schreibt Ernst Jünger.« Sie aber stak schon bis über die Knöchel im saugenden Pfuhl und hackte wütend auf das dünne Bäumchen los, verfehlte es und hackte in den Schlamm, und der Schlamm spritzte auf und bespritzte sie über und über. Also anders herum! Sie wollte zur anderen Seite gelangen, sank jedoch bei dem Versuch, sich frei zu machen, immer tiefer; sie wühlte mit knetenden Tritten im dicken Morast und geriet dadurch in eine sonderbare Raserei, in eine Art Ekstase; es sah aus, als wollte sie sich in die Erde eingraben, eins mit ihr werden; ja, das Ganze glich einem düsteren, heidnischen Kult. Jerschek saß da und schaute ihr atemlos zu; war das eine Orgie? – ein Gottesdienst der Vorzeit? Von neuem schlug sie auf das Bäumchen ein, und das Bäumchen neigte sich ein wenig talwärts, fiel jedoch nicht um; und als sie nun erkannte, daß es nur ganz locker wurzelte, warf sie die Axt beiseite, packte das Bäumchen oben am Stamm; mit beiden Händen packte sie das Bäumchen, bemüht, es einfach umzureißen, einfach zu entwurzeln; vergebens! – die tief in das Erdreich verkrallten Wurzeln ließen nicht los; nur der Stamm, an dem sie nun mit ausgestreckten Armen hing, schwang auf und nieder. Er neigte sich; er bog sich federnd wie ein Peitschenstiel, und sie hing mit ihrem nicht ganz unbeträchtlichen Gewicht an ihm und wippte, wippte auf und nieder wie beim Bäckerschupfen und zeigte die tellergroßen, naßdunklen Schweißflecken unter den Achseln (zum Tollwerden war es!). Erde, tu deinen Schoß auf! Erde, verschling mich!! Ihre Beine knatschten in dem schwarzen Schlund herum, im schwarzen Schleim: hinab zu der Mutter! – Und als nun das Wurzelwerk doch noch emporstieg (triefend, glänzend und mit einem morschen Krachen), taumelte sie mit der freigewordenen Beute jählings zurück und tauchte bis zum Rocksaum in den aufgerührten Brei.

Jerschek sah ihr fassungslos entgegen, da sie nun mit Axt und Säge wieder auf ihn zukam, erschöpft, schweißtriefend, über und über beschmutzt und bespritzt, in mächtigen Stiefeln aus dunkel glänzendem Schlamm. »Glotz nicht so blöd!« zischte sie schon von weitem und war vor Wut auf einmal blaß bis in die Lippen. »Der gnädige Herr ist ja zu vornehm für so eine Arbeit. So was läßt man den Dienstsocken machen! Das Mädchen für alles! Den Trampel!!« Sie schmiß das Werkzeug hin, dann setzte sie sich auf den Boden nieder und begann sogleich, die Schuhe auszuziehen; ihre Finger ertasteten unter der Schlammschicht die Riemen und öffneten sie; schließlich zog sie sich die Schuhe mühsam von den

Füßen. »Denn für die Dreckarbeit sind die Proleten da!« Sie leerte aus ihren Schuhen das Kotwasser aus. Dann streifte sie – knurrend und fluchend – die triefenden Wollsocken ab, und mit ihnen fing sie nun an, sich den Schlamm von den Beinen zu wischen.

Es war klar: Sie hatte Eindruck schinden wollen, und plötzlich erkannte sie, daß sie bloß lächerlich wirkte, lächerlich auf jene penetrante Art, die nicht einmal Mitgefühl zu erregen vermag.

»Erwartest du jetzt Applaus?« fragte Jerschek.

Sie gab keine Antwort, preßte die Lippen zusammen. Dann sprang sie auf und hielt die Hände fingerspreizend von sich ab, denn an denen klebte ihr nun auch der Schlamm.

Jerschek betrachtete sie erregt und verwirrt. Schließlich erhob er sich und kehrte ihr angeekelt den Rücken. »Wenn's um was gegangen wär, so könntest du mir imponieren«, sagte er. »Aber so! – So kannst du mir nicht einmal leid tun. Nicht einmal das!«

Er blickte empor in die dürren, sich bösartig spreizenden Zweige, die wie Speichen zahlloser Räder den Stämmen entragten. Und sie: »Beklag ich mich? – Das wirst du nicht erleben! Ich bin hart. Ich bin nicht aus dem Samen eines dekadenten Trottels – so wie du!«

Jetzt fuhr er herum. ›Schlag sie!!!‹ rief es in ihm – und »Laß meinen Vater gefälligst in Ruhe!!« fuhr er sie an. Und sie, in ein Lachen ausbrechend, das frech auf ihn zusprang (wahrscheinlich, weil er schon die Hand zum Schlag erhoben hatte): »Oje! Jetzt hab ich den Grafen Bobby beleidigt! Den habt ihr ja heiliggesprochen, du und Mama! Wie hat dich denn der gezeugt? – Der Patrizieraff! – Der Kretin?! Daß ihm das gelungen ist, dem Rükkenmärkler!« – Er sah ihren großen, weit aufgerissenen Mund, aus welchem ein Springbrunnen grellen Gelächters emporschoß, sah die Zähne, die Zunge, das Zäpfchen – und jetzt schlug er zu – schlug mitten hinein in dies gellend aufplatzende Lachen, schlug von links und von rechts in dies schreiend aufgerissene Schandmaul. Schlug mit aller Kraft in dies Gesicht, um das das Haar herumflog, hin und her gepeitscht, schlug von links und von rechts in dies Drecksmaul, das immer noch lachte, immer noch schrie, und das er nicht zum Schweigen bringen konnte, ja verflucht!!! – »Was hat denn der«, schrie sie, »im Wappen geführt?! Vermutlich ein Arschloch mit einem Monokel!!« – Sie schrie es ohne Deckung in das Klatschen seiner Schläge, schrie vor Lachen; er jedoch schlug wild verzweifelt auf ihr Lachen ein, als müsse er es töten, schlug ein auf ihren Kopf, der hin und her flog, ein wirbelnder Wollknäuel, schlug ein auf dieses Weibsstück, das nach Schlamm und Schweiß und Schweinerei stank (kilometerweit!) und auf einmal aus der Nase und den aufgeplatzten Lippen blutete; alles ward rot, und er spürte ihr Blut an den Fingern wie Feuer und schlug immer noch, und immer noch, und immer noch, bis sie endlich wankte, taumelte, das Gleichgewicht verlor und, jäh verstummend, gegen einen Baumstamm prallte.

In dieser Nacht fand Jerschek vorerst keinen Schlaf. Er konnte den Ekel, mit dem ihn die Szene erfüllt hatte, nicht überwinden. Auch sorgte er sich um Hilde. Sie war mit dem Kopf an den Baumstamm geprallt. Und nun bereute er, was er getan hatte, obzwar er sich andererseits auch recht geben mußte. Dann wieder war es ihm, als habe gar nicht er geschlagen, sondern irgend jemand, der sich hinter ihm verborgen hielt, als sei sein Arm, in welchem er noch immer einen wilden Schwung zu spüren glaubte, bloß der verlängerte Arm jenes Unbekannten gewesen. Er sagte sich: ›Das kann nicht ich gewesen sein. Wer war es aber, der mit meiner Hand geschlagen hat? – Etwa derselbe, der aus dem Halse der Holden so schreiend gelacht hat? – Der als Geschrei aus ihrem Hals gefahren ist?‹ – Er warf sich hin und her. Etliche Male wollte er aus dem Bett steigen, nach ihr zu sehen. Zwar war sie nur ein wenig später als er selber heimgekommen; doch immerhin; eine Gehirnerschütterung konnte sie haben. Womöglich lag sie jetzt dort unten und erbrach sich, brauchte Hilfe, brauchte dringend einen Arzt! Jetzt sprang er wirklich aus dem Bett; schon war er an der Tür. Jedoch ein Rest von Stolz bewahrte ihn davor, zu Kreuz zu kriechen.

Im Finstern tastend, kehrte er zurück. Die Bettstatt ächzte unter seinem Körper, als er wieder hinsank. Er lauschte. Verwirrende Laute und Stimmen erfüllten die Stille. Und das?! Was war das?! Schlichen nicht dort unten leise Schritte hin und her? – Angestrengt lauschte er in die Tiefe und Stille des Hauses. Nein. Nur ein Windstoß: Bei Einbruch der Dunkelheit hatte sich wieder ein Jauckwind erhoben. Die Villa knirschte wie ein Segler, der auf schweren Seen durch die Nacht dahinritt, und in den Pausen hörte man unten im Weinland die Windräder klappern. Vor Jerscheks Augen tauchten wüste Bilder auf; Tagesreste irrten über seine Netzhaut: Hildes verstummter Mund, Hildes versteinertes Gesicht, grau wie hartgewordener Zement und völlig blutbeschmiert. Wieder lehnte sie an jenem Marterpfahl, gegen den sie angetaumelt war; sie fingerte irr in der Brusttasche ihrer Bluse herum, bemüht, da irgendwas herauszuholen. Jerschek sah das Zittern ihrer Hand und bemerkte plötzlich, daß er selbst am ganzen Leibe zitterte; und er sah den Schmutz auf ihrer Hand und auf seiner eigenen das Blut, und hielt sie von sich weg, als sei sie schmutzig. Von Hildes Lippen aber floß es immer wieder rot und tropfte ihr in dicken Tropfen auf die Kleider nieder; und auf ihrer schweißdurchtränkten Bluse bildeten sich leuchtendrote Flecken. Sie kramte zunächst eine Streichholzschachtel hervor, dann ein paar durchweichte, völlig deformierte Zigaretten; sie steckte sich eine von ihnen zwischen die blutenden Lippen, die anderen, die nichts mehr taugten, ließ sie auf den Boden fallen. Dann versuchte sie, ein Streichholz anzuzünden; doch das brauchte selbst im Rückblick seine Zeit: Das erste enthüpfte den flatternden Fingern sofort, das zweite brach ab, dem dritten sprang zischend der Kopf weg . . . Erst mit dem fünften (oder war es schon das sechste?) gelang es ihr, die Zigarette anzurauchen. Sie tat einen heftigen Lungenzug und blies dann fast ebenso heftig den Rauch schräg nach oben. Versteinten Profiles sah sie dem wehenden Rauchschwaden nach, wie er langsam und grau in das Wirrwarr der Räder und Speichen emporstieg. Plötzlich schüttelte sie den Kopf – und »Toll!!« sagte sie. Es klang amüsiert und wie hart an der Grenze zum Lachen. Durch das Speichengewirr, in das sie noch immer mit großen, dunklen Pupillen hinaufsah, glotzte schon die Dämmerung auf sie herab, und das war alles. – Das Bild war erloschen: Jerschek hatte die Augen wieder geöffnet und starrte in der Finsternis die Decke an. Aufs neue hatte es ihm angst gemacht; aufs neue hatte es ihn aufgeweckt, das Scheußliche! Das, was nunmehr einem bösen Traume glich und sich dennoch heute nachmittag ereignet hatte; das, was nun dort oben an der dunklen Täfelung auf irgendeine rätselhafte Weise sichtbar bleiben würde. Er lauschte. Packte sie ihre Sachen zusammen? Verließ sie das Haus? – Die Villa knisterte wie unter bloßfüßig schleichenden Schritten; die losen Dielen und die Treppenstufen knirschten wie unter nackten Büßerinnensohlen, die es eilig hatten. Er dachte: ›Schwester! Geh von Bord! Du bringst mir Unglück!‹ Doch als ihm nun einfiel, sie könnte ihn wirklich verlassen, erschrak er zutiefst. Er dachte: ›Soll sie ins Wasser springen? Soll sie ertrinken? – Und ich? Was mach dann ich auf der Schaluppe da?! – in der Kaluppe!‹

Er setzte sich auf; mit weitaufgerissenen Augen saß er im Dunkel, saß in seinem Bett und lauschte starr und atemlos. Der Jauck kam plötzlich wie ein riesenhafter Vogel angerauscht; seine zahllosen Flügel flatterten über das Hochland und peitschten die Höhen. Die Wälder zischten auf wie Gischt an Wogenkämmen; das Holzhaus stampfte und rollte, ein gegen den Wind aufkreuzendes Schiff; seine Fensterläden klatschten und knallten wie Rahen und Segel beim Überstakgehen, und vom Weinland her schnarrten die Windmühlen plötzlich wie närrisch geworden – und ›Bleib!‹ dachte Jerschek. ›Auch wenn du das Kainszeichen trägst und Unglück verbreitest und mein Haus mit deinem Pesthauch füllst. Ich habe nichts mehr zu verlieren als ein bißchen Hoffnung; und dieses bißchen Hoffnung – fühle ich – bist du!‹

Dann kippte er jählings zurück und schlief nun wahrhaftig und träumte; aber was er träumte, war nichts weniger als angenehm: Er folgte nämlich seiner Schwester Hilde durch ein wüstes Traumgelände, und sie lockte ihn dabei in einen Sumpf. Durch den Feldstecher spähend, sah er sie anfangs noch diesseits des Sumpfes, der eigentlich ein breiter, aufgeweichter Fahrweg war; und er sah: sie trug die graue Uniform der Wehrmachthelferinnen und an den Beinen hohe, schwarze Stiefel. ›Sie ist im Schlamm versunken‹, dachte er. ›Sie hat kniehohe Stiefel aus schwarzem, glänzendem Schlamm!‹ Die Stiefel aber waren zwar kotig, aber von Leder, und ihr fettiger Glanz rührte vermutlich vom Lederfett her. ›Wenn sie sich doch umsehen würde!‹ dachte Jerschek, denn das hatte sie noch nicht getan, und da sie sich ständig entfernte und außerdem eine ihm unbekannte Frisur trug, war er nicht ganz sicher, ob sie es auch wirklich war. Er stellte die Drehschraube nach und sah nun viel schärfer. Die Soldatin machte einen wohlgenährten Eindruck, doch sie war es: Er erkannte die unverschämten Bewegungen ihres Gesäßes, die noch hervorgehoben wurden durch das Wippen einer derben ledernen Revolvertasche. ›Ich müßte ihren linken Ärmel sehen!‹ dachte er, wußte aber selbst nicht, was er dort zu sehen hoffte. »Linksum!« schrie er ihr nach. Hilde machte linksum und lachte herüber. Doch da schob sich etwas wie ein Stacheldrahtverhau vor seine Sicht.

Bei diesem Vorgang aber kam sie ihm mit einem Mal so nahe, daß er deutlich ihren Weibs- und Schweißgeruch verspürte, auch den Leder- und Kommißgeruch der Uniform, und zugleich ein Verlangen, in diesem Gebräu zu ersticken. Also nahm er das Glas von den Augen und folgte ihr nach, während sie schon mutig in das Bodenlose trat, in jenen sonderbaren Pfuhl, der einer Straße ähnelte, die sich endlos zwischen flachen, schmutzigen Baracken hinzog. Doch auf einmal drehte sie sich um und schmatzte nunmehr rückwärtsgehend durch den Brei. »Schau her! Da führen meine Stapfen in den Sumpf hinein«, so raunte sie. »Da verschwinden sie, gefüllt mit schwarzem Wasser, im Morast! Komm doch, wenn du mich liebst – oder wenn du mich haßt! Da dringen weder Haß noch Liebe durch! – Schau her! Eine Spur!!« Sie wühlte ein mächtiges, trichterförmiges Loch in den Schlamm, welches sich sogleich mit einer dicken, braunen Jauche füllte.

Jerschek tat einen heftigen Schritt auf sie zu, fühlte dabei, daß die Erde unter ihm nachgab, fühlte sich auf einmal warm und weich von Schlamm umschlungen, rasch hinabgesaugt in eine warme, dunkle Tiefe ohne Luft; doch er wußte plötzlich, daß es Hildes Dunkel war, darin er absoff, wußte, daß ihn Hilde so umschlungen hielt, so eisern, und spürte schaudernd, wie sein Glied in ihren Körper eindrang; etwas Hartes in ein warmes, weiches Überfließendes.

Keuchend und völlig in Schweiß gebadet, wachte er auf. Sein Entsetzen war größer als die Befriedigung, die er empfand. Hilde! Mein Gott!! (Er preßte die Hand auf die Stirn!) Hilde! – nichts: Nur ein knatternder Klang wie von zahllosen Flügeln. Noch immer durchwühlte der Jauckwind die Wogen des Landes; noch immer erfüllte das hölzerne Singen die Weiten der Nacht: Die Windräder schnarrten noch immer, bald eilig, bald träge, bald hoch und bald tief, und in den Pausen klang es manchmal wie ein fernes Rufen – aber Hilde . . . Und plötzlich wußte er, daß Hildegard das Haus verlassen hatte und schon weit war und daß er schon allein in seinem Hause durch die Nacht dahinfuhr und daß er so sein ganzes Leben weiterfahren würde: ziellos, sinnlos, überflüssig und elend.

Der Morgen aber brachte dann die Überraschung: Es spielte sich alles ab, wie die Tage zuvor: sie rief wie immer (Jerschek traute seinen Ohren nicht). »Komm frühstücken!« rief sie. »Damit wir dann losziehen können.« Freilich, als er in das Speisezimmer trat, bemerkte er, daß dennoch etwas anders war als sonst, denn heute hatte sie auf ihn gewartet – ja, wahrhaftig! Da stand sie und sah ihm aus sonderbar blitzenden Augen entgegen.

»Gut geschlafen?« fragte sie.

»Gut? – Na ja, den Umständen entsprechend.«

»Ich hab wunderbar geschlafen«, sagte sie lächelnd – und dann: »Komm! Setz dich her! Ich frühstück heut' mit dir.«

Sie beugte sich langsam, vielleicht etwas zögernd über den Sterz, den sie auch für sich schon angerichtet hatte. Sie wirkte heute ungewöhnlich jung, fast kindlich und ein wenig feist, denn ihr Gesicht war immer noch verschwollen. Während sie aßen und tranken, kauten und schluckten, schaute sie etliche Male verstohlen herüber. In ihren Augen wachte plötzlich etwas wie ein neues Interesse; auch schien dort auf einmal wieder der Silberblick auf der Lauer zu liegen, vorerst noch verschleiert, noch getarnt, doch immerhin: ein glimmender Funke, der eine Welt in Brand stecken konnte.

Plötzlich wandte sie den Kopf und sah zum Fenster. »Hoffentlich werden wir fertig; ich glaub, es kommt Regen. Es hat die ganze Nacht ein starker Jauck geweht. Hast du die Windradeln gehört? Mindestens zehn!«

»Ja«, sagte Jerschek. »Ich hab sie gehört. – Zum Tollwerden war es. – Wieso hast *du* sie gehört? Du hast doch geschlafen.« Sie starrte auf den Tisch. »Ich habe nicht geschlafen«, sagte sie tonlos. »Ich hab die ganze Nacht kein Auge zugemacht.«

Noch eine Weile starrte sie auf ihren leeren Teller, dann aber gab sie sich doch einen Stoß und erhob sich. »Los! Damit wir bis zu Mittag fertig sind.« Sie räumte ab und trug das Geschirr in die Küche. Jerschek, der ihr hinaus gefolgt war, blickte ihr nach. Ja, das Schlingern ihrer Hüften war das gleiche; überhaupt: Sie sah kaum anders aus als heute nacht in seinem Traum, zumal ihre Beine jetzt wirklich in derben, fast kniehohen Transtiefeln staken.

»Was hast du denn da für Stiefel an?« fragte er schaudernd.

»Meine Knobelbecher!« rief sie aus der Küche. »Die Goiserer sind ja noch naß . . .«

»Ein scheußlicher Ausdruck!«

»Knobelbecher?«

»Scheußlich!«

»So heißen sie aber!«

Die Axt geschultert, kam sie aus der Küche wieder. »Bist du fertig? Können wir gehen?« – »Jawohl«, sagte er. »Hast du vor, heut wieder in den Sumpf zu waten?« Und sie darauf: »Wenn's nötig sein sollte, selbstverständlich.« Sie brachen auf. Die Luft war ungewöhnlich mild, und der leicht bedeckte Himmel schillerte wie Perlmutter. Man hätte sich des Weges freuen könne, wären einem nicht die Kleider viel zu warm und plötzlich auch zu eng gewesen.

Jerschek machte sich den Kragen auf.

»Ist dir auch so heiß?«

»Wahnsinnig!« sagte sie. »Wie in der Hölle!«

»Hast du schon einmal in einer Baracke gewohnt?«

»Wie kommst du denn darauf?!«

»Ich weiß nicht«, sagte er. »Vielleicht durch die Hölle.«

Sie spähte nach dem Waldrand, dem sie sich nun näherten und der sich sehr schwarz von dem schillernden Himmel abzeichnete. »Natürlich«, sagte sie schließlich. »Natürlich hab ich im Krieg in Baracken geschlafen; meistens sogar. – Warum denn? – Macht mich das vielleicht verdächtig? – Ja?«

Er gab ihr keine Antwort, und auch sie verstummte. Schweigend wanderten sie auf dem Fahrweg dahin. Sie mit der Axt voran und er hinterdrein, und so gelangten sie sehr bald an ihren Arbeitsplatz. Sie begannen Stamm um Stamm zum Weg heraufzuziehen und hier den einen auf den anderen zu werfen. Mit dem zunächstliegenden fingen sie an (logischerweise!) und mußten daher von Mal zu Mal tiefer hinunter und weiter herauf. Und der Hang wurde steiler und steiler, je tiefer sie kamen, und die Arbeit härter und härter, je müder sie wurden. »Heut büß ich meine Sünden ab«, bemerkte Jerschek. »*Ich* hab meine gestern abgebüßt«, bemerkte Hilde. Gegen Mittag aber erhob sich der Jauckwind aufs neue, und diesmal war es schon ein kleiner Sturm, der durch die Wipfel zischte; in Sekunden zerriß er die Wolkendecke über den Bergen, und grelle Sonne und ein blauer Himmel stürzten unversehens in den Wald.

Hilde schaute empor. »Aha!« sagte sie; dann sah sie wieder zu dem Besen nieder, zu dem Krüppel, der im aufgewühlten Sumpf lag. »Ich hol ihn trotzdem.«

Jerschek zuckte die Achseln.

»Ich hab ja die Stiefel an.«

»Bitte! Wenn es dir Spaß macht. Nur zu!«

Vorsichtig watete sie bis zur Mitte des Sumpfes, packte den Besen beim Schopf und zog ihn sodann hangab aus dem Wasser. »So, jetzt hilf mir aber! Der ist schwer. Weil er ganz mit Wasser vollgesogen ist. Ho ruck!«

Das war der letzte Stamm, der unterste. Sie schleiften ihn die weite Strecke bis zum Weg hinauf, und oben, wo das Licht mit einem Mal wie eine Springflut auf sie zuschoß, warfen sie ihn zu den anderen.

»Na, bist du jetzt zufrieden?«

»Jetzt ja«, sagte Hilde und wandte sich ab; sie entfernte sich, vielleicht um ihre Notdurft zu verrichten. Jerschek war es egal; er hörte sie schweren Schrittes durchs Unterholz tappen – ferner und ferner – und wischte sich unterdessen die Hände an einem Moospolster ab. Dann war er gereinigt und blickte sich um, wo sie sei. Fort. Er sah sie nirgends, hörte sie auch nicht mehr. Er hielt den Atem an; ihr Verschwinden beunruhigte ihn – aber warum? »Hilde?« fragte er halblaut. »Hilde, wo bist du?«

In diesem Moment kam ein wütiger Windstoß daher. Die Bäume bogen sich nordwärts, als sollten sie alle zu Brennholz zerbersten; dann aber schnellten ihre Wipfel zischend in das Blau empor, und aus dem Nachhall und dem Wirrwarr der Geräusche klang es wie ein Schrei.

Jerschek erschrak, er tat einen ziellosen, taumelnden Schritt in das Licht, das zwischen den plötzlich zur Seite gebogenen Zweigen blendend hereinfiel. »Hilde!« rief er und hörte nun irgendwoher ihre Stimme.

»Wo bist du?!« rief er.

»Hier!« rief Hilde. »Hier auf dem Felsen!«

Er gewahrte sie: Sie stand, der Sonne zugekehrt, auf einem Felsenvorsprung, der nicht weit inmitten einer Lichtung aus dem Südhang ragte.

Er näherte sich ihr. Er fragte: »Hast du das gehört?«

»Natürlich«, sagte sie.

Und er: »Was war denn das? – Was war denn das, um Himmels willen?!«

Sie sah ihn nicht an. »Das Licht«, sagte sie. »Das Licht hat geschrien; kennst du das nicht? Wenn das Wetter umschlägt, schreit das Licht. Oder hab ich geschrien«, sagte sie dann. »Vor Übermut. Vor Lebensfreude. Vor Glück! Oder gesungen. Das klingt so, wenn eine Stimme kaputt ist. Willst du noch mehr davon hören? Bitte. Von mir aus.«

Und nun tat sie etwas Närrisches: Sie hob die Arme, drehte die Handflächen gegen die Sonne, und dann begann sie zu singen – ja – mit ihrer zerbrochenen, heiseren Stimme zu singen, erst noch leise, dann aber lauter und lauter: gequälte, wankende, elend versagende Töne.

»Heil dir, Sonne! – Heil dir, Licht! – Heil dir« (ihr Ruf verdunkelte sich in der Tiefe ins Blaugrün, ins Nachtblau, glich sekundenlang dem Brausen in den Fichtenwipfeln; dann spannte sie alle Muskeln, reckte den Bauch heraus, legte den Kopf in den Nacken, spreizte die Finger – und) *»leuchtender* TAAAG!!« kreischte sie senkrecht in den Zenit.

Es war ein langer, tierisch roher Schrei, der Aufschrei eines geschändeten, todwunden Weibtiers; mit zerstörerischer Kraft und Rücksichtslosigkeit entrang er sich dem aufgebäumten Frauenkörper, brutal, gewalttätig, ekelerregend schamlos – und dennoch schön in seiner ungezügelten Wildheit.

Jerschek hatte die Kante des Felsens gepackt. »Hör zu brüllen auf!« rief er. »Das klingt ja entsetzlich! Das tut einem weh.« Sie scherte sich nicht darum, sang unbeirrt weiter ›Brünnhilds Erwachen‹: *»Lang war mein Schlaf«* (am Hals und an der Stirne schwollen ihr die Adern an), *»ich bin erwacht.«* Er starrte behext zu ihr auf, starrte behext auf ihr schweißüberströmtes verzerrtes Gesicht, erkannte ihre Qual und ihre Verzweiflung und sah nun ein Schluchzen als mächtige Wellenbewegung in ihr emporquellen. *»Wer ist der Held«,* schrie sie, aber ihr Schluchzen durchschütterte sie in verheerenden Stößen, *»der mich erweckt?«* schrie sie, es klang, als lache sie schallend, aber sie weinte. Und dann – dann stürzte sie nach vorn und schlug mit beiden Knien auf den Felsen auf, so, als habe ihr jählings ein Schwerthieb die Beine durchtrennt.

Jetzt erst nahm sich Captain Jerschek der Verrückten an. Er half ihr auf: Wie schwer sie war! Wie erschöpft sie war! »Was machst du da für Sachen?« sagte er, indem er sie auf ihre Füße stellte; dabei lauschte er angespannt in die windige Weite wie in ein Jenseits. – Das Chaos des Sturms: Schreie, Hilferufe, ein Stimmengewirr; doch in den kurzen Pausen klang es wie Gesang. Und – war das nicht ein fernes Hornsignal gewesen? – Er strengte die Ohren an. Nun hörte er nichts mehr.

III

Den Rest des Tages brachte er im Gasthaus zu. Da saß er nun bei einem Glase Most und rauchte seine Pfeife, und ihm gegenüber hatte der Lenz eine Stellung bezogen, der arme Lenz, der seiner Lunge wegen nicht mehr rauchen durfte.

»Zehn Raummeter!« sagte er staunend. »Das ist eine Leistung! Überhaupt für jemand, der es nicht gewöhnt ist!«

»Meine Schwester«, sagte Jerschek, »macht das besser als ein Holzknecht.«

»Das Fräulein ist unerhört tüchtig«, sagte der Lenz.

Jerschek lachte. »Zäh wie Leder, hart wie Krupp-Stahl, lauter wie Gold! So hat's doch geheißen? – oder so ähnlich? –«

Jaja, das sei so eine Redensart gewesen.

»Das hat euer Führer gesagt. Über die Jugend.«

»Über die Juden?«

»Nein«, sagte Jerschek, »über die Ju – gend!«

»Ja so!«

Die Wirtin wischte vorüber – ein lauschendes Ohr.

»Was kann ich denn zum Nachtmahl kriegen?« fragte Jerschek.

»Geselchtes, wenn Sie Marken haben, sonst nur Sterz«, erklärte sie. Dann kam sie zurück. »Sind Sie heut Strohwitwer?« fragte sie lauernd.

Jerschek begegnete unbewegt ihrem Blick. Er sagte: »Ich glaube kaum, daß diese Bezeichnung sehr glücklich gewählt ist«, und nach einer Pause: »Bringen Sie mir Sterz!« – »Brauchen Sie Fleischmarken?« fragte der Lenz. »Ich hab welche da!«

Er wollte die Brieftasche zücken. Jerschek hielt ihn mit sanfter Gewalt davon ab. »Behalten Sie Ihre Marken, geben Sie Ruhe! Ich esse Sterz viel lieber als Geselchtes. Wirklich!«

Sie setzten ihre Unterhaltung fort. Jerschek sah der Wirtin, die in die Küche ging, nach. Er dachte: ›Reizende Leute hier oben! Und intelligent! Die wittern schon, daß ich mit Hilde ein Verhältnis hab.‹

»Ja – und – glauben Sie, werden zehn Raummeter reichen?« fragte er dann.

»Wenn der Winter nicht gar zu kalt wird, dann schon!« erklärte der Lenz.

»Der Jäger«, sagte Jerschek, »hätte uns auch mehr verkauft. Aber meine Schwester meint, man darf sich nicht verweichlichen.«

Sie blickten einander prüfend und abwartend an; in den Augenwinkeln des Lenz saß ein lustiges Funkeln gefangen, und als er nun sah, daß Jerschek zu grinsen begann, erlaubte sich auch er ein kleines

Grinsen. Ja, es sei sonderbar, das Fräulein sei sehr hart zu sich und lebe sehr asketisch, sagte er; sie heize auch im strengsten Winter immer nur den Herd, das wisse er; und wenn sie woanders esse, dann nicht einmal den; sie lebe wie in russischer Gefangenschaft.

›Blonde Schwester!‹ dachte Jerschek. ›Was hast du getan? Wofür glaubst du büßen zu müssen, blonde Soldatin?‹ Und: »Ja«, sagte er, »das habe ich auch schon bemerkt! Haben Sie eine Ahnung, warum sie das tut?«

Der Lenz schien hinter dem Tisch in Deckung zu gehen; er duckte sich, als hocke er, den Stahlhelm auf dem Kopf, in einem Bombentrichter. Nein, er habe keine Ahnung, nicht die geringste. Doch sehe es so aus, als wolle sie die Sünden ihres Vaters büßen.

Jerschek stellte sich dumm: »Was denn für Sünden?« Und der Lenz (sofort): Ja, freilich! Sünden sei nicht der passende Ausdruck dafür, das sehe er ein. Damals sei das natürlich nicht Sünde gewesen, sondern ganz richtig; auch der Herrgott sei für Recht und Ordnung, oder nicht? – Er schob der Wirtin, die eben wieder vorbeistrich, sein Glas hin. »Noch ein Viertel!« sagte er – und dann zu Jerschek: »Er hat halt fleißig Leute angezeigt, Sie wissen schon. Vierzehn oder fünfzehn sollen es gewesen sein.«

Es war, wie Jerschek längst vermutet hatte: Der Ingenieur, der joviale Mann des Volkes, hatte damals seine kurze Frist noch ausgenützt und auch in dieser Gegend wie ein Bauernschreck gewütet. Fünfzehn Personen hatte er bei der Gestapo verpfiffen, fünfzehn Personen hatte er abholen lassen! Frauen und Mädchen genauso wie Burschen und Männer, Bauern ebenso wie Kriegsgefangene und Fremdarbeiter. Zwei von ihnen waren freilich wiederaufgetaucht, das wohl, doch mindestens sieben waren getötet worden, das stand heute fest. »Von denen weiß man es halt, die waren von hier«, erklärte der Lenz. »Das waren lauter Leute aus der näheren Umgebung, gell ja.« Er sprach mit größter Vorsicht, als befürchte er, den Nazi-Offizier, für den er Jerschek hielt, zu kränken, berichtete von keiner Untat des Herrn Ingenieurs, ohne sie sogleich auch zu entschuldigen.

»Was hätt er machen sollen?« sagte er. »Er war ja Funktionär! – Er hat ja gar nicht anders können, gell ja.«

»Sie glauben das?«

»Sie vielleicht nicht?!«

»Nein«, sagte Jerschek.

»Ja, *ich* glaub's ja eigentlich auch nicht«, sagte der Lenz.

Da kam die Wirtin mit dem Most daher. »Ich krieg auch noch einen!« sagte Jerschek. »Ihr Sterz ist auch gleich fertig«, sagte sie und ging. Der Lenz nahm einen Anlauf. »Unter uns gesagt: Er war ein Naderer«, erklärte er.

Jawohl. Er war ein Naderer gewesen, der Herr Ingenieur. Und das war noch eine Weile gutgegangen; dann aber hatten ihn die Herren des Gebirges eigens aufgesucht, aus ihren Wäldern waren sie zu ihm herabgestiegen (Gott sei Dank!), die einen mit dem roten Fünfstern auf der Mütze, die anderen mit ihrem kleinen rotweißroten Wappen auf der Brust, und sie hatten ihn gepackt und festgehalten und ihm zunächst einmal die Ohren abgeschnitten.

»Im Speisezimmer soll es passiert sein«, hauchte der Lenz.

Jerschek fühlte, daß sich ihm der Magen hob.

Er blickte an der Wirtin, die gerade auftrug, starr vorbei.

»Recht so«, sagte er.

»Mahlzeit!« sagte die Wirtin.

Als er später in die Nacht hinaustrat, vollzog sich der vorhergesagte Wettersturz. Der Wind hatte plötzlich auf West gedreht und blies nun vom Gebirge her, vorerst noch lau wie der Atem aus einem Munde, jedoch in einer neuen Tonart und in einem neuen Tempo. Er brachte den Geruch von nassen Wäldern mit, und einige schwere, dem Regen als Boten vorausfliegende Tropfen. Die schlugen in den Sand des Wegs wie Projektile ein, fegten durch die Stämme, die sich knarrend ostwärts bogen, in abgehackten Salven prasselten sie Captain Jerschek nach, so daß er bereits nach kurzem einen Genickschuß erhielt; er wischte sich das Wasser aus dem Kragen, doch da trafen ihn schon weitere Geschosse. Verflucht! Hastenden Schrittes stieg er den Waldweg hinan, ständig in Gefahr, zu stürzen, umzuknöcheln, sich ein Bein zu brechen. Er riskierte es: Der Regen trat auf breiter Front zum Angriff an, und der Wind blies nunmehr überall zum Sturm. Da, horch! Das raschelte wie Füße durch das Laub; das eilte auf zahllosen Vogelkrallen daher! Das ging in Stellung, spannte Stacheldraht, hob Gräben aus! Das tarnte sich, verbarg sich in Jungfernkränzen aus dürrem Gestrüpp, tat harmlos und feixte. Unvermittelt traten die Dinge in den Gesichtskreis, standen plötzlich da und riefen »he!«. Sie hatten Größe und Gestalt geändert, hatten sich auf rätselhafte Weise umgruppiert. Man mußte, wie schon so oft im Leben, auf alles gefaßt sein; das Ganze war eine Finte, war eine Falle! Auch die Villa! Da stand sie auf einmal im schräg herniederprasselnden Grau, im Schwanken der Wipfel! Da stand sie schwarz wie eine Brandruine in der Nacht.

Jerschek tastete sich die Stufen hinauf; er ertastete unter dem Fußabstreifer den Schlüssel. Die Kälte des Metalls beruhigte ihn. Das war, als hielte man auf einmal eine Waffe in der Hand. Schon hatte er aufgesperrt, schon sperrte er wieder hinter sich ab. Das Brausen verfolgte ihn wie ferner Gefechtslärm. Er dachte: ›Schluß damit! Bleibt draußen, Geister der Vergangenheit!‹ Er schob den Riegel vor; Hilde war ja wohl daheim.

Dennoch: Vor ihrer Tür verhielt er den Schritt. War sie wirklich da? Er lauschte zweifelnd.

Schließlich klopfte er. »Hilde?«

»Ja?« fragte sie drinnen.

»Liegst du schon?«

»Ja. – Warum? – Komm doch herein!«

Er drückte die Klinke nieder und sah durch den breiter werdenden Spalt zunächst nur das Flackern der Kerze, dann erst sah er auch sie.

»Was gibt's denn?« fragte sie spitz.

»Nichts«, sagte er und zuckte die Achseln. »Zu regnen hat es angefangen. Ich wollte dir nur gute Nacht sagen, Brünnhild.«

Sie hatte sich aufgerichtet. Gestützt auf die Ellbogen, lag sie im Bett und sah ihm von dort mit gleißenden Augen entgegen, während er nun eintrat und die Tür schloß.

»Glaubst du, du bist jetzt der Siegfried, der mich erweckt hat?« fragte sie spöttisch.

»Dich haben andere erweckt und gründlicher, als ich das jemals könnte«, sagte er.

Die Hände in den Taschen, stand er da und blickte auf sie nieder.

»Es regnet?« fragte sie.

»Es regnet«, sagte er.

Das schwache Licht entriß nur die rechte Hälfte ihres Gesichtes dem Dunkel. Die linke blieb im Schatten, unsichtbar und rätselhaft. Hilde. Irgend etwas irritierte ihn. Es stank in diesem klösterlichen Raume nicht allein nach ihr. Das roch brutal nach derbem Leder, nach Kaserne roch das! Er sah sich um. Natürlich! Dort in der Ecke glänzte es schwarz: ihre Stiefel vermutlich. Hilde! Irgend etwas Schreckliches verbarg sie ihm; dann wieder stieß sie ihm förmlich die Nase darauf.

»Ich hab in deinem Zimmer eingeheizt«, erklärte sie.

»Danke schön!« sagte er. »Aber das wäre nicht nötig gewesen.«

»Nicht?! – Du frierst doch dauernd.«

»Nur an den Händen«, sagte er unvorsichtigerweise.

»Sind sie kalt?«

»Und wie!«

»Komm her da!« sagte sie. »Ich wärm sie dir.«

Sie hatte sich flink auf die Seite gedreht und mit dem linken Knie die Tuchent leicht gehoben. »Da! Da leg sie mir zwischen die Schenkel, da ist es schön warm. – Oder graust es dir vor meinen Schenkeln?«

Er war derart überrumpelt und perplex, daß er Sekunden nicht wußte, was tun, was sagen. »Vor deinen Schenkeln graust es mir nicht«, sagte er. »Aber . . .«

»Aber?« Sie wölbte die Brauen. »Vor meiner Seele! Nicht wahr?!« sagte sie bissig.

»Blödsinn!« sagte er und setzte sich nun doch zu ihr aufs Bett und schob die Hände in das schwarze Gähnen zwischen ihren Knien. Sie klapperte mit den Zähnen: »Huh! Sind die eisig!« Dann tat sie mit Duldermiene die Beine wieder zusammen und nahm auf diese Weise seine Hände in die Presse.

»Das ist sich herrlich ausgegangen!« sagte sie. »Jetzt soll es regnen, solange es will, von mir aus auch schneien; das macht uns jetzt nichts mehr. Zerkleinern können wir das Holz auch drinnen in der Kegelbahn. – Was zitterst du denn? – Ist dir noch immer so kalt?«

Er zitterte wahrhaftig, doch er wußte nicht, warum, denn unter Alkohol erregten ihn dergleichen Dinge kaum; es mußte am Wetter liegen, am fallenden Druck; oder lag es an der unbequemen Haltung, die er einnahm. Er setzte sich zurecht. Dabei bewegte er unwillkürlich die Hände. »Mach mit deinen Fingern keine Forschungsreisen!« sagte Hilde. »Sei so gut!« Sie sah ihn so kühn, so herrlich herausfordernd an, daß er die Hände lieber unter der Decke wieder hervornahm.

›Welches Licht in diesen Augen!‹ dachte er. ›Und welches Dunkel! Ständig überhuscht von silbernen und goldenen Reflexen! Dem Flirren der Sonnenreflexe auf einem Wildbach! Welch himmlische Helligkeit! Welch großes, lebendig vibrierendes Leuchten!‹

Aber dann erlag er einer völlig anderen Versuchung. Er beugte sich vor. »Du hast mir doch unlängst erzählt«, begann er mit Vorsicht, »daß du Wehrmachthelferin warst. Was warst du denn da?«

»Mensch, du hast ja eine Fahne!« sagte sie. »Was hast du denn getrunken?!«

»Nicht sehr viel«, erklärte er und bohrte weiter: »Was warst du also? Warst du da Stabshelferin?«

»Ach, woher!« sagte sie.

»Warst du ein Blitzmädel?«

»Blitzmädel – Schwitzmädel – Schlitzmädel – Spritzmädel!« trällerte sie. Dann aber legte sie den Finger auf die Lippen: »Horch doch! – Der Regen! – Ganz wie am Abend, wo du angekommen bist.«

In der Tat! Die Wasserspeier hatten zu gurgeln begonnen. Es tönte wie das Durcheinanderrufen vieler Stimmen. Sie schienen irgend etwas in die Nacht hinauszurufen, etwas herzurufen, irgend etwas zu beschwören. Plötzlich faßte Hilde Jerscheks Rechte und sah ihn so an, als sei ihr gerade ein herrlicher Einfall gekommen. »Weißt du, was?!« sagte sie strahlend. »Mach mir ein Kind! – Jaja, du hast schon recht gehört: ein Kind.«

Sie sagte das in einem Ton, als sage sie: »Weißt du, was? Heut abend gehen wir ins Kino!« Doch wie sie es eigentlich meinte, blieb vorderhand unklar; klar war nur eines: daß sie ihn ablenken wollte.

Lächelnd starrten sie einander an.

»Also gut. Ich werde mich konzentrieren«, sagte er schließlich. »Was möchtest du? – Einen Buben oder ein Mädchen?«

»Was willst denn du?«

»Ich hätte lieber eine Tochter«, sagte er.

Sie grinste unverschämt. »Du meinst, die läßt sich eher abohrfeigen, gell ja? Aber du freust dich zu früh; ich werde dir einen Stammhalter schenken.«

Und er: »Bin ich ein Erbhofbauer? Wozu denn?«

Und sie: »Damit er dich fest durchhaut, wenn er einmal groß ist.«

Er stand auf und blickte überlegen auf sie nieder.

»Ich mach dir eine Tochter oder überhaupt nichts«, sagte er. Sie seufzte resigniert: »Na, schön!« – und sank zurück. »Wie wollen wir sie nennen? – Siegrun? Gudrun? Wiltrud? – Gerhilde? Gerlinde?«

Er setzte sich wieder hin. »Das könnte dir passen! Damit sie einmal ihren Namen wie ein Markenzeichen trägt! Nichts da! Anna wird sie heißen – oder Maria – oder Therese! Ganz einfach. – Oder Sarah! Auch ein schöner Name.«

Sie lächelte. Ihre Augen verschleierten sich.

»Und – wie soll sie aussehen?« fragte sie gedehnt.

»So wie du.«

»Wirklich –? Und was soll sie werden?«

»Von mir aus Landarbeiterin.«

»Genau wie ich?«

»Genau wie du.«

Sie sah ihn weiterhin mit diesen sonderbaren Augen und mit diesem schmalen, rätselhaften Lächeln an; doch nunmehr war es ihm, als sähe sie ihn gar nicht mehr, als sei er von Glas, und sie sähe durch ihn und die Wände hindurch in die Ferne, in eine graue, regnerische Ferne, in eine graue, ausweglose Ewigkeit, in welcher jedes Übel, das sich jemals zugetragen hatte, nun abermals und immerfort geschah.

›Dir ein Kind zu machen‹, dachte er, ›wäre glatter Selbstmord. Auch wenn man es dürfte.‹ Dann gab er sich einen Ruck. »Also los!« sagte er und war gespannt, was sie nun unternehmen würde. Nun, sie überraschte ihn aufs neue. »Moment! Ich muß erst wischeln«, sagte sie mürrisch. Sie warf die Tuchent ab, schwang ihm die Beine über den Kopf und sprang aus dem Bett. Schon war sie an der Tür; schon war sie draußen.

Er saß da und sah starr auf die zugeflogene Tür, an der ein undeutbarer Schatten schwankte. Die Kerze hatte sich jäh in der Zugluft geduckt, als sei es ihr Ende; jetzt flackerte sie wieder hoch und blakend auf. Was tun? Gehen oder bleiben? – Lieber gehen. Er erhob sich, lauschte, machte ein paar Schritte. Nun warf er selber einen riesenhaften Schatten an die Tür. In diesem Augenblick trat Hilde wieder ein.

»Schon erledigt?!« fragte er erstaunt – und sie: »Na klar! Wenn man einen starken Strahl und einen guten Druck hat . . .« Sie preßte sich an ihn. In ihren Augen funkelte sekundenlang der Silberblick. Gleich darauf lag sie schon wieder im Bett und deckte sich zu.

»So, jetzt geh ich schlafen«, sagte sie.

Er zog die Brauen hoch. »Ich dachte, ich soll dir ein Kind machen! – Eine Gerlinde!«

»Laß die blöden Witze!« sagte sie. »Du bist besoffen.«

»Hab *ich* damit angefangen?«

Und sie: »Nein, ich, aber genug jetzt!«

Sie reckte sich. »Ein Kind ist immer noch was Heiliges für mich«, erklärte sie.

»Deshalb hast du auch schon eines abgetrieben«, sagte er.

Sie schien zu erschrecken; dann aber lachte sie wieder. »Deines würde ich austragen«, sagte sie boshaft. »Deines kann ruhig einen Schlampen zur Mutter haben; meinst du nicht auch? Aus deinem Samen kann ja ohnehin nichts Gutes werden.«

Ihm verschlug es momentan die Rede. Doch das war alles; Zorn, Empörung, oder was er sonst erwartet hatte, blieben aus. Für diese Frechheit, diese bodenlose Unverschämtheit empfand er gegen seinen Willen etwas wie Bewunderung. Hilde aber streckte schon die Arme nach ihm aus. »Verzeih!« sagte sie. »Komm her da! Gib mir ein Bussi!« Er setzte sich erneut. Er schüttelte den Kopf. »Du hast doch wahrhaftig das dreckigste Maul, das ich jemals erlebt hab!« sagte er staunend.

Sie kicherte. »Du hast es trotzdem immer gern gebusselt. Oder nicht –?«

›Oh, grünes Licht in diesen Augen!‹ dachte er.

Sie umhalste ihn und zog ihn langsam nieder.

»Schaust du mir tief in die Augen?!« sagte sie grinsend und hielt ihn umklammert.

Er ließ es sich gefallen, legte sich auch regelrecht auf sie und erschrak nicht weiter, als sie unter ihm die Schenkel öffnete, denn da sie sich bis an die Schultern zugedeckt hatte, blieb, was sie tat, gewissermaßen eine symbolische Geste. Doch Regen und Wind waren inzwischen stärker geworden. Aus dem Ofen drang ein wimmerndes Geräusch. Sie horchte auf. »Da wimmern die armen Seelen im Rauchfang!« erklärte sie heiter. »Die sind da drin zum Selchen aufgehängt; die schwitzen ihr Fett aus.«

Und in diesem Augenblick gewahrte er es wieder, das unsichtbare Brandmal, das sich über ihr Gesicht zog. Auf der rechten, der angeleuchteten Hälfte der Stirn fing es an und verlor sich, schräg nach unten führend und sich rasch verbreiternd, irgendwo im Schatten auf der linken Wange wie ein schwarzes Huschen, wie die Fährte einer heimlichen Verwesung.

»Blonde, dunkle Schwester!« flüsterte er. »Kind meiner Mutter. Gebranntes Kind. Gezeichnetes Kind.«

Sie schauderte wirklich zusammen. »Bin ich gezeichnet?« fragte sie leise. Er schwieg.

»– Stört es dich?«

»Es stört mich, daß du meine Schwester bist.«

Sie lächelte. »Es würde dich auch manches andere noch stören«, sagte sie. »Du weißt ja, an Brünnhild kann man sich leicht die Finger verbrennen: *Auf Felsen hoch ihr Sitz. Ein Feuer umbrennt den Saal. Nur wer durch das Feuer bricht, darf Brünnhildes Freier sein.*«

Sie lagen Hand an Hand und Brust an Brust und Aug in Aug, und draußen wurde das Geprassel immer stärker; zwischen den Handflächen bildete sich der Schweiß der Verzweiflung, draußen aber redeten die Wasserspeier mit der Finsternis. Jerschek spannte unwillkürlich alle Muskeln an, und auch Hilde spannte alle Muskeln an; langsam grub sie ihm die Nägel ein, und auch er grub ihr die Nägel langsam ein. Sie atmeten in gleichen Intervallen, Mund an Mund, und draußen rüttelte der Westwind an den Fensterläden; es klopfte wütend, als begehre jemand Einlaß, doch es war der Wind, der an den Läden und den Türen rüttelte.

Plötzlich wurden Hildes Züge alt und häßlich. Sie schloß die Augen, drehte den Kopf nach der Seite, schluckte verkrampft. »Ach, Gottfried!« sagte sie. »Was weißt du schon von mir?! Was weißt du schon von einer Brunner-Hildegard?!«

Jerschek hatte sich von ihr gelöst. Er richtete sich auf; er wurde starr; er lauschte. – Da war es wieder! Unhörbar hinter den hörbaren Mauern des Regens! Da lauerte es wieder in der Finsternis!

»Ja«, sagte Hilde. »Ich bin deine Schwester, gewiß. Und ich reize dich als Frau; ich weiß. Aber wenn du einmal von dem Feuer hören wirst, das mich umbrennt, dann wirst du nicht bereit sein, zu verbrennen.«

Unvermittelt wälzte sie sich zur Wand. »Am Ersten kommt mein Scheich; der wird mich vögeln«, sagte sie. »Gegensätze ziehen sich zwar an; das knallt dann manchmal; aber gleich und gleich gesellt sich gern.«

Nochmals wandte sie ihm flüchtig das Gesicht zu. Sie sagte: »Wenn du gehst, dann blas die Kerze aus!«

Er erhob sich, blies die Kerze aus und ging zur Tür.

»Gute Nacht!« sagte er.

»Gute Nacht!« sagte Hilde im Dunkel.

Nacht. – Sie tritt in die verdunkelte Baracke. Lange hat sie sich draußen den Kot von den Stiefeln gestampft, denn der Tag ist regnerisch gewesen; auf den Lagerstraßen ist man wie in einem Sumpf versunken; hier jedoch soll nun Reinlichkeit herrschen, jawoll! Und deshalb stampft man sich vorerst den Kot von den Stiefeln.

Noch hört sie das Kratzen und Klirren der Nägel auf dem Beton, einen harten Laut, der Selbstbewußtsein gibt; dann tritt sie in die Stube, wo die beiden anderen bereits zugegen sind und sich nach dem Dienst ein bißchen hübsch und sauber machen.

Alles ist wie immer – oder nicht? Was gebietet ihr, um diese Zeit den Volksempfänger einzuschalten? – Etwa das Raunen des inneren Schweinehundes, das sie vernimmt? Will sie so den Schweinehund in sich zum Schweigen bringen?

»Die senden wieder einen feuchten Kehricht«, murmelt Erika. Sie sitzt vor dem Spiegel und rückt sich das Schiffchen pedantisch zurecht.

»Haben sie Vorwarnung gegeben?« fragt Hilde gelangweilt.

»Ja«, sagt Inge. »Aber ich geh trotzdem rüber.«

Sie werden dann im Schutz der Dunkelheit hinübergehen. Inge, Erika und später auch Hilde, denn hierorts, wo man ständig mit dem Gegenteil zu tun hat, hier braucht man Leben, hier braucht man einen regelmäßigen Geschlechtsverkehr als Ausgleichssport, sonst friert man dauernd.

Hilde reibt sich die erstarrten Hände, schüttelt sich. Doch mittlerweile ist der Volksempfänger warm geworden; und wie aus weiter Ferne wird Musik vernehmbar – ein Brausen! – was ist das?! – »Mach doch die Scheiße aus!« keift Erika herüber.

Aus! Erstarrt steht Hilde vor dem Apparat, den sie unverzüglich ausgeschaltet hat; durch ihren Körper aber irrt mit einem Mal ein leises Zittern, denn was sie da gehört hat, ist ein Sturm gewesen.

Scheiße! Feuchter Kehricht! – Ist es der innere Schweinehund, welcher so flüstert? Zum Beispiel: ›Unter was für ein Gesindel bist du hier geraten? He? Das soll dein Volk sein? Inge, Erika und was sich sonst noch deutsch nennt? Mit einem solchen Volk willst du in Volksgemeinschaft leben? He?!‹ Die zitternde Hand noch am Drehknopf, wartet sie ab. ›Die beiden müssen ja bald abhauen, müssen ja zu ihren Stieren rüber!‹ denkt sie. ›Sind ja geil darauf, sich auf den alten Kartentisch zu legen und sich aufzuschlagen – bitte sehr! – und dann dazuliegen wie die Karten eines öden, sumpfigen Geländes – scheußlich!‹ Nicht aus Überzeugung sind die hergekommen – ach, woher! – auch nicht durch Vermittlung eines Eingeweihten, so wie Hilde, sondern ganz einfach auf Grund einer simplen Annonce und wahrscheinlich in der Meinung, daß es sich um eine leichte Arbeit handle. Jetzt hat Inge vor dem einen kleinen Spiegel, den sie haben, Platz genommen; sie zupft und rückt an ihren starren Dauerwellen hin und her; dann parfümiert sie sich – ach Gott, ach Gott, das auch noch! In den weiblichen Zwiebel- und den soldatischen Ledergeruch, der die Stube erfüllt, mischt sich auf einmal ein scharfer, ekelhaft süßlicher Maiglöckchenduft, von dem man Kopfweh kriegt oder das heulende Elend oder das Kotzen. Doch Erika hat unterdessen schon die Pelerine umgehängt, und da steht auch Inge endlich auf und tut das gleiche. »Komm bald, Kleine!« sagt sie zu der sieben Jahre jüngeren. »Sonst ist es doof.«

»Aber ja!« schnauzt Hilde. »Geht schon endlich! Geht!! Haut ab!!«

Unwillkürlich hat sie aufgestampft. Die beiden aber sind nun wirklich draußen. Sie hört sie vor dem Fenster auf dem Kies vorbeimarschieren, wartet noch; dann schaltet sie den Volksempfänger wieder ein.

Sie setzt sich hin. Sie faltet die Hände über den Schenkeln und spürt mit einem Mal das rasche Schlagen ihres Herzens und wiederum dies leise Zittern in den Gliedern, als durchrinne sie ein Frösteln; und spürt den Geruch des getranten Rindsleders, der zu ihr aufsteigt. Sie senkt das Haupt und blickt auf ihre Knie nieder, auf die wollbestrumpften, tüchtigen Schwestern, die fest und rund aus dem Hosenrock lugen, aus Dunkel und Wärme des feldgrauen Rockes, und dennoch erzittern, als empfänden sie auf einmal einen Eishauch aus dem Unbekannten. Doch aus der Finsternis, auf jeden Fall aus einer unbekannten Dimension, einen letzten, dunklen Hintergrund, den sie vergessen hat, scheint auch das zu stammen, was in diesem Augenblick aufs neue um sie anwächst, jener Sturm, der plötzlich eine Woge großen Klanges in der Stube auftürmt. »Wotans Abschied« –? Eine Flut reißt Lager und Baracke mit sich fort. Der Wogenkamm wächst; blendender Gischt wird zur Stimme des Gottes, herrisch und wild; und Hildegard Brunner, das *kühne, herrliche Kind* dieses Gottes, sie, seines *Herzens heiligster Stolz,* wie er sagt, sitzt erbärmlich inmitten der kahlen, trostlosen Stube als Helferin Hels, starr und entsetzt in dem grausamen Licht der schirmlosen Lampe, und spürt nun in den Augen einen jähen Schmerz, als werde sie geblendet, und spürt nun ein Stoßen, das ihren Körper durchschüttert, und krümmt sich zusammen – krümmt sich, plötzlich geschüttelt von furchtbarem Schluchzen, völlig zusammen, so daß sie ganz klein wird, und spürt schon rettungslos den Schwall der Tränen an den Wangen niederstürzen.

»Denn – siehst du, mein Gott – es ist schrecklich, dir hier zu begegnen. Ich hab's ja gewußt; und trotzdem ist alles ganz anders, als ich gedacht hab. Auch ich bin anders geworden, seit ich hier Dienst tu. Und überhaupt: seitdem ich schwanger bin. Warum kann ich nicht genauso stur sein wie die andern? Die fragen nichts, die denken nichts, die tun ihre Pflicht, und damit basta! Was muß ich mich immer noch fragen, ob es dir recht ist, was wir hier machen? Wo ich doch begriffen habe, daß es sein muß. Denn ich bin ja nicht so dumm; ich hab genug gelesen. Nicht nur die Heldensagen, nicht nur die Edda, nicht nur ›Mein Kampf‹. Auch Rosenberg. Oder Gedichte von Dietrich Eckhart. Und Hörbigers ›Welteislehre‹ hab ich studiert. – Und du weißt: Ich war hart. Und war eine tüchtige Speerwerferin, und Reiten hab ich schließlich auch gelernt. Und Pistolenschießen kann ich. Und geschliffen bin ich worden wie ein Mann. Und das goldene Sportabzeichen hab ich gemacht: Ich war doch ein Kerl! Aber jetzt, wo Günther an die Front hinausgeht, bin ich plötzlich weich und feig geworden und dreh durch. Dann flüstert ein Hochverräter in mir und lästert auch dich. Erst heut mittag wieder. Als ich die zwölf Kinder hergerufen hab . . .«

Die Kinder haben draußen noch mit einem Ball gespielt. Doch langsam ist es Zeit geworden, sie zu holen. Also ist sie auf den Platz hinausgetreten, die netteste Kindergärtnerin, die man sich vorstellen kann; sie hat freundlich gelächelt, hat in die Hände geklatscht, hat ihre forsche, helle Jungmädchenstimme gemacht – und »Schluß jetzt Kinder! Jetzt geht's duschen!« hat sie gerufen, und die Kleinen sind ihr zugelaufen wie die Schäfchen ihrem Hirten.

Und sie hat ein Mädchen auf den Arm genommen und hat es die Stufen hinuntergetragen! Eiapopeia! Durch die Uniform hat sie die Wärme des kindlichen Körpers gespürt, und an das Leben hat sie denken müssen, das zur gleichen Zeit in ihrem Schoße wächst. Und das Mädchen hat auf das Hoheitszeichen am Schiffchen gedeutet und hat gefragt: »Was ist das für ein Vögelchen?« Und mit seinem winzig kleinen rosa Zeigefinger hat es Hilde Brunner leise auf die Stirn getippt.

Und auf einmal ist der Schweinehund in ihr gewesen, hat aus ihr gesprochen: »Das? – Das ist unser Adler«, hat sie gesagt. »Der stolze deutsche Adler, der die kleinen Kinder frißt. Und den Leuten die Augen aushackt. Und das Gehirn!«

Oh, Schande!!! Sie versinkt in einem uferlosen Weinen, als sänke sie in uferlosen Schlaf hinab. Wie ein Regen fallen ihr die Tränen auf die Knie und den Rock, und ihr zitternder Rücken ist schmal geworden, wie der eines Kindes. »Sag, mein Gott! Wie soll ich diesen Flüsterer in mir zum Schweigen bringen? Muß ich erst schuldig werden, damit er verstummt? Soll ich eine Fleißaufgabe machen? Wie so mancher hier? Ist es das, was du von mir verlangst? – Gut. Du läßt mich allein, du wendest dich ab. *Denn so kehrt der Gott sich dir ab, so küßt er die Gottheit von dir;* du hast es gesagt. Aber wenn du solche Opfer von mir forderst, Herr der Raben, dann ziehst du den Kreis des Entsetzens um mich – dann rufst du nach Loge.«

Sie sieht ihn gehen, sieht ihn im nachtblauen Mantel langsam entschreiten, sieht ihn ferner werden, bleicher werden, schattenhafter, sieht ihn jenseits einer Lichtung in das Waldesdämmern tauchen und darin verschwinden: Streicher – Harfen – ferne Hörner, immer leiser . . . Von Tränen überflutet, lauscht sie der verhauchenden Musik. Sie fühlt, wie sie mit diesen Klängen langsam in das Nebelreich hinabsinkt. Und jetzt erst erinnert sie sich an ein kleines Detail, an einen kleinen, offenbar bedeutungslosen Zufall.

Als sie nämlich später wieder aus der Tür getreten ist und, erschreckt von der plötzlichen Leere des Platzes, umhergeblickt hat, doch mit einem Mal unruhig, als sehe man ihr von irgendwo zu, und wie bemüht, gewisse gut getarnte Späheraugen auszumachen, denn die gibt es hier, sind auf einmal aus der kahlen Krone einer Esche jenseits der Baracken (und sie sieht das jetzt ebenso deutlich wie heute zu Mittag) zwei große, schwarze Vögel gegen Norden aufgeflogen, keine Adler, wahrscheinlich zwei Krähen – oder zwei Raben – etwas ganz Simples. Jedoch in dem gleichen Moment, da sie sich dessen nunmehr entsinnt und nun wie staunend und von einem rätselhaften Schauder überlaufen langsam aufsteht und dabei noch immer mit dem einen Ohre auf den »Feuerzauber« wartet, ereignet sich das Unerwartete.

Das Licht geht aus, und der Volksempfänger verstummt. Nichts mehr: Die Musik ist jählings abgebrochen – nichts mehr! Dicht umschlossen von Stille und Dunkel, steht Hilde im Raum; sie hat den Mund weit offen wie zu einem Schrei, jedoch sie schreit nicht, sie ist starr: sie lauscht. Über ihrem Haupte ist auf einmal etwas: Dort oben in den schwarzen Höhen bebt auf einmal etwas. Mit aufgerissenen Augen starrt sie zur finsteren Decke empor und spürt in allen Nerven, daß dort oben über dem Barackendach ein großes Grauen anschwillt. Und nun hört sie in der ungeheuren Stille, die noch immer dauert, an Stelle der Musik ein fremdes, dunkel brummendes Geräusch sich nähern, ein Geräusch, das sie aus mancher Wochenschau und manchem Kriegsfilm, jedoch noch nicht aus eigener Erfahrung kennt. Denn, horch! Das gleicht dem Brummen eines Schwarmes riesenhafter Wespen, ja, es ähnelt einem Streichertremolo, das schwillt und schwillt; die Fensterscheiben fangen mitzuklingen an, fangen mitzusingen, mitzubrummen an: himmlische Hornissen, riesige himmlische Wespen summen und brummen: Chor der Todesengel! Molto crescendo!! Und plötzlich erzittert der Boden, erzittert die ganze Baracke wie ein Opernhaus beim Einsatz der Posaunen.

Jetzt erst beginnen die Luftschutzsirenen zu heulen. Zu spät, denn in ihr Heulen mischt sich schon ein anderes Geheul. Ein Ton aus hundert Orgelpfeifen, welcher Hilde Brunner ein Gefühl vermittelt, als werde sie vom Scheitel bis zum Schoß hinab durchschnitten. Mein Gott! Mit flatternden Händen tastet sie sich durch das Dunkel, stößt an die eisernen Pritschen, stößt an den Tisch, endlich ist sie an der Tür und reißt sie auf: Der Gang! Und inmitten der Schwärze ein dämmerndes Rechteck, das Ende des Ganges! Hoffnung, wenigstens den nächsten Splittergraben zu erreichen, oder nicht mehr?! Das schneidende Heulen kommt auf sie nieder, wird immer tiefer! »Du Gott, der die lautlosen Aufklärer ausgesandt hat, ich bin schwanger, verstehst du?!!« Doch da tut der Boden unter ihren Füßen plötzlich einen Sprung – und während ein Gepolter wie mit schwarzen Wattefäusten auf sie loszutrommeln anhebt, tut sie selber einen wilden, katzenhaften Sprung nach vorn – und stürzt durch das Rechteck, das nun mit einem Mal rot ist, hindurch, stürzt hinaus in eine geisterhafte Morgenröte und sieht schon jenseits der Baracken und der dunklen Silhouetten die ersten ungeheuren Feuerrosen aufgehen, die rosenrote Rosenhecke ringsum aufblühen, eine Flammenwand, die sich auf einmal brüllend in den Himmel aufreckt – und: »Mein Gott! Ich bringe dir das Opfer, das du forderst! Ich will den Schweinehund in mir erschlagen! Ich weiß, mein Gott, ein *bräutliches Feuer* soll mich umbrennen! Also schenke mir Tapferkeit! Schenke mir Grausamkeit!! Schenke mir Härte!!!«

Die Helferin Hels

I

Zu Allerheiligen – also am ersten November – hörte Captain Jerschek schon am frühen Morgen mehrmals das Wort »newahr«. Das erste Mal kam es die Treppe herauf aus dem Gang, dann aus Hildes Zimmer, gleich darauf aus der Küche: »Newahr!« Immer wieder »newahr«! Jerschek lauschte verärgert und dennoch gespannt und zog seine Schlüsse. Der Mann, den Hildegard so liebevoll als ihren Scheich bezeichnet hatte und der also da war, sie glücklich zu machen oder auch nicht, mußte ein Sudetendeutscher sein. »Newahr«, sagte er. »Ich hab den ersten Zug genommen – newahr!«

Am Fenster rauchte weißer Wasserdampf vorbei, der Berg versteckte sich mitsamt dem Haus in einer Wolke. »Der Naabel! Newahr!« hörte Jerschek unten sagen. Und nun erhob er sich, nun trieb ihn doch die Neugier aus dem Bett.

Es war kalt; das Feuer war schon lang erloschen; die Kacheln fühlten sich bereits wie Eis an: grünes Eis. Aber nett von Hilde, daß sie ihm nun jeden Abend heizte, noch dazu, wo sie für sich derweil das Frieren vorzog. Überhaupt: Diese letzten Tage war sie ihm wieder sehr nahe gewesen: ein guter Kamerad, dem man sich anvertrauen konnte. Sie hatten miteinander Holz gemacht; zunächst in der Kegelbahn, dann, als der Regen aufgehört hatte, draußen im Garten; sie hatten fürs erste ein Drittel der Stämme zu Pflöcken zersägt, sodann einen Teil von den stärkeren Pflöcken zu Scheitern zerhackt; doch sie hatten sich Zeit gelassen, hatten sich nicht überanstrengt, hatten immer wieder zwischendurch gerastet, Most getrunken und geraucht und bei dieser Gelegenheit lange, geschwisterliche Gespräche geführt, bei denen sie vom Hundertsten ins Tausendste gekommen waren. Auch hatte er sich letzthin angewöhnt, bei ihr in der Küche zu essen, nicht eben vornehm, aber gemütlich. Er erschrak. Wie würde sich das heute morgen abspielen? Hatte sie da unten etwa gar für drei gedeckt?

Er kleidete sich langsam und mit Sorgfalt an; vor Fremden blieb er nämlich vorerst zugeknöpft, und aus diesem Grunde trat er lieber gut, das heißt, komplett gekleidet in Erscheinung:

saloppe Kleidung sah nach Vertraulichkeit aus, und das paßte ihm nicht.

»Da kannst du ganz unbesorgt sein«, rief jetzt Hilde im Gang. Der Sudetendeutsche, der sich offenbar noch immer in der Küche aufhielt, erwiderte gedämpft, so daß man nicht verstehen konnte, was er sagte, beschloß aber dann seine Rede mit einem deutlich vernehmbaren »Newahr«.

›Der wird mir auf die Nerven gehen‹, dachte Jerschek. Er stand vor dem Spiegel und bürstete sich das Haar aus der Stirn. Dabei bemerkte er, wie sehr er in der letzten Zeit gealtert und wie grau er an den Schläfen war. Gewiß: Sie würde ihm das Frühstück auch auf die Kabuse bringen, hatte dergleichen möglicherweise sogar schon erwogen. Jedoch – wie war ein Mann beschaffen, dessen Kebse Hilde Brunner hieß, und der dann noch so redete wie der da unten? Das mußte man wissen.

Er schlüpfte in die Lodenjacke. Also: Grau in grau! Grau der Loden, grau die Schläfen, grau das Gesicht. Die Bezeichnung »Graue Eminenz« durchirrte flüchtig sein Gehirn und fiel dann zurück in das Dunkel, aus welchem sie aufgetaucht war. Er trat hinaus; er schloß geräuschvoll hinter sich die Tür. Dann stieg er die Treppe nieder, Stufe um Stufe. Da stand bereits Hilde und blickte ihm unruhig entgegen. »Ich bring dir das Frühstück hinauf, wenn du nicht willst«, sagte sie leise.

»Doch. Ich will«, sagte Jerschek. »Ich will ihn mir anschauen.«

»Es ist nicht viel an ihm zu sehen«, sagte sie.

»Nicht?! Er ist doch ein Stier mit Stierlöckchen zwischen den Hörnern.«

»Ja, schon«, sagte sie. »Aber das ist ja nicht weiter interessant.«

Sie ging voraus, und Jerschek folgte ihr. Der Mann saß groß und feierlich am Küchentisch, saß da, als habe er sich in Szene gesetzt, und las im »Steirerblatt«, das er sich anscheinend extra mitgebracht hatte. Er las noch zwei, drei Zeilen, dann schaute er auf; er legte die Zeitung zusammen, maß die Geschwister mit forschenden Augen, dann erhob er sich mit einer nicht ganz echten Lässigkeit; verneigte sich und nannte seinen Namen.

Händedruck: treuherzig, kraftvoll, naturburschenhaft. Nein, die Art, wie er die Hand gab, war durchaus nicht unsympathisch, eher nett; nur paßte sie nicht ganz zu dieser angespannten Haltung und diesen fast farblosen, kalt forschenden Augen.

»Freut mich«, sagte Jerschek und bemerkte, daß es nicht sehr überzeugend klang, was er da sagte. Er rückte seinen Sessel an den Tisch und setzte sich. »Was gibt's Neues?« fragte er mit einem Seitenblick zur Zeitung hin.

Der Mann, der also Hildes Scheich war, winkte ab und gab dabei ein traurig stöhnendes Geräusch von sich. Schau an: Er hatte wirklich kleine Löckchen, aber nur am Scheitel; Hinterhaupt und Schläfen trug er kahlgeschoren.

»Ein Bauernmädel ist ermordet worden«, sagte Hilde. Sie stand nun am Herd und war mit dem Abschmalzen beschäftigt. »Sexualmord«, ergänzte der Mann und verdrehte vor Teilnahme derart die Augen, daß sie vorübergehend wie Glaskugeln glotzten.

›Daß man beim Vorstellen nie einen Namen versteht!‹ dachte Jerschek. ›Es hat nicht angenehm geklungen, was er da gemurmelt hat. Allerdings: Zu dem preußisch geschorenen Stiernacken hat es gepaßt. Zwei Silben waren es; die erste hat ein i enthalten.‹

»Na – und, hat man schon den Täter?« fragte er; obwohl es ihm ganz Wurscht war, ob man den schon hatte oder nicht.

»Nicht einmal eine Spur«, sagte der Mann.

»So eine Bestie gehört gevierteilt«, sagte Hilde.

Sie goß nun das siedende Fett über den Sterz, und in der Küche verbreitete sich der Geruch von gebratenem Speck. »Man wird ihn auch nicht so bald finden«, sagte der Mann. »Bei einem Sexualmord ist das ja besonders schwierig, newahr!«

Und Jerschek: »Österreicher sind Sie aber keiner.«

Und der Mann: »Doch. Ich bin Altösterreicher«, sagte er. »Aus dem Gebiet der österreichisch-ungarischen Monarchie.«

»Sudetendeutscher.«

»Aus Reichenberg«, sagte der Mann.

Hilde trug auf. »Ein Rand-Böhm«, sagte sie grinsend.

Und der Mann: »Gerade wir Sudetendeutschen sind die reinsten Deutschen.«

»Ich dachte, Sie sind Österreicher!« sagte Jerschek.

»Gewiß. Ich habe die österreichische Staatsbürgerschaft.«

Er stand plötzlich auf. »Entschuldigen!« flüsterte er.

Und Hilde: »Ausgerechnet jetzt?! Der Sterz wird kalt.«

Schon war er an der Tür. »Bin sofort wieder da«, sagte er lächelnd und entzog sich schon den Blicken der Geschwister.

»Wie heißt er?« fragte Jerschek.

»Hind-ler«, sagte Hilde.

»Leicht zu merken. Ein Zwischending zwischen Hitler und Himmler.«

»Ich nenn ihn Hindi.«

»Und das läßt er sich gefallen?«

»Ach, er läßt sich alles mögliche von mir gefallen.«

Da war er wieder. »So!« sagte er japsend und setzte sich rasch.

»Du teilst dir ja auch alles großartig ein!« sagte Hilde. Sie hatte den Männern Teller und Schalen gefüllt; nun setzte auch sie sich hin, und das Frühstück begann.

Gemütlich! Das Feuer im Herd: das Knistern und Knacken der harzigen Scheiter! Dazu der Geruch von Milch und gebratenem Speck und Hildes Schweißgeruch, der wieder einmal ziemlich penetrant war; und draußen zogen die Nebelschwaden vorbei.

»Sie haben in Graz ein Geschäft?«

»Ja«, sagte Hindler. »Eine kleine Handelsagentur. Export-Import: Ein Zimmer mit einer Schreibmaschine und einer Schreibkraft. Und natürlich T-e-lephon! Das ist das wichtigste.«

Er betonte falsch; er sagte T-e-lephon: »Das meiste kann man ja per T-e-lephon erledigen.« Das hatte er von denen, die ihm Vorbild waren, und man sah ihm an, wie sehr er sich dabei gefiel. Er redete über die Aussichten seines Geschäftes, die im Augenblick »nicht eben rosig« waren, wie er sagte. Dennoch sehe er mit Optimismus in die Zukunft; man dürfe nur nicht lockerlassen – newahr! Nach einer Währungsreform werde es alsbald wieder bergauf gehen; Arbeit gebe es ja an allen Ecken und Enden; und eines Tages werde eine europäische Vereinigung erfolgen und auf diese Weise Österreich an Deutschland wieder angeschlossen werden. Jerschek gähnte hinter der vorgehaltenen Hand. »Ja«, sagte er. »Ja, freilich. Ganz meine Meinung.« War es die graue Beleuchtung, die ihn so schläfrig machte? Oder war es das ebenso graue, ebenso fade Geschwätz dieses Menschen? Hilde schwieg; sie aß und war auf diese Weise voll beschäftigt; das füllte sie ganz aus, wenn sie sich füllte und den Mund voll hatte. Komisch! Jeder anderen hätte er diese Gefräßigkeit übelgenommen. Wahrscheinlich konnte er ihr überhaupt nichts ernstlich übelnehmen.

»So«, sagte er, indem er sie unverwandt ansah, »ich verdrück mich jetzt und überlaß euch eurem Schicksal.« Er betrachtete sie, begegnete ihren Augen, die sie nun hob, und erkannte plötzlich, daß er eifersüchtig war.

»Ich geh mit Max ins Wirtshaus«, sagte sie. »Dein Mittagessen mach ich jetzt und stell's dir warm.«

»Gut«, sagte er und stand auf – und zu Hindler gewandt, der nun ebenfalls aufstand:

»Auf Wiedersehen!«

»Auf Wiedersehen«, sagte Hindler.

Den Mantel anziehen und das Haus verlassen – rasch! Und nun tief die kalte Nebelluft geatmet! Luft! Das Bekannte verschleiernd, verändernd, dann wieder gespenstisch enthüllend, floß sie eilig durch die Stämme und das Unterholz. Die Stämme waren von der Nässe schwarz und ragten reglos; von den reglosen Zweigen fielen vereinzelte Tropfen. Ein dumpfes, träges Trommeln war zu hören; es durchirrte den Garten, näherte sich, entfernte sich wieder. Es folgte Jerschek, der nun ostwärts in die Straße einbog, links im Dickicht, es lief durchs dürre Laub, als trippelten dort unermüdlich Vogelfüße; dann wechselte es die Seite und huschte nun rechter Hand über das Gras, ein Gezischel verworrener Stimmen, ein Flüstern verwirrter Gedanken. ›Du bist töricht! Du bist eifersüchtig! Du bist kleinlich! Fühlst dich wie ein Kind, dem andere sein Spielzeug weggenommen haben. Da hast du dir eingeredet, du gönnst ihr den Spaß, und wo sie ihn nun haben soll, versagst du kläglich: Schäm dich!‹ Der Nebel aber strömte lautlos durch den Zaun der Halte und bewegte dort die nassen Spinngewebe; sie erbebten als feinste Membranen in seinem Gedränge und glitzerten dabei wie Perlenstickereien. Jerschek wanderte auf jene höchste Stelle zu, an der die Telegraphenstange an der Böschung stand. Er lauschte empor; ein metallisches Klingen und Brausen erfüllte die Luft, denn die Drähte näherten sich hier vom Walde her der Straße. Dann – doch erst aus einer Entfernung von wenigen Schritten – gewahrte er das Untere der starken Stange, die sich, dröhnend vom Gesang der unsichtbaren Leitung, nach oben schattenhaft im Grau verlor. Da er unter diesen Sichtverhältnissen Späheraugen nicht zu fürchten brauchte, stieg er hinan und legte das Ohr an das naßkalte Holz, das von den Stacheln zahlloser Steigeisen aufgerauht war und ihn nun mit kleinen, spitzen Spänen derart in die Wange stach, daß er schmerzlich das Gesicht verzog. Doch es lohnte sich: Die Stange dröhnte wie eine eherne Glocke, und der Schädel dröhnte einem mit; man war umhüllt von einem lückenlosen Klang; es war, als säße man während des Festeinläutens im Kirchturm. Captain Jerschek lauschte eine ganze Weile;

es beruhigte ihn, diese gewaltige Windharfe zu hören. ›Sphärenklänge!‹ dachte er und mußte plötzlich lachen, denn der Walzer »Sphärenklänge« klang ganz anders. ›Und hast dich für dein Schwesterchen geniert! Weil sie wieder einmal so geduftet hat! Hast ganz vergessen, daß sie dieser Hindler besser kennt als du, daß ihre Düfte ihm vertrauter sind als dir.‹ Plötzlich empfand er das Ganze als eine einzige Sauigelei, ja verflucht! – außerdem als eine Art Familienschande, sowohl dieses fragwürdig wirkende Liebesverhältnis als auch den unappetitlichen Dunstkreis, der es umgab. Und abermals das Trommeln, abermals die irren Wirbel auf den Blättern, da er, weitergehend, sich dem Waldrand näherte. Als finstere Masse tauchte die Mauer der Bäume dort vorn aus der Waschküche auf; Zacken entwuchsen den rastlos vorüberhastenden Schwaden. Der Steig durch die Heidelbeerstauden war kaum zu erkennen. Zur Straße zu lagen aufgestapelte Stämme. Es war, als halte sich etwas im Nebel verborgen, irgendein seltsames Tier, vielleicht auch ein Mensch, der hier lauschte. Doch dann erkannte man die beiden Buchen. Sie waren kahl; ihr Laub lag ringsum auf dem Boden. Es verbreitete den bitteren Geruch des Todes, und die Trommelwirbel huschten darüber hinweg. Auf dem Steig, der unvermittelt abfiel, betrat Captain Jerschek den dämmrig triefenden Wald, Säulengänge, schwarz, als seien sie verkohlt, und von Qualm durchzogen wie ein Brandplatz, wo gelöscht wird. Jetzt lösche diesen Brand, du Idiot! Deine Schwester kannst du ja auf keinen Fall zu deiner Freundin machen! Ach so?! Du brauchst das?! Dann sieh dich gefälligst nach etwas anderem um! Da gibt es beispielsweise eine junge Lehrerin im Dorf . . . Ja, das ist der Weg, den du heraufgekommen bist. Damals – bei Nacht! Wie ein Einschleichdieb in der eigenen Heimat, im eigenen Haus! Oder: Pfeif drauf! Pfeif auf deine Schwester, pfeif auch auf die Lehrerin, jawohl! – Und laufe so bald wie möglich den Weg da wieder hinunter! Doch neuerlich packte ihn das Gefühl einer drohenden Nähe, als stehe nun jemand da hinter den Bäumen und spiele Verstecken. Hinter welchem Baume mochte er wohl stehen? Kein Geräusch, kein Hauch, kein Atemzug verriet ihn. Und dann: der eigenartige Geruch des Waldes! Das roch wie nasser Loden, roch wie ein nasser Uniformstoff! Oder stand man von Anfang an selber im Nebel, atemlos wartend, um sich eines Tages selber in den Weg zu treten – wie ein Doppelgänger? Und welches mochte wohl der Weg gewesen sein, den ihm Esther damals hatte zeigen wollen?

Sie hatte plötzlich eine deutsche Uniform getragen! Und ihr Haar war für Sekunden blond gewesen! Verrückt! Alles verrückt, vertrackt und verworren! Undurchsichtig wie das Gewölk, das über den Berg quoll, wie die naßkalt fließende Luft, die Geräusche und Stimmen herantrug: da: Nun bellte irgendwo ein Hund; es klang ganz nahe. – Jerschek machte noch einige Schritte wegab, gespannt und mit Vorsicht, als fürchte er plötzlich, auf etwas zu stoßen. Bei einem solchen Wetter mußte man auf alles mögliche gefaßt sein; bei einem solchen Wetter konnte man sogar Verstorbenen begegnen. Dem Ingenieur zum Beispiel! – der seine Ohren wahrscheinlich im Hosensack trug, um sie notfalls unverzüglich vorzuweisen: »Do schaau, wau s' mit mir gmaucht haum, dö Rotzbuam, dö Pülcher! D'Ohrwascheln haum s' ma obagferngelt! Da schaau!« – Von lautlosem Lachen geschüttelt, stand Jerschek im Dickicht und sah, wie die »Saligen« zwischen den Stämmen den Hang heraufhuschten. Und plötzlich wußte er, was ihm an diesem Hindler so mißfiel, und staunte, daß er nicht schon längst daraufgekommen war. Die Ohren waren es! Diese abscheulichen Fledermausohren! Gespitzte Muscheln, angewachsene Läppchen: Ohren eines Psychopathen oder eines Schwerverbrechers, schamlos zur Schau gestellt an den kahlgeschorenen Flanken des Schädels.

Er trieb sich noch eineinhalb Stunden im Walde umher, und als er schließlich heimkam, war das Haus verlassen. Er sperrte auf und begab sich zunächst in die Küche. Der Tisch gedeckt! Der Herd noch warm! Und Hildes Parfüm! – Er schaute sich um: Das Mittagessen, bestehend aus Schweinsbraten mit Erdäpfelschmarren, befand sich im Backrohr. Es sah nicht sehr verlockend aus; es war nur viel. Obgleich es erst halb zwölf war, also eigentlich zu früh, und er selbst noch ohne jeden Appetit, beschloß er nach einigem Zögern, es gleich zu verzehren, denn da drinnen konnte es nicht besser werden. Also gut! Er zog die beiden Schüsseln aus der heißen Höhle und setzte sich und saß nun einsam an dem weißgedeckten Tisch und stillte ausgerechnet jenen Hunger, den er an diesem Tage am wenigsten litt. – ›Brunft in Nifelheim, Brunft in den Bergwäldern: nordische Brunft‹, dachte er kauend. Das Fleisch war zäh: zuwenig abgelegen. Wahrscheinlich hatte die Sau, von welcher es stammte, noch gestern gelebt – ja, wahrhaftig! Gegen Abend hatte er die schrillen Todesschreie einer Sau vernommen. Von jähem Ekel gewürgt, brach er die Mahlzeit vorzeitig ab und begab sich alsbald auf sein Zimmer. Na ja, hier oben war es inzwischen nicht wärmer geworden, im Gegenteil: kälter; er würde heizen oder sich ins Bett verkriechen müssen! Er entschied sich für das letztere; halb entkleidet verkroch er sich unter den wollenen Decken. Doch als er endlich auf dem Ohr lag, erkannte er, daß er viel zu unruhig war, um Schlaf zu finden. Wütend sprang er auf und zog sich also wieder an, nunmehr entschlossen, in Gottes Namen zu heizen. Allerdings: Er mußte erst um Holz gehen; die paar Scheiter, die er hinterm Küchenherd gesehen hatte, reichten nicht. Als Witzblattfigur sah er sich mürrisch durchs Haus irren, wieder die Treppe hinunter, wieder zur Tür. Die Dielen knarrten einsam in der großen Stille, und dunkel war es wie am späten Nachmittag. Er sperrte auf: Aha! – Den Schlüssel hatte er, vergeßlich wie er war, natürlich steckenlassen; die beiden hätten bei ihrer Heimkehr nicht aufschließen können. ›Sie hätten mich herausgetrommelt‹, dachte er. ›Ich hätte im Stundenhotel den Portier machen dürfen!‹ Die frische Luft! Doch weder auf der Veranda noch draußen im Garten war es viel heller. Überall das gleiche Dämmern ohne Licht und ohne Schatten. Und dann: Der Nebel zwischen den Bäumen hatte die Farbe von Sperma und roch auch so ähnlich. Nein, dergleichen einzuatmen war nichts weniger als ein Vergnügen! Jerschek ging zur Kegelbahn hinüber, nahm dort so viel Holz, wie er mit einem Arm umfassen konnte, und beeilte sich sodann, aus dem Geruch des feuchten Sägemehls wieder in das Haus zurückzukommen. In der Verandatür sah er sich argwöhnisch um. Stiegen da die beiden schon den Weg herauf? Einer von den Felsen sah im Nebel wie ein riesenhafter Kaiman aus und schien zu lachen, weil ihm eine schlanke Tanne mitten aus dem Kopf wuchs. ›Eine schlanke Tanne wächst mir aus dem Kopf. Sie wird besoffen sein, wenn sie heimkommt. Und er genauso. Oder etwa nicht? Eigentlich macht er den Eindruck eines korrekten, maßvollen Menschen.‹ Er sperrte ab und zog den Schlüssel aus dem Schloß. ›Hab ich ihn auch wirklich abgezogen?‹ Jawohl, er hatte den Schlüssel auf die Kommode gelegt: Das Schlüsselloch war frei; man konnte aufsperren. – Er schleppte die mächtigen Scheiter die Treppe hinauf und warf sie oben vor den Ofen hin. Zeitungen waren vorhanden, Zündhölzer auch; mit dem Hirschfänger, welchen er sonst nur als Brieföffner benützte, schnitt er von einem der Scheiter Späne herunter. – Wenig später hörte er die beiden wiederkehren. Er strich ein Zündholz an und warf es in das Ofenloch. Späne und Scheiter prasselten unbändig auf, und rötlichblonder Schein sprang zuckend an die Wände und die Decke. Unten gingen währenddessen Hildes Füße hin und wider. Sie hatte ihre schweren Stiefel an, das hörte man. Die Schritte des Scheichs dagegen hörte man nicht; wahrscheinlich war er schon in Socken – ekelhaft! Minutenlang glaubte man, Schweißfüße zu riechen; und – weiß Gott! – der Kerl sah aus, als habe er welche. Freilich, bis in die Kabuse konnten die nicht stinken. Aber in Hildes Zimmer . . . Na, habe die Ehre! – Ein Versuch, den Brief an Esther fortzusetzen, blieb erfolglos, ebenso der Versuch, in der Zeitung zu lesen. Was trieben die beiden da unten? Jetzt war endlich Stille eingetreten. Doch gerade diese Stille machte Jerschek unruhig. – Er öffnete die Tür und lauschte angestrengt. Nicht das leiseste Geräusch drang an sein Ohr. War er schon wieder allein? Waren sie wieder gegangen? Die Ungewißheit quälte ihn; er mußte nachsehen. Auf schleichenden Sohlen glitt er die Treppe hinab, und unten sah er, daß im Türschloß nun der zweite Schlüssel stak. Sie waren also da. Er wandte sich um, lauschte erneut, und nun hörte er es: In Hildegards Zimmer hatte die Bettstatt rhythmisch zu knarren begonnen.

Wieder oben, warf er sich hin, versuchte zu lesen, versuchte zu schlafen. Hoffnungslos: Er hörte das Geschäft der beiden plötzlich bis herauf; als Hörer nahm er gegen seinen Willen teil an einer Liebesnacht, die um so geräuschvoller wurde, je weiter sie fortschritt, und die gelegentlich zu solchen Höhepunkten anschwoll, daß man meinen konnte, da unten sei der ganze deutsche Turnverein am Werk. Abendessen gab es heute keines; das fiel aus, das war nicht wichtig. Weder für die Akteure noch für den Lauscher. ›Sei wohlwollend!‹ dachte er. ›Freu dich! Freu dich mit ihnen! Freu dich für deine Schwester! Da, horch! Jetzt hat sie sogar einen Schrei ausgestoßen!‹ Von der lautstarken Lustexplosion aus dem gnädigen Dämmerzustand gerissen, zündete er eine Kerze an und sah auf die Uhr. Es ging auf Mitternacht, doch jetzt war plötzlich Stille eingetreten; nur die Nebelnässe tropfte von den Zweigen leise auf das Dach herab. ›Nun, das war vielleicht das Ende‹, dachte er, ›der Schlußakkord.‹ Schon beugte er sich vor, die Flamme auszublasen. Doch da setzte das rhythmische Stoßen da unten neuerlich ein wie das Stoßen einer Dampfmaschine, die anfährt. – Sapperlot!! Er sprang aus dem Bett, schlüpfte in seinen

Bademantel, griff nach dem Leuchter, riß schon die Tür auf, stieg, mit einem Mal zitternd vor Wut, die Treppe hinunter, und unten hielt er dann sekundenlang den Atem an, denn plötzlich kam ihm vor, als sei das ganze Haus von einem ungeheuerlichen Genitalgeruch erfüllt. Aus Hildes Zimmer klang Keuchen, Stöhnen, Wimmern (alles im Takt!) und ein Geräusch, als sei da drinnen eine riesenhafte Schaukel in Bewegung. Zum Speien war es!! »Bitte, etwas leiser!« rief er. »Was?!« rief Hilde drinnen. »Etwas leiser, wenn ich bitten darf!«

Am nächsten Morgen war der Sudetendeutsche noch immer zugegen, denn der Zweite fiel auf einen Sonntag. Doch diesmal blieb Jerschek lieber in der Kabuse; nicht nur das: Er blieb zunächst sogar im Bett. Hilde sah es, als sie Feuer machen kam, und brachte ihm unverzüglich das Frühstück herauf. Während er aß und trank, heizte sie ein. »Bin ich nicht ein liebes Stubenmädchen?« fragte sie.

Jerschek blickte auf die hockende Gestalt und empfand dabei sekundenlang nichts anderes als einen wilden Ekel. »Du bist reizend, einfach reizend«, sagte er. Und sie: »Ja, nicht wahr! Wo ich doch die ganze Nacht so fleißig war!«

Sie schloß die Ofentür, dann stand sie auf, wandte sich her, und im Ofen hob das Feuer laut zu prasseln an. »So!« sagte sie und ragte auf einmal sonderbar hilflos vor Jerschek und hatte ihre Augen groß auf ihn gerichtet.

Er schüttelte traurig den Kopf. »Ich verstehe dich nicht.«

»Ich mich manchmal auch nicht«, sagte sie. »Aber ich brauch das halt; ich bin eben so. Und alte Liebe rostet nicht, auch wenn sie stinkt.«

Sie trat heran und nahm ihm das Frühstückstablett aus der Hand. Sie sagte: »Schau, es spielt ja keine Rolle mehr bei mir. Und ich bin ihm zu Dank verpflichtet; er hat mich die schlimmste Zeit über Wasser gehalten. Und dann: Er vögelt mich ja wirklich gut.«

Jetzt mußte Jerschek lachen.

»Ja, wirklich!« sagte sie heiter. »Er macht das phantastisch. Ich könnte es jeden Tag stundenlang mit ihm treiben. Nur eines – eines dürfte nie passieren«, sagte sie. »Ich dürfte nie von ihm geschwängert werden.«

Sie ging zur Tür und wandte sich dann, die Hand auf der Klinke, nochmals zurück. »Lieber sterben, als von dem ein Kind bekommen!« sagte sie. »Ich weiß nicht, ob du mich verstehst: Ihm fehlt etwas: die Fähigkeit, zu leiden. Ich glaub, er hat noch niemals unter etwas anderem als unter Blähungen gelitten.«

Diesmal begab sich Jerschek zum Mittagessen ins Wirtshaus; also blieb Hilde mit ihrem Sudetendeutschen daheim und kochte für ihn, wahrscheinlich etwas Blähendes, wahrscheinlich Hülsenfrüchte, Erbsen, Bohnen . . . damit er wenigstens dies eine Leid erfahre. Jerschek, der sich gegen halb zwölf auf den Weg machte, traf ihn im Garten, wo er unweit der Kegelbahn zwischen den Bäumen umherstrich.

»Na?« rief er.

»Schon wieder der Naabel!« rief Hindler und wies nach den Wipfeln, die noch immer naß und reglos in die Flut des Nebels ragten. Er sah befriedigt und gesättigt aus, war rasiert und funkelte vor Frische und Gesundheit. Seine feiste Gestalt stak nun in einem langen, feldgrauen Offiziersledermantel, und auf dem Kopfe trug er einen Steirerhut mit Gamsbart.

»Gut geschlafen?« fragte Jerschek.

»Ausgezeichnet«, sagte er. »Und Sie?«

»Nicht ganz so ausgezeichnet«, sagte Jerschek. »Reisen Sie heute ab?«

»Heut abend«, sagte Hindler. »Schade, daß so schlechtes Wetter ist.«

Einen Abstand von etlichen Schritten wahrend, machten sie halt. »Das kann Tage dauern«, sagte Jerschek.

»Ich weiß«, sagte Hindler. »Ich habe das Wetter hier oben zu sämtlichen Jahreszeiten studiert.«

»Sie kennen meine Schwester schon sehr lange«, sagte Jerschek.

»Och! Bereits seit neunzehnhundertdreiundvierzig«, sagte Hindler.

Begeistert verdrehte er seine Glaskugelaugen, als wollte er sagen: ›Mensch, das war 'ne tolle Sache, damals! Überhaupt, der Krieg! Das war 'ne tolle Sache! Aber das mit deiner Schwester war das Tollste!‹ Er sagte: »Wir haben einander in Frankreich kennengelernt, in einem Kasino. Ich war ein fescher, schlanker Oberleutnant – newahr! – und sie das entzückendste Blitzmädel, das man sich vorstellen kann. Es war sozusagen Liebe auf den ersten Blick.«

Er schaute Jerschek seltsam lauernd an. Er fragte: »Hat sie Ihnen nie davon erzählt?«

»Nein«, sagte Jerschek. »Sie wissen ja: Hilde ist nicht besonders gesprächig, und schon gar nicht, wenn es sich um solche Sachen handelt.«

»Aber daß ich verheiratet bin«, sagte Hindler, »das wissen Sie doch?«

»Ja, sie hat mir so was angedeutet«, sagte Jerschek. Er wandte sich zum Gehen. »Also!« sagte er. »Ich geh ins Wirtshaus; falls wir uns nicht mehr sehen sollten, leben Sie wohl!«

Er kehrte auf den Weg zurück und näherte sich schon der Straße, als er Hindler plötzlich oben rufen hörte: »Augenblick, Herr Jerschek! Was ich Sie noch fragen wollte! Die Villa da gehört doch Ihrer Schwester – newahr?«

Belustigt drehte er sich also um und wartete auf den Sudetendeutschen, der ihm durch die Bäume nachgelaufen kam

»Natürlich«, sagte er. »Warum fragen Sie denn?«

»Och – sie hat mich heute morgen auf den Arm genommen«, sagte Hindler.

Er war vom raschen Gehen etwas außer Atem; seine Glaskugelaugen quollen ihm hellblau und rund aus den Höhlen. »Das Haus da«, sagte er, »hat doch dem Ingenieur Brunner gehört; das ist doch bekannt. Und Hilde tut jetzt plötzlich so, als gehöre es Ihnen.«

Jerschek lächelte. »Sie kann sehr boshaft sein«, sagte er.

Und Hindler: »Ist doch lächerlich! Warum denn? – Nur weil ich mal gesagt hab, daß man ein Hotel draus machen könnt? Mir ist es doch scheißegal, wem die Bretterbude gehört.«

Er machte eine brüske, lümmelhafte Wendung, Genick und Ohren jäh von Zorn gerötet. Captain Jerschek sah ihm lächelnd nach, dann ging er weiter. ›Diese Ohren!‹ dachte er. ›Diese abscheulichen Fledermausohren!‹

Später beim Mittagessen saß ihm die Dorfschullehrerin schräg gegenüber, eine etwa fünfundzwanzigjährige Blondine; und er sah ihr zu, wie sie mit lächerlicher Andacht die nichts weniger als gute Nudelsuppe löffelte. Den Rücken krumm, die Augen halb geschlossen, beugte sie sich wie zu einem Kopfsprung über ihren Teller und schlürfte unter ziemlich schweinischen Geräuschen das lauwarme Wässerchen von der Breitseite des Löffels. Oft blieben einige der fadendünnen Nudeln außerhalb des Mundes hängen und mußten erst umständlich nachgeschoben und eingesaugt werden. Es war ein bajuwarisch-herber Mund – nicht eben unsympathisch

– und es war ein bajuwarisch-starkes Kinn, von dem die Suppe wieder in den Teller tropfte.

Ob man es mit ihr versuchen sollte? Sie war recht gut gewachsen, ihr Gesicht war leidlich hübsch, ihr Haar gewellt; ihre Fingernägel hatten keine schwarzen Ränder; und völlig geistlos konnte sie als Lehrerin ja schließlich auch nicht sein – oder doch? Jetzt hob sie die Lider und blickte unter den überhängenden Locken und über den Löffel hinweg, aus dem sie gerade schlürfte, zu Jerschek herüber. Sie lächelte ein wenig und errötete. Ihre Augen hatten ein dümmliches Farbkastenblau, das sah man nun deutlich: das Blau von schönen, faden Sommertagen, an denen man nichts sehnlicher herbeiwünscht als ein Donnerwetter. Nein: das war kein Rassepferd; das war die Langeweile! Nicht einmal norisches Kaltblut, das war überhaupt nichts!

Zu Hause angekommen, ging er erst ins Speisezimmer, denn er hoffte auf einmal, noch irgendein spannendes Buch zu entdecken. Er kramte im Regal: Dwinger – Kolbenheyer – Waggerl – Baumann – oh! Sein Blick fiel von ungefähr auf die Peitsche, die neben der Uhr hing. Und plötzlich fühlte er sich von der Lust gekitzelt, die beiden Ferkel aus dem Haus hinauszuprügeln, auf einmal dazustehen wie ein Engel mit dem Flammenschwert und die beiden einfach vor die Tür zu setzen.

Zwischen den Gedichten von Hanns Johst und der alten Illustrierten Weltgeschichte entdeckte er ein kleines Reclam-Bändchen. Mühsam zog er es hervor und sah: es war die »Hermannsschlacht« von Heinrich von Kleist. Er schob es in die Tasche und verließ sodann den Raum; doch im gleichen Moment riß Hilde am anderen Ende des Ganges die Küchentür auf. »Ach so, das bist du!« sagte sie. »Dann ist es schon gut. Ich hab geglaubt, mein Vater spukt im Speisezimmer.«

Sie sah ihn an, die Augen voller Dämmerung und Trauer. »Bist du satt geworden?« fragte sie. »Oben ist der Ofen ausgegangen; komm einstweilen in die Küche! Max muß ohnehin bald fort; dann heiz ich dir.«

Jerschek hatte sich bereits der Treppe zugekehrt. Er zögerte. »Ich kann mir selber heizen«, sagte er.

»Nein, bitte«, sagte Hilde, »tu mir den Gefallen!«

»Kommen Sie herein, Herr Jerschek!« rief jetzt Hindler aus dem Hintergrund.

Man sah ihn prächtig über ihrer Schulter aufgehen. Dort saß er wieder! – groß und feierlich! – und hatte auch wieder die Zeitung entfaltet, ganz wie am Vortag. »Treten Sie näher!« sagte er huldvoll. »Sie stören uns nicht.«

Jerschek wechselte mit Hilde einen Blick. »Habt ihr gestritten?« fragte er leise. Sie nickte. »Wenn wir nicht vögeln«, murmelte sie, »dann mopsen wir uns oder wir streiten.« Sie wich zurück und ließ ihn in die Küche treten.

»Setzen Sie sich!« sagte Hindler. »Setzen Sie sich, verehrter Herr Jerschek! Wollen Sie vielleicht was trinken? Bitte sehr: Wein!« Er zeigte mit einer ermunternden Kopfbewegung nach der Kredenz, auf der zwei hellrot funkelnde Zweiliterflaschen standen.

»Echter Schilcher!« sagte er verheißungsvoll.

»Aus dem Wirtshaus?«

»Nee! Meßwein! Vom Pfarrer! Vor Hilde bekreuzigt er sich, aber mich hat er gern«, sagte er lachend; er legte die Zeitung flach auf den Tisch und – schau an: er hatte immer noch den Lustmord aufgeschlagen.

»Max hat nämlich zu Anfang auch Devotionalienhandel getrieben«, erläuterte Hilde, »und dem Alten einmal einen fürchterlichen Kitsch für die Kapelle angedreht.«

»Seither«, sagte Hindler, »bin ich gut mit ihm befreundet, und er ist immer geehrt, wenn ich ihm meine Aufwartung mache. Nun?« fragte er dann.

»Danke«, sagte Jerschek. »Ich trinke jetzt nichts.« Er blickte auf die Zeitung; Hindler sah es – und »Eine grauenhafte Sache – newahr!« sagte er.

Wieder begannen sie über den Mordfall zu sprechen. Auch Hilde war dabei; sie nahm den dritten Stuhl und setzte sich zu ihnen an den Tisch. Sie hatte vergeblich nach einer Zerstreuung gesucht; also rauchte sie sich eine Zigarette an und blies den Rauch zur Decke. Hindler war, wie er selber erklärte, darüber empört, daß man neuerdings erwog, die Todesstrafe abzuschaffen, war empört darüber, daß Politiker, die sich vom Volk bezahlen ließen, mit einem solchen Unfug ihre teure Zeit vertrödelten. Ein Mörder, sagte er, ebenso auch ein Totschläger, jawohl, und natürlich auch ein Sexualverbrecher gehöre nicht eingesperrt, sondern gehenkt oder geköpft; mit so was müsse man kurzen Prozeß machen – newahr!

Er saß, wie Jerschek nun bemerkte, in den Socken da. Seine

Schuhe standen neben Hildes »Knobelbechern« in der Ecke hinterm Herd, wo auch das Holz lag, ausgetretene schwarze Halbschuhe schlechtester Herkunft, deren Anblick einen bewog, den Atem anzuhalten.

»Wie kommen wir dazu, so eine Bestie noch Jahre zu ernähren?« sagte er.

»Eben!« sagte Hilde. »Wo man eh nicht weiß, woher das Essen nehmen.«

»Was habt ihr denn gehabt heut mittag?« fragte Jerschek.

»Einen Bohneneintopf«, sagte Hilde.

Nee, da sei jede Gefühlsduselei fehl am Platz, sagte Hindler, und Psychoanalyse, Psychiatrie, Psychologie und so weiter . . . alle diese jüdischen Erfindungen, die das Verbrechen decken wollten, seien selber ein Verbrechen – jawohl, ein Verbrechen! Wer gemordet habe, der habe sein Leben verwirkt und gehöre getötet.

Von Psychologie, sagte Jerschek, verstehe er wenig und von Psychoanalyse oder gar von Psychiatrie schon überhaupt nichts, doch glaube er, immer noch einigermaßen logisch denken zu können (obwohl er da heroben auf der Alm schon leicht verblödet sei), und er habe also in der Todesstrafe immer einen Widersinn gesehen, und er sehe diesen Widersinn auch heute noch.

»Aber, Herr Jerschek!« rief Hindler. »Sie sind doch, wie ich gehört habe, britischer Captain! Wie kann man als Offizier so zimperlich sein!«

»Ich bin nicht zimperlich«, sagte Jerschek, »ich denke nur manchmal, ich bediene mich manchmal meines Verstandes, wenn Sie gestatten . . .«

»Du solltest dir die Schuhe anziehen«, sagte Hilde. »In längstens einer halben Stunde mußt du gehen.«

»Sei ruhig, wenn weise Männer miteinander debattieren!« sagte Hindler – und dann zu Jerschek: »Diesen Widersinn, den müssen Sie mir erst erklären.«

Jerschek gähnte. Den Gefallen wolle er ihm tun, sagte er; und er dachte: ›Ja, du solltest dir die Schuhe anziehen; deine Kebse hat schon recht! Denn wenn du mich noch lange deinen Geist und deine Socken riechen läßt, könnte ich Lust bekommen, dir auf die Füße zu treten.‹ Er blickte auf Hilde, die ihren Rauch in die Luft blies. Er sagte: »Wenn man einen Mörder mit dem Tod bestraft, so tut man ja gerade das, was man verurteilt hat, man tötet. Und hebt das Urteil eben dadurch praktisch wieder auf.«

»Nee«, sagte Hindler. »Nee! Das ist mir zu hoch! Da komm ich nicht mit!« Und Jerschek: »Man bestraft den Mord, indem man einen Mord begeht, das ist ein Widersinn. Man macht den Mord im besonderen Fall zu etwas Erlaubtem. Mord aber sollte auf jeden Fall etwas Verbotenes bleiben.« Außerdem, sagte er dann und rieb sich die Nase, sei es kindisch, im Tod eine Strafe sehen zu wollen; der Tod gehe einen nichts an, den erlebe man nicht mehr, eine Strafe aber, die man nicht erlebe, könne schwerlich eine Strafe sein.

Hindler stand auf und holte sich seine Schuhe zum Tisch. »Nee«, sagte er. »Gleiches soll man mit Gleichem vergelten.« Er schob seinen Stuhl zurück, setzte sich wieder und begann die Schuhe anzuziehen.

Hilde drückte ihre Zigarette aus. »Ich glaube«, sagte sie, »es geht um etwas völlig anderes. Es geht darum, daß man ein Menschenopfer bringt.«

»Wem?!« fragte Jerschek entsetzt.

»Na, Gott«, sagte sie ernst.

Jetzt fing Hindler laut zu lachen an. Es klang, als schlage man mit einem Stock auf ein Stück Blech.

»Gott wird sich bedanken«, sagte Jerschek.

»Kennst du ihn?« fragte Hilde.

»Nein«, sagte Jerschek.

Es dämmerte; der Nebel wurde immer dunkler. »Aug um Aug, Zahn um Zahn!« sagte Hindler. Und: »Halten Sie sich immer an die Bibel?« fragte Jerschek. »Oder ist das das einzige Bibelzitat, das Sie kennen?«

Blöder Blick. Hilde stand auf, ging an das Fenster, spähte hinaus. »Du mußt jetzt gehen«, sagte sie nervös. Jerschek betrachtete Hindler. ›So! Jetzt trete ich dich!‹ dachte er grimmig. ›Und wenn du Hühneraugen hast, dann wirst du au! schreien! Trotz deiner Schuhe.‹

Er sagte: »Wenn wir das zu unserm Wahlspruch machen wollen: Aug um Aug, Zahn um Zahn, Gleiches mit Gleichem, dann, Herr Hindler, müssen wir die Krematorien von Auschwitz wieder rauchen lassen und zuerst einmal acht Millionen Deutsche und Österreicher verbrennen.«

Hindler erbleichte. »Sind Sie verrückt?!« schrie er. »Schuldlose Menschen!!«

Und Jerschek (ruhig): »Dann haben wir Gleiches mit Gleichem vergolten.«

In diesem Augenblick ließ Hilde, die noch immer aus dem Fenster sah, ein Räuspern hören. »Soll ich einen fahren lassen?« fragte sie. »Ich könnt grad.«

Jetzt sprang Hindler auf. »Um Gottes willen!« sagte er. »Die tut es glatt!«

Und sie: »Ja, Schnecken! Die Freude mach ich euch nicht.« Sie ging zur Tür, nahm Hindlers Ledermantel vom Haken und brachte ihn her. »Du mußt jetzt gehen!« sagte sie. »Und nimm deinen Wein mit. Ich will ihn nicht haben.«

Wenig später war sie schon damit beschäftigt, in der Kabuse oben den Ofen zu heizen. Sie blickte in die Flammen, die ihr das Gesicht mit einem hellen, ruhelosen Schein bemalten. »So!« sagte sie. »Jetzt sind wir wieder allein.«

Sie schloß die Ofentür und richtete sich langsam auf.

Sie sagte: »Hilde Brunner bleibt mit Marius allein in Nacht und Nebel.«

»Seit wann heiß ich Marius?«

»Marius war ein römischer Feldherr.«

»Ich weiß«, sagte Jerschek.

»Er hat die deutschen Frauen umgebracht.«

»Aha!«

»Die Zimbrischen Frauen, die die Wagenburg verteidigt haben.«

»Donnerwetter!« sagte Jerschek. »War das etwa auch ein Sexualmord?!«

Sie lächelte. »Schon möglich«, sagte sie. »Kann schon sein, daß die Legionäre irgendwas dabei empfunden haben.«

Sie sah auf Esthers Bild, das von der Kerze, die daneben stand, beleuchtet wurde. »Hübsch!« sagte sie. »Und fesch! Und gescheit sieht sie aus – und sympathisch. Ich hab nie eine Freundin gehabt, immer nur Buben. Doch ich glaub, mit der da könnt ich mich vertragen!«

Sie nahm das Bild und hielt es näher an die Kerze. Jerschek grinste. »Eine Jüdin«, sagte er und sah, wie sie zusammenzuckte.

»Wirklich?«

»Ja. Eine reinrassige Jüdin – aus Wien, aus dem zweiten Bezirk.«

»Nicht zu fassen!« sagte sie und schüttelte den Kopf und starrte auf das Bild.

Jerschek beobachtete ihren bebenden Rücken. »Ja«, sagte sie.

»Sie ist mir sympathisch. Ich kann es nicht ändern.« Sie stellte das Bild wieder an seinen Platz; dabei fiel ihr Blick auf das Reclam-Bändchen, das auf dem Tisch lag.

»Th! ›Die Hermannsschlacht‹! Ich hab erst neulich drin gelesen!« sagte sie. »Eine Stelle hab ich ganz besonders gern.« Sie blätterte das Bändchen durch, bis sie die Stelle fand. »Hör zu!« sagte sie. »Die Szene mit der Alraune:

Wenn du nicht weißt, woher des Wegs ich wandre,
wenn ich südwestwärts, sprich, stets ihn verfolge,
wo geh ich hin?

Ins Nichts, Quintilius Varus!

Ins Nichts? – Du singst ja, wie ein Rabe!
Von wannen kommt dir diese Wissenschaft?
Eh ich in Charons düstren Nachen steige,
denk ich, als Sieger zweimal noch
Rom mit der heitren Quadriga zu durchschreiten!
Das hat ein Priester Jovis mir vertraut.
– Triff, bitt ich dich, der dritten Frage,
die du vergönnt mir, besser auf die Stirn!
Du siehst, die Nacht hat mich Verirrten überfallen:
Und wenn du das nicht weißt, wohlan:
Wo geh ich her? Wo geh ich hin?
Wo bin ich? Sag mir an, das wirst du wissen;
In welcher Gegend hier befind ich mich?

Zwei Schritt vom Grab, Quintilius Varus,
Hart zwischen Nichts und Nichts! Gehab dich wohl!«

Sie klappte das Bändchen zusammen und legte es hin. »Gehab dich wohl und schlaf gut!« sagte sie und ging zur Tür. »Die Zimbrischen Frauen sind geschlagen«, sagte sie und sah ihn flackernd an, »doch aus Marius kann immer noch Quintilius Varus werden.«

II

Dann erfolgte die lange befürchtete Währungsreform fast überraschend. Sie mußten in den Pfarrhof, um die alten Schillingnoten gegen neue einzutauschen: hundertfünfzig Schilling im Verhältnis 1 zu 1, alles weitere dagegen im Verhältnis 3 zu 1. Hilde lachte sich den Buckel voll. »Nichts haben, ist ein ruhiges Leben«, sagte sie und packte aus. Sie besaß noch dreiundsechzig Schilling fünfzig, und die erhielt sie nun in neuen Scheinen und in neuen Scheidemünzen.

Auf dem Heimweg sah sie Jerschek immer wieder von der Seite an.

»Verstimmt?«

»Warum?«

»Na ja, du hast ja ganz schön draufgezahlt.«

Er zuckte die Achseln. »Fünfhundert Schilling. Na mein Gott! Malheur!«

»Natürlich!« sagte sie bissig. »Du hast ja ganz andere Maßstäbe als wir; das hab ich vergessen.«

Die herbstliche Mittagssonne fiel schräg in den Wald; in ihrem fahlen Licht entschlummerte ein fahles Land. Krähen kreisten über verlassenen Feldern und ließen ein Krächzen vernehmen; der heisere Laut schwirrte Sekunden allein in der Luft, hart und erschreckend. Und nun bemerkte man, wie still es ringsum war, und lauschte: Ja, wahrhaftig! Die Herdenschellen schwiegen schon seit Tagen; auch das Gepolter der Dreschflegel war in der letzten Woche verstummt; auch das Geklapper der Windräder hörte man nicht mehr. Was jetzt noch geschah, ging unauffällig und fast geräuschlos vor sich: Die Lärchen warfen ihre letzten Nadeln ab; Linden, Buchen, Ahornbäume, Ebereschen und Birken streuten ihre letzten Blätter in den grauen Morgenfrost; und nur noch die Eichen standen, bedeckt mit ihrem vertrockneten Laub, wie Rasseln im Wind, und man hörte sie rasselnd reden, inmitten des dichten, riesig gewordenen Schweigens, das nur noch da und dort von einem Vogelschrei, einem Peitschenknall, einem Pferdegewieher oder ein paar fernen Äxten unterbrochen ward.

»Aber denk doch an die vielen kleinen Sparer!« sagte Hilde. »Denen nimmt man jetzt zwei Drittel einfach weg! – Das ist doch schrecklich! Wenn das nicht Räuberei ist . . .«

»Es ist Räuberei«, sagte Jerschek gelassen, »aber leider der einzige Ausweg aus der Misere.«

Die Dachse rüsteten zum Winterschlaf. Die Bauern sahen ihr Erspartes auf ein Drittel reduziert. Der Schnee auf den Almen hatte die Baumgrenze erreicht; und im schwarzen Handel würde sich von nun an nicht mehr viel verdienen lassen.

»Unter Hitler hätte es das nicht gegeben«, knurrte Hilde.

»Nein, der hat einfach Banknoten gedruckt, soviel er gebraucht hat.«

»Das ist doch das Klügste gewesen. Wir haben doch alle herrlich verdient!«

Jerschek winkte ab. »Du wirst das nie begreifen«, sagte er. »Gib's auf!«

Und – schau an! – die nächste Woche war fast alles wieder da! Ja – weiß Gott! – es fehlte kaum mehr eine Ware auf dem Markt. Hilde stieg in das Tal hinunter, Besorgungen machen, und kehrte spätabends, bepackt wie ein Tragesel, wieder.

»Was es plötzlich alles gibt! Ich bin ganz weg!« erklärte sie. »Die Gauner müssen das versteckt gehalten haben.«

»Natürlich«, sagte Jerschek. »Weil das Geld nichts wert war.«

Sie schüttelte ratlos den Kopf. »Um das zu verstehen«, sagte sie, »muß man wahrscheinlich ein Jud sein.«

Auch im Gasthaus machte sich der neue Kurs bemerkbar. Nicht nur daß man plötzlich freie Speisen und verschiedenste Getränke haben konnte, die Wirtin hatte eine neue Miene aufgesetzt und benahm sich fortan wieder, wie es einer Wirtin, die verdienen wollte, anstand.

»Du siehst«, sagte Jerschek, »die Lage normalisiert sich.«

»Davon«, sagte Hilde, »werden die Toten nicht wieder lebendig.«

»Wär's dir recht, wenn die alle wieder lebendig würden?« fragte er lauernd.

»Um Gottes willen!« sagte sie und war sekundenlang ganz starr vor Schreck.

Die Wirtin wischte säuberlich den Tisch ab, fragte dabei untertänigst, ob sie auch was essen wollten, und als sie dies verneinten, stellte sie die Kanne Roten und zwei Gläser auf den Tisch und murmelte dazu sogar noch einen Segenswunsch.

Hilde schenkte ein – erst ihm, dann sich selber. Sie sagte: »Unvorstellbar! Wenn die Toten plötzlich auferstehen würden! –

Günther! Wenn er mich so sehen würde, wie ich jetzt bin! Unvorstellbar! – Oder Papa! Ich möchte auch ihn nicht wieder lebendig.«

Sie trank; sie schluckte; sie stellte das Glas wieder hin. Ihre Augen waren zwei blitzende Schlitze geworden und starrten ins Leere.

»Ich hab mich überhaupt nicht mehr mit ihm verstanden«, sagte sie leise. »Er hat sich als ein feiges Schwein entpuppt, mein Herr Papa!«

Sie nahm sich eine Zigarette, Jerschek gab ihr Feuer, und sie blies den Rauch ergrimmt von sich. »Überhaupt! Die SA!« sagte sie. »Dieser harmlose Schützenverein! Der nichts riskiert hat! Der sich niemals exponiert hat!« Sie haßte die SA von ganzem Herzen, wie es schien. Ihre Sympathien galten der SS. Die habe Mut gehabt; das seien Burschen gewesen! Jawoll! Die Ritter des flammenden Dunkels, wie sie sie nannte. Sie redete sich warm und in Begeisterung hinein. Jedoch nicht Himmler, sondern Reinhard Heydrich war ihr Idol gewesen. »Ein gefallener Engel!« rief sie. »So stell ich mir Luzifer vor! Ein eiskalter Kerl! Aber – siehst du! – ist das nicht ganz eigentümlich!« sagte sie dann. »Man hat ihn ermordet, als er begonnen hat, Fett anzusetzen. Ein Engel, der gemütlich wird und Fett ansetzt, wird ausgelöscht. Zwei Tschechen kommen daher und werfen ihm eine Bombe ins Auto: Ein Engel darf ganz einfach nicht gemütlich werden.«

»Allerhand!« sagte Jerschek. »So einen Bluthund Engel zu nennen!«

Und sie: »Das kommt auf die Gottesvorstellung an. Außerdem hab ich ›gefallener Engel‹ gesagt.«

Und er: »Verstehe! Wie der Herr, so 's G'scherr. Der Engel fällt nicht weit von seinem Gott.«

Sie lachten beide etwas unecht auf, bemüht, nun so zu tun, als sei alles Blödelei gewesen.

Hilde hob ihr Glas: »Auf die gefallenen Engel!«

Und Jerschek das seine: »Auf die hereingefallenen Mädchen!«

Sie blickten einander nach treudeutscher Art in die Augen – Pupille! – und leerten alsdann ihre Gläser bis zum Grunde.

Draußen hatten sich die Stille und die Finsternis zu einem öden Klang verdichtet. Die Leitungsdrähte erbebten im schärfer werdenden Frost; das war es vermutlich. »Siehst du was?« fragte Hilde. »Ich seh überhaupt nichts.« Besoffen schmiegte sie sich an Jerschek; so gingen sie weiter. Er, dessen Augen sich nach und nach an das Dunkel gewöhnten, gewahrte den Weg als helleren Streifen inmitten der Schwärze, inmitten der wattigen, fest ineinandergewachsenen Massen von Erde und Himmel, die zwar hie und da für einen Augenblick Gestalt annahmen, auch ab und zu an irgendwas erinnerten, im allgemeinen aber unerkennbar blieben.

»Was ist das dort vorn für ein schwarzer Koloß?« fragte Hilde.

Er zuckte die Achseln. »Wahrscheinlich der Reichsmarschall Göring.«

Und sie: »Der hat doch immer eine weiße Uniform auf seinem Bauch getragen.«

Und er: »Wir haben ihn verbrannt. Jetzt ist er schwarz; jetzt trägt er Trauer.«

»Und seine Asche habt ihr in den Wind gestreut, so war es doch.«

»So war es. Sie kommt jetzt da und dort als radioaktiver Staub herunter.«

»Und ballt sich zusammen.«

»Zu einem finsteren Klumpen.«

»Hier auf der Alm!«

»In der ganzen österreichischen Provinz.«

Sie blieben stehen.

»Das ist aber nicht sehr gesund. Was kriegt man davon?« fragte sie.

»Leukämie.«

»Was ist das?«

»Eine unheilbare Blutkrankheit.«

»Tödlich?«

»Tödlich.«

»Aber nicht ansteckend.«

»Nein.«

»Schade«, sagte sie. »Ich würde dich so gern mit irgend etwas infizieren.«

Wie eins geworden, standen sie im Dunkel. Sie hatte ihm die Arme um den Hals gelegt. Ihr flüsternder Mund atmete dicht vor dem seinen. »Küß mich!« sagte sie leise. »Küß mich, du Schwein!«

Es wurde ein herrlicher Kuß, und sie wußten nicht, wie. Er geschah, wie eine Naturkatastrophe geschieht, geschah in dem dicken, schwarzen Fruchtwasser der Herbstnacht, etwas durchaus Verständliches und dennoch ein Rätsel; und als er schließlich in der Atemlosigkeit der beiden endete, war es ihnen, als erwachten sie aus einem tiefen Schlaf.

Hilde, rücklings gegen das Gatter getaumelt, schnappte nach Luft.

»Komisch!«, sagte sie. »Das hab ich nicht gewollt.«

»Nicht?!«

»Das nicht.«

»Ich auch nicht«, sagte er. »Wir sind besoffen.«

»Besoffen oder nicht, es ist geschehen«, sagte sie.

Herb und dennoch berückend, stieg rings aus den Schluchten der Geruch von Humus, von moderndem Holz und moderndem Laub: der Geruch des Todes und des Lebens, das aus diesem Tode keimte: Die Nacht umschloß sie plötzlich wie ein riesenhafter Mutterleib.

»Jetzt ist es so still«, sagte Hilde, »daß ich dein Herz schlagen höre. Es schlägt sehr schnell . . .«

»Das deine schlägt genauso schnell.«

»Ich höre noch mehr. Ich höre das Gras wachsen. Hörst du es knistern?«

»Um diese Zeit?!«

»Es wächst das ganze Jahr.«

»Und der Reichsmarschall . . .?«

»Ist der Misthaufen dort an der Straße«, flüsterte sie. »Gerade hab ich ihn an seinem Duft erkannt. Wie wir her sind, haben wir ihn noch bewundert; weißt du noch? Oben steckt eine Gabel schräg in der Scheiße und grüßt mit ›Heil Hitler‹!«

Als sie weitergingen, hob er sich sekundenlang vom Himmel ab, ein Kogel, noch schwärzer als all diese zottig hängenden Wolkenbäuche, in die er sich bohrte. Rechts! Aber links?! Die Finsternis links von der Straße war dermaßen dicht, ein so heilloses Dickicht, daß sie nicht einmal erkennen konnten, wo der Waldweg abbog.

»Da nicht«, sagte Jerschek. »Komm! Wir sind schon vorbei.« Er griff nach dem Arm seiner Schwester, die er viel eher neben sich fühlte, als sah, und so gingen sie, aufs neue ineinander eingehängt, die Straße weiter, deren bleiches Band gerade noch erspürbar war.

»Ich glaube«, sagte er, »du hast mich ohnehin schon angesteckt.«

»Ach so?! Mit was denn?«

»Weiß nicht«, sagte er.

Und sie: »Das Schlimmste, was ich je gehabt hab, war ein Tripper. Und Filzläuse«, sagte sie heiter. »Ehrensache für eine Soldatin!«

In diesem Moment hörten sie fernher schlurfende Schritte, den Tritt von schweren Schuhen, der sich ihnen näherte. Jedoch: eine Frau war es nicht; es mußte ein Mann sein, was auf sie zukam, jawohl; jetzt schien er sie gehört zu haben und blieb stehen. »Wer ist denn das?« fragte er ungefähr zwanzig Meter voraus; seine Stimme klang gereizt und aggressiv. Sie zögerten. Sie hörten ihn dort vorn im Dunkel keuchen. »Dort ist doch jemand!« sagte er. »Wer ist denn das?!«

»Dasselbe könnten genausogut wir Sie fragen«, rief Jerschek.

Hilde schmiegte sich an. »Haben Sie Angst?« fragte sie frech.

Und jetzt der Unsichtbare: »Ja so! Das Fräulein – und der Herr Jerschek! Entschuldigen! Ich hab nicht gleich gewußt . . .«

Der Jäger war es. Sie wechselten einige Worte mit ihm, fragten ihn, mit was für einem Winter man zu rechnen habe. Und er: »Wenn Sie noch Holz brauchen, bitte! Sie können von mir aus noch gern ein paar Raummeter schlägern. Drei – oder fünf – oder zehn – soviel Sie halt brauchen.«

»Und mit dem Feldstecher sehen Sie gut?« sagte Jerschek.

»Prima!« sagte der Jäger. »Nur: alt ist er halt.«

»Also! Wegen des Schlägerns sprechen wir noch«, sagte Jerschek.

Und der Jäger: »Wenn erst Schnee liegt, ist es hart, sehr hart!«

Zu Hause drehte sich Hilde in ihrer Tür noch ein letztes Mal um. Den Leuchter in der Linken, stand sie ruhig im Gold des Kerzenlichtes da. Sie sagte: »Soldat war er nie. Aber die Leute hat er verpfiffen, verstehst du? – Und mein Vater hat es genauso gemacht«, sagte sie leise und senkte die Augen. Und dann: »Für mich ist das Erbärmlichste ein Denunziant. Verstehst du?«

»Schlaf gut!« sagte Jerschek.

»Danke«, sagte sie. »Du auch!«

Die Nächte aber wurden zu weglos verwachsenen Wäldern. Ängste wucherten in ihrem Dickicht. Pflanzenfinger griffen nach Jerschek und hielten ihn fest. Die Stimme seiner Mutter irrte in den Zweigen wie ein Vogelruf, ein Flügelschlag. In einem Morast stieß er bisweilen auf Abdrücke weiblicher Schuhe, auf Stapfen, die sich rasch mit einem dicken, schwarzen Wasser füllten. Er folgte ihnen wie ein Hund und sah dabei sich selbst versinken, denn seine Augen schwebten auf einmal als Irrlichter über dem Sumpf. Aus moosigen Löchern quoll Esthers Gesicht zu ihm auf, die Lider geschlossen. Oder im dürren Geäst hing ein gekreuzigtes Kind, halb Engel, halb Flugzeug. Und eines Nachts gewahrte er die Wurzeln eines hingestürzten Baumes, die sich wie zwei riesenhafte Schenkel vor ihm spreizten – bitte sehr! »Mama wird nichts davon erfahren«, hörte er sich leise sagen, und es war ihm dabei so, als rede er zu seiner Schwester Hilde, obwohl die, wie er plötzlich wußte, ebenfalls im Sumpf versunken war und ihn also kaum verstehen würde. Schließlich hatte er den Mund voll Schlamm und glaubte zu ersticken und erwachte in Schweiß gebadet und japsend und keuchend und setzte sich auf. Und ›Das ist der Tod gewesen!‹ dachte er bestürzt. ›Genauso wird es sein, wenn man einmal stirbt.‹

Dann aber – Mitte des Monats – machte er eine Entdeckung, jawohl! – eine Entdeckung, die seinen ältesten Angstträumen glich, also eine, die zu machen er vielleicht in seinem Innersten bereits erwartet hatte und die ihm nunmehr dennoch einen schweren Schlag versetzte. Es begann ganz harmlos: Plötzlich gelangweilt, war er ins Speisezimmer hinuntergestiegen, um sich rasch was zum Lesen zu holen, Zeitschriften, Bücher . . . Es war Nachmittag; die Sonne fiel grell durch das westliche Fenster herein und erhellte gerade den Raum zwischen Standuhr und Bücherregal, ein sonst finsteres Eck. Die penetrante Helligkeit zog Jerscheks Augen magisch an. Während er an das Regal trat, blickte er hin. Er blinzelte. Die Wandverschalung schien in dem flirrenden Licht in Flammen zu stehen; die Bretter krümmten sich förmlich, schienen verbrennend zusammenzuschrumpfen, schienen zu schwinden; ja – bei Gott! – das Holz dort sah aus, als sei es verkohlt, wies Querrisse auf! Das waren keine Bretter mehr; das waren Mumien von Brettern! Und es konnte sich – auch wenn ihn die Beleuchtung noch so blendete – doch kaum um eine Sinnestäuschung handeln.

Er bückte sich, um dieses Phänomen zu untersuchen. Seine Hand fuhr vorsichtig tastend wie über verrunzelte Haut; und auf einmal hatte er Zunder zwischen den Fingern: Holz, das kein Gewicht mehr hatte und zu Staub zerfiel. Er faßte also in den dunklen Spalt, der da entstanden war, zog an und löste schon ohne viel Mühe das Brett von der Wand und drehte es weg und gewahrte nun darunter eine Masse, die wie Nebel aussah, wie quellende

Wolken, und verspürte zugleich einen ekelerregenden Modergeruch und hatte auch im gleichen Augenblick begriffen, daß der Schwamm im Hause war: Das Gebälk der Villa war vom Schwamm befallen.

Nicht länger an der Beschaffung von Lesestoff interessiert, kniete er nieder und löste noch weitere Bretter. Es stimmte: Da unterhalb lebte der Schwamm und verzehrte das Holz und quoll schon gespenstisch wie Ektoplasma aus sämtlichen Ritzen.

»Hilde!!«

»Was gibt's?«

»Komm her! – Schau dir das an!«

Sie kam sofort; seine Stimme schien alarmierend geklungen zu haben. Er stand jetzt inmitten des fauligen Holzes und sah ihr entgegen. Und sie: »Was ist los? Was treibst du denn da? Zerlegst du die Villa?«

»Schau her!«

»Was ist das? – Schimmel?«

»Ja, Schmarren! – Der Schwamm!«

»Der Schwamm?! – Der Hausschwamm?!!«

»Glaubst du, daß es Eierschwammerl sind? – Da! – Bitte!« Er zerdrückte ein morsches Stück Holz zwischen den Fingern und ließ sodann den feuchten Staub herniederrieseln, als streue er Asche.

»Aschermittwoch!« sagte er, und sie: »Der Schwamm. Wahrhaftig!« Ihr Gesicht wurde vorübergehend ganz grau vor Entsetzen, und da sie sich nun selber niederbeugte, um zu schauen, fingen ihr die Knie zu schlottern an.

»Weißt du, was das für ein Platz ist?« sagte sie. »In dem Winkel ist Papa verblutet. Da war ein riesenhafter Blutfleck auf dem Boden. Ich hab wochenlang aufgerieben, bis ich ihn weggebracht hab.«

»Und hast den Boden jedesmal mit Wasser überschwemmt.«

»Natürlich!«

»Und ist dir später nie was aufgefallen?«

»Doch. Etwas Weißes, wie Watte. Ich hab es für Schimmel gehalten. Und ganz einfach mit dem Staubtuch weggewischt.«

Der Lenz mußte her; der Lenz war einmal Zimmermann gewesen und kannte sich daher mit solchen Dingen aus. Er kam, sah sich die Sache an; schob den Hut aus der Stirn, strich sich den Schnurrbart und nickte.

»Wohl, wohl! Das ist der Schwamm«, erklärte er. »Wohl, wohl! Das ist er.«

Er begann sogleich den Boden aufzureißen, und was dabei zum Vorschein kam, war ebenso widerlich wie erschreckend. Überall, wo Platz war, wucherte der Schwamm bereits in allen Farben, dick und fleischig, in breiten Fladen, die an ihrem Rande weißlich oder grau, der Mitte zu dagegen schwefelgelb bis braunrot waren.

»Der muß da viel Nässe gehabt haben«, sagte der Lenz. »Regnet es da herein?« Er blickte mit eingekniffenen Augen nach oben, sah jedoch, daß die Decke unversehrt war, die Tapete genauso. »Komisch«, sagte er und schüttelte den Kopf.

Er legte die Nester frei, entfernte die sichtbaren Schwämme; und das war alles, was er augenblicklich tun konnte. Zurück blieben faulig stinkende Löcher in Boden und Wand. Mit den Sicherungsarbeiten konnte man erst im Frühjahr beginnen.

Jerschek fühlte sich in diesen Tagen maßlos elend; es war ihm zumute, als sei er von einer entsetzlichen Krankheit gezeichnet: von der Syphilis, vom Krebs, vom Aussatz . . . von einem tödlichen und außerdem unappetitlichen Leiden.

»Glaubst du, ist das Haus verloren?« fragte Hilde.

Er zuckte die Achseln. »Der Lenz hat mir wenig Hoffnung gelassen, muß ich gestehen; und er ist doch, wie er selbst erklärt, ein Optimist. Auf jeden Fall werden wir alle befallenen Balken auswechseln lassen.«

Sie schlugen im Lexikon nach und lasen dort einiges über den Haus- oder Holzschwamm, z. B., daß er Merulius lacrymans (Tränenschwamm) hieß, der gefährlichste Zerstörer eingebauten Holzes war und schier unendlich durch Gebälk und Mauerwerk hindurchwuchs. Hilde war völlig zerknirscht. »Bin ich daran schuld?« fragte sie heiser. Jerschek zuckte abermals die Achseln. Und sie: »Mir kommt es fast so vor, als würde uns Papa den Hund noch antun. Er will nicht, daß das Haus und wir ihn überleben.«

Mit diesem Grauen ging der Rest des Monats hin, und das Grauen war es, was sie fortan mehr und mehr zusammenrücken ließ, denn mit vereinten Kräften konnten sie sich seiner noch am ehesten erwehren, gemeinsam konnten sie es noch am ehesten verdrängen. Nun saßen sie oft Stunden im Gespräch beisammen und frischten freundliche Erinnerungen an die Kindheit und die Jugend auf. »Und einmal bist du furchtbar bös auf mich gewesen«, sagte Hilde, »weil ich dich mit meinen Zöpfen unterm Kinn gekitzelt hab. Ich glaub, es war am Theisel«, sagte sie. »Du bist auf der Wiese gelegen und hast dich gesonnt. Ich hab mich über dich gehockt und hab dich gekitzelt. Dann hab ich mich auf dich gesetzt, wie auf ein Pferd, und bin geritten. Das ist meine erste Reitstunde gewesen. Ich war dabei ganz harmlos!« (Jerschek sah ihr zweifelnd in die Augen.) »Ja, wirklich!« sagte sie und lachte dreckig. »Oder glaubst du, ich hab mir dabei was gedacht, ich war doch ein Kind.« Trotz der heimlichen Schatten und Flecken in ihrem Gesicht, trotz all dieser Zeichen und trotz des unsichtbaren Brandmals, das sie auf der Stirne trug, war sie herrlich lebendig, so herrlich gesund, daß man die tödliche Krankheit des Hauses darüber vergaß.

Sie schob die Ärmel ihres Pullovers hinauf. »Jetzt hack ich das restliche Holz zusammen«, erklärte sie mutig. »Was machst denn du?«

»Ich werde lesen«, sagte er.

Und sie: »Ich glaub, du brauchst schon wieder dringend einen Krieg.«

Dann war es 15 Uhr und fing bereits zu dämmern an. War sie noch immer am Werk? Er hob lauschend den Kopf: das Schmettern des Beiles, das Bersten und Niederpoltern der Scheiter, diese drei Geräusche, monoton im Nebelgrau der tiefen Wolken. Also stand er auf, nach ihr zu sehen. Er legte das Buch auf die aufgeschlagenen Blätter. Später würde er weiterlesen, die Kerze anzünden, das später – vermutlich; jetzt ging er hinunter, trat aus dem Haus, holte tief Atem. Herbst. Fast Winter. Ein Gewebe, dicht wie Schlaf: naßkalte Luft, die nach moderndem Holz und faulendem Laub roch. Als hellgrauer Fetzen wurde der Hauch vor dem Munde erkennbar, ein zerwehendes Nichts in der Ödnis des dunkler und dunkler triefenden Gartens. Dann Hilde: ihre Bewegungen zwischen den Stämmen; ihr Haar, ein Duft von Sonne, der durch einen Schleier schimmerte. Zwar sah es aus (ihr Haar), als sei es jäh ergraut, denn der Nebel hatte es mit silbrigem Tau bedeckt; dennoch, vor der Kegelbahn, dem Stück Vergangenheit, dem Stück Verfall – wie lange war es her, daß dort der letzte Kegel umgefallen war! – vor dieser Kulisse aus düsteren, schwärzlich verwitterten Brettern bewegte sie sich jung und hell wie etwas Heldisches und in heiligem Eifer. Sie hörte nicht die Schritte, die sich ihr von hinten näherten; erst, als Jerschek sie anrief, sah sie sich um. Sie erledigte noch rasch den Klotz, den sie in Arbeit hatte; dann hieb sie das Beil in den Hackstock und kehrte sich her.

»So! Jetzt hab ich genug!« sagte sie mürrisch. »Meine Hände sind schon voller Blasen.« Sie besah ihre Handflächen wie eine Handleserin. »Da ist schon eine aufgegangen«, sagte sie. »Da, schau!« Nicht ganz ohne Stolz streckte sie ihm die Arme entgegen und zeigte ihm die Blasen und die Wunden. »Landarbeiterinnenpratzen!« sagte sie. »Jeder Finger kommt mir wie ein Elefant vor.«

Er spürte den starken Geruch des getöteten Waldes: Harz. Weihrauch. Weiterleben nach dem Tode und dergleichen. Dabei im Gesicht etwas Lebendiges, Warmes inmitten der Kälte, Animalisches, das möglicherweise von ihrer erhitzten Handfläche aufstieg: Rauch eines Opfers.

»Trotzdem schöne Hände«, sagte er; streichelnd fuhr er ihr über die heißen, schweißfeuchten Schwielen.

Und sie: »Wir haben ganz ähnliche Hände.«

»Ich weiß«, sagte er.

»Verstehst du etwas von Chiromantie?«

»Nein«, sagte er.

Sie überließ ihm ihre Hände weiter zur Betrachtung. Sie sagte: »Da schau! Meine Lebenslinie! Schau, wo die aufhört! Da auf der Linken – und da auf der Rechten genauso! Ich müßte eigentlich schon tot sein. Oder demnächst sterben. Noch in diesem Winter.«

Er erschrak, obgleich er nichts von solchen Dingen hielt, spürte deutlich einen jähen, harten Griff nach seinem Herzen. »Rechts geht sie weiter, rechts ist sie nur unterbrochen«, sagte er rasch.

»Oder ich bin schon gestorben und bin ein Gespenst«, sagte sie leise.

Sie sah ihn an. Ihre Augen begannen im wachsenden Dunkel zu leuchten, begannen zu schillern, und wieder war es ihm, wie schon so oft, als schiele sie. Er versuchte, ihren Blick zu fassen, ihren Silberblick, dessen Reiz vielleicht in irgendeiner rätselhaften Divergenz bestand. Langsam wischte sie sich die Hände hinten am Rock ab, so, als wolle sie die schlimme Runenschrift verwischen, unlesbar machen; und plötzlich fiel ihm auf, daß ihre Augen wirklich ungleich waren, ungleich gefärbt; das rechte leuchtete ein wenig heller als das linke.

»Komisch, daß mir das erst heute auffällt!« sagte er.

»Mein scheeles Geschau?«

»Ja. Du hast zweierlei Augen.«

Sie lächelte. »Zwei Seelen wohnen, ach, in meiner Brust; manchmal vertragen sie sich, dann raufen sie wieder.«

Schwerfällig stiegen sie nebeneinander zur Villa hinan.

»Sie sollten sich ergänzen«, sagte er.

Sie faßte ihn am Arm und schmiegte sich an ihn.

»Wie Mann und Frau«, sagte sie leise. »Wie Bruder und Schwester.«

Am nächsten Morgen war die Nebelschicht herabgesunken und füllte nun Täler und Schluchten mit flaumiger Wolle; darüber aber blieb der Himmel eine dunkle Schieferplatte, in die der Gipfel des Gebirges eingewachsen war. Es war, wie Jerschek sah, der 30. November, ein Sonntag, von einigen Sonntagskleidern durchzogen, auch etliche Male von dem Gebimmel der Glocke durchzittert, aber sonst ein Tag wie jeder andere. Vormittags spalteten sie gemeinsam das restliche Holz, womit sie bis zum Essen fertig wurden, und bei diesem, das, wie nun schon immer, in der Küche stattfand, stellten sie alsdann mit einer fast kleinbürgerlichen Befriedigung fest, daß ihretwegen nun der Winter und der Frost und allenfalls sogar der dritte Weltkrieg kommen könne.

Jerschek faltete seine Serviette zusammen. »Aber weißt du, was ich wieder einmal möchte«, sagte er so nebenbei. »Mit dir spazierengehen – ja, wahrhaftig!« fügte er hinzu. »So wie damals an dem ersten Tag, den ich heroben war.«

Sie hatte die Augen gesenkt, blickte auf ihre Finger.

»Und wohin? Wieder zum Lenz?«

»Irgendwohin.«

»Ins Blaue also.«

»Meinetwegen auch ins Graue.«

»In den Nebel.«

»In den Nebel – oder in die Finsternis; es ist mir gleich.«

Jetzt sah sie auf. Mit Augen, die sich jäh geweitet hatten, sah sie auf. Sie fixierte ihn; das Licht ihres Blickes erfüllte die Küche. Jerschek empfand es auf einmal wie eine körperliche Berührung, etwa so, als streife ihn das grüne Leben einer Pflanze, als streiften ihn die taubedeckten Blätter einer Birke.

Sie sagte: »Heute ist Andreasnacht.«

»Und –?« fragte er. »Was tut sich da? Geschieht da was?«

Sie zuckte die Achseln. »Och – es ist die erste Rauhnacht«, sagte sie gedehnt. »Es heißt, da kann man in die Zukunft schauen.«

Lächelnd erhob sie sich und räumte den Tisch ab. »Kannst du

dich erinnern, wie uns einmal auf dem Heimweg von der Alm das Dunkel überrascht hat?« fragte sie. »Auf einmal war kein Weg mehr da; erinnerst du dich? Mit den Händen haben wir den Boden abgetastet.«

In der Tat: der Weg war plötzlich nicht mehr dagewesen. Weder unter ihren Füßen noch woanders. Auf allen vieren waren sie über den Waldboden gekrochen. Da ein paar Moospolster, da etwas raschelndes Gras, Heidelbeerstauden, mächtige Wurzeln; und auf dem dicken Nadelteppich ein Geflecht von kleinsten, dürren Zweigen, knisternd und knackend, ein Geräusch, als brenne ein heimliches Feuer, doch nirgends ein Licht, nur ein dichter Geruch ... Von einem Weg keine Spur mehr. Als habe es niemals einen gegeben. Nur noch etwas Rundes, Lückenloses, Einziges; ein letztes Rätsel.

»Also«, sagte sie, »nach dem Geschirrabwaschen bin ich bereit.« Sie stand jetzt an der Abwasch, wandte sich jedoch noch einmal her: »Und erinnerst du dich, wie ich geschrien hab«, sagte sie lachend. »Weil ich im Finstern so was Ekelhaftes, Schlitziges berührt hab. Es war ein großer, angefaulter Pilz; erinnerst du dich noch? Ich hab mir eingebildet, daß es eine Leiche ist.« Doch es hatte plötzlich weder Raum noch Zeit gegeben; weder Zukunft noch Vergangenheit, noch eine Ferne; nur noch eine enge, dunkle Gegenwart, ein Ein-und-Alles, darin sie sich befunden hatten, wie in einem Ei, durch Kiemen atmend.

Jerschek fragte: »Hast da damals Angst gehabt?«

»Ach, eigentlich nicht«, sagte sie. »Ich hab nur geschrien, weil mir gegraust hat.«

Er stopfte ungewöhnlich langsam seine Pfeife, dann erhob er sich. Er sagte: »Ruf mich, wenn es soweit ist; ich geh derweil hinauf und leg mich hin.«

Nun, sie rief sehr bald, bereits nach einer halben Stunde; kaum eingenickt, erwachte er von ihrem Ruf. Verschlafen schlüpfte er in den Mantel, dann stieg er hinunter. Dort stand sie im Haustor parat, hatte schon den Schlüssel außen angesteckt. »Komm, Johnny! Komm, mein Freund Johnny!« flötete sie. Sie ließ ihn vorbei, dann sperrte sie hinter ihm ab. »Ich werde dich in Hinkunft Johnny nennen«, sagte sie, »das paßt zu dir. Du bist ja doch kein Deutscher mehr. Da nimm den Schlüssel!«

»Ein Deutscher bin ich nie gewesen«, sagte Jerschek.

Sie lachte kurz auf. »Ein Österreicher! Ich weiß!« Wie ein

Schulmädchen sprang sie dabei die Stufen zum Garten hinunter. »Mein Freund Johnny ist ein Österreicher!« rief sie.

Dann begann sie zu singen; fliegenden Haares ging sie voran und trällerte dabei im Rhythmus ihrer Schritte vor sich hin.

»Mein Freund Johnny liebte eine Dame;
die war schlecht, wie manche Damen sind.
Fräulein Lilly war ihr werter Name;
und mein Johnny war vor Liebe blind . . .«

Plötzlich, halbwegs zwischen dem Haus und der Straße stehengeblieben, schaute sie Jerschek, welcher ihr langsam gefolgt war, wieder entgegen. »Wie gefällt dir das, Johnny?« fragte sie schon von weitem und warf dabei das Flirren ihres Blickes wie ein Fangnetz über ihn.

»Reizend!« sagte er, doch weniger aus Überzeugung als aus Höflichkeit, denn es war das Lied, das ihm bereits zum Hals herauswuchs.

»Der Hans Albers«, sagte sie, »hat es in einem Film gesungen; ›Wasser für Canitoga‹. Übrigens: ein herrlicher Mann! Ein richtiger Deutscher!«

Sie hängte sich ein. Jerschek betrachtete sie von der Seite. Er sagte: »Wenn du aber glaubst, daß der ein Nazi ist, so irrst du dich.«

»Ach so?! Was ist er denn?«

»Genau das Gegenteil.«

Sie biß sich auf die Lippen.

»Immerhin! Er ist blauäugig und blond«, sagte sie schließlich.

Sie erreichten die Straße. Jenseits der nunmehr verödeten Halte, die, schon winterlich gefärbt, ins Ungewisse abfiel, schmiegte sich eine Nebelbank in den Graben und zeigte einen blendendweißen Haarschopf.

»Nach links? – nach rechts? –«, fragte Jerschek.

»Rechts«, sagte Hilde, »ich brauch Zigaretten. Du hast ja keine mehr.«

»Ich hab schon nachbestellt.«

»Bis die kommen, bin ich umgestanden. – Was ist mit dem Whisky?«

»Ist auch schon unterwegs.«

»Wollen wir's hoffen!«

Sie gingen eingehängt und auch im Gleichschritt, was nicht

schwierig war, denn Hilde konnte große Schritte machen, wenn sie wollte. Irgendwo fern im Nebel bellte ein Hund; woanders schlug man einen Nagel in ein Brett; aus der weißen Wolle tauchten Waldeszacken, ein paar kahle Kronen und ein Giebel auf; die tiefer gelegenen Häuser des Dorfes blieben verborgen. Hilde drückte flüchtig Jerscheks Arm an sich. »Einen Moment!« sagte sie leise. »Bin gleich wieder da.«

Während sie rannte und bald in der Wirtschaft verschwand und nun dort drinnen ungeduldig nach der Wirtin rief – erst in der Gaststube, dann, wie es schien, in der Küche, dann hinten im Hof – strich Jerschek frierend auf dem leeren Platz umher. Sonntag! Erster Advent! Morgen der erste Dezember! Die Ortschaft ausgestorben! Nicht einmal im Wirtshaus Leute! Er spähte durch das Gezweig der Obstbäume gegen die Wolken, dann nach dem alten Traktor, der noch immer auf demselben Fleck stand, dann nach dem Schild mit der Aufschrift REININGHAUSBIER, schließlich nach der Tür, aus welcher Hilde wieder treten würde. Aus dem Haus, das bis auf die Straße nach Trebern und Bierhansl stank, drangen jetzt die Stimmen beider Frauen: die schrille, kindlich helle Stimme der Wirtin, dann auch Hildes Stimme! Diese Stimme, die dem Grün der Wälder und der Almen glich. Jerschek stand reglos da; er lauschte gespannt, konnte nicht verstehen, was die beiden miteinander redeten. Doch aus Hildes Mund hörte er bisweilen das Wort Bruder. »Mein Bruder«, sagte sie – und abermals: »Mein Bruder«, und so fort. Das war schön! Er lauschte beglückt und verzaubert und fühlte sich mit einem Mal zu Hause wie schon lange nicht mehr. Gewiß: die Herdenschellen waren nun verstummt; doch in dieser Stimme klangen sie geheimnisvoll als Botschaft weiter.

Dann der Auftritt: Die glimmende Zigarette zwischen den Fingern trat die Primadonna aus der Dunkelheit der Hinterbühne wieder in das Licht. Sie tat einen tiefen Zug, hauchte den Rauch in die triefende Luft; dann kam sie mit schlenkernden Beinen und klirrenden Nägeln die Stufen herab.

»Und jetzt –?« fragte Jerschek. »Der Straße nach? – Oder hinunter zum Graben, wohin?«

»Gehen wir Forellen fangen!« sagte sie. »Gehen wir zu unserm alten Badeplatz; dort unten bin ich schon Jahre nicht mehr gewesen.« Gut. Sie wandten sich westwärts, gingen am Pfarrhof vorbei und schlüpften hinter diesem durch ein Gattertor. Jenseits weidete ein großer, schwarzer Ziegenbock das letzte Gras. »Der gehört dem Pfarrer«, sagte Hilde. »Schau, er kommt schon!«

Sie wollte weiter, aber der Bock vertrat ihr den Weg, drängte sich in ungestümer Männlichkeit an sie heran. »Na, du!« gurrte sie und kraulte ihn zwischen den Hörnern; ihre kräftigen Finger gruben sich tief in sein Fell ein. Er ließ es sich gefallen; er hatte den Hals gereckt, den Kopf in den Nacken geworfen und schnupperte gebannt an ihrem Rock herum. Seine Bernsteinaugen mit den schmalen, schwarzen Schlitzen schimmerten rätselhaft aus dem Schatten der Wimpern. »Ein schöner Kerl! Nicht wahr?!« sagte sie, indem sie ihn kraulte. »Und wie stark der ist! Ich sag dir, der haut mich glatt um! Na, was ist denn!!« Der Bock hatte ihr seine schnuppernde Schnauze zwischen die Schenkel gerammt; es sah aus, als wollte er seine Gespielin vom Boden aufheben. »Ja, sei so gut!« Sie lachte auf. »Schau dir das an!« Sie mußte sich, um nicht das Gleichgewicht zu verlieren, breitbeinig hinstellen. Der Bock jedoch, die Hufe fest in die Erde gestemmt, drängte zielstrebig weiter. »Der wittert offenbar den Braten«, sagte Jerschek. Hilde schaute auf, schaute ihn an. »Was? – Ach so!« In ihren Augen loderte mit einem Mal das grüne Feuer. »Natürlich!« sagte sie. »Was sonst? Ist doch ein Bock!« Und dann zu dem Bock: »Aus! Genug jetzt! So ein Schwein!« Sie packte ihn bei den Hörnern, drehte ihm den Kopf zur Seite, schlug in die Hände, und das Tier scherte mit einem gewaltigen Sprung seitlings aus.

»Puhhh!« Sie roch an ihren Fingern, sah dabei auf Jerschek. Der nickte nur. »Sogar die Viecher macht sie närrisch!« sagte er traurig. »Ich muß schauen, daß ich dich unter die Haube bringe, bevor was passiert. Hier gibt's doch sicher eine Menge alter Kämpfer: alte Hitlerjungen!« sagte er und ging weiter.

Er hörte ihre Schritte, die ihm auf dem Hange folgten; bald hatte sie ihn eingeholt und nahm aufs neue seinen Arm. »Natürlich«, sagte sie. »Aber die passen mir nicht. Was glaubst du, wie sich die damals angemacht haben! Das riecht man noch heute!«

Der Weg begann zu fallen; im Gleichschritt und immer rascher trabten sie talwärts, manchmal stießen sie an einen losen Stein; der rollte ihnen dann ein gutes Stück voraus und machte wilde Sprünge. Dann blieb er liegen, schien zurückzublicken, schien auf sie zu warten, bis sie kamen, und ihm Hildegard aufs neue einen Tritt versetzte. Diesmal wurde es ein ganz besonders harter Tritt, und der Stein sprang wie ein Ball den Weg hinab. »Es war zum

Speiben! Ja, wahrhaftig!« sagte sie bös. »Ihr Parteiabzeichen haben sie in den Lokus geworfen – und waren schon wieder Österreicher und Vorzugsschüler und Erzdemokraten und harmlose Opfer und sind schon den ›Befreiern‹ in den Arsch gekrochen – aber wie!«

Jerschek lachte leise vor sich hin. »Sie könnten doch aus Überzeugung so gehandelt haben«, sagte er. »Wahrscheinlich haben sie ihr Unrecht eingesehen und bereut und wollten gar nichts anderes mehr sein als gute Österreicher.«

Hilde ließ vorübergehend seinen Arm los. Sie waren wieder an den Stein gelangt. Der Stein des Anstoßes lag ihr noch immer im Weg und schielte sie an. Sie nahm einen Anlauf und schleuderte ihn mit einem gewaltigen Tritt in die Wiese.

Sie sagte: »Das glaubst du doch selber nicht? – Oder?«

»Nein!« sagte Jerschek.

»Also sind wir wieder einmal einer Meinung.«

»Ja«, sagte er.

Und sie: »Das ist doch alles Heuchelei! Weil sie die Hosen gestrichen voll haben, die Helden!«

Sie tauchten in das wogende Gebräu des Nebels. Vor ihren Füßen fiel der Weg ins Nichts ab. Das Gras war grau betaut; die Steine glänzten feucht. Eine Birke streckte ihre kahlen Zweige in den Rauch.

»Laß nur! Ich bin froh, wenn sie Theater spielen«, sagte Jerschek. »In eine Rolle wächst man nämlich mit der Zeit hinein.«

»Also von mir wirst du das nicht erleben«, sagte sie patzig, »ich werd mich nie für etwas anderes als eine Deutsche halten.«

Er wurde wütend. »Ja, natürlich!« fauchte er. »Deutsch-Sein ist für dich noch immer eine Ehre! Was? Ich kann mir denken, daß du in der Früh beim Aufstehen an dir niederschnupperst und unter Wollustschaudern feststellst, daß du ›deutsch‹ riechst!«

Sie lachte auf: *»Was deutsch und echt wüßt keiner mehr.«*

»Lebt's nicht im Kopf eines alpenländischen Trampels!«

Und sie: »Ja, wo denn sonst?! In euch Scheißwienern lebt es nicht!«

Und er: »Was willst du denn?! Du bist doch selber eine Wienerin!«

Den Hintern schwenkend, trabte sie voran.

»Mein Vater war ein Steirer, also bin ich Steirerin.«

Und er: »Aha! Daher die vielen Haare auf den Beinen und die kolossalen Achselbuschen!«

»Haben das die Steirerinnen?«

»Ja!«

»Na siehst du!«

Der Nebel aber wurde immer dichter; man sah jetzt nur noch sechs bis sieben Schritte weit. Die Bäume an der Böschung traten einem unvermittelt in den Weg, wie die Schatten riesenhafter Wegelagerer.

»Trostlos!« sagte Jerschek.

»Was denn? Das Wetter?«

»Nein, dein Gehirn. In irgendeiner Windung muß sich da ein Dreck verfangen haben. Schade, daß man es nicht herausnehmen und auswaschen kann! Denn ansonsten funktioniert es ja normal.«

Sie gab keine Antwort. Schaute sich nicht einmal um, sondern marschierte mit federnden Schritten unbeirrt weiter. Rechts war eine kahle Lärche zu erkennen, links der Zaun – und in der Mitte sie, die Kampfmaid mit den Goiserern. Sie patschte durch ein Wasser, das den Weg hinunterrieselte; ihre Schenkel bewegten sich kräftig unter dem Rock; ihre Absätze schleuderten Steinchen und Kotklümpchen hinter ihr hoch; die Nägel ihrer Schuhe knirschten im Geröll . . . Und in diesem Augenblick erkannte Captain Jerschek, daß ein kleiner Mangel ihren Gang so ungewöhnlich fesch und schwungvoll machte. Ja: Sie war ein wenig knieweit, wie er jetzt im Nebel sah: Ihre Beine standen etwas schräg – wie Kutschenräder!

Doch im nämlichen Augenblick ließ sie sich wieder vernehmen.

»Ordinäre Haxen – gell ja?« sagte sie.

Er war perplex. »Mir scheint, du kannst Gedankenlesen!«

»Ach wo, ich spür' nur, daß du dauernd meine Wadeln anstarrst.«

Plötzlich drehte sie sich lachend um. »Sie gefallen dir ja trotzdem«, sagte sie. Sie wartete auf ihn und hängte sich dann wieder in ihn ein. »Schau!« sagte sie. »Die Scheune dort unten! Erinnerst du dich?«

Sie hatten die Untergrenze des Nebels erreicht und blickten plötzlich zwischen letzten Fetzen in die klare Luft hinab, den steilen Wiesenhang hinab bis auf den Grund der Schlucht, wo der

Wildbach zwischen angeschwemmtem Treibholz schneeig schäumte und mit zahllosen dunklen Stimmen zu ihnen heraufrief, als rufe aus der Tiefe die Vergangenheit herauf.

»Ja, ich erinner mich. – Gut sogar«, sagte Jerschek. Er spähte nach dem wetterschwarzen Bauwerk, das etwas unterhalb des Weges windschief an der Böschung hing und mit einem Büschel Heu im leichten Aufwind winkte.

»Wie's geschüttet hat! Und wie der Donner über uns gekracht hat«, sagte Hilde. »Und wie naß wir waren! Und wie wir gedampft haben vom Laufen! Und wie gut das Heu gerochen hat! Und wie wir nicht aufgehört haben, zu schwitzen in unserem Nest! Und wie wir uns auf einmal wie zwei Tiere vorgekommen sind. – Schade! Schade, daß es damals nicht passiert ist!« sagte sie.

Er ließ ihren Arm los, blieb stehen, starrte sie an.

Er fragte: »Ist das jetzt dein Ernst gewesen?!«

Sie begegnete seinem Blick; ihre Mundwinkel zuckten.

»Nicht wahr?« sagte sie. »Bei mir weiß man nie, was Spaß und was Ernst ist; ich weiß es oft selbst nicht.«

Der Bach kam ihnen in abgründig finsteren Wirbeln und mit blendendweißen Schaumgirlanden durch die Schlucht entgegen; er funkelte giftgrün und weiß durch das laublose Ufergestrüpp und durch das Treibholz, welches wie ein Wirrwarr von gebleichten Knochen aussah. Er rief – er hatte sie anscheinend wiedererkannt – rief die Schlucht herauf, als riefe er durch hohle Hände. Sie beschleunigten ihre Schritte, sprangen von Stein zu Stein, von Wurzel zu Wurzel und setzten auf dem Saumpfad, der jetzt immer steiler abfiel, das Geröll in kollernde Bewegung. Dort, wo die Schlucht etwas breiter wurde, befand sich die Mühle; sie sahen auf das morsche Schindeldach hinab. Der Weg machte jäh eine Kehre, dann waren sie da, und das Brausen des Wassers verstopfte ihnen die Ohren.

Silbergraues Holz, bedeckt mit grünem Moos und weißen Flechten; daneben das Mauerwerk ebenso grau und genauso bemoost. An der Mauer das reglose Rad! Schräg darüber die naßschwarze Rinne. Und nun der Wasserstrahl, der von dort oben auf die Steine niederprasselte!

»Verfallen!« sagte Hilde.

»Ja«, sagte Jerschek.

»Spürst du den Wasserstaub?« fragte sie.

»Ja«, sagte er.

»Vor ein paar Jahren haben hier die Bauern noch ihr Korn gemahlen.«

»Ja, ich weiß.«

»Ob sich das Rad noch dreht?«

»Probieren wir's aus!«

Sie kletterten über Gestein und Gebälk zu der Rinne hinauf, Jerschek voran, Hilde dicht hinter ihm. »Gib acht! Das Moos ist rutschig!« sagte er und half ihr weiter, und er dachte: ›Was der Fratz für eine warme, feste Hand hat! Wie ein Bub!‹ Sie hatten sich mit einem Mal zurückverwandelt in das Paar von einst (und fühlten das in diesem Augenblick wohl beide), er in einen netten Mann von 26 Jahren, sie in eine freche Fünfzehnjährige. Oben sahen sie das Wasser durch die Rinnen laufen, sehr glatt und eilig und in einem herrlichen van-Dyck-Braun. »Also – dann: ho ruck!« Sie stemmten sich beide gegen die Rinne, zäh und verbissen, bis sie endlich nachgab, und das Wasser auf das Rad zu stürzen anhob.

Sie lauschten. Aus der Mühle drang ein Klagelaut; dann erzitterte das Rad und kam unendlich langsam in Bewegung, und dann erzitterte die ganze Mühle. »Na, also!« sagte Jerschek. »Geht ja noch!«

Hilde setzte sich auf einen flachen Stein und faltete die Hände über ihren braunbestrumpften Knien. Sie blickte begeistert auf das sich schwerfällig drehende Rad. »Komm her da!« sagte sie. »Da ist noch Platz für dich!« Sie rückte ein wenig zur Seite, so daß er sich hinsetzen konnte. »Auf dem Stein da sind wir übrigens oft gesessen«, sagte er. »Ich weiß«, sagte sie und lehnte sich fröstelnd an ihn. Dann fing sie in dem Brausen leise vor sich hin zu singen an:

»In einem kühlen Grunde,
da geht ein Mühlenrad,
mein Liebchen ist verschwunden,
das dort gewohnet hat . . .
Mein Liebchen ist verschwunden,
das dort gewohnet hat . . .«

»Warum hast du sie eigentlich sitzenlassen?« fragte sie plötzlich.

»Redest du von Esther?« fragte er.

»Ja. Von deiner Jüdin.«

»Ich hab sie nicht sitzenlassen.«

»Also sie dich!«

»Weder noch; wir sind im Guten auseinander.«

»Keiner ist dem anderen bös gewesen?«

»Keiner ist dem anderen bös gewesen.«

»Und jetzt?«

»Nichts mehr.«

»Schreibt ihr euch noch?«

»Nein.«

»Aber es tut dir noch weh.«

»Es tut mir noch weh«, sagte er leise.

Sie starrten wortlos auf das Rad, das sich im Schaume drehte. In ihren Ohren klang das Brausen plötzlich wie das irre Durcheinanderschreien vieler rauher Kehlen. Wie Angstgeschrei! Wie das Geschrei aus dem Bauch eines sinkenden Schiffes! Wie das Geschrei aus einem zusammenstürzenden Bunker. Waren es Erinnerungen, die so schrien? Waren sie alle im Wasser enthalten und schrien aus ihm? Und konnten denn in einem solchen Wasser noch Forellen leben? Und durfte man in einem solchen Wasser noch die Füße waschen! Endlich gab sich Hilde einen Ruck. »Und trotzdem fließt das Wasser immer weiter«, sagte sie. »Trotzdem fließt das Wasser immer weiter«, wiederholte Jerschek. Dann standen sie gleichzeitig auf und sahen einander an.

»Gehen wir?« sagte sie.

»Gut«, sagte er. »Aber wir müssen die Rinne zurückziehen.«

»Ja«, sagte sie.

Sie zogen an der Rinne, bis das Wasser wieder auf die Steine niederfiel und das Rad mit einem schweren Seufzer stillstand.

Das war der Augenblick, in welchem Jerschek das vergessene Gedicht zurückerhielt; das heißt, zunächst kam nur die erste Strophe wieder, und diese fing er später, kurz bevor sie wieder in den Nebel tauchten, langsam vor sich hin zu sprechen an:

»Es steht eine Sägemühle im Wald. Ich bin als Kind vorübergefahren. War das vor hundert Jahren? Jetzt bin ich nicht jung und nicht alt. Doch ich weiß in der Tage Lärmgefahren: Ein Wasser schellt und schallt und wirft mit raschen, mit blauen Haaren übers Rad seine heilige Gewalt.«

»Was ist das?« fragte Hilde.

»Ein Gedicht.«

»Von wem?«

»Von einem Österreicher. – Einem Juden.«

»So!«

»Von einem, der vor euch hat fliehen müssen.«

»So?«

»Weil ihr ihn getötet hättet, wenn er dageblieben wäre.«

Sie befanden sich wieder im Nebel. Schweigend stiegen sie nebeneinander hinan. Die Dinge tauchten überraschend aus der grauen Suppe auf und verschwanden schon wieder. Manche erkannte man; manche erkannte man nicht.

»Wie heißt er denn? – der Dichter?« fragte Hilde nach geraumer Weile.

»Warum willst du das wissen?«

»Weil es mich interessiert«, sagte sie.

»Franz Werfel«, sagte Jerschek.

»Werfel? – Nie gehört. – Kennst du Weinheber?«

»Nein. – Wer ist das?«

»Auch ein Dichter.«

Und wieder war minutenlang nichts anderes vernehmbar als das knirschende Doppelgeräusch ihrer gemeinsamen Schritte, ein schwerer Tritt und Trott, als stampften Hufe durch Geröll und Kot, als zögen schwere Pferde eine schwere Last den Weg hinauf.

»Woran denkst du jetzt?« fragte Jerschek.

»An nichts«, sagte Hilde. »Und du?«

»Wahrscheinlich an genausowenig«, sagte er.

Sie schwiegen wieder; nur ihr Keuchen drang aus ihren angestrengten Körpern, und der Atem wölkte als dichterer Nebel vor ihren Gesichtern.

Jerschek aber suchte nach der zweiten Strophe des Gedichtes. Es hatte drei oder vier, vielleicht sogar fünf, das wußte er noch. Umsonst! Nicht eine Zeile fiel ihm vorderhand mehr ein; und auch die erste Strophe schien im Nebel, der nun immer dunkler wurde, wieder zu verschwimmen.

»Wird es schon Nacht?« fragte Hilde und blickte auf einmal wie eine Blinde umher. »Mir scheint, wir haben uns dort unten lange aufgehalten.«

»Wir waren in der Kindheit«, sagte Captain Jerschek. »In der Kindheit gibt es keine Zeit.«

In diesem Moment tauchten sie jäh aus den Wolken empor und sahen nunmehr, daß es in der Tat zu dunkeln anhob. Schwarz und triefend entragten die Wälder dem weißen Gebräu, während das Gebirge schon in einem bleichen Jenseits schwebte, ein schattenhafter, todesstarrer Schläfer unter einer grauen Marmorplatte.

»Und stimmt das, daß die Steirerinnen so viel Haare haben?«
»Ja, das stimmt.«
»Und gefällt dir das?«
»Eigentlich ja«, sagte er.
»Das ist doch männlich.«
»Etwas, aber das macht nichts.«
»Hältst du mich am Ende für ein Mannweib?!!«
»Nein!! Weiß Gott, nicht!«

Im letzten Zwielicht trat die Villa aus den Fichten. Da ragte sie plötzlich, fremd und dunkel: verrottetes Strandgut. Kehre ihr zwei Minuten den Rücken, schon kennt sie dich nicht mehr, schon ist sie dein Feind, dein Verräter und lauert dort, erfüllt von Finsternis und Fäulnis!

»Und wie geht's weiter?« fragte Hilde.

»Was denn?«

»Das Gedicht.«

»Ich erinnere mich nur noch an die letzte Strophe«, sagte Jerschek. »Die ist mir jetzt gerade eingefallen.«

»Ich will sie hören«, sagte Hilde und blieb stehen.

»Nun steh ich vor dem Gehöft der Nacht,
Der Wächter fragt: Was hast du tagsüber gemacht?
Ich hab mit meinen Küssen versengt,
Die mir am meisten Liebe geschenkt.
Der Wächter fragt: Was bringst du in deiner Hand?
Einer Lerche Asche, die sich im Morgenfeuer verbrannt.
Der Wächter fragt: Was weißt du zu berichten,
Undeutliche Gestalt?
Dies blieb mir von allen Geschichten und Gesichten:
Eine Sägemühle steht im Wald.«

»Und wie ist es mit der Andreasnacht?« fragte er später. Sie standen in Hildes Zimmer, er an der Tür, sie vor dem Spiegel. »Die jungen Frauenzimmer murmeln einen Zauberspruch und können dann im Spiegel ihren künftigen Geliebten sehen«, sagte sie.

Mechanisch fing sie an, die schweren, nebelfeuchten Fluten ihres Haares durchzukämmen, und es loderte im Kerzenschein wie tausend Sonnenuntergänge auf. Plötzlich hielt sie inne. »Und wenn eine sterben muß«, sagte sie langsam und starrte sich an,

»wenn eine sterben muß, dann ist der Tod ihr Bräutigam, dann sieht sie ihn im Spiegel.«

Jerschek stand noch immer an der Tür. Er sagte: »Ich hab einen Traum gehabt. In der ersten Nacht, die ich heroben war. Das heißt, genaugenommen war es gar kein Traum. – Ich war auf einem riesenhaften Brandplatz, und auf einmal bist *du* vor mir gestanden und hast mich begrüßt. Du hast gesagt: ›Du bist durch das Feuer gegangen, Gottfried; ich bin dein Sieg. *Ich bin dein Sieg*‹, das waren deine Worte. – Dann hast du die Hand aufgemacht und hast mir etwas gezeigt. ›Erinnerst du dich? Unser Geheimnis‹, hast du gesagt. – Es war ein Geschoß, ein Geschoß aus einer Pistole – und: aus. In diesem Augenblick bin ich zu mir gekommen.«

Sie hatte sich gekämmt, nun legte sie den Kamm beiseite. »Hast du noch nie einen Menschen getötet?« fragte sie ruhig.

Er war erstaunt. »Ich hab Gefangene verhört; das weißt du doch.«

»Könntest du es?«

»In Notwehr bestimmt.«

»Und anders?«

»Vielleicht. – Wie soll ich das wissen?!«

Gepackt von einem rätselhaften Angstgefühl, war er, ohne es zu wollen, langsam hinter sie getreten. Er hatte den ersten Schritt, dann einen zweiten, dann einen dritten gemacht; nun stand er hinter ihr und blickte sie im Spiegel an.

Und plötzlich stießen ihre Augen auf die seinen, und ein jäher Schrecken schütterte durch beider Körper wie durch einen einzigen.

»Soll ich dir sagen, was wir jetzt beide gedacht haben?« fragte sie flüsternd.

»Nein!! – Bitte, nicht!«

»Die Asche einer Lerche – einer Lerche, die sich im Morgenfeuer verbrannt hat.«

III

Schnee begann zu fallen, Schneefall begann. Und dauerte an: Tage und Nächte fiel Schnee. Geräuschlos fiel er auf das fahle Gras und in die schwarzen Zweige; lautlos deckte er die Almen und die Wälder und die Dörfer zu. Die Gehöfte wurden voneinander abgesondert, die Wege zwischen ihnen unsichtbar und unpassierbar; das Gebirge sank, gehüllt in weiße Tücher, in den Winterschlaf, ein Greis, verstummt und erstarrt in weißer Narkose.

Die Hände tief in den Taschen vergraben, stand Jerschek am Fenster und sah die Flocken aus dem dumpfen Himmel niederwirbeln, ein schwindelerregendes Tanzen und Taumeln und Kreisen und Flirren, durch welches man unablässig emporschwebte, aber wohin? – In welche Kälte? – welche Einschicht? – welche Isolierung? – Auch er wurde eingeschneit, abgeschnitten von allem, ein einsamer Schneemann, der irgendwo ragte, und sein Weg auf einmal ungewiß, ja, unglaubwürdig, eine schmale Fährte, die sich vor und hinter ihm im Weiß verlor. War dieser Reglose jemals britischer Captain gewesen? Und: Hatte er jemals woanders als hier in der Villa gehaust? Ja, war er je ein anderer gewesen als der fade Kerl, der jetzt Stunden am Fenster stand und den Schneeflocken zusah?

Durch das Stöbern, hinter dem das Land verschwunden war, spähte er bisweilen angestrengt in die Vergangenheit zurück. Umsonst: Er gewahrte das Kind, das hier einstens herumgetollt hatte, aber sonderbarerweise nicht den Mann von gestern. Auch bemerkte er, daß Esthers Bild nun mehr und mehr verblaßte, obwohl er letzthin häufiger denn je ihr Photo ansah. Dort war ihr Haar noch immer schwarz – wieso eigentlich?! In seiner Erinnerung war es gebleicht wie von Sonne und Wind und jeglichem Wetter! Wie ausgewaschen vom Regen zahlloser Jahre kam es ihm vor; oder hatte es der gelbe Wüstenstaub verfärbt? – Was war geschehn? – Ihre Augen blickten plötzlich sagenhaft, blickten plötzlich ferner als das Blau des Horizontes, den man nicht einmal mehr ahnte! Denn: was ahnte man noch in dieser so eng und innig gewordenen Welt? – unter diesem Dach, auf dem die Schneelast wuchs und wuchs? – in den kurzen Tagen? – in der weißen Dunkelheit der langen Nächte? Etwas ahnte man – das war gewiß – und plötzlich zuckte man zusammen . . .

Dann kam ein klarer Abend, und der Frost verschärfte sich. Über dem Gebirge stand ein schmaler Sichelmond. »Ich muß noch ins Dorf«, sagte Hilde. »Wir haben kein Brot mehr daheim.« Und gleich darauf: »Jetzt kann ich wieder waten! Ekelhaft!«

Sie war wütend, daß sie keine Skier mehr besaß; die hatte sie auch auf dem Altar des Vaterlandes geopfert. »Für den Rußlandfeldzug hab ich sie gespendet«, sagte sie. »Ein Landser wird auf ihnen in den Tod gerutscht sein, und ich kann jetzt hatschen!«

Sie fuhr in ihre Stiefel und verließ das Haus. Jerschek, der ihr durchs Gangfenster nachblickte, sah sie draußen, sah, daß sie bereits nach wenigen Schritten versank und nun hochgeschürzten Rockes und mit größter Mühe weiterstapfte. In diesem Augenblick kam wieder einmal die fatale Ahnung angeflogen, ein Hauch, der sich zu einem unfaßbaren, klebrigen Netz verdichtet hatte, etwas, das einen verhaßt wie ein Spinngewebe berührte, das einen streifte wie ein graues, huschendes Gespenst, so daß man zurückschrak. Was war es denn? Was war es für eine Ahnung? Und war es nur gekommen, weil man sich vor Hilde sicher wähnte? – Weil man wußte, daß man jetzt nahezu eine Stunde Zeit haben würde, zu forschen, Zeit genug, die Hände tastend in das Dunkel vorzustrecken? Da hinten war die Tür zu Hildes Zimmer. Jerschek spürte sie auf einmal deutlich hinter seinem Rücken. Noch widerstand er ihr, dann drehte er sich langsam um: Weihnachtlich weiß lauerte sie im Zwielicht.

Mit zwei Schritten querte er den Gang. Dann – die Hand bereits auf der Klinke – zögerte er aufs neue. Hilde sperrte niemals ab, das wußte er; sie vertraute ihm, und er mißbrauchte ihr Vertrauen – das war schäbig! Doch konnte es auch sein, daß sie schlauerweise nur so tat, so völlig unbekümmert, als ob es da drinnen nichts gäbe, was sie geheimhalten müßte. Wenn das der Fall war, dann versuchte sie ihn zu täuschen, dann hatte er das Recht, in ihrer Höhle nachzuschnüffeln. Oder glaubte sie, schon alle Spuren hinter sich gelöscht zu haben? – Alle, bis auf die eine, die undeutbare in ihrem Gesicht? Fürchtete sie nicht, ihr Bruder könnte irgendwelche Spuren finden und auch lesen, die ihr selbst vielleicht entgangen waren? Da drinnen im Schrank hing, zum Beispiel, ein Steirerkostüm aus feldgrauem Stoff, das zweifellos aus einer deutschen Uniform verfertigt war. Doch aus wessen Uniform? Am ehesten aus Hildes eigener. Denn in dieser war sie, wie sie oft erzählte, seinerzeit hier angekommen.

Er biß sich auf die Lippen, ließ die Klinke wieder los und überlegte: Die Farben der Uniformstoffe waren nicht lichtecht gewesen, das war ihm bekannt; überall dort, wo Hilde ein Abzeichen abgetrennt hatte, mußte nunmehr etwas wie ein Schatten zu erkennen sein. ›Denn: der deutsche Adler wirft noch heute einen

Schatten‹, dachte er, ›einen bleichen, verschwommenen, aber noch immer erkennbaren Schatten. Auf die rechte Seite der Brust, auf die herzlose Hälfte, nehme ich an! Denn es gibt noch eine zweite Möglichkeit . . .‹ Und auf einmal wurde ihm ganz übel vor Entsetzen, denn seine Ahnung hatte sich vorübergehend demaskiert; sie, die stets gestaltlos und vermummt gewesen war, hatte sekundenlang eine bestimmte Gestalt angenommen.

Er machte kehrt, trat an den Schubladenkasten, holte eine Streichholzschachtel aus der Tasche, stellte dabei fest, daß ihm die Finger zitterten, kramte mit fahrigen Fingern ein Holz aus der Schachtel, griff nach dem Leuchter, der dort wie immer bereitstand, zündete alsdann die Kerze an (eins nach dem anderen) und näherte sich – nunmehr mit dem Licht gerüstet und auch bereits mit einer ganz bestimmten Absicht – neuerlich der Tür.

Langsam drückte er die Klinke nieder und trat ein. Dabei dachte er: ›Wie herrlich wär's, wenn sie den Schrank versperrt, den Schlüssel abgezogen hätte!‹ Doch schon begrub er diese letzte schwache Hoffnung: Der Schlüssel stak im Schloß und ließ sich auch umdrehen, schon war es passiert. Captain Jerschek zog die Schranktür also auf, und sie kreischte sogleich, als gehe es plötzlich um Leben und Ehre, schrie in der Stille des Hauses wie eine hysterische Gans, die den Übergriff eines Besatzers begeistert hinausschrie. ›Schrei nur! Schrei nur, deutsches Mädel! Das ganze Alpenland spitzt schon die Ohren, tut schon empört und weint schon vor Mitleid! Doch um die Tränen dieser Leute kaufst du dich nicht los. Vae victis! Wehe dem Besiegten!‹ Er hob den Leuchter und verspürte wieder (wie schon seinerzeit) diese seltsame Mischung von Weibs- und Soldatengeruch (weiblichem Schweiß und soldatischem Leder), diese Mischung, die ihn, wie es schien, gerade dadurch reizte, daß sie ihm auf eine höchst geheimnisvolle Weise weh tat. Und: Da war das Kostüm! Nur Mut! Da war auch der Ärmel! Spuren: kleine Fältchen – da in der Armbeuge, da an der Achsel noch mehr: Spuren des Tragens. Aber es war nicht der linke Ärmel, sondern der rechte; der linke, der interessante, versteckte sich fern an der Rückwand des Schrankes in Dunkel und Duft. Der stak zwischen anderem Tuch, zwischen anderem Spinnstoff, anderen Lumpen, anderen Hadern, und man konnte ihn nicht einfach an das Licht hervorziehen – nein, das ging nicht –, man hätte die Jacke mitsamt ihrem Bügel herausnehmen müssen, mit dem Rock, der darunter hervorging und möglicherweise auch was verriet, jawohl, eben das! Jerschek zögerte wieder. Sollte er sich das tatsächlich antun? Unordnung machen? – Sicher würden ein paar Kleidungsstücke von den Bügeln rutschen und herunterfallen, und er würde sie hernach in eine falsche Reihenfolge bringen; ja, er würde letzten Endes keine Spuren finden, sondern selber welche hinterlassen. Mit der einen Hand den Leuchter haltend, mit der anderen die Fetzen auseinanderdrängend, untersuchte er lange die Stelle neben dem rechten Revers, konnte aber den hier so ersehnten Schatten nirgends entdecken. Er dachte: ›Vielleicht ist der Stoff gewendet, das könnte ja sein; dann suche ich da genauso vergeblich wie dort.‹ Er befühlte den Rock; es war ein gewöhnlicher Rock; jedoch einen Hosenrock in einen gewöhnlichen zu verwandeln, war wohl kein Kunststück. Seine Hand fuhr – halb tastend, halb streichelnd – über das rauhe, feldgraue Tuch, als streichle und betaste sie den schwesterlichen Schoß, der darin geisterte. ›Dein Geheimnis, Schwester! Dein Dunkel, nach dem ich mich sehne und das mir verwehrt ist! Dein geschändeter Schoß, dunkel gezeichnete Kampfmaid!‹ Minuten empfand er die ganze Trostlosigkeit, die ganze Vergeblichkeit, die ganze Enttäuschung, von der dieses ehemalige Uniformstück noch immer erzählte, die Erniedrigung: den Angst-, den Todesschweiß und auch jeglichen Schmutz, mit dem es durchtränkt war, und die scharfen Gerüche verzweifelter, untergangstrunkener Lust. Die Rechte zwischen Hildes Geisterleibern, stand er reglos da, und die Kerzenflamme bildete ein Strahlenkreuz in seinen Augen. ›Welche makaberen Orgien hast du erlebt? Welchen Ekel? Welches Grauen? Welches Entsetzen? Welche Vernichtung? Welcher Schwarzen Messe hast du beigewohnt?! Und hast sie ertragen!! Soldatin! Kameradin! Kind meiner Mutter!«

Ermattet zog er die Hand zurück und verschloß dann die Schranktür, nicht länger fähig, seiner bösen Ahnung nachzugehen. ›Der Schnee fällt aufs Gebirge‹, dachte er. ›Der Schnee deckt alles reinlich und geräuschlos zu. Das Land, das Haus, die Sünden, die Gräber: dich und auch mich: Die Erinnerung und auch die letzten Spuren.‹

Die Woche darauf hatte er in der Gastwirtschaft einigen Ärger. Dort wurde er nämlich von einem Menschen, den er nicht kannte (wahrscheinlich war es irgendein Vertreter oder ein Versicherungsagent), als Genosse aus dem Altreich an das Herz gedrückt.

Gepeinigt von der Sorge um das Haus, war er am Nachmittag in das Speisezimmer getreten, um nachzusehen, ob die abscheuliche Krankheit Fortschritte mache, ob diese bleiche, stinkende Pest weiter um sich griff. Er hatte die großen, fauligen Löcher betrachtet und dabei deren widerlichen Geruch eingeatmet, so lange, bis ihm schließlich schlecht geworden war und er also beschlossen hatte, ins Wirtshaus zu gehen, etwas zu trinken.

Hilde befand sich noch in der Küche; sie stand an der Abwasch.

»Kommst du mit? Ich geh ins Wirtshaus«, sagte er.

»Jetzt!?« Die Brauen wölbend, blickte sie ihn an.

»Ja, jetzt gleich: Ich war im Speisezimmer, deshalb!«

Ihr Gesicht wurde mit einem Mal ernst und starr und auch alt. »Wie schaut es denn dort aus? Ich war schon lange nicht mehr drinnen«, sagte sie.

»Es ist augenblicklich nichts zu sehen«, sagte er, doch klang es nicht sehr überzeugt und wenig tröstlich.

Und sie: »Wahrscheinlich, weil es friert. Dem ist es jetzt zu kalt zum Wachsen.«

Dann hatte sie sich wieder ihrer Arbeit zugewandt: »Ich muß leider noch zum Lenz hinüber, Milch und Butter holen; und – du weißt – das dauert eine Weile bei dem hohen Schnee.«

Und er: »Na, schön! Dann muß ich halt allein gehen! Schade.«

Es tat ihm leid, daß sie ihn nicht begleitete, denn sie war ein guter Zechkumpan, und so was brauchte er; auch gafften einem, wenn sie dabei war, die Leute wohl nach, ließen einen aber sonst in Frieden. Nicht eben beschwingt, betrat er also die Stube. Erst glaubte er, sie sei leer; dann aber sah er den Mann: In der Ecke hinter dem Ofen saß er (anscheinend wärmebedürftig) und starrte in ein halbgeleertes Weinglas. Jerschek setzte sich, den Rücken ihm zukehrend, links an den Stammtisch, denn da war er am weitesten von dem Kerl entfernt. ›Nicht ermutigen! Nicht animieren!‹ sagte er sich. ›Einen Rücken machen, wie ein Festungswerk!‹

Die Wirtin kam, und er bestellte ein Viertel.

»Viel Schnee da heroben«, sagte der Mann in der Ecke.

Nichts. Die Wirtin ging, ohne ihm eine Antwort zu geben. Wahrscheinlich wußte sie bereits, daß die Bemerkung Jerschek galt.

Eine Weile hörte man nichts als das Ticken der Uhr, und es wurde eine ziemlich lange Weile, denn die Wirtin mußte eine frische Flasche aus dem Keller holen, die, die auf der Theke stand, war leer.

»Der Herr ist wahrscheinlich zum Skilaufen da«, sagte der Mann. Jerschek tat, als sei er taub und machte seinen Rücken noch ein wenig breiter. Der Mann in der Ecke räusperte sich, nahm einen Schluck (man hörte es glucksen) und dann: »Ein wunderbares Skigelände da heroben! Nicht wahr?!« sagte er.

Die Wirtin kehrte mit einer frischen Flasche zurück. Sie füllte das Glas. »Ich krieg auch noch ein Viertel«, sagte der Mann in der Ecke. Dann hörte man ihn aufstehen und sich langsam nähern. »Sie gestatten, daß ich mich zu Ihnen setze«, sagte er und nahm schon Platz.

»Ich gestatte zwar nichts, aber Sie sitzen ja schon«, sagte Jerschek. Der Mann brach unverzüglich in ein meckerndes Gelächter aus, in ein Vertreterlachen, das er sich offenbar einstudiert hatte, um dergleichen Peinlichkeiten allzeit heil zu überstehen.

Jetzt kam die Wirtin mit den beiden Gläsern.

»Bleiben Sie hier?« fragte sie.

»Ja«, sagte der Mann.

Jerschek zog traurig die Mundwinkel herunter. Sie bemerkte es und grinste ihm im Rücken ihres Gastes, dem sie nun das Glas hinstellte, boshaft zu; und als der nun wieder vom Skilauf zu reden begann und die Skihänge pries, entfernte sie sich plötzlich unter einem idiotischen Gekicher nach der Küche.

Der Mann schaute ihr nach. Er schüttelte den Kopf. Und dann zu Jerschek: »Leute sind das da heroben! So was G'schertes! Aber Sie dürfen nicht glauben, daß wir hier alle so sind!«

Jerschek fixierte ihn, überlegte dabei, wie er die Kreatur da fortscheuchen könnte. »Wieso?« sagte er. »Ich finde die Leute hier oben sehr nett. Und sie haben bessere Manieren als so mancher Städter.«

In seiner Stimme war auf einmal etwas Schneidendes gewesen, ein eisiger Windhauch, etwas, das an Krieg und Militär erinnerte. Der Mann schien begierig zu lauschen; ein verzücktes Lächeln spielte um seine Lippen. »Der Herr ist aber nicht von hier, der Herr ist von auswärts«, sagte er dann. »Der Herr ist Deutscher! Aus dem Altreich! Gell ja?«

Er betrachtete ekelhaft zudringlich Jerscheks Gesicht; in seinen Augen flackerte ein irres Feuer.

»Wie kommen Sie denn *darauf?*« fragte Jerschek.

»Weil ich mich auskenn«, sagte der Mann. »Ich war doch im Altreich!

Eingerückt! Drei Jahre!! Bei der Flak! In Würzburg! Das waren noch Zeiten!!« Seine Augen blitzten vor Begeisterung.

»Sie irren; ich bin Österreicher«, sagte Jerschek.

Und der Mann: »Haha! Das hör ich doch, daß Sie ein Deutscher sind, ich kenn mich doch aus.«

Er hob sein Glas und hielt es Jerschek vor die Nase. »Auf die Deutschen!« sagte er, setzte es an die Lippen und trank. Dann stellte er es wieder hin und wischte sich den Mund. »Die Deutschen!« sagte er. »Die Deutschen! Haha! Die lassen sich nicht unterkriegen! Die nicht!«

›Bedauernswerter Staat, in dessen Grenzen solche Bürger leben!‹ dachte Jerschek. ›Man schmeiße sie hinaus! Man bringe sie per Schub in jenes Reich, dem sie sich zugehörig fühlen!‹ Und der Mann: »Die Deutschen! Die Deutschen!! Das tüchtigste Volk auf der Welt! Freut mich, daß ich Sie getroffen hab! Mein Name ist Riegler.«

»Sie irren; ich bin Österreicher«, wiederholte Jerschek.

Der Mann winkte ab. »Det jibt es ja gar nich«, preußelte er. »So sagt ihr doch: Det Österreich jibt es ja gar nich! Jawoll, Kamerad!! Es gibt nur Deutschland und die deutsche Ostmark: ein Volk und ein Reich!«

Jerschek warf einen Blick auf das Gartengeschirr, das in nächster Nähe auf der Theke stand. ›Soll ich?‹ dachte er. ›Es hätte gerade die richtige Größe.‹ Doch dann tat es ihm leid um das Fleischhauerstöckl darin.

Der Mann aber beugte sich vor und flüsterte nun ganz nahe und innig, so daß sein übler Mundgeruch verspürbar wurde. »Die Steirer«, sagte er, »die Windischen da, die kann ich nicht ausstehen – genausowenig wie die Kärntner oder gar die ›Weaner‹, das Gesindel! Ich bin Oberösterreicher«, sagte er, »aus Ried im Innkreis! Oberdonauer!« (Eine Woge von Gestank ergoß sich über Jerschek.) »Und wir in Oberdonau sind ganz anders. Wir im Innviertel stehen noch immer *so* hinter euch.«

»So!!!« Er zeigte die geballte Faust, und seine Augen funkelten vor Kampfeslust.

»Ich weiß nicht, was Sie wollen«, sagte Jerschek. »Ich bin Österreicher, Wiener.«

Und der Mann: »Ha! Das können Sie wem anderen erzählen!«

›Das ist der Schwamm, der Schwamm im Haus, der Hausschwamm!‹ dachte Jerschek. ›Das Aas des Minotaurus, das die Pest verbreitet.‹

Und der Mann: »Sie reden doch ein tadelloses Deutsch! Das hör ich doch!«

Und Captain Jerschek: »Glauben Sie, daß jedem Sohn und jeder Tochter dieses schönen Landes der Dialekt wie eine weichgewordene Quargel vom Mund fließen muß?!«

Jetzt hatte der Mann begriffen, das sah man ihm an, denn auf einmal schnitt er ein bitterböses Gesicht. »Also Wiener sind Sie«, sagte er und schob das Kinn vor, und seine Augen verwandelten sich in zwei Dolche.

»Wenn Sie nichts dagegen haben«, sagte Jerschek.

»Dort soll es schon wieder Juden geben«, sagte der Mann.

»Natürlich!« sagte Jerschek. »Warum nicht?«

»Natürlich. Warum nicht?« sagte der Mann.

Er betrachtete Jerschek mit grenzenloser Verachtung: Dann stand er auf, leerte sein Glas, stellte es hin – und »Zahlen!!« schrie er, das aufgerissene Maul nach der Küche gekehrt, und drehte ab und griff auch schon nach seinem Hut und seiner Joppe: Aus!

Er hatte ein Auto gehabt, der Oberdonauer; die Wirtin und Jerschek hatten hernach den Motor anspringen hören, und draußen vor den kleinen Fenstern war der Abend dunkelblau geworden; wenig später war das Motorengeräusch in der Bläue ertrunken. Nun auf dem Heimweg, im glasklaren Himmel den Mond überm Scheitel, erkannte Captain Jerschek hie und da die frischen Reifenspuren auf der Schneefahrbahn und sah auch sein Schattengespenst, das linker Hand neben ihm herlief, ein huschendes Etwas, das ihn nicht verließ und dennoch dieser Fährte folgte, bis er alsdann von der Straße jäh zur Villa abbog, und es plötzlich vor ihn hinsprang und nun im Fichtenlabyrinth die Führung übernahm.

Er dachte: ›Herrgott noch einmal! Hab ich das nötig?! Muß ich mich mit diesem Volk zusammensetzen?!‹ Er sehnte sich plötzlich nach seiner Schwester, nach ihrer Stimme, nach ihren Bewegungen, ihrem Geruch, hatte aber auch den Wunsch, mit ihr zu streiten, sie zu züchtigen, zu schlagen.

Er war noch geblieben, und später waren der Lenz und der Jäger gekommen, und mit ihnen hatte er noch getratscht und weitergezecht und dabei – vielleicht sogar in der Hoffnung, sich zu betäuben – so nach und nach dreiviertel Liter Schilcher getrunken. Doch Schilcher betäubte nicht; er machte nur wild und ließ die Trutzigen zu ihren Messern greifen; man wurde zwar nicht klarer, aber man wurde auch nicht betrunken durch ihn; nein, man wurde aggressiv und rabiat.

Und sie hatten gefragt: »Wie lange wird die Besatzung noch bleiben, was glauben Sie denn?« Und er: »Am besten wär's, sie bliebe fünfzig oder hundert Jahre.« Und später: »Ja, ich weiß: ihr seid die besten Demokraten. Aber nur solange ihr mit vollen Hosen umgeht.«

Er stampfte die Stufen zu der Veranda hinan und ließ deren Schwingtür dröhnend hinter sich zufallen. Hilde! Warum deklarierte sie sich nicht als Deutsche, wenn sie sich für eine solche hielt, und ließ sich dann ganz einfach repatriieren?!

Er tauchte in die dicke Finsternis des Hauses, sperrte ab und schob den Riegel vor. Nirgends brannte Licht, das sah er nun; auch aus Hildes Zimmer sickerte kein Schimmer durch den Türspalt. Er lauschte: War sie schon schlafen gegangen? Schlief sie bereits? – Es war ihm auf einmal, als sei sie noch wach und warte auf ihn. Er zögerte. Er konnte sie nicht atmen hören, sonderbar! Sie pflegte nicht zu schnarchen, aber wenn sie schlief, dann hörte man da drinnen ihre tiefen Atemzüge. Nun, sie würde sich schon rühren, wenn sie etwas von ihm wollte, denn wenn sie noch wach war, so hatte sie ihn ja heimkommen hören. ›Aber‹, dachte er, ›was sollte sie um diese Zeit noch wollen? Mir sagen, daß sie mein Essen warmgestellt hat?‹

Langsam ging er durch den Gang und näherte sich so der Treppe, von der er wußte, daß sie dort wie immer seiner harrte. Er verzichtete darauf, die Kerze anzuzünden. Er benötigte sie nicht; er kannte seinen Weg. Mit Absicht streifte er, da er vorbeiging, leise den Gong und erweckte dadurch ein seltsames zitterndes Klingen; dabei dachte er an jenes knisternde Geräusch, das er vernommen hatte, als bei seiner Heimkehr Hilde hier im Finstern gegen ihn geprallt war. Dann tastete er mit dem Fuß nach der untersten Stufe und sah nun auf halber Höhe der Treppe direkt an der Biegung ein scheues, fahles, geisterhaftes Lichtsignal erbeben; einen Hauch von Mondlicht, der sich durch das kleine Dreieckfenster in der Westwand stahl. Das Zeichen aber, wenn auch deutlich sichtbar, war zu schwach, um auch nur ein Dämmern zu bewirken; im Gegenteil, es ließ nun die Dunkelheit ringsum noch dichter erscheinen, ein Fäulnisschimmer in der Schwärze eines Sumpfes . . .

Und in diesem Moment vernahm Captain Jerschek das Trommelgeräusch. Aus einer fremden Ferne hörte er es näher kommen; und er konnte sich die Sache nicht erklären, denn die Nacht da draußen war ein riesenhafter Eiskristall. Er stieg hinan und hatte dabei ein Gefühl, als stehe am oberen Ende der Treppe jemand bereit; doch plötzlich verstummte das Trommeln, und in der gleichen Sekunde hörte er dort oben eine Stufe knarren.

Jetzt blieb er stehen. Hart vor dem Zeichen verhielt er den Schritt. Dort oben in der Finsternis war etwas wie ein Beben gegenwärtig. Er hörte es zwar nicht, jedoch er spürte, daß es da war, und er spürte auf einmal die Wärme und den Geruch eines weiblichen Körpers. ›Komisch!‹ dachte er und »Hilde?« fragte er ins Ungewisse und fühlte deutlich, daß das Beben stärker wurde. Und dann kam ihre Stimme auf ihn zu:

»Ja?«

Und er: »Was machst du da?«

»Ich hab nur nachgeschaut, ob du daheim bist«, sagte sie von oben.

Er schrak zusammen. Wußte aber nicht genau, warum. Noch immer stand er vor dem Mondfleck, der sich an die Stufe schmiegte. »Willst du was von mir?« fragte er lauernd.

»Nichts. Ich wollte wissen, ob ich den Riegel vorschieben kann.«

Also gut. Er wollte weitergehen. »Bist du jetzt erst heimgekommen?« fragte er konfus. Sie schien zu zögern. »Nein«, sagte sie schließlich. »Ich war schon zu Haus. Ich steh schon eine ganze Weile da.«

Er wurde starr. »Warum denn?« fragte er. »Warum denn?« Und er fühlte seinen Mund mit einem Mal strohtrocken werden. Sie gab ihm keine Antwort. Rührte sich nicht, nur ihr Beben schien sich zu verstärken.

»Willst du mit mir sprechen?« fragte er und wartete. »Hast du mir etwas zu sagen?«

»Nein«, sagte sie.

Er setzte den Fuß in das Mondlicht, holte tief Atem. »Also dann . . .« Er gab sich einen Ruck: ». . . dann gute Nacht!«

Weitergehend, streckte er unwillkürlich die Hand vor, als gelte es, im Dunkel etwas abzuwehren, einen Schatten, vielleicht auch irgendeinen Halt zu suchen, die Wand, das Geländer; doch auf einmal stießen seine Fingerspitzen gegen nackte Haut.

»Bist du nackt?«

»Nein!«

»Doch!« Er packte zu und fühlte festes Fleisch. Es war ihr Oberschenkel, ihre linke Hüfte, darüber ein wollener Saum. »Bist du verrückt?!!!«

»Ich hab doch eh ein Hemd an!« stotterte sie.

»Na geh! Du zitterst ja vor Kälte!« sagte er, denn er spürte nun ihr Beben an den Fingerspitzen. Sie schluckte krampfhaft – und: »Ich zittere vor Angst.«

»Vor Angst?! – Wieso?!«

»Ich muß dir etwas sagen, Gottfried.«

Also doch! Es rieselte ihm das Rückgrat hinunter. Wieder hatte ihn jener Verdacht wie ein Frosthauch berührt. »Na, sag's schon, los!« – »Nicht heute!« Sie tat einen Schritt auf ihn zu. »Irgendeinmal werd ich's dir erzählen.«

Er stand gehüllt in ihren Schweißgeruch, der immer stärker wurde; und etwas wie ein Stahlband spannte sich um seine Rippen, drückte sie zusammen.

»Also gut«, sagte er. »Aber jetzt geh in dein Bett, sonst erkältest du dich!« Und er setzte sich aufs neue in Bewegung. – Nichts da!

Hilde vertrat ihm den Weg, eine finstere Masse, bebend und atmend. »Sei unbesorgt! Ich erkälte mich nicht«, sagte sie schneidend. »Du bist so kalt, daß einem heiß wird, Mann! In der Kälte, die du verbreitest, wird man gesotten!«

Er spürte ihren Atem auf der Stirn und auf den Lidern, denn sie stand jetzt, nur noch eine Stufe höher, dicht vor ihm. Durch die Kleider empfand er die tierische Wärme, die von ihr ausging, und ihr scharfer Geruch machte ihn trunken und toll.

»Was ich verbreite, ist nicht *meine*, sondern *eure* Kälte«, sagte er. »Eure Kälte hat mich mit einem Eispanzer bedeckt. Ich werde eines Tages in ihr erfrieren. Warum sollst nicht du in ihr gesotten werden?«

Er hörte sie im Dunkel heftig atmen. »Wärst du doch nie zurückgekommen!« flüsterte sie. »Ich bin schon so ruhig, so ausgeglichen gewesen: Die Erinnerungen sind schon blaß geworden, unglaubwürdig, unwahrscheinlich. Und ich hab schon angefangen, alles zu vergessen, auch mich selbst – und den Krieg, diese Jahre wie eine Gespenstergeschichte, von der man gehört hat; ich hab schon so prachtvolle Scheuklappen getragen und bin dahingetrottet, ohne links und ohne rechts zu schauen, immerzu. Ich hab meine Arbeit gehabt, mein Essen, ein Dach überm Kopf – und bin verbauert, bin schon so herrlich verbauert! Ich war ein gesundes Stück Vieh, das nichts mehr empfindet, keine Sehnsucht, nicht einmal das bißchen Heimweh nach dem Tod. Denn für mich war die Vergangenheit ›bewältigt‹, hörst du?! Die Angst war eingefroren: ich habe sie nicht mehr gespürt: Eisblumen sind an den Fensterscheiben gewachsen – idyllisch! Aber dann bist du dahergekommen – und das Unglück ist geschehen.«

»Das Unglück«, sagte er – und »Was für ein Unglück?« fragte er alsdann, denn mit einem Mal erschien ihm alles wieder rätselhaft und doppelsinnig. Und sie: »Du weißt es genau. Verstell dich nicht länger! Das gleiche Unglück, das dir selber zugestoßen ist.«

Sie standen Leib an Leib und zitterten nun beide, und ihre Herzen schlugen plötzlich tobend aneinander. »Denn auch dir ist dieses Unglück zugestoßen«, sagte sie. »Dein Panzer hat dich nicht davor bewahrt.«

›Erste und letzte Geliebte!‹ dachte er schaudernd. ›Dunkel – heimatlich und dennoch fremd! – Stimme, todestrunken, unstillbares Heimweh weckend, Schlaf verheißend! – Atem, schwarz wie das Flüstern vergessener Uferwälder am Rande des Diesseits!‹

»Ja, es ist mir zugestoßen«, sagte er schließlich. »Und? – Was soll ich tun? – Soll ich gehen? – Soll ich meine Koffer packen?«

»Feigling!!« zischte sie. »Quäl mich nicht länger!! Sei endlich ein Mann! Und wenn du hundertmal mein Bruder bist!!«

Jetzt fing er zu schreien an: »Willst du, daß ich mit dir in Blutschande lebe, Verrückte?!!«

Sie schrie zurück: »Du hast schon in ärgerer Schande gelebt!! Du! Mit deiner Juden-Schickse, Schwein!!«

»Das Schwein bist du!!« Er schlug in das Dunkel und traf ihr Gesicht.

Sie keuchte. »Feigling!! Den Mut, mich zu schlagen, den hast du, du Feigling! – Na los! Schlag zu! Ich bin nicht zimperlich!«

»Hilde! Nimm Vernunft an!« sagte er.

»Vernunft? – Du meinst, ich soll zu meinem Büffel gehen – mich beschälen lassen – was?!«

Er versetzte ihr einen Stoß. »Tier!« fauchte er. Sie taumelte zurück, und um nicht rücklings hinzustürzen, verkrallte sie sich jäh in seine Jacke und hing nun auf einmal wie eine riesige Katze an ihm. »Ja, ich bin ein Tier, denn als Tier bin ich schuldlos«, flüsterte sie. »Wenn wir im Bett liegen, will ich dir eine Geschichte erzählen. Dann wirst du mir attestieren, daß ich ein Tier bin. – Da!« Sie griff an sein Geschlecht! »Wie Eisen!« sagte sie.

Er schlug ihr auf die Hand. Der Kampf begann. »Haha! Willst du mit Brünnhilde ringen! Das kann nur ein Siegfried!« Sie stürzte, riß ihn mit; sie stürzten beide hin, stürzten in die dichte Finsternis des Bodenraumes, wälzten sich, untrennbar ineinander verkrallt und verbissen, als ein einziger stöhnender, keuchender, zähneknirschender Körper. Tigerin! Stinkende Raubkatze! Willst du mich beißen?! – Ja, ich will dich beißen und zerreißen, Jäger! Aus dem Hinterhalt hab ich dich angefallen mit meinem Gestank. Jetzt bin ich über dir! Jetzt grab ich dir die Krallen und die Zähne ein! – Sie hieb ihm ihre Zähne in die Lippen; er krümmte sich zusammen, fühlte, daß sein Blut hervorquoll, oh, verflucht! – Die Rechte zwischen ihren Schenkeln, die ihn fest umklammert hielten, griff er also mit der Linken in ihr Haar, riß ihr den Kopf brutal in den Nacken zurück und biß, nun selbst zur Bestie geworden, zu. Nun schrie sie; schrill stieg ihr Schrei aus dem Gurgeln des Blutes. Doch da hatte auch Jerschek den Mund voller Blut und schluckte schon gierig, und als ihm nun ihr Naß in ungestümen Stößen in die Hand schoß, ein peitschender Springquell, trat auch bei ihm der Orgasmus ein und schlug ihn k. o.

Diesem Augenblick folgte tiefe Stille. Und aus der Stille wächst die Angst empor. Captain Jerschek liegt erstarrt auf seiner Schwester Hilde. Er hört das Schlagen ihres Herzens, hört sie atmen, hört sie flüstern.

»Ich hab dein Blut getrunken, Bruder«, flüstert sie.

»Und ich das deine, Schwester«, flüstert er zurück.

Und sie: »Wir haben Bruderschaft getrunken, Blutsbrüderschaft! Das ist schlimmer als Blutschande, Bruder. Das ist etwas Tödliches, Bruder!«

Sie liegen atmend in der Finsternis, liegen Brust an Brust, und Hand an Hand, langsam gräbt sie ihm die Nägel ein, und auch er gräbt ihr die Nägel langsam ein.

»Jetzt gibt es kein Zurück mehr, Bruder«, flüstert sie.

»Nein, jetzt gibt es kein Zurück mehr, Schwester.«

»Bricht ein Bruder den Bund«,
»trügt den Treuen der Freund«,

»was in Tropfen heut hold wir tranken, in Strahlen ström es dahin!«

Sie hat sich plötzlich unter Jerschek aufgebäumt, stöhnend und wimmernd vor Schmerz oder vor Lust; nun fällt sie hin wie ein gefällter Baum; und ihr Kopf schlägt polternd auf den Boden auf.

IV

Mit Böen, die aus den Wäldern den Schneestaub aufwirbelten, hob die dritte Friedensweihnacht an. Jerschek saß am Fenster der Kabuse und spähte interesselos hinaus. Er lauschte, doch hörte er nichts als das Singen im Ofen, lauschte ins Haus hinunter, aber dort unten rührte sich nichts. War sie eingeschlafen? War sie gestorben? Oder hatte sie am Ende gar das Haus verlassen? Die Stille beunruhigte ihn; das Singen im Ofen beunruhigte ihn. Im letzten Licht erhob er sich und stieg hinunter. Die Treppe verlor sich im Dämmer, führte ins Nichts; hin und wieder knarrte unter seinen Sohlen eine ihrer Stufen. Unten blieb er dann stehen und lauschte aufs neue. Aber auch hier: nur das Winseln der Zugluft in den Kaminen. »Stille Nacht, heilige Nacht«, murmelte er. Dann ging er zum Haustor: Der Riegel war vorgelegt; also war sie daheim. – Er tastete sich leise durch den Gang und öffnete sodann mit einem Ruck die Tür zur Küche. Nichts: Dämmerlicht, Trostlosigkeit, das Ticken der Uhr, am Fenster der Wind – und ein leises Klagen aus dem kalten Herd. – Er retirierte also, balancierte auf den Zehenspitzen durch den Gang zurück; gleich darauf verharrte er vor Hildes Tür. Er hielt den Atem an. Das Blut hämmerte ihm in den Schläfen. Zugluft: ein zarter Singsang klang aus dem Türspalt – ewig der Wind! Oder saß sie dort drinnen im Dunkel und sang vor sich hin? Soldatenlieder? Lieder der Bewegung! – Jetzt klopfte er und klopfte mit dem Fingernagel, so daß es klang, als kratze eine Vogelkralle an der Tür.

Pause – und dann: »Bist du es, Gottfried? He! – Mach doch keine blöden Witze! Du erschreckst mich.«

Also drückte er die Klinke nieder und trat ein: »Das Christkind kommt.«

»Leck mich am Arsch!« sagte Hilde.

Sie saß wahrhaftig in der Finsternis, war kaum mehr zu erkennen. Als schwarze Silhouette hob sie sich vom Grau des Fensters ab.

»Du hast gerade vor dich hin gesungen«, sagte er.

»Wieso denn?!«

»Nicht –? Ich hab gemeint. Es hat so geklungen.«

Lustlos stand sie auf und trat an die Kommode. »Du glaubst wohl, daß ich Weihnachtslieder singe«, sagte sie und lachte trocken. Jerschek hörte sie nach etwas tasten, hörte, daß sie eine Streichholzschachtel öffnete. Sie sagte: »Einen Augenblick! Ich mach schon Licht.« Sie strich ein Streichholz an, und es entflammte golden zwischen ihren Händen. »Hast du hier eingeheizt?« fragte Jerschek und sah in das größer werdende Flämmchen. »Schon vor einer Stunde«, sagte sie und zündete die Kerze an.

»Man spürt es kaum«, sagte Jerschek.

»Ich weiß«, sagte sie und betrachtete ihn. »Was soll ich machen? Bei Nordostwind ist das Zimmer nicht zu heizen.«

»Komm zu mir hinauf!«

»Weil Heiliger Abend ist?« fragte sie spöttisch.

»Weil du hier frierst«, sagte er.

»Das bin ich gewöhnt«, sagte sie.

Die Bescherung hatte schon vor Tagen stattgefunden, als die vier Pakete angekommen waren: eines mit Zigaretten, eines mit Whisky, eines mit Gin und eines mit Wäsche und anderen praktischen Kleidungsstücken für Hilde.

Mit zwei Fingern hielt sie plötzlich etwas hoch, ließ an einem grauen Bande eine graue Münze baumeln. »Da, schau!« sagte sie. »Das hab ich heut mittag beim Kramen gefunden – weißt du, was das ist? – Ein hoher Orden ist das!«

Jerschek näherte seine Augen dem baumelnden Ding, kniff sie zusammen und erkannte alsbald, was es war.

»Widerlich!« sagte er.

»Meine Erkennungsmarke«, sagte sie lachend. »Zum-an-den-Christbaum-Hängen! Schade, daß wir keinen haben!«

»Wir können uns ja einen holen«, sagte Jerschek. »Da draußen stehen sie in allen Größen.«

»Hättest du Lust, zu feiern?«

»Nein«, sagte er.

»Ich auch nicht«, sagte sie und ließ das Ding um ihren Zeigefinger kreisen.

Er hatte sich inzwischen auf ihr Bett gesetzt. Das Bett war ungemacht und roch nach ihr. Es roch nicht unsympathisch, nein, es roch sogar ausgesprochen sympathisch. Nach einem jungen, sauberen, gesunden Frauenkörper.

»Komisch! Bei manchen hat man sie wegtun müssen«, sagte sie lächelnd. »Die haben ganz einfach nicht können, wenn man sie umgehabt hat. Und manche wieder hat sie ganz verrückt gemacht. Die Hundemarke, das graue Memento mori – so zwischen den Brüsten! Verstehst du?«

Sie drückte sich die Marke auf die Brust.

»Ich kenn das!« sagte Jerschek. »Hör bitte auf.«

»Hat es dich gereizt?«

»Feiern wir lieber das Julfest! Besaufen wir uns! – Oder gehen wir spazieren.«

»Gehen wir spazieren!« sagte Hilde.

Sie legte den grausigen Anhänger auf die Kommode zurück, ließ die Marke an dem starken Band klirrend hinfallen. Sie sagte: »Die wartet noch immer darauf, auseinandergebrochen zu werden, die hat noch nicht begriffen, daß der Krieg vorbei ist.«

Sie schlüpfte in ihre Kommißstiefel, stampfte grob auf, schlüpfte sodann in die Steppjacke russischer Herkunft – und »Hol deinen Mantel!« sagte sie. »Und dann: Marsch, marsch! Ich glaub, so wird der Abend noch am ehesten vorbeigehen.«

Die Nacht war hell. Der Mond flog leuchtend über den Wolken; hoch im Osten flog er, und die Wolken flogen, von ihm ausgeleuchtet, westwärts. Von seiner Scheibe fehlte nicht mehr viel. »Am Sonntag wird er voll sein«, sagte Hilde. Sie hatte sich in Jerschek eingehängt, fest an ihn geschmiegt, suchte sie Schutz vor Kälte und Wind; und so stapften sie mühsam zwischen den Bäumen zur Straße hinab, immer durch den tiefen Schnee und durch das Gitterwerk von Licht und Schatten, das auf ihm lag.

Auf der Straße unten hatten sie dann freie Sicht. Sie blieben frierend stehen und betrachteten den Mond.

»Schau dir das Gesicht an!« sagte Hilde.

»Was für ein Gesicht?«

»Na, das Gesicht, das blöde, das er schneidet.«

Sie kehrten ihm sogleich den Rücken, wandten sich der Ortschaft zu, marschierten weiter. Sie gingen fest umschlungen wie ein Liebespaar und warfen zwei dicht ineinandergewachsene

Schatten vor sich auf die Straße, zwei plumpe Zwerge mit schiefen, verzogenen Köpfen, wie Zangengeburten.

»Was wir für Eierköpfe haben!« sagte Hilde.

Und er: »Wir sind ja auch zwei Idioten.«

»Bist du einer?«

»Ja«, sagte er.

»Ich auch«, sagte sie.

»Wenn du es nur einsiehst!« sagte er.

Sie kamen in die Ortschaft. Die Gehöfte schienen sich schon in sich selbst zu verkriechen: keine Stimmen mehr, kein Radio, kein Kleinkindergeplärr; die Fenster dunkel, als sei man bereits zur Ruhe gegangen. »Was ist los?« fragte Jerschek. »Liegen die schon in den Nestern?« – »Sie schlafen jetzt vor«, sagte Hilde. »Sie müssen ja dann in die Mitternachtsmesse.« Jerschek lauschte – irgendwo stampfte sich jemand den Schnee von den Schuhen. Dann fiel ein Haustor dröhnend zu – und: aus. Er lauschte erneut: Jetzt hörte man nur noch den schneidenden Wind, der durch die Zäune pfiff und an den weißen Dächern hochsprang, und hie und da aus einem Stall ein leises Schnauben und ein leises Kettenklirren oder einen Huf, der sich im Stroh bewegte. Auch der Gasthof hatte die Lampen gelöscht, war schon geschlossen. Alles abweisend, alles verbarrikadiert! »Schau das Haus an!« sagte Hilde. »Wenn da drin kein Licht brennt! Wie es mit den beiden dunklen Fenstern hergafft!« Sie standen verärgert vor der sich tot stellenden Wirtschaft, auf deren Dach das Mondlicht zu gefrieren schien. Über ihnen sang der Telephondraht öde Weihnachtslieder, und das Blech mit der Aufschrift REININGHAUSBIER bewegte sich scheppernd.

»Morgen wird es hier schon lauter zugehen«, sagte Hilde.

Jerschek nickte ergrimmt. »Ich weiß«, sagte er.

Und sie: »Hast du etwas gegen den Skisport?«

Und er: »Im Augenblick und hierzulande allerdings!«

Sie gingen weiter, er voraus; er sagte: »Ein Volk, das noch vor kurzem indirekt – und auch direkt – an einem Massenmord beteiligt war, ein solches ›Volk in Leibesübungen‹, hat nicht schon wieder unter Ski Heil und Hallo und Gelächter über die Hänge zu rutschen.«

Vorbei an zwei defekten Bauernwagen, die mit endlos scheinenden Deichseln die Straße bedrohten, kamen sie auf ein Gebirge, das hier früher nicht gewesen war, auf eine hohe Wächte, welche sie mit Vorsicht überschritten. Jenseits die Schusterkeusche: Auch aus der Schusterkeusche starrte Schwärze. Auch hier die zwei finsteren Augen unter dem Spitzhut des Giebels. »Ich seh heut wieder überall Gesichter«, sagte Hilde. »Und lauter Gesichter von Dorftrotteln; ist das nicht komisch!«

Die Mauer des Pfarrhofes leuchtete weiß in der Nacht. Hinter beschlagenen Scheiben glotzte eine Petroleumfunzel, erhellte die Küche.

Und Jerschek: »Der wacht noch und betet.«

Und Hilde: »Oder die Köchin wacht noch und kocht.« Und nach einer Weile: »Was sich der so denken mag?«

Und Jerschek: »Der da drinnen? – überhaupt nichts.«

In der Kirche zuckte der Funke des Ewigen Lichtes. Im Vorbeigehen sahen sie ihn flüchtig durch das eine der zwei buntbemalten Fenster schimmern. Ein roter Schein, der regelmäßig zu- und wieder abnahm, ruhlos wie das Blinklicht eines Leuchtturms.

Gleich darauf vernahmen sie ein dunkles Sausen: zweihundert Meter vor ihnen erhob sich der Wald (eine tiefschwarze Masse inmitten gespenstischer Helle): In den Wipfeln, die aufgeregt schwankten, sauste der Wind. Er kam von Osten her den Hang heraufgezischt und wirbelte Wolken glitzernden Schneestaubes auf. Vor der Schwärze des Waldrandes flackerten leuchtende Schleier empor, gingen in Fetzen, und aus dem Himmel klang es wie ein Echo.

»Sibirien!« schnatterte Hilde und krümmte den Rücken.

»Dort gehört ihr alle miteinander hin«, erklärte Jerschek.

»Wieso?«

»Ach Gott! Ich schätze, das Klima dort würde euch guttun. – Und die zivilisierte Welt wäre euch los.«

Sie kamen in das Gitterwerk des Waldes. Der Mond hielt Schritt; er folgte ihnen oben in den Zweigen; er malte helle Flecken auf den Weg, schaute da und dort durch eine Lücke in den Wipfeln; sie hatten ihn mitsamt dem kalten Wind im Nacken und ringsum das Winken der Äste, Schatten und Licht und unter den Sohlen das Knirschen des hartgefrorenen Schnees und nur noch in den Körperfalten etwas Wärme.

»Du bist bös geworden«, sagte Hilde. »Du hast dich in der kurzen Zeit, die du daheim bist, sehr verändert.«

»Möglich«, sagte Jerschek und zuckte die Achseln. »Und wenn ja, dann wird es seine Gründe haben.«

»Hat dir jemand was getan?«

»Ach wo«, sagte er. »Ich sehe nur: Ihr etabliert euch wieder.«

»Sollen wir das nicht? Wir haben wohl genug gelitten.«

»Gemessen an dem, was ihr angestellt habt? – Nein, meine Liebe!«

Der Wald trat jäh zurück; das Mondlicht fiel ihnen wiederum voll auf den Scheitel; Jerschek glaubte es auf einmal wie ein Kitzeln im Gehirn zu spüren. Senkrecht emporblickend, starrte er auf das versteinte Gestirn, das impertinent durch die jagenden Wolkenfetzen dahinflog.

»Also du willst«, sagte Hilde, »daß heimgezahlt wird?«

»Wo keine Reue und keine Bereitschaft zur Sühne ist, ja.«

»Aug um Aug, Zahn um Zahn! Du bist ja auch ein Nazi! Nur durch ein winziges Versehen bist du aus der Art geschlagen«, sagte sie.

Die Hunde auf den Gehöften konnten nicht schlafen. Es war, als fühlten sie das Nahen irgend einer Katastrophe. Sie schlugen an, tauschten verschlüsselte Meldungen aus, verständigten sich über Täler und Schluchten hinweg, von Kogel zu Kogel. Man hörte sie in großer Ferne an den Ketten reißen, toll, als sei der Wasenmeister in die Gegend eingereist; ihr Jaulen weckte in den weißen Weiten des Gebirges und der Nacht ein Echo wie in einem riesigen Betonbau.

Jerschek sah noch immer steil zum Mond hinauf. Er sagte: »Der hat aber wirklich ein blödes Gesicht. Ein Arschgesicht! Sieht wie ein Mitläufer aus. Sagt: Das war ja nicht ich, das war alles der Hitler! Was wäre Hitler ohne euch gewesen?! Nicht einmal Kunstmaler! Eine armselige Null. Erst euer Haß hat ihm die Kraft gegeben, das zu werden, was er war; erst eure Gemeinheit hat ihn zu einem Monstrum gemacht.«

»Na wunderbar! Da können wir ja stolz sein!« sagte Hilde. »Wenn er alles, was er war, durch uns geworden ist. Nur war er leider nicht der größte Feldherr aller Zeiten. Eher schon die größte Niete aller Zeiten?«

Jetzt grinste Jerschek. »Für die größte Niete hat er euch gehalten, ja, mein Engel. Knapp vor seinem Selbstmord hat er noch verlauten lassen, dieses Volk sei es nicht wert, einen Menschen wie ihn zum Führer zu haben. Und dann hat er euch bestraft, indem er sich und Eva Braun erschossen hat.«

Hilde stand plötzlich wie eingefroren im Mondlicht. »Wirklich? – Hat er das gesagt, der Hiasl?« flüsterte sie rauh.

Jerschek nickte. »Jawohl, das hat er gesagt. Für ein Volk, das einen Krieg verloren hatte, war er sich zu gut.«

Sie gingen also weiter, und sie hängte sich aufs neue in ihn ein. Er bemerkte, daß sie zitterte. Er sah sie von der Seite an; er fragte: »Frierst du?« Sie schüttelte wortlos den Kopf; starrte, als trüge sie Scheuklappen, zu Boden, setzte automatisch Fuß vor Fuß. Irgend etwas schien in ihr zu gären und ihr weh zu tun. Etwas äußerst Kompliziertes schien sich in ihr abzuspielen. Ihre Lippen zuckten, sie zitierte wieder einmal Wagner: »Allrauner! Eideshort! Rächender Gott!« flüsterte sie –

und dann zu Jerschek: »Acht Millionen, sagst du.«

»Was?«

»Haben wir ermordet.«

»Ungefähr.«

»Acht Millionen – Allrauner! Eideshort! Rächender Gott! – haben wir hingerichtet oder verhungern lassen oder zu Tode gequält. Hat dir dieses Opfer nicht genügt?«

Die Luft war auf einmal durchzittert von einem metallischen Klingen. Jerschek schüttelte den Kopf, als gelte es, ein Spinngewebe zu zerreißen. Hier war doch nirgends eine Telegraphenleitung, nichts dergleichen. War es der Wind, der über die geisterhaft leuchtenden Schneeflächen fegte?

»Es ist ganz eigenartig«, flüsterte Hilde. »Ich empfinde nicht, was ich empfinden müßte. Astronomische Zahlen lassen mich kalt. Ich fasse sie nicht ... Horch! – Was war das? Hat da nicht jemand gerufen?«

Gleichzeitig waren sie stehengeblieben, Bruder und Schwester. Da standen sie – knietief im Schnee, die Augen weit aufgerissen, und lauschten. Das Klingen! Das Singen! Wenige Schritte vor ihnen wuchs eine Wächte empor und sperrte den Weg, sperrte die Straße: eine Woge aus tödlichem Weiß, die singend emporwuchs, ein leuchtender Kamm, phosphoreszierend ... Und plötzlich glaubte Jerschek, Hilde wolle ihm den Arm ausrenken – he! Mit ihrem ganzen Gewicht hing sie auf einmal an ihm, riß ihn herum. Er versuchte, sie abzuschütteln: »Bist du verrückt!!?« Doch da riß sie ihn schon mit sich nieder in den Schnee.

»Bleib liegen!! Rühr dich nicht!!« keuchte sie dicht neben ihm. Aus der hellblauen Weite der Nacht wuchs ein Heulen heran, ein wölfischer Laut; einige ferne Bäume begannen wie närrisch geworden zu taumeln, warfen ihre Arme in die Luft und schrien auf;

dann verschwanden sie hinter der Staubwand, die brüllend emporschoß und sekundenlang den Mond verfinsterte.

Zögernd hob Hilde ihr schreckverzerrtes Gesicht aus der Wächte. Ihr Haar war plötzlich weiß, war voller Schneestaub.

»Total verrückt!« fauchte Jerschek. Er putzte sich ab.

»Ich weiß nicht . . .«, flüsterte sie. »Gehen wir lieber nach Haus.«

Sie wandten sich heimwärts, gingen in ihren noch deutlich erkennbaren Spuren zurück. Jerschek trat in Hildes, Hilde trat in Jerscheks Stapfen. »Schau nur!« sagte sie mühsam. »Wir haben fast gleich große Füße!« Und etwas später: »Schau! Wir sind im gleichen Schritt und Tritt gegangen!«

Sie strengte sich an, wieder normal zu erscheinen, aber das Entsetzen bebte noch in ihrer Stimme nach. Glaubte sie . . . Das war doch nicht gut möglich! »Ein Windstoß«, sagte Jerschek – und sie: »Natürlich, ein Windstoß! Was sonst? – Was sollte es denn sonst gewesen sein?« – Wieder im Wald, sah sie sich mehrmals argwöhnisch um, als rechne sie mit einem neuerlichen Angriff, oder befürchte, in eine Falle zu gehen, auf der vertrauten Straße in einen Hinterhalt zu geraten. Sie drehte den Kopf: Unter den Bäumen war es beängstigend hell von huschendem Licht, und der Blick fiel unendlich durch Gänge und Schneisen wie in das Jenseits. »Hier kann uns ein jeder sehen; hier kann man sich nirgends verstecken«, sagte sie heiser. »Wer weiß, ob da nicht irgendeiner hinter einem Baum steht.«

Sie näherten sich wiederum der Kirche. Der kalkweiße Turm starrte, grell angeschienen, im Blau.

»Machen wir einen Sprung hinein!« sagte Jerschek.

Und sie: »Es wird zu sein.«

Und er: »Wahrscheinlich. Aber versuchen wir's trotzdem. Es kostet ja nichts.«

Sie öffneten das Gattertor zum Friedhof und stapften auf die Tür der Kirche zu. Sie drückten die Klinke nieder, erst Hilde, dann Jerschek: Doch es war schon, wie sie vermutet hatten: Die Tür war versperrt.

»Natürlich«, sagte Hilde. »Hochwürden hat Angst, daß ihm jemand einen Haufen einlegt.«

»Wer sollte denn das tun?« fragte Jerschek. »Höchstens du! Das sind so typische HJ-Ideen.«

Sie lachte auf. Dann klopfte sie energisch an. Aus dem steinernen Hohlraum schallte ein dröhnendes Echo. »Nix! Der liebe Gott ist ausgeflogen«, sagte sie. »Ist vermutlich auch auf einer Skitour«, sagte sie. »Stell dir vor, wir wären obdachlos, wir zwei! Nirgends würden wir unterkommen. Nicht einmal hier.«

»Bei einem Bauern«, sagte Jerschek.

Sie wölbte die Brauen.

»Wir –?« Sie sah ihn an. »Wir zwei bestimmt nicht«, sagte sie bitter.

Es wurde still, so still, daß beide unwillkürlich lauschten, so still, daß man plötzlich im Innern des Turmes die Uhr ticken hörte. Deutlich hörte man das unsichtbare Pendel hin- und hergehen, so, als zähle es – als zähle es herunter.

»Gehen wir heim!« sagte Jerschek. »Es wird immer kälter.« Er spürte auf einmal, wie ihm der eisige Luftstrom die Kleider durchdrang. Also gingen sie. Das Gattertor schlug quietschend auf und hinter ihnen zu. Sie hatten es vorhin offen gelassen, nun schlossen sie es.

»Stell dir vor«, sagte Hilde (unvermittelt begann sie wieder zu sprechen), »stell dir vor, du würdest eines Tags dahinterkommen, daß ein Freund von dir, ein guter, alter Freund, vielleicht sogar dein bester, ausgerechnet das ist, was man heute einen Kriegsverbrecher nennt.«

Jerschek starrte nach dem Dach der Gastwirtschaft, von dessen First der Wind den Schneestaub wegriß.

»Redest du von diesem Hindler?« fragte er.

»Nein. Ich red nur so. Ich möchte wissen, was du tun würdest.«

Er gab ihr keine Antwort, holte tief Atem. In seinem Herzen wuchs auf einmal eine große Angst; und diese Angst war unerbittlich wie die Kälte, hart und schmerzhaft, und das Herz in der Brust war plötzlich ein Würfel und hatte zwölf Kanten und acht scharfe Ecken.

»Oder nimm an, er würd es dir selber erzählen! – Würdest du ihm die Freundschaft aufkündigen? – Und wärst du fähig, ihn zu denunzieren? – Was würde dir mehr bedeuten? Die Freundschaft oder das Recht?«

Sie blieben stehen, wandten sich dem Graben zu. Sie hatten nun freie Aussicht auf das Gebirge.

»Nun?« fragte Hilde.

Jerschek zuckte die Achseln.

»Ich würde ihm nahelegen, sich den Behörden zu stellen.«

»Und wenn er das nicht täte?« fragte sie so dicht in seinem Rücken, daß er ihren Atemhauch im Nacken spürte. »Wenn er, zum Beispiel, nach wie vor davon überzeugt wär, daß das, was er getan hat, ganz richtig war?«

Wieder blieb er ihr die Antwort schuldig. Aus schmalen Augen sah er in die helle Nacht hinaus. Das Gebirge funkelte über den Schneeflächen wie ein Kristall, und aus dem Schwarz der Wälder züngelte der Staub in kalten, weißen Flammen in den Himmel auf.

»Schau!« sagte Hilde. »Auch das Gebirge hat ein Gesicht! Ein alter Mann. Er liegt auf einer Bahre. Siehst du ihn? – Der Gipfel ist seine Nase; die Augen sind zu. Er ist tot. – Oder er stellt sich nur tot. Oder er schläft. – Dem ist alles vollkommen Wurscht . . .«

»Mir nicht«, sagte Jerschek.

»Mir auch nicht«, sagte sie. »Weißt du eigentlich, daß ich dich liebhab? Und mit einem Schlag wird alles aus sein«, sagte sie. »So wie das eingeschneite Gebirge müßte man werden.«

Als hätten sie bereits zu viel gesehen, kehrten sie sich ab und gingen weiter. Sie folgten noch zweihundert Meter der mondhellen Straße und stiegen dann links durch die Bäume zur Villa hinan. Hilde war jetzt um etliche Schritte voraus. Sie durchstampfte den Schnee, als habe sie sich zu etwas entschlossen. Den Haustorschlüssel hatte sie aus der Tasche gezogen und hielt ihn bereit. Leise sang sie ihren Lieblingsschlager vor sich hin:

»Mein Freund Johnny liebte eine Dame,
die war schlecht, wie manche Damen sind;
Fräulein Lilly war ihr werter Name;
und mein Johnny war vor Liebe blind . . .«

Sie stampfte die Treppe hinauf, stampfte dabei mit Wucht den Schnee von den Stiefeln, stampfte auf, als wolle sie das Haus zum Einsturz bringen; die Stufen dröhnten, und die Fensterscheiben klirrten. Dann trat sie zugleich mit Jerschek in die Veranda, in der sich inzwischen das Mondlicht breitgemacht hatte. Sie sperrte auf und öffnete die Tür. »Komm, ich will dir etwas zeigen«, sagte sie.

Jerschek, der ihr auf den Fersen in das Dunkel folgte, bemerkte, daß sie trotz der Kälte plötzlich wieder ihren Raubtierduft verströmte, einen Weibs- und Schweißgeruch, der derart penetrant war, daß er sogar ihre dicke Steppjacke durchdrang.

Sie ertastete die Streichholzschachtel. Sie zündete die Kerze an; sie nahm den Leuchter. Ihr Schatten stand auf einmal wie ein Riese im Gebälk und reckte sich; doch fiel er jäh zusammen, als sie nun den Leuchter hob.

Sie fragte: »Hast du jemals was von Hel gehört?«

»Hel? Moment – das ist doch irgendeine üble Gottheit, eine heidnische.«

Sie öffnete mit einem Ruck die Tür zum Speisezimmer. »Die Todesgöttin der Germanen«, sagte sie.

»Ihr Saal heißt Elend, Hunger ihre Schüssel, Gier ihr Messer, heißt es in der Edda.« Das Licht vor der Zugluft schützend, ging sie voran. »Einsturz ihre Schwelle«, sagte sie schneidend. »Ihr Bette Kümmernis, ihr Vorhang dräuendes Unheil.«

Jerschek war nun gleichfalls eingetreten. Er sah sich um, als sei er in ein fremdes Haus geraten; oh, dies Mordhaus! Deutlich spürte er, daß aus der Finsternis des Zimmers etwas auf ihn zukam – auf ihn zukam mit dem schwarzen Anhauch, unter welchem sich die Kerze duckte. »Muß eine reizende Frau sein«, sagte er mühselig scherzend, denn – weiß Gott! – das hatte ganz anders geklungen als ihre Wagnerzitate! Und war es schon der üble Mundgeruch der Göttin, den er spürte, oder nur das Grauen, das aus jenen modrigen Löchern hauchte? ›Wessen Schwelle hab ich überschritten, Schwester?‹ dachte er und sah nun dort drüben die Löcher, wie Mäuler voll fauliger Zähne. ›Bin ich dir in die Falle gegangen? Hebst du den Vorhang? Soll das Haus der Asen über uns zusammenstürzen? He?‹

Fast sah es so aus. Sie trat vor das Bücherregal, vor die Mauer aus Vergangenheit und staubbedecktem Altpapier, hockte sich in schlichter Landarbeiterinnenart dort nieder, wobei sie ihren Leuchter auf den Boden vor die schwarzen Löcher stellte. Sie sagte: »Wie sie selber ist, das weiß ich nicht. Aber ihre Helferinnen zeig ich dir.« Gespannten Rockes, saß sie auf ihren Fersen, auf ihren eisenbeschlagenen Stöckeln inmitten der Fäulnis und durchforschte mit fahrigen Fingern und eingekniffenen Augen das unterste Fach. Dabei begann sie abermals zu singen, nicht eben laut, aber sehr deutlich akzentuierend und mit einer Stimme, die auf einmal schrill klang wie die Stimme eines kleinen Kindes, das sich Mut zu machen hofft, indem es lärmt:

»Eines Nachts doch hat er sie gefunden,
splitternackt bei einem Herrn im Schrank,

Johnny sagte: Nein!
So was darf nicht sein!
Und er zog die Knarre blank!«

Mit energischem Ruck riß sie ein Buch aus der Reihe. Dann griff sie nach dem Leuchter und erhob sich wieder. »Schau her!« Sie trat an den Tisch; sie setzte den Leuchter hin, dann schlug sie das Buch auf. Zwischen den Seiten erschien eine schäbige Photographie.

Sie fragte: »Wie gefallen dir die Mädels da?« Sie nahm das Photo aus dem Buch und hielt es in den Schein der Kerze. Jerschek beugte sich unwillig vor und sah, was es zeigte: Uniformierte Weibsbilder glotzten ihn an. Man hätte sie für Wehrmachthelferinnen halten können; neckisch trugen sie das Schiffchen rechts auf ihre Lockenköpfe hingepickt, und die meisten waren jung und leidlich hübsch und leidlich fesch, das heißt, sie sahen aus, wie durchtrainierte Weiber dieses Alters eben aussehen. Aber das, was aus der Kälte und der Finsternis des Zimmers auf ihn zukam, das Entsetzliche, von dem er nun schon ahnte, daß es unabwendbar sein würde, bewog ihn sogleich, nach etwas verzweifelt zu suchen. Jedoch: Vergeblich: Nein, er fand es nicht; er fand es nicht an jener Stelle, wo es hätte sein müssen – und:

»Wo haben die das Hoheitszeichen?«, fragte er gewürgt.

»Auf dem Schiffchen«, sagte Hilde. »Siehst du doch.«

»Und auf der Jacke haben sie keines?!«

»Doch«, sagte sie – und dann im Befehlston: »Du sollst dir die Gesichter anschauen, nicht die Uniformen!«

Er schnappte nach Luft. Er fragte: »Wo haben sie's denn? – Ich sehe es nicht. – Auf der Brust haben sie's nicht . . .«

»Gefallen sie dir?«

»Nicht übermäßig. – Haben sie das Vogerl etwa auf dem Ärmel? He?«

Und sie: »Könntest du dich in keine von denen verlieben?«

»Kaum«, sagte er.

»Stell dir vor, eine von denen wäre deine Freundin!«

»Haben sie das Hoheitszeichen auf dem linken Ärmel?« fragte er.

»Die große Schwarze da, die Erika, die ist doch hübsch! Und ganz dein Typ.«

»Ich finde sie alle zum Speien. Was sind das für Weiber?! Na sag schon!«

Sie starrten einander an, atmeten keuchend. Hildes Lippen waren von einem abscheulichen Lächeln verzerrt. »Eine von ihnen hätte dir sicher gefallen«, sagte sie langsam. »Die Adjutantennutte, wie man sie genannt hat. – Sie ist auf dem Photo nicht drauf, weil sie geknipst hat. Sie war die jüngste und die sportlichste und auch die tüchtigste von allen. Sie war Scharführerin. Hildegard Brunner hat sie geheißen. Und – du hast schon recht – das Hoheitszeichen war auf ihrem linken Ärmel.«

Mit Händen, die wie Flügel flatterten, zog sie eine Packung Zigaretten aus der Tasche; jedoch nur mit Mühe gelang es ihr schließlich, sich eine zu nehmen und sie an der Kerzenflamme anzurauchen.

»So! Jetzt weißt du alles«, sagte sie. »Jetzt hab ich kein Geheimnis mehr vor dir. Ich war Mitglied der SS; jetzt weißt du es. Aufseherin in einem KZ, Helferin Hels.«

Jerschek steht, schwer auf den Tisch gestützt, da und stiert auf das Photo; stiert auf das Photo, ohne die zwölf oder dreizehn Gesichter noch länger zu sehen. »Du Ungeheuer!« flüstert er starr vor sich hin. Dann richtet er sich auf und kehrt sich mühsam seiner Schwester zu. – Den Kopf in den Nacken gekippt, lehnt sie dort hinten am Ofen. Ihre Augen gleichen im Schatten der Lider und Wimpern verhangenen Fenstern. Langsam bläst sie den Rauch in das Dunkel empor. Und hin und wieder klappern ihr die Zähne aufeinander.

»Du Ungeheuer!« flüstert er aufs neue. »Hast du . . .« (er weiß schon, was sie ihm antworten wird; er will es nicht hören; was fragt er sie also?) ». . . hast du jemanden getötet?« fragt er flüsternd.

Sie bläst langsam den Rauch in das Dunkel – und »Ja«, sagt sie tonlos.

Den Blick auf sie gerichtet, weicht er nach der Tür zurück. Seine Beine sind auf einmal wie aus Watte, sind wie abgestorben.

»Du machst es mir nicht leicht, geliebte Schwester«, flüstert er.

Und sie (genauso): »Ich will nicht, daß du es leicht hast. Ich will einen Mann.«

Und er: »Ich hab dein Blut getrunken, Schwester! Fürchtest du nichts?«

Und sie: »Ich weiß. Mein Raubtierblut hast du getrunken, Bruder. Und jetzt wird etwas Gräßliches geschehen, etwas völlig

Absurdes: Abel wird Kain erschlagen. Auch Abel wird zum Mörder werden.«

Sie hört die Tür zuklappen, schließt die Augen, und – da ist das Bild! Da ist es wieder unter ihren Lidern! In Häftlingskleidern, das Haar kurzgeschnitten, steht sie vor sich, steht sich auf der leeren Lagerstraße zwischen den verlassenen Baracken plötzlich selbst gegenüber.

Sie fragt: »Wieso bist du blond?«

»Weil es Gott so gepaßt hat«, erwidert die Jüdin.

»So! Es hat ihm gepaßt! Aber mir paßt es nicht. Hast du verstanden? Jüdinnen haben nicht blond zu sein; das bestell deinem Gott! Das bestell dem Gott der Wanzen und der Läuse!«

Und die Jüdin: »Er ist auch der Ihre, Frau Unterscharführerin; es gibt nur den einen. Er hat Sie erschaffen und auch mich.«

»Und uns Deutsche hat er in seinem Zorn erschaffen. Das willst du doch sagen!«

»Nein. – Aber sein Zorn ist schrecklich. Lästern Sie nicht!«

»Sein Zorn gilt euch, dem auserwählten Volk«, sagt Hilde. »Denn ihr seid der Schönheitsfehler, der Konstruktionsfehler in seiner Schöpfung – hast du verstanden? Und wenn er, wie du meinst, auch uns erschaffen hat, dein Jahve, dein Jehova, dann hat er es getan, damit wir seine Schöpfung korrigieren und ein wenig umbauen.«

In diesem Moment vernehmen sie beide ein fernes Gepolter und lauschen.

»Dein Gott!« sagt Hilde grinsend.

»Nein«, sagt die Jüdin, »nur ein Gewitter. – Oder«, sagt sie, »die Artillerie der Roten Armee.«

»Bild dir nichts ein!« schreit Hilde. »Die kommt hier nicht her, deine Rote Armee! Niemals!! Verstehst du?!«

Sie schaut sich um. Leer ist die Straße. Nirgends ein Zeuge. Sämtliche Kommandos ausgerückt. Auch der Posten auf dem Wachtturm kann nicht hersehen – niemand – nichts: Grelle Sonne und Schwärme von surrenden, bläulich schillernden Fliegen in einem Pesthauch, sonst nichts. Sie ballt die Fäuste um die Hundepeitsche, reckt das Kinn vor. ›Jetzt!‹ denkt sie. ›Jetzt! – Jetzt ist der Augenblick da!‹ Und plötzlich fühlt sie ihren Schweiß in wüsten Bächen an sich niederstürzen, in die Uniform, in das Hemd, das schon zum Auswinden reif ist, und in diese hohen, heißen, wasserdichten Stiefel, oh, pfui Teufel!

Sie sagt: »Ich hab einen Mann gehabt, einen herrlichen Burschen, er ist gefallen, vor dem Feind gefallen. Weißt du, was das heißt, du Jüdin?! – Für Deutschland ist er gefallen, für eine bessere Welt, eine Welt ohne Juden! Du aber bist noch am Leben. Ich finde das unrecht.«

Die Jüdin starrt sie mit entsetzten Augen an. In ihrem geschorenen Blondhaar glitzern die Tropfen.

»Auch ich hab meinen Bräutigam verloren«, flüstert sie.

»Nur war deiner Jude und der meine war Arier, das ist der Unterschied«, sagt Hilde.

Unvermittelt hebt sie ihre Peitsche und holt aus. »Hau ab!« zischt sie. »Renn, feiges Luder! Verschwind!« und führt schon über den ihr eilends zugekehrten Rücken einen Hieb, der der Jüdin das gestreifte Zeug in Fetzen von der Schulter fegt. Dann wirft sie die Peitsche weg und reißt die Pistole heraus; sie entsichert sie, sie lädt sie blitzschnell durch – und »Halt!! Stehenbleiben!!« schreit sie mit einer auf einmal weithin schrillenden Stimme und jagt der Fliehenden acht Projektile nach.

Auf der Flucht erschossen, wird es heißen – aber nein! Die Jüdin ist stehengeblieben; sie wendet sich her. Keuchend steht sie dort drüben in einer Wolke aufgewirbelten, rötlichen Staubes und wartet und starrt, eine Lichtgestalt in einer Aureole!

Hilde, rasend über die Provokation und rasend vor Scham, daß sie ihr Spottbild, ihr Spiegelbild achtmal verfehlt hat, marschiert mit großen, ungestümen Schritten durch den Staub, der kupfern auf sie niederrieselt, wobei sie die Pistole wieder in die Tasche stößt. »Na wart, ich will dich lehren, wer mein Gott ist!« schreit sie schon von weitem. »Damit du nicht am Ende glaubst, daß wir Geschwister sind, du freches Aas, du Judensau!!« Und plötzlich erkennt sie am äußersten Rande ihres Bewußtseins, daß sie sich soeben selber nachgeschossen hat, erkennt, daß sie mit großen Schritten auf sich selber losmarschiert, erkennt, daß sie selber dort vorn in der kupferig glitzernden Wolke paratsteht.

Dann aber ist sie da und atmet diesen beißenden Fäkalgestank, der ihr jäh die Tränen in die Augen treibt, und hat nun die Jüdin gepackt und dreht ihr den Arm um und hört deren Aufschrei, als schreie sie selber, und sieht sie schreiend, wirbelnd, fast kopfüber in den eklen Graben stürzen und springt ihr schon nach – tollwütig mitten hinein in den Pfuhl – und die Welt verschwindet hinter einer hohen, braunen Dreckfontäne.

V

Erstarrt vor Kälte, gleichsam eingefroren in seinen Kleidern, fand er sich nach dieser wüsten Nacht am Morgen wieder. Wie er abends hingefallen war, so lag er jetzt noch da; nicht ein einziges Mal hatte er seine Lage geändert. Und dennoch, was er nun sah, war offenbar nicht mehr seine Kabuse; das war ein ihm völlig fremdes, ein wildfremdes Zimmer! Die Kulissen waren im Schutze der Dunkelheit ausgetauscht worden; ein ebenso geheimer wie geheimnisvoller Umbau hatte stattgefunden. Hatte dieser Ofen je so ausgesehen, hatte dieses Fenster je so ausgesehen? Und dort, die Kommode! – War die schon immer so schäbig gewesen? Und war sie überhaupt an diesem Platz gestanden? – Das erste Tageslicht wurde vom Schnee an die Decke geworfen und versah den Raum mit einer kalten, grauen Dämmerung. Was schreiben wir für einen Tag und welches Jahr und welchen Monat? Draußen liegt Schnee, also wird es wohl Winter sein! – ach ja! – Es ist Christtag!

Captain Jerschek versucht, sich aufzurichten; es geht nicht. Erfroren ist Marius in den germanischen Wäldern: eingefroren in einem gewaltigen Eisblock. Oder ist es Quintilius Varus, was da auf dem Bett liegt?

Jetzt hört er ihre Schritte auf der Treppe: Schwer und müde stampft sie die Stufen herauf. Dann tritt sie mit der Schürze voller Brennholz und dem Aschenkübel ein und wendet sich sogleich dem Ofen zu.

Sie nimmt die Asche aus, was einige Sekunden dauert; dann hält sie inne, richtet sich ein wenig auf – und »Hast du gut geschlafen?« fragt sie provokant. »Was Schönes geträumt?« Abgewandt wartet sie ab, erhält jedoch keine Antwort. Also beginnt sie, erst Zeitungspapier, dann Holz in den Ofen zu stopfen. Sie sagt: »Ach so! Du sprichst nicht mehr mit mir. Verstehe!« Und als sie auch daraufhin keine Antwort erhält: »Aber daß ich heize, hoffe ich, erlaubst du!«

Jetzt fängt Captain Jerschek an, sich zu erwärmen. Das Eis, darin er eingefroren ist, scheint wegzuschmelzen. Er ist nun imstande, den Kopf zu bewegen, den Kiefer, die Hände. Er schluckt ein paarmal und löst die vertrocknet am Gaumen klebende Zunge.

»Stell dich dort hin!« sagt er mit einer ihm selber unbegreiflichen Ruhe. Und nun gelingt es ihm, sich langsam aufzurichten.

Immer noch kniend, lugt Hilde über die Schulter. »Warum?« fragt sie lauernd.

»Tu den Schürhaken weg und stell dich dort hin! Dort! Vor den Tisch!«

Seine Stimme ist leise, dafür aber eisig und scharf. Eine Stimme ist das, der man als Soldat gehorchen muß. Von ihr erschreckt (oder auch hypnotisiert), tut Hilde Brunner also, was er ihr befohlen hat; sie legt ihren Schürhaken hin, steht willenlos auf und folgt der Richtung, die ihr Jerscheks Kopfbewegung anzeigt. Dann dreht sie sich her und wartet nun jenseits des Tisches, jenseits der Schranken, mit Augen, die vor Grauen immer größer, immer dunkler werden.

Jerschek hat sich nun vollends von seinem Lager erhoben. Er setzt sich an den Tisch. Er legt die Hände auf die Platte. »Also«, sagt er. »Fangen wir an, Fräulein Brunner! Das Verfahren ist eröffnet, Brunner Hildegard!«

Sie wirft trotzig den Kopf in den Nacken, schleudert das Haar aus der Stirn.

Und Jerschek: »Stimmt das, was du mir gestern erzählt hast?«

»Ja«, sagt sie. »Leider.«

»Du hast einen Menschen getötet.«

»Ja. Einen weiblichen Häftling.«

»Und warum?«

»Es hat so sein müssen«, sagt sie kalt.

»Hat man es dir befohlen?«

»Sie war renitent.«

»Also hat es nicht so sein müssen! He!«

»Ich war dazu berechtigt, und es hat sich so ergeben.«

»Und anderer Motive hat es nicht bedurft?«

Er lehnt sich zurück und faltet die Hände über den Knien. »Oder hat dir eine Abschußprämie gewunken?«

»Ich hab nur meine Pflicht getan und meinen Dienst versehen!« schreit sie wütend. »Wär's nötig gewesen, so hätt ich auch zehn oder zwanzig von denen erledigt.«

›Das kann doch nicht die Tochter meiner Mutter sein. Nicht einmal die Tochter des Herrn Ingenieurs‹, denkt Jerschek. Er fragt: »Wo war das?«

Und sie: »In einem KZ! Wo denn sonst?!«

»In welchem?«

»Ist ja egal. Kennst es ja eh nicht. Was willst du?! – Soll das ein Verhör sein, oder was?!«

Jerschek beugt sich vor und starrt ihr in die Augen. »Das ist ein Verhör«, sagt er drohend. »Nimm das zur Kenntnis!« Und dann (noch immer mit herabgeschraubter Stimme): »Los! – Den Namen des Lagers möchte ich wissen.«

Sie tut empört: »Wie redest du mit mir!«

»Dienstlich, mein wackeres Mädchen. Im Augenblick dienstlich. Erkenne das in mir, was ich von heut an für dich bin: ein alliierter Offizier, der dich vernimmt.«

»Th! Der mich vernimmt! Mit welchem Recht?!«

»Mit dem Recht, das ihr vertan und für alle Zeit verloren habt!«

»Ich glaube, eher mit dem Recht des Stärkeren!«

»Auch das«, sagt Jerschek. »Auch das, mein wackeres Mädchen!«

Er sieht den Schweiß auf ihrer Stirne glänzen, sieht ihn herabrieseln über ihr graues, verzerrtes Gesicht, sieht auch das ungeheure Zittern, das an ihren Knien rüttelt, und spürt entsetzt den unerträglichen Geruch, den sie mit einem Mal um sich verbreitet. Nun stemmt sie die Fäuste gegen die Hüften, wechselt das Standbein; dann macht sie eine unanständig schlenkernde Bewegung mit dem Unterleib – und »Laß mich laufen!« sagt sie, indem sie verzweifelt zu lächeln versucht. »Ich helf euch, wenn es nötig wird, die Kommunisten killen.«

Das reicht ihm. Er schlägt mit der Hand auf den Tisch und springt auf. »So! Jetzt ist der Spaß zu Ende«, sagt er ruhig. Er geht um den Tisch herum; er faßt Hilde ins Auge. Und plötzlich: »Steh stramm!!! Nazi-Mensch!!! Zeig, was du bei deinen Verbrechern gelernt hast!!!«

Sie weicht zurück, denn seine Stimme fährt auf einmal wie ein Degen auf sie zu, schmal und blitzend: blanker, scharfgeschliffener Stahl.

»Vergiß nicht, Gottfried, daß ich eine Frau bin!«

»Das hast du selbst vergessen! Ich vergesse es nun auch! Na, wird's bald?!!«

Es wird: Schon nimmt sie Haltung an! Da steht sie schon: Die Knie durchgedrückt, die Hände an der Rocknaht, jämmerlich. Das Anschreien ist ihr direkt in die Glieder gefahren; die Stimme der Macht schlägt ihr noch heute die Hacken zusammen.

Jerschek kehrt zu seinem Stuhl zurück und setzt sich wieder. Er fragt: »Wann bist du Mitglied der SS geworden?«

»Oktober zweiundvierzig.«

»Freiwillig?«

»Ja.«

»Und hast du damals schon gewußt, was das bedeutet?«

»Selbstverständlich.«

›Damals war sie zweiundzwanzig oder dreiundzwanzig‹, denkt er, und er fragt: »Hat dich dein Freund, dein Ordensjunker, dazu animiert?«

»Ich wollt mit ihm zusammensein«, sagt sie. »Und ich wollt für Deutschland und den Führer etwas leisten«, sagt sie.

»Also hat auch er im Lager Dienst getan.«

Sie schweigt.

»Gib Antwort!!«

»Er hat schlappgemacht. Er hat sich an die Front gemeldet.«

»Aber *du* bist festgeblieben.«

»Und schwanger gewesen! Und eine Hure geworden!«

»Und befördert worden.«

»Juli dreiundvierzig und Oktober vierundvierzig«, sagt sie stolz.

»In welchem Lager war das?«

Wieder schweigt sie.

»Bist du immer im selben oder in mehreren Lagern gewesen?«

»In mehreren«, sagt sie.

»In welchen? Zähl sie auf!«

Sie beißt sich auf die Lippen.

»Auschwitz? Bergen-Belsen? Ravensbrück?«

Sie schweigt.

»Was waren deine dienstlichen Obliegenheiten?«

»Gewöhnlich habe ich Außenkommandos geleitet.«

»Was haben die tun müssen?«

»Arbeiten«, sagt sie. »Was sonst?! – In Fabriken. In der Landwirtschaft. Beim Straßenbau.«

»Hast du geprügelt?«

Schweigen.

»Los!«

»Wenn's nötig war, ja. Genau wie die andern.«

»Womit?«

»Mit einer Hundepeitsche oder mit der Koppel!« schreit sie. »Ist das wichtig?!«

»Wo hast du denn diesen Herrn Hindler kennengelernt?«

Sie zögert Sekunden.

»In Graz?«

»Ja.«

»Also nach Kriegsende.«

»Ja.«

»Er hat mir erzählt«, sagt Jerschek, »ihr hättet euch ›draußen‹ kennengelernt, noch während des Krieges. Du wärst ein entzükkendes Blitzmädel gewesen.«

Sie reißt die Augen auf: »Das hat er gesagt?! – Dann ist er verrückt.«

»Er war wohl dein Vorgesetzter?«

»Nein!!« schreit sie. »Nein!«

Jerschek lehnt sich erschöpft im Sessel zurück. Er sagt: »Man wird dich hängen, wackeres Mädchen. Ein schwarzer Glacéhandschuh wird dir unter das Kinn fassen, wackeres Mädchen. Das wird sich nicht abwenden lassen. Schade um dich.«

Und dann: »Wann hast du deine Heldentat getan?«

»Vierundvierzig.«

»Bitte genau!«

»Ende August, Anfang September.«

»Und im Oktober warst du schon Scharführerin! Ein tüchtiges Mädchen!«

»Ja!« schreit sie. »Weil ich gefickt hab!! Weil ich herumgehurt hab!!«

»Mit Herrn Hindler und Konsorten! Was?!«

»Mit jedem, der mir hineingepaßt hat!! Ich könnt sie nicht aufzählen!«

»Du wirst sie aufzählen!! *Brünnhilde!! Heilige Braut!!* Verlaß dich darauf!!«

»Niemals!!! Eher beiß ich mir die Zunge ab!!!«

Sie haben plötzlich wütend aufeinander losgebrüllt. Nun sind sie jäh verstummt. Sie ringen nach Atem. Und während sie nach Atem ringen und einander anstarren, wird das Schweigen zwischen ihnen eine riesenhafte, weiße Blase, die sich aufbläht.

Jerschek bricht es als erster, bringt es zum Platzen. Er fragt (und seine Stimme ist nun wieder eisig): »Weißt du, was Zyklon-B ist? – Niemals gehört –?« Er beugt sich vor und blickt gespannt auf seine Schwester. Hilde schwankt; sie senkt die Augen, senkt die Lider und erstarrt.

»Doch«, sagt sie leise. »Blausäure: Giftgas – zum Wanzenvertilgen.«

»Und was habt *ihr* damit vertilgt? – Na, sag schon!«

»Die Juden und die anderen, die Untermenschen.«

»Hast du das jemals erlebt?«

»Ich habs mehrmals erlebt.«

»Und? – Was hast du dir dabei gedacht?«

»Ich hab zu meinem Gott um Kraft gebetet.«

»Du hast ja keinen.«

»Doch. Ich habe einen Gott.«

»Und weißt du, was ›Topf & Söhne‹ in Erfurt erzeugt hat?«

»Ja! Verbrennungsöfen!« schreit sie. »Für die Krematorien!«

»Hast du einen solchen Ofen selbst gesehen?«

»Gesehen nicht!« schreit sie. »Aber gerochen hab ich sie alle!!!«

»Wo?!«

Sie schweigt.

»In Auschwitz?«

Sie schweigt.

»In Majdanek? – Sobibor? – Belzec?«

Sie schweigt.

»Buchenwald! – Flossenbürg! – Kulmhof!«

Sie schweigt.

»In Treblinka! – Litzmannstadt! – Riga!«

Sie schweigt.

»In Bergen-Belsen! – Oder doch in Auschwitz? – Oder doch in Ravensbrück?«

Sie schweigt.

»Oder doch in Sobibor?«

Sie schweigt.

»Bis zu zwanzigtausend hat man dort pro Tag vergast. Ganz tüchtig! Was?! – Oder doch in Treblinka?«

Sie schweigt.

»Immerhin hat es dort dreizehn Gaskammern gegeben. – Oder in Minsk? – Oder in Plaszow oder in Chelmno?«

Sie schweigt.

»Oder in Theresienstadt? – In Pappenburg? In Sachsenhausen – he? – In Landsberg! Dachau! Neuengamme! Nordhausen! Großrosen!«

Wie Hammerschläge läßt er die zahllosen Namen des Schrekkens, das lange Verzeichnis der Schande auf ihren Kopf niederprasseln; und unter jedem der schrecklichen Namen zuckt sie zusammen und taumelt, als erhalte sie wahrhaftig Hammerschläge auf den Kopf. Doch plötzlich dreht sie sich weg, hält sich die Ohren zu, krümmt sich. »Hör auf!!!« schreit sie gellend. »Hör auf!!! Das nimmt ja kein Ende! Tote! Tote! Tote! Überall Tote!! Wo ich hinschau, seh ich ihre schwarzgefleckten Leiber näher kriechen! Als glitschige Waldschnecken kriechen sie hinter mir her und werden nicht müde! Das verfolgt mich wie ein kilometerlanger Zug von Aas und kreist mich ein! Sie sterben immer noch! Sie sterben täglich, stündlich, in jeder Sekunde! Aus der Stille hör ich ihr Gebrüll wie ein Gebirge wachsen! Unsere Berge sind Berge von Toten!! Verstehst du?! Die Wintersportler rutschen von Leichenbergen herunter!! Verstehst du?! Und manchmal stinkt die ganze Gegend nach verbranntem Fleisch!! Und ich selber stinke nach verbranntem Fleisch!! Und manchmal glotzen sie mich alle miteinander an mit ihren leeren Höhlen, als sei ich selber tot, als würde ich mich selbst im Spiegel anstieren.«

Mit aufgerissenen Augen ist Jerschek dem Ausbruch gefolgt, dieser Explosion, die kein Theater war, weiß Gott nicht! Mit weitaufgerissenen Augen starrt er auf seine Schwester, und sie erscheint ihm auf einmal wie in zwei Teile zerrissen.

Er schaltet also um; er fragt: »Wer war die Frau?«

»Was für eine Frau?«

»Die du ermordet hast!«

»Ach so.«

»War es eine Jüdin?«

»Ja«, sagt sie müde.

»Eine alte, kranke Frau.«

»Nein, sie war jung.«

»Klein und schwach.«

»Nein, sie ist groß gewesen und kräftig und noch dazu blond; und ihre Augen waren blau wie meine«, sagt sie. »Und sie hat sie nicht abgewandt und nicht niedergeschlagen. Und sie hat sich nicht geduckt vor meiner Peitsche«, sagt sie. »Sie war wie ich! Ich habe sie gehaßt! Sie hätte meine Zwillingsschwester sein können.«

Jerschek blickt gebannt in ihr verfallenes Gesicht, aus dem ihn plötzlich Esther anzustarren scheint. »Wie hast du sie getötet?« fragt er leise.

Hilde schweigt.

»Hast du sie erschossen? – Hast du sie erschlagen?!«
Hilde schweigt.
»Nun?«
»Ich wollt sie erschießen. Ich hab sie verfehlt.«
»Und weiter?!«
»Ich . . .«, sie zögert. »Ich hab sie in einen Latrinengraben gestoßen . . .«, flüstert sie dann.
»Und?!!«
»Dann bin ich ihr nachgesprungen. Und hab ihr den Fuß in den Nacken gesetzt«, flüstert sie keuchend. »Und hab ihr das Gesicht so lange in den Dreck gedrückt, bis sie erstickt war.«

Captain Jerschek preßt die Lippen fest zusammen. Ihm ist auf einmal totenübel – oh, verflucht! Er richtet sich auf; die Kabuse dreht sich mit ihm, und die ganze Villa neigt sich unter ihm zur Seite, wie ein Schiff, das sinkt. Nur Mut! Er klammert sich rasch an der Tischkante an. ›Ich hab doch . . .‹ Das Fenster huscht kreisend vorbei und bleibt dennoch am Fleck. ›Ich hab doch da . . .‹ Nun kriegt er die Lehne des Sessels zu fassen und hält sich daran fest. ›Ich hab doch da eine Pistole gehabt. Natürlich! Im Kasten.‹

Taumelnd, als sei er betrunken, geht er zum Schrank. Das Haus wird gleich kentern, wird gleich kieloben treiben; aber nur Mut! Er öffnet die Schranktür, zieht seine Reisetasche hervor, holt dann aus dem Hosensack den Schlüsselbund und öffnet sie. Er bewegt sich steif und langsam wie ein alter Mann, das fällt ihm auf; und den Magen fühlt er nun unmittelbar unterm Kehlkopf. Die Erde beginnt zu sinken: Nacht bricht herein, und die Villa sackt mit ihm ins Bodenlose ab.

Da ist die Pistole! Vom Grunde der Tasche blinkt sie herauf: Stahl: Nachtblau: Unterweltssonne: finsteres Licht! Seine tastenden Finger berühren das kalte Metall. Es war ein alter Mann mit einer schwarzen Binde überm Aug. Dann hält er die Pistole in der Hand, und seine Übelkeit hört plötzlich auf. Die Pistole! – Das ist sie; er fühlt und erkennt ihre stählerne Kälte: Blau der Arktis! Blau der Eisberge! Blau der Polarnacht! – Er entsichert sie; er lädt sie durch. Dann wendet er sich wieder seiner Schwester zu. Er blickt sie an; er faßt die Pistole beim Lauf. Er sagt: »Ich habe dich zum Tod verurteilt. – Bitte!«

Er hat die Waffe auf den Tisch gelegt; nun tritt er, Hildegard den Rücken kehrend, an das Fenster; und während er hinausstarrt in das weiße Nichts da draußen, hört er wie aus weiter Ferne Hildes Stimme:

»Hübsches Ding. Ein Browning. Nicht wahr? – Hübsch! Handlich! Prima! Liegt gut in der Hand. – Aber wenn du glaubst, daß ich mich jetzt erschießen werde, irrst du dich. Ich habe keinen Grund, mich zu erschießen.«

Weiße Wüste. Wüste der Gleichgültigkeit. Weißes Gesicht! Gebirge, das uns an uns selbst zurückverweist! Erstarrt blickt Jerschek in die weiße Wüstenei hinaus und hört in seinem Rücken Hilde weitersprechen.

»Ich habe einmal einen Eid geschworen. Und ich habe diesen Eid bis heut gehalten: Ich werde *dich* erschießen, Bruderherz, nicht mich. Denn du bist nach wie vor für mich ein Hochverräter.« Dann hört er sie die Eidesformel sprechen: »Ich schwöre dir, Adolf Hitler, Treue und Tapferkeit. Ich gelobe dir und den von dir bestimmten Vorgesetzten Gehorsam bis in den Tod, so wahr mir Gott helfe!« Er denkt: ›Macht sie Ernst? Will sie mich wirklich erschießen? Macht sie sich Mut? – Bitte sehr! Sie kann mir keinen größeren Gefallen tun. Ich sehe den Schnee: ich sehe das weiße Gebirge; ich warte. Ich hab nur noch *einen* Wunsch, nicht mehr leben zu müssen.‹

Er sieht, wie draußen von einer einsam stehenden Fichte ein wenig Schnee herunterfällt und einen Fetzen weißen Staubes in der Luft zurückläßt; und nun fühlt er auch, daß Hilde irgendwo dort hinten die Pistole hebt und sie wie spielend gegen seinen Nacken richtet.

»Glaubst du, daß ich's nicht fertigbring?« hört er sie flüstern. »Oder Angst hab, daß man mir dahinterkommen könnte? Das Haus liegt einsam, und der Winter ist verschwiegen. Die Wege sind verweht und unpassierbar. Da geht jetzt niemand: Niemand wird etwas hören. Und wer trotzdem was hören sollte, der wird es vergessen. Ein paar Skifahrer werden vielleicht einen Schuß hören: gut: warum nicht? Sie werden sich darüber nicht den Kopf zerbrechen. Ich werde dich draußen im Garten in aller Stille begraben, das kann ich ja schon. Ich werde hier im Haus das Blut aufwaschen. – Ich werde die Spuren löschen. – Neuer Schnee wird fallen. – Du bist abgereist. – Niemand wird nach dir suchen.«

Er aber steht noch immer abgewandt am Fenster.

»Ich warte«, sagt er.

»Ich auch«, sagt Hilde in seinem Rücken. »Ich warte, bis du dich umdrehst«, sagt sie mit bebender Stimme. »Ich will dich nicht von hinten niederknallen, Gottfried.«

Weißes Gesicht! Ich habe dich niemals gefürchtet. Im Gegenteil: Ich habe dein Geheimnis stets geliebt. Schweigender, du! Verborgener, du, in den Winterwäldern des Himmels! Großer Partisan, der mit dem Giftpfeil in der Bläue lauert!

Jetzt reißt er die Augen los, wendet sich um und blickt in den auf ihn gerichteten Pistolenlauf. In seinen Ohren beginnen die Hinrichtungstrommeln zu toben; konzentrisch kommen sie rings aus dem All auf ihn zu.

»Na?«

Er zweifelt nicht, daß sie es tun wird; und sie selbst scheint auch nicht dran zu zweifeln. Sie krümmt den Finger langsam um den Abzug. *»Helle Wehr, heilige Waffe!«* sagt sie beschwörend. Doch ihre Augen sind dabei weit aufgerissen; mit solchen Augen kann man nicht zielen, nicht einmal sehen. Und plötzlich beginnt sie am ganzen Leibe derart zu schlottern, daß sie die Pistole sinken lassen muß.

Jerschek steht, die starren Hände in den Hosentaschen, wartend da. Trommelwirbel! Wieder versucht sie es, bringt ihre Waffe wieder in Anschlag, nimmt sich zusammen – vergeblich: Ihr Arm fällt herunter, als sei er auf einmal gelähmt, und da steht sie: schlotternd, zähneklappernd, von heftigem Schluchzen geschüttelt: erledigt.

Dann Stille. Captain Jerschek löst ihr die Pistole aus der Hand. Er sagt: »Es ist gut. Die Sache geht nun den üblichen Weg.«

»Du zeigst mich an?!«

»An dem Tag, an dem du es selber von mir verlangst, zeig ich dich an.«

»Da kannst du lange warten.«

»Ich hab Zeit«, sagt Captain Jerschek ruhig.

Er hat die Pistole verstaut, die Schranktür geschlossen. Hilde Brunner kniet sich vor den Ofen in die Asche hin.

»Wehe den Besiegten!« flüstert sie.

»Wehe den Siegern«, sagt Jerschek, »wenn sie den Mut nicht aufbringen, euch zu vertilgen.«

In der folgenden Nacht, in der es aufs neue in eisigen Schauern zu schneien begann und im Haus nichts anderes zu hören war als das öde Geräusch der Zugluft in den erkalteten Öfen, träumte Captain Jerschek wieder einmal von der Invasion. Damals, als er bei dem Unternehmen »Overlord« dabeigewesen war, ein Mann, ein Leutnant, auf einem der über fünftausend Schiffe der Flotte, damals, als er das große Schreckliche miterlebt hatte, die Wirklichkeit nämlich, ohne sie allerdings nur für Sekunden durchschauen zu können, damals also hatte er Details gesehen und registriert: die aufgewühlte See, die tiefen Wolken, dann im Scherenfernrohr Pioniere, die in Vorstrand-Hindernissen hängenblieben und zerrissen wurden, auch zwei Landungsboote, die, von Unterwasserminen aufgeschlitzt, versanken. Und er hatte das pausenlose Gebrüll der Geschütze gehört und im Himmel das pausenlose Gebrumm der Bomberverbände; und aus alldem hatten sich seine früheren Träume zusammengesetzt und genährt, doch hatten sie niemals die Grenzen normaler Träume durchbrochen. Diesmal aber träumte Captain Jerschek völlig anders, und was er da träumte, nahm apokalyptische Ausmaße an; und nun durchschaute er die Maskentragende, die Wirklichkeit, von der er träumte, bis auf ihren Grund, und wurde eins mit ihr in einer wilden, höllischen Verzückung. Denn – wisset! – unvergänglich ist der Tag des Zornes und der Rache. Immer wieder wird er sich ereignen, wenn es not tut. Seht im Jenseits die Küste, aufgetaucht aus dem Dämmern des schrecklichen Tages, der sich ohne Gnade wiederholt bis an das Ende aller Zeiten! Schwankend erscheint sie im schwankenden Fernglas über der Kimm, Erde von Krankheit und eklem Ungeziefer befallen, angefressen vom Aussatz, geschwärzt von der Pest, schwarz von Verwesung: schwarz vom fetten Ruß der Krematorien! – Also fliegt auf, ihr Schwärme mordender Vögel, glitzernd und leuchtend! Steigt auf, ihr Jäger, ihr kühnen! Erhebt euch, ihr Bomberverbände mit tödlicher Last!! Bersten sollen die Mauern; aufprasseln sollen die heiligen Feuer, zu tilgen die Schmach!! Aufrecken soll sich der Rauch in schmutzigen, ockerfarbenen Wolken!

Und ihr auf den Kreuzern, Zerstörern und Schlachtschiffen, macht alles klar! Schwenkt die Gefechtstürme aus! Richtet die fünfzehnzölligen Langrohre gegen die Tollwut des Hochmuts!! Wieder angebrochen ist der längste Tag! – Five! – Four! – Three! – Two! – One!

Wotan macht Holz

I

Sportler kamen, denn es klarte auf. Über den gellenden Hängen gähnte auf einmal ein schwarzblauer Abgrund. Blondes Feuer schrie aus dem Flammenwerfer des Abgrunds ein grelles Geschrei und prallte gellend von den weißen Flächen ab. Daneben klang das Kriegsgeschrei der Sportler winzig und wie eingefroren in der harten Luft. Dennoch war es der einzige Laut, den man tatsächlich hörte; das Geschrei aus dem Abgrund hörte man nicht, das blendete nur. Ach ja, und in dem Weiß das dunkle Grün der Wälder! Die grüne Geduld der unter der Schneelast harrenden Bäume, die dunkle Beruhigung! Finger lugten aus den starren, weißen Ärmeln; sie sahen schwarz aus, doch sie waren immer wieder grün und voller Leben; und das Licht zersprang mit leisem Klirren in den Eiskristallen, zerfiel in sein Spektrum und löste sich in regenbogenfarbene Ekstasen auf.

Jerschek blinzelte ratlos in das Gefunkel der Landschaft, in der sogar die Schatten funkelten. Er atmete tief, den eisernen Ring um die Brust zu zersprengen. Denn die Luft schmeckte nicht nach Tod, sondern nach Aufbruch! Er ging umher; er kehrte heim; er ging wieder aus, und unverschämt begann ein neues Jahr zu blauen. Und manchmal betastete er den Stamm einer Fichte und fühlte, hier ist es: Unter der Rinde verbarg sich die grüne Geduld.

Dann, am vierten Jänner (einem Sonntag), kam Max Hindler wieder auf Besuch. Er hatte einen neuen Anzug, einen Steireranzug, an – ganz österreichisch! Und er erklärte, bis Dienstag, bis zum Dreikönigstag, bleiben zu wollen.

Dieser Sonntag aber war es auch, an dem Captain Jerschek plötzlich auf die verrückte Idee kam, den abgenommenen Christus wieder an seinem Platz anzubringen, ihn gleichsam abermals ans Kreuz zu schlagen, ihn wiedereinzusetzen (ungefähr wie in ein Amt) in den sonderbaren grauen Schatten, den er an der Wand zurückgelassen hatte, in diesen Staubschatten, der wie ein riesenhafter, gespenstischer Vogel lautlose Schwingen über der Villa ausbreitete.

Aus der einen Bodenkammer holte er also den hölzernen Leichnam hervor, aus einer anderen die alte, wackelige Leiter, aus einer dritten einige lange, verrostete Nägel und einen Hammer; dann stellte er die Leiter auf und machte sich ans Werk. Aber zwei Hände waren zuwenig, dies Werk zu vollbringen, das merkte er bald; man brauchte eine, um den Nagel anzusetzen, eine, um sodann die Hammerschläge gegen ihn zu führen, und zwei, um bei alldem den Leichnam in der entsprechenden Höhe zu halten! Was tun? Nach Hilde rufen? Oder nach Hindler? Er fand das eine ebenso geschmacklos wie das andere. Am besten war es wohl, zu resignieren und den Christus wieder in seine luftige Grabkammer zu legen.

Er hob ihn also auf und hielt ihn als ein riesenhaftes Fatschkind an die Brust gedrückt (vielleicht auch wie ein phantastisches Flugzeugmodell) und zögerte noch, als er auf der Treppe plötzlich Tritte hörte und schon Hildes und hernach auch Hindlers Kopf erscheinen sah.

»Was machst du denn für ein Gepolter?« fragte sie, und als sie gleich darauf erkannte, was im Gange war: »Ach, du liebes Kaffeehaus! Willst du ihn wieder aufhängen! Ja? – Na wart, wir helfen dir! Das bringst du doch allein nicht fertig.«

Sie kamen her und nahmen ihm den Christus aus den Armen. »Wir halten ihn hoch, und du nagelst ihn an«, sagte Hilde. »Steig auf die Leiter!« Was konnte man machen? Wahrscheinlich war es des Schmerzensmannes ewiges, unabwendbares Schicksal, von Mörderpranken angefaßt zu werden.

Während ihn Max Hindler langsam an der Wand emporschob, nahm Jerschek den Hammer zur Hand und stieg auf die Leiter, die schwankte und ächzte. »Höher!« sagte er. »Noch etwas! Halt! So ist es richtig.« Und dann zu Hilde: »Gib mir die Nägel herauf!«

Sie reichte ihm den ersten: »Bitte sehr!«

»Echt gotisch! Newahr?!« sagte Hindler unter ihm.

»Keine hundert Jahre«, sagte Jerschek mürrisch und begann, den Nagel in das linke Handgelenk des Schmerzensmannes einzuschlagen.

»Man sieht noch genau, wo er gehangen hat«, sagte Max Hindler.

»Ähnlich wie bei abgeräumten Uniformen«, knurrte Jerschek. »Bei denen kann man auch erkennen, wo das Hoheitszeichen war . . .«

»Gib acht, du haust daneben!« sagte Hilde.

Der Arm des Schmerzensmannes ließ ein krachendes Geräusch

vernehmen, und wo der Nagel eindrang, zeigte sich ein heller Riß. Jerschek hielt inne. »Verdammter Mist!« murmelte er.

»Weiter!« sagte Hilde.

»Nein. Lieber nicht.«

»Also dann rechts.«

Ohne hinzuschauen, griff er nach dem Nagel, den sie ihm heraufhielt, und wandte sich sodann dem rechten Arm des Schmerzensmannes zu.

»Bitte, etwas höher«, sagte er zu Hindler. »Noch ein wenig! Halt! Zuviel! – Jetzt stimmt es.«

Er begann, den Nagel durch das Holz zu treiben, doch da löste sich der andere, der auf der linken Seite, wieder aus der Wand.

»Zu kurz«, sagte Hindler. »Newahr?«

»Ach wo!« sagte Hilde. »Nicht tief genug drinnen!« Und dann zu Jerschek: »Hau zu! Sei nicht so ängstlich!«

Dieser hämmerte mit Vorsicht nunmehr wieder auf der linken Seite. Er sagte: »Ich muß Obacht geben, daß der Riß nicht größer wird.« Aus dem Leichnam kam ein greller Jammerlaut. »Ich glaub, der ganze Christus wird noch auseinanderfallen«, sagte Hilde.

Die Leiter haltend, stand sie hinter Jerschek, und ein unhörbares Lachen schüttelte sie plötzlich derart, daß er es in seinen Beinen als ein Beben spürte, welches sich von ihren Händen auf die Leiter übertrug.

»Lach nicht!« sagte er.

»Ich lach doch nicht.«

»Lacht sie oder lacht sie nicht?«

»Natürlich lacht sie«, sagte Hindler.

Und sie: »Entschuldigt schon, aber ich finde das Ganze saukomisch; kann mir nicht helfen: Hindi macht ein Gesicht wie eine Pieta.«

»Mein Glaube ist ja reichlich nebulos«, erklärte Jerschek. »Wahrscheinlich bin ich, wenn man es genau nimmt, ohnehin ein Atheist. Und ich bin ja auch, weiß Gott, nicht zimperlich. Aber wenn du so redest, wirst du mir maßlos zuwider.«

»Ja, wirklich!« sagte Max Hindler mit einigem Pathos. »Du könntest ruhig ein wenig frömmer sein! Nach der Kapitulation der deutschen Wehrmacht bilden wir Christen das letzte Bollwerk gegen den Weltkommunismus.«

Und Hilde: »Lächerlich! Der war doch selbst ein Bolschewik,

der Judenbub! Der soll uns vor dem Kommunismus schützen?! Der, mit seiner Gnade?!«

»Brauchst du keine Gnade?« fragte Captain Jerschek.

»Nicht, daß ich wüßte«, sagte Hilde. »Nur Gerechtigkeit, sonst nichts.«

In diesem Augenblick durchschnitt ein scharfer Peitschenknall die Luft; wahrhaftig, es klang, als habe ein Kutscher kunstgerecht mit der Peitsche geknallt; und – schau! – da hing der Gekreuzigte, neuerlich in zwei Teile zersprungen, an den zwei Nägeln, so, als habe ihn der Blitz ein zweites Mal gespalten; an dem einen Nagel baumelte die linke Hälfte mit dem Kopf, an dem anderen die rechte mit dem halben Hals, der Schulter und den Beinen; dann gingen beide Hälften an den Achseln aus dem Leim, fielen polternd zu Boden, und nur die Arme blieben als zwei Pendel an den Nägeln hängen.

Jetzt brach Hilde in ein wieherndes Gelächter aus. Sie bog sich, preßte, um sich nicht naß zu machen, die Schenkel zusammen. Und dann, nachdem sie wie eine Ertrinkende etliche Male nach Luft geschnappt hatte: »So! Jetzt können wir ihn tatsächlich verheizen! Jetzt ist er Brennholz!«

Das hatte sich am Vormittag begeben, und später hatten sie miteinander zu Mittag gegessen und bei dieser Gelegenheit die für den Skisport so wichtige Wetterlage besprochen, über die sie allerdings geteilter Meinung waren, denn der Rundfunk hatte, wie nun Max Hindler voll Eifer erzählte, noch für heute einen Einbruch maritimer Warmluft prophezeit, die Wintersportler aber, und daher auch Hilde, bildeten sich ein, das klare Winterwetter werde ihretwegen fortbestehen. »Es hat ganz einfach schön zu bleiben«, sagte sie. »Die Warmluft hat in Dornbirn haltzumachen. Schließlich sind wir ja die Lieblinge der Götter. Und wir haben uns knirschenden Frost und lachende Sonne bestellt.« Obwohl sie ohne ihre Bretter selber nicht dabeisein und den anderen (jüngeren) Skihasen schließlich nur neiderfüllt nachblicken konnte, vertrat sie deren Interessen doch mit einer solchen Vehemenz, als kämpfe sie für ihre eigenen Belange. »Wintersport ist eine Weltanschauung«, sagte sie. Jerschek nickte. »Gründet doch eine Partei!« sagte er. »Vielleicht gelangt ihr eines Tages an die Macht. Infantil genug wär's ja. Dann könnt ihr alle Nichtskifahrer liquidieren.«

Lächelnd erhob sie sich und räumte den Tisch ab. Sie sagte: »Eine Diktatur der Wintersportler! Auch ein Einfall! Aber du, mein Bruder, wirst der erste sein, den wir erledigen, den wir mit unseren Brettern erschlagen, mit unseren Stecken erstechen, mit unseren Skischuhen zertreten.«

Max Hindler zündete sich eine Zigarette an. Er sagte: »Was mich betrifft, ich habe den Sommer am liebsten. In einer Wiese liegen und den weißen Wolken zusehen – newahr! Wie sie nach Osten segeln. Und Grüße bringen. Aus Deutschland.«

Wenig hernach verließ Captain Jerschek die Villa, um nicht wie seinerzeit Ohrenzeuge der Liebesspiele zu werden, welche nun, nach dem Mittagessen, voraussichtlich anheben und wahrscheinlich wieder bis in die Kabuse hörbar sein würden. ›In der Nacht‹, dachte er, ›will ich mir dann die Ohren verstopfen. So werde ich mit Gottes Hilfe diese Tage überstehen.‹ (Er war unlängst auf »Geräuschschützer« gestoßen und hatte sie bereits für einen solchen Fall zurechtgelegt.) Da von Westen her, vom Wirtshaus her, Geschrei ertönte, wandte er sich, sobald er die Straße erreichte, nach links und folgte ihr, auf der recht gut zu gehen war, bis zu jener hohen Stelle, wo die Telegraphenstange stand. Er sah empor; die Stange ragte, von der Sonne grell beleuchtet, mit glänzenden Drähten und blendenden Isolatoren wie eine in das Jenseits lauernde Antenne in den schwarzblauen, schwindelerregenden Himmel empor. Sang sie? Hatte sie eine Botschaft? Und welche? – Welche Windsignale leitete sie weiter? Verflucht: Von fern und nah erklang Gelächter und Geschrei! Und dennoch war es ihm, als zittere die Luft von Engelsstimmen, als klinge etwas in der Bläue wie Metall. – Mit Vorsicht in die kolossalen Stapfen tretend, die das Heer der Sportler hier zurückgelassen hatte, klomm er die schattenwerfende Böschung hinan und tauchte oben wieder in das rücksichtslose Licht. Viele hatten den Abschneider benützt und somit vom Wald her einen Steig getrampelt; auch hatten sie von den aufgestapelten Stämmen, welche noch immer hier lagen, den Schnee entfernt, vermutlich, um sich auf ihnen sonnen zu können. Jerschek drückte das Ohr an die Stange und lauschte. Nichts: Die Sphären schwiegen, und die Drähte schwiegen auch. Also gab er es auf, setzte sich müde und stumpf auf die Stämme und betrachtete die vielen Spuren rings im Schnee. ›Die Spuren einer Herde.‹ dachte er. ›Die Spuren der neuen, klassenlosen Gesellschaft! Einer Herde, welche mit Gebrüll durch alle Zäune brechen und jede

Stille, die uns noch geblieben ist, zertrampeln wird!‹ Er bemerkte, daß er nicht entscheiden konnte, welche Stapfen von Burschen, welche von Mädchen herrührten. Er dachte: ›Siehst du wohl, der kleine Unterschied, der leben soll, ist nicht mehr zu erkennen: Füße, einig im Zertrampeln aller Werte!‹ Er sah noch eine Weile in die Ebene hinaus, dann stand er auf und ging denselben Weg, den er gekommen war, zurück; doch nur noch wenig vor der Villa packte ihn mit einem Mal ein solches Grauen vor dem Liebespaar dort oben, daß er wie verzaubert auf der Straße weitertappte. ›Ich werde mich ins Wirtshaus setzen‹, dachte er, ›werde mich ausnahmsweise unter die Sonntagsleut mischen. Das wird zwar auch nicht sehr erholsam sein, aber immer noch erträglicher als jetzt zu Hause.‹ Westwärts blinzelnd, sah er, daß es sich bereits umzog: Hohe Federwolken wölbten sich in den Zenit, und das Gebirge trug auf einmal eine dunkle Wolkenkrone, hinter der die Sonne nunmehr rasch verschwand. Im Wirtshaus aber tagten schon Waldarbeiter und Bauern, auch einige müd gewordene Skiläufer saßen schon da, und die Luft war voller Rauch und roch nach nassem Loden und getrantem Juchtenleder, was nicht gerade appetitanregend wirkte.

Jerschek sah sich um. Der Lenz war nicht zugegen. Auch nicht der Spenger; auch nicht der Kogler; auch nicht der Schmuck. Was da saß und lärmte, waren Leute, die er bestenfalls vom Sehen kannte, und auf deren nähere Bekanntschaft er verzichten konnte.

Er fand noch einen freien Tisch und setzte sich; doch kaum, daß er saß, öffnete sich die Tür, und wer kam herein? – Hilde! Und hatte ihn schon erblickt und nahm auf ihn Kurs; Hilde, natürlich am Arme ihres Beschälers, Max Hindler. Sie trug ihre umgebaute KZ-Uniform, dazu Nylonstrümpfe und die Röhrenstiefel. »Du hast doch nichts dagegen, wenn wir dir Gesellschaft leisten«, sagte sie, indem sie Platz nahm, und dann zu Hindler: »Setz dich, Hindi! Steh nicht blöd herum!«

Jerschek verzog das Gesicht, als habe er Zahnweh.

»Oder möchtest du lieber allein sein?« fragte sie boshaft.

»Ein Wirtshaus«, sagte Jerschek, »ist ein öffentlicher Ort; was soll ich machen?«

»Eben!« sagte sie. »Du mußt uns schon ertragen.«

Hindler hatte sich gesetzt; jetzt räusperte er sich. »Viel Betrieb hier! Newahr?« sagte er.

Und Hilde: »Hast du schon bestellt?«

»Noch nicht«, sagte Jerschek.

Und sie: »Wir trinken Schilcher. Du auch?«

»Ja«, sagte er.

Sie bestellten einen Liter Schilcher; und die Wirtin brachte ihn in einer Kanne und dazu drei Gläser. »Das wird sich nicht gut teilen lassen«, sagte Hindler. »Ich trinke für zwei«, sagte Hilde, »dann läßt es sich teilen.«

Sie schenkte ein und hob ihr Glas zum Munde. »Also! Prost!« Sie stürzte es in einem Zug hinunter, füllte es aufs neue. Das ging im Nu! Nun tranken auch die beiden Männer, und im Handumdrehen war die Kanne leer.

Inzwischen waren noch weitere Sportler gekommen, trutzige Gestalten beiderlei Geschlechtes. Jerschek erhielt einen mächtigen Stoß, wandte sich um und blickte staunend auf den Hintern einer jungen Dame. »Das kann lustig werden«, sagte er. Johlend und polternd ließ sich die Jugend am Nebentisch nieder. Und Hilde (das Getöse überschreiend): »Wir bestellen einen zweiten Liter! Ja?!« Die Wirtin zündete die Lampen an, eine in der Stube, eine auf dem Flur und eine in der Küche. Dann erst kam sie flinken Schrittes angeeilt, holte die Kanne, füllte sie und brachte sie wieder.

Jerschek rückte mit seinem Sessel ein wenig zur Seite. Er sagte: »Ich weiß nicht, sind das die Skischuhe, was da so stinkt? Oder dampfen mir deine Kommißstiefel so in die Nase? Das ist ja entsetzlich!«

»Beides«, sagte Hilde und schenkte ihm ein.

Sie hoben ihre Gläser, tranken, ohne anzustoßen; und draußen war es unterdessen Nacht geworden. Nur noch in den Wolken über dem Gebirge glomm ein Widerschein, als wüte eine ferne Feuersbrunst.

»Und wieder hat ein neues Jahr begonnen«, sagte Hindler. »Das dritte Friedensjahr! Was wird es bringen?«

»Ich fürchte, nicht viel Gutes«, sagte Jerschek.

»Eher Krieg als Frieden«, sagte Hilde.

Die Sportler, Burschen und Mädchen, begannen zu singen. »Zwoa Bredln, a g'führiger Schnee, juchhe!« schrien sie wild.

»Ich bin nicht pessimistisch«, sagte Hindler.

»Ich schon«, sagte Hilde.

»Ich auch«, sagte Jerschek.

»Ich nicht«, sagte Hindler; er schwenkte sein Glas.

Und dann: »Die Wirtschaft stagniert nicht länger. Arbeit gibt es an allen Ecken und Enden. Die Leute verdienen und geben ihr Geld wieder aus. Der Schilling rollt, und ebenso die Mark.«

»Gewiß«, sagte Jerschek, »gewiß! Das alles geschieht. Bald wird die Wirtschaft florieren; ihr geht wieder, wie schon so oft, herrlichen Zeiten entgegen. Nur das, was geschehen müßte, das geschieht nicht; und alle Opfer dieses Krieges werden eines Tags umsonst gewesen sein.«

Und Hindler (sich blöd stellend): »Lieber Herr Jerschek! Glauben Sie das nicht! Das Deutsche Reich wird bald aus seinen Trümmern auferstehen. Stärker, als es je gewesen ist! Und am deutschen Wesen wird die Welt genesen.«

Und Jerschek: »Nichts wird genesen, verehrter Herr Hindler! Ein Dreck wird genesen! Nicht einmal Deutschland selbst, verehrter Herr Hindler! Denn aus den Trümmern wird der alte Ungeist auferstehen. Und auch bei uns wird dieser Ungeist Urständ feiern.«

Und Hindler: »Was ist Ungeist?! Was ist Ungeist?!

Und Jerschek: »Ungeist ist das Gegenteil von Geist.«

»Zwoa Bredln, a g'führiger Schnee, juchhe!« schrien die Sportler.

»Streitet nicht! Besauft euch lieber«, sagte Hilde.

Sie langte nach dem Krug und schenkte wieder ein, erst ihrem Bruder, dann Max Hindler, dann sich selbst. Sie sagte. »Im Geiste des Nationalsozialismus sind wir erzogen; im Geiste des Schilchers wollen wir unseren Lebensabend verdämmern.«

Und Hindler (heuchlerisch): »Aber Herr Jerschek, aber Herr Jerschek! Sie sind doch selber Österreicher und ein Patriot!«

Und Jerschek: »Natürlich! Das bin ich! Und deshalb bin ich besorgt. Denn ich sehe, daß wir unseren Sieg verschenken.«

Krawall am Nebentisch – und »Reden Sie vom Sieg der Alliierten?« fragte Hindler.

»Der Sieg der Alliierten ist auch unser Sieg«, erklärte Jerschek. »Zwar ein unverdienter, ja sogar ein unerwünschter, aber immerhin ein Sieg. Und deshalb bin ich dagegen, daß er verschenkt wird.«

Und Hindler (erheitert): »Für einen normalen Österreicher nicht leicht zu begreifen. Schließlich haben wir ja für Deutschland gekämpft.«

Und Jerschek: »Indem wir für Deutschland kämpften, haben

wir gegen uns selber gekämpft. Wer das nicht einsieht, ist noch heut ein Nazi.«

Und Hilde zu Hindler: »Begreif doch! Er steht auf der anderen Seite! Mit dem einen Fuß steht er in London drüben bei den Plutokraten, mit dem anderen bei den Russen in der Bundeshauptstadt Wean, der sauberen, und seinen Schwanz, den hat er drunt' in Palästina.«

Jerschek versetzte ihr einen Tritt gegen das Schienbein. »Die Ohrfeigen, die du verdient hast, kann ich dir hier nicht geben«, flüsterte er. »Gib sie mir halt später!« sagte sie und krümmte sich und wurde blaß. »Zwoa Bredln, a g'führiger Schnee, juchhe!« schrien die Sportler.

Und Hindler (so, als habe er den kleinen Zwischenfall nicht wahrgenommen): »Aber Herr Jerschek! Aber mein lieber Herr Jerschek!! Glauben Sie doch nicht, daß hierzulande irgend jemand noch ein Nazi ist! Dieser Spuk ist ein für allemal vorbei!«

Und Captain Jerschek: »Fragen wir Fräulein Brunner! Die muß es ja wissen.«

Und Hilde (mit der Armbewegung einer Hochdramatischen das ganze Land umfassend): »Lauter alte Nazi! Nazi, so weit das Auge reicht! Eine einzige verschworene Gemeinschaft, die dich ausgestoßen hat, geliebter Bruder!«

Jerschek stopfte sich seine Pfeife und rauchte sie an. Er sagte: »Tja, es kommt mir manchmal auch so vor. Und daß ich mich zu einem solchen Volk bekenne, kommt mir schon manchmal wie eine Heldentat vor.«

»Zum Volk bekennst du dich doch gar nicht!« sagte Hilde. »Du bekennst dich lediglich zu diesem lächerlichen Kleinstaat!«

»Indem ich mich zu diesem ›lächerlichen Staat‹ bekenne, bekenne ich mich auch zu seinem Volk«, erklärte Jerschek.

Und sie: »Zum deutschen Volk?!«

Und er: »Zum österreichischen. Zu diesem verrückten Gemisch aus Kelten, Illyrern, Romanen, Bayern und Slawen, das zufällig deutsch spricht. Und dann: Wer macht denn diesen Staat hier dauernd lächerlich und verächtlich? Ihr! Weil ihr immer was andres sein wollt, als ihr tatsächlich seid!«

Nun hob Hilde ihr Glas, hielt es sich vor die Augen und sagte: »Also trinken wir auf Österreich! Mir soll es recht sein. Wer weiß, vielleicht wird einmal dieser Staat der beste deutsche Staat sein. Wer weiß es, ob wir nicht einmal noch deutscher als deutsch sein werden? Auf den Dachböden jedenfalls liegen die Hakenkreuzfahnen zusammengerollt und warten geduldig, warten auf den Tag, an dem die braunen Schläger gegen Wien marschieren und das Parlament besetzen werden, auf den großen Tag, an dem wir sämtliche Parteien unterwandert, alle Schlüsselpositionen in der Hand und uns auch in aller Stille wieder angeschlossen haben werden an das Reich. Oh, gewiß: Wir werden gute Demokraten sein und für die Freiheit kämpfen! Für die Freiheit, eure Freiheit wieder abzuschaffen. Vielleicht vergasen wir diesmal die Intelligenzler. Du lachst, geliebter Bruder! Wart nur ab! Du wirst bald nicht mehr lachen.«

Sie setzte das Glas an die Lippen und leerte es sodann in einem Zuge. Hindler hielt sich den Bauch und es schüttelte ihn. »Zwoa Bredln, a g'führiger Schnee, juchhe!« schrien die Sportler.

Und Jerschek: »Fünfzig Filmkomparsen würden wahrscheinlich genügen. Man müßte sie, verkleidet als SA, durch irgendeinen Ort marschieren lassen und dann warten, was geschieht. Ich glaube, die Leute würden unter Sieg-Heil-Rufen hinter den Holzabort stürzen und ihr Parteiabzeichen mit den bloßen Händen wieder aus der Jauchegrube wühlen.«

Und Hindler (immer wieder von heftigem Lachen geschüttelt): »Ohne jede Rücksicht auf Hygiene, newahr!«

Und Hilde (noch ein wenig bleicher werdend als zuvor): »Scheiße kann uns nicht den Appetit verderben. Wir sind eisern.«

Und Captain Jerschek: »Ja, ich weiß: Ihr schreckt vor nichts zurück. Vor keinem Schmutz, vor keiner Gemeinheit, vor keinem Verbrechen. Und die einzige Sprache, die ihr noch einigermaßen in eurer Verblödung versteht, ist jene, die die Fliegerbomben und die Panzer reden.«

»Freilich. Und mit dieser Sprache habt ihr auch das letzte Wort behalten«, sagte Hilde. »Und die Staatsoper habt ihr uns auch noch zusammengeschmissen, ihr Pülcher!«

Und Jerschek: »Laßt sie so stehen, wie sie jetzt dasteht, dreihundert Jahre! Ihr braucht keine Wagneropern, sondern ein Mahnmal.«

Hindler schien das Gespräch äußerst lustig zu finden. Er schlug sich auf den Schenkel, daß es knallte. »Sie wollt Wagnersängerin werden!!« wieherte er. »Jetzt singt sie mir die Lieder, die sie noch beim BDM gelernt hat, newahr! Und den Lehrgang für Führerinnen hat sie besucht! Jetzt kann sie mit Kühen und Schweinen und

Schafen herumkommandieren! Und das goldene Sportabzeichen hat sie gemacht!! Damit sie jetzt gut Stall ausmisten kann!«

Und Hilde (auf einmal todtraurig): »Verspottet mich nur! Der Tag, an dem ihr mir nachweinen werdet, der kommt noch! Der Tag, an dem es wieder gutes Essen, elegante Kleider, hübsche Wohnungen und schicke Autos geben wird, aber keine echten Weiber und auch keine echten Männer mehr. Ich werde ihn, Gott sei Dank, nicht mehr erleben, ich nicht; mir wird dann schon lange nichts mehr weh tun«, sagte sie. »Aber ich seh sie schon jetzt, alle die degenerierten Kretins, alle diese nach amerikanischem Vorbild geschneiderten Karikaturen! Kaffeehauspflanzen! Stadtpflanzen! Lächerliche Asphaltpflanzen! Lang und dünn und etwas krumm wie ausgewachsner Salat! Ladenlilien und Büroorchideen! Nylonblümchen und Nylonpüppchen mit Uhrwerk zum Aufziehen! Wichtigtuendes Rechen- und Schreibmaschinzubehör aus synthetischem Fleisch – völlig geruchlos! Muskelschwund, Knochenerweichung, auf Draht aufgezogen! Oh, ich seh sie schon, die Reizende, aus ihrem Wagen steigen – toll! Eine Sonnenbrille vor den Augen wie eine Augenkranke, wie eine Blinde! Mit zwei linken Füßen seh ich sie X-beinig über die Rolltreppe taumeln und dann total erschöpft in einen Aufzug stolpern: Uff! Kannst sie küssen, ohne was dabei zu schmecken! Kannst mit ihr ins Bett gehen, ohne was davon zu spüren. Sie wird dasein, und doch wird es sein, als wäre sie nicht, denn sie wird ein Gespenst sein. Die Germania wird ein Gespenst sein«, sagte sie. »Sollte eure Superbombe doch noch über diesem Erdteil explodieren, so wird sie kaum mehr etwas zu vernichten haben.«

Und Jerschek: »Mit der Germania habe ich nichts mehr zu tun. Ob die ein Gespenst oder sonst was wird, ist mir herzlich egal.«

Und Hilde (verbohrt): »Wenn die nichts mehr ist, dann ist auch die Austria nichts mehr. Die beiden sind eins; es gibt keinen Unterschied zwischen den beiden.«

Da war man wieder angelangt! Verflucht! Und die Luft im Lokal wurde mit jedem Atemzug schlechter. Jerschek beugte sich vor, stützte die Ellbogen auf, sagte: »Weißt du was? Erzähl das einmal einem Deutschen; einem aus dem ›Altreich‹! Sag ihm, daß du ihn als deinen Landsmann ansiehst, weil die Menschen im ›Altreich‹ schließlich nicht anders sind als die in der ›Ostmark‹. Sag ihm das! Hol dir die Abfuhr, die du verdienst! Damit du endlich zu dir selber kommst.«

Und Hilde: »Na, schließlich haben sie Hitler zu ihrem Reichskanzler gemacht!« Und Jerschek: »Das ja! Bei Mißgeburten greifen sie zu! Den Obertrottel Oberösterreichs – den machen sie zu ihrem Führer! Und dem folgen sie! Dem folgen sie bis in den Tod! – Aber sonst . . . Sie sagen, daß wir dumm sind, faul sind, feig sind, daß wir liederlich sind, daß wir charakterlos sind, daß wir unsauber sind. Sie sehen in uns einen trinkgelderheischenden Trachtenverein oder eine Bande krimineller Operettenkomiker. Sie halten uns für alles mögliche, für prostituierte Jodler, für schmierige Hammeldiebe vom Balkan – nur, um Himmels willen, nicht für ihresgleichen, nicht für Deutsche! – Bestenfalls für eine völlig inferiore Abart ihrer Art.«

Und Hilde: »Nein! Sie schätzen Österreich.«

Und Jerschek: »Die Landschaft, die allerdings. Die schätzen sie sehr. Wenn sie diesen Krieg gewonnen hätten, hätten sie uns ausgesiedelt – ja, mein Liebling! – und sich selber hier hereingesetzt!«

»Nach dem Osten hätten wir euch ausgesiedelt«, sagte Hindler. »Nach dem ›neuen Lebensraum im Osten‹ – öd!«

»Sie schätzen auch uns«, sagte Hilde.

»Ja, als Stiefelputzer«, sagte Jerschek. »Eventuell, auch noch als Käufer ihrer Waren . . . Und als Kanonenfutter!« sagte er und holte tief Atem. »Als Kanonenfutter selbstverständlich auch! Eineinhalb Millionen Österreicher sind bei diesem Intermezzo umgekommen: die Strafe, weil wir 1938 nicht auf Deutsche schießen wollten. Aber ihr sitzt weiter da wie gut dressierte Hunde, hechelnd, mit einer vor Gier heraushängenden Zunge, und wartet auf die Peitsche und den Tritt des Stiefels und zwischendurch auf einige wohlwollende Worte! Worauf seid ihr eigentlich noch immer geil?! Aufs Stiefellecken?! Wie der deutsche Stiefel schmeckt, das könntet ihr jetzt endlich wissen. Aber ich sehe euch schon, wie ihr euch abermals anbiedern werdet und jedem deutschen Touristen die Schuhsohlen abschlecken werdet, wie ›Kamerad Schnürschuh‹ mit gieriger, trenzender, wollüstig schnalzender Zunge dem ›großen Bruder‹ die verdreckten Knobelbecher wieder aufpolieren wird – pfui Teufel!«

Fast hätte er ausgespuckt, doch er schluckte es noch. »Nicht auf die Deutschen, nein, auf die läufigen Hunde«, sagte er wild. »Auf diese unreinen, räudigen, unappetitlichen Tiere, die streunen gehen, die nicht wissen, wo sie hingehören, und genießerisch an jeder Straßenecke schnuppern, wo ein Deutscher je das Bein gehoben hat!«

Und Hindler: »Sie vergiften ja die Atmosphäre, lieber Herr!«

Und Jerschek: »Das brauche ich nicht mehr zu tun; die ist schon vergiftet. Die habt ihr schon vergiftet.«

»Wirklich –?«

»Ja. Mit Zyklon-B.«

»Zwoa Bredln, a g'führiger Schnee, juchhe!« schrien die Sportler.

Und – pardauz! Da war die Überschwemmung auf dem Tisch perfekt und floß auch schon herunter. Hilde sprang auf, dann Captain Jerschek, schließlich auch Hindler, Hindler, der Täter. Mit einer fahrigen Bewegung hatte er nach seinem Glas gegriffen und es derart schwungvoll umgeworfen, daß der Schilcher bis auf Hildes Schoß gehüpft war.

»Idiot!!« fauchte sie und schüttelte sich die Tropfen vom Rock. Und Hindler (plötzlich aus der Rolle fallend): »Spiel dich nicht so auf, du blöde Gans!!« Bleich und etwas zitternd sah er sich die Sache an und fischte schließlich seine und hernach auch Hildes Zigaretten aus der Pfütze.

Jerschek rief, es möge jemand mit dem Ausreibfetzen kommen, eine Schweinerei sei hier entstanden. Und dann zu Hilde: »Schilcher macht ja keine schlimmen Flecken.«

»Besser Flecken auf dem Rock als auf der Ehre, newahr!« sagte Hindler bissig.

Und Hilde wieder: »So ein Idiot!!« Dann drehte sie sich nach den Sportlern um. »Wenn ihr schon unbedingt plärren müßt«, rief sie hinüber, »dann plärrt doch einmal etwas anderes!«

Die jedoch bemerkten gar nicht, daß sie angestänkert wurden, denn sie waren gerade völlig in ihren Gesang eingesponnen, und den nahmen sie genauso ernst wie ihren Sport, was ihnen allen deutlich ins Gesicht geschrieben stand.

Die Wirtin, die nicht recht verstanden hatte, was man von ihr wollte, kam für jeden Fall mit einer dritten Kanne Wein.

»Haben *Sie* den bestellt?« fragte Hindler.

»Nein«, sagte Jerschek.

»Macht ja nix«, sagte Hilde. »Besaufen wir uns!«

Sie füllte, währenddem die Wirtin noch den Tisch abwischte, abermals die Gläser und war dann die erste, die wiederum dasaß und trank.

»Hindi ist erschrocken«, sagte sie begütigend. »Hindi hat so schwache Nerven, weißt du.»

Sie beteiligte sich fortan nicht mehr am Gespräch; geistesabwesend lümmelte sie, das Kinn in den Händen, vor ihrem Weinglas, rauchte, nahm bisweilen einen Schluck und blickte dann und wann auf Hindler, als überlegte sie, wie sie ihn töten könnte.

Und der: »Das war doch dieses Giftgas, newahr? Mit dem sie in Auschwitz die Juden vergast haben, newahr? Einfach unvorstellbar! Newahr!? Man hat es gar nicht fassen können, wie man das erfahren hat.«

Offenen, treuherzigen Blickes glotzte er her, völlig erschüttert; seine farblosen Gluren sahen jetzt wieder einmal wie zwei Glaskugeln aus. Dann warf er einen flinken Seitenblick auf Hilde. Die jedoch beachtete ihn nicht. ›Heuchler!‹ dachte Jerschek. ›Elender Heuchler! Glaubst du wirklich, daß ich mich durch solche Finten täuschen lasse?! Außerdem: Wie kannst du dir erlauben, meine Schwester eine blöde Gans zu schimpfen?! Das darf allenfalls ich mir erlauben; du darfst es nicht!‹

»Ich war ja nie ein Nazi«, sagte Hindler. »Ein Deutschnationaler, das freilich, aber kein Nazi. Und heute bin ich nichts mehr. Nur noch Mensch – und Christ. Unabhängig. Unabhängig!« sagte er.

Der Tabakrauch bildete über den Tischen graublaue Schleier, die sich wie Algenschleier in einem Gewässer bewegten, sich langsam ausbreiteten, sich langsam verzogen und wölbten und auf einmal alle Dinge ungewiß erscheinen ließen: Nebel zieht durch die Säle und Säulengänge des Waldes; graublau zieht er durch die submarinen Hallen Nifelheims. Atlantis ist versunken. Thule ist versunken. Durch die offenen Tore ziehen die Algenschleier langsam wie Nebelschwaden durch nächtliche Wälder. Die Berge wachsen in die trüben Wasser der Vergangenheit hinab, verkehrte Berge. Die Wirtshäuser drauf sind gesunkene Schiffe voller Verbrecher. Verkohlte Leichen zechen, von Algenschleiern umschlichen, in einer erschreckenden Stille. Sie haben die Mäuler geöffnet: Sie singen – aber man hört nichts.

In der Tat, es herrschte auf einmal eine erschreckende Stille im Raum. An sämtlichen Tischen war das Gespräch verebbt und verstummt; selbst den Sportlern, den unermüdlichen Sängern, Burschen und Mädchen, schien für Minuten der Atem ausgegangen zu sein. Sie schwiegen, und ihr Schweigen breitete sich aus wie eine Kälte, deren Herkunft niemand eruieren konnte, denn offenbar war jene seltene und immer rätselhafte Pause eingetreten, die keine ersichtliche äußere Ursache hat, jenes jähe, panische Atemanhalten aller, von welchem der Volksmund sagt, jetzt gehe ein Engel durchs Zimmer.

»Wie still es plötzlich ist«, bemerkte Hindler. Er sah sich unruhig um, dann warf er einen fast gehetzten Blick auf Hilde. Die aber starrte an ihm vorbei (oder durch ihn hindurch) in die Richtung der Tür, als erwarte sie etwas, als erwarte sie von dort her irgendein Signal, das nur für sie bestimmt sein würde; Jerschek beobachtete ihre sehnigen Finger, die nervös mit einem abgebrannten Streichholz spielten, gewahrte zugleich ihre schmal gewordenen, blitzenden Lichter, die plötzlich irgendeinen fremden, kalten Glanz zu reflektieren schienen; und jetzt empfand er von der Tür her eine kalte Zugluft und wandte den Kopf und sah nun: die Tür nach dem Flur stand auf einmal sperrangelweit offen; und draußen war die Nacht, in welcher nichts als eine trübe Funzel glomm, und die Schleier des Rauches waren in eine verrückte Bewegung geraten; und in diesem Augenblick zerbrach mit einem leisen, doch deutlich vernehmbaren Knacken das Streichholz zwischen Hildes Fingern in zwei Teile.

»Was hast du denn?« fragte Hindler.

»Nichts«, sagte sie.

Er schaute sich abermals um, sah hinter sich die offene Tür, zuckte die Achseln.

»Machts doch die Tür zu! 's ziagt!« rief einer der Bauern erbost. Ein anderer stand auf und warf sie zu. Jetzt erst machte Captain Jerschek die Entdeckung, daß sich sämtliche Haare an seinem Körper aufgestellt hatten, jetzt erst, als der Bann gebrochen war und der Lärm des Gastbetriebs aufs neue anhob.

Und Hindler: »War da jemand?«

Und Hilde: »Wieso?« Sie wölbte die Brauen, schaute ihn an; der Glanz in ihren Augen war erloschen. *»Traurig saß ich, während sie tranken, ein Fremder trat da herein . . .«*, sagte sie lächelnd. »Ich weiß nicht«, sagte Hindler, »irgend etwas war nicht ganz geheuer.«

Unruhig wetzte er auf seinem Stuhl herum, stützte die Ellbogen auf, zog sie bereits in der nächsten Sekunde wieder zurück; endlich kam ihm eine rettende Idee: »Moment! Ich muß mal«, sagte er und erhob sich.

Nun sprang auch Hilde auf. »Ich muß auch«, sagte sie plötzlich zu Jerschek: »Mußt du nicht auch?«

»Nein«, sagte der – und sie: »Komm doch! Wir gehen zu dritt. Das gibt eine Hetz!«

»Du spinnst ja«, sagte Jerschek, sie aber folgte schon Hindler hinaus. »Trauminet!« gurrte sie über die Schulter zurück und entfernte sich hurtig.

Jerschek blickte dem Marschieren ihrer Stiefel und dem strammen Wippen ihrer Hinterbacken nach, bis beides hinter den wallenden Schleiern des Rauches und durch die Hintertür zum Hof verschwunden war. Er dachte: ›Höchste Zeit, daß ich gehe; jetzt wird sie wüst!‹

Er kannte ihren Schritt, wenn sie besoffen war. Er zog sein Portefeuille heraus und rief nach der Wirtin. »Zahlen!« rief er; aber die Wirtin hörte ihn nicht. Er dachte: ›War da wirklich jemand? Aber wer? – Ein Unsichtbarer? Einer, den nur sie hat sehen können?‹

»Hallo!! Zahlen!!« rief er nun mit ganzer Kraft; doch die Wirtin schien sich in der Küche aufzuhalten, und der Lärm war wieder ziemlich arg. Was trieben jetzt die beiden Ferkel draußen auf dem Hof? War Hindler mit ihr bei den »Damen«? War sie mit ihm bei den »Herren«? ›Ist sie ihm womöglich in das Pissoir gefolgt?! Feine Damen!! Feine Herren!!‹ Und: »Zahlen!!« rief er, bereits etwas wütend. *›Ein Greis im blauen Gewand . . .‹* (So ging es doch weiter.) Jetzt hatten am Stammtisch drüben die Bauern zu singen begonnen. Und was sangen sie? Natürlich ein Soldatenlied! Was sonst?! »Auf der Heide blüht ein kleines Blümelein . . .« (Das war ja harmlos.) Er dachte: *›Tief hing ihm der Hut . . .‹* (so geht es doch weiter), *›der deckt ihm der Augen eines . . .‹* (so geht es doch weiter). »Und das heißt: Erika!!!« brüllten die Bauern. *›Doch des andern Strahl . . .‹* (Ja, verflucht noch einmal! Wo war denn die Wirtin?!) *›. . . Angst schuf es allen.‹* (So ging es doch weiter.)

Er stand auf, um sich die Wirtin herzuholen; er bemerkte, daß er schwindelig war. ›Auch ich besoffen?! Na, das kann ja lustig werden!‹ dachte er. In diesem Moment kehrten die beiden zurück. Erst glaubte er, Hilde weine; dann aber sah er, daß es sie vor Lachen schüttelte; und dann erkannte er, daß Hindler, der ihr auf den Fersen folge, eifrig bemüht war, hinter ihr versteckt zu bleiben.

Jetzt kam die Wirtin. Doch sie kam mit einer vierten Kanne. »Bravo!« sagte Hilde und setzte sich hin und goß auch schon ein. Hindler blieb für zwei Sekunden ohne Deckung, und nun sah man es: Seine Hosenbeine waren von den Knien abwärts triefend naß.

›Wie hat denn das passieren können?‹ dachte Jerschek; doch schon im nächsten Augenblick begriff er, daß dies Hildes Werk war; freilich, wie sie das angestellt hatte, blieb ihm ein Rätsel, auf jeden Fall hatte sie eine artistische Höchstleistung vollbracht.

Hindler, der inzwischen gleichfalls wieder Platz genommen und seine Beine schleunigst unterm Tisch verborgen hatte, war, wie Jerschek nun bemerkte, blaß vor Wut und knirschte mit den Zähnen. »Du wirst nicht weitersaufen!« zischte er. »Wir gehen jetzt! Verstanden?!«

Und Hilde: »Aber was! Den Liter da, den trinken wir noch aus!« Sie lehnte sich zurück und zündete sich wieder eine Zigarette an. »Setz dich, Johnny! Mach's nicht ungemütlich«, sagte sie zu Jerschek, der noch immer dastand. »Morgen ist vielleicht schon Götterdämmerung. Was weiß man.«

Rauhkehlig stimmte nun sie ein Soldatenlied an, und – siehe da! – die Bauern fielen unverzüglich ein, dann auch die Waldarbeiter, dann auch die Skifahrer, Burschen und Mädchen: Das ganze Haus erzitterte von einem großen Kriegsgeschrei.

»Kamerad, Kamerad,
alle Mädels müssen warten!
Kamerad, Kamerad,
der Befehl ist da, wir starten!

Kamerad, Kamerad,
die Losung ist bekannt:
Ran an den Feind! Ran an den Feind!
Bomben auf Engeland!«

Jerschek wandte sich unwillig ab und ging in die Küche, um unterdessen dort die Zeche zu begleichen.

»Zahlen Sie alles?« fragte die Wirtin.

»Ja«, sagte er.

»Vier Liter waren es!«

»Ich weiß«, sagte er.

»Und Ihnen macht das Singen keinen Spaß?«

»Nicht den geringsten.«

»Sechsundneunzig Schilling«, sagte die Wirtin.

Als er wieder in die Stube kam, sang man dort bereits das nächste Lied. Hilde hatte es angestimmt; nun saß sie schweigend da, die Arme verschränkt, und schien sich zu freuen, daß es die anderen Gäste, Bauern, Waldarbeiter und Sportler, wie einer Suggestion gehorchend, weitersangen.

»Nun ziehen die braunen Kolonnen
ins russische Land hinein.
Kameraden, an die Gewehre!
Der Sieg wird unser sein.

Und ging es bis zum Schwarzen Meer,
vorwärts, vorwärts . . .«

Jerschek trat an den Tisch und blickte auf sie, die hochmütig aufsah. »Was soll denn der blühende Blödsinn?« fragte er grob. Dann blickte er auf Hindler, der, noch immer bleich und starr, die Lippen fest zusammenpreßte. »Ich habe bezahlt«, sagte er. »Wir können jetzt gehen.«

Und Hindler: »Mein Gott! Das wäre doch *meine* Sache gewesen!«

»Das glaub ich!« sagte Hilde – und: »Setz dich, Johnny! Hör zu!« Sie faßte seine Hand und zog ihn auf den Sessel nieder; um ihre Pupillen flirrte es silbern und golden und grün.

»Ich gehe jetzt nach Hause«, sagte Jerschek. »Wenn ihr noch bleiben wollt, dann bleibt nur da!« Er war auf einmal wieder völlig nüchtern, und saß nun, zum Sprung bereit, auf der Kante des Sessels, denn er hatte plötzlich das Gefühl, daß sich hier ein Sturm zusammenbraute.

»Wir gehen auch«, sagte Hindler. »Natürlich gehen wir auch!« Und dann zu Hilde: »Komm! Mach Schluß! Ich hab genug!« Er sah sie beschwörend an, doch blieb er noch sitzen, vermutlich, weil er seiner nassen Hose wegen nicht als erster aufstehen wollte. Aber nichts: Sie tat, als sei er Luft. Seelenruhig füllte sie sich ihr Glas, goß es hinunter; dann wandte sie sich, da der Gesang nun verstummt war, wieder der Gaststube zu. »Weiter!« rief sie. »Fällt euch nichts mehr ein?!«

Zögern. Und gleich darauf sie in die eingetretene Stille:

»Ja, das ist die Garde,
die unser Führer liebt.

Die SS-Standarte,
die nur stirbt und sich nicht ergibt.«

Na? – Nichts: Sekunden herrschte betretenes Schweigen. Sie war alleingeblieben mit ihrer rauhen und dennoch jubelnden Stimme. Niemand war ihr beigestanden; niemand hatte eingestimmt; niemand schien dies Lied zu kennen. Also schwieg auch sie, griff erneut zu ihrem Glas.

Und Jerschek: »Der Zauber versagt.«

Und Hindler: »Los!! Steh auf!!«

Und Hilde: »Wart nur! Gleich wird es klappen. Wirst sehen!« Sie stellte ihr Glas zurück; dann legte sie los.

Es klappte wahrhaftig! Dieses Lied kannten sie alle; und alle fielen, einer nach dem anderen, ein; und gleichzeitig war ein gehorsames Scharren genagelter Sohlen und ein nicht minder gehorsames Sesselrücken zu hören, denn alle, die sangen, erhoben sich langsam, wie hypnotisiert von den Plätzen, nahmen Haltung an und reckten ihre Hände schräg empor.

»Die Fooohnen hoch! Die Raaaihen dicht geschlossen!
SA marschiert mit ruuuhig feeestem Schritt . . .«

Jerschek traute seinen Ohren nicht. Er sah auf Hilde, die nun, ohne selber weiter mitzusingen, grinsend dasaß, sah auf Hindler, der erstarrt war und sich ratlos in die Lippen biß; dann erhob er sich vorsichtig, sozusagen im Zeitlupentempo, kehrte sich der Idiotenbande, die da grölte, zu, griff dabei nach seiner schwanken Sitzgelegenheit, packte sie bei der Lehne, riß sie empor und schleuderte sie gleich darauf so fürchterlich zu Boden, daß sie mit gellendem Krachen in ihre Bestandteile zersprang.

»Schluß!!!« Er kam sich plötzlich vor wie ein Vulkan, der ausbricht, und es tat ihm wohl, in dieser Landschaft voller Idioten derart auszubrechen; und er fühlte noch das Echo seines Aufschreis einem Aschenregen gleich im Raume niederprasseln, dann erst bemerkte er, daß schon alle verstummt waren und soeben auf eine recht seltsame, hampelmannhafte und hilflose Art ihre hochgereckten Hände wieder aus der Luft herunternahmen.

Und: »Langt's euch noch immer nicht?! Hat die Lektion nicht genügt!« schrie er sie an. »Braucht ihr eine weitere Lektion?! Ihr könnt sie haben, g'scherte Teppen!« Und er wußte plötzlich, daß er inmitten des weiten Gebirges völlig allein einer Herde gegenüberstand, die ihn zertrampeln konnte. Er sagte: »1938 hab ich dieses Land verlassen. Weil es zu existieren aufgehört hat. Weil ihr dieses Land verraten und damit euch selbst verraten habt. Und weil man unter Leuten, die zu so was fähig sind, nicht leben kann. 1945 bin ich dann zurückgekommen. Und damals habt ihr mir entsetzlich leid getan. Jetzt aber dreht es mir den Magen um! Jetzt könnt ich mich bei eurem Anblick übergeben!«

Blödes Gelächter der Sportler; sie setzten sich nach und nach hin. Doch die Waldarbeiter und die Bauern standen immer noch bereit.

Und Jerschek: »Na? – Was meint ihr? – Soll ich euch hoppnehmen lassen? Anruf genügt. In längstens zwanzig Minuten ist eine britische Streife heroben; ich kann das vermitteln.«

Und dann: »Man hat euch euer Land zurückgegeben, das Land, das ihr verraten und daher verloren habt. Also seid nicht auch noch frech! Bedankt euch lieber! Wir hätten euch ebensogut an die Wand stellen und abknallen können.«

Er wandte sich nach seiner Schwester um. »So. Und jetzt können wir gehen«, sagte er ruhig. Mit der Fußspitze schob er die Trümmer des Sessels ein wenig zur Seite und verließ sodann in einer großen Stille das Lokal. Draußen aber war das erste, was er tat, daß er Hilde eine gewaltige Ohrfeige verpaßte. Hindler protestierte, hatte aber wenig Glück, denn: »Spiel dich nicht als Kavalier auf!!« fuhr ihn Hilde an. »Was ich mit Gottfried hab, das kümmert dich einen Scheißdreck!! Und ich hab mehr mit ihm, als du in deinem Dünkel ahnst!«

Jerschek fühlte, daß es Max Hindler die Rede verschlug, und hatte für Sekunden selber keine Luft und fuhr herum – und sah in dem spärlichen Lichtstreifen, der durch die Tür auf die Straße herausfiel, Hildes gestiefelte Beine ins Dunkel entschwinden, und sah nun ein Glitzern von aufspritzendem Wasser (etwa dort, wo sie gerade jetzt marschieren mußte) und hörte sie dort vorn mit festen Schritten durch den Schneematsch patschen und im gleichen Augenblick ein Gurgeln wie von hundert Brunnen; und nun begriff er, daß die Warmluft eingebrochen war und aus sämtlichen Dachrinnen Ströme von Schmelzwasser flossen.

»Es taut ja!« rief er. Doch Hindler hörte es nicht mehr. Der stürmte schon der Kampfmaid in die schwarze Überschwemmung nach. Jerschek folgte ihm und holte ihn auch schließlich ein; Hilde aber marschierte ihnen noch immer voran. »Herrlich!« jubelte sie. »Diese Luft! Wie im Frühling!« Sie breitete als Silhouette in der Finsternis die Arme aus. »Das weht so lind und kühlt den Achselschweiß!« Drauflosmarschierend hob sie abermals zu singen an. Ihre rauhe Stimme schwang sich in den Wind empor; ihre patschenden Stiefel gaben den Männern den Takt an; und so marschierte man in gleichem Schritt und Tritt als ein übles Dreieck durch die aufgewühlte Föhnnacht.

»Kamerad, Kamerad,
bleib mir fern mit deinem Harten!
Kamerad, Kamerad,
auch die andern müssen warten.

Kamerad, Kamerad,
hau ab mit frohem Sinn!
zu bleibt das Puff, zu bleibt das Puff,
weil ich heut un . . .«

Hindler war in ihrem Rücken jählings vorgeprescht, hatte ihr mit einem überaus gekonnten Griff den Mund verschlossen und ließ erst locker, als er sicher sein durfte, daß er das Ende des Satzes auch tatsächlich abgewürgt hatte.

»Außerdem stimmt es gar nicht«, sagte er dann. Und Hilde, die nun in der Mitte ging, zu Jerschek: »Das weiß er nämlich ganz genau! Verstehst du?! Darüber führt er einen eigenen Kalender! Damit er nicht vielleicht einmal umsonst heraufkommt! Denn wir beide haben ja nichts anderes im Repertoire!« Und Hindler (drüben, links von ihr, im Dunkeln): »Das ist ja auch das einzige, wozu du taugst, du Schlampen!«

Ein Windstoß, lau wie der Atem aus einem Munde, kam jetzt von Südwesten her den Hang heraufgefahren und weckte in den Bäumen links von ihnen ein Geräusch, als schnaubte dort ein riesenhaftes Rind. Und Hilde (wütend): »Stier! Zuchtstier!! Gemeindestier!!! Muuuh!!!!« Sie stieß ein dumpfes, rauhes Brüllen aus. »Du hast noch niemals etwas anderes gesucht als das, du Vieh!!« – »Ihr seid einander würdig«, sagte Captain Jerschek.

Und wieder das Aufbrausen des Windes, des finsteren Stieres, der seine breite Stirn und seine hundert Hörner plötzlich wilder in die Wälder wühlte und dabei dem im Gleichschritt marschierenden Dreieck einen so heftigen Stoß gab, daß es, jäh beschleunigt, vorwärts taumelte.

Und Hindler: »Sobald wir allein sind, reden wir weiter!«

Und Hilde: »Hör dir das an! Der glaubt noch, er wird bei mir schlafen!«

Und Jerschek: »Ruhe jetzt! Sonst fliegt ihr alle beide!«

Und Hindler: »Sie müssen mich nicht hinausschmeißen! Ich gehe schon selber! – Das war ja nicht vorauszusehen«, sagte er dann, »daß Sie mit Ihrer Schwester ein Verhältnis haben, newahr!«

»Wer hat denn das behauptet?« fragte Jerschek.

»Na, ich finde, die Anspielung vorhin war deutlich genug«, sagte Hindler.

Er rannte, angetrieben von weiteren Windstößen, voraus, und Hilde, die sich nun auf einmal gegen Jerschek drückte, schrie ihm nach: »Selbstverständlich hab ich was mit Gottfried! Oder glaubst du, ich werde mich deinetwegen kasteien?«

Da war nun ihr Körper. Da war ihre Schulter, ihr Arm, ihre Hüfte! Und das Geräusch, mit dem sich ihre Schenkel unterm Rock bewegten! Und das Geräusch, mit welchem ihre Stiefel durch den Schneematsch patschten und einander streiften: Links-rechts, pitsch-patsch! »Das spritzt fein!« rief sie und lachte hellauf. Jerschek hatte unwillkürlich ihre Hand gefaßt, diese Hand, die man ihr eigentlich hätte abhacken müssen, und sie fügte sich warm und beängstigend dicht und fest in die seine, und ihre feuchte Innenseite schien sich wie mit Lippen anzusaugen. Er dachte: ›Aber das Erschütternde ist dies, daß sich ja genaugenommen nichts verändert, nichts verschoben hat, daß sich die Mörderin in nichts von jenem Frauenzimmer unterscheidet, welches man für keine Mörderin gehalten hat.‹

»Ich werde es plötzlich vergessen haben«, sagte er leise.

Und sie (genauso): »Du sollst nicht vergessen. Du sollst mir verzeihen.«

Und er: »Ich werde abreisen, und alles wird gut sein.«

Und sie: »So einfach willst du es dir machen? Schäm dich!«

Sie waren von der Straße nach der Villa abgebogen. Zwischen den Bäumen wartete Hindler auf sie. Die Bäume schwankten ächzend in der Finsternis und schwenkten ihre Wipfel. Durch ihre

Stämme sickerte ein geisterhaftes Licht. Es war, als hielte sich der Mond, der noch nicht aufgegangen war, im Schnee verborgen und unterwandere auf diese Art die Waldnacht. Auf einmal konnte man Hindlers verzerrte Visage und das Weiße in seinen Glaskugelaugen erkennen.

Er sagte: »Leider muß ich diese Nacht noch bleiben. Den Zug nach Graz erreiche ich jetzt nicht mehr.«

»Ich habe nichts dagegen, wenn Sie bleiben«, sagte Jerschek. »Nur streitet nicht in meiner Gegenwart, das ist das einzige, worum ich bitten möchte.«

Hilde, in der Rechten schon den Haustorschlüssel, war durch das Brausen der Bäume weitergegangen und stieg nun die Stufen zu der Veranda hinan, deren Schwingtür in der Zugluft klapperte und klirrte. »Jetzt fängt es zu regnen an«, rief sie, ehe sie eintrat. »Gerade hab ich einen Tropfen abbekommen!« Auch Jerschek spürte plötzlich, daß ihn Tropfen trafen. »Maritime Warmluft!« rief er. »Deshalb spinnen alle!«

Er folgte ihr und ließ dann als höflicher Mensch Hindler den Vortritt. »Jaja, ich bin hier zu Hause«, sagte er grinsend. Und sie (im dunklen Gang): »Seitdem er weiß, daß die Kaluppe dir gehört, hat seine Liebe merklich nachgelassen.«

Man hörte, wie sie nach den Zündern und der Kerze tastete, und hörte Hindler in der Finsternis wie einen großen Wolfshund knurren und gleich darauf das schüttere Geprassel, mit dem der erste Schauer gegen die Verandafenster peitschte.

»Du kannst im Gästezimmer übernachten«, sagte Hilde. Sie hatte nun die Kerze angezündet.

»Ich übernachte, wo ich immer übernachte«, sagte Hindler.

»Glaubst du!« sagte sie und hob den Leuchter.

Sekunden standen sie einander Aug in Auge gegenüber, und wieder hörte man den Regen an die Fenster trommeln. Jerschek schloß das Tor. »Das wird bis morgen früh ein feines Glatteis geben!« sagte er. »Ja, eben!« sagte Hilde. »Deshalb wird es besser sein, Max geht gleich.«

Hindler wandte sich ab, drehte sich einmal um seine eigene Achse. Er sagte: »Wenn mich der Hausherr hinausschmeißt, gehe ich gleich.«

Und Jerschek: »Ich hab schon gesagt, Sie können hier schlafen.«

»Aber nicht bei mir!« schrie Hilde. »Nicht in meinem Nest.«

Sie marschierte plötzlich wütend mit dem Leuchter durch den Gang. Das Haus erzitterte von der Wucht ihrer Schritte. »Da!« Sie riß die Tür zum Gästezimmer auf. »Da steht eine Bettstatt! Mit einer Matratze! Polster ist auch da! Und zum Zudecken nimmt so ein alter Soldat wie du seinen Mantel!«

Und Hindler (knirschend): »Willst du, daß ich Captain Jerschek einiges von dir erzähle?«

Und Hilde: »Gib nur acht, daß ich ihm nichts von dir erzähle!«

Und er: »Du drohst mir?!«

Und sie: »Du drohst mir ja auch.«

Und Captain Jerschek: »Vorsicht! Feind hört mit!«

Er stand noch immer an der Tür, die Hand auf der Klinke, ungewiß, was da zu tun sei, und blickte überlegend auf die beiden, die nun wieder, jäh verstummt, einander mit den Augen zu erdolchen schienen. ›Komplizen‹, dachte er. ›Natürlich sind sie Komplizen! Was sonst?! Aber Hilde ist jetzt soweit, ihn fallenzulassen.‹ Er sah ihr Profil, von der flackernden Flamme beleuchtet, schrecklich und schön, und sah den matten Glanz, der in der Dunkelheit von Hindlers Ledermantel ausging, und hörte mit dem einen Ohr die große Stille, die nun herrschte, und mit dem anderen den Regen an die Scheiben prasseln.

Endlich gab sich Hindler einen Stoß. »Gut. Ich schlafe hier«, erklärte er. »Aber gestatte, daß ich mir wenigstens meine Zahnbürste hole!«

»Bitte«, sagte Hilde und blickte ihm nach.

Der Regen prasselte; mit schweren Schritten ging Max Hindler durch den Gang, folgte gedemütigt seinem zusammenschrumpfenden Schatten, kam nun, als trüge er Scheuklappen, an Jerschek vorbei, die Stirn gesenkt, die Schultern hochgezogen, ein trauriger Anblick, und so gebeugt, verzog er sich in Hildes Zimmer und begann da drinnen in der Finsternis herumzutappen.

Jerschek sah nach der schwarzen Öffnung der Tür; dann sah er auf Hilde. Die stand, hochaufgerichtet, am anderen Ende des Ganges und wartete ab. Plötzlich richtete sie ihre Augen auf ihn. »Paß auf! Der legt sich bestimmt in mein Bett«, sagte sie leise.

Es dauerte.

»Na?« fragte sie grob.

»Einen Moment«, sagte Hindler im Zimmer. »Ich sehe ja nichts.« Plötzlich hörte man die Bettstatt knarren – und: »So! Du kannst kommen!« rief er. »Ich liege bereits.«

Mit einem sonderbaren Lächeln schritt nun Hilde durch den Gang. »Jetzt glaubst du wohl, du hast mich überlistet«, sagte sie gelassen. »Nein, mein Freund, es gibt in dieser Villa, Gott sei Dank, ein zweites Bett, in dem ich mich genauso wohl fühl wie in meinem eigenen.« Sie leuchtete von außen in ihr Zimmer, wo Hindler wirklich bis zum Halse zugedeckt im Bett lag. »Wünsche angenehme Ruhe!« sagte sie. »Ich schlafe mit Gottfried. *Helden nur können mir frommen.«*

Verdammt! Schon trampelte sie die Bodentreppe hinan. Jerschek folgte ihr, um sie zurückzuhalten. »Komm herein und mach die Tür zu!!« brüllte Hindler unten in der Finsternis. Und sie jetzt von oben: »Du kannst mich im Arsch lecken, Trottel!! Mit uns ist es aus!!«

Jetzt war sie auf dem Boden, stürmte weiter; Jerschek bekam sie vorübergehend bei ihrer Jacke zu fassen; doch da war sie schon in der Kabuse, riß ihn schon mit sich und drehte auch in seinem Rücken schon den Schlüssel um.

Finsternis nun auch hier. Nur noch Atem und Duft. Die Kerze war bei der Hetzjagd im Zugwind erloschen. Keuchend standen sie Leib an Leib, Herzschlag an Herzschlag, und über ihnen prasselte der Regen auf das Dach.

»Geh hinaus!«

»Nein!«

»Geh hinaus!!«

»Ich kann nicht.«

»Wieso nicht?«

»Weil abgesperrt ist.«

Er tastete über das Schloß: Der Schlüssel war fort.

»Gib den Schlüssel her!«

»Ich hab ihn nicht mehr«, sagte sie heiter. »Wahrscheinlich liegt er unterm Kasten. Oder unterm Diwan. Such ihn doch!«

Er packte sie. »Moment! Das werden wir gleich haben!« Er griff ihr in die Taschen ihrer Jacke: nichts.

Und sie (sofort): »Werde ich perlustriert? Soll ich mich ausziehen?«

»Du sollst abfahren!« keuchte Jerschek. »Hast du nicht verstanden?«

Doch siehe! – nun schien Hindler rabiat zu werden. »He!! Hilde!!« brüllte er unten am Fuße der Treppe. »Hilde!!!« Er schlug mit der Faust gegen den Gong, so daß ein dunkles Dröhnen durch die Villa schütterte.

Und Hilde: »Laß ihn toben! Wunderbar! Und wir beide legen uns derweil ins Bett.« Ihre Augen funkelten in der Finsternis wie die einer Katze. Und Hindler: »Na, wartet, ihr Säue! Jetzt komm ich hinauf!«

Sie aber stellte nun in aller Ruhe ihren Leuchter weg, öffnete, unbekümmert um Hindlers Gebrüll, im Dunkel das Bett, schlüpfte aus ihrer Jacke, warf sie beiseite, zog sich sodann den Pullover über den Kopf (alles ganz ruhig) und verströmte dabei aus dem Wirrwarr von Wolle, Haar und gehobenen Armen den scharfen, atemberaubenden Duft des brünstigen Weibtiers.

Und Hindler: »Pack!! Hurengesindel!! Österreichische Säue!!« Er tappte auf bloßen Sohlen ins Zimmer zurück.

Und Hilde: »Komm doch herauf, wenn du Schneid hast, du schäbiger Randböhm!!« Sie griff sich an die Hüfte, um an ihrem Rock den Reißverschluß zu öffnen.

»Sperr auf, damit ich ihn zum Schweigen bringe!« sagte Jerschek. Und sie: »Aha! Du willst ihn trösten! Willst ihn beruhigen! Ihm schwören, daß du nichts mit deiner Schwester hast! Ihm versichern, daß wir einander ganz gleichgültig sind!«

Und er: »Ich werde ihm den Kragen umdrehen! Gib den Schlüssel her!«

Und sie: »Jetzt will ich dir sagen, wie du ihn umbringen kannst.« Sie legte ihm die nackten Arme um den Nacken. »Schlaf mit deiner Schwester! Schlaf mit Hilde Brunner, der Verbrecherin, der Mörderin!«

Jerschek umfaßte, von einem plötzlichen Schwindel gedreht, ihren Körper und hielt sie auf einmal schwer wie die Erde im Arm. »Soll ich mit dir schlafen und dich dann dem Henker übergeben?« fragte er gepreßt, und fühlte abermals das wilde Schlagen ihres Herzens. Wie herrlich sie roch! Wie jung! Wie betörend lebendig!! Ihre Aura umwehte ihn lau wie ein lange vergessener Frühling. ›Die Welt war einmal jung; die Welt war einmal schuldlos‹, dachte er. ›Und jung und schuldlos wird sie wieder sein, wenn ich sie liebe!‹ Hilde aber flüsterte an seinem Ohr, und ihre Laute lockten wie aus einem grünen, blauen, golddurchflirrten Jenseits: »Hast du das Lied des Waldvogels vergessen? Oder hast du es niemals gehört? Oder hast du es niemals verstanden!« Und jetzt entsann er sich und wußte plötzlich, was für eine Melodie er damals vor sich hin gepfiffen hatte, damals, als er auf der Suche nach der Jugend so verzweifelt durch den Wald geirrt war; und wieder sah er das goldene Flirren des Lichtes, die blonden Keile, in die grüne Dämmerung getrieben, und hörte wieder jene Vogelstimme wie im Frühling rufen und gewahrte nun Esther im goldenen Lichtsturz zwischen den Stämmen, ein Licht ohne Grenzen, sah sie, so wie damals, aus der Sonne in den Schatten treten und verschwinden – und stand, jäh in die Nacht gestürzt, da – und hielt Hilde im Arm.

»Ich weiß: ich bin schmutzig«, stammelte sie. »Von der Asche und dem Staub aus den Verbrennungsöfen. Vom Kot der Lagerstraßen und der Baustellen. Und den ganzen Dreck hab ich auf mir wie eine zweite Haut. Und trotzdem: Der, der mich gezeichnet hat, hat mich auch ein bißchen ausgezeichnet. Er hat einen Kreis um mich gezogen, eine Flammenwand, durch die kein Feigling durchkommt. Denn für einen Helden bin ich aufgehoben, hörst du?! Nur ein Held wird mir ein Kind machen. Denn nur ein Held kann mir die Dreckhaut abziehen – meine glänzende, schillernde, nässende, stinkende Dreckhaut!!«

Sie hatte bei den letzten Worten aufgeschluchzt; nun wühlte sie wie toll die Stirn in Jerscheks Hals, und in diesem Augenblick riß Hindler draußen an der Klinke. »Aufmachen!!« brüllt er. »Aufmachen, ihr Säue!!«

Es kostete Jerschek eine unendliche Mühe, aus der Verzauberung zurückzufinden. Wie aus der Ferne hörte er Hindlers Schimpfkanonade. Doch er fand zurück und wußte wieder, was zu tun war.

Er setzte Hilde langsam auf das Bett; dann trat er an die Tür und sprach ganz ruhig: »Herr Hindler! Schlafen Sie unten im Gästezimmer oder woanders! Mir ist es egal. Meine Schwester bleibt auf jeden Fall heut nacht bei mir. Verstanden?«

Er hörte, daß sich Hindler an die Klinke klammerte, wartete eine Weile, hörte ihn schnaufen. »Oder«, sagte er dann, »gehen Sie gleich. Sie erreichen dann bequem den ersten Zug nach Graz.«

Das Ohr an der Tür, stand er im Dunkel und lauschte.

»Geht er?« fragte Hilde.

»Ja. Er geht hinunter. – Jetzt geht er wieder in dein Zimmer.«

»Hörst du ihn?«

»Anscheinend zieht er sich an und packt seine Sachen. – Aha!«

Er preßte das Ohr an die Füllung, um besser zu hören. Windstöße rüttelten an den Fenstern und heulten im Ofen.

»Er hat eine Walther-Pistole«, flüsterte Hilde.

»So! Woher hat er denn die?«

»Noch aus dem Krieg.«

Jerschek schwieg; er hörte Hindler leise schimpfend hin und her marschieren.

»Die hätte er abgeben müssen«, sagte er schließlich.

»Er trägt sie beständig bei sich. Weil er Angst hat, der Arsch!« sagte Hilde.

»Was befürchtet er denn?«

»Was heute so mancher befürchtet.«

Jetzt hörte man, wie Hindler wieder aus dem Zimmer trat, das Haustor öffnete und dann die Verandatreppe hinabstieg. Man hörte die Schwingtür klirren, dann hörte man nichts mehr: Nur noch das Fauchen des Windes, das Rauschen des Regens, nichts anderes mehr: Das große Geräusch, das Erde und Himmel erfüllte, sonst nichts mehr: Hindler hatte fürs erste kapituliert.

»Fort?« fragte Hilde.

»Ja, er ist fort«, sagte Jerschek. »Jetzt nimm deine Kleider, sperr auf und geh in dein Bett!«

»Also – nichts.«

»Ich laß mich nicht bestechen«, sagte Jerschek.

»Glaubst du, ich will dich bestechen?« fragte sie heiser. »Hältst du mich für so erbärmlich? Hältst du mich für so gemein?«

Er gab ihr keine Antwort; also stand sie langsam auf, langte nach ihrer Jacke und ihrem Pullover; dann trat sie zum Tisch, beugte sich vor und griff nach dem lichtlosen Leuchter; doch plötzlich erstarrte sie, als habe sie etwas gehört. Ein heftiger Windstoß peitschte soeben den Regen ans Fenster, sie aber stand erstarrt zu einer schwarzen Säule in der Finsternis, den Arm noch ausgestreckt; und so – in dieser seltsam angespannten Haltung – begann sie plötzlich, rätselhaft verändert, vor sich hin zu flüstern:

»Du, der geritten kommt auf dem Grauen des Regens,
du, den ich höre im Aufheulen des Sturmes,
du, den ich damals gehört habe in dem Geheul,
mit dem die Bomben auf mich niederkamen,
Herr der Raben,
den ich vernommen habe in dem Gezisch,
mit dem die Jäger aus dem großen, leeren Himmel
auf mich niederstießen,
vergiß nicht dein erniedrigtes Kind!
Wende dich her! Allrauner! Eideshort! Rächender Gott!!«

II

Im Laufe der Nacht wurde der Wind zu einem Orkan, zu einem schwarzen Grölen, das sich wütend in die Wälder wühlte, zu einem Angriff, unter dem das Haus erzitterte und krachte, als werde es im nächsten Augenblick zusammenstürzen. Captain Jerschek warf sich schlaflos hin und her, wälzte sich einmal nach links, einmal nach rechts; seine Stirn war schweißnaß, sein Herz ging rasend, dann stockte es wieder, jäh sich verkrampfend, und schmerzte ihn wie schon seit Jahren nicht mehr. Er dachte: ›Nein! Jetzt langt es mir! Jetzt verlasse ich sie! Wie komme ich denn dazu, mich hier umbringen zu lassen?!‹ Sein Verlangen, zu fliehen, war plötzlich dermaßen heftig, daß er nicht gedachte, erst nach einem Jeep zu rufen und auf den zu warten. ›Und wenn ich bis an die Knie im Schneematsch versinke oder auf dem Hintern übers Glatteis rutschen muß; sobald es hell wird, nehme ich meine Tasche und schleich mich davon. Ohne Adieu zu sagen! Aus soll es sein!‹

Er sah auf die Uhr: erst zwei! Was tun? An Schlaf nicht zu denken. Er zündete also die Kerze an, fuhr in die Kleider. Dann setzte er sich hin und schrieb sein Testament, und zwar mit aller Sorgfalt und in aller Form. Das Geld, das er in London liegen hatte – viel zuwenig! – sollte dem Bunde Österreichischer Widerstandskämpfer gehören; die Villa dagegen vermachte er Hilde – wem schließlich sonst? –, seine Schwester stand ihm trotz allem noch immer am nächsten.

Er betrachtete die beiden Blätter. Seine Hand war verkrampft gewesen und hatte gezittert. Die Schrift sah aus wie der Drahtverhau an der Küste, welcher die Invasion hätte aufhalten sollen. ›Nichts ist aufzuhalten‹, dachte er. ›Keine Invasion, kein Angriff, nichts! Und schon gar nicht, wenn es aus dem Unbekannten kommt! Was geschehen soll, das wird geschehen, und es ist gut so.‹

Jetzt war es vier. Er begann seine Tasche zu packen. Erst nahm er den Browning heraus und steckte ihn ein. Dann suchte er das Nötigste zusammen und verstaute es. Plötzlich hob er angespannt den Kopf.

Eine Bö prallte mit wattigem Knall gegen den Giebel; es klang, als schlage eine riesenhafte Faust ans Fenster; die Villa schien einen Atemzug lang über dem Boden zu schweben, sie neigte sich zur Seite, drohte umzukippen, und Jerschek bemerkte an einem Schwindelgefühl, als fliege er plötzlich, daß sein Herz ein paar Sekunden stillstand.

Nun aber wurde er mit einem Mal so ruhig, als gehe er sich selber nichts mehr an; er machte seine Arbeit weiter, kam damit zu Ende, und auch die Flut des Sturmes ging nun mehr und mehr zurück; er hörte, wie sie in Wäldern und Weiten allmählich verebbte, und als es zu dämmern anhob, war es fast windstill.

Er griff nach Esthers Bild, betrachtete es lange und legte es als letztes in die Tasche. Dann schrieb er noch eilig einige Zeilen an seine Schwester, in welchen er sie bat, ihm dies und jenes nachzusenden. Er stopfte noch etliche Hundertschillingnoten in das Kuvert, verschloß es, legte es auf den Tisch, löschte die Kerze; dann schlüpfte er in den Mantel, nahm seine Tasche, nahm seine Mütze und tastete sich geräuschlos die Treppe hinunter.

Vor Hildegards Zimmer verhielt er Sekunden Atem und Schritt. Das war die Zeit, um die sie jetzt im Winter aufzustehen pflegte. Anfangs glaubte er, von da drinnen ein Schluchzen zu hören, doch bald begriff er, daß es das Schmelzwasser war, was da weinte. Abschiednehmend blickte er den Gang entlang, sah das Gebälk, sah die bekannte Tapete, den Schubladenkasten . . . Doch das alles kam ihm auf einmal gespenstisch und fratzenhaft vor, so, als sei es nur noch eine schäbige Attrappe.

Also schob er den Riegel zurück, drehte den Schlüssel um, trat aus der Tür und zog sie dann in seinem Rücken wieder leise zu. Durch die Bäume, die sich schwarz vor den Verandafenstern reckten, funkelte eine gewaltige blutrote Wunde.

III

Stunde des Henkers, Stunde der Hinrichtungen! Stunde du, zu welcher man den Delinquenten in den Steinbruch bringt! Schiffe stechen in See; Züge verlassen die Städte; im Hinterhalt lauert der Jäger, die Waffe im Anschlag. Stunde, zu welcher das Trommelfeuer verstummt und der Angriff der Infanterie und der Panzer beginnt! Stunde, da die Partisanen aus den Wäldern treten und sich langsam nähern! Stunde des Henkers: Stunde der Züchtigung: Stunde des Schreckens!

Jerschek hatte sich schon immer einiges von ihr erwartet, und sie hatte ihm auch hin und wieder einiges beschert. Heute aber übertraf sie sich; heute hielt sie ihm mit einem völlig neuen Würgegriff die Gurgel zu. Wahrscheinlich lag es an den Kreislaufstörungen, an den Kranzgefäßen, welche sich immer und immer wieder verkrampften, und an diesem Gefühl, mit bleischweren, schwammigen Füßen federnd über Wolken hinzuschreiten. Auch verstörte ihn ein wildes Flügelschlagen, das auf einmal weglängs durch die Bäume jagte; doch das Geräusch verlor sich schon nach wenigen Sekunden, und als er die Straße erreichte, war es vorbei.

Der Regen hatte aufgehört, doch taute es noch immer; der Schnee glitt schmatzend unter den Sohlen hinweg. Es war nicht ganz einfach zu gehen; man rutschte, versank auch bisweilen; aber nicht so schlimm, wie Jerschek schon befürchtet hatte. In der rechten Hand die schwere Reisetasche, die linke an das Herz gepreßt, als könnte er es so beschwichtigen, stampfte er in einer Wachheit, die ihm wie ein Alptraum vorkam, auf die schreckliche Wunde am östlichen Horizont zu. Oben glich der Himmel einer dunklen Schieferplatte, unten auf dem Flachland lag ein wollig weißes Nebelmeer, und dazwischen klaffte jene breite Schnittverletzung, aus der das Blut nun immer blendender hervorquoll. So näherte er sich der hohen Stelle, an der die Telegraphenstange stand; und nun beschloß er, den Abschneider zu gehen, denn im Wald war der Schnee noch wesentlich fester und weniger rutschig. Doch siehe! Als er bald darauf den Mast gewahrte und ihn schwarz und mager vor dem blutbeschmierten Himmel ragen sah, packte ihn plötzlich eine so furchtbare, eine so lähmende Angst, daß er sie nicht mehr allein seinem Herzen zuschreiben konnte.

Zögernd blieb er stehen. Was war los?! Er setzte die Tasche nieder, fühlte den Puls. Der raste, daß man die Schläge nicht mehr zu zählen vermochte. Also doch das Herz! Oder? – Was sonst? Was denn sonst? – Die laue Luft? Die finstere Schieferplatte des Himmels? Die blutende, blendende, nun immer breiter werdende Wunde? Das Gebirge, das nunmehr mit bläulichen Flächen und tiefschwarzen Wäldern erschreckend deutlich und erschreckend nahe dalag? – Er spähte die Straße entlang, kniff die Augen zusammen, denn auf einmal war es ihm, als lauere ihm etwas auf. Nicht der Sudetendeutsche mit seiner Walther-Pistole; nicht eine Horde mit Prügeln bewaffneter Bauern. Kein Idiot. Keine Rudel von Werwölfen in Schafspelzen – o nein! Nichts, wogegen man sich immerhin noch wehren konnte. Etwas völlig Unvorhersehbares. Irgendein geheimnisvoller Wegelagerer! Jedoch die Gefahr, von der er nun wußte, daß sie bestand, die Gefahr, von der nun alle seine Nerven förmlich schrien, trieb ihn nicht zurück; im Gegenteil! – sie zog ihn magisch an und riß ihn weiter fort, ein zäher Sog.

Er hatte seine Tasche wieder aufgenommen, ging nun rascher. Dort oben bei der Telegraphenstange schien sich etwas zu bewegen. Dort! Wo die aufgestapelten Baumstämme lagen! Es verbarg sich nur augenblicklich hinter der Böschung – verflucht! Dann war er da und stapfte die Böschung hinan (im Ohre überraschend den metallischen Gesang der Leitungsdrähte), und dann fand zur Stunde des Henkers jenes Gespräch statt, von dem er schon Minuten später nicht mehr wissen sollte, ob es wirklich stattgefunden hatte.

Auf den Stämmen hockte, der Straße den Rücken kehrend, ein Mann, ein alter Mann, den Jerschek hier noch nicht gesehen hatte; dunkel wie das nasse Holz, auf dem er wuchtete, ragte er reglos empor und schien in die Ferne zu spähen. Er war gekleidet wie ein Waldarbeiter; doch schien er etwas Besseres zu sein, Holzmeister – vielleicht sogar Jäger – vielleicht sogar Förster, denn er hielt in seinen Händen einen Zollstock.

Ohne sich umzuwenden, grüßte er Jerschek. Wahrscheinlich hatte er ihn kommen hören. »Guten Morgen!« sagte er, und das war ungewöhnlich, denn hier oben pflegte man grüß Gott zu sagen.

Captain Jerschek hatte haltgemacht – direkt unter dem Singen und Klingen der Drähte – und blickte starr auf den ihm zugekehrten Rücken, der, breit und etwas gebeugt, einem Bergrücken glich. Er dachte: ›Ich bin diesem Menschen noch niemals begegnet, das weiß ich. Ich brauche gar nicht sein Gesicht zu sehen, um das zu wissen‹ – und »Guten Morgen!« grüßte nun auch er; und seine Stimme kam ihm plötzlich wie das Echo einer fremden Stimme vor.

Und:

»So früh schon auf?!« fragte der Mann. Jedoch er wandte sich auch jetzt nicht um.

Und Captain Jerschek (wie aus weiter Ferne): »Ist das früh für Sie?«

Und der Mann:

»Nicht für mich, aber für Sie, nehme ich an.«

Jetzt drehte er den Kopf ein wenig her. Sein rechtes Profil wurde sichtbar: die mächtige Adlernase, das bärtige Kinn. »Denn ich bin der, der immer früher aufsteht«, sagte er gedehnt. »Sie wollen wohl zur Bahn hinunter. Was?«

»Richtig«, sagte Jerschek, und er dachte: ›Eigenartig! Sein Gesicht sieht anders aus, als ich erwartet habe. Jetzt kommt er mir auch irgendwie bekannt vor. Er erinnert mich an irgendwas Vergessenes.‹

Er starrte gebannt auf dies scharfe und kühne Profil. »Sie sind aber nicht von hier«, sagte er schließlich. Und der Mann (kalt, abweisend): »Nein. Von dort drüben.« Er wies mit einer unbestimmten Handbewegung gegen Norden.

»Ich muß hier warten«, sagte er nach einer Weile. »Wir haben da heroben etwas zu erledigen.«

»Was denn?« fragte Jerschek.

»Zählen – abmessen«, sagte der Mann. »Und die Bäume bezeichnen, die von den Fällern gefällt werden sollen.«

Das Singen! Jerschek spürte, daß sich seine Haare sträubten. Er machte ein paar ungeschickte Schritte auf dem Steig hangab.

»Da sind Sie von der Forstverwaltung«, sagte er.

»Ein Strohmann bin ich«, sagte der Mann. »Bitte sehr! – Stroh!«

Er hob für den Bruchteil einer Sekunde den Hut und ließ darunter eine fahle Mähne sehen. »Ich kann der und kann auch der sein«, sagte er. »Ich bin stets der, den man gerufen hat. Verstanden?«

Er blickte jetzt wieder, wie schon zuvor, gegen Südosten, wo die Wunde immer größer, immer grauenhafter wurde und das ganze schieferfarbene Gewölk in Flammen stand. Er sagte: »Also überlegt euch, bitte, wen ihr ruft!«

Mit Füßen, die gefühllos waren wie Prothesen, war Jerschek inzwischen Meter um Meter weitergegangen und hatte nun den Alten auf dem Hang dort oben hinter sich, eine Bedrohung, nach der man sich lieber nicht umsah. Er zögerte. »Die schönen Wälder«, sagte er schließlich, um etwas zu sagen. »Brennholz«, sagte der Mann. Seine Stimme kam wie ein eisiger Windstoß, erschrekkend, bestürzend, und gleichzeitig blitzte nun dort, wo der Fußsteig im Dickicht verschwand, im ersten Sonnenstrahl etwas wie eine Speerspitze auf.

»Was – was ist denn – das dort?!« fragte Jerschek. Eine Stange mit Eisenspitze war in den Stamm eines Baumes gestoßen und sperrte den Weg.

»Abgesperrt!« sagte der Mann in das stärker werdende Klingen der Drähte.

»Von wem?« fragte Jerschek barsch.

»Von mir«, sagte der Mann. »Von mir, Captain Jerschek.«

Jetzt fuhr Jerschek herum. Im Feuer der jäh auflodernden Sonne saß der alte Mann bewegungslos dort oben. Sein rechtes Auge blickte unverwandt auf Jerschek; sein linkes war verhüllt von einer schwarzen Binde.

»Jeder hat seinen Auftrag; jeder tut seine Arbeit«, sagte er ruhig. Dann zog er eine alte Taschenuhr hervor und ließ den Deckel springen.

»Wie spät haben Sie?« fragte er.

»Acht Uhr sechsundzwanzig«, sagte Jerschek starr.

»Stimmt«, sagte der Mann. »Ich warte bis neun.«

Er klappte den Uhrdeckel zu und steckte die Uhr wieder ein; dann erhob er sich mit einem Ruck, stand plötzlich da, und zur gleichen Sekunde flogen aus einem dürren Gestrüpp ihm zu Füßen zwei riesenhafte schwarze Vögel auf.

Captain Jerschek folgte ihnen entsetzt mit den Augen, sah sie westwärts drehen, sah sie kleiner werden, schattenhafter werden, sah sie in Richtung der Villa im grauroten Himmel verschwinden, und plötzlich sah er nichts mehr, nur noch eine große, schwarze Leere.

Als er wieder zur Besinnung kam, hockte er selbst auf dem aufgestapelten Holz. Er spähte umher. Der Alte war fort – wie vom Himmel verschluckt. Auch die lange, den Steig versperrende Stange war nicht mehr zu sehen, frei war der Weg. War sie jemals dort im Stamm gesteckt? Und war hier je ein anderer als Jerschek selbst gesessen? Und hatte eben noch die Sonne durch den Spalt am Horizont gelugt? Jetzt stak sie in den Wolken, und es wurde nicht mehr heller, sondern immer dunkler. Er schaute auf die Uhr. Es war halb neun. Noch eine halbe Stunde blieb ihm Zeit. Zeit? Wofür?! Er wußte es noch nicht, noch war er ratlos; doch er wußte plötzlich, daß er einen Auftrag hatte. Also rasch!

Atemlos erreichte er die Villa, ein Wrack, das hersah, als erkenne es den Kapitän nicht wieder, Fremdes, das feindselig lauernd zwischen den Bäumen hervortrat und abwartete, nicht gesonnen, wie er nun bemerkte, ihn aufs neue aufzunehmen. Dennoch schleppte er sich weiter, Schritt für Schritt, tappte mit letzter Kraft die Stufen zu der Veranda hinauf, in den Ohren das Trommeln der ringsum niederfallenden Tropfen als dumpfe Narkose und in den Knien schon das Blei der völligen Erschöpfung. Die Schwingtür klirrte, und er taumelte wie ein Betrunkener hindurch, noch immer nicht wissend, was er hier eigentlich sollte; und plötzlich stand ihm Hilde gegenüber, erschütternd wie das Unheil, das Verhängnis, dessen Ausmaß er nun ahnte.

Sie starrte ihn an.

»Du kommst zurück?!«

»Wie du siehst«, sagte er.

»Warum denn? – Hast du was vergessen? – Oder ist der Weg zu schlecht?«

Er keuchte.

»Oder hast du es dir anders überlegt?«

»Nein«, sagte er.

»Was willst du also?«

»Mit dir reden«, sagte er.

Sie machte ihr vermauertes Gesicht. »Wüßte nicht, was wir noch zu reden hätten«, sagte sie eisig.

Und er: »Doch. Wir haben noch etwas in Ordnung zu bringen. Erinnere dich!«

Und sie: »Ich muß in die Kegelbahn – Holz hacken. Laß mich hinaus!«

Sie versuchte, sich an ihm vorbeizudrücken, also trat er einen Schritt zurück und sperrte ihr den Ausgang.

Sie blickte auf ihn; bebend standen sie in dem halbdunklen gläsernen Käfig und maßen einander, und draußen trommelten die Tropfen auf den Boden nieder.

»Na?«

»Du weißt, worauf ich warte«, sagte Jerschek.

Und sie: »Ich hab dir doch gesagt: Da kannst du lange warten!«

Und Jerschek: »Weißt du, was ein Ultimatum ist?«

Und sie: »Mach Platz! Ich hab jetzt keine Zeit für solchen Blödsinn.«

Wiederum versuchte sie, an ihm vorbeizukommen, doch umsonst. Sie fixierte ihn. »Wie du mich haßt!« sagte sie schließlich. »Am liebsten würdest du mich töten! Was?! Denn du könntest genauso töten wie ich; jetzt hab ich's gesehen.«

»Natürlich«, sagte er. »Natürlich könnte ich töten, vielleicht sogar dich. Aber ich tu's nicht, mein Liebling; und das ist der Unterschied zwischen uns beiden.«

»Wer ein Todesurteil fällt, der soll es auch vollstrecken«, sagte sie.

»Ich bin kein Henker.«

»Nein, ein Arschloch bist du.«

Jetzt schielte sie wieder; um ihre Pupillen flirrte und flackerte es.

Und Jerschek: »Schau nicht so frech mit deinen verdammten zweierlei Augen!!«

Und sie: »Du hast ganz die gleichen Augen wie ich. Totschlägeraugen! Gerade habe ich meinen Gott darin aufleuchten sehen.«

»Th!! Deinen Gott!!«

»Ja, meinen – unseren Gott! Nicht den Gott der Gnade, nicht den Gott der alten Weiber, sondern den der Helden!«

»Spiel dich nicht mit ihm!«

»Wieso? – Ich liebe meinen Gott.«

»Und du glaubst wohl, daß er mit dir einverstanden ist!«

»Mit mir bestimmt. Mit dir schon weniger, du Feigling!«

Sie kniff das linke Auge ein und sah ihn mit dem anderen, dem rechten, an. »Mein Wotansauge!« sagte sie und lachte scheußlich. »Mit dem Auge meines Vaters sehe ich die Welt; mit dem Auge meines Vaters hab ich dich durchschaut, du Feigling!«

»Immerhin: Dein Vater hat das andere für Weisheit hergegeben«, sagte Jerschek. »Von der hat aber seine Tochter nicht viel mitbekommen.«

Und sie: »Ich pfeif auf eure Weisheit! Mir genügt mein Mut. Weisheit brauchst vielleicht du. Weil du Angst hast, du Feigling!«

Und Jerschek: »Ja, ich bin ein Feigling! Ja. Ich fürchte mich! Denn ich fühle, daß ein großes Unglück auf uns beide zukommt.«

Und sie (schreiend): »So renn doch, wenn du die Hosen voll hast!«

»Ich kann nicht.«

»Aha!«

»Was heißt hier aha?!«

»Mit seiner Speerspitze sperrt er die Welt . . .«

»Hör auf mit dem Unfug!! Wahnsinnige!!«

Sie grinste, schob sich die Ärmel ihres Pullovers hinauf. »Mein Gott steht hinter mir«, erklärte sie gelassen.

Jetzt erst trat Jerschek zur Seite und gab ihr die Tür frei.

»Bitte!« sagte er. »Lerne ihn kennen!«

Er sah ihr nach. Er sah, wie sie die Stufen niederstieg, sah sie um das Haus herum in Richtung Kegelbahn verschwinden, sah das Wotanskind gereckten Rückens an die Arbeit gehen, stolz, aufrecht, im Zwielicht des Weltuntergangs noch mit sicheren Schritten, in Glaube und Schönheit, und gewahrte ihre Stapfen, die sich nun mit Wasser füllten, und sah den blinden Fleck, wo eben noch ihr Haar gewesen war, ein Hauch von Sonne, und hörte tief erschrocken seine letzten Worte wie ein Echo wiederkehren und ringsum die düstere, kriegerische Musik. Und nun vernahm er die bekannten Laute aus der Kegelbahn: das Schmettern des Beiles, das Bersten und Übereinanderpoltern der Scheiter: hölzerne Schreie, dumpf untermalt von dem rastlosen Trommeln, von den bösen Trommelwirbeln, die das Haus umkreisten – unermüdlich. Und das alles klang gehetzt und wild und wütend wie noch nie und hallte dröhnend wie aus den Verliesen eines Fiebertraumes. Welcher Holzknecht hatte je so leidenschaftlich Holz gehackt?! Welche Hacke je so dreingehauen?! »Bitte, lerne ihn kennen!« sagte das Echo; und horch! Das klang wie näherkommender Gefechtslärm! Das schwoll an wie fernher das Gebrüll aus hundert Schiffsgeschützen! Die Villa zitterte, die Fensterscheiben klirrten in den Rahmen: drei Minuten – vier Minuten – fünf Minuten . . . Jerschek hatte jedes Zeitgefühl verloren. Er stand bewegungslos, wie eingeschlafen da und fühlte, daß er angespannt auf irgend etwas wartete. Und dann trat plötzlich ein, worauf er offenbar gewartet hatte, und überfiel ihn als ein riesiges Entsetzen, das schneeweiß war. Er lauschte, riß die Augen auf – und: Nichts mehr! – Hinter dem Trommeln der Tropfen war nur noch die Stille.

Zuerst vermochte er sich nicht zu rühren. Er hielt den Atem an, ein Seiltänzer, über dem Abgrund von Schwindel erfaßt. Dann winkelte er den Arm ab und sah auf die Uhr. Es war neun, genauer gesagt, schon eine Minute darüber; und jetzt begriff er, daß das Ultimatum abgelaufen und das Schreckliche geschehen war: daß der Strohmann seine Arbeit abgeschlossen hatte.

Im nächsten Moment rannte er quer durch den Garten und sah schon: Vor der Kegelbahn saß Hilde auf dem Hackstock; sie krümmte sich zusammen, zog die Knie an den Leib, verhüllte sich die Augen, und das Haar fiel ihr vorn wie ein Vorhang übers Gesicht.

»Was ist los?!!« rief Jerschek und war nun bei ihr und beugte sich nieder. Er sah: es war das rechte Auge, das sie sich zuhielt. Und nun bemerkte er auch das hellrot glitzernde Rinnsal, das ihr von der Hand den Arm entlang bis in den Ärmel eilte.

Und sie: »Mein Aug. – Ich glaub, mein Aug ist futsch. – Ein spitziges Scheit ist mir mitten hineingesprungen – wie ein Geschoß. – Lauf ins Wirtshaus! Telephoniere um einen Arzt! Es rinnt mir aus! Es rinnt mir aus dem Kopf!!«

Der große Hasenschlag

I

Die Zeit der Holztransporte hatte angefangen. Die Bäume, die nächstens gefällt werden sollten, waren gezeichnet. Traktoren schleiften Bündel zusammengeketteter Stämme zu Tal, und rings in den Wäldern keuchten die Sägen und bellten die Äxte. Der Schnee war verharscht und von zahllosen Spuren durchzogen. Im Wald und auf der Schattenseite lag er noch als starre, lückenlose Decke; die Äste aber hatten sich schon längst von seiner weißen Last befreit, schwarz und reglos streckten sie sich in den milchigen Himmel; und wenn es Abend wurde und das Geräusch der Traktoren talwärts verhallte, hörte man im Garten eine Amsel singen.

»Wo sitzt sie?« fragte Hilde.

»Dort!« sagte Jerschek. »Dort auf der Fichte.«

Die Amsel saß, als Silhouette deutlich sichtbar, auf dem Fichtenwipfel.

Hilde blickte empor. »Ich kann sie nicht sehen«, sagte sie schließlich. »Man sieht mit einem Auge doch viel schlechter als mit zweien.«

Sie trug nun über ihrem rechten Auge eine schwarze Binde. Das heißt: Sie hatte unter dieser Binde nur noch eine leere Höhle. »Es schaut wüst, es schaut grauenhaft aus«, sagte sie manchmal. »Du darfst das niemals zu Gesicht bekommen.«

Der Boden der Veranda zeigte nasse Flecken von dem Schnee, den sie im Laufe des Tages hereingeschleppt hatten. Sie stampften sich auch jetzt die Schuhe ab (während draußen immer noch die Amsel sang); dann traten sie wie jeden Abend ein, versperrten und verriegelten wie jeden Abend hinter sich die Tür und tauchten wieder in die Dämmerung und Abgeschiedenheit des alten Hauses wie in ein Gewässer, das den Schmerz betäubte.

Denn obwohl nun vieles überstanden war: das Entsetzen Jerscheks, Hildes erste Fassungslosigkeit, der Jänner mit seiner Kälte und seiner blendenden Helle, das Geschrei der Sportler von den grellen Hängen, die traurigen Fahrten zum Augenarzt Woche für Woche (immer in diesem offenen Jeep der Besatzung, den Jerschek chauffierte) – obwohl das also alles überstanden und vorbei und wahrscheinlich nie der Rede wert gewesen war, geblieben war ein großer, rätselhafter, violetter Schmerz, der nun überall und ständig auf der Lauer lag und die beiden Geschwister mit jedem Wort, mit jedem Blick, mit jedem Gedanken, ja manchmal sogar mit dem Ruf eines Vogels anspringen konnte.

»Du bist traurig.«

»Überhaupt nicht«, sagte Hilde. Sie ließ sich nicht gern bedauern; sie wollte kein Mitleid. Doch wenn sie nachts mit ihrem Schmerz und ihrer Schuld allein war, weinte sie bisweilen leise vor sich hin; das wußte Jerschek.

Wie jeden Abend gingen sie in die Küche und legten ihre Überkleider ab. In der graublauen Dämmerung, welche den Raum wie Nebel erfüllte, tickte die Uhr, und von draußen hörte man noch immer den Gesang der Amsel. ›So kann es ja nicht ewig bleiben‹, dachte Jerschek. Die Luft hatte nach Aufbruch und Abschied geschmeckt. Er betrachtete Hilde, wie sie die Kerze anzündete, sah ihre Hand, von der Flamme rötlich durchleuchtet – und »Dein Stier ist auch gestorben«, sagte er. Unvermittelt war ihm Hindler eingefallen. »Beleidigt!« sagte sie und hob den Leuchter. »Außerdem dürfte er Angst haben«, sagte sie dann.

Nun fiel ihr der Kerzenschein direkt aufs Gesicht. Jerschek sah sie scharf an. »Aha!« sagte er. Sie wich seinem Blick aus, wandte sich ab, griff erneut nach den Zündern. »Könnt ja sein, daß er Dreck am Stecken hat, genau wie ich«, sagte sie schließlich. Die Amsel war verstummt. Der Frost zog an, das Haus begann zu knistern. »Ich weiß natürlich gar nichts«, fügte sie hinzu. Sie trat an den Herd, stellte den Leuchter dort ab; dann hockte sie sich, den Rock hinaufziehend, nieder, um Feuer zu machen. Jerschek blickte auf ihren gekrümmten, schmächtig gewordenen Rücken, blickte auf ihre Arme, auf ihre Beine. Früher hatte ihr Rock, wenn sie so dagehockt war, um die Schenkel gespannt, das tat er jetzt nicht mehr; sie war in letzter Zeit bestürzend abgemagert. »Jetzt schau ich schon selbst wie ein Schutzhäftling aus!« sagte sie manchmal. »Du ißt ja auch nichts«, sagte Jerschek. Sie zuckte die Achseln. »Ich bring ganz einfach nichts hinunter«, sagte sie. »Wenn ich ein Essen nur rieche, wird mir schon übel.« Dennoch kochte sie und tischte auf wie eh und je, nahm sich dann auch meistens selber etwas auf den Teller, schnitt daran herum, probierte einen Bissen, kaute ein wenig, gab es aber alsbald auf und legte ihr Besteck gekreuzt darüber. Auch an diesem Abend hielt sie es nicht anders. Jerschek sah ihr zu. Er fragte: »Geht es nicht?« Mit ihrem einen Auge schaute sie ihn groß und ratlos an. Dann schüttelte sie den Kopf. »Nein«, sagte sie.

Jerschek schämte sich plötzlich weiterzuessen. Er schluckte den Brocken, den er gerade im Munde hatte; dann legte auch er das Besteck hin, faltete die Serviette zusammen – und »Bring den Whisky!« sagte er. »Der wird hinuntergehen.«

Um Hildes Lippen huschte ein winziges Lächeln, ein flüchtig zuckender Schein (oder hatte das Licht aufgeflackert?). Sie erhob sich, ging mit schweren Schritten zur Kredenz hinüber und kehrte wenig später mit der Flasche und zwei Wassergläsern wieder.

Sie schenkte ein, erst ihrem Bruder, dann sich. Sie sagte: »Das erinnert mich an unsern ersten Abend. Wie du angekommen bist – und wie es angefangen hat, zu regnen. Kaum daß du da warst, ist der Regen losgegangen – weißt du noch?«

Sie stellte die Flasche nieder und griff nach dem Glas. Einsam und mager ragte sie neben dem Tisch. »Damals waren sie da«, sagte sie leise. »Und bald darauf ist eins ums andere gekommen.«

Jetzt hob sie ihr Glas an den Mund und nahm einen Schluck. Ihr Gesicht war erstarrt wie Zement; ihr Blick ging ins Leere. »Hör zu!« sagte sie. »Das mit dem Auge ist nicht das Schlimmste. Es ist noch etwas weitaus Schlimmeres geschehen.«

Sie führte abermals ihr Glas zum Mund, und diesmal goß sie es in einem Zug hinunter. Dann stellte sie es langsam auf den Tisch zurück. »Ich bin schwanger«, sagte sie. »Im vierten Monat schwanger.«

Jerschek zuckte zusammen.

»Nein!« sagte er.

»Doch«, sagte sie. »Schon Ende Jänner hat es mir der Arzt bestätigt. – Da!« Sie reckte den Bauch heraus. »Da, bitte! Man sieht es schon deutlich. Da ist der Samen des Herrn Hindler aufgegangen.«

Mit beiden Händen hielt sie ihren vorgereckten Leib und sah an sich hinab. »Ich kann's mir ja noch immer nicht erklären«, sagte sie. »Zum Beispiel damals, an dem Abend, wo du angekommen bist . . . da hab ich tatsächlich vergessen, mir mein Pessar einzusetzen. Aber dann zu Allerheiligen, wo es geschehen sein muß, da hab ich's die ganze Zeit über drinnengehabt; das weiß ich genau. Ich hab es erst herausgenommen, als er fort war«, sagte sie. »Und es ist auch nicht verrutscht gewesen«, sagte sie.

Nun griff auch Jerschek nach dem Glas und kippte es. »Na, ich gratuliere!« sagte er. Dann aber strich er ihr, plötzlich gerührt, über das Bäuchlein, das sie ihm hinhielt, und das sich wirklich schon zu wölben anfing.

»Hübsch!« sagte er.

»Laß das! Hilf mir lieber!« sagte sie.

»Willst du es nicht zur Welt bringen?«

»Nein«, sagte sie – und nach einer Weile: »Nein. Ich will es nicht. Ein Kind von einem Max Hindler will ich nicht haben.«

Er bestaunte immer noch die kleine Schwellung, dachte: ›Schade! Alles wäre an ihr so in Ordnung gewesen.‹

»Also gut!« sagte er schließlich. »Ich werde dir einen Arzt beschaffen, der es dir nimmt.«

»Gut«, sagte sie. »Ich werde dann leichter zur Hinrichtung gehen.«

Sie kehrte sich langsam ab, trat an den Herd und schob zwei große Scheiter in das Feuer. »Denn ich *werde* zur Hinrichtung gehen«, murmelte sie. »Früher oder später, so oder so.«

Dann kam sie zurück und schenkte sich abermals ein. »An dem Tag, an dem du angekommen bist, da hab ich sie gesehen«, sagte sie. »Die Wirtin hat mir dein Telegramm übergeben, und auf einmal sind sie vor mir im Acker gesessen und haben geschaut.«

Jerschek sah, daß sie an etwas Grauenhaftem würgte. Er fragte: »Wer hat geschaut?« – »Die schwarzen Vögel«, sagte sie. »Du kennst sie nicht.«

»Raben?« fragte er.

»Zwei Raben«, sagte sie.

»Komm!« sagte er. »Stell dein Glas auf den Tisch und setz dich da her!«

Er fuhr mit dem Sessel zurück, zog sie heran, und sie tat wie er befohlen hatte. Trotz ihrer Länge sank sie auf seinen Knien zusammen, als sei sie ein Kind. Sie legte ihm die Arme um den Hals und hielt sich an ihm fest.

»Ich seh sie immer, bevor etwas schiefgeht«, flüsterte sie. »Glaubst du's nicht?«

Er streichelte sie. »Doch«, sagte er. »Ich glaube es dir. Ich hab sie nämlich auch gesehen.«

»Du auch?!«

»Ich auch. – Oder meinst du, daß die Welt in meinen Augen soviel anders aussieht?«

Sie schmiegte sich schaudernd an, und er fühlte ihr Zittern und fühlte überrascht, wie leicht sie war (als sei sie ausgehöhlt); und er fühlte durch die Wolle ihres Sweaters ihre Rippen, ihren Brustkorb und darin das wilde Jagen ihres Herzens.

»Im Lager hab ich sie zum ersten Mal gesehen«, sagte sie. »An dem Tag, an dem der Fliegerangriff war. Und bald darauf ist Günther an die Front hinaus und ist gefallen; und im Sommer hab ich dann die Jüdin umgebracht. Und beim zweiten Mal, da waren es die beiden Jäger«, sagte sie, »damals wie ich hergefahren bin; du weißt. Ich hab sofort gewußt, daß sie es sind und ich gemeint bin. Und dann – dann hab ich wieder einmal etwas angestellt.«

Jerschek glaubte zunächst, nicht richtig verstanden zu haben. Doch nun bemerkte er, daß es sie schüttelte, und er spürte ihren Schweißgeruch, der plötzlich unerträglich war, dies furchtbar Fremde, das ihm wehtat, das ihn schreckte und ihn dennoch magisch, übermächtig anzog, und »Was denn?« fragte er. »Dann hab ich den Burschen erschossen«, flüsterte sie. »Dann hab ich einen zweiten Mord begangen. An dem Tag, an dem ich selber knapp am Tod vorbei bin; an dem Tag, an dem ich sie zum zweiten Mal gesehen hab.«

II

Sie hatte gleich gewußt, daß es die Raben waren, als sie die beiden von Süden her hatte anfliegen sehen, und war, das immer stärker werdende Geräusch zu Häupten, vom Zug und vom Bahnkörper weg in den Acker gerannt. Im zähen Erdreich bis an die Knöchel versinkend, war sie auf ein noch winterlich kahles Gehölz zugestampft, rechts oben das Näherkommen der beiden jagenden Schatten, die vor der jungen Sonne immer größer, immer schwärzer wurden; und plötzlich hatten die Motoren aufgejault, und sie, den Acker auf einmal wie Klumpen von Blei an den Stiefeln, hatte sich, jählings um ihre eigene Achse gewirbelt, in die nächste Furche fallen lassen. Schon stürzend, gerade noch unter den Brauen, sah sie die beiden, wie sie nunmehr durch den golddurchglühten Dunst herunterstießen; sie hörte die Bordwaffen bellen, sah Erde aufspritzen, rammte ihre schweißbedeckte Stirn mitsamt dem Schiffchen und dem Hoheitszeichen in den Dreck. Die Jäger aber stießen direkt auf sie nieder; ihr Flügelrauschen glich einem Weltuntergang; und während sich das Gebrüll ihres Sturzflugs in ihr überschlug und ihr derart den Magen umstülpte, daß sie sich jäh übergab, wurden ihre Glieder mit der Erde eins. Dann erst merkte sie, daß sie getroffen war.

Von der Strecke her vernahm sie nun den scharfen Zischlaut, mit dem schon Sekunden aus dem durchlöcherten Kessel der Lokomotive der Dampf schoß, auch hörte sie das Heulen etlicher Verwundeter, dann schrille Schreie, die sich ihr wie Messer in die Ohren bohrten. Langsam hob sie ihr Gesicht aus seinem Abdruck und aus der scharfen Säure des Erbrochenen, hob es auf und sah: Am Bahndamm drüben stand ein Mann und krümmte sich wie eine Made; plötzlich kippte er um und rollte die Böschung hinab. Dann aber sah sie, daß ihr linker Ärmel rot durchnäßt war, und spürte plötzlich auch den grellen Schmerz in ihrem Unterarm und sah nun auch: Deutlich zeichneten sich ihre Züge im Lehm ab: Der Acker hatte ihr die Totenmaske abgenommen.

Mit Vorsicht drehte sie den Kopf und spähte hinter sich. Die Jäger zogen – nun schon weit im Norden – eine Schleife; ihre schlanken Leiber glänzten wie überirdische Pfeile vor den dunklen Dunstgebilden über Graz. – Wieder blickte sie auf ihren Arm. Hellrotes Blut quoll durch den Stoff und sickerte ein in die naßkalte Erde. Erde! Dunkle Mutter! So kehre ich heim. Ich schenke dir mein Blut. Ich schenke dir mein Licht. Ich berge mein Gesicht in deinem Schoß. Ich vergrabe mein Gesicht in deinem schwarzen Fleisch. Bald werden wir eins werden, Mutter, und alles wird gut sein: Ich, die Helle, Blonde, kehre in dein Dunkel ein.

Dann aber riß ihr ein jähes Entsetzen den Körper empor, denn plötzlich spürte sie dicht unter sich das Saugen der Erde, den großen Sog, ein weiches, nasses Riesenmaul, das sich unvermittelt unter ihr geöffnet hatte.

Zwei Stunden später marschierte sie dann auf der Landstraße gegen Deutschlandsberg auf die mittagsblauen Berge zu, Stiefel und Uniform noch voller angetrocknetem Lehm, doch den Arm nun kunstgerecht verbunden und in einer Schlinge, und über dem gereinigten Gesicht und einer aufgeklarten Stirn das aus dem Dreck gefischte Schiffchen wieder auf den Locken.

Der nette Sanitäter hatte ihr gesagt, sie solle machen, daß sie weiter und nach Hause komme. Ihre Verletzung sei eine Lächerlichkeit: ein Streifschuß, der schon in wenigen Tagen verheilt sein werde. Er hatte ihr schmerzstillende Pulver gegeben (gleich eine Handvoll) und gesagt, sie solle losmarschieren, denn der Betrieb auf der eingleisigen Strecke – er hatte gegrinst – werde jetzt wahrscheinlich bis zum nächsten Morgen unterbrochen sein. »Nichts als weg hier, Mädchen!« hatte er gesagt. »Hier kann jeden Augenblick die Hölle wieder losgehen. Gehst du heim? – Dort hinauf? – Ja? – Am liebsten würde ich mitkommen, Mädchen, das kannst du mir glauben! In die Berge, in den Wald! Jawoll!«

Er hatte sie dabei ganz eigentümlich angeblickt und dann erneut nach dem Hoheitszeichen auf ihrem Ärmel geschielt. »Du bist doch eine Steirerin. Na eben! Ich bin Deutscher. – Mensch, wenn ich 'n Österreicher wäre!«

Gegen elf erfolgte abermals Alarm. In fernen Marktgemeinden heulten die Sirenen auf, und alsbald erfüllte ein finsteres Dröhnen Höhen und Tiefen: Zahllose Bomberverbände zogen ihre Kondensstreifen über den Himmel. Verblüfft folgte Hilde dem apokalyptischen Vorspiel, den Schwärmen der Todesengel, den Schwärmen der glitzernden, tief in der Bläue schwimmenden Kreuze, die den ungeheuren Abgrund ihr zu Häupten in einen Strom von weißen Linien verwandelten. Darunter lag das Land wie ausgestorben da und sonnte sich, und das war, so schien es ihr, für sie ein großer Vorteil, denn so konnte die Soldatin ungeniert drauflosmarschieren und mußte sich in ihrem jämmerlichen Zustand nicht begaffen lassen. Sie kam durch eine kleine, sonngebleichte Ortschaft und dann abermals zwischen die leeren Vorfrühlingsäcker; grelle Helle fiel aus dem Zenit auf sie herab und sprang von der weißen, staubigen Fahrbahn an ihr empor.

Plötzlich hielt sie an. Sie war in Schweiß gebadet. Auch ihre Schmerzen wurden wieder ärger. Sie schaute umher: Äcker, Wiesen, Hecken, ferne Wälder, ferne Gehöfte; in einiger Entfernung eine Scheune ... Mit der Rechten griff sie in die rechte Außentasche, holte sich eine von den Tabletten heraus und schluckte sie sodann hinunter mit dem Speichel, den sie vorher schon im Munde angesammelt hatte. »Mädchen, wenn ich Österreicher wäre!« Hatten diese Worte irgendeinen Hintersinn? Warum hatte er gegrinst? Warum geseufzt? »Mädchen, wen ich so 'n Österreicher wäre!« Ja, was dann? – Ratlos stand sie mitten auf der Straße in der grellen Sonne, und am ganzen Körper brach ihr abermals der Schweiß hervor; aus allen Poren stürzte er wie Wasser aus den Löchern einer Brause und lief in Bächen an ihr nieder und durchtränkte ihr die Unterwäsche. Und überhaupt! Was hieß hier Österreicher! Und was hatten sie von ihr gewollt, die beiden? Und dort oben diese vielen weißen Linien, die nun, breiter werdend, wie Gazestreifen zu flattern begannen!

Auf einmal fühlte sie sich zum Umsinken müde. Sie schaute sich abermals um. Die Scheune dort drüben! Natürlich! Aus den Ritzen der Giebelwand lugte das Heu des vergangenen Sommers. Schlafen! Den Schrecken ausschlafen wie einen Rausch.

Sie ging noch etwa hundert Meter auf der Straße weiter, bog dann rechter Hand in einen Feldweg ein und erreichte nach ungefähr dreihundert Schritten die Scheune, die inmitten einer Wiese einsam ragte. Ein grauverwittertes, schon etwas windschiefes, hölzernes Bauwerk, eigens hier aufgestellt für den weiblichen Landsknecht, der nun daherkam. Jawohl, und das Fahle, das zwischen den Brettern hervorsah, war tatsächlich Heu! Heu, darin der Landsknecht sich verkriechen würde, um zu pennen.

Sie hörte fern die Mittagsglocken läuten – noch keine Entwarnung – und marschierte schweren Schrittes um das Ding herum, denn das Tor befand sich, wie sie nun bemerkte, auf der anderen, auf der der Straße abgekehrten Seite. Einsamkeit! Das nächste Gehöft offenbar weit (nicht einmal einen Hund hörte man bellen – nur diese Glocken); doch immerhin: im weichen Weg die Spuren eines Wagens und dann direkt vorm Tor ein Haufen frischen Pferdemistes. Sie trat in ihn hinein, so heftig, daß die Äpfel auseinanderkollerten (die dampften noch; die konnten höchstens Stunden alt sein, interessant!), und so gelangte sie ans Tor und zog daran. Und siehe: es ging auf, und drinnen türmte sich das Heu.

Sie schwang sich in die Pracht und kippte auch schon um, fiel, wie jäh betrunken, in das große, dämmerige Nest; und ein Geknister quoll um sie empor und schloß sich über ihr und nahm sie auf und raubte ihr mit seinem Duft für Augenblicke die Besinnung. Erde! Heimat! Dein duftendes Haar! Sie reckte sich; dann setzte sie sich wieder auf. Sie stellte fest: das Heu roch besser als ihr Schweiß, und der Pferdemist an ihren Stiefeln besser als die Jodtinktur auf ihrem Arm.

Mit großer Mühe fing sie an, sich auszuziehen. Weg mit der verschwitzten Kluft, der durchgeschwitzten Wäsche – oh! Wimmernd vor Schmerz, wand sie sich aus der Jacke heraus, doch die Bluse noch abzustreifen, gelang ihr schon nicht mehr. Sie beugte sich zu ihren Stiefeln nieder: erst den linken. Sie faßte ihn fest bei der Ferse, aber vergebens. Er saß wie angeleimt an ihrem nassen Fuß, und der rechte, wie sie bald erfahren mußte, ebenso.

Verzweifelt ließ sie sich ins Heu zurückfallen, starrte zu dem löcherigen Schindeldach empor und – schrak zusammen. Auf einem der waagrechten Querbalken des Dachstuhls kauerte ein Soldat und sah auf sie nieder.

Erst glaubte sie, es handle sich um irgendeinen abenteuerlichen Feind, um einen Fallschirmspringer, einen britischen Agenten, einen Tito-Partisanen. Dann aber sah sie, daß es ein deutscher Luftwaffenfeldwebel war, der sie ansah, und außerdem ein ausgesprochen hübscher Bursche.

Also fand sie ihre Fassung wieder, zog sich den Rock zurecht und »Haalo!« rief sie hinauf, wobei sie ihre allerordinärste Stimme machte und nicht die zweite, sondern die erste Silbe betonte.

Jetzt lächelte der Bursche oben in der Dämmerung.

Er sagte: »Also eine Österreicherin.«

»Eine Deutsche«, sagte Hilde.

Und der Bursche: »Eine Österreicherin.« Dann schnellte er sich ab und landete vor ihr im Heu.

»Soll ich Ihnen helfen, Landsfrau?« fragte er und stand nun da – und: er war hübsch! – hübsch, daß es einem den Atem verschlug: Ein Siegfried! Oder überhaupt der Sonnengott persönlich! Und das lag wahrhaftig nicht an seiner Uniform. Hilde hielt ihm also ihre Knobelbecher hin. »Bitte!« sagte sie und lächelte verwirrt. Und plötzlich spürte sie, daß ihr das Blut ins Gesicht schoß, ja so was! Die Adjutanten-Nutte errötete wie ein Backfisch.

Er packte zunächst ihren linken Stiefel, »Alsdann – ho ruck!« zog an, zog ihn ihr ab und warf ihn beiseite.

»Arm verstaucht?«

»Nein, ein Streifschuß«, sagte sie stolz; und dann erzählte sie ihm, was ihr widerfahren war.

»Also das war das Geknalle!« sagte er heiter und zog ihr nun den rechten Stiefel aus. »Ich hab mir gleich gedacht, daß das dem Zug gilt. Ich lieg da nämlich schon den ganzen Vormittag im Heu. Tut es weh?« fragte er dann.

»Nicht schlimm«, sagte sie. »Nur ein bißchen Fieber dürft ich haben.«

Er betrachtete sie. »Soll ich dir auch noch die Strümpfe ausziehen?« fragte er schließlich.

»Danke schön; das kann ich schon selber«, sagte sie lächelnd.

Sie entblößte ihre Schenkel und fing an, die Strümpfe von den vier Strumpfbändern zu lösen.

»Du trägst einen Hosenrock«, sagte der Bursche.

»Ja«, sagte sie.

»Was bist du eigentlich?«

»Wehrmachthelferin«, sagte sie ruhig und zuckte die Achseln. Es wäre ihr peinlich gewesen, die Wahrheit zu sagen; sonst aber war ihr plötzlich nichts mehr peinlich; nicht einmal ihrer verschwitzten Strümpfe schämte sie sich, als er ihr nun dennoch half, sie auszuziehen. Sie ließ sich Stück um Stück von ihm entkleiden, und schließlich saß sie nackt vor ihm im Heu. Sie legte sich zurück und fuhr sich mit den Fingern durch das blonde Haar auf ihrem Schoß. »So«, sagte sie. »Jetzt bist aber du an der Reihe, mein Lieber!«

Unter gesenkten Lidern sah sie ihm zu, wie er die Koppel mit der Pistole ins Heu fallen ließ und nun anfing, seine Jacke langsam aufzuknöpfen, sie schließlich abwarf und hernach das graue Hemd und dann ein ärmelloses Unterleibchen – und sich alsdann auf den Boden setzte und die Stiefel auszog und wieder aufstand und aus seiner Hose stieg, bis er zuletzt im goldenen Dämmer der Scheune als der lichterlohe Sonnengott vor ihr stand.

Sie fühlte, daß sich ihre Augen jäh mit Tränen füllten. ›Habt ihr das vermittelt, Raben?!‹ dachte sie. ›Soll das das Unglück sein, das ihr angekündigt habt? Oder habt ihr mich nun endlich in ein Glück gestoßen?‹

»Ich werde dich Baldur nennen«, flüsterte sie.

»Nenne mich Franz!« sagte der Bursche. »So heiße ich nämlich.«

»Warum nicht Baldur? Baldur ist der Sonnengott.«

»Baldur heißt auch mein Gauleiter«, sagte der Bursche.

Sie wölbte die Brauen. »Möchtest du nicht wie dein Gauleiter heißen?«

»Nein«, sagte er.

»Er war unser Reichsjugendführer.«

»Ich weiß. Ich scheiß auf ihn.«

»Und? – Auf wen noch? – Auf Himmler? Goebbels? Göring? – Auch auf Hitler?«

»Auf alle!!«

»Auch auf mich?«

»Nein. Du bist herrlich!« sagte der Bursche.

Er schloß das Scheunentor und verrammelte es. »Der Bauer war zwar in der Früh schon da, der wird bestimmt nicht wieder herschauen«, sagte er. »Aber die Heeresstreifen . . .«

»Die Heeresstreifen können uns auch«, sagte Hilde. »Komm in mich hinein, du Sonnengott!«

Er kam; er legte sich auf sie; er küßte sie; und sie, ganz erfüllt von dem Wunsch, sein Saatgrund zu werden, klappte mit einer großen, einfachen, fast schon sakralen Bewegung unter ihm die Schenkel auseinander.

»Wart! Ich helf dir durch den Urwald«, sagte sie.

»Du bist herrlich!« sagte er und biß in ihren Hals.

Sie wand sich unter ihm. »Die Flieger!« sagte sie. »Sie fliegen zurück.«

»Oder es ist eine neue Welle, die angreift«, sagte der Bursche.

Unter dem abgründig tiefen Grölen der Bomberverbände, das nun zum zweiten Mal die blauen Räume dieses Tages auseinanderbog, wälzten sich die beiden in der dämmrigen Scheune durch das Heu, zwei keuchende, stoßende Tiere, wild ineinander verkrallt, verkeilt und verbissen.

Plötzlich schrie sie auf.

»Hab ich dir weh getan?!« stammelte er.

»Ja, du Kindskopf, ja, du hast mir weh getan, ja. Aber auch ein Schmerz kann glücklich machen. Und vielleicht ist jedes große Glück ein Schmerz; ich weiß es nicht.«

Sie wußte nur eines: ›Das ist der Höhepunkt meines Lebens, und mein Leben ist ein Nichts, doch dies ist nun sein Höhepunkt, dieses vergängliche Glück, das ich mit furchtbaren Schmerzen erkaufe, dieser Moment, schrecklich und herrlich wie die Geburt eines Kindes, dieser große Schmerz, da sich das Licht in mir verströmt, ein Strom von Gold, jetzt, nachdem ich schon in Hels Finsternis gelegen bin, jetzt, nachdem ich schon von Kopf bis Fuß mit Lehm bedeckt war wie eine Tote und bereits den Sog des Erdenmaules unter mir empfunden habe, dieser Strom von Gold, der über meine Ufer tritt, während in der Ackerkühle schon mein Abdruck auf mich wartet, dieser Augenblick, der mir von nun an bis ans Ende sagen wird, daß ich einmal dagewesen bin.‹

Als sie wieder zur Besinnung kam, herrschte über ihnen in den Lüften eine große Stille.

»Sie sind fort.«

»Weitergeflogen – nach Wien«, sagte der Bursche, der neben ihr lag. »Baldur, der Sonnengott, sitzt jetzt vermutlich im Bunker.«

Er betrachtete sie. »Was hast du denn da auf der Stirne?« fragte er schließlich. »Ein Muttermal? – Oder ist das nur ein Schatten?«

»Wahrscheinlich Schmutz. Wahrscheinlich bin ich schmutzig«, sagte sie. »Ich bin doch überhaupt total verdreckt: acht Tage auf der Bahn!«

»Du bist herrlich!« sagte er. »Du bist wie ein Meer! Man schwimmt in dir, man versinkt in dir, man geht in dir unter. Aber du bist dunkel. Ja. Obwohl du blond bist, bist du dunkel. Deine Helligkeit ist nur das Glitzern auf der Oberfläche.«

Plötzlich stand er auf und trat zu seinen Kleidern. »Ich mach dir einen Vorschlag«, sagte er langsam. »Du hast mir erzählt, du gehst ins Gebirge hinauf. Ich geh auch dorthin: Wir können miteinander gehen.«

Er zog Unterhose und Leibchen an. »Ich hab genug. Ich laufe zu den Partisanen über«, sagte er. »Dort oben im Gebirge operiert jetzt eine österreichische Legion, zu der will ich stoßen. Gestern abend bin ich desertiert.«

Hilde hatte sich aufgesetzt und betrachtete ihn. »Steht dir gut, die kleine Hose und das Leibchen«, sagte sie.

»Kommst du mit?« fragte der Bursche. »Ja? – Nein?«

Sie wich seinem Blick aus.

»Bis dort, wo ich daheim bin, können wir ja miteinander gehen«, sagte sie.

Der Bursche griff nach seinem Hemd und zog es an. Er sagte: »Du weißt, was ich will: Ich will, daß du mitkommst. Ich will, daß du mit mir zusammen zu den Partisanen gehst. Denn ich weiß, daß du ein Kerl bist, mit dem man Pferde stehlen kann.«

Hilde fühlte, wie ihr Fieber jählings anstieg. Klappernd schlugen ihr die Zähne aufeinander.

»Nur deshalb willst du, daß ich mitkomm?« fragte sie.

»Ich will, daß wir beide zusammenbleiben«, sagte der Bursche.

Durch ein Loch im Dach fiel jetzt ein Sonnenstrahl direkt auf ihren Schoß und bewirkte, daß das Haar dort golden leuchtete. »Obwohl du dunkel bist. Obwohl du wie ein Meer bist«, sagte der Bursche. »Oder«, fügte er hinzu, »gerade deshalb.«

Jetzt erhob sich auch sie (immer noch fröstelnd, immer noch

schnatternd). »Hilf mir!« sagte sie. »Mir tut mein Arm weh.« Sie knöpfte sich den Strumpfbandgürtel um; dann schlüpfte sie in ihren schmuddeligen Schlüpfer.

Der Bursche kam her, nahm ihr Gesicht zwischen die Hände, küßte sie erst auf die Augen, dann auf den Mund. »Wie gut dein Speichel schmeckt!« flüsterte er. »Und wie gut dein Haar riecht! Wie gut deine Haut riecht! Und wie fest du bist! Und wie geschmeidig du bist!« Geduldig half er ihr sodann in ihre Sachen. »Ich bin die ganze Nacht gegangen«, sagte er. »Mein Gott, was ist das für ein wunderbares Land! Das ist wie du; das ist wie ein gesundes junges Mädchen!«

Sie war nun angezogen, hatte ihren Hosenrock und ihre Stiefel wieder an; nur ihre Jacke lag noch, das Futter nach außen gekehrt, auf dem Boden.

»Willst du sie haben?« fragte der Bursche.

»Nein«, sagte Hilde, »laß sie dort liegen! Laß sie liegen, wie sie da liegt; so trocknet sie besser!«

Sie setzte sich wieder ins Heu und ließ sich versinken. Dabei stieß sie zufällig gegen den Überschwung mit der Pistole, der, halb vergraben, im umgeackerten Liebesnest lag, so, wie ihn der Bursche hatte hinfallen lassen.

Sie dachte: ›Die Ärmel sind umgestülpt, jawohl, auch der linke; das Hoheitszeichen ist verborgen; gut so.‹ – »Wir warten hier ab, bis es finster ist; dann marschieren wir los«, sagte der Bursche, und seine Stimme klang nach Aufbruch, klang nach Hoffnung.

Hilde zog den Gürtel langsam aus dem Heu hervor und befühlte die Pistolentasche. Sie sagte: »So ein Wahnsinn! Die Pistole einfach hinzuschmeißen und sich auch noch auszuziehen! Stell dir vor, es wäre eine Streife gekommen!«

Sie machte die Tasche auf und nahm die Pistole heraus. Es war die ihr bekannte Walther 7,35. »Vorsicht! Ich hab sie schon durchgeladen!« sagte der Bursche; er zog sich die Hose hinauf und knöpfte sie zu.

»Übrigens«, sagte er und lächelte, »ich werde dich im Schießen unterrichten. Als Partisanin mußt du schießen können.«

»Bist du schon so sicher, daß ich mitkomm?« fragte Hilde.

Sie bemühte sich, gleichfalls zu lächeln, aber vergeblich. Allzu heftig klapperten ihr die Zähne zusammen.

»Was hast du denn?« fragte der Bursche.

»Nichts«, sagte sie. »Es geht schon vorbei. Wahrscheinlich hab ich Fieber. Oder weil ich vorhin so geschwitzt hab.«

Er sah sie lächelnd an. »Natürlich«, sagte er. »Ich weiß: Du bist ein Nazi. Wahrscheinlich warst du sogar BDM-Führerin; bist ganz dieser Typ. Aber laß nur! Ich werde dich schon zur Vernunft bringen«, sagte er dann und setzte sich nun hin und fuhr in seine Stiefel.

Wie spielend, hatte sie die Pistole entsichert. Sie dachte: ›Ja, mein Sonnengott! Du schon! Du bringst es fertig! Meine Überzeugung ist vor dir nur eine Seifenblase. Küß mich noch dreimal, hauch mich noch dreimal an, und sie platzt.‹

Sie fragte: »Braucht man denn dort oben bei den Partisanen Weiber?«

»Dringend«, sagte der Bursche. »Dringend sogar.«

»Zum Vögeln?«

»Nein. Zum Kochen. Und zum Wäschewaschen. Und zum Strümpfestopfen. Und zum Lastentragen. Und zum Schießen. – Und zum Vögeln selbstverständlich auch.«

›Ja‹, dachte sie. ›Ich werde dir folgen; ich weiß es. Denn vor deinen Augen bin ich wehrlos. Schau mich noch dreimal so an, und ich gehe mit dir – und werde kochen und Wäsche waschen und Strümpfe stopfen und Lasten tragen – das alles! – und vielleicht sogar auf Deutsche schießen! Nur damit in den Nächten dein Gold in mich einströmt.‹

»Und du glaubst, ich könnt auf Menschen schießen?« fragte sie. Er sah sie forschend an. »Du kannst es«, sagte er dann. »Überhaupt, wenn du begriffen hast, um was es geht. Weißt du überhaupt, was Freiheit ist?«

›Und wenn du mich zum dritten Mal so angesehen haben wirst‹ (so dachte sie) ›und mein Glaube zerplatzt sein wird wie eine Seifenblase voll Luft, was bin ich dann? Dann bin ich eine Mörderin. Denn dann war das, was ich getan habe, Mord.‹

Sie sagte: »Ja, als Kind hab ich gewußt, was Freiheit ist. Ich hab mit den Buben im Dorf Indianer gespielt. Und jetzt gerade hab ich es wieder geahnt: Es war wie etwas, das am Horizont verschwindet.«

In diesem Augenblick begann das Firmament aufs neue zu erzittern. Die dritte Bomberwelle flog von Süden ein. Wieder unterschied man etliche Verbände. Doch jetzt klang es anders, denn jetzt wurde Graz angegriffen.

Sie lauschten. Riesige Fäuste schienen gegen die Wand der Scheune zu trommeln. »Freiheit ist, wenn man die Wahl hat«, sagte Hilde. »Wir beide aber haben keine Wahl mehr – hörst du? *Du* mußt *deinen* Weg zu Ende gehen, und ich den meinen.«

Sie hielt noch immer die Pistole in der Hand. Der Bursche kehrte ihr den Rücken, griff nach seiner Jacke.

»Also nicht«, sagte er traurig.

»Doch«, sagte sie. »Wir bleiben beisammen. Du bleibst mein Geliebter.«

Sie zielte rasch auf sein Genick und schoß das Magazin leer.

III

»Ich hab geheult«, erzählte sie unter heftigem Schluchzen, »geheult, daß ich gemeint hab, es zerreißt mich. Er ist mit dem Gesicht im Heu gelegen, und sein Genick ist ganz zerfetzt gewesen. Ich hab ihn dann mit seiner Jacke zugedeckt; dann hab ich das Tor aufgemacht und bin wieder hinaus. Über Graz sind gerade die Rauchbäume gewachsen; es hat ausgesehen wie ein hoher schwarzer Laubwald. Und dann heroben bin ich krank geworden; und wenig später haben dann die Partisanen meinen Vater umgebracht. Und haben ihm die Ohren abgeschnitten und sie draußen vor die Villa hingeschmissen. Als ob sie mir die Antwort geben wollten.«

Jerschek hilft ihr auf, dann erhebt er sich selber. Er redet nichts; was sollte er noch reden? Nach ihrem ersten Geständnis hat er »du Ungeheuer« gesagt; jetzt redet er nichts mehr. Schweigend wendet er sich ab und tritt ans Fenster. Draußen steht der nun käuflich erworbene Jeep. Er steht an der Hinterseite des Hauses zwischen den Bäumen. Jerschek gewahrt ihn dort hinten als finstere, formlose Masse inmitten der Nacht und weiß auf einmal, daß der Tod ganz nahe ist. »Besitzt du eine Identitätskarte?« fragt er. »Ja«, flüstert Hilde. Und er: »Wir werden zum Abtreiben möglicherweise nach Wien fahren müssen«; so sagt er. Jedoch im gleichen Augenblick, da er so sagt, hat er begriffen, daß er mit seiner Schwester nirgends mehr hinfahren wird – weder nach Graz noch nach Wien, noch anderswohin: nirgends mehr hin – und hält sekundenlang den Atem an, denn nun ist ihm klar: Erfolgen muß der Prankenhieb aus dem Dunkel, der große Hasenschlag, der göttliche Handkantenschlag, mit der Linken geführt, schräg von oben gegen die Halsschlagader des Opfers, auf daß es zusammenbreche und hinstürze in sein Verderben.

IV

»Und der Schwamm? – Was macht der Schwamm?« fragte der Lenz.

Hilde winkte ab. »Ach, Gott!« sagte sie.

»Wächst er weiter?!«

»Der wächst lustig weiter«, sagte Jerschek. »Überhaupt seit es zu tauen angefangen hat.«

Er blickte empor zu einem rechteckigen, schmutzigen Flecken, der sich im Herrgottswinkel an der weißgekalkten Wand befand.

»Ist dort das Führerbild gehangen?« fragte er.

Der Lenz sah hin. »Wohl, wohl! Dort oben ist er g'hängt«, sagte er heiter.

»Heil Hittla!« sagte nun der kleine Bub. Grinsend hob er die Rechte und zeigt die schmutzige Handfläche her.

»Wirst still sein!« herrschte ihn die Lenzin an.

»Heil Hittla!« sagte nun das kleine Mädchen.

Das Ehepaar Lenz betrachtet lächelnd sein Werk, die zwei reizenden Kinder, offenbar stolz, daß die so aufgeweckt waren.

»Die reden alles nach«, erklärten sie gerührt.

»Heil Hittla!« sagte das Mädchen.

»Heil Hittla!« sagte der Bub.

Durch die drei schießschartenkleinen, quadratischen Fenster leuchtete der von der Sonne beschienene Schnee. Was man da also machen werde, fragte der Lenz. Er schlage vor, den ganzen Boden frisch zu legen.

»Ich hab schon gute Lust, die Keusche einfach anzuzünden«, sagte Jerschek.

»Ja, das«, sagte der Lenz, »das wär halt das Klügste: die Villa niederreißen, die Balken verbrennen und auf den Platz ein neues Häusel hinbauen.«

»So würdest du es machen!« dachte Jerschek. Aus schmalen Augen sah er hinaus auf den funkelnden Hang, wo über den aperen Stellen die Feuchtigkeit dampfte und die plötzlich erwärmte Morgenluft flimmernd emporstieg.

»Ein Hotel!« sagte der Lenz. »Für den Fremdenverkehr! Man hört jetzt im Radio immer vom Fremdenverkehr!« Und der Platz sei ideal, der schönste in der ganzen Gegend! Was für eine wunderbare Aussicht man dort oben habe!

Jetzt blickte Jerschek wieder auf den Schmutzfleck an der Wand. »Ich weiß, was für Fremde hierherkommen würden«, sagte er bissig. »Die sollen lieber bleiben, wo sie sind und wo sie hingehören. Sonst verbrüdert ihr euch noch ein zweites Mal.«

Dann stand er auf. »Wir werden zirka vierzehn Tage fort sein«, sagte er. »Wir haben alles mögliche in Wien zu tun.«

»Ich kann ja derweil mit dem Zimmermann reden«, sagte der Lenz und erhob sich nun gleichfalls, und auch die anderen erhoben sich.

Die Lenzin musterte Hilde mit tastenden Augen. »Ein fesches Steirergwandl ham S' da an«, sagte sie falsch.

Und Hilde: »Meine Uniform.« Sie zog, so gut es ging, den Bauch ein.

»Die neue Naziuniform: das Steirergwandl!« sagte Captain Jerschek.

Auch der Lenz betrachtete Hilde, er jedoch traurigen Blickes; es tat ihm offensichtlich weh, daß die von ihm Verehrte so vom Fleisch gefallen war.

»Aber schlank sind S' g'worden!« sagte er.

»Nur im G'sicht«, sagte die Frau. »Da um den Bauch herum is eh hübsch dick.«

Umsprungen von den Kindern und begleitet von den beiden Alten, traten sie ins Freie, hinaus in eine ungestüme Frühlingssonne, und blinzelten, sekundenlang geblendet, in die Landschaft, die, obwohl noch voller Schnee, bereits nach Moos und aufgeweichter Erde roch.

»Alsdann!« sagte der Lenz. »Da gleich in den Graben hinunter und dann unten bei der Mühle links hinauf – nicht rechts! – Aber die Kapelle«, rief er ihnen nach, »ist abgesperrt! Der Bauer, der früher den Schlüssel gehabt hat, der ist nicht mehr dort!«

Hilde war bereits vorausgegangen und wartete an der unteren Ecke des Stadels, dort, wo das vom Schnee halb umgedrückte

Gatter des Gemüsegartens schief am Hang hing und der Weg in einer Kurve jäh zum Graben abfiel. Jerschek folgte ihr und holte sie ein. Er hörte, daß ihm die Kinder nachgerannt kamen, dabei etwas riefen, immer dasselbe. »Mut! Mut!« oder riefen sie: »Blut! Blut!«? Er verstand es noch nicht. Er wandte sich um; im gleichen Moment traf ihn ein Schneeball.

Die beiden standen dort oben und warfen ihm Schneebälle nach. Einen trug er jetzt wie einen Judenstern links auf der Brust. Und jetzt verstand er endlich, was sie wie Spottvögel hinter ihm schrien: »Jud! Jud! Jud! Jud! Jud!«

»Eigentlich muß ich ja glücklich und dankbar sein«, sagte er später, »denn anscheinend habe ich nicht das landesübliche Watschengesicht.«

Hilde sah sich nach ihm um. »Du bist ein sonderbarer Patriot!«

Und er: »Gewiß. Ich bin ein Patriot: ein zähneknirschender. Aber«, sagte er nach einer Weile, »ich hätte nichts dagegen, wenn ich Jude wäre. Dann säß ich jetzt in Palästina, Esther würde meine Frau sein . . . Übrigens hab ich ihr jetzt doch geschrieben.«

Aus dem Graben herauf hörten sie plötzlich das Strömen des Baches, das dort unten zwischen den vereisten Ufern einen kalten Lärm erzeugte.

Und Hilde: »Hast du dein Herz ausgeschüttet?«

»Ja«, sagte Jerschek.

»Was hast du ihr geschrieben?«

»Alles«, sagte er. »So ziemlich alles.«

Ja, er hatte seinen Vorsatz aufgegeben; er hatte ihr geschrieben, hatte ihr den Fall geschildert und erklärt (gleich nachdem Hilde ihr zweites Geständnis abgelegt hatte), und das war schon wieder vierzehn Tage her. »Ich hab sie um Rat gebeten«, sagte er müde. »Es war der erste von den Briefen, die ich losgelassen habe. Ob sie ihn gekriegt hat, weiß ich nicht, und wenn ja, dann ist es noch fraglich, ob sie mir antworten wird.«

Drüben gewahrten sie nun zwischen Buschwerk die Reste der Mühle. Sie schritten über einen schmalen Steg, der kein Geländer hatte, auf das Bauwerk zu. Unter ihnen brodelte ein glasiggrünes Wasser und überschlug sich schäumend zwischen ein paar großen, glatten Steinen. Hilde, die voranging, setzte balancierend Fuß vor Fuß. Jerschek blickte auf ihre gestiefelten Beine, dann auf das Wasser, das unter ihr hochsprang; und auf einmal konnte er der

Versuchung nicht widerstehen, den Steg durch einen Sprung in heftige Bewegung zu versetzen.

»Nicht!!«

Der Steg schwang unter ihnen wie ein Drahtseil auf und nieder.

Jerschek wippte.

»Nicht!!!« schrie Hilde, indem sie die Arme ausbreitete.

Und Jerschek: »Wenn du da hinunterstürzt, dann bist du weg. Der Bach reißt dich mit, und dein Kopf schlägt gegen die Steine und geht auseinander.«

Und Hilde: »Ja. Ich weiß! Ich kann mir sogar lebhaft vorstellen, wie das knallen würde. Und erst beim nächsten Wehr würde man meine Leiche herausfischen – gell ja?!«

Jerschek lächelte. »Aber ich würde dir einen schönen Kranz auf das Grab legen«, sagte er dann. »Aus Eichenlaub – mit Hakenkreuzen – und Schwertern, Brillanten und Präservativen.«

Jetzt war sie am drüberen Ufer und kehrte sich her. Ihr Gesicht schien um einiges bleicher geworden zu sein. »Du bist reizend«, sagte sie und blickte ihm entgegen.

»Ich bin verzweifelt«, sagte er.

»Ich auch«, sagte sie. »Das kannst du mir glauben.«

Sie erwartete ihn; sie streckte hilfesuchend die Hand nach ihm aus, und als er dann da war, hängte sie sich in ihn ein. »Ja, ich bin verzweifelt«, sagte sie. »Wahrscheinlich werd ich einmal ganz von selbst ins Wasser springen.«

Hinter der Mühle gabelte sich der Weg. Sie wandten sich also nach links und stiegen den Hang schräg hinauf, das schreckliche Sonnenlicht, das nun direkt auf sie zukam, wie den Strahl einer Blendlaterne als Schmerz in den Augen.

»Du mußt nicht verzweifelt sein«, sagte Jerschek. »Du fährst mit mir nach Wien; das Kind wird dir genommen; ich bezahl das Ganze. Und alles andere bleibt völlig deinem freien Willen überlassen.«

»Das ist die Freiheit! Nicht wahr?!«

»Ja, das ist die Freiheit«, sagte Jerschek

Sie kamen durch ein Gehöft, das in der Sonne Mittagsschlaf hielt, wurden dort von einem kleinen Hund verbellt, durchwateten hinter dem Stall einen aufgetauten Morast und erreichten bald darauf den kahlen Höhenrücken. Die Fernsicht tat sich jäh vor ihnen auf: rechts der Hauptkamm, der, von hier gesehen, wie geebnet wirkte, links die Kirchturmspitze von St. Jakob, über einen Wald herlugend – und in der Mitte eine leuchtende Unendlichkeit.

»Gut«, sagte Jerschek, »daß wir den Ausflug doch noch gemacht haben. Später . . .« Er blieb stehen. »Ja, was weiß man schon, was später sein wird. Ich werde möglicherweise wieder nach London zurückgehen – und du . . .« Er blickte blinzelnd in die große Helligkeit hinaus.

Hilde hatte sich mit ihrem Rücken gegen ihn gedrückt. Sie sagte: »Schau doch, wie jetzt dort drüben über dem Bachergebirge die Luft glüht! Wie der Horizont verschwimmt, die Ferne flimmert! Das ist die Welt; und plötzlich wird sie nicht mehr dasein. – Weißt du, daß ich manchmal davon träume, übers Meer zu fahren; zum Beispiel träum ich oft, daß ich in einer Schiffskabine aufwach. Und dann fühl ich mich so seltsam leicht und körperlos und so erlöst, als ob ich eine lange Krankheit überstanden hätt. Ich hab mir schon oft überlegt, ob ich nicht einfach auswandern sollte. Stell dir vor, ich hab noch nie das Meer gesehen! Niemals bin ich an das Meer gekommen. Und bin doch so viel hin und her gefahren!«

Sie hatten sich wiederum in Bewegung gesetzt und näherten sich nun dem Waldstück, über das der Turm herüberspähte, ein Seezeichen, rot vor dem Reigen der vorfrühlingsfarbenen Hügel unten im Weinland und dem Meeresblau der fernen Ebene. »Einmal – weiß ich noch – in einer lauen Regennacht im Juni war es«, sagte Hilde, »irgendwo da oben zwischen Schneidemühl und Dirschau: Es war Mitternacht; der Zug hat auf der freien Strecke angehalten. Eine Zeitlang war nichts als der Regen auf dem Waggondach zu hören! Und – stell dir vor! – auf einmal hat man eine Nachtigall gehört! Ja. Da draußen im Regen hat sie gesungen – stell dir das vor! Irgendwo da draußen in der Finsternis. Und man hat der Verdunklung wegen das Fenster nicht aufmachen dürfen!«

»Ich glaube, dort vorn fängt die Sperrzone an«, sagte Jerschek. »Dort am Waldrand, wo der Streifen Schnee liegt.« Am Waldrand lag noch, wie sie nun bemerkten, reichlich Schnee; aber sonst war hier schon überall das fahle, faltige Gesicht der Erde wiederaufgetaucht.

»Meinst du, daß wir Scherereien haben werden?« fragte Hilde.

»Aber gar keine Spur«, sagte Jerschek, »da ist doch kein Mensch.«

Der Schnee lag unwirklich leuchtend im Schatten des Waldes; es sah aus wie die Markierung einer Grenze.

Hilde blickte umher, als befürchte sie etwas. Sie drehte dabei den Kopf von der einen zur anderen Seite. Das mußte sie, denn mit dem einen Auge, das sie noch besaß, konnte sie immer nur einen kleinen Ausschnitt erfassen. »Gottfried«, sagte sie plötzlich, »ich will noch nicht sterben. Und einsperren lassen will ich mich auch nicht, Gottfried, verstehst du? Denn – schau: So wüst ich diese Jahre auch drauflosgelebt hab – manchmal kommt es mir vor, als hätt ich noch gar nicht gelebt.«

Und Jerschek: »Du wirst weder eingesperrt werden noch sonst was. Wer soll dich verraten? Ich bestimmt nicht. Und du selber zeigst dich ja nicht an. Und ein Herr Max Hindler wird sich hüten, es zu tun.«

Und sie: »Gottfried! Wenn du Anwalt, wenn du Verteidiger wärst, würdest du mich dann verteidigen?«

»Nein«, sagte er.

»Warum nicht?!«

»Weil man dich nicht verteidigen kann. Man kann bestenfalls für dich um Gnade bitten.«

»Und wenn du Richter wärst, Gottfried«, sagte sie flehend, nun fast schon weinend, »glaubst du denn nicht, daß du mich freisprechen könntest?«

»Ich habe dich bereits zum Tod verurteilt.«

»Dann begnadige mich!«

»Das Recht, zu begnadigen, hat nur der König.«

»Dann sprich mich frei, Gottfried! Sprich mich jetzt frei!«

»Sprich dich doch selber frei! In letzter Instanz ist jeder sein eigener Richter.«

»Nein, ich will, daß *du* mich freisprichst, Gottfried.«

»Wozu? Mein Urteil wird ja nicht vollstreckt.«

Sie blieb stehen, blickte abermals umher. »Schau doch!« sagte sie. »Es wird wahrhaftig Frühling. Überall ist schon der Schnee weg! Schau doch, Gottfried! Nur du steckst noch immer in deinem Panzer aus Eis.«

Plötzlich hängte sie sich wieder in ihn ein und zog ihn weiter. Sie sagte: »Gottfried! Schau! Wir kleben doch rettungslos aneinander, wir beide; das gibst du doch zu. Wir sind doch in diesem Winter zusammengewachsen – zu einem einzigen Körper. Auch wenn es nie zu was gekommen ist; und obwohl uns Welten voneinander trennen.« Sie schnappte nach Luft. »Bleiben wir doch beisammen«, sagte sie dann. »Und gehen wir fort von hier! Gehen wir nach Übersee, nach Argentinien, Brasilien . . . Dort kennt uns niemand; niemand muß erfahren, daß wir Halbgeschwister sind. Und dort wird mich niemand fragen, ob ich in Deutschland was angestellt hab.« Sie schmiegte sich an ihn, sie drückte seinen Arm, sie sagte: »Und ich werd brav sein, Gottfried, treu sein, Gottfried, glaub mir das! Ich hab mich ausgetobt; ich hab genug davon. Ich werde nur für dich mehr da sein, Gottfried!« (Oh, der Sirenengesang dieser Worte, das Rufen, das Fernweh! Die Versuchung, alle Brücken abzubrechen! Das Flimmern an der Kimm: das Flimmern ihres ungetrübten Auges! Die Meere! Die Kontinente! Das Flattern der Wimpel! Der tiefblaue Fahrtwind!) »Wir werden unsere Vergangenheit vergessen«, sagte sie, »und schließlich sogar die Heimat und unsere Herkunft und alles! Wir werden dann sehr arm sein in der Fremde, furchtbar arm, aber trotzdem reicher, als wir jetzt sind, Gottfried; denn *du* wirst *mir* und *ich* werde *dir* ganz gehören; und du wirst sehen, daß ich auch mit *einem* Auge schön sein kann, und daß man eine Mörderin genauso lieben kann wie eine andere – allerdings unter der einen Voraussetzung: daß man sie freispricht.«

In diesem Moment tauchten sie in den Schatten des Waldes und verspürten auf einmal die Kälte des Schnees, durch den sie nun stapften. Wie zögernd blieben sie stehen und blickten voraus: Der Wald war angefüllt mit Einsamkeit und Kälte.

»Ich hab dir gesagt: sprich dich selber frei!« sagte Jerschek. »Ich kann es nicht; und wenn ich es könnte, tät ich es nicht. Du hast noch nie gewußt, was Freiheit ist und wie schrecklich sie ist; jetzt weißt du es endlich: Es steht dir frei, dich selber freizusprechen.«

Dann traten sie in den Wald und die Einsamkeit ein. Ihre Schritte krachten mürrisch in dem alten, alterssteifen Schnee, der schon allenthalben Totenflecken zeigte und überall mit dürren Nadeln übersät war. Hilde, vorgebeugt, die Hände nunmehr in den Jackentaschen, blickte auf ihre gestiefelten Beine hinunter, auf ihre bedächtig und dennoch fest auftretenden Füße, die auf dem Waldweg scharfumgrenzte schwarze Stapfen hinterließen. Sie schien sich für Minuten dem Erzeugen dieser Spuren völlig hinzugeben (wo sich unterm Schnee schon Wasser angesammelt hatte, wurden sie besonders schön). Aber dann fing sie an, in dem langsamen Takt ihrer langsamen Schritte kaum vernehmbar vor sich hin zu singen:

»Alles, alles,
alles weiß ich,
alles ward mir nun frei!
Auch deine Raben
hör ich rauschen:
mit bang ersehnter Botschaft
send ich die beiden nun . . .«

»Nein«, unterbrach sie sich selbst. »Noch nicht!« Sie reckte das Kinn vor, stand plötzlich still. »Warum eigentlich? Was ich damals getan hab, war damals ganz richtig.« Erstarrt stand sie da und sah in das Wirrwarr der Zweige empor, in die Räder und Speichen, als gewahre sie dort oben irgendeinen Schatten. – Jerschek folgte unwillkürlich ihrem Blick. Sekunden war es ihm, als höre er ein Flügelschlagen durch die Wipfel geistern. Doch nun begann fern in der Ebene eine Sirene zu heulen. Es war zwölf. Die Sonne hatte den Zenit erreicht.

Dann traten sie abermals in das Leuchten hinaus und gewahrten jenseits eines kahlen Sattels die Kapelle von St. Jakob; als hohes Signal ragte sie auf dem äußersten Riegel des Rückens, und der Riegel ragte wie ein Wellenbrecher in das Meer des Landes vor.

Beiderseits des Sattels fiel der Boden jählings ab. Auf der Schattenseite lag Schnee, der Südhang dagegen war schon fast schneefrei. Dort sah man die Grundmauern eines Gehöftes, das offenbar abgebrannt war, das Rechteck des Wohnhauses, das größere Rechteck des Stadels.

»Wie lange mag das her sein?« fragte Hilde.

»Zwei, drei Jahre«, sagte Captain Jerschek.

Die Mauern waren bereits von Gestrüpp überwuchert, und zwischen den Schieferplatten grünte an manchen Stellen schon Moos.

Jerschek blickte nach Norden, als halte er Ausschau. Der Blick fiel über schwarze Wipfel in die Ebene hinaus, und man sah am Horizont den Tümpel grauen Dunstes, der den Platz bezeichnete, an dem sich Graz befand.

»Hier ist wirklich keine Menschenseele«, sagte Hilde.

»Niemand«, sagte Jerschek. »Wie ich dir gesagt hab: Niemandsland.«

Jetzt wies sie nach Süden. »Ich glaube, dort drüben ist schon die jugoslawische Grenze.«

»Ja, dort dürfte sie verlaufen«, sagte er und blickte in die angezeigte Richtung.

Die Helle: das Glühen des Mittags über dem Bachergebirge, das Flimmern der Ferne: diese leuchtende Unendlichkeit dort drüben! Es brannte in den Augen, und die Lider wurden einem schwer davon. Der Süden des Landes schien sich in Licht aufzulösen. Doch es war still hier oben, beängstigend still, und keine Menschenseele und auch keine Keusche, kein Gehöft: keine menschliche Behausung, nichts, so weit man sah, nur rechter Hand die Ruine und vorn die Kapelle. Sie näherten sich ihr auf einem Weg, der immer genau in der Mitte des Sattels verlief und wie ein Seil, das einen starken Durchhang hatte, anfangs bergab führte, dann ein Stück eben dahinfloß und dann wieder anstieg. An seiner tiefsten, überdies breitesten Stelle hatte sich ein dunkler See gebildet, ein Pfuhl, der beiderseits bis in die Wiese reichte, und um den sie nunmehr einen weiten Bogen machten. Dann stiegen sie wieder hinan, steiler und steiler, und sahen die Kapelle immer größer werden, die von der Sonne schon schräg beleuchtete Westwand, die nun blendend vor dem schwarzen Blau des Himmels ragte. Jerschek blickte in einer ihm selber unverständlichen Spannung nach der offenbar recht wackeligen Tür, die über schiefen, schon halb versunkenen Stufen aus einem wohl einfachen, aber sehr schönen Rundbogen hersah. Gut, daß sie abgesperrt war, sie wäre wahrhaftig nur offengestanden, um irgendein Gesindel einzulassen; vielleicht sogar gut, daß sie auch ihnen den Eintritt verwehrte und das Geheimnis der Kapelle ein Geheimnis blieb.

Wieder ließ sich Hilde neben ihm vernehmen. »Gottfried«, sagte sie, »wenn du mich schon nicht freisprechen oder begnadigen kannst, dann verzeih mir wenigstens, was ich getan hab! Verzeihen wirst du mir doch können – oder nicht?«

Ohne den Blick von der Tür abzuwenden, ging Jerschek voran. »Was soll ich dir verzeihen?« fragte er. »Mir hast du nichts getan – mir doch nicht!« – Und er dachte: ›Wir werden um die Kapelle herumgehen, die Aussicht betrachten und dann machen, daß wir wieder bald nach Hause kommen.‹

Er blieb stehen. Unvermittelt war ihm klargeworden, daß hier eine Falle gestellt, eine Schlinge gelegt sein könnte – aber für wen? – daß der Weg um das Bauwerk, ob man nun rechts oder links herumging (wie immer man ging), stets auf geheimnisvolle Weise einer Schlinge gleichen würde, und daß diese tote, versperrte Kapelle wahrscheinlich nichts anderes war als die magische Achse, um die sich nun das Schicksal wenden sollte – aber wessen Schicksal?

Hilde hatte ihn inzwischen eingeholt und an seiner Seite gleichfalls haltgemacht.

Sie fragte: »Was überlegst du?«

»Nichts«, sagte er.

»Siehst du den Wachtturm dort drüben?«

»Ja«, sagte er.

»So, wie wir jetzt dastehen, geben wir ein klasses Ziel ab – nicht wahr?« sagte sie.

Und Jerschek: »Vor der Kapelle werden wir noch ein viel besseres abgeben.«

»Komm!« sagte sie. »Ich möcht wissen, ob die auf uns schießen. Die schießen doch auf alles, was sich hier bewegt.«

Sie ging weiter. Jerschek blieb an ihrer Seite. Sie hatte sich der rechten Ecke der Kapelle zugekehrt. Sie ging nicht schnell, aber mit seltsam entschlossenen Schritten und plötzlich in einer herausfordernd aufrechten Haltung. Dabei knöpfte sie den Kragen ihrer Bluse auf und holte möglichst unauffällig etwas aus dem Ausschnitt, etwas, das an einem derben, grauen Bande hing und das sie nun mit beiden Händen fest umklammerte.

»Deine Erkennungsmarke?!«

»Ja«, sagte sie heiser.

»Bist du verrückt?!«

»Schon möglich. Aber es beruhigt mich«, sagte sie. »Seit ich weiß, daß wir abreisen werden, trag ich sie ständig. Denn mir ist, als ginge jetzt der Krieg für mich erst richtig los.«

Sie kamen zur Südwand, an die das entfesselte Sonnenlicht klatschte, und gingen, zwei Schatten werfend, an ihr entlang. »So, jetzt sind wir fein zu sehen«, sagte Hilde. »Wir und unsere Schatten, unsere pechschwarzen Seelen.« – Sie gingen an der Wand entlang, und nichts geschah, sie gingen um den Chor herum, und nichts geschah; sie tauchten an der Nordwand in die kalte Bläue, ohne daß etwas geschehen war; sie kamen um das Eck herum und standen wieder vor der Tür.

»Nichts«, sagte Hilde. »Aber der Ausblick ist toll.« An ihrer Schläfe glitzerte ein Rinnsal.

»Warum hätten die denn schießen sollen?« fragte Jerschek.

»Weiß nicht. Die Leute erzählen, daß sie es tun.«

»O weh!« sagte Jerschek.

Er stand bereits abgewandt, schon zur Heimkehr bereit, und nun hörte er, daß Hilde in seinem Rücken zur Tür ging, die Stufen hinanstieg – wozu denn? Und plötzlich hörte er sie leise aufschreien: »Du!! Die Tür geht auf! Die ist nur angelehnt! Die hat gar kein Schloß mehr!«

Gepackt von Neugier, drehte er sich also wieder um und sah: Hilde stand auf der obersten Stufe, die Hand schon im breiter werdenden Türspalt; und die Tür bewegte sich einwärts und ließ ein hysterisches Kreischen vernehmen, wie ein Bauernweib, dem ein Soldat Gewalt antut.

»Komm!« rief Hilde. »Da drinnen ist es ganz dunkel!«

Mit zwei Sprüngen nahm er die drei, vier Stufen und stand hinter ihr. Die Tür ging auf und aus der schwarzen Öffnung, welche sich vor ihnen auftat, wehte ihnen eine kalte, moderige Kellerluft entgegen.

»Brrrr!« machte Hilde und schüttelte sich; sie überstieg die Schwelle, blickte umher. Jerschek folgte ihr; noch sah er nichts; Noch waren seine Augen auf die Sonne eingestellt. Er verspürte bloß einen scharfen, widerlichen Geruch: Pferdestall, getrocknete Fäkalien, Stationsabort! Dann aber hatte er sich an das Dunkel gewöhnt; er blinzelte, er tat einen Schritt in den hallenden Raum – und bemerkte plötzlich, daß hier nichts mehr war: die Kapelle war ausgeräumt; die Kapelle war leer.

Obwohl er kaum mehr etwas anderes erwartet hatte, versetzte ihm der Anblick einen Stoß. Und Hilde schien es nicht viel anders zu ergehen; deutlich fühlte er, wie sie vor dieser Leere erschrocken zurückwich. »Partisanen!« sagte sie verblüfft. »Da haben sie die Pferde eingestellt gehabt. Und aus den Bänken und den Altären und den Figuren haben sie Brennholz gemacht. Und zum Abschied haben sie noch hingeschissen! Herrlich!«

Dann ging sie tiefer in den Raum hinein. »So was bringen auch nur Kommunisten fertig!« sagte sie und lachte auf. »Komm! Da ist jetzt Platz, da kann man Polka tanzen! Von Gottvater, Gottsohn und Gottheiligemgeist keine Spur mehr!«

Die Fliesen waren mit Haufen vertrockneten Pferdemistes bedeckt, in den Ecken lagen noch die Trümmer von barocken Holzfiguren und dazwischen überall die Mumien von Menschenkot, besonders vor den Stufen des verschwundenen Altars.

Jerschek war an der Türe stehengeblieben. Aus schmalen Augen sah er Hilde zu, wie sie umherging.

»Traurig!« sagte er.

»Ach, warum?!« sagte sie und sah ihn nun an. »Ein Pferdestall ist mir sympathischer als eine Kirche.«

Sie stieß ihre Fußspitze in einen der Haufen, so daß der Hafer aufstob und die harten Knollen auseinanderhüpften. »Komm! Tanzen wir! Der liebe Gott, der alte Jud, ist emigriert. Ins Exil gegangen! Sitzt in der Emigration!« Ihre Füße drehten sich mit ein paar Walzerschritten durch den Mist und wirbelten ihn auf; ihre genagelten Sohlen kratzten brutal über die Fliesen. »Dort gehört er hin; dort soll er bleiben«, sagte sie. »Ich brauch ihn nicht; ich pfeif auf seine Gnade.«

Plötzlich fing sie hin und her zu gehen an (›Ein Gefangener in seiner Zelle‹, dachte Jerschek); ihre Absätze klirrten wie Steinmetzhämmer gegen die Fliesen, so daß von den Wänden und Pfeilern ein gellendes Echo zurücksprang.

»Oder er ist verschleppt worden«, sagte sie lachend. »Von den Partisanen!« sagte sie. »Die halten ihn vielleicht als Geisel fest . . .«

»Oder er ist selber Partisan geworden«, sagte Jerschek.

Wieder blieb sie stehen und starrte ihn an. »Das würde ihm ähnlich schauen!« sagte sie schließlich.

Und Jerschek: »Von wem sprichst du eigentlich?!«

»Na, von Gott!« sagte sie.

»Von *deinem* Gott?!«

»Nein, von dem euren! Von dem, den ich hasse.«

Jerschek stand noch immer an der Tür. »Eigentlich ist das ein Glaubensbekenntnis«, sagte er ruhig.

Pause – und: Jetzt war ihr Auge starr auf ihn gerichtet.

»Wieso denn?!« fragte sie.

»Natürlich«, sagte er.

Abermals begann sie zu marschieren – auf und ab – militärisch stramm, vom Chor zur Tür und wieder zurück. Es hallte wie beim Kommiß: Eisen auf Stein; wie Schüsse kläffte es, wie Geller in einem Steinbruch, zum Tollwerden war es! Und jedesmal machte sie dicht vor Jerschek die Wendung: ruck-zuck! Die Sohlen drehten sich kratzend; die Hacken schlugen zusammen, Leder auf Leder. »Kannst du es überhaupt noch – das Glaubensbekenntnis?« fragte sie plötzlich. Dann entfernte sie sich wieder in die Dämmerung des Chores.

»Nein, ich habs vergessen«, sagte Jerschek. »Es ist schon viel zu lange her, daß ich gebetet hab. Kannst denn du es noch?«

»Ich kann es noch«, sagte sie eigenartig gedehnt und stand jetzt wieder hinten auf den Stufen und sah her.

»Wirklich?« fragte Jerschek.

»Wirklich!« sagte sie. »Glaubst du's nicht? Soll ich's dir aufsagen?«

»Ja«, sagte er.

Sie sah ihn lauernd an. Und er: »Genierst du dich?«

»Warum soll ich mich genieren? Ist doch alles Scheiße«, sagte sie.

»Ich glaube an Gott den allmächtigen Vater, Schöpfer des Himmels . . .«

»Ja«, sagte Jerschek. »Nur weiter!«

». . . Himmels und der Erde . . .«, sagte sie und sah ihn wieder lauernd an. »Was willst du eigentlich?«

»Nichts«, sagte Jerschek. »Ich höre.«

»Und an Jesus Christus, seinen eingeborenen Sohn, unsern Herrn – der empfangen ist vom Heiligen Geist – geboren aus Maria, der Jungfrau; – gelitten unter Pontius Pilatus . . .« Sie hielt plötzlich inne.

Durch das Fenster rechts fiel ihr ein Lichtstrahl direkt ins Gesicht. Dort stand sie, die Piratin mit der schwarzen Binde und dem Lockenschwall darüber! Dort stand sie in den Stiefeln und der Mörderuniform, die Hundemarke um den Hals, und schlotterte: Ein gehetztes Stück Wild, das nun der Jäger in einer Höhle gestellt hat:

Nein, meine Liebe! Hier kommst du mir nicht mehr hinaus wie du bist! Dieser Raum hat keine Hintertür, durch die du dich verdrücken könntest. Hier führt nur ein einziger Weg, und hier stehe ich, Gottfried Jerschek, Captain Seiner Majestät des Königs.

»Na? Was ist? – Weißt du nicht weiter?«

»Doch«, sagte sie. »Gekreuzigt, gestorben, begraben; abgestiegen zur Hölle – was kümmert es mich? –, am dritten Tage wieder auferstanden von den Toten – bitte, von mir aus! –; aufgefahren zum Himmel – was soll das Theater?!« Auf brutalen Sohlen kam sie die Stufen heruntergetrabt und durchschritt die Linie der Exkremente.

»Weiter!« sagte Jerschek.

Und sie (plötzlich wütend): »Was willst du?! – Laß mich in Ruhe!!« Aufgelöst stand sie inmitten der sinnentleerten, beschmutzten Kapelle.

»Du sollst weitersprechen.«

»Wozu denn?!«

»Tu, was ich sage!!« fuhr er sie an. (Und er dachte: ›So, jetzt schlägt die Falle zu, mein edles Wild!‹)

Und sie: »Sitzt er zur rechten Hand Gottes . . .«

»Na?!«

»Des allmächtigen Vaters . . .« Sie schwankte. Und er: »Bist du zu feig, zu bekennen? Du? Die Soldatin?«

Sie starrte ihn an, dann reckte sie sich, warf das Haar aus der Stirn – und »Nein«, sagte sie. »Von dannen er kommen wird zu richten die Lebendigen und die Toten.«

»Gehen wir!« sagte sie dann. Raschen Schrittes kam sie auf die Tür zu. Ihr Gesicht war starr, jeder Muskel darin zum Zerreißen verzerrt, und die Haut, die straff gespannt auf diesen Muskeln klebte, hatte plötzlich Leichenfarbe angenommen.

Jerschek gab den Weg frei, wich zurück, ließ das brutale Marschieren der Stiefel vorübermarschieren; dann trat er, während Hilde draußen, jäh geblendet, wieder anhielt, selbst hinaus und wußte unvermittelt, daß sich etwas Ungeheuerliches vorbereitete, und hörte im gleichen Moment von Norden her ein Motorengeräusch, blickte also den Bruchteil einer Sekunde nach rechts – und sah, wie er erwartet hatte, von Graz-Thalerhof einen Kondensstreifen herwachsen, hoch, herrlich und weiß.

Ja. Und nun ist plötzlich etwas anders. Was ist anders? ES ist plötzlich wieder da. Jerschek hat den Kondensstreifen herwachsen sehen; jetzt blickt er erneut auf die Frau, die noch in der Tür steht – und »Gehen wir!« hat sie gesagt (Gott war nicht anwesend), aber sie geht nicht, denn in dieser Sekunde, da sie bereits die Waffen gestreckt hat vor seinem Fernsein, da sie bereits zur Flucht gewandt ist vor seinem Fernsein, in dieser Sekunde also, da sie sich waffen- und kampflos zurückzieht, weil er nicht da ist – in dieser Sekunde also kommt es direkt auf sie zu (harmlos wie ein verspäteter Kirchgänger kommt es daher): ES, das man nicht sehen kann,

ES, das man nicht greifen kann, ES, durch das man hindurchschauen und auch hindurchgehen kann, durch das man aber nie und nirgendwo hindurchdringt; als weicher, blauer Windstoß kommt es ihr direkt entgegen und bläst ihr erst einmal ein wenig ins Gesicht. Jerschek sieht sie zusammenschaudern, sieht sie erstarren, bemerkt auch, daß ihre Stirne auf einmal von Schweiß überstömt ist, und gleichzeitig hört er, wie das Motorengeräusch durch den Himmel sich nähert, doch sieht er nicht hin; nein, er blickt auf den tüchtigen Fuß der Soldatin hinab, blickt auf den tüchtigen Stiefel, den sie schon vorgestreckt hat, um weiterzugehen, und der nun bewegungslos über die oberste Stufe hinausragt – denn: Was ist es, das ihr unsichtbar den Weg sperrt? – Luft? – Licht? – Oder am Ende sie selbst? – Sie zögert. Aber sie zögert nur eine Sekunde; dann wirft sie sich vor; mit letzter Kraft und dem Mut der Verzweiflung wirft sie sich vor, die Stufen hinab – ihrem großen, unsichtbaren Feind entgegen, diesem unbesiegbaren Feind, der sich nirgends zum Kampf stellt. Stell dich! Bist du zu schwach, mit der Wotanstochter zu ringen? Oder bin ich dir zu minder. Schweinehund?! Wie einen Schiffsbug stößt sie ihr glänzendes, messerscharfes Gesicht, das nun hinreißend schön ist, jäh und mitten in den leeren Raum hinein; und – schau an! – es verfällt in Sekunden; abgezehrt ist es auf einmal, herrlich und alt, nur Knochen und Haut, ausgehöhlt von diesem unmerkbaren, blauen Windschliff, ein abgenagter Knochen, wie man ihn den Hunden hinwirft: Schweinehund, ich bin zur Stelle! Friß!! – Und da geht sie nun, die Hände in den Jackentaschen; da marschiert sie, umflattert von leuchtendem Blondhaar, Kopf hoch!, durch den Kot. ES tut nichts; ES scheint zur Seite getreten zu sein; seine Taktik ist die, sich so zu verhalten, als ob es nicht wäre. »Bitte, Fräulein! Marschieren Sie nur! Sie stören mich nicht. Ich schau einstweilen auf die Uhr und zähle aus.« Und die Kampfmaid marschiert, marschiert, unbehindert, unangefochten, unaufgehalten; strammen Schrittes marschiert sie hangab direkt auf den Sumpf los. Doch ihr zu Häupten verdichtet sich nun das Motorengeräusch; es wird zu einem tiefen Heulen, das mit seinem Schwarz den Himmel füllt; und der Mann, der ihr in einiger Entfernung folgt, gebannt, behext, er weiß auf einmal, daß sie nur noch einen kurzen Weg zu gehen hat; denn er weiß: wie die jetzt marschiert, so marschieren die Delinquenten zur Exekution, so marschieren sie zum Galgen oder nach dem Steinbruch; und er hört das dunkle, ungeheuerliche

Dröhnen der Motoren, das wie zu Stein geworden über ihm am Himmel hängt; und er fragt sich, was ist los dort oben? – steht die Zeit still? – aber schaut nicht auf, er schaut auf die Frau, die weitermarschiert und weitermarschiert; sie hat nun die Senke erreicht, durchschreitet den Pfuhl, geht mitten hindurch, ihre Beine rühren sich im Takt zu unhörbaren Trommeln; Jerschek sieht, wie unter dem Tritt ihrer Stiefel das Wasser hoch aufspritzt, links und rechts bis in die Wiesen spritzt; wie eine Blinde patscht sie mitten durch den Schlamm und immer weiter, erhobenen Hauptes, den schweißüberströmten Totenschädel von Blondhaar umflattert. Wo will sie hin? In die Wüste aus Eis? Aus dem Leben hinaus? Durch einen Sumpf von Leichen patscht sie; Aas spritzt auf. ES jedoch befindet sich dicht hinter ihr, ist ihr dicht auf den Fersen. »Nun? Macht es Spaß? – Ach so! Sie können schon nicht mehr?! Sie sind also reif!« In der einen Hand die unsichtbare Stoppuhr, die andere bereit zum Schlag, so folgt es ihr, folgt ihr, selber schrittlos, und zählt ihre Schritte: Neun, acht, sieben, und reckt sich jetzt auf und hebt nun die Pranke ... Doch in diesem Moment schwillt das Motorengeräusch in den Lüften derartig an, daß Captain Jerschek, ohne es zu wollen, aufschaut.

Und: Da sind sie! Leuchtend nähern sie sich schon dem Himmelsscheitel! Zwei! Zwei Jagdmaschinen! Hoch in der Bläue ertrunken! Die eine, die von Norden angeflogen ist (Jerschek hat sie vorhin kommen sehen), und eine zweite, die eben wie eine Rakete hinter der Kirche hervorschießt: Jagdmaschinen! Eine britische und eine sowjetische. Klare, schneeigweiße Kondensstreifen ziehend, zischen sie in einem rechten Winkel aufeinander zu, wie angesogen von einer magnetischen Mitte, von einem unsichtbaren Punkt, den sie im gleichen Augenblick erreichen werden. Und man glaubt, jetzt müsse ein Zusammenstoß erfolgen; doch schon in der nächsten Sekunde haben die beiden einander gekreuzt – haarscharf über der Frau, die sich geduckt hat, haarscharf über dem Mann, der nun senkrecht hinaufschaut – und während das aufgeborstene Grölen jäh aus der Luft stürzt, so daß der Bergkamm unter dem Zenit als Seismograph erzittert, erscheint in der Kuppel des Himmels ein riesiges Kreuz, verzerrt, wie wütend hingeschmiert ins Blau, so, als habe jemand alles zornig ausgestrichen: das Zeichen, daß die Pranke zugeschlagen hat.

Mit wenigen Sprüngen ist Jerschek bei seiner Schwester. Sie liegt auf dem Rücken, hingestürzt in den Schlamm und das Schmelzwasser, und schreit – schreit so gellend, so entsetzlich, als gebäre sie, als gebäre sie ein Kind, ein ganzes Land, sich selbst. Ihr Schreien springt aus ihr auf, eine hohe, schlanke Fontäne hellroten Blutes. Jerschek wirft sich ihm entgegen, wirft sich in ihr Geschrei mitten hinein. Auf seine blonde, dunkle Schwester wirft er sich und küßt sie wild, sie, die große, stinkende Raubkatze, die er erlegt hat, und fühlt überwältigt, wie nun ihr wirkliches Leben, ihr wirkliches Blut in ihn einschießt, und sieht im gleichen Augenblick die rosenrote Rosenhecke vor sich aufblühn – und hört seinen Eispanzer aufzischen unter dem plötzlichen Anhauch sengender Hitze – und kennt nun seinen Auftrag und das gräßliche Gesetz der Liebe, welches Opfer fordert; und so gerüstet, bohrt er sich in das Gebrüll der Flammenwand, um zu tun, was ihm aufgetragen ist.

V

Sie beeilten sich, heimzukommen; sie schnitten den Weg ab. Mitten im Wald stießen sie auf die Tragfläche des Bombers. Hilde sank auf das kalte, silbrige Metall hin. »Rasten!« sagte sie; das war das erste Wort, das sie auf diesem Heimmarsch sprach.

Auch Jerschek setzte sich. Er war nicht weniger erschöpft als seine Schwester. Reglos starrte er durch die Bäume, in denen bereits die Dämmerung hauste. Er spürte unter sich die fremde Kälte des Metalls und schauderte zusammen, denn er glaubte ungefähr zu wissen, was jetzt kommen würde.

Der Himmel hatte sich inzwischen grau umzogen, und im Westen stand nun eine hohe Wolkenmauer.

»Es wird Nacht«, sagte Jerschek.

»Ja«, sagte Hilde. »Früher, als man gedacht hat.« Sie betrachtete das Hoheitszeichen, neben dem sie saß, und schien dabei zu überlegen.

Mit dem Zeigefinger zeichnete sie den magischen Stern nach, den Stern der Sieger, der im Zwielicht hell zu ihr empor sah; sie fuhr die Linien des Pentagramms entlang. »Brünnhildes Unstern: *Brünnhildes Stern!*« flüsterte sie.

Plötzlich wandte sie sich Jerschek zu. »Hast du sie gesehen?« fragte sie.

»Ja«, sagte er. »Zwei Jagdmaschinen. Nichts weiter. Eine britische und eine sowjetische.«

»Ja, schon«, sagte sie, »aber . . .«

»Was denn – aber?« fragte er gereizt. »Die russische ist illegal von Ungarn her in unseren Luftraum eingeflogen, und die britische hat daraufhin versucht, sie abzudrängen; das war alles; ein kleiner, unbedeutender Luftzwischenfall.«

Und Hilde: »Sicher. Aber sie haben ein Zeichen gemacht – genau über mir. Sie haben mich ausgekreuzt; sie haben mich durchgestrichen, die beiden. Genauso wie wir auf den Listen die Namen von denen ausgekreuzt haben, die am nächsten Morgen auf Transport gegangen sind.«

Sie beugte sich vor, langte nach einem gabelförmigen Zweiglein, das auf dem Schnee lag, und hielt es, die Gabelzinken nach oben, zwischen den Fingern. »Die Lebensrune!« sagte sie. »Das weißt du doch. Und umgekehrt ist es die Todesrune.«

Sie schnellte es hinweg, dann sah sie nach.

Das Zweiglein stak mit den Zinken im Schnee, gleichsam kopfüber.

»Es hätte auch anders hinfallen können«, murmelte sie. »Aber es ist so gefallen wie ich selber.«

Sie öffnete sich den Kragen, griff in den Ausschnitt und zog wiederum ihre Erkennungsmarke hervor. Sie faßte sie mit beiden Händen, bog sie einmal hin und einmal her und brach sie auseinander. Dann hielt sie Jerschek den abgebrochenen Teil hin.

»Da! – Nimm! – Mach deinem König die Meldung!« sagte sie rauh. »Melde Seiner Majestät, dem großen König«, sagte sie, »daß die Brunner-Hildegard das Urteil annimmt.« Und sie ließ das Metallstück in seine aufgehaltene Hand fallen.

Dann stand sie auf. »Und jetzt komm!« sagte sie. »Es wird immer dunkler, und regnen wird's auch gleich!« Und – in der Tat! – der Wind, der jetzt von Westen wehte, roch nach Frühlingsregen. Jerschek erhob sich also, schloß seine Hand um das Stückchen Metall, das merkwürdig schwer war und noch ein wenig von der Wärme ihres Körpers hatte, hielt es fest wie einen Schatz, der nun für immer ihm gehören sollte, und ließ es dann in seine Tasche gleiten.

Er fragte: »Sagst du was?« Denn er glaubte, sie etwas murmeln zu hören. Doch sie gab ihm keine Antwort, sah an ihm vorbei ins Leere.

»Hast du was gesagt? Ich hab dich nicht verstanden«, sagte er.

Und sie (wie von fern): »*Fliegt heim, ihr Raben!* – hab ich gesagt.«

Die Botschaft der Raben

I

Die Nacht war da; sie hatte sich schon bereitgehalten, nun war sie da, und nun, als sei dieser Zeitpunkt vereinbart gewesen, setzte sich auch die Vorhut des Regens in Marsch. Vereinzelte schwere Tropfen begannen zu fallen: Sie fielen durch das sich sparrig sträubende Astwerk und weckten auf Resten von Schnee und Lagen von moderndem Laub und modernden Nadeln einen Laut, wie ihn die Schlegel auf dem Kalbfell einer fernen Trommel wecken: dumpf, monoton, irgend etwas signalisierend.

Jerschek stieg langsam die Stufen zu der Veranda hinan. Hilde folgte ihm mit tappenden Schritten. Unterdessen rückte auch das Gros des Regens näher; mit zahllosen Vogelfüßen eilten die Tropfen quer durch den Garten. Sie fielen lotrecht aus dem schwarzen Himmel nieder und trommelten auf dem Verandadach. Am Haustor stak ein Luftpostbrief, ein Knistern, leicht wie eine Feder. Jerschek nahm ihn, steckte ihn in die Tasche, dann sperrte er auf.

Und: Horch! Trommeln werden im Dunkel gerührt! Trommelwirbel kommen durch das Dunkel auf dich zu! Er tastete nach der Streichholzschachtel und fand sie; er strich ein Streichholz an und machte Licht.

»Jetzt ist es soweit: jetzt bitte ich dich darum«, sagte Hilde.

»Du willst also, daß ich dich anzeige.«

»Ja«, sagte sie.

Er griff nach der Kerze, stieg langsam die Treppe hinan und konnte noch spüren, wie ihm Hildes Auge aus dem Dunkel folgte.

So wie er war, setzte er sich in der kalten Kabuse an seinen Tisch, holte Papier aus der Schublade, schraubte den Füllhalter auf und begann. Schauer von Tropfen prasselten gegen die nächtlichen Fenster, und ihm zu Häupten floß das Wasser schluchzend von den Schindeln ab. Er wandte sich direkt ans Militärgericht; erst versuchte er, Deutsch zu schreiben, aber das ging nicht; dann schrieb er Englisch, und in der fremden Sprache gelang ihm der Wisch, ein kurzer, sachlicher und völlig unpersönlicher Bericht. Es war nicht mehr als eine halbe Seite, was er schließlich unterzeichnete; zwölf Zeilen waren es; und er hatte dazu eine Stunde gebraucht!

Ein Blick auf seine Armbanduhr verriet es ihm: Es war halb neun! Und war doch eben erst halb acht gewesen!

Auf dem Bett stand die fertiggepackte Reisetasche bereit. Morgen in aller Frühe hatten sie aufbrechen wollen. Was sollte jetzt geschehen? Sollten sie bleiben? Sollten sie fahren? Man würde bald nach seiner Schwester suchen – da wie dort. Die Besatzungsmächte faßten unverzüglich zu, das war bekannt. Also war es dringender denn je, die Schwangerschaft zu unterbrechen. In zwei, drei Tagen konnte es dafür bereits zu spät sein. Oder hatte Hilde auch in dieser Hinsicht resigniert?

Er steckte die Anzeige in ein Kuvert, beschriftete es, verschloß es und klebte alsdann eine Marke auf. So! Es war geschafft! Er lehnte sich zurück. Aber erleichtert aufatmen konnte er nicht, denn obwohl er wußte, daß es richtig war, was er getan hatte, kam er sich elend und niedrig vor wie noch nie.

Als er wieder in den Gang hinunterkam, stand Hilde noch immer neben dem Schubladenkasten.

»Bist du da die ganze Zeit habt acht! gestanden?!« fragte er entsetzt.

»Ja«, sagte sie. »Ist das so schlimm? Wo hast du den Brief?«

»Oben«, sagte er.

»Ist er frankiert?«

»Ja.«

»Dann bring ihn herunter! Ich geb ihn gleich auf.«

»Wir geben ihn morgen dem Briefträger mit.«

»Der kommt morgen gar nicht«, sagte sie lächelnd.

»Also dann übermorgen.«

»Nein«, sagte Hilde. »Ich lauf jetzt zum Wirtshaus und werfe ihn ein. Bis übermorgen hast du es dir anders überlegt.«

Schwerfüßig stieg er die Treppe wieder hinauf, nahm den Brief vom Tisch und brachte ihn herunter.

Er sagte: »Wart doch wenigstens den Regen ab!«

Sie lächelte nur, nahm ihm den Brief aus der Hand und marschierte schon los.

Er stand da und sah auf das jählings zugefallene Haustor, das im Schein der Kerze plötzlich riesenhafte Dimensionen angenommen hatte, und hörte Hildes Stiefel erst auf den Stufen, dann auf dem Weg – immer ferner – und dann plötzlich nichts mehr, nur noch die Schauer, die gegen das Gangfenster peitschten.

Sie hatte ihm den schwersten Teil der Arbeit abgenommen; sie hatte es dem Denunzianten leichtgemacht! Er neigte sich über den Kasten, stützte die Ellbogen auf, sah in die Flamme der Kerze, und das Verlangen, Selbstmord zu begehen, das er schon seit Tagen spürte, wurde übermächtig. Hilde! Mein Gott! Durch hallende Gänge sah er sie gehen; Türen und Gitter schlossen sich hinter ihr mit hartem Gerassel; in der Krankenzelle würde sie ein Kind gebären, ein Kind, das einmal nichts von seiner Mutter wissen würde . . .

Langsam, beinahe verstohlen tastete er nach dem Browning, den er (wie er gemeint hatte, überflüssigerweise – nur aus irgendeinem rätselhaften Angstgefühl heraus) heut morgen vor ihrem gemeinsamen Abmarsch eingesteckt hatte. Spielend umschloß er den Schaft, hatte nun spielend den Finger am Abzug und prüfte die Waffe, ohne sie indes hervorzuziehen. Ihr stählernes Gewicht beruhigte ihn und würde ihm Mut machen – o ja! Doch in diesem Moment vernahm er in seiner Brusttasche ein Knistern.

›Ein Knistern, leicht wie eine Feder‹, dachte er, ›wie eine Vogelschwinge . . .‹ Er erinnerte sich des Briefes, der an der Haustür gesteckt war. Er holte ihn also widerwillig hervor, betrachtete ihn – und erschrak: Der Brief war in Haifa gestempelt: Der Brief kam von Esther!

Es war gar nicht leicht, ihn mit dermaßen flatternden Händen zu öffnen, jedoch es gelang. Er hielt ihn in das honiggelbe Kerzenlicht. Esthers klare, energische Schrift wurde sichtbar, darunter ein großer, seltsamer, blutroter Fleck wie ein Siegel.

Und Jerschek las:

»Lieber Gottfried, Dein Bericht hat mich zutiefst bewegt. Gewiß, man müßte Deine blonde Schwester eigentlich dem Henker übergeben. Aber – siehst Du! – weil sie *Deine* Schwester ist und weil sie fähig ist, zu lieben und dafür zu leiden, und weil sie, wie ich glaube, unter ihrer Schlechtigkeit gelitten hat, habe ich ihr verziehen, ich ganz allein, ich, Deine Esther.

Quäle Dich also nicht länger, verzeihe auch Du ihr und gib ihr diesen Kuß von einer Jüdin!«

Darunter leuchtete das rote Siegel. Esther hatte ihren Mund auf das Papier gedrückt, ihren schönen, großen Mund, den sie mit Purpur schminkte, weil ihr das zu ihrem schwarzen Haar und ihrer braunen Haut gut stand. Jerschek starrte auf den Abdruck, der so deutlich war, daß man sogar die feinen Querfältchen der Lippen erkannte. Dann aber küßte auch er das Papier, dann küßte er Esther, seine Geliebte, küßte sie über den Abgrund der Zeit und des Raumes hinweg, küßte, erschüttert von soviel Großmut, die purpurne Spur, dieselbe, die er sich manchmal ärgerlich abgewischt hatte, und verspürte flüchtig den Geruch des ihm so gut bekannten Lippenstiftes und hatte für Sekunden das Gefühl, es sei nun alles wieder gut und alles wieder heil.

Er trat rasch an die Tür, legte bereits die Hand auf die Klinke, doch im gleichen Augenblick erkannte er, daß in Wirklichkeit noch nichts verheilt, daß alles noch wund war, und daß er jetzt standhaft, daß er jetzt hart bleiben mußte, daß er den Versöhnungskuß nur dann an Hilde weitergeben durfte, wenn er jetzt dem Schicksal seinen Lauf ließ.

Die Hand um die Klinke krampfend, wartete er. Wenn er jetzt loslief, so konnte er Hilde noch einholen oder zumindest noch rufen. Er wartete. Jetzt konnte er sie nicht mehr einholen, nein; jetzt konnte er sie nicht mehr hindern, das zu tun, was sie tun sollte. Und jetzt – jetzt war sie offenbar beim Wirtshaus angelangt; jetzt hob sie die Klappe am Postkasten hoch, warf die Anzeige ein, jetzt war es geschehen. Jetzt wandte sie sich wieder her und ging zurück ... Seine Hand glitt von der Klinke ab und fiel herunter: Aus!

Langsam kehrte er an die Kommode zurück, nahm Esthers Brief, verwahrte ihn behutsam in der Tasche; dann beugte er sich vor und blies die Kerze aus: Aus! Die Würfel sind gefallen! Löscht die Lichter! Reglos stand er in der dichten Finsternis; reglos stand er da und lauschte in die Nacht hinaus, lauschte der Musik des Regens, bis er schließlich wieder Hildes Schritte hörte, schwere, schleppende, tappende, todmüde Schritte.

Sie trat ein, versperrte das Tor und kam schon direkt auf ihn zu, so als habe sie sein Leben in der Finsternis geheimnisvoll erspürt. Sie umschlang ihn, schmiegte sich an, atmete heftig. »Sei stolz auf deine dunkle Schwester!« sagte sie.

Jerschek fühlte ihr triefendes Haar, ihre triefende Stirn und ihre schwer durchnäßte Uniform. Er sagte: »Ich habe mich einmal deiner geschämt, aber jetzt bin ich stolz; jetzt bin ich stolz auf dich, meine mutige Schwester!«

Dann nahm er ihr Gesicht in beide Hände, nahm es wie eine kostbare Schale, die man mit Vorsicht zum Mund führt, und drückte ihr mit dem Gefühl, in sie ganz einzugehen, mit ihr ganz eins zu werden, Esthers Versöhnungskuß auf die rauhen, aufgesprungenen Lippen.

»Du weinst ja!« sagte sie.

»Ich weine«, sagte er. »Um dich, meine blonde Schwester! Um dich, meine mutige Schwester!«

»Und ich um dich, mein Bruder«, sagte sie sehr leise, sehr gepreßt. »Du warst mein Feind, und doch bist du mein bester Freund gewesen.«

Sie schmiegten sich ineinander, wuchsen zusammen, wurden zu einem einzigen atmenden, pulsenden Körper; sie vermischten ihre Tränen, tauschten ihren Atem, ihren Speichel aus, und für Augenblicke gab es zwischen ihnen keine Schranken. Dann aber lösten sie vorsichtig ihre Verflechtung, und von Hildes Lippen kam ein Flüstern. »Weißt du, was ich jetzt gesehen habe?« sagte sie. »Unser Kind; das Kind, das ich dir schenken wollte. Oh, Gottfried! Es war schön! Und es war *unser* Kind! Ich glaube, du hättest es unter Millionen erkannt. Und wenn es wirklich und leibhaftig leben sollte, dann wirst du es einmal unter Millionen erkennen.«

Sie schluchzte leise auf, trat taumelnd zurück und stieß dabei im Dunkel an den Gong. Es gab einen hellen, nachschwingenden, schwirrenden Klang, und im gleichen Moment schlug eine Faust an das Haustor.

II

»Hindler!« flüsterte Hilde.

»Du glaubst?« fragte Jerschek.

»Bestimmt«, sagte sie. »Wer sollte es sonst sein, jetzt in der Nacht?«

»Machen wir auf?«

»Nein! Ich will ihn nicht sehen!«

Wieder die Fausthiebe gegen das Tor – diesmal noch ärger – und dann wahrhaftig Hindlers grelle Stimme: »Hallo! Hilde!«

»Rühr dich nicht!« zischelte sie. »Was wär denn, wenn wir schon abgereist wären? Wir sind nicht mehr da!« Sie stand hinter Jerschek und hielt seine Rechte umklammert.

Hindler drosch nun mit einem harten Gegenstand drein. Das ganze Haus erdröhnte von den Schlägen. Dann drückte er die

Klinke nieder und begann wie toll am Tor zu rütteln. »Hilde!!« brüllte er. »Hilde!! Mach auf! Sonst schlag ich die Tür ein!!«

»Der demoliert mir noch die Villa«, sagte Jerschek.

»Wenn wir uns nicht rühren, wird er glauben, daß wir nicht mehr da sind und wird abhauen«, zischte Hilde.

»Und wenn er dich vorhin gesehen hat? Wenn er uns sprechen gehört hat? Wenn er schon draußen versteckt war? – Ich sag dir: der gibt es nicht auf, der weiß, daß wir da sind: da, hör doch!«

Ein Ächzen, Krachen und Splittern von Holz war zu hören, als habe der Stier nun sein Horn in den Türspalt gezwängt.

»Jetzt hab ich genug«, sagte Jerschek und tastete nach den Zündern.

»Ich verdrück mich«, sagte Hilde. »Schick ihn fort!«

Sie wandte sich dem Speisezimmer zu. »Sag ihm meinetwegen, daß ich tot bin!« zischte sie. Jerschek hörte sie entweichen, zündete die Kerze an; dann trat er langsam an das Tor und öffnete.

Draußen stand Hindler mit triefendem Hut, triefendem Ledermantel und grinste. In seinen Händen blitzte eine Hacke.

Und Jerschek: »Sind Sie verrückt?! Was fällt Ihnen ein?! Und die Hacke da!! Was soll das?! Weg damit!!«

»Die hab ich da gefunden«, sagte Hindler. »Ich wollt sie als Brecheisen benützen – weil ihr nicht hört.«

»Weg damit!!«

»Nur langsam! Eins nach dem andern.« Er lehnte die Hacke neben dem Tor an die Wand; dann kam er herein.

»Ich hab Sie nicht gebeten, einzutreten«, sagte Jerschek.

Und Hindler (schon im Gang): »Ob Sie mich darum bitten oder nicht, das ist mir scheißegal.« Mit einer Taschenlampe leuchtend, schritt er auf die Küche zu »Wo steckt denn das Fräulein Schwester? Wahrscheinlich bei Ihnen oben«, sagte er schneidend.

Er stieß die Tür auf, leuchtete in die Küche; dann stieß er ebenso die Tür zu Hildes Zimmer auf. Das Licht seiner Lampe tastete über die Wände, den Tisch und das Bett. »Wo steckt sie denn? Ich hab mit ihr ein ernstes Wort zu reden«, sagte er.

Jerschek stand in einiger Entfernung. »Sie werden sich mit mir begnügen müssen«, sagte er.

»Ja. Mit Ihnen hab ich auch zu reden«, sagte Hindler.

»Bitte!« sagte Jerschek. »Fangen wir gleich an!«

Er hob den Leuchter.

»Nun?«

Hindler blieb stehen, maß ihn herausfordernden Blickes; seine Glaskugelaugen versprühten auf einmal eisiges Feuer. »Wann und wo ich mich mit Ihnen unterhalte, werde *ich* bestimmen«, sagte er.

»Gut. Und ich bestimme, wann Sie hoppgenommen werden«, sagte Jerschek.

Pause. Die beiden Männer fixierten einander. Schließlich gab sich Hindler einen Ruck. »Interessant!« sagte er. »Interessant, diese Bemerkung!« Er wandte sich abrupt dem Speisezimmer zu.

»Wollen Sie hier Hausdurchsuchung machen?!!« schrie ihn Jerschek an; doch da hatte er die Tür schon aufgerissen, und der unverschämte Lichtstrahl aus der Taschenlampe tanzte huschend durch die Finsternis des Raumes.

Die Kredenz wurde sichtbar, der Ofen, der Diwan, das Fenster, dann rechts die Bücherstellage, die Standuhr, der Schubladenkasten.

Der Strahl huschte zur Uhr zurück. »Aha!« sagte Hindler. Hinter der Uhr stand Hilde; nun trat sie hervor.

Sie hielt die Hundepeitsche in der Hand; sie hatte vorsichtshalber schon die Hundepeitsche von der Wand genommen – also gut. Sie reckte sich. »Was willst du?« fragte sie frostig.

»Ein Hühnchen mit euch beiden rupfen«, sagte Hindler.

Er trat auf sie zu, leuchtete ihr direkt ins Gesicht und bemerkte jetzt erst ihre Augenbinde.

»Nanu! Was ist denn das?!«

»Nichts«, sagte Hilde. »Ein kleines Malheur. Ich hab mein Aug verloren.«

»Verloren?!«

»Ja: verloren: Es ist weg.«

Hindler verschlug es sekundenlang Atem und Rede.

Er glotzte sie an.

»Mach keine blöden Witze!« sagte er schließlich.

»Soll ich dir die leere Augenhöhle zeigen?« fragte sie.

Und er: »Nee, danke! So scheußliche Sachen muß ich nicht sehen.«

Er richtete den Lichtstrahl auf die Hängelampe. Er fragte: »Ist da Petroleum drinnen? – Ja? – Nein?« Er hob den Zylinder ab, stellte ihn auf den Tisch, schraubte den Docht hoch; dann holte er ein Feuerzeug heraus und zündete die Lampe an.

»So ist es besser – newahr?« sagte er. »So muß man nicht im

Dunkel tappen – newahr.« Er steckte den Zylinder wieder auf die Lampe und schraubte den Docht auf die richtige Höhe zurück.

Jerschek sah ihm von der Tür aus zu. Er dachte: ›War es das, was ich heut früh vorausgefühlt hab?‹ Er nahm die Kerze unauffällig von der rechten in die linke Hand und tastete mit der rechten nach seiner Pistole.

Im gleichen Augenblick sah Hindler her. »Kommen Sie!« sagte er freundlich. »Setzen Sie sich!« Und dann ebenso zu Hilde: »Setz dich, Teure! Und tu die Peitsche weg! Die Zeiten sind vorbei.«

Er schlüpfte aus dem nassen Mantel, nahm sodann den Hut ab und verstaute beides auf dem nächsten Stuhl. Er fragte:

»Habt ihr's überall so kalt? Man sieht den Atem.«

»Überall. Es ist nirgends geheizt«, sagte Hilde.

In einem hohen Bogen warf sie ihre Peitsche auf den Diwan, dann trat sie an den Tisch, doch setzte sie sich nicht. »Also was willst du?« fragte sie. »Willst du uns umbringen? Ja? – Sieht fast so aus, als wär das deine Absicht.«

Hindler lachte. »Aber wieso denn?!« fragte er äußerst belustigt. Er blickte kurz auf Jerschek, dann wieder auf sie. »Nee, ich will mal Urlaub machen, Höhenluft atmen, mich mit netten, klugen Menschen unterhalten und so weiter . . . Ihr seid doch nette, kluge Menschen – oder nicht?« Sein Blick ging zwischen den Geschwistern eilig hin und her. »Habt ihr was zu trinken? – Schnaps – Slibowitz – Obstbrand – oder wenigstens ein Fläschchen Bier?«

»Du bist ja ohnehin besoffen«, sagte Hilde.

Und Hindler (immer lachend): »Aber noch sehr helle, meine Liebe! So seh ich beispielsweise, daß dein Bruder seinen Leuchter plötzlich in der *linken* Hand hält. – Warum wohl? Ist er auf einmal Linkshänder geworden?«

Er blickte auf Jerschek, dann kurz auf Hilde, dann wieder auf Jerschek. Seine blitzenden Glaskugeln drehten sich rasch in den Höhlen herum. Und Jerschek: »Allerhand! Das ist sudetendeutsche Tüchtigkeit!« Er löschte die Kerze und stellte den Leuchter auf die Kredenz.

Hindler dagegen setzte sich fesch und leger auf die Kante des Tisches und ließ die Beine überm Boden baumeln. »Kinder!« sagte er. »Wir machen einen bunten Abend! Einverstanden?! So jung wie heute kommen wir nicht mehr zusammen!«

»Ich hab gemeint, du willst mit uns ein Hühnchen rupfen«, sagte Hilde lauernd.

»Das kommt später«, sagte er. »Das kommt noch! Eins nach dem andern!« Er schob die Rechte langsam in die Hosentasche, zog ein Taschentuch hervor und schneuzte sich.

»Erst wollen wir was saufen«, sagte er. »Und dann, ihr Schönen, werden wir hier zu dritt eine Orgie feiern.« Über sein Schneuztuch hinweg sah er auf Hilde. »Platz ist da genug: der große Tisch, drüben das Sofa. Und stinken tut es hier auch; bist das eigentlich du?« Er blickte auf sie.

Und Hilde: »Nein, das ist der Schwamm, das ist die Fäulnis: das bist du.«

Und Hindler (unberührt): »Ich hoffe, daß du nichts dagegen hast, wenn dich dann zwei starke Männer um die Wette vögeln, denn das wollen wir dann tun.«

Er schob sein Schneuztuch wieder in die Tasche.

Jerscheks Hand zuckte nach der Pistole.

Hindler sah es – und »Nur keine Sorge«, sagte er heiter. »So primitiver Tricks bediene ich mich nicht.«

Und Hilde: »Vögeln macht mir immer Spaß; das weißt du ja. Da muß ich vorher gar nicht erst gesoffen haben. Und am liebsten laß ich mich in letzter Zeit von meinem Bruder vögeln. Ich schlage vor: mein Bruder legt mich auf dem Tisch da um, und du schaust zu.«

»Oder *er* schaut zu, wie ich dich umleg«, sagte Hindler.

»Oder *ich* schau zu, wie *er dich* umlegt«, sagte Hilde.

»Oder *du* schaust zu, wie *ich ihn* umleg«, sagte Hindler.

Und Hilde: »Na, ich bin gespannt, was jetzt geschehen wird.«

Undeutbar lächelnd ging sie zum Diwan hinüber und begann auch schon, sich in der Eiseskälte auszuziehen. Sie schlüpfte aus ihrer Jacke, stieg elegant aus dem hingefallenen Rock, setzte sich dann hin und zerrte sich die Stiefel von den Füßen, was ein wenig dauerte. Sie blickte dabei unverwandt auf Captain Jerschek, etwa so, als wollte sie auf diese Weise von ihm Abschied nehmen, fremd, als blicke sie bereits aus weiter Ferne her, aus einer kalten, öden Dunkelheit und winke noch ein letztes Mal zurück – so, als sage sie: ›Leb wohl! Ich ziehe in den Krieg, in meine letzte Schlacht. Leb wohl und bleib tapfer! Was auch geschehen mag; verlier nicht die Nerven! Wir beide spielen dieses Drama jetzt zu Ende. Ich spiel *meine,* du spielst *deine* Rolle. Also greif erst ein, wenn du dein Stichwort hörst? Jetzt bleib ganz ruhig und denk daran, daß ich dich lieb hab und auf deiner Seite bin! Und vergiß nicht, daß du deinen Browning in der Tasche hast! Und warte dein Stichwort ab! Ich werde es dir im rechten Augenblick geben.‹ Dann stand sie wieder auf, entledigte sich ihrer Bluse, zog sich ihr wollenes Unterhemd über den Kopf; dann griff sie in den Gummizug der Hose und streifte sie mitsamt dem Strumpfbandgürtel und den Strümpfen von den Schenkeln ab.

Hindler hatte ihr verblüfft und etwas angewidert zugesehen. Er sagte: »Bist du aber mies geworden: mager – und alt! Und einen Bauch hast du bekommen! Bist du schwanger?«

Und Hilde: »Ja. Mit Blähungen. Für dich, mein Herzliebster.«

Sie starrte ihn einäugig an. Er versuchte zu lachen, aber umsonst; ihr Verhalten schien ihn plötzlich völlig zu verwirren. Auch erkannte er jetzt erst den grausigen Anhänger an ihrem Hals, was ihm offenbar aufs neue einen Schock versetzte.

»Deine Erkennungsmarke?« fragte er fröstelnd.

»Natürlich«, sagte Hilde. »Man soll wissen, wer ich bin.«

Wieder ein Lachversuch. »Aber da fehlt ja bereits die untere Hälfte! Bist du schon tot?!«

Sie blickte ihn an. »Vielleicht«, sagte sie leichthin. »Möglich ist alles.«

Sie strich sich über die Brüste, den Bauch und die Schenkel. »Vielleicht sind wir alle schon tot«, sagte sie ruhig. »Und verfaulen schon. Und sitzen schon im Himmel! Im NS-Reichshimmel – newahr! Weil es so stinkt!«

»Das sind schlechte Witze!« sagte Hindler. Er stieß sich vom Tisch ab, stolperte über den aufgerissenen Boden und knöchelte um.

Und Hilde: »Obacht geben! Lauter Löcher! Lauter schwarze Mäuler, die sich auftun!« Sie spuckte sich auf die Finger und fuhr sich zwischen die Schenkel.

Dann grinste sie. »Was schaust du denn so? Bist du moralisch entrüstet?« fragte sie staunend. »Nackt vögelt man doch am besten; das ist doch bekannt! Und man stirbt auch besser nackt – und tritt gleich nackt vor seinen Richter, so wie die Juden. Die waren ja auch splitternackt, wenn man sie in die Gaskammer gestopft hat.«

Plötzlich drehte sie sich um, bückte sich (die Beine breit, die Arme auf den Diwan aufgestützt), und dergestalt, gleichsam in einem Exzeß der Schamlosigkeit, reckte sie Hindler ihren geöffneten Hintern entgegen.

»Los! Spring auf, Beschäler!« schnauzte sie.

Hindler schoß jählings das Blut in die Fledermausohren. »Genug jetzt!!« schrie er wütend und sprang vor. Doch da stand sie schon, von einer jähen Drehung wieder aufgerichtet und ihm zugekehrt, und hielt auf einmal wieder ihre Hundepeitsche in der Rechten.

»Ja, jetzt ist es genug«, sagte sie drohend. »Das Maß war schon lange voll, aber jetzt ist es übergelaufen. Mir scheint, du hast geglaubt, ich laß mich noch im Jenseits vögeln! Mir scheint, du glaubst, ich werde dich noch im Jenseits versteckt halten, wenn du mich fickst! Schluß!!« (Sie knallte mit der Peitsche dicht vor seiner Nase!) »Die Soldatenhure hat abgerüstet! Hast du verstanden?! – Die Adjutanten-Nutte mag nicht mehr! – Der Quartiermacher hat keine Lust mehr! – Hast du verstanden?!«

Hindler wich zurück und trat erneut in eines von den Löchern. Er taumelte rücklings gegen das Bücherregal und hielt sich dran fest, um nicht zu stürzen.

Und Hilde: »Ja, mein Freund, du stehst bereits mit einem Fuß im Grab, und mit dem anderen wirst du auch gleich drinstehn – paß nur auf!«

Und Hindler (platzend vor Haß): »Du schamloser, dreckiger Schlampen!«

Und Hilde: »Ja, ich bin schamlos. Ja, ich bin dreckig. Ja, ich bin nackt! Ich stehe nackt vor euch und werde nackt vor meinem Richter stehen. Der Schämige bist du! Du bist der Vermummte, du der Maskierte! – Aber wart nur«, sagte sie, »gleich wirst du ebenso nackt sein wie ich! Zieh dich aus, Schwein!!!« (Sie schlug mit der Peitsche nach ihm.) »Runter mit dem Steireranzug!!! Runter mit der Maskerade!!!« Sie schlug ihn auf den Bauch, so daß ein Hirschhornknopf durchs Zimmer hüpfte – und: »Zeig dich her in der Uniform, die du unterhalb anhast, du Schwein!!! – In deiner alten Kluft, die noch nach Aas und Blut und nach verkohlten Leichen stinkt!!! Runter mit der Hosen!!! Zeig dich her, Prolet, in deinen Röhrenstiefeln!!! Damit man sieht, daß deine Beine krumm sind wie die eines Affen!!!«

Hindler drückte sich gegen das Bücherregal. Sein Gesicht war grau wie Zement und auf einmal von Schweiß überrieselt. »Also ist es so, wie ich vermutet habe«, schnaufte er. »Es hat mich nämlich jemand angezeigt.«

Er zog sein Taschentuch hervor und wischte sich die Stirn.

»Jemand, der mit den Engländern packelt«, sagte er leise. »Denn nicht die österreichischen Behörden kümmern sich um mich – die wären ja prima – sondern ein paar Tommys haben sich nach mir erkundigt.«

Er trocknete sich abermals die Stirn. Wieder gingen seine Augen blitzschnell hin und her.

»Und jetzt bist du also bei uns«, sagte Hilde. »Reizend von dir!«

»Und jetzt bin ich also bei euch«, sagte er grinsend.

Er steckte sein Tuch wieder ein.

Dabei wandte er sich unerwartet gegen Jerschek.

»Achtung, er schießt!!!« schrie Hilde. Sie warf sich auf ihn und schlug ihm die Hand hoch, in der er plötzlich wie ein Zauberkünstler die Pistole hielt.

Doch auch Jerschek war schon vorgesprungen. Er hatte den Stier von der anderen Seite gepackt. Sie rangen mit ihm, drückten ihn gegen das Bücherregal, und dann entwand ihm Jerschek die Pistole.

Keuchen.

»Durchgeladen und entsichert!« murmelt Jerschek. Er sichert die Pistole, legt sie auf den Tisch und stellt sich dann davor.

Hindler steht da, wie an das Regal angekleistert. Sein Haar ist zerrauft, seine Stirne von Schweiß überströmt; und da er nun knöcheltief in dem gähnenden Loch steht, sieht es aus, als habe er auf einmal keine Füße mehr.

»Verrat!« sagt er pathetisch. »Also Verrat!« Er funkelt bald auf Hilde, bald auf Jerschek. Seine Augen drehen sich, nach einem Ausweg suchend, eilig hin und her, und sein Gesicht zerfällt dabei zu einer irren, widerlichen Grimasse.

Hilde bückt sich langsam nach der Peitsche, die ihr bei dem Ringen aus der Hand gefallen ist. Aus der Achselhöhle läuft ihr ein Tropfen über die Brust vor und hängt Sekunden glitzernd an der Warzenspitze. Dann aber stellt sie sich vor Hindler hin, die Peitsche in der gesenkten Rechten als furchtbare Waffe, und es ist, als beginne ihr bleicher, magerer Körper, ihr ausgemergelter, häßlich gewordener Körper in der Dunkelheit und der muffigen Kälte des Zimmers geheimnisvoll von innen her zu leuchten.

»Ja, Verrat«, sagt sie und reckt sich hoch auf. »Endlich hab ich meinen Hochverrat verraten! Mit Recht hab ich die doppelte

Siegrune getragen, denn ich hab über dich und über mich selber gesiegt. Ich werde sterben«, sagt sie, »und ich weiß sogar, wofür! Und weil ich sterben werde, werde ich leben! – Dich aber«, sagt sie und drückt ihm das Ende der Peitsche leicht auf die Brust, »dich aber werde ich töten, und du wirst tot sein.«

Und Hindler (zähneklappernd): »Red keine Opern!«

»Doch. Ich rede eine Oper«, sagt sie. »Das ist mein Schlußgesang, und den sing ich dir noch, den halt ich noch durch, auch wenn ich schon seit Stunden am Zusammenbrechen bin. – Erinnerst du dich an den Duschraum? Ja? Das war doch 'ne Sache! ›Da drinnen werdet ihr euch duschen, weil ihr schmutzig seid und stinkt‹, so haben wir geschnauzt. Und dann haben wir sie da hineingestopft, die nackten Leiber, Brust an Brust; doch aus den Brausen da drinnen ist gar kein Wasser gekommen, das waren Attrappen. Dafür ist durch die Lüftungsschächte Zyklon-B herabgerieselt – Kristalle, die an der Luft zu verdampfen beginnen, Kristalle von einer einzigartigen Farbe: blau wie das Nordmeer: blau wie germanische Augen! Erinnerst du dich?«

Und Hindler: »Was redest du da?! Du bist ja verrückt.«

Und Hilde: »Ja, ich bin verrückt; du bist normal. Ich bin die Ausnahme, welche die Regel bestätigt; und du bist der Normale, der sich jetzt an nichts erinnern kann. – Wie viele mögen es gewesen sein, die wir auf diese Art getötet haben? In den paar Tagen, in denen ich aushilfsweise die Bücher geprüft hab, sind rund vierzigtausend auf Transport gegangen.«

»Ich sag dir: ich weiß nicht, was du da redest!« schreit Hindler. »Ich war Frontsoldat; ich hab von diesen Sachen keine Ahnung!«

Und sie: »Natürlich. Das hab alles ich allein gemacht. Ihr andern habt inzwischen tapfer für das Vaterland gekämpft.«

Sie steht hochaufgerichtet in der Finsternis und Kälte, und während Hindler immer bleicher, immer schattenhafter, immer wesenloser wird, beginnt ihr Körper immer herrlicher zu leuchten, immer heller und rätselhafter zu phosphoreszieren.

»Spürst du, daß du jetzt zu sterben anfängst?« fragte sie. »Spürst du, wie das Eisen langsam in dich eindringt? Eine Sau bemerkt es, wenn sie abgestochen wird, die schon! Ich weiß nicht, ob du ein ebenso feines Gefühl hast.

Wer hat die sechs- bis siebenhunderttausend, die es wohl gewesen sein werden, auf Transport geschickt?«

»Ich nicht!« schreit Hindler.

»Du nicht«, sagt Hilde. *»Ich* habs getan. – Und wer hat die restlichen sechzig mit eigener Hand liquidiert?«

»Ich nicht!« schreit Hindler.

»Du nicht«, sagt Hilde. *»Ich* habs getan. – Weißt du, wo du stehst, Herr Adjutant? Auf demselben Fleck, auf dem die Partisanen meinen Vater abgeschlachtet haben. Als erstes haben sie ihm die Ohren vom Schädel geschnitten – ritsch-ratsch! – erst ist das linke, dann das rechte durch die Luft geflogen, und es war gut so. – Wer aber hat eure Menschenversuche gemacht? Wer hat den jungen Polinnen und Russinnen die Beine aufgeschlitzt und ihnen Dreck und Bakterien in das Fleisch eingenäht, so daß sie lebendig verfault und brüllend vor Schmerzen krepiert sind? – Du doch nicht!«

»Natürlich nicht!« schreit Hindler.

»Natürlich nicht!« sagt Hilde. *»Ich* habs getan. *Du* hast nur Gutes getan; du wolltest das Abendland retten; du hast dich unterdessen für das Abendland geopfert. – Und welcher Humanist hat, um das Abendland zu retten, einem alten Juden eine Stange auf den Hals gelegt und ist daraufgesprungen?«

»Ich nicht!« schreit Hindler.

»Du nicht«, sagt Hilde. *»Ich* habs getan. Wie könnte einem Humanisten so was einfallen?! – Und wer hat damals die Häftlinge krummgeschlossen über die Stange gehängt und so lange rundum gedreht und geprügelt, bis sie verreckt sind?«

»Ich nicht!« schreit Hindler

»Du nicht«, sagt Hilde. *»Ich* habs getan. Denn irgend jemand muß es ja getan haben, da es vorgekommen ist. – Und wer«, sagt sie leise (aber aus ihrer Stimme klingt es auf einmal wie fernes Trompetengeschmetter, und rings in den Lüften ist plötzlich ein Flirren von Licht und ein Flattern von Flügeln), »wer hat das Kind – du erinnerst dich doch – das reizende Kind bei den Beinen gepackt und mit dem Kopf an die Barackenwand geschleudert? Wer?! – Das Hirn ist hernach an der Wand geklebt und heruntergeflossen. Ein roter Sonnenaufgang war an der Barackenwand; er blendet mich noch heute . . .«

»Lügen!!! Märchen!!! Feindpropaganda!!!« schreit Hindler.

Und Hilde: »Was regst du dich auf, Herzliebster? *Ich* habs getan. Ich ganz allein! – Du bist unschuldig.«

»Ja«, keucht Hindler. »Das bin ich! Das bin ich wahrhaftig!« Er drückt sich an das Regal und hält sich dran fest.

Und sie (nun umflirrt von dem wilden Gefunkel des Sieges): »Bravo! Du hast es gesagt. Und jetzt bist du tot.«

Sie tritt zurück. Sie setzt sich schwer und müde auf den Diwan. Man sieht, sie ist am Ende, ist am Ende einer weiten Reise angelangt. Das Leuchten ihres Gesichtes und ihres Körpers beginnt zu erlöschen; nur der Schweiß, mit dem sie nun über und über bedeckt ist, glitzert noch gläsern. »So! Jetzt kannst du meinetwegen gehen«, sagt sie matt. »In die Freiheit – oder zum Galgen; mir ist es Wurscht. Kann ja sein, daß dich jemand denunziert hat; wir haben's nicht getan, und wir tun es auch nicht mehr. Geh nach Argentinien und werde Farmer! Oder bleib da und mach, wie du vorhast, in Fremdenverkehr und in Demokratie und Humanität! Uns ist es gleich. Wir haben dich getötet; du hast aufgehört, zu sein. Ohne daß du einen Schmerz gespürt hast, ist das Eisen in dich eingedrungen. – Möglich, daß sich einmal noch ein Henker deiner annimmt, aber nicht wichtig, denn eigentlich bist du jetzt nur noch ein Fall für den Wasenmeister, den Abdecker, den Schinder. Du hast schon zu verwesen angefangen: du bist tot – verstehst du? Tot! – Ein totes Nichts. Eine tote Null: ein Unschuldiger.«

Sie hat ihn bei den letzten Worten mit der Peitsche unterm Kinn berührt, und Max Hindler steht ihr auf einmal wie hypnotisiert gegenüber, bewegungslos, als sei er jäh zu Stein erstarrt, bewegungslos, als habe ihn eine plötzliche Totenstarre versteinert. Dann aber schnellt er überraschend vor, entreißt der Erschöpften die Peitsche, wendet sie um, holt mit ihr aus, und was nun geschieht, geschieht in Augenblicken und geschieht in einem roten Wirbelsturm.

Hindler schlägt zu. Jerschek sieht einen Vogel durchs Zimmer flattern: die Binde, sieht Blut an die Wand spritzen, sprühende Tropfen, hellrot und blendend: Hildes Blut: das Blut seiner Mutter: sein eigenes Blut und greift hinter sich – und hat auch das Klatschen gehört und dann einen Schrei wie ein Messer die Stille aufschlitzen, das Stichwort: »Henker!!!« schreit Hilde mit überschnappender Stimme, und da hat er die Pistole in der Hand und zielt – gerade, als der Stier zum zweiten Schlag weit ausholt – und eröffnet, währenddem die Peitsche abermals um Hildes Kopf knallt und sie fast skalpiert, nun endlich das Feuer aus der Pistole des Herrn Adjutanten, und der, herumgerissen von dem Schwung, mit welchem er den Schlag geführt hat, beginnt sich wie ein Kreisel um sich selbst zu drehen, dreht sich brüllend, dreht sich, nunmehr im Nu von acht Projektilen allseits durchlöchert, wie ein Rasensprenger herum und versprengt seinen Saft in das kreisende Zimmer – und stürzt nun dampfend, geplatzten Schädels, zerfetzten Gesichts, und plötzlich überstürzt von einem Springquell, der aus seiner Halsschlagader ruckweise aufspringt, als ein schwerer Fleischsack in die selbstgemachte Überschwemmung hin, wo er auseinanderrinnend liegenbleibt.

Ein Geruch, süß wie im Schlachthof, breitet sich aus. Hilde kriecht auf allen vieren durch die rote Pfütze. Als verendendes Tier, blind von dem Blut, das ihr in Bächen übers Gesicht fließt, und wimmernd vor Schmerzen, kriecht sie umher – immer im Kreis – und sucht verzweifelt nach ihrer weggeflatterten Binde. Jerschek sieht den schwarzen Vogel halb verborgen unter der Kommode lauern, packt ihn, drückt ihn Hilde, die gesenkten Kopfes auf dem Boden kauert, in die Hand; und das erste, was sie nunmehr tut, ist dies, daß sie die leere Höhle wieder verhüllt. Dann erst wagt sie, das Gesicht zu heben. »Gottfried!« flüstert sie. »Blutsbruder! Bist du noch da? – Laß mich nicht krepieren! Sei ein firmer Jäger, auch wenn es dir schwerfällt! Gib mir den Fangschuß! Ich hab ihn mir ehrlich verdient.«

In diesem Augenblick fühlt Jerschek deutlich, daß er nur noch wie im Traume handelt, denn mittlerweile hat sein Grauen solche Dimensionen angenommen, daß er nicht mehr fähig ist, es zu verspüren. Er faßt den Stier bei den Füßen, schleift ihn hinaus, wie man einen Stier aus der Arena schleift, und draußen im Flur versetzt er ihm einen Tritt, so daß der tote Körper in das Dunkel rollt. Dann zieht er seinen Browning aus der Tasche. ›*Helle Wehr!*‹ denkt er. ›*Heilige Waffe!* Niemand zwingt mich, doch ich habe meinen Auftrag; und diesen Auftrag führe ich jetzt aus.‹

Er entsichert seine Waffe, lädt sie durch; mit einem knappen Schlag wird die Patrone in den Lauf gestoßen und ist nun gesetzt in den Lauf, die Exekution zu vollziehen, das Beispiel zu geben: darzubringen ein Menschenopfer, die Schande zu löschen.

Als er wieder in das Zimmer tritt, steht Hilde abgekehrt zwischen Ofen und Diwan, die erhobenen, gekreuzten Arme an die Wand gelegt und Stirn und Gesicht in ihnen verborgen, als schaue sie ein. Unter der bleichen, glänzenden Haut ihres Rückens zeichnen sich die Schulterblätter und die Rippen deutlich ab. Ihr Haar, naß, als habe man ihr ein Schaff Wasser übergegossen, liegt verworren auf den Schultern und im Nacken. Und Jerschek sieht nun: dieses Haar, durch das noch immer da und dort zinnoberrotes Blut fließt, ist nicht mehr blond; es ist im Laufe eines Abends weiß geworden. Sie ist geschmückt, als ginge es zu einem Volksfest: Sie sieht aus, als sei sie rot-weiß-rot beflaggt.

»Beeil dich!« wimmert sie. »Ich kann nicht mehr.«

Jerschek hebt seine Waffe, ohne zu zittern.

Er zielt; er zielt auf eine Stelle zwischen dem linken Schulterblatt und dem Rückgrat; dann schießt er.

Langsam und lautlos kippt Hilde zur Seite und fällt auf den Diwan.

Und jetzt fühlt Captain Jerschek erstmals über sich die Spinne: das weiße Kreuz: die riesige, vierbeinige Spinne über dem Scheitel: die Spinne, der er nicht entkommen wird: die Spinne, welche mit ihren unendlichen Beinen den Erdball umklammert.

Den Browning noch in der Hand, tritt er zu seiner Schwester, die auf den Rücken gerollt ist und nun blind von unten her zu ihm emporstarrt. Und schau: Das Kainszeichen, das Brandmal ist nicht mehr zu sehen; nur zwei blendende Platzwunden ziehen sich über die Stirn. Er kniet sich neben ihr nieder; er fühlt ihren Puls. Der Schlag verzittert: Aus! Es ist kein Puls mehr da. Er preßt das Ohr an ihre Brust; er lauscht. Der Atem entweicht und: Aus! Es ist auch kein Atem mehr da. ›Nichts rührt sich mehr in meiner dunklen Schwester‹, denkt er. ›Nur noch ihr Dunkel selber höre ich rufen. Reglos ist ihr Aug auf mich gerichtet: *Brünnhilde – bietet mir – Gruß.*‹

Dann steht er auf. Er läßt den Browning fallen. Er streicht mit den Fingern der Rechten Hilde übers Gesicht und schließt ihr das Auge. Vom Haaransatz an streicht er ihr über die Stirn, das Lid, die Wange, den Mund und das Kinn, streicht weiter über den Hals, die Brust, die Schwellung des Bauches, die Wolle des Schoßes, die Wölbung des Schenkels, streicht leicht vom Haaransatz bis zu den Zehenspitzen ihres linken Fußes nieder, führt einen magischen Strich von oben nach unten ins Nirgendwohin, so, als streife er ihr ein Spinngewebe aus Träumen vom Leib: ihre glänzende, schillernde, nässende, stinkende Dreckhaut.

Dann greift er ihr unter den Rücken und unter die Kniekehlen, hebt sie auf und trägt sie feierlich zum Tisch hinüber.

Er legt sie hin.
Er legt sie in das Licht der Lampe.
Das warme Licht der Lampe fällt auf sie.

III

Und nun ist die mystische Wendemarke erreicht, der Punkt, an dem sich Dunkelheit in Licht verwandelt, der Punkt, wo ein Zimmer zum Tempel, ein Henker zum Priester, ein Eßtisch zum Altar und eine Mörderin zur Opfergabe wird.

Jerschek steigt langsam zu seiner Kabuse hinauf. Er ertastet in der Finsternis den Wasserkrug, ein Handtuch, dann die Reisetasche. Diese drei Dinge braucht er, mit ihnen steigt er wieder hinunter und stellt zunächst die Reisetasche bei der Haustür ab. Dann tritt er wieder in das Speisezimmer. Er stellt den Krug zu Hildes Füßen auf den Tisch. Er taucht das Handtuch in das Wasser und fängt an, die Tote reinzuwaschen, sie zu reinigen von Blut und Schweiß und Schmutz. In dieser Stunde, da man nichts mehr hört als eine riesenhafte Stille, in dieser Stunde, da die Berge lauschend ihre Häupter heben, in dieser Stunde, da die Nacht sich ihrer Mitte nähert und dabei den Atem anhält, wäscht er seine dunkle Schwester langsam rein. Mit Andacht wäscht er ihr Gesicht, ihr blutverklebtes Haar und mit der gleichen Andacht ihren erkalteten, keusch gewordenen Körper. Er rückt ihr behutsam die Binde über der Augenhöhle zurecht; er holt seinen Kamm aus der Tasche, kämmt ihr das Haar aus der Stirn, bis es lockig zurückfällt. Er bewegt sich schwer und langsam wie ein alter Mann, doch seine Hände tun unermüdlich die sakrale Arbeit, und aus dem Eis, zu dem sie ihm dabei erstarren, wächst ihm eine rätselhafte Wärme in das Herz empor.

Ist es die Wärme, mit der sich Agape ankündigt? – die reine, körperlose, die wirkliche Liebe? – Sturm liegt auf Lauer, Sturm duckt sich schon hinter den nächtlichen Gipfeln zum Sprung. Der sternübersäte Himmel erzittert als eine Membrane; Wälder warten in der Finsternis auf ein Signal, und in den Stämmen pulst unermüdlich das Harz. Die Kampfmaid aber liegt, gereinigt von dem Schmutz des Kampfes, auf dem Opfertisch; ihr Profil gleicht einem Gebirgszug, der in die Nacht ragt. Sie ist es wieder, das *kühne, herrliche Kind!* Was soll noch die halbe Erkennungsmarke an ihrem Hals?

»Nein, man soll dich nicht erkennen, Schwester. Was du getan hast, soll niemand mehr erfahren. Es bleibt unter uns. Ich mache dich unkenntlich, Schwester. Dein schreckliches Geheimnis ist nun mein Geheimnis.«

Er klappt sein Federmesser auf, durchtrennt das Band und steckt auch diesen Teil der Marke ein. Die beiden Teile befinden sich wieder beisammen und stecken nunmehr gut verwahrt in seiner Tasche.

Wohin aber rollen die Züge? – Sie rollen ins Nichts.

Wohin aber schwimmen die Schiffe? – Sie schwimmen ins Nichts.

Und alle die Flugzeuge? He? Wo fliegen sie hin? – Sie fliegen ins Nichts.

Und du? – Wo fährst du hin? – *Ins Nichts, Quintilius Varus!*

Jerschek starrt auf die leergewordene Stelle zwischen den Brüsten. Da ist der Sog. Da schreit das Vakuum, das große Tief, da schreit es lautlos. Eben war noch etwas da; jetzt ist da nichts mehr; auf einmal führen alle Wege in das Nichts.

Und nun tut Captain Jerschek etwas Kindisches, und er tut es in der äußersten Verzweiflung: Er öffnet sein Hemd. Er faßt nach seinem kleinen Goldkreuz. Er zerrt daran; die dünne Kette reißt entzwei. Er hält es gefaßt zwischen Daumen und Zeigefinger der Rechten wie ein kleines, leuchtendes Getreidekorn und legt es sodann, als pflanze er Samen in einen Acker, in die gähnende Leere zwischen den Brüsten der Toten.

Dann schleudert er Bücher und Zeitschriften stoßweise unter den Tisch; dann geht er ins Freie, geht um die Villa herum, tritt an den Jeep; er nimmt den gefüllten Benzinkanister an sich und hört im gleichen Augenblick im Dorf die Turmuhr schlagen. – Es ist Mitternacht; und nun bemerkt er es: Während des Regens, der irgendwann aufgehört hat, ist es Frühling geworden; lau strömt die Nachtluft von Westen her über die Kämme und Pässe, trächtig von Meeren, von Weiten, trächtig von Zukunft. Er kehrt ins Haus zurück; er übergießt die Bücher mit Benzin. Er macht das Fenster auf und sieht Sekunden in der Schwärze draußen Wipfel schwanken. Dann hebt er die brennende Hängelampe aus ihrem Gehäuse; er hält sie in der Rechten, weicht dabei zur Tür zurück; langsam drückt er mit der Linken hinter sich die Klinke nieder, hebt mit der Rechten die Lampe über den Kopf; er öffnet die Tür, sieht, daß der Vorhang am Fenster zu flattern beginnt, fühlt sich umwirbelt von anfachendem Zugwind – und in diesem Moment wirft er die Lampe ins Zimmer – mitten in den benzingetränkten Papierberg.

Erst als im Dorf die Glocke zu bimmeln begann, sah er sich um. Es war der Augenblick, in dem das Haus in sich zusammenbrach. Prasselnd und polternd wuchs eine Flammensäule empor – dreihundert Meter – und neigt sich im Westwind langsam gegen Osten. Captain Jerschek, schon tief in den nächtlichen Schluchten verirrt, gewahrt sie hoch und herrlich über den Zacken des Waldes, ein Feuerwerk brennend emporgerissener Schindeln und Bretter, eine sich mehr und mehr übersteigende Masse glühenden Rauches. Im Abwärtshasten blickt er noch mehrmals zurück. ›Dort oben verbrennt sie‹, denkt er, ›und dort verbrenne auch ich.‹ Dann schlägt er hin, rollt einen Hang hinab in Dickicht und Dunkel, nichts mehr wissend von Gerechtigkeit, nichts mehr wissend von Heldenmut, Sieg und Triumph, nicht hörend das Losknattern der Hörner, den Stoß der Posaunen, nicht hörend das Aufbrausen des Sturms, der sich stürzt in das Tief, nicht mehr erkennend, daß er in diesen zwölf Stunden des Tötens die Front überrannt: daß er den Feuerkreis durchbrochen hat.

Epilog oder Die Quittung

Die Leute sagen: »Es muß sie im Schlaf überrascht haben, die beiden.«

Die Leute sagen: »Glut wird aus dem Herd gefallen sein.«

Die Leute sagen: »Oder ein Zigarettenstummel vom Fräulein hat wo geglost; das Fräulein hat doch eine Zigarette an der anderen angeraucht.«

Der Lenz erzählt: »Sie sind am Vormittag bei uns gewesen. Und haben gesagt, daß sie nach Wien fahren wollen. Und dann in der Früh ist nur noch der Wagen zwischen den Bäumen gestanden, völlig ausgebrannt und ganz verbogen.«

Die Gendarmen sagen: »Zwei Leichen hat man gefunden, zwei total verkohlte Leichen, einen Mann und eine Frau.« Und die Experten erklären: »Benzin hat gebrannt. Die Hitze muß enorm gewesen sein.«

Und einige Weiber raunen: »Die beiden haben womöglich Selbstmord begangen und das Feuer vorher selbst gelegt.«

Ein Inspektor sagt: »Die Engländer haben das Fräulein gesucht: eine Hildegard Brunner . . .«

Und die Leute sagen: »Hütet euch vor den Gezeichneten!«

Der Bezirkshauptmann sagt: »Erben haben sich keine gemeldet. Der Grund ist versteigert worden. Jetzt weiden dort Kühe.« Ein Alter erzählt: »Und eine große, verglühte Metallscheibe hat man gefunden – wie eine Sonne: wahrscheinlich ein Gong. Mein Gott, die Zeit vergeht! Das ist jetzt auch schon wieder siebzehn Jahre her!«

Der Fremde denkt: ›Hier ist die Küche gewesen. Dort drüben das Speisezimmer – und dort die Veranda. Und hier der Keller. Eingestürzt, alles verwachsen! Th! Wie hoch die Bäume und die Büsche sind: ein Dickicht! Ein Urwald!‹ Er schreitet die da und dort noch erkennbaren Grundmauern ab, zwängt sich durch gilbende Birken, gilbende Lärchen, gilbenden Ahorn. Von einer Eberesche fallen ein paar rote Beeren auf ihn nieder. Er geht weiter; seine Schritte rascheln durch das hohe, dürre Gras. Er denkt: ›Den Täter treibt es an den Ort der Tat zurück; und er kommt im rechten Augenblick daher, der Täter: Ein Hochschullehrer bekennt sich ganz offen zum Nationalsozialismus; der Minister könnte ihn suspendieren, aber er tut's nicht: unterdessen schlagen randalierende Studenten einen Rentner tot und schreien ›Heil Auschwitz‹, legen gleichfalls ihr Bekenntnis zum Verbrechen ab: Der Ungeist, der siebenköpfige Drache, reckt sich schon wieder und geifert. Aber niemand hat den Mut, ihm auch nur einen seiner Köpfe abzuschlagen! Und überhaupt: Das hat die Lektion schon wieder vergessen; das feixt schon wieder mit langen, verdrehten Hälsen gegen Nordwesten. Mit Anschlußhälsen! Habgierig, schamlos, allzeit bereit, sich aufzugeben, sich zu verkaufen: das ist wieder reif! Da scheint wieder einmal eine Tracht Prügel fällig zu sein!‹ Jetzt bleibt er stehen. Schau: Die Buche ist riesig geworden! Er blickt empor; tiefblaue Luft des Oktobers funkelt durchs Laub. ›Heil Auschwitz! Jawohl! Mit meinen eigenen Ohren hab ich's gehört. Und in dieser Schande hat man dann das zwanzigjährige Bestehen der zweiten Republik gefeiert! Schöne Wirtschaft!‹ Er tritt auf morsches Holz, das unter seinem Fuß zerbröckelt. ›Und der Staat ist ausgehöhlt von cleveren Geschäftemachern‹, denkt er, ›zerfressen wie ein toter Baumstrunk von Termiten‹, denkt er. ›Stampfe auf, wende dich einmal ungeschickt um, und er stürzt in sich zusammen und zerfällt zu Staub.‹

An der Sonnenseite, wo er einen freien Ausblick hat, setzt er sich ins Gras und lehnt den Rücken gegen einen Mauerrest. Wie hell es ist! Die großen, alten Fichten liegen, teils entwurzelt, teils gefällt, vor ihm im Dickicht; man sieht jetzt links bis zur Straße hinunter, rechts bis zum Waldrand. Geblendet schaut er südwärts in die Weite, und der Schluß des »Liedes von der Erde« fällt ihm ein; Melodie und Worte mischen sich in seine Traurigkeit – und: Da ist sie wieder! Da ist sie wieder, die schreckliche Kralle, die ihm ans Herz faßt! ›Du‹, denkt er, ›der du verschwunden bist in den herbstlichen Wäldern! Du, dem ich nachgerannt bin wie ein Jäger dem Wild! Gibt es dich nicht? Oder bist du gestorben? – Oder am Ende selber ein Nazi? Was ist mit dir los? Du bist mir noch immer eine Empfangsbestätigung schuldig!‹ Er hört ein Windrad klappern, hört den dunklen Klang der Herdenschellen, hört aus den Schluchten herauf das Rufen der Bäche, und das alles hat sich in den Jahren nicht geändert; auch die bleiche Silhouette des Gebirges ist wie eh und je. ›Gewiß: *Allüberall und ewig blauen licht die Fernen*‹, denkt er, ›aber auch der Abgrund lauert unter allem. Bist du nur das eine oder auch das andere? Bist du beides oder nichts von alldem? Woran soll ich dich erkennen, Maskentragender, der die Strohmänner vorschickt? Daran, daß du die Macht hast, die Welt zu zerstören? – Die Welt zerstören können wir nun selber, dazu brauchen wir dich nicht mehr. Nur an einem könnte ich dich noch erkennen . . .‹

Er wimmert vor Schmerz. So schlimm wie heute ist es noch niemals gewesen. Sein ganzer Oberkörper steht in Flammen. Kommt das Ende? Ist das nun das Ende in Verzweiflung? ›Siebzehn Jahre – hörst du? – lebe ich mit meiner Schuld, der Schuld des Henkers, die riesige, vierbeinige Spinne zu Häupten. Töte mich! Es wird mein Freispruch sein! Schieße mich ab aus dem Hinterhalt – morgen, heute, von mir aus jetzt gleich – ja, jetzt gleich! Aber‹, denkt er, ›gib mir zuvor noch ein Zeichen, ein Zeichen, daß du dieses Land erretten wirst, ein Zeichen, daß mein Opfer nicht vergeblich war! Denn, Gott, du weißt: ich habe dir ein edles Wild erlegt: ich habe dir ein teures Opfertier geschlagen!‹

Sein Gesicht ist jetzt von Tränen überströmt. »Ja, Tränenloser, ich weine«, flüstert er irr. »Ja, ich weine um meine mutige Schwester! Und ich weine über dieses Volk.«

Dann verliert er das Bewußtsein, fällt durch eine Falltür. Die Landschaft kippt um, die Sonne stürzt in die Tiefe des Himmels zurück und erlischt. Er jedoch, der Mann, der einmal Captain Jerschek war, ist aus sich selbst hinausgeschleudert worden, er hat sich lauschend aus sich selber aufgerichtet, genau auf der Demarkationslinie zwischen Diesseits und Jenseits, und er sieht: Vor ihm liegt das Gehöft der Nacht, in der fahlen Beleuchtung des Weltuntergangs liegt es drohend vor ihm. Und nun gewahrt er vor der fensterlosen Mauer auch den Wächter. Oder ist diese finstere Masse, die sich dort drüben emporreckt, sein eigener Schatten?

»Was hast du tagsüber gemacht?« fragt der Schatten.

»Jagd gemacht«, sagt Jerschek. »Jagd gemacht auf einen Gott, den es nicht gibt, und den Henker gemacht. Einem Gott geopfert, den es gar nicht gibt! Verstehst du? – Und mein Liebstes für eine Heimat geopfert, die es nicht wert war.«

»Und?« fragt der Schatten. »Was bringst du in deiner Hand?«

Jerschek streckt die Hand vor. »Hier!« sagt er. »Asche! Die Asche einer Lerche«, sagt er und schluchzt auf. »Einer Lerche, die sich im Morgenfeuer verbrannt hat.« Und:

Nichts mehr. Aus. Der Spuk ist jäh verschwunden. Kein Wächter mehr, kein Gehöft mehr: nichts mehr rundum. Es ist eine Brandstätte, auf welcher er steht, eine kahle Anhöhe in einer Gegend, die er nicht kennt. Das Feuer muß hier viele Hektar Wald vernichtet haben: verkohlte Stämme, verkohlte Stümpfe, Berge von Knochen. Steht er in dem Krematorium, darin der Herr die Welt verbrannt hat? Ist das Schwarze unter seinen Sohlen der verkohlte Leib des Ungetüms? Was packt ihn an der Kehle? Was für eine Urangst würgt ihn? Germanenelend! Slawentrauer! Mord und Totschlag! Was will ihn ersticken?! Und die Zahlen da! Die geometrischen Figuren! Abstraktionen! Sind sie das einzige, was übriggeblieben ist von dieser feinen Schöpfung? – Und plötzlich hört er fernher aus den Zeiten Hildes Stimme rufen: »Gottfried! Komm!« Und abermals wie eine dunkle Herdenschelle: »Gottfried! Komm!« – »Ja«, sagt er und tut ein paar tappende, taumelnde Schritte, ein paar Schritte über das zerfallende Gebein des stiergehörnten Ungetüms, stößt dabei an einen Stahlhelm, der nichts anderes enthält als etwas Staub und Moder, an Brünnhilds ausgebrannte Brünne, die entseelt und sinnlos auf dem rauchgeschwärzten Felsvorsprung rostet, und stürzt kopfüber in einem schwindelerregenden Salto mortale in seinen Körper zurück und schlägt geblendet noch ein letztes Mal die Augen auf.

Durch ein Glitzern, durch ein regenbogenfarbenes Gespinst von Strahlen, das sich zitternd hin und her dreht, gewahrt er eine hochgewachsene Person. Sie ist ganz nahe, und sie duftet heimatlich nach Landwirtschaft. »Ist Ihnen schlecht?« fragt sie mit dialektschwerer Zunge.

»Es geht vorbei«, sagt Jerschek. »Es geht schon vorbei.« Er sieht sie nur verschwommen, sieht das Sonnenlicht in ihren blonden Haaren flammen. »Wenn Ihnen schlecht ist, fahr ich Sie zum Arzt hinunter«, sagt sie. »Gehört der schwarze Jaguar da unten auf der Straße Ihnen?«

Diese Stimme! Wie aus den Jugendtagen der Welt! Ein dunkles Grün! Ein voller, warmer Klang! Das Geläut und Locken klarer, wilder Bäche! »Ja«, sagt Jerschek, »aber es ist nicht mehr nötig. Danke, mein Kind!«

Ohne sich abzuwenden, setzt sie sich ihm gegenüber auf einen Baumstamm, und nun vermag er sie durch das Gespinst der Strahlen etwas deutlicher zu sehen. Ein Bauernmädchen. Eine junge Landarbeiterin: Offenes Flanellhemd, alte, abgeschabte Blue

Jeans, Gummistiefel ... »Ich bin dort unten auf dem Feld gewesen«, sagt sie, »und auf einmal hab ich mir eingebildet, es ruft wer.« Sie blickt ihn an; in ihren Augen, die gebannt auf ihn gerichtet sind, ist ein großes, grünes Funkeln wie auf einem Wildbach, der ins Licht hervorstürzt.

»Ich überleg mir«, sagt sie, »wo ich Ihnen schon begegnet bin.«

Jerschek ringt nach Atem. »Hier bestimmt nicht«, sagt er. »Höchstens in London.«

In London? Sie schüttelt den Kopf. In London sei sie noch niemals gewesen.

»Und ich war siebzehn Jahre nicht in Österreich«, sagt Jerschek.

Er betrachtet sie, noch immer geblendet, noch immer durch Tränen, noch immer halb blind: noch immer, ohne sie richtig gesehen zu haben; auf einmal aber ist es ihm, als kenne er sie wirklich. Und dann gewahrt er in der braungebrannten Mulde zwischen ihren Brüsten ein Geglitzer.

Er fragt: »Was trägst du da?

Und sie: »Ein kleines Kreuz.«

»Bist du denn fromm?«

»Ich weiß es nicht«, sagt sie, »vielleicht. Woran merkt man denn das?«

»Hm – wahrscheinlich daran, daß es weh tut, wenn man sündigt.«

»Mir tut nichts weh.«

»Dir nicht«, sagt Jerschek, »aber mir!«

Wie fernher angerufen, wendet er plötzlich den Kopf und späht nach dem Waldrand. Die Stämme. Und davor ein feiner, blauer Dunst: ein zarter Hauch. Es sieht aus, als tarne sich dort drüben etwas. Man erkennt es nicht; man fühlt nur diese sonderbare blaue Farbe – und: Da kommt der Anfall wieder – oh, verflucht! Verzehrend breitet sich der Schmerz in Jerscheks ganzem Thorax aus: Großer Partisan, der in der Bläue auf mich lauert! Hast du den Bogen gespannt?! Stehst du dort drüben zwischen den Stämmen bereit?!

»Ein Geschenk?« fragt er.

»Das Kreuzl da?« sagt sie. »Ja. Ein Geschenk.«

»Von wem?«

Sie lächelt. »Ist das für Sie so interessant? – Vielleicht von meinem Vater. Oder von meinem Bruder. – Oder gar von meiner großen Liebe«, sagt sie.

Er aber reißt nun die Augen auf wie in jähem Entsetzen.

»Wie heißt du?!« keucht er.

»Ich heiße Veronika«, sagt sie.

»Veronika???«

»Ja. Veronika. – Warum schauen Sie so? – Paßt das nicht zu mir? – Veronika heißt: die Siegbringerin.«

Großer Partisan, der plötzlich unsichtbar aus allen Wäldern tritt! Großer Schmerz, der mir das Herz zerfleischen wird!! Mörderisches Licht, das rings am Horizont zu flimmern anhebt!!! Laß mir Zeit, das Zeichen zu begreifen!! Warte noch!

Für Sekunden krümmt er sich zusammen, so daß er vor dem Ungeheuren, das er näher kommen fühlt, ganz klein wird.

»Und das Kreuz?« fragt er dann. »Ist es aus Gold?«

»Ach wo! Nur aus Stahl«, sagt sie. »Noch aus der Kriegszeit. – Nichts Besonderes. Aber ganz nett. Wollen Sie's anschauen?«

Ohne Eile löst sie die zwirndünne Kette vom Hals, dann steht sie langsam auf und kommt auf Jerschek zu. Sie hat Hildes Gestalt: Sie ist groß und athletisch gewachsen; sie ist gertenschlank und wie eine Stahlfeder biegsam. Sie geht sehr aufrecht und dennoch mit wiegenden Hüften und wendiger Mitte, geht leicht und geschmeidig und dennoch seltsam gestrafft und gereckt, geht, als sei sie elastisch gespannt zwischen Höhe und Tiefe, gespannt als eine Schleuder zwischen Licht und Finsternis, so geht sie, denn die Sehne ist sie in dem gewaltigen Bogen von Erde und Himmel, auf den nun der Unsichtbare den Pfeil mit der Quittung gelegt hat: ICH BIN. Und nun erkennt der Jäger, daß er selbst das Wild gewesen und daß der Pfeil auf ihn gerichtet ist.

Das Mädchen aber, die Landarbeiterin aber, tritt dicht vor ihn hin. Sie öffnet die Hand und läßt ihn das kleine, wert- und belanglose Schmuckstück betrachten. Sie zeigt ihm ihre flache Hand, als weise sie sich aus, und das Kreuz darauf wie eine Erkennungsmarke, mit der sie sich ausweist. »Ich hab's von meiner Mutter«, erklärt sie jetzt sachlich. »Sie hat es zu ihrer Hochzeit zu schenken bekommen, jetzt gehört's mir.« Und Captain Jerschek blickt bewegungslos auf diese Hand voll rätselhafter Runen und auf das bißchen Stahl, von dem ein kühles, blaues Leuchten ausgeht. »Zu ihrer Hochzeit hat sie es bekommen«, flüstert er gedehnt, »zu ihrer – Hochzeit!« Und in dieser Sekunde wird es ihm schwarz vor den

Augen, denn in dieser Sekunde hat er das Schwirren der Sehne vernommen und auch die Hand erkannt und auch das Leuchten des Metalls darin, hat sie erkannt an ihrer Lebenslinie, die plötzlich aufhört und dennoch in eine herbstzeitlos blaue Unendlichkeit weist; und nun hört er das Pfeifen, mit welchem der Pfeil aus dem Blau auf ihn zukommt, und hat begriffen, daß der Freispruch auf ihn zukommt – und »Ist sie tot?« fragt er flüsternd in atemloser Erwartung.

»Nein«, sagt das Mädchen. »Warum soll sie tot sein? Sie lebt.«

Nachwort

Im Fegefeuer der Sprache

Hans Leberts Roman ›Der Feuerkreis‹ als mythisches Gericht

Hans Leberts zweiter Roman ›Der Feuerkreis‹ erschien erstmals 1971 und damit immerhin elf Jahre nach der ›Wolfshaut‹. In der Zwischenzeit hatte Lebert lediglich einige seiner kleineren Erzählungen, eine Handvoll Gedichte sowie einen kurzen Ausschnitt aus seinem Hörspiel ›Streckenabschnitt‹ in verschiedenen Anthologien und Zeitschriften publiziert. Dazu kam ab November 1966 eine Reihe von Vorabdrucken aus dem ›Feuerkreis‹, an dem Lebert im Vorjahr zu schreiben begonnen hatte. In einem Interview aus dem Jahr 1971 liefert Lebert die Erklärung für die Publikationslücke und gibt zugleich Auskunft über die Geburt der Idee zum ›Feuerkreis‹: »Ja, man braucht einen langen Atem. Ob man ihn hat, ist eine Frage der Konstitution, sozusagen Sache meiner geringen Geschäftigkeit. [...] Etwas anderes als eine große Aufgabe kann mich nicht in Bewegung bringen. [...] Fünf, sechs Romane, alle ganz gut, hatte ich konzipiert, doch jedesmal, wenn ich das erste Kapitel geschrieben hatte, merkte ich, das war nur Routine. Es muß so [...] 1965 gewesen sein, da war wieder irgendein Kriegsverbrecherprozeß, der ein überraschend gutes Ende für den Angeklagten genommen hatte. Ich hörte eine gute Radiosendung darüber, in der am Ende die Frage an das Publikum gestellt wurde: ›Was würden Sie machen, wenn Sie einen Verwandten hätten, von dem Sie wissen, daß er ein Kriegsverbrecher war?‹ In dem Moment ist bei mir der Groschen gefallen. Ich hatte meinen Stoff.«[1]

Lebert gestaltet diesen Stoff durch die Konfrontation eines Halbgeschwisterpaares, wie es gegensätzlicher kaum sein könnte. Hilde Brunner gerät unter den Einfluß ihres nationalsozialistischen Vaters und steigt von der BDM-Führerin bis zur SS-Angehörigen, zur »Adjutantennutte« (S. 229) und schließlich zur KZ-Wächterin hinab. Sie ist – mit Leberts Worten – »eine unentschuldbare Verbrecherin« und »symbolisiert die im Jahre 1938 Schuldiggewordenen«. Ihr Halbbruder Gottfried Jerschek ist im selben Jahr als österreichischer Reserveoffizier ins Exil nach England gegangen und »repräsentiert die erschreckend kleine

Minorität, die sich auf gar nichts eingelassen hat und ohne politische oder rassische Gründe emigriert oder in den Untergrund, den Widerstand ging«. Als Captain der britischen Armee kehrt Jerschek in sein Elternhaus in einem abgelegenen Gebirgsdorf der Steiermark zurück, wo er auf seine verwilderte und immer noch gesinnungstreue Halbschwester trifft. Da sie in Leberts Konzeption »ein Mensch von allerbester Substanz, nur in die unrichtige Form gebracht«, sein soll, gelingt es Jerschek in einem zähen und geduldigen Kampf, in ihr eine Empfindung von Reue hervorzurufen, die es ihm erlaubt, sie symbolisch zu entsühnen, indem er sie tötet. Lebert spricht selbst in diesem Zusammenhang von einem »Menschenopfer« und betont das »mythisch-religiöse Moment« der Romanhandlung. Zu dieser Dimension des Textes gehört ebenso die erotische Attraktion, die zwischen den Halbgeschwistern seit je besteht und die sie selbst auf dem Höhepunkt des weltanschaulichen Kampfes bis an die Grenze des Inzests führt. Allein schon der Name Hilde Brunner weist in geradezu plakativer Form auf die Figur der Brünnhilde in Richard Wagners ›Ring des Nibelungen‹ zurück und erhellt damit sowohl die Herkunft der zentralen Feuerkreis-Metapher wie auch des Inzest-Motivs.

Es ist evident, daß es sich bei Hilde Brunner und Gottfried Jerschek nicht bloß um psychologisch differenzierte Figuren mit individuellem Schicksal handelt, sondern daß Lebert ihnen eine allegorische Funktion eingeschrieben hat, mittels der er das Schicksal der österreichischen Nation thematisiert. Das heimliche Gravitationszentrum von Leberts historischer Erfahrung bildet dabei das traumatische Erlebnis des begeisterten Anschlusses an das Deutsche Reich am 13. März 1938. Noch in seiner heftig umstrittenen Dankrede zur Verleihung des Grillparzer-Preises mit dem programmatischen Titel »Schützt Euer Land selbst!« am 15. Januar 1992 betonte Lebert: »Ich habe viele bittere Tage erlebt, jedoch der bitterste war derjenige im März 1938, als es hieß, Österreich habe aufgehört zu existieren. [...] ›Österreich hat aufgehört zu existieren.‹ Diese Worte haben sich mir für alle Zeit als Brandmal eingeprägt.«[2] Lebert hat sich einer Zeitungsnotiz aus dem Jahr 1973 zufolge sogar mit dem Gedanken getragen, in einem dritten Roman mit dem Titel ›Denn in der Nacht, da er verraten wurde‹ den Schock dieses bittersten Tages ins Zentrum eines literarischen Projekts zu stellen. Im ›Feuerkreis‹ sind Selbstpreisgabe und Selbstverrat des österreichischen Volkes in der Gestalt Hilde Brunners konzentriert, die daher noch im vollständigen Zusammenbruch den Landser, mit dem sie eine mythisch überhöhte Einswerdung vollzogen hat, genau in dem Moment ermordet, wo er aus der Rolle des deutschen Reichswehrsoldaten in diejenige des österreichischen Partisanen desertieren und damit seine eigentliche Identität wiedergewinnen will. Auf dieser allegorischen Bedeutungsebene des Textes steht die vom Schwamm innerlich zermürbte und in ihren Grundfesten unterminierte Villa natürlich für das Haus Österreich. Wie Hilde nur durch ihre symbolische Hinrichtung zu entsühnen ist, so kann auch die Villa, die Jerschek schon bei seiner ersten Annäherung an eine »Brandstätte« (S. 17) denken läßt, die ihm in einem Traumgesicht auch als »Krematorium« (S. 338) erscheint, nur durch ihre Vernichtung in einem reinigenden Feuer symbolisch gerettet werden. Das Feuer, das mit der Villa auch Hildes Leichnam verzehrt, ist zugleich Fegefeuer. Was Lebert im ›Feuerkreis‹ stiftet und in dieser allegorischen Apotheose konzentriert, ist der Mythos der Reinwaschung Österreichs vom Nationalsozialismus und vom Sündenfall des die eigene Identität verleugnenden Anschlusses an Hitlerdeutschland. Indes, Lebert geht in seiner ›neuen Mythologie‹ noch einen Schritt weiter. Mit seiner sakralen Purgation einher geht die mythische Hochzeit zwischen den Halbgeschwistern, wenn Jerschek sein Goldkreuz von der Kette reißt und »wie ein kleines, leuchtendes Getreidekorn [...], als pflanze er Samen in einen Acker, in die gähnende Leere zwischen den Brüsten der Toten« (S. 333) legt. Diese symbolische Schwängerung geht in Veronika als einer wiedergeborenen und entschuldeten Hilde auf.

Die Figuren Veronikas und Hildes waren bereits in Jerscheks Traum (der ersten Nacht miteinander) in der jungen Frau verschmolzen, die ihm als Pfand seines Sieges ihre Erkennungsmarke in der offenen Hand darbot. Mit der gleichen Geste hält ihm im »Epilog« Veronika ihr Kreuz »wie eine Erkennungsmarke« hin, von dem »ein kühles, blaues Leuchten ausgeht« (S. 340). In denselben Worten hieß es, als Jerschek das Hochzeitsgeschenk als Geschoß identifizierte: »Ein Projektil, von dem ein kühles, blaues Leuchten ausging wie ein rätselhaftes Glück.« (S. 43) Wenn man für die natürlichen Lebenszusammenhänge die Behauptung aufstellen wollte, daß Zeugung Mord ist, so entwirft die metaphorische Engführung von Geschoß und Kreuz, also dem Emblem von Hildes symbolischer Leibessegnung, die Hypothese des Umschlags von Mord in Zeugung. Wie auch immer, Veronika ist die Frucht ihrer mystischen Hochzeit, sie ist das Siegel ihrer Liebesverbindung, ist der Ring, der ihnen beiden fehlte (vgl. S. 33). Veronika ist die ent-schuldet wiedergeborene Hilde auch in allegorischer Hinsicht. Sie ist Leberts mythische Prophetie einer unschuldigen Felix Austria, und zugleich ist sie, in der sich Hildes und Jerscheks unverwirklichbare Liebe verwirklicht, der neue ›Ring des Nibelungen‹, nicht mehr Instrument irdischer Macht, sondern Erscheinungsform überirdischer Liebe.

An ihrem letzten Abend hatte Hilde Jerschek von ihrer Vision eines gemeinsamen Kindes erzählt, als das er siebzehn Jahre später Veronika an den abgebrochenen Lebenslinien ihrer Hand identifiziert. Sie ist die Synthese oder besser: die wiederhergestellte Einheit eines in sich zerrissenen Österreich, das sich durch das Einbekenntnis seiner historischen Schuld ein neues Leben erworben hat. Diese allegorische Ebene der Figurenkonzeption machte es für Lebert notwendig, die Liebesbeziehung einzig in der Form des virtuellen Inzests angemessen gestalten zu können.

Wie die Erlösungsthematik gehört auch das Inzest-Motiv zum ›mythisch-religiösen Moment‹ der Romanhandlung. Dem Wagner-Kenner und -Sänger Hans Lebert mußte es verlockend erscheinen, sein symbolträchtiges ästhetisches Projekt als Reformulierung des ›Rings des Nibelungen‹ zu entwerfen, in dessen Zentrum ähnliche Problemstellungen stehen und mit ebenso universalistischer Ambition entfaltet werden. Ganz entscheidendes Gewicht kam bei dieser Wahl natürlich dem Aspekt der pervertierenden Instrumentalisation des Wagnerschen Werks und gerade des ›Rings des Nibelungen‹ durch jene Weltanschauung zu, der sich Hilde Brunner verschrieben hat und deren epidemische Explosion im österreichischen März 1938 Hans Lebert als Sündenfall und Kollektivverschuldung seines Volkes deutete. Daher schien Lebert die nordische Mythologie gerade in ihrer wagnerischen Version für einen Versuch prädestiniert zu sein, »den Gegner aus einem trojanischen Pferd heraus anzugreifen«. Der heidnische Glauben Hildes, dem sie als »Helferin Hels« (S. 229) mit Inbrunst ihr Selbst aufzuopfern bereit war, wird von Lebert damit in seiner so fatalen Verführungsgewalt ernstgenommen und nicht apriori als Irrationalismus denunziert beziehungsweise als ideologische Verbrämung machtpolitischer und ökonomischer Interessen begriffen. Um tiefer in die fast hypnotische Faszinationskraft des ›Mythus des 20. Jahrhunderts‹ einzudringen als alle Literatur, die in ihrer antifaschistischen Selbstgewißheit nur die ewiggleichen ideologiekritischen Entlarvungsrituale inszeniert, riskiert es der ›Feuerkreis‹, auf der Ebene der Figurenkonzeption mit äußersten Extremen zu operieren und mit der Erlösungsfähigkeit einer im Kern unbeschädigten KZ-Mörderin wie mit der kraß überzeichneten Anverwandlung von Wagners wirkungsgeschichtlich hochproblematischen ›Ring des Nibelungen‹ einen künstlerischen Weg historischer Reflexion einzuschlagen, der ausgerechnet im Jahr 1971 als eklatante Tabuverletzung erscheinen mußte. Lebert war sich der Brisanz seines radikalen und gegenüber allen ideologischen Präokkupationen rücksichtslosen Unternehmens wohl bewußt. In dem bereits mehrfach zitierten Interview prophezeite er eine von Mißverständnissen geprägte negative Rezeption seines Romans: »Ich möchte sagen, wenn jemand den ›Feuerkreis‹ schreiben kann, dann kann ich es. Ich habe kein nationalsozialistisches Trauma und auch nicht das Ressentiment eines Menschen, der im Dritten Reich den kürzeren gezogen hat. Ich bin objektiv und engagiert zugleich. Dieses Buch werden dennoch wahnsinnig viele Leute in den falschen Hals kriegen. Die Linken werden mich für einen verkappten Nazi halten und die Rechten für einen wüsten Bolschewiken. Es war für mich eine Balance auf messerscharfer Schneide zwischen Devotionalien- und Sexkitsch, Heimatroman, Kolportage und politischer Agitation.«

Lebert sollte mit seiner Prognose nur zu recht behalten. Die Kritik war überwiegend vernichtend, teilweise gar denunziatorisch. Zwar liegt kein Rezeptionszeugnis vor, das den Autor des ›Feuerkreis‹ als »wüsten Bolschewiken« angriff, dafür klang jedoch die Ablehnung in den sogenannten fortschrittlichen Organen und im bürgerlichen Feuilleton uni sono. Gerade die sonst so gesetzte ›Frankfurter Allgemeine Zeitung‹ schlug mit die schrillsten Töne an und sprach von einem »reißerischen, blutrünstigen Roman«, der »das Thema Vergangenheitsbewältigung durch jähen Wechsel von schwüler Erotik, Zynismus und scheußlichen Striptease-Effekten attraktiv zu machen sucht« und in unausstehlicher Weise »die pseudomythische Überhöhung der banalen Vorgänge« betrieb. Der höchst echauffierte Kritiker kam genau zu dem von Lebert prognostizierten Schluß: »Distanzierung von den Untaten der Nazis wird wieder einmal zum Alibi für eine Restaurierung ihres ›Weltbildes‹.« Diesem Verdikt sekundierte später Helmut Olles in den ›Frankfurter Heften‹, der sogar in Leberts katastrophalem »Gebräu aus Wagner-Stil und Werbesprache« den Klang von »Blut und Boden« vernahm. In geradezu perfidem Ton hieß es in einer Besprechung im ›Salzburger Volksblatt‹, Lebert habe »›große‹ Vorbilder: den ersten Präsidenten der NS-Schrifttumskammer H. H. Ewers und Arnolt Bronnen, die in ihrem Horst-Wessel- und Oberschlesienroman erstmalig Sex mit Nationalismus und ordinären Ausdrücken aus Frauenmund verbanden.«

Standen in den bürgerlichen Organen also Leberts provokante und tabuverletzende Szenarien im Mittelpunkt einer Kritik, welche die Strategie der Inversion des mythologischen Arsenals nicht begriff, so war der linken Orthodoxie und den gesinnungsstolzen rationalistischen Aufklärern das mythische Erzählverfahren Leberts von vornherein suspekt. So zollte zwar Ernst Wimmer in der kommunistischen ›Volksstimme‹ dem anerkannt antifaschistischen Autor der ›Wolfshaut‹ seinen Respekt, warf ihm aber neben einem »steilen Hang zum Irrationalismus« vor, »nicht mit den Methoden des Realismus« die zugrundeliegende historische Problematik gestaltet, sondern sich »der Mystik, der Magie, der Mythologie« verschrieben zu haben.

Das klassische Argumentationsmuster für diesen Typus aufgeklärter Kritik liefert eine Besprechung im ›Demokratischen Volksblatt‹: »Wo analytische Entlarvung nottäte, schafft er neue Mythen, statt der Denunziation eines Systems und seiner Ideologie mittels Rationalität setzt Lebert wirkungslose pathetische Appelle. Indem er die historische Szenerie mit Wagner-Symbolik überlädt, [...] wird hilflos, was wirksam nur in sezierender Nüchternheit ist.« Kein Zweifel, der Verfasser weiß mit dem begrifflichen Instrumentarium der Ideologiekritik umzugehen und hat einen Lesezirkel zu Wolfgang Fritz Haugs ›Hilflosen Antifaschismus‹ durchlaufen. Da Leberts Versuch, dem Sündenfall und Selbstverrat Österreichs mit parabolischen und allegorischen Verfahren gerecht zu werden und der Metapher von der Hölle auf Erden sinnliche Konkretheit zu verleihen, sich nicht an das Einmaleins in der ideologiekritischen Aufklärungsfibel hält, urteilte der Gralshüter der Vernunft, der ›Feuerkreis‹ nütze »eher der Verdrängung des Grauens und dem Voyeurismus der sich unbetroffen fühlenden heutigen Leser«, sein Purgatorium bleibe »bloße Worttheatralik, schlecht formuliertes Fegefeuergerassel«. Die Katachrese am Schluß spricht geradezu entlarvend für sich selbst.

Die ganze Litanei dieser Vorwürfe kehrte in einer Rezension zur Neuausgabe wieder. Auch Helmut Luger, der in seiner Besprechung »Der Lykanthropos springt in den Feuerkreis« in der Zeitschrift ›Gegenwart‹ ohne jeden Blick für den inneren Zusammenhang zwischen Leberts Romanen ›Die Wolfshaut‹ gegen den ›Feuerkreis‹ auszuspielen versuchte, bemängelte, der »emotionale Antifaschismus« im ›Feuerkreis‹ vermittle »keine sozioökonomischen Einsichten in gesellschaftliche Zusammenhänge, stelle kein theoretisches Instrumentarium gegen den Faschismus zur Verfügung.« Luger reichte also nicht einmal mehr Enttarnung und Analyse, er vermißte auch das Positive: »Penetrante Wagnerische Leitmotivik wird apologetisch, nicht kritisch kontrastiv, eingesetzt. [...] Durch das Fehlen eines Gegenbildes oder eines konterkarierenden Schattenwurfes ist die Distanzierung vom Nazi-Unwesen desavouiert.« In diesem terminologisch angestrengten und gespreizten Ton werden Lebert und der Leser in oberlehrerhafter Manier darüber aufgeklärt, daß »die Möglichkeiten, Mythen zur desavouierenden Überzeichnung einzusetzen«, ohnehin begrenzt seien und sich der Autor es obendrein habe zuschulden kommen lassen, sie mit »keineswegs ironischen Intentionen« aufgegriffen zu haben.

Die Basis dieser immer wieder repetierten Vorwürfe, die natürlich nicht allein Leberts ›Feuerkreis‹ betreffen, bildet ein spezifisches Verständnis von Literatur, das diese als Werkzeug der Aufklärung und politischen Alphabetisierung begreift. Der prinzipielle Irrtum dieser und jeder anderen instrumentellen Auffassung von Literatur liegt darin, Kunst für ein Mittel zu halten. Kunst ist aber reiner Zweck. Sie kann nicht an einem ihr Äußerlichen gemessen werden, sei's Moral, Religion, Politik, was immer. Die Mehrzahl der positiven Stimmen zur Neuausgabe hat sich von jener zweckrationalen Betrachtung und vom binären Schematismus: ›Vernunft gleich Aufklärung‹ versus ›Mythos gleich Ideologie‹ spürbar entfernt. Man zeigt sich nun eher bereit, sich auf die dialektische Figurenkonstellation des ›Feuerkreis‹ und die mythologische Inversion einzulassen, und begreift das Werk ganz in Leberts Sinn als »Lehrstück in Sachen österreichischer Identität«, wie Daniela Strigl im ›Wiener Journal‹ formulierte. Es ist denn auch nur folgerichtig, daß Robert Menasse Leberts ›Feuerkreis‹ in seinem »Essay zur österreichischen Identität« (›Das Land ohne Eigenschaften‹) einen prominenten Platz eingeräumt hat. Menasse trifft genau den zentralen Punkt, wenn er schreibt, daß Lebert in dem allegorischen Figurenpaar Hilde und Jerschek »ein kühnes wie stimmiges Universal-Symbol für Österreich gefunden und mit all seinen komplexen Implikationen gültig dargestellt«[3] hat. Dem Kommentar Menasses wenigstens ebenbürtig und allen Rezensionen der Neuausgabe weit überlegen ist indes die ausgezeichnete Besprechung, die der Schriftstellerkollege Hans Jürgen Fröhlich dem ›Feuerkreis‹ am 6. Mai 1972 in der ›Stuttgarter Zeitung‹ widmete. Fröhlich wies nicht nur auf die »formale Souveränität« hin, mit der Lebert die Zeitgeschichte mit der Beziehung der Halbgeschwister verflochten hat, erkannte nicht nur die »erzählerische Freiheit«, die durch den heuristischen Einsatz der Wagnerschen Mythologeme gewonnen wird, und die Funktion der Natur als »konstitutives episches Element«, sondern stellte – soweit ich sehe – als erster den sehr bedeutsamen literarhistorischen Zusammenhang mit Hans Henny Jahnn her, der in der Tat für Leberts Natur- und Schicksalsauffassung, besonders aber für seine Darstellung der Sexualität ein wichtiger Anreger war. Einen weiteren wesentlichen Aspekt sprach Fröhlich an, wenn er Leberts Romankonzeption »im antiken Sinne tragisch« nannte und dadurch auch die »grellen dramatischen Effekte« gerechtfertigt sah. Tatsächlich erhebt ja der ›Feuerkreis‹ mit der Reformulierung des ›Ring des Nibelungen‹ den Anspruch, wie Wagners Bühnenfestspiele oder die griechische Tragödie einen universalen Mythos zu stiften, der als Interpretation des Welttheaters bestehen kann. Dieser Anspruch wird noch durch die strukturale Anlehnung des ›Feuerkreis‹ an Wagners ›Ring‹ bekräftigt. Ich kann hier nicht im einzelnen auf diese komplexe Anverwandlung des Aufbaus und des Figurenensembles von Wagners Musikdrama eingehen[4], sondern nur im allgemeinen die Funktion dieser Adaptation skizzieren.

Der heuristische Charakter von Leberts innovativer Mythenrezeption und ihre spezifische Modernität bestehen im besonderen darin, daß die Intention seiner und jeder zeitgemäßen mythopoetischen Rede nicht Legitimation ist, sondern Interpretation. Das Arsenal der mythologischen Überlieferung hält alle elementaren sozialen Beziehungen und menschlichen Verhaltensweisen bereit, um zu jeder Zeit dem »Anspruch des Mythos, das Unverstandene und Widersprüchliche in den Horizont gemeinsamer Erfahrung sprachlich einzuholen«[5], gerecht zu werden. Anders gesagt: Die aus der Verknüpfung archetypischer Grundsituationen entstehende mythologische Erzählung weitet sich gleichwohl zu einem komplexen Kosmos, der noch für die extremsten individuellen Erfahrungen und die historischen Kataklysmen des 20. Jahrhunderts eine unübertroffene Deutungsleistung besitzt. Die prinzipielle Überlegenheit des Mythos gegenüber allen anderen interpretativen Verfahren gründet in der ihn überhaupt erst konstituierenden Ungeschiedenheit von Erkenntnis, Deutung, Erzählung, Geschichte, Handlung, Sprache, Sexualität und Natur.

Im Zusammenwirken all dieser Komponenten konturiert sich Schicksal, freilich als selbstverantwortetes. So erscheint auch Hilde Brunners Schicksal als eines, das aus eigner Entscheidungsfreiheit ebenso erwachsen ist wie aus einer prädestinierenden »Auszeichnung« (vgl. S. 269). Durch alle Deformationen hindurch hat sich in ihr ein unzerstörbarer »göttlicher Kern« erhalten, der als Sitz des Gewissens die Voraussetzung zur Selbstkorrektur ihrer Psyche bildet. Nur diese Schicksalsbefähigung kann Hilde Brunner überhaupt zu einer Figur machen, die den Nachvollzug des fatalen Selbstverlustes eines mit Gewissen ausgestatteten Menschen und seiner schmerzhaften Rückkehr zu sich selbst gestattet. Daß Hilde als »Mensch von allerbester Substanz« in diese seelenmörderische Verirrung geraten konnte und dem Nationalsozialismus als dem extremsten und gewissenlosesten Irrglauben des 20. Jahrhunderts anheimfiel, mußte Lebert als besondere Herausforderung erscheinen. In dem erschreckenden Phänomen, daß nicht nur die opportunistische, von Versprechungen gelockte, von Ressentiments getriebene Masse dem Dritten Reich die Basis lieferte, sondern auch Menschen mit hohem ethischen Anspruch an sich selbst in die raffinierte Falle des nationalsozialistischen Elektizismus, das heißt der skrupellosen Ausbeutung aller zeitgenössischen Utopien, gingen, erkannte Lebert die Chance, anhand der Selbstpreisgabe eines solchen Menschen tiefer in die fatale Verführungsgewalt einer totalitären und mythisch überhöhten Ideologie einzudringen. Lebert wählte den künstlerisch gefahrvollen Weg, die Vermischung einer phantasmagorischen nationalen Selbstdeutung mit einer autosuggestiv errichteten Wahnwelt als ästhetisches Gewebe zu entwerfen und durch imaginative Anverwandlung zu entflechten. Indem Hilde ihre heroische Weltanschauung in den Nationalsozialismus hineinprojiziert, wird etwas von dem kultischen Atavismus, der in der höllischen Wirklichkeit der KZ aufbricht, spürbar.

Und wenn Millionen Untersuchungen nach gesellschaftlichen Bedingungen und tiefenpsychologischen Motiven geforscht haben werden, und wenn weitere zehntausend Romane diese Verbrechen aus der Perspektive der Opfer wie der Mörder ins Bild gesetzt haben werden, diese Geschehnisse sind niemals zu begreifen, behalten immer einen unauflösbaren Rest der Rätselhaftigkeit. Vielleicht trägt da eine mythologische Annäherung, wie Lebert sie im ›Feuerkreis‹ versucht hat, noch am weitesten, wenngleich der Einbruch des Totenreiches ins Diesseits wohl auch nur eine Metapher sein kann. Im Angesicht der unwirklichen Wirklichkeit der KZ erscheint eine mythologische Interpretation als die eigentlich aufklärerische, denn sie vermag im Medium der Kunst eine Ahnung zu vermitteln, die sich dem bloß rationalen Diskurs verweigert.

Aachen, im Juli 1994 *Jürgen Egyptien*

Anmerkungen

1 Gotthard Böhm: ›Meine patriotische Tat‹. ›Presse‹ – Gespräch mit einem abermals zu entdeckenden österreichischen Romancier. In: ›Die Presse‹ 6.8.1971

2 Hans Lebert: ›Schützt Euer Land selbst! Dankrede zur heutigen Verleihung des Grillparzer-Preises 1992‹. In: ›Forum‹ 39 (1992) H. 457, S. 1f.

3 Robert Menasse: ›Das Land ohne Eigenschaften. Essay zum österreichischen Geist‹. Wien: Sonderzahl 1992, S. 110

4 Vgl. dazu ausführlich meinen Essay: »Vergeltung und Erlösung. Hans Leberts ›Feuerkreis‹ als mythopoetische Parabel« in: Hans Lebert. ›Der Feuerkreis‹. Roman. Mit einem Essay von J. E. Wien und Zürich: Europa 1992 [=Schwarze Bibliothek Bd. 3], S. 343–370, bes. S. 349ff.

5 Bernd Hüppauf: ›Mythisches Denken und Krisen der deutschen Literatur und Gesellschaft‹. In: ›Mythos und Moderne. Begriff und Bild einer Rekonstruktion‹. Hg. v. Karl Heinz Bohrer. Frankfurt a. M.: Suhrkamp 1983. [=es 1144], S. 508–527, hier S. 515.

Gerhard Roth
Die Archive des Schweigens

Band 1: *Im tiefen Österreich*
Bildtextband. 212 Seiten mit 65 vierfarbigen und 125 schwarz-weiß Abbildungen. Leinen
und als Band 11401

Band 2: *Der Stille Ozean*
Roman. 247 Seiten. Leinen
und als Band 11402

Band 3: *Landläufiger Tod*
Roman. Illustriert von Günter Brus
795 Seiten. Leinen
und als Band 11403

Band 4: *Am Abgrund*
Roman. 174 Seiten. Leinen
und als Band 11404

Band 5: *Der Untersuchungsrichter*
Die Geschichte eines Entwurfs
Roman. 172 Seiten. Leinen
und als Band 11405

Band 6: *Die Geschichte der Dunkelheit*
Ein Bericht. 159 Seiten. Leinen
und als Band 11406

Band 7: *Eine Reise in das Innere von Wien*
Essays. 288 Seiten mit 20seitigem Bildteil. Leinen
und als Band 11407

S. Fischer

fi 131 / 12

Gerhard Roth

autobiographie des albert einstein
Kurzromane. Band 5070

Circus Saluti
Erzählung. Collection S. Fischer. Band 2321

Der große Horizont
Roman. Band 2082

Dorfchronik zum »Landläufigen Tod«
Collection S. Fischer. Band 2340

Lichtenberg/Sehnsucht/Dämmerung
Stücke. Band 7068

Ein neuer Morgen
Roman. Band 2107

Die schönen Bilder beim Trabrennen
Band 5400

Winterreise
Roman. Band 12421

Uwe Wittstock (Hg.)
Materialien zu ›Die Archive des Schweigens‹
Band 11274

Fischer Taschenbuch Verlag

fi 130 / 5

Österreich erzählt

27 Erzählungen

Ausgewählt und mit einer Nachbemerkung
von Jutta Freund

Band 9283

Österreich erzählt – von Träumen und Erinnerungen, von Einsamkeit und Tod, vom Lachen und Vergessen. 27 österreichische Autoren schreiben bissig, böse, witzig oder wehmütig über ihr Land, über historische Ereignisse, über seine Bewohner, schreiben ihre Geschichten – jeder auf seine charakteristische Art und Weise. Die hier gesammelten Erzählungen zeigen in ihrer Vielfalt die Spannweite und die verschiedenen Strömungen der österreichischen Prosa unseres Jahrhunderts. Sie geben die Stimmung dieses Landes wieder, des Landes, das Hans Weigel »die Synthese aller Welten«, das »staatsgewordene Paradoxon« nannte, in dem man »deutsch sprechen kann, ohne Deutscher zu sein«. Eine Mischung aus Heiterkeit und Melancholie tritt uns entgegen, diese typische Mischung, die zu so vielen nicht nur literarischen Bildern und Vergleichen schon Anlaß gab.

Es erzählen:

Ilse Aichinger, Peter Altenberg, H.C. Artmann, Ingeborg Bachmann, Alois Brandstetter, Franz Theodor Csokor, Heimito von Doderer, Erich Fried, Barbara Frischmuth, Marlen Haushofer, André Heller, Fritz von Hermanovsky-Orlando, Hugo von Hofmannsthal, Ödön von Horváth, Elfriede Jelinek, Robert Musil, Alfred Polgar, Helmut Qualtinger, Christoph Ransmayr, Peter Rosei, George Saiko, Arthur Schnitzler, Jutta Schutting, Jura Soyfer, Franz Tumler, Franz Werfel, Stefan Zweig.

Fischer Taschenbuch Verlag

fi 1153 / 5

Ilse Aichinger
Werke

Herausgegeben von
Richard Reichensperger

Acht Bände in Kassette
Die Kassette wird nur
geschlossen abgegeben
Als Einzelbände lieferbar

Die größere Hoffnung
Roman. Band 11041

»Wer ist fremder, ihr oder ich? Der haßt, ist fremder als der gehaßt wird, und die Fremdesten sind, die sich am meisten zuhause fühlen.«

Der Gefesselte
Erzählungen 1
1948–1952
Band 11042

Am Beginn der Wiederaufbau-Ära sprechen Ilse Aichingers frühe Erzählungen von Erstarrung und Verdrängung, »erlösungssüchtig und untröstlich, kritisch und gelassen.« *Joachim Kaiser*

Eliza Eliza
Erzählungen 2
1958–1968
Band 11043

»Tatsache ist, daß Ilse Aichinger mit den herkömmlichen Praktiken des Schreibens endgültig gebrochen hat. Sie verläßt sich nicht mehr auf Visionen, sie besteht auf reiner bodenloser Anarchie.«
Heinz Piontek

Schlechte Wörter
Band 11044

»Eine Prosa der Zweifel, der Fragen, der Suche. Diese Prosa hebt alles aus den Angeln, was sie anspricht und meint.« *Jürgen Becker*

fi 2013 / 2 a

Kleist, Moos, Fasane
Prosa. Band 11045

In Erinnerungen an die Zeit des Nationalsozialismus, in Aufzeichnungen und Reden vollzieht sich eine poetische Rebellion gegen die Gewalt der Geschichte.
»Wenn es zur Zeit der Sintflut geschneit und nicht geregnet hätte, hätte Noah seine selbstsüchtige Arche nichts geholfen.«

Auckland
Hörspiele. Band 11046

Dieser Band versammelt erstmals sämtliche Hörspiele Ilse Aichingers, vom sozialkritischen Stück »Knöpfe« (1953) bis zum Sprachgewebe »Gare maritime« (1976), das die Autorin mit Jutta Lampe und Otto Sander inszenierte.

Zu keiner Stunde
Szenen und Dialoge
Band 11047

Dialoge und Szenen, die in mikroskopisch präziser Dialogtechnik Orte und Charaktere lebendig machen, »ein zierliches Meisterwerk, das Fülle und Geheimnis des Lebens enthält.«
Günter Blöcker

Verschenkter Rat
Gedichte. Band 11048

»Gedichte, in denen Kritik an dieser Welt geübt wird, die darum, weil sie nicht tagespolitisch ist, um nichts weniger radikal ist.«
Erich Fried

Manès Sperber
Die Wasserträger Gottes
All das Vergangene...
Band 1

Band 11653

Weltruhm erlangte Manès Sperber mit seiner Roman–Trilogie *Wie eine Träne im Ozean.* Als nicht weniger bedeutend gilt seine dreibändige Autobiographie *All das Vergangene...*, die zwischen 1974 und 1977 erschien. Der erste Band dieses monumental angelegten Werkes, *Die Wasserträger Gottes*, behandelt überwiegend die Kinderjahre des 1905 geborenen Autors und reicht bis 1917. Er beschreibt eine Kindheit vor dem Ersten Weltkrieg und während der Kriegszeit im ostgalizischen Zablatow und in Wien. Indem Sperber die ersten Seelenregungen des eigenen Ichs aufspürt, entwirft er gleichzeitig ein faszinierendes Panorama jener untergegangenen Welt des ostjüdischen Stetls am östlichen Rand der vormaligen Habsburg-Monarchie, in dem Juden, Ukrainer, Polen spannungsreich und doch friedlich nebeneinander lebten. Der Titel dieses Bandes leitet sich von Männern her, die in den hygienisch unzureichend ausgestatteten Häusern deren Bewohner das Wasser anlieferten. Sperber vermittelt nicht nur Zeitgeschichte und Zeitkolorit, er verfaßte ein Werk, das jetzt schon zu den großen Erinnerungsbüchern dieses Jahrhunderts zählt.

Fischer Taschenbuch Verlag

fi 650 / 5

Manès Sperber
Die vergebliche Warnung
All das Vergangene...
Band 2

Band 11654

Der zweite Band der autobiographischen Trilogie ›All das Vergangene...‹ von Manès Sperber beschreibt die Schlußphase des Ersten Weltkriegs, miterlebt in Wien, den Zusammenbruch der Österreich-ungarischen Monarchie, Republik und Ständestaat in Österreich, das Heraufdämmern und die Installierung des Nazi-Reichs in Deutschland. Von sich selbst schildert Sperber seine Lehr- und Wanderjahre, seine Ausbildung vom Schüler Alfred Adlers zum praktizierenden Therapeuten und Dozenten, seine Parteiarbeit für die Kommunisten, schließlich seine literarischen und politischen Freundschaften. Breiten Raum nimmt die Auseinandersetzung mit dem Brand des Wiener Justizpalastes ein (am 15. Juli 1927), ein fatales Datum in der österreichischen Geschichte zwischen den beiden Weltkriegen – von diesem Tag an war der Weg in den Anschluß Österreichs ans Deutsche Reich vorgezeichnet. Nach vorübergehender Verhaftung in Berlin geht Sperber über Wien, Jugoslawien nach Paris ins Exil. Frühzeitig durchschaute er die totalitären Mechanismen in den Regimes von Hitler und Stalin. Außer einer Minorität von politisch Hellhörigen wollte niemand die Warnungen vernehmen, die Manès Sperber und ähnlich gestimmte Intellektuelle deutlich formulierten. Ein bedeutender Stilist hält Rückschau auf ein Stück gelebter Zeitgeschichte.

Fischer Taschenbuch Verlag

fi 553 / 4

Manès Sperber

Bis man mir Scherben auf die Augen legt

All das Vergangene...
Band 3

Band 11655

Der Abschlußband der dreiteiligen Autobiographie ›All das Vergangene...‹ bringt neben der individuellen Überlebensgeschichte Sperbers – Wehrdienst in der französischen Armee, Versteck in der demilitarisierten Zone in Südfrankreich, Flucht in die Schweiz, Neubeginn nach dem Krieg – die große Abrechnung mit dem Kommunismus. Sperber war schon frühzeitig irritiert durch die bürokratische Dogmatik der Parteiführung; schwerste Zweifel stellten sich bei den Nachrichten ein, die von den Schauprozessen aus Moskau kamen; der Bruch wurde irreversibel nach dem Abschluß des Nichtangriffspakts zwischen Stalin und Hitler. Hier schreibt nun kein Renegat und auch kein eifernder Konvertit, sondern ein klardenkender Intellektueller, der unmoralische Zumutungen einfach nicht mehr ertragen kann. Seine Analyse von Faschismus und Kommunismus Stalinscher Prägung ist eine Absage an jede Form von Totalitarismus. Sperber setzt sich damit auseinander – so heißt es an einer Stelle des Buches – wie ein Naturforscher, der im Labor Insektenflügel unter einem Mikroskop betrachtet. Plausibler sind solche Analysen kaum zu finden.

Elias Canetti

Die Fackel im Ohr
Lebensgeschichte 1921-1931. Band 5404

Das Augenspiel
Lebensgeschichte 1931-1937. Band 9140

Die Provinz des Menschen
Aufzeichnungen 1942-1972. Band 1677

Das Geheimherz der Uhr
Aufzeichnungen 1973-1985. Band 9577

Die Blendung
Roman. Band 696

Dramen
Hochzeit / Komödie der Eitelkeit / Die Befristeten
Band 7027

Die gerettete Zunge
Geschichte einer Jugend. Band 2083

Das Gewissen der Worte
Essays. Band 5058

Masse und Macht
Band 6544

Der Ohrenzeuge
Fünfzig Charaktere. Band 5420

Die Stimmen von Marrakesch
Aufzeichnungen nach einer Reise. Band 2103

Hüter der Verwandlung
Beiträge zum Werk von Elias Canetti. Band 6880

Fischer Taschenbuch Verlag

fi 185 / 5

Veza Canetti

Die Gelbe Straße

Roman

Mit einem Vorwort von Elias Canetti
und einem Nachwort von Helmut Göbel

Band 10914

In der Wiener *Arbeiter-Zeitung*, zu ihrer Zeit Österreichs am sorgfältigsten redigierte Tageszeitung, veröffentlichte Veza Canetti regelmäßig Geschichten, vor allem in der Wochenend-Beilage. Zum guten Teil handelten diese Beiträge vom Leben in der Ferdinandstraße im II. Wiener Gemeindebezirk. Dort wohnte, bis zum Beginn der Nazi-Zeit, die Mehrzahl der Wiener Juden; die Ferdinandstraße war bekannt dafür, daß dort vor allem Lederhändler, en gros und en détail, ihre Geschäfte hatten. In und vor den Geschäften stapelten sich Taschen, Koffer, Zaumzeug, Lederwaren aller Art – die Straße soll ganz gelb gewesen sein. Speziell aus dieser Straße, in der sie selbst lange gewohnt hat, berichtet Veza Canetti in ihrem Roman, über große und kleine Katastrophen – verunglückte Ehen, tyrannische Ehemänner, Mitgiftjäger, geldgierige Hausherren und ähnliche Prüfungen mehr. Der kleine Kosmos *Gelbe Straße* steht für die Welt. Knapp und pointiert, an Karl Kraus geschult, berichtet Veza Canetti – immer auf Seiten der Opfer – von den im Maßstab noch kleinen Brutalitäten, die geradewegs in die große Katastrophe des Zweiten Weltkriegs und der sogenannten Endlösung führen. Die Münchner *Abendzeitung* nannte das Buch »eine notwendige Entdeckung«.

Fischer Taschenbuch Verlag

fi 617 / 5

Inge Merkel

Das andere Geschlecht
Roman
Band 5448

Eine ganz gewöhnliche Ehe
Odysseus und Penelope
Roman
Band 9230

Das große Spektakel
Eine todernste Geschichte,
von Windeiern aufgelockert
Roman
Band 10864

Die letzte Posaune
Roman
Band 9169

Fischer Taschenbuch Verlag

fi 1053 / 3